Australienne d'origine asiatique, **Shelley Parker-Chan** est une ancienne diplomate et conseillère en développement international. Elle a passé près d'une décennie à défendre les droits humains, l'égalité entre les genres et les droits des personnes LGBT+ en Asie du Sud-Est. Baptisée Shelley en l'honneur du poète romantique anglais, elle a grandi bercée par les mythes grecs, la légende arthurienne et les contes chinois traversés d'amour et de souffrance. Véritable phénomène bientôt traduit dans une dizaine de langues, ce premier roman doit beaucoup à ces trois sources. Shelley vit aujourd'hui à Melbourne, en Australie.

Ce livre est également disponible
au format numérique

www.bragelonne.fr

SHELLEY PARKER-CHAN

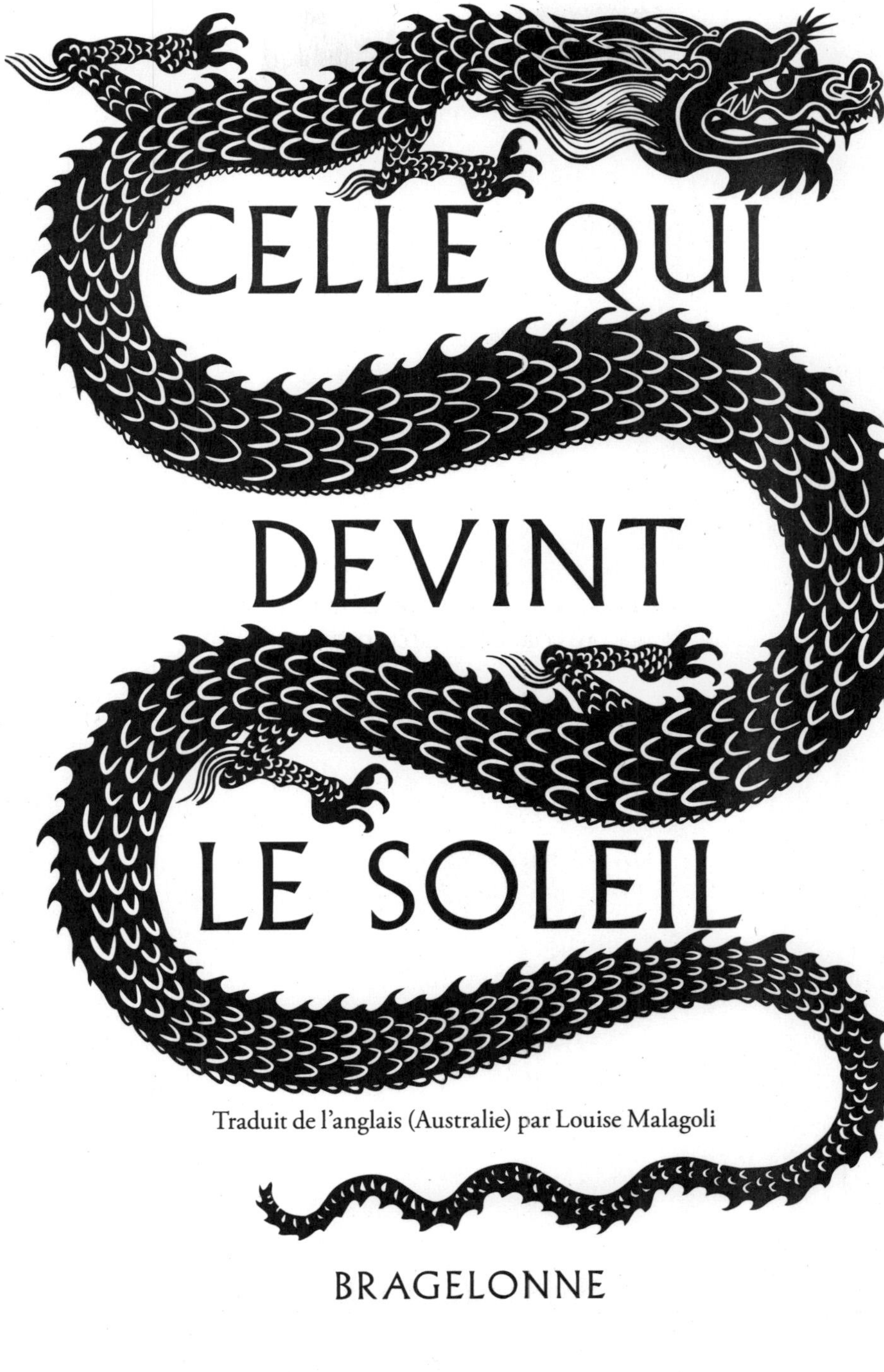

CELLE QUI DEVINT LE SOLEIL

Traduit de l'anglais (Australie) par Louise Malagoli

BRAGELONNE

Titre original : *She Who Became The Sun*

Carte :
D'après la carte originale

ISBN : 979-10-281-1238-7

Bragelonne
60-62, rue d'Hauteville – 75010 Paris

E-mail : info@bragelonne.fr
Site Internet : www.bragelonne.fr

« Toutes les choses, ô prêtres, sont en flammes… Et de quel feu brûlent-elles ? Du feu de la passion, vous dis-je. Du feu de la haine, du feu de l'engouement, de la naissance, de la vieillesse et de la mort ; elles brûlent du feu de la tristesse, des lamentations, du malheur, du chagrin et du désespoir. »

Adittapariyaya Sutta : le Sermon du Feu

Note historique

Parmi les nombreuses dynasties de la Chine impériale, la dynastie Yuan (1271-1368) se distingue par sa brièveté, mais aussi par le fait que le pays a été gouverné par ses conquérants mongols. Les événements de ce roman se déroulent au crépuscule de cette période captivante et tumultueuse de l'Histoire.

Avant d'être conquise par les Mongols, la Chine était déjà divisée en deux États séparés. Le Nord était gouverné par des envahisseurs venus de Mandchourie, les Jürchen. Dans le Sud, le pouvoir appartenait à la dynastie Song, d'ethnie chinoise, dont les empereurs avaient été repoussés vers cette région après la prise de leur capitale centrale par les Jürchen en 1127.

Les Mongols, tribu de cavaliers nomades des steppes asiatiques, commencèrent leur ascension au XIIIe siècle sous l'autorité de Gengis Khan. Durant la première moitié du siècle, leurs armées conquirent l'Asie centrale ainsi qu'une partie de l'Europe, jusqu'à la Pologne. Après une guerre de vingt-trois ans contre les Jürchen, ils parvinrent à s'emparer de la Chine du Nord. La dynastie Song, dans le Sud, leur résista quelques décennies de plus ; mais elle tomba face au petit-fils de Gengis Khan, Kubilai Khan, en 1271. Le Nord et le Sud furent alors unis sous l'autorité des Mongols, et Kubilai Khan devint le premier souverain de la dynastie Yuan.

Malgré leurs origines étrangères, les khans mongols affirmèrent posséder le droit divin à régner sur la Chine : le Mandat du Ciel. Ce dernier faisait de leur Grand Yuan le successeur légitime des dynasties précédentes ; et les khans se donnèrent le titre d'empereurs, perpétuant la tradition chinoise. Dans d'autres domaines, cependant, leur règne constitua une rupture significative avec les régimes passés.

Les Mongols séparèrent la Chine en domaines féodaux, qui furent confiés à des princes et à d'autres nobles mongols. Ils éliminèrent les célèbres examens d'entrée dans la fonction publique et fondèrent un système discriminatoire de quatre castes, à des fins de contrôle social. Les Mongols occupaient la place la plus élevée de cette hiérarchie. Ils étaient suivis des non-Chinois, parmi lesquels les autres nomades des steppes, les Ouïghours, les Perses et les Turcs (Semuren). La troisième caste était constituée des Chinois du Nord (Hanren), et la quatrième des Chinois du Sud (Nanren). Les membres de cette dernière caste n'avaient pas le droit de porter les armes ou d'occuper un poste de pouvoir, en plus de nombreuses autres restrictions. Beaucoup de jeunes Chinois du Sud intelligents et ambitieux – comme la protagoniste de *Celle qui devint le Soleil* – ne pouvaient envisager d'autre avenir que celui de paysan.

Le Yuan des Mongols permit de grandes avancées technologiques et vit prospérer les arts. Cependant, il se caractérisa également par la succession trop rapide et déstabilisante de ses empereurs, par de graves erreurs de gouvernement et une inflation ruineuse. Le roman commence en 1345, alors que la Chine centrale était affligée d'une terrible série de catastrophes naturelles. Le pouvoir se révéla incapable d'y faire face et s'écroula à l'échelle locale, laissant le champ libre aux chefs de guerre, aux sectes, aux bandits et aux rébellions paysannes. Cette situation marqua le début de la fin pour les souverains mongols. Leur défaite et leur expulsion de Chine en 1368 virent s'établir la dynastie Ming. Ces empereurs autochtones régneraient durant deux cent soixante-quinze ans, avant que la Chine tombe une nouvelle fois aux mains d'envahisseurs venus du nord.

Celle qui devint le Soleil suit le cours d'événements historiques et met en scène plusieurs personnages tirés de la réalité. Cependant, le roman en réinterprète librement presque tous les aspects… à l'image des séries chinoises en costume, monstrueusement addictives, qui l'ont inspiré ! J'espère malgré tout que le contexte offert par cette note vous sera utile.

GRAND YUAN
PLAINE CENTRALE
Vers 1355
KHANBALYK
(DADU)
SHANXI
Hichetu
(Liulin)
Anyang
PROVINCE
CENTRALE
Jining
Grand Canal
BIANLIANG
Fleuve Jaune
HENAN
Anfeng
Fleuve Huai
Yangzhou
Lu
JIANKANG
Pingjiang
Wuchang
Fleuve Yangzi
KHINSAI
(LIN'AN)
JIANGZHE
HUGUANG

Première partie

1345-1354

1

Vallée du fleuve Huai,
Sud du Henan, 1345

Le village de Zhongli gisait, aplati par le soleil, comme un chien épuisé qui aurait renoncé à trouver un coin d'ombre. Il n'était entouré que de terre jaune et nue, dont les craquelures évoquaient la carapace d'une tortue, ainsi que d'un parfum d'ossements et de poussière brûlante. C'était la quatrième année de sécheresse. Connaissant la cause de leurs souffrances, les paysans maudissaient leur empereur barbare dans sa lointaine capitale du Nord. Comme toutes les choses reliées par un fil de qi, qui s'affectent mutuellement même lorsqu'elles sont éloignées, la valeur d'un empereur décide du sort de son empire. Le domaine du grand monarque jouit d'abondantes moissons ; celui du souverain indigne est accablé de crues, de sécheresses et d'épidémies. L'homme qui régnait sur l'empire du Grand Yuan n'était pas seulement empereur, mais aussi grand khan. C'était le dixième successeur du conquérant mongol Kubilai Khan, qui avait vaincu la dernière dynastie autochtone soixante-dix ans auparavant. Il détenait la lumière divine du Mandat du Ciel depuis onze années ; et déjà, il y avait des enfants de dix ans qui n'avaient jamais connu que le désastre.

La deuxième fille de la famille Zhu avait à peu près dix ans, en cette aride année du Coq. Rêvant de nourriture, elle suivait les garçons du village vers le champ du voisin, car ce dernier venait de mourir. Avec son large front et sa tête anguleuse, tout à fait dépourvue des rondeurs adorables de l'enfance, elle ressemblait à un criquet. Comme cet insecte, elle ne pensait qu'à manger. Mais la fille étant habituée aux repas monotones des paysans – et n'imaginant que vaguement qu'il puisse exister quoi que ce soit de meilleur –, ses rêves se bornaient à en exagérer la quantité. À cet instant, elle était absorbée par l'image d'un bol de bouillie de millet. Son esprit l'avait rempli au-delà des confins du récipient. Le liquide frémissait sous une peau mince et tendue. En marchant, elle se demandait avec une angoisse voluptueuse comment elle en prendrait la première cuillerée sans en perdre une seule goutte. Du dessus (mais les côtés risquaient alors de déborder) ou par le côté (la catastrophe serait sans doute inévitable) ? D'une main ferme ou délicate ? Elle était si obnubilée par son repas imaginaire qu'elle entendit à peine, en passant, crisser la pelle du fossoyeur.

Une fois au champ, elle se dirigea tout droit vers les ormes décapités qui s'alignaient à son extrémité. Ces arbres avaient naguère été beaux, mais la fille s'en souvenait sans nostalgie. Après l'échec de leur troisième moisson, les paysans avaient découvert que leurs ormes gracieux pouvaient être découpés et mangés comme n'importe quel être vivant. Voilà qui valait la peine qu'on s'en souvienne, pensa la fille. Le goût brunâtre et astringent d'une racine d'orme six fois bouillie, qui vous rendait vaguement nauséeux et vous laissait les joues un peu rêches, ce qui vous rappelait avoir mangé. Mieux encore : la farine d'écorce d'orme mélangée à de l'eau et de la paille hachée, façonnée en biscuits et cuite à petit feu. Mais les parties comestibles des ormes avaient toutes disparu. S'ils intéressaient encore les enfants du village, c'est seulement parce qu'ils servaient d'abris aux souris, sauterelles et autres friandises.

Un jour – elle n'aurait su dire lequel –, elle était devenue la seule fille du village. C'était une idée déplaisante. Elle préférait ne pas trop y penser. Et puis, c'était inutile : elle savait très bien ce qui s'était passé. Si une famille avait un fils et une fille et deux bouchées de nourriture, pourquoi en gâcheraient-ils une en la donnant à leur fille ? Si celle-ci était particulièrement utile, peut-être… La fille savait qu'elle n'était pas plus utile que celles qui étaient mortes. Et elle était plus laide. Elle pinça les lèvres et s'accroupit près du premier orme coupé. La seule différence entre les mortes et elle, c'est qu'elle avait appris à attraper de quoi se nourrir. Une différence qui semblait bien mince pour conduire à deux sorts opposés.

C'est alors que les garçons, qui avaient couru en avant pour réserver les meilleures places, se mirent à crier. Ils avaient trouvé une proie. Malgré l'inefficacité avérée de cette méthode, ils tentaient de faire sortir l'animal à l'aide de bâtons qu'ils frappaient et rentraient dans les trous de la souche. La fille profita de cette diversion pour tirer son piège de sa cachette. Elle avait toujours été adroite de ses mains ; à l'époque où ces choses-là avaient de l'importance, on louait son habileté à tresser des paniers. À présent, son filet entrelacé renfermait un précieux trésor : un lézard aussi long que son avant-bras. Cette vue chassa aussitôt toute image de bouillie de son esprit. Elle frappa la tête de l'animal contre un caillou et le tint entre ses genoux tandis qu'elle inspectait ses autres pièges. Elle s'immobilisa en trouvant une poignée de criquets. La pensée de ce mets croustillant, au goût de noisette, la fit saliver. Elle se reprit, enferma les insectes dans un morceau de tissu et les rangea dans sa poche pour les manger plus tard.

Après avoir replacé ses filets, la fille se redressa. Un nuage de lœss doré s'élevait de la route traversant les collines, derrière le village. Sous des bannières d'azur, couleur de la dynastie mongole, des soldats en armure de cuir formaient comme une rivière sombre coulant vers le sud. Tout le monde, dans la vallée du fleuve Huai, connaissait l'armée du prince du Henan. C'était ce noble mongol qui venait écraser les rébellions paysannes dans la région, depuis un temps qui remontait à deux fois la vie de la fille. L'armée du prince descendait vers le sud à l'automne et regagnait sa garnison au nord du Henan chaque printemps, avec une précision de calendrier. L'armée n'était jamais venue si près de Zhongli que ce jour-là, et aucun habitant de Zhongli ne s'en était approché davantage. Le métal de l'armure des soldats miroitait à la lumière, faisant scintiller la rivière sombre sur la colline grisâtre. C'était un spectacle si éloigné de la vie de la fille qu'il ne lui parvenait que confusément, comme les cris plaintifs des oies volant très haut au-dessus de sa tête.

Affamée et harassée par le soleil, elle se désintéressa de la vue. Son lézard à la main, elle prit la direction de sa maison.

À midi, la fille partit au puits avec son seau et le bâton qui lui servait à le porter sur son épaule. Elle revint en nage. Le seau était chaque jour plus lourd que la veille, car il contenait toujours moins d'eau et plus de boue ocre venue du fond du puits. La terre avait échoué à les nourrir, mais semblait maintenant résolue à s'inviter dans leur bouche et à leur crisser sous la dent. La fille se souvint qu'un jour, certains villageois avaient mangé des pâtés de terre. Elle ressentit un pincement de compassion à cette idée. Qui n'aurait pas tout tenté pour apaiser les souffrances de son estomac vide ? D'autres s'y seraient peut-être essayés ; mais les membres et les ventres des villageois avaient gonflé, puis ils étaient morts. Le reste du village avait retenu la leçon.

La famille Zhu vivait dans une cabane de bois d'une seule pièce, construite à une époque où les arbres étaient plus abondants. C'était il y a très longtemps, et la fille ne s'en souvenait pas. Au fil de quatre années de dessèchement, les planches s'étaient écartées, si bien que l'air circulait autant à l'intérieur qu'à l'extérieur. Puisqu'il ne pleuvait jamais, cela ne posait pas de problème. La maison accueillait jadis toute une famille : deux grands-parents paternels, deux parents et sept enfants. Mais chaque année de sécheresse avait réduit leur nombre, jusqu'à ce qu'ils ne soient plus que trois : la fille, son grand frère Zhu Chongba et leur père. Chongba, âgé de onze ans, avait toujours été chéri plus que les autres ; c'était en effet le huitième de sa génération de cousins mâles, ce qui était un signe de chance. À présent qu'il était le seul survivant, le fait qu'il soit béni du Ciel n'en devenait que plus évident.

La fille contourna la cabane pour porter son seau à la cuisine. Celle-ci n'était autre qu'un appentis ouvert, doté d'une étagère branlante et d'un crochet servant à suspendre la marmite sur le feu. Le récipient était posé sur l'étagère, avec deux pots de terre contenant des haricots jaunes. Un lambeau de viande racornie, pendu à un clou, était tout ce qui restait du buffle de trait de son père. La fille prit le bout de viande et en frotta l'intérieur de la marmite. C'était ce que sa mère avait toujours fait pour parfumer la soupe. *Autant espérer trouver un goût de viande à une selle bouillie*, songeait-elle secrètement. Elle dénoua sa jupe et la rattacha sur l'ouverture de la marmite avant d'y verser de l'eau du seau. Puis elle racla le cercle de boue qui s'était formé sur le vêtement et le remit. Sa jupe n'était pas plus sale qu'avant, et au moins, l'eau était propre.

Elle était en train d'allumer le feu lorsque son père passa non loin de là. Elle l'observa depuis l'appentis. Il faisait partie de ces gens dont les yeux ressemblent à des yeux, et le nez à un nez. Aucun signe particulier. La faim avait tendu sa peau sur son visage jusqu'à l'aplatir de la pommette au menton, et d'un coin du menton à l'autre. De temps en temps, la fille se demandait si son père n'était pas un jeune homme, en réalité ; ou au moins un homme pas très vieux. C'était difficile à dire.

Son père portait une courge d'hiver sous le bras. Elle n'était pas plus grande qu'un nouveau-né. Sa peau blanchâtre était couverte de poussière, car elle avait été enfouie sous terre depuis presque deux ans. Son père avait le visage empreint de tendresse, ce qui la surprit. Elle ne lui avait jamais vu cette expression auparavant. Mais elle devina ce qu'elle signifiait : c'était leur dernière courge.

Son père s'accroupit près de la souche plate où ils tuaient les poulets, autrefois. Il y plaça la courge comme pour en faire l'offrande aux ancêtres. Son grand couteau à la main, il hésita. La fille savait ce qu'il pensait. Une fois coupée, la courge ne se conserverait plus. Elle ressentit une bouffée d'émotions mêlées. Pendant quelques jours délectables, ils auraient…

à manger. Un souvenir refit surface : celui d'une soupe aux os de porc et au sel où frémissaient des gouttelettes d'huile dorée. La chair presque gélatineuse de la courge, aussi translucide qu'un œil de poisson, s'écrasant doucement sous la dent. Mais une fois que la courge serait mangée, il ne resterait plus que les haricots jaunes. Et ensuite, plus rien.

Le couteau s'abattit. Quelques instants plus tard, le père de la fille entra dans l'appentis. Lorsqu'il lui tendit le morceau de courge, son air tendre avait disparu.

— Prépare ça, dit-il d'un ton brusque avant de repartir.

La fille éplucha la courge et en découpa la chair dure et blanche. Elle avait oublié cette odeur, qui rappelait la cire de bougie et l'arôme vert des fleurs d'orme. L'espace d'un instant, elle fut prise d'une envie de tout fourrer dans sa bouche. La chair, les graines et même la peau coriace : tout cela stimulerait chaque centimètre de sa langue, lui procurant l'extase suprême de *manger*. La fille déglutit. Elle connaissait sa valeur aux yeux de son père, et le risque qu'elle courrait en commettant un vol. Toutes les filles qui étaient mortes n'avaient pas succombé à la faim. À contrecœur, elle versa les dés de courge dans la marmite avec une petite poignée de haricots. Elle fit cuire le tout jusqu'à ce que le bois soit entièrement consumé, puis prit les morceaux d'écorce repliée qui lui servaient de gants pour saisir la marmite et l'emporter dans la maison.

Chongba leva les yeux. Il était assis sur la terre nue, près de leur père. Contrairement à celui-ci, son visage était de ceux qui provoquent des commentaires. Il avait la mâchoire belliqueuse et un front aussi bosselé qu'une noix. Ces traits le rendaient si hideux à regarder qu'on ne pouvait s'empêcher de le faire, avec fascination. Chongba lui prit la cuillère et servit leur père.

— Mange, Ba, je t'en prie.

Puis il se servit lui-même, et enfin la fille.

Elle examina son bol et n'y trouva que des haricots et de l'eau. Elle tourna son regard vers son frère, en silence. Celui-ci, qui mangeait déjà, ne remarqua rien. Elle le regarda engloutir un morceau de courge. On ne lisait aucune cruauté sur son visage, rien d'autre qu'une satisfaction aveugle et béate : celle de quelqu'un qui n'avait à s'occuper que de lui-même. La fille savait que les fils et les pères étaient l'essence de la famille, tout comme la famille était l'essence de l'univers ; et, malgré ses rêveries, elle n'avait jamais vraiment imaginé qu'on la laisserait goûter à la courge. Elle en fut tout de même dépitée. Elle prit une cuillerée de soupe qui, en descendant dans son corps, lui fit l'effet d'une braise brûlante.

Chongba dit, la bouche pleine :

— Ba, on a failli attraper un rat, aujourd'hui. Mais il s'est enfui.

En se remémorant les garçons frappant la souche de leurs bâtons, la fille pensa avec mépris : *« Failli ! »*...

L'attention de Chongba se reporta sur elle. Mais s'il s'attendait à ce qu'elle prenne la parole, il allait être déçu. Au bout d'un moment, il lui dit :

— Je sais que tu as attrapé quelque chose. Donne-le-moi.

Les yeux toujours rivés sur son bol, la fille trouva le paquet de criquets qui tressautait dans sa poche. Elle le lui tendit. En elle, la braise brûla de plus belle.

— C'est tout, fille inutile ?

Elle leva les yeux si brusquement qu'il tressaillit. Il avait récemment commencé à l'appeler ainsi, imitant leur père. Elle avait l'estomac aussi contracté qu'un poing serré. Elle s'autorisa à penser au lézard caché dans la cuisine. Elle le ferait sécher et le mangerait en secret, seule. Et cela suffirait. Il le faudrait bien.

Ils terminèrent le repas en silence. Tandis que la fille léchait son bol, son père posa deux graines de courge sur leur autel familial rudimentaire. L'une était destinée à nourrir leurs ancêtres, l'autre à apaiser les fantômes errants et affamés qui n'avaient plus de descendants pour se souvenir d'eux.

Quelques instants plus tard, son père se redressa, quittant sa posture de respect crispé face à l'autel. Il se retourna vers les enfants et dit dans un murmure féroce :

— Bientôt, nos ancêtres interviendront pour faire cesser toutes ces souffrances. C'est certain.

La fille savait qu'il avait raison. Il était plus vieux qu'elle et connaissait plus de choses. Mais lorsqu'elle tentait de se représenter l'avenir, elle n'y arrivait pas. Il n'y avait rien, dans son imagination, pour remplacer ces longs jours de famine, immuables et indifférenciés. Elle s'accrochait à la vie parce que celle-ci lui semblait avoir une valeur, ne serait-ce qu'à ses propres yeux. Mais en y réfléchissant, elle ne parvenait pas à comprendre pourquoi.

Désœuvrés, la fille et Chongba s'assirent dans l'embrasure de la porte, le regard tourné vers l'extérieur. Un repas par jour n'aurait pas suffi à occuper qui que ce soit. La chaleur était surtout insupportable à la fin de l'après-midi, quand le soleil venait barrer méchamment le village, aussi rouge que le Mandat du Ciel du dernier empereur autochtone.

Une fois le soleil couché, on haletait un peu, et c'était tout. Du côté du village où vivait la famille Zhu, les maisons étaient alignées à l'écart les unes des autres le long d'un grand chemin de terre. Rien ne bougeait, pas plus sur la route qu'ailleurs, dans le soir tombant. Chongba triturait l'amulette bouddhiste qu'il portait et donnait des coups de pied dans la terre. La fille contemplait le croissant de lune qui s'arrachait lentement à l'ombre lointaine des collines.

Les deux enfants furent surpris de voir leur père apparaître au coin de la maison. Il avait un morceau de courge à la main. La fille sentit son léger arôme de pourriture, quoiqu'il n'ait été coupé que le matin même.

— Tu sais quel jour nous sommes, aujourd'hui ? demanda-t-il à Chongba.

Cela faisait des années que les paysans n'avaient pas célébré les fêtes marquant les dates importantes du calendrier. Chongba finit par se hasarder à répondre :

— Le jour de la fête de la mi-automne ?

La fille ricana en elle-même. N'avait-il donc pas d'yeux pour regarder la lune ?

— Le deuxième jour du neuvième mois, corrigea son père. C'est le jour où tu es né, Zhu Chongba, dans l'année du Cochon. (Il se retourna et se mit à marcher.) Viens.

Chongba se leva à la hâte et le suivit. La fille attendit un instant pour l'imiter. Les maisons se succédaient le long de la route, plus noires encore que le ciel. Autrefois, la fille avait peur d'y marcher dans l'obscurité, à cause des chiens sauvages. Mais la nuit était déserte, à présent. Pleine de fantômes, disaient les villageois survivants. Puisque les fantômes étaient aussi invisibles qu'un souffle ou que le qi, il était impossible de savoir s'ils étaient là ou non. Pour la fille, cela les rendait moins inquiétants : elle n'avait peur que des choses qu'elle voyait de ses yeux.

Ils quittèrent le chemin et aperçurent un petit point de lumière face à eux, pas plus vif qu'un éclair fugace passant derrière les paupières. C'était la maison du devin. Lorsqu'ils entrèrent, la fille comprit pourquoi son père avait coupé la courge.

La première chose qu'elle vit fut la bougie. Elles étaient si rares à Zhongli que sa clarté semblait magique. Sa flamme, aussi haute qu'une main, oscillait comme la queue d'une anguille. C'était beau, mais dérangeant. Dans la pénombre de sa propre maison, la fille n'avait jamais été frappée par la conscience du noir environnant. Ici, ils étaient comme dans une bulle au milieu des ténèbres, et la bougie l'empêchait de distinguer quoi que ce soit au-delà de l'espace illuminé.

La fille n'avait jamais vu le devin que de loin. À présent qu'elle se trouvait face à lui, elle sut avec certitude que son père n'était pas vieux. Le devin était si âgé qu'il avait peut-être connu le temps d'avant les empereurs barbares. Sur sa joue fripée, il y avait un gros grain de beauté où poussait un grand poil noir, deux fois plus long que ceux, blancs et clairsemés, de sa barbe. La fille le regarda fixement.

— Honorable oncle… (Son père s'inclina et tendit le morceau de courge au devin.) Je vous amène le huitième fils de la famille Zhu, Zhu Chongba, sous les étoiles de sa naissance. Pouvez-vous nous révéler sa destinée ?

Il poussa Chongba vers le vieillard. Le garçon s'avança avec empressement.

Le devin prit son visage entre ses mains ridées et le tourna d'un côté, puis de l'autre. De ses pouces, il appuya sur son front et ses joues. Il mesura ses orbites et son nez, et examina la forme de son crâne. Puis il saisit son poignet pour prendre son pouls. Les paupières du devin tombèrent. Son expression se fit sévère et intime, comme s'il interprétait un message venu de très loin. La sueur perla soudain à son front.

L'instant s'éternisa. La bougie flamboya un peu plus fort et les ténèbres parurent se rapprocher. La fille eut un frisson, mais son impatience allait grandissant.

Ils sursautèrent tous lorsque le devin lâcha le bras de Chongba.

— Dites-nous tout, vénérable oncle, pressa le père de la fille.

Le vieil homme tressaillit et releva les yeux. En tremblant, il dit :

— Cet enfant recèle en lui la grandeur. Je l'ai vu, oh ! Et avec quelle clarté ! Ses exploits apporteront l'honneur à votre famille pour cent générations. (Stupéfaite, la fille le vit se lever et se prosterner aux pieds de son père.) Pour recevoir en récompense un fils doté d'une telle destinée, vous avez dû être très vertueux lors de vos vies antérieures. Monsieur, je suis honoré de vous connaître.

Le père de la fille posa sur le vieillard un regard stupéfait. Enfin, il dit :

— Je me souviens du jour où est né cet enfant. Il était trop faible pour téter, aussi ai-je marché jusqu'au monastère de Wuhuang pour faire une offrande en échange de sa survie. Vingt jin de haricots jaunes et trois citrouilles. J'ai même promis aux moines que je le ferais entrer au monastère lorsqu'il aurait douze ans, s'il survivait. (Sa voix s'érailla, à la fois désespérée et joyeuse.) Tout le monde m'a dit que j'étais fou.

La grandeur… C'était le genre de mot qui semblait incongru à Zhongli. La fille ne l'avait entendu que dans les histoires du passé que racontait son père, celles de cette époque fabuleuse et tragique précédant l'arrivée des barbares. Un âge d'empereurs, de rois et de généraux ; de guerre, de trahison, de triomphe. Et tout à coup, son frère très ordinaire – Zhu Chongba – était promis à la grandeur. Lorsqu'elle regarda Chongba, son visage hideux rayonnait. À son cou, l'amulette bouddhiste en bois accrocha la lumière et brilla comme de l'or, faisant de lui un roi.

Lorsqu'ils partirent, la fille s'attarda au seuil des ténèbres. Quelque chose lui fit jeter un regard derrière elle, vers le vieil homme au milieu de sa flaque de lumière. À tout petits pas, elle revint alors en arrière et se recroquevilla devant lui, jusqu'à ce que sa tête touche la terre battue et que ses narines s'emplissent de cette odeur funèbre et crayeuse.

— Vénérable oncle, pouvez-vous me révéler ma destinée ?

Elle avait peur de relever les yeux. L'impulsion qui l'avait amenée jusqu'ici – la braise brûlante dans son ventre – l'avait abandonnée. Son pouls s'affola comme un lapin, ce pouls qui renfermait l'essence de sa destinée. Elle pensa à Chongba et à son destin immense. Quel effet cela faisait-il, de porter en soi la graine d'un avenir fabuleux ? Elle se demanda soudain si une telle graine se cachait aussi en elle. Si son problème était seulement de n'avoir pas su quoi chercher, de n'avoir pas de nom à lui donner.

Le devin resta muet. La fille sentit un courant d'air froid la parcourir. Son corps se couvrit de chair de poule. Elle se tapit de plus belle, tentant d'échapper à cette caresse glacée et terrifiante. La bougie s'éleva en une langue de feu.

Puis, comme de très loin, elle entendit le devin dire :

— Rien.

La fille ressentit une douleur sourde et profonde. C'était là sa graine à elle, sa destinée ; et elle s'aperçut qu'elle l'avait toujours su.

Les jours se succédèrent lentement. La réserve de haricots jaunes de la famille Zhu baissait. L'eau devenait de plus en plus imbuvable. Les pièges de la fille attrapaient de moins en moins de proies. Beaucoup des villageois restants partirent sur la route des collines, menant au monastère et au-delà. Pourtant, tout le monde savait qu'ils ne réussiraient qu'à mourir aux mains des bandits au lieu de succomber à la faim. Seul le père de la fille semblait habité d'une force nouvelle. Chaque matin, il allait se camper sous la coupole rosée de leur ciel sans nuages et répétait, comme une prière :

— Les pluies vont venir. Il nous suffit d'être patients, et de croire que le Ciel permettra à Zhu Chongba d'accomplir sa grande destinée.

Un matin la fille, qui dormait dans la fosse peu profonde qu'elle et Chongba s'étaient creusée à côté de la maison, fut réveillée par un bruit. Celui-ci était saisissant : ils avaient presque oublié les sons de la vie. En s'approchant du chemin, ils découvrirent quelque chose de plus surprenant encore... du *mouvement*. Avant qu'ils aient pu reprendre leurs esprits, le tumulte passait devant eux dans un bruit de tonnerre : c'étaient des hommes sur des chevaux crasseux, dont la course effrénée soulevait violemment la poussière.

Lorsqu'ils furent partis, Chongba demanda, minuscule et apeuré :

— C'était l'armée ?

La fille resta muette. Elle n'aurait pas imaginé que ces hommes puissent venir de la rivière sombre, belle mais toujours lointaine.

Derrière eux, leur père répondit :

— Des bandits.

Cet après-midi-là, trois des bandits entrèrent en se voûtant sous le linteau délabré de la maison des Zhu. La fille, tapie sur le lit avec son frère, eut l'impression qu'ils emplissaient la pièce de leur taille et de leur puanteur. Leurs vêtements déchirés pendaient de leur corps et leurs cheveux détachés étaient emmêlés par la saleté. Avant eux, la fille n'avait jamais vu personne porter des bottes.

Le père de la fille s'était préparé à ce moment. Il se leva et s'approcha des bandits, un pot de terre à la main. Quoi qu'il puisse éprouver, il n'en montrait rien.

— Honorables hôtes... Ces haricots sont de bien piètre qualité, et nous n'en avons pas beaucoup ; mais je vous en prie, prenez-les.

L'un des bandits prit le pot et regarda à l'intérieur. Il renifla.

— Mon oncle, quelle avarice ! Tu n'as pas que ça, j'en suis sûr.

Leur père se raidit.

— Je vous jure que si. Vous voyez bien que mes enfants sont plus maigres que des chiens malades ! Cela fait bien longtemps que nous ne mangeons que des pierres, mon ami.

Le bandit rit.

— Ah ! Foutaises... Si vous mangiez des pierres, vous ne seriez pas tous en vie, si ? (Avec la cruauté paresseuse d'un chat, il poussa le père de la fille, qui tituba en arrière.) Vous êtes tous les mêmes, vous, les paysans. Vous nous donnez du poulet en espérant nous cacher le cochon bien gras dans le garde-manger ! Va me chercher le reste, peigne-cul.

Le père de la fille se figea. Quelque chose changea sur son visage. Avec une promptitude inattendue, il s'élança vers les enfants et attrapa la fille par le bras. Elle cria de surprise tandis qu'il la traînait hors du lit. Sa poigne serrée lui faisait mal.

Au-dessus de sa tête, elle entendit son père dire :

— Prenez cette fille.

L'espace d'un instant, ses mots n'eurent pas de sens. Puis elle comprit. Sa famille avait beau la qualifier d'inutile, son père avait fini par lui trouver un usage : celui d'une monnaie d'échange pour protéger les gens qui comptaient. La fille regarda les bandits, terrorisée. Qu'allaient-ils donc faire d'elle ?

En écho à ses pensées, le brigand rétorqua dédaigneusement :

— Ce petit criquet tout noir ? Donne-nous plutôt une fille de cinq ans de plus, et plus jolie… (Puis il s'interrompit et se mit à rire.) Ah, mon oncle ! C'est donc vrai, ce qu'on raconte sur les paysans qui n'ont *vraiment* plus rien à bouffer…

Hébétée et incrédule, la fille se souvint de ce qu'aimaient à murmurer les enfants du village. Que, dans d'autres hameaux, plus affamés que le leur, on s'échangeait les plus jeunes entre voisins pour les manger. Les enfants frémissaient de terreur et d'excitation à cette idée ; mais aucun d'eux n'y croyait réellement. Ce n'était qu'une légende.

Tout à coup, en voyant son père éviter son regard, la fille comprenait que ce n'était pas le cas. Prise de panique, elle se débattit. Son père la serra plus étroitement, lui écrasant la peau, et elle se mit à pleurer trop fort pour respirer. En cet instant terrible, elle sut ce que n'être destinée à « rien » voulait dire. Elle avait cru que cela revenait à être insignifiante ; qu'elle ne serait jamais personne, qu'elle ne ferait rien d'important. Mais ce n'était pas cela.

« Rien », c'était la mort.

Alors qu'elle se tordait, criait, hurlait, le bandit s'approcha à grands pas et l'arracha à son père. Elle s'égosilla de plus belle, puis heurta le lit si brutalement que tout l'air quitta ses poumons. Le bandit l'y avait jetée.

D'un air de dégoût, il déclara :

— J'ai faim, mais pas au point de manger des ordures.

Il donna alors un coup de poing dans le ventre de leur père. Celui-ci se plia en deux avec un gargouillis liquide. La fille ouvrit la bouche en silence. À côté d'elle, Chongba cria.

— Il y en a d'autres ici ! lança l'un des bandits depuis la cuisine. Il les avait enterrés.

Leur père s'écroula au sol. Le bandit lui donna un coup de pied sous les côtes.

— Tu croyais pouvoir nous berner, menteur, fils de tortue ? Je suis sûr que tu as d'autres réserves, cachées un peu partout. (Il le frappa encore ; une fois, deux fois.) Elles sont où ?

La fille s'aperçut qu'elle respirait de nouveau : Chongba et elle criaient tous les deux au bandit de s'arrêter. Chaque impact des bottes contre la chair la faisait atrocement souffrir, aussi intensément que s'il s'agissait de son propre corps. Malgré le peu de cas que son père faisait d'elle, il demeurait son père. La dette des enfants envers leurs parents était incalculable ; elle ne pouvait être remboursée. Elle cria :

— Il n'y en a plus ! Arrêtez, par pitié. Il n'y en a plus. Il n'y en a plus…

Le bandit assena quelques coups de pied supplémentaires à leur père, puis s'arrêta. La fille devina que leurs supplications n'y étaient pour rien. Leur père gisait au sol, inanimé. Le bandit s'accroupit et lui souleva la tête par son chignon, révélant l'écume sanglante qui lui suintait des lèvres et la pâleur livide de son visage. Avec un petit bruit écœuré, il le lâcha.

Les deux autres bandits revinrent avec le second pot de haricots.

— Chef, on dirait que c'est tout ce qu'il y a.

— Merde… Deux pots ? Ils allaient vraiment mourir de faim, on dirait.

Le chef haussa les épaules et sortit. Les deux autres le suivirent.

La fille et Chongba, que la terreur et l'épuisement faisaient s'accrocher l'un à l'autre, regardèrent leur père étendu sur la terre lacérée. Son corps ensanglanté était roulé en une boule aussi compacte qu'un enfant dans le ventre de sa mère : il avait quitté ce monde tout prêt pour sa réincarnation.

La nuit fut longue et peuplée de cauchemars. Le réveil fut pire. La fille resta allongée sur le lit, regardant le corps de son père. Son destin était de n'être rien, et son père avait failli s'en assurer ; mais à présent, c'était lui qui n'était rien. Tout en frémissant de culpabilité, la fille sut que tout cela n'avait rien changé. Sans leur père, sans nourriture, c'était toujours le néant qui l'attendait.

Elle se tourna vers Chongba et tressaillit. Ses yeux étaient ouverts, mais aveugles et fixés sur le toit de chaume. Il semblait à peine respirer. L'espace d'un instant épouvantable, la fille crut qu'il était mort à son tour ; mais lorsqu'elle le secoua, il eut un petit hoquet et battit des paupières. La fille se souvint tout à coup qu'il ne pouvait pas mourir, car cela l'empêcherait de connaître la grandeur. En dépit de cette certitude, se trouver dans cette pièce en compagnie de ces deux corps – un vivant et un mort – la fit se sentir plus isolée et terrifiée que jamais auparavant. Elle avait passé sa vie au milieu des autres. Jamais elle n'avait imaginé se retrouver seule.

Il revenait à Chongba de s'acquitter de leur dernière obligation filiale. Mais ce fut la fille qui prit les mains mortes de leur père et tira son corps à l'extérieur. Il s'était racorni à tel point qu'elle y parvint tout juste. Elle l'étendit sur la terre jaune derrière la maison, ramassa la bêche de son père et se mit à creuser.

Le soleil se leva, desséchant la terre, la fille et tout ce qu'il touchait. La besogne ne consistait pas tant à creuser qu'à racler des couches successives de poussière, comme une rivière érodant la terre au fil des siècles. Les ombres se raccourcirent et s'allongèrent de nouveau ; la tombe s'approfondit imperceptiblement. La fille s'aperçut peu à peu qu'elle avait faim et soif. Elle abandonna la tombe et trouva de l'eau boueuse dans le seau. Elle la prit dans ses mains et but. Elle mangea la viande destinée à frotter la marmite ; son goût faisandé la fit grimacer. Puis elle entra dans la maison et contempla longuement les deux graines de courge sur l'autel des ancêtres. Elle se souvint de ce que disaient les gens lorsqu'il était question de manger une offrande aux spectres ; que ces derniers viendraient chercher le coupable, qui tomberait malade et mourrait. Mais était-ce vrai ? La fille ne connaissait personne, au village, à qui cela était arrivé. Et si personne ne voyait les fantômes, comment pouvait-on savoir ce qu'ils faisaient ? Elle resta là un moment, tourmentée par l'indécision. Enfin, elle laissa les graines à leur place et ressortit. Elle fouilla le carré d'arachides de l'année précédente et y trouva quelques pousses boisées.

Après en avoir mangé la moitié, la fille étudia le reste, se demandant si elle devait les donner à Chongba ou faire confiance au Ciel pour le nourrir. Enfin, sa culpabilité l'obligea à lui agiter les pousses sous le nez. Quelque chose en lui se réveilla à cette vue. Elle le vit lutter pour revenir à la vie, mû par l'indignation d'un roi offusqué qu'elle ne lui ait pas apporté tout son butin. Puis l'étincelle mourut. La fille regarda ses yeux se perdre de nouveau dans le vague. Elle ne savait pas ce que cela signifiait, pourquoi il restait immobile sans boire ni manger. Elle ressortit et se remit à creuser.

Au coucher du soleil, elle ne s'enfonçait encore dans la fosse que jusqu'aux genoux. Le fond était du même jaune clair que la surface. La fille avait l'impression que la terre garderait cette couleur jusqu'au domaine des esprits, les Sources Jaunes. Elle grimpa dans le lit près du corps raide de Chongba et s'endormit. Au matin, il avait encore les yeux ouverts.

Elle ne sut pas s'il avait dormi et s'était réveillé, ou s'il était resté ainsi toute la nuit. Cette fois, lorsqu'elle le secoua, la respiration de son frère s'accéléra. Mais cela semblait tenir du réflexe plus que d'autre chose.

Elle creusa de nouveau toute la journée, ne s'arrêtant que pour boire et manger des pousses d'arachide. Et Chongba demeura inerte, sans réagir lorsqu'elle lui apporta de l'eau.

Elle s'éveilla avant l'aube au matin du troisième jour. Une sensation de solitude l'étreignit, plus puissante que jamais dans sa vie. Près d'elle, le lit était vide : Chongba avait disparu.

Elle le trouva à l'extérieur. Au clair de lune, il était comme une tache pâle près de la forme qui avait été leur père. Elle crut d'abord qu'il dormait. Même lorsqu'elle s'agenouilla et le toucha, il lui fallut un long moment pour comprendre ce qui s'était passé, car cela n'avait aucun sens. Chongba devait être un grand homme ; il devait auréoler de gloire le nom de leur famille. Mais il était mort.

La fille fut surprise de sa propre colère. Le Ciel avait promis à Chongba de le laisser vivre assez longtemps pour connaître la grandeur, et celui-ci avait abandonné cette existence, comme s'il lui suffisait d'arrêter de respirer. Il avait *choisi* de n'être rien. La fille avait envie de lui hurler des reproches. Elle-même avait toujours été destinée au néant. Elle n'avait pas eu le choix.

Elle resta agenouillée là un long moment avant de remarquer le scintillement au cou de Chongba. L'amulette bouddhiste. Elle se souvint de l'histoire : son père était allé au monastère de Wuhuang prier pour la survie de Chongba. Il avait fait une promesse. Si Chongba survivait, il reviendrait au monastère et se ferait moine.

Un monastère… où l'on était nourri, logé, protégé.

Elle sentit quelque chose s'agiter en elle à cette pensée. La conscience de sa propre vie, à l'intérieur : cette chose fragile, mystérieusement précieuse, à laquelle elle s'était raccrochée avec obstination au fil des épreuves. Elle ne pouvait s'imaginer y renonçant un jour ; elle ne comprenait pas que Chongba ait pu trouver cette solution plus supportable que de continuer à vivre. Sombrer dans le néant était la chose la plus terrifiante qu'elle puisse concevoir ; pire encore que la faim, la douleur ou aucune des souffrances que la vie était capable d'infliger.

Elle tendit la main et toucha l'amulette. Chongba n'était rien, à présent. *S'il a pris mon destin, et qu'il est mort… alors peut-être pourrais-je prendre le sien, et survivre.*

Certes, sa plus grande peur était de n'être rien ; mais cela ne l'empêchait pas de craindre ce que lui réservait l'avenir. Ses mains tremblaient si fort qu'il lui fallut longtemps pour déshabiller le cadavre. Elle retira sa jupe et enfila la tunique de Chongba, qui descendait aux genoux, ainsi que son pantalon. Elle défit ses chignons pour que ses cheveux tombent librement comme ceux d'un garçon. Enfin, elle détacha l'amulette du cou de Chongba et la passa au sien.

Lorsqu'elle eut terminé, elle se leva et poussa les deux corps dans la tombe. Le père et le fils enlacés, jusqu'au dernier instant. Il ne fut pas facile de les recouvrir : la terre jaune flottait hors de la fosse, s'élevant en nuages qui luisaient au clair de lune. La fille posa sa bêche. Elle se redressa… et recula, horrifiée, en découvrant deux silhouettes immobiles de l'autre côté de la tombe qu'elle avait comblée.

Cela aurait pu être eux, revenus soudain à la vie. Son père et son frère debout sous la lune. Mais d'instinct, comme un oisillon nouveau-né sait déjà ce qu'est un renard, elle reconnut la présence effroyable de quelque chose qui n'appartenait pas au monde des vivants ; qui ne pouvait y appartenir. Son corps se raidit, envahi de panique, à la vue des morts.

Les fantômes de son frère et de son père étaient différents de ce qu'ils avaient été lorsqu'ils étaient en vie. Leur peau brune était pâle et poudrée, comme couverte de cendres, et ils portaient des haillons blancs aussi immaculés que des os séchés au soleil. La chevelure de son père n'était pas relevée en chignon, comme d'habitude, mais tombait en mèches emmêlées sur ses épaules. Les fantômes ne bougeaient pas. Leurs pieds flottaient juste au-dessus du sol. Leurs yeux vitreux étaient fixés dans le vague. Un murmure inarticulé, incompréhensible, s'échappait de leurs lèvres immobiles.

La fille les regarda, paralysée de terreur. La journée avait été chaude, mais il lui semblait sentir toute tiédeur et toute vie quitter son corps en réponse à l'aura glacée des fantômes. Elle se rappela la caresse froide du néant, qu'elle avait éprouvée en apprenant son destin. Ses dents s'entrechoquèrent. Que signifiait le fait de voir apparaître les morts ? Le Ciel avait-il voulu lui rappeler que le néant était tout ce à quoi elle devait aspirer ?

En frissonnant, elle arracha son regard aux spectres pour le tourner vers la route, cachée dans l'ombre des collines. Elle n'avait jamais imaginé quitter Zhongli. Mais le destin de Zhu Chongba lui dictait de partir. De survivre.

L'air se rafraîchit encore. La fille sursauta en sentant quelque chose de froid, mais bien réel, heurter sa peau. C'était un contact doux et léger, une sensation oubliée qu'elle ne reconnut que confusément, comme dans un rêve.

Laissant les fantômes hagards murmurer sous la pluie, elle se mit à marcher.

La fille parvint au monastère de Wuhuang par un matin pluvieux. Elle trouva une cité de pierre flottant dans les nuages, les courbes vernissées de ses toits de tuiles vertes étincelant loin au-dessus de sa tête. Les portes étaient closes. La fille apprit ce jour-là que la vieille promesse d'un paysan ne signifiait rien. Elle n'était qu'un des innombrables garçons massés devant le monastère, pleurant et suppliant pour qu'on les laisse entrer. Cet après-midi-là, des moines vêtus de robes gris nuage sortirent et leur crièrent de partir. Les garçons qui se trouvaient là depuis la veille – et ceux qui avaient compris qu'il était inutile de s'acharner – s'éloignèrent en titubant. Les moines se retirèrent, emportant les corps de ceux qui avaient succombé, et les portes se refermèrent sur eux.

La fille resta seule, le front posé sur les dalles glacées du monastère. Une nuit, puis deux, puis trois, dans la pluie et le froid de plus en plus mordant. Son esprit dériva. De temps à autre, sans savoir si elle rêvait ou non, elle crut voir des pieds blanchâtres passer en bordure de son champ de vision. Dans ses moments les plus lucides, lorsque la souffrance était à son comble, elle pensait à son frère. S'il avait été en vie, Chongba serait venu à Wuhuang. Il aurait attendu ici, comme elle. Et puisque Chongba aurait dû survivre – Chongba le faible, l'enfant gâté, qui avait renoncé à la vie à sa première terreur… –, elle n'en était pas moins capable.

Les moines, remarquant l'enfant qui s'obstinait, redoublèrent de virulence pour la décourager. Lorsque leurs cris se révélèrent vains, ils la maudirent ; et puisque cela ne suffisait pas non plus, ils la battirent. Elle endura le tout. Son corps était devenu comme la coquille d'une bernique, accrochée à la pierre et à la vie. Elle resta. C'était tout ce qu'elle avait encore la force de faire.

Le quatrième après-midi, un autre moine parut et vint se placer au-dessus d'elle. Ce moine-là portait une robe rouge, aux coutures et à l'ourlet brodés d'or, et donnait une impression d'autorité. Quoiqu'il ne soit pas vieux, il avait les joues pendantes. Il n'y avait aucune bienveillance dans son regard perçant, mais quelque chose que la fille eut un peu de mal à reconnaître : de l'intérêt.

— Tu es drôlement têtu, petit frère, s'exclama le moine. (À son ton, on aurait dit qu'il ne pouvait s'empêcher de l'admirer.) Qui es-tu ?

Elle était restée agenouillée à cet endroit pendant quatre jours, sans manger, ne buvant que de l'eau de pluie. Elle mobilisa alors ses toutes dernières forces. Et le garçon qui avait été la deuxième fille de la famille Zhu dit, assez fort pour que le Ciel l'entende :

— Je m'appelle Zhu Chongba.

2

Le nouveau moine novice, Zhu Chongba, fut réveillé par un choc si profond qu'il lui parut venir des tréfonds de son être. Elle n'avait pas fini de sursauter qu'il se répéta ; puis une note claire lui répondit, si forte qu'elle la sentit vibrer dans ses os. Une lumière illumina la fenêtre en papier du dortoir. Tout autour d'elle, des corps s'activaient. Des garçons déjà vêtus de pantalons et de maillots de corps enfilaient de courtes tuniques paysannes, puis les recouvraient de leurs robes grises aux larges manches, avant de courir vers la porte. Leurs sandales de paille claquant sur le sol, ils sortirent en masse de la pièce comme un banc de poissons au crâne rasé. Zhu courut derrière eux, gênée par le tissu gris qui lui encombrait l'entrejambe. Pour être Chongba, elle devrait courir aussi vite qu'il l'aurait fait, réfléchir plus vite que lui et lui ressembler comme deux gouttes d'eau. Elle était plus petite que le reste des garçons, mais sa robe ample ne laissait pas apparaître d'autres différences. Elle toucha sa tête rasée de frais. Ses cheveux étaient trop courts pour former un duvet ; ils lui râpaient les doigts comme l'aurait fait une brosse à récurer.

Tandis qu'ils couraient, leurs halètements et leurs pas sonores ajoutaient leur propre mélodie au son du tambour. Zhu, bouche bée, songea que le royaume céleste de l'Empereur de Jade ne lui aurait pas paru plus étrange que cet endroit. Ils traversèrent une cour plongée dans l'obscurité. Devant eux se dressait une immense bâtisse aux colonnes noires, éclairée par des lanternes sous ses avant-toits dorés. Plus loin, un escalier s'élevait vers les ténèbres. Sans la clarté du jour, le monastère ressemblait à un monde sans fin, montant perpétuellement et disparaissant dans l'ombre de la montagne.

Les garçons se joignirent à une file de moines qui serpentait vers l'édifice. Zhu n'eut pas le temps de regarder autour d'elle lorsqu'ils entrèrent dans la salle : à l'avant de la file, les moines s'éloignaient déjà vers la gauche ou la droite pour gagner un espace vide où ils s'asseyaient en tailleur. Zhu, arrivant la dernière, se trouva face à la salle remplie : les moines s'y alignaient en rangs d'une régularité parfaite, figés comme des statues dans un tombeau de l'ancien temps.

Le tambour cessa. La cloche sonna de nouveau, puis se tut. Le passage de la hâte à l'immobilité était presque plus troublant que tout le reste. Le silence était tel que, lorsqu'une voix retentit enfin, elle lui parut étrange et inintelligible. C'était le moine en robe rouge qui avait laissé entrer Zhu. Il psalmodiait. Ses paupières tombantes étaient aussi rondes que des ailes de scarabée ; ses joues pendaient de sa mâchoire. Son visage aurait dû paraître terne et faible. Mais sa lourdeur avait au contraire quelque chose d'impressionnant : il était comme un rocher perché en hauteur, menaçant de tomber. Zhu, fascinée, en oublia presque de respirer. Au bout d'un moment, le moine se tut et d'autres voix prirent le relais, en un murmure masculin qui remplit tout l'espace de la vaste salle. Puis quelqu'un frappa sur une planche, la cloche sonna, et les moines et novices se levèrent d'un bond pour courir comme un seul homme hors du bâtiment. Zhu fit de son mieux pour les suivre.

L'odeur lui fit comprendre où ils se rendaient avant même d'y parvenir. Zhu était une fille, mais c'était aussi une paysanne ; elle n'avait pas de pudeur à ménager. Cependant, la vue des moines et des novices pissant et chiant à l'unisson la choqua. Elle se plaqua contre le mur et attendit que le dernier d'entre eux soit parti pour se soulager ; puis elle sortit en courant et les chercha du regard.

La dernière des robes grises disparaissait derrière une porte. De nouveau, son nez lui annonça leur destination ; mais cette fois, c'était par un parfum infiniment plus agréable. *À manger.* Obsédée par cette idée, Zhu se précipita à l'intérieur… mais sentit qu'on l'agrippait par le col pour la faire ressortir.

— Novice ! Tu n'as pas entendu la cloche ? Tu es en retard.

Le moine brandit une baguette en bambou dans sa direction, et le cœur de Zhu se serra. Dans la longue pièce où elle avait failli entrer, les autres moines et novices étaient assis sur des coussins face à des tables basses individuelles. Un autre moine posait des bols devant eux. L'estomac de Zhu se tordit. L'espace d'un instant, elle crut qu'elle n'allait peut-être pas avoir le droit de manger. C'était un sentiment si atroce qu'il éclipsait même la peur.

— Tu dois être nouveau. Accepte d'être puni, ou tu ne mangeras pas, lui dit sèchement le moine. Alors, que choisis-tu ?

Zhu le dévisagea, perplexe. C'était la question la plus stupide qu'elle ait jamais entendue.

—Alors?

Elle tendit les mains; le moine les frappa de sa baguette; elle s'engouffra dans la pièce, pantelante, et se laissa tomber face à une table libre près du novice le plus proche. On posa un bol devant elle. Elle se jeta sur la nourriture. C'était la meilleure chose qu'elle ait mangée de toute sa vie, et elle eut l'impression qu'elle n'en serait jamais rassasiée. On avait cuit de tendres grains d'orge, des feuilles piquantes de moutarde brune et du radis dans un ragoût à la pâte de haricots, sucrée et fermentée: chaque bouchée lui fit l'effet d'une révélation. À peine avait-elle terminé que le préposé au service remplissait son bol d'eau. Imitant les autres novices, Zhu but à grands traits et essuya le bol de l'ourlet de sa robe. Le moine repassa alors prendre les bols. Tout le repas et le nettoyage des récipients avaient pris moins de temps qu'il n'en faut pour faire bouillir l'eau du thé. Les moines adultes se levèrent et se ruèrent hors de la pièce, très pressés; sans doute avaient-ils urgemment besoin d'aller s'asseoir en silence quelque part.

En se levant comme les autres novices, Zhu s'aperçut que son estomac lui faisait mal d'une étrange manière. Il lui fallut quelques instants pour comprendre. *Il est plein*, pensa-t-elle avec stupeur. Et pour la première fois depuis son départ du village, depuis que son père avait proposé aux bandits de la prendre et qu'elle avait appris le véritable sens du mot «rien»... elle jugea qu'elle avait une chance de survivre.

Les novices, qui allaient du petit garçon à l'adulte de presque vingt ans, se séparèrent en différents groupes d'âge. Zhu, sur les talons des plus jeunes, grimpa une suite interminable d'escaliers de pierre. Son souffle formait des panaches dans le froid bleuté de l'aube. La montagne, verte et broussailleuse, montait avec eux. Sa saveur se déposa sur la langue de Zhu, capiteuse et pétillante, évoquant à la fois la vie et la décomposition. Zhu n'avait jamais rien senti de pareil.

Quelque part en dessous d'eux, on entendit des claquements rythmés, puis l'appel de la cloche. Dans le jour naissant, Zhu découvrit que le monastère était constitué de plusieurs terrasses successives, taillées à flanc de montagne. Chacune était remplie de bâtiments de bois aux toits verts, de petites cours et d'un dédale d'étroits chemins. Les ouvertures enténébrées crachaient des bouffées d'encens. Par l'une d'elles, elle entrevit une pile de fruits aux couleurs vives entourée d'une foule de formes blanches. *D'autres moines.* Mais alors que cette pensée la traversait, elle perçut une caresse glacée sur son crâne rasé.

Son cœur tambourina dans sa poitrine ; elle se mit à courir sans s'en apercevoir, montant pour s'éloigner des ténèbres. Heureusement, les novices atteignaient leur destination sur l'une des terrasses les plus élevées. Ils quittèrent leurs sandales et pénétrèrent dans une salle longue et spacieuse. On avait ouvert en grand une série de fenêtres à croisillons, révélant en contrebas un vallon soigneusement cultivé. Dans la pièce, une dizaine de tables basses avaient été disposées sur le sol de bois sombre. Celui-ci avait été poli par des siècles de pas, à tel point que Zhu ne sentait sous ses pieds nus qu'une froideur liquide.

Zhu prit place à une table libre. Elle sentit sa terreur la quitter en touchant les objets curieux qui s'y trouvaient. Un pinceau aux poils sombres et doux, et un carré blanc qui ressemblait un peu à du tissu. *Du papier.* Un plat de pierre inclinée, dont la partie inférieure contenait de l'eau. Un petit bâton noir qui lui tacha les doigts. Les autres garçons avaient déjà pris les leurs pour les écraser sur les plats. Zhu les imita, et regarda avec un émerveillement croissant son eau devenir noire comme un œil. *De l'encre.* Elle se demanda si elle était la première personne de Zhongli à voir ces choses presque magiques dont parlaient les histoires.

C'est à cet instant qu'un moine entra d'un pas majestueux, faisant claquer une tige de bambou dans sa paume. L'objet, qui avait été fendu en deux moitiés jumelles, émit un bruit si puissant que Zhu tressaillit. C'était une erreur. Les yeux du moine se braquèrent aussitôt sur elle.

— Tiens, tiens. Notre nouvelle recrue, dit-il d'un ton malveillant. J'espère que tu n'as pas, pour justifier ta présence, que le talent d'être aussi têtu que des fourmis sur un os.

Le moine s'approcha de son bureau à grandes enjambées. Zhu l'observa avec effroi, son émerveillement oublié. Bien différent des visages brunis et crasseux des paysans de Zhongli, celui de cet homme était aussi pâle et finement ridé qu'un bloc de tofu. Chaque pli était dirigé vers le bas par l'aigreur et le mépris ; ses yeux lui lançaient des éclairs depuis leurs orbites sombres. Il abattit quelque chose devant elle, la faisant sursauter une deuxième fois.

— Lis !

Zhu regarda l'objet avec une angoisse nébuleuse, qu'elle n'avait jamais connue que dans ses cauchemars. *Un livre.* Lentement, elle l'ouvrit et contempla les colonnes de symboles qui se succédaient entre les lignes. Chaque motif était aussi unique qu'une feuille d'arbre ; et, aux yeux de Zhu, ils n'étaient pas plus intelligibles. Elle ne savait en lire aucun.

— Bien sûr, cracha l'homme d'un ton cinglant. On me donne un paysan analphabète et puant, et on s'attend à ce que j'en fasse un moine éduqué ! Si l'Abbé voulait des miracles, il aurait dû nommer un bodhisattva au poste de maître des novices…

Il frappa de son bâton la main de Zhu, qu'elle retira avec un hoquet ; puis il poussa le livre afin de le tourner dans l'autre sens.

— Ah, l'entraînement des novices a bien changé ! À mon époque, les moines nous criaient des ordres jour et nuit. Nous travaillions jusqu'à nous écrouler de fatigue ; ensuite, on nous battait pour nous faire relever. Nous n'avions droit qu'à un repas et trois heures de sommeil par jour. Et cela continuait jusqu'à ce que nous n'ayons plus ni pensée, ni volonté, ni identité. Nous n'étions que des contenants vides, purs produits de l'instant présent. Voilà comment s'éduquent les novices. Pourquoi donc un bodhisattva, être d'éveil, aurait-il besoin d'apprendre comment fonctionne ce monde ? Ne lui suffit-il pas de savoir transmettre le dharma ? Mais cet abbé-ci… (Il pinça les lèvres.) Cet abbé-ci n'est pas de cet avis. Il tient à ce que ses moines soient instruits. Ils doivent pouvoir lire, écrire et se servir d'un boulier. Comme si notre monastère n'était qu'une vulgaire maison de commerce, n'ayant pour toute préoccupation que ses rentes et ses bénéfices ! Mais… quel que soit mon avis sur la question, le fardeau de votre éducation pèse malheureusement sur mes épaules.

Il observa Zhu d'un air de dégoût.

— Je n'ai aucune idée de ce qui l'a poussé à te laisser entrer. Regarde-toi ! Tu n'es pas plus gros qu'un criquet. En quelle année es-tu né ?

Zhu s'inclina profondément sur son bureau. Elle fit de son mieux pour ignorer l'odeur suave du livre, qui éveillait ses sens et son estomac.

— Dans l'année du…, croassa-t-elle d'une voix qui était restée muette trop longtemps.

Elle s'éclaircit la gorge et parvint à articuler :

— L'année du Cochon.

— Onze ans ! On n'entre normalement au monastère qu'à partir de douze ans. (Une nuance nouvelle, plus vindicative, perça dans sa voix.) Tu crois sans doute que, si l'Abbé a fait une exception pour toi, cela signifie que tu es un être à part, novice Zhu.

Zhu, qui craignait déjà d'être méprisée pour ses propres défaillances, comprit alors que la réalité était pire encore… Sa présence symbolisait l'intrusion de l'Abbé dans ce que le maître des novices considérait manifestement comme son royaume.

— Non, souffla-t-elle.

Elle espéra qu'il entende la vérité dans sa voix. *Laissez-moi être comme les autres. Laissez-moi simplement survivre.*

— On dit « Non, préfet Fang », aboya-t-il. L'Abbé t'a certes laissé entrer, mais tu te trouves à présent dans mon domaine. En tant que maître des novices, c'est à moi de décider si tu es à la hauteur. Sache que ton jeune âge ne te vaudra aucune clémence de ma part. Prépare-toi donc à t'acquitter comme les autres des exercices et des tâches demandées… ou bien ne me fais pas perdre mon temps, et pars sur-le-champ !

Partir ? La panique l'envahit. Comment aurait-elle pu partir, alors que tout ce qui l'attendait hors du monastère était la destinée qu'elle avait abandonnée ? Mais elle songea avec inquiétude qu'elle n'avait pas seulement un an de moins que les plus jeunes novices. C'était le cas de Chongba… mais elle était née dans l'année suivante, celle du Rat. Elle avait donc deux ans de moins qu'eux. Était-elle capable de se hisser à leur niveau ?

Le visage de son frère flotta devant ses yeux, royal et méprisant. *« Fille inutile. »*

Une dureté nouvelle naquit en elle pour répliquer : *Je jouerai ton rôle mieux que tu n'as jamais su le faire.*

S'adressant au bois de son bureau, elle répondit avec empressement :

— Cet indigne novice promet de travailler aussi bien que les autres !

Elle sentit le regard du préfet Fang lui brûler le crâne. Un instant plus tard, il la poussait de son bâton pour l'obliger à se redresser. Il prit son pinceau et, d'une main agile, traça trois caractères descendant du coin droit de son morceau de papier.

— « Zhu Chongba ». Le double huit de la chance. On dit que les noms sont révélateurs ; et il est vrai que tu as eu beaucoup de chance ! Mais l'expérience m'a appris que les individus qui ont de la chance sont aussi les plus paresseux. (Il eut un rictus de dédain.) Voyons donc si tu es capable de travailler. Apprends à écrire ton nom et les cent premiers caractères de ce manuel. Je te ferai passer un contrôle demain.

Son regard mauvais la fit frissonner. Elle savait exactement ce que cela signifiait. Il allait la surveiller, attendant qu'elle prenne du retard ou qu'elle commette une erreur. Et pour elle, il n'y aurait pas de deuxième chance.

Je ne peux pas partir.

Elle baissa les yeux sur les caractères séchant sur le papier. Elle n'avait jamais eu de chance, et elle n'avait jamais été paresseuse. S'il lui fallait apprendre pour survivre, alors elle apprendrait. Elle saisit le pinceau et se mit à écrire. « Zhu Chongba ».

Zhu n'avait jamais été si épuisée de sa vie. À la différence de la faim, qui avait pour avantage de s'effacer avec le temps, la fatigue semblait devoir se faire de plus en plus insoutenable. Le déferlement des nouvelles connaissances avait meurtri son esprit. Elle avait d'abord dû apprendre la chanson associée aux mille caractères du manuel donné par le préfet Fang. Elle avait ensuite eu droit à une leçon incompréhensible du maître du dharma, et été sommée de retenir le début d'un sutra. Le cours suivant, dispensé par un moine voûté du bureau de comptabilité du monastère, traitait de l'usage du boulier. Son seul répit avait été le déjeuner. *Deux repas par jour!* Elle n'aurait jamais imaginé jouir d'une telle abondance. Mais l'après-midi, les leçons se succédèrent de nouveau : poèmes, histoire des dynasties passées, noms de lieux... Ces derniers désignaient des endroits plus lointains encore que leur chef-lieu de Haozhou, qui se trouvait déjà à deux jours de marche de Zhongli et représentait pour elle le summum de l'éloignement. À la fin de la journée, elle comprenait le scepticisme du préfet Fang : à l'exception des sutras, elle ne voyait pas en quoi tout cela pouvait être utile à un moine.

La fin de l'après-midi et le début de soirée étaient réservés aux corvées. Zhu entreprit avec effort l'ascension du versant, sous le poids d'un bâton grinçant où pendaient deux seaux d'eau de la rivière. Si elle n'avait pas été si épuisée, elle aurait laissé échapper un rire. Elle était entrée dans un monde étrange et inconnu... et voilà qu'elle se retrouvait de nouveau à porter de l'eau. À force de lutter pour retenir son nouveau savoir, elle avait l'impression de se noyer ; mais cette besogne-ci lui était familière.

Elle n'avait fait que trois pas de plus lorsqu'un de ses seaux se détacha brusquement de son bâton. Le déséquilibre soudain de son chargement la fit s'écrouler à genoux sur le chemin caillouteux. Sans songer à se féliciter que les seaux ne se soient pas renversés ou qu'ils n'aient pas dévalé la pente, elle siffla de douleur. Quand la souffrance se fut atténuée, elle examina avec lassitude son bâton. Du bout de corde attachant le seau gauche, il ne restait plus qu'une touffe de fibres disjointes. Inutile d'espérer s'en servir pour renouer le récipient.

Un autre novice assigné à la même tâche s'approcha derrière elle, alors qu'elle contemplait le désastre.

—Ah, c'est dommage, dit-il d'une voix claire et aimable.

C'était un garçon plus vieux, d'environ treize ou quatorze ans. Aux yeux affamés de Zhu, il paraissait d'une robustesse ahurissante, presque trop grand et bien portant pour être vrai. Ses traits harmonieux semblaient avoir été placés par une divinité bienfaisante, plutôt que jetés en désordre depuis les cieux comme ceux de toutes les autres personnes qu'avait connues Zhu. Elle l'observa comme s'il était une nouvelle merveille architecturale de cet univers fabuleux. Il continua :

— Ce bâton n'a sans doute pas servi depuis le départ du novice Pan. La corde a dû pourrir. Il faudra que tu l'apportes à l'intendance pour la faire réparer…

— Pourquoi ? s'étonna Zhu.

Elle baissa les yeux sur les fibres qu'elle tenait à la main, se demandant si un détail lui avait échappé. Mais il s'agissait toujours d'une touffe de chanvre détressé, qu'il suffirait d'entrelacer de nouveau avec un peu de patience pour en refaire une corde.

Il la regarda d'un air curieux.

— Qui d'autre pourrait la réparer, à ton avis ?

Zhu se sentit soudain chanceler comme si le monde avait bougé sous ses pieds. Elle avait supposé que le tressage était à la portée de tous, car, pour elle, c'était un acte aussi naturel que de respirer. Elle l'avait fait toute sa vie. Mais c'était une compétence réservée aux femmes. Dans un éclair de clairvoyance, si douloureux qu'il ne laissait aucune place au doute, elle comprit qu'elle ne devait rien faire que Chongba lui-même n'aurait pas fait. Elle devait dissimuler ses talents anormaux ; non seulement aux yeux du novice qui l'observait, mais au Ciel lui-même. Car si le Ciel apprenait qui s'était glissé à la place de Chongba…

Son esprit refusa d'aller au bout de cette idée. *Si je veux garder la vie de Chongba, je dois devenir celui qu'il a été. En pensées, en mots, en actes…*

Elle lâcha la corde, nauséeuse d'être passée si près du désastre, puis détacha l'autre seau et les ramassa tous deux par leurs anses. Elle dut réprimer un hoquet : en l'absence de leur support, ils paraissaient deux fois plus lourds. Il lui faudrait revenir plus tard chercher le bâton…

Mais, à sa grande surprise, l'autre novice s'en saisit et le posa en plus du sien sur ses épaules.

— Viens, dit-il d'un ton joyeux. Pas d'autre choix que de continuer notre route. Une fois qu'on aura déposé ces seaux, je te montrerai où est l'intendance.

Alors qu'ils grimpaient, il dit :

— Je m'appelle Xu Da, au fait.

Les anses cisaillaient les paumes de Zhu. Son dos la faisait atrocement souffrir.

— Moi, c'est…, commença-t-elle.

— Zhu Chongba, répondit-il avec désinvolture. Celui qui a attendu quatre jours. Qui ne connaît pas encore ton nom ? Dès le troisième jour, tous les novices espéraient qu'ils te laisseraient entrer. Personne n'avait jamais tenu plus de deux jours. Tu n'es peut-être pas très grand, petit frère, mais tu es aussi coriace qu'une mule.

Elle n'était pas coriace, pensa Zhu. Elle était désespérée. Pantelante, elle l'interrogea :

— Qu'est-il arrivé au novice Pan ?

— Ah…, fit Xu Da d'un air triste. Comme tu l'as sans doute remarqué, le préfet Fang ne fait pas de cadeaux aux gens qu'il considère comme stupides ou inutiles. Le novice Pan était condamné à échouer dès le premier jour. C'était un gamin tout frêle et maladif. Au bout de quelques semaines, le préfet Fang l'a renvoyé.

Sentant l'inquiétude de Zhu, il se hâta d'ajouter :

— Tu ne lui ressembles pas du tout. Tu as déjà adopté le bon rythme. Tu sais, la plupart des garçons ne sont même pas capables de porter un seau d'eau, à leur arrivée. Tu les entendrais se plaindre… « C'est le travail des femmes ! Pourquoi est-ce à nous de le faire ? » On dirait qu'ils n'ont pas remarqué qu'ils vivent dans un monastère, dit-il en riant.

« Le travail des femmes »… Zhu lui lança un regard alarmé, le ventre noué. Mais le visage du garçon était aussi serein qu'une statue du Bouddha : on n'y lisait pas la moindre trace de suspicion.

Après un passage par l'intendance, où Zhu reçut un coup sur les mollets pour sa négligence, Xu Da la ramena au dortoir. Pour la première fois, Zhu observa véritablement la pièce. Longue et simple, elle était meublée de deux rangées de paillasses. Sur le mur du fond, on avait suspendu une statue dorée de près de un mètre de haut, dotée de mille mains et de mille yeux. Zhu la regarda fixement, troublée. En dépit de l'anatomie saugrenue de la statue, Zhu n'avait jamais rien vu de si réaliste.

— C'est pour surveiller qu'on ne fait pas de bêtises, lui dit Xu Da avec un sourire amusé.

Déjà, les autres garçons pliaient leurs robes, les posaient avec soin au bout de leurs paillasses et se glissaient deux par deux sous les couvertures grises. Voyant Zhu chercher du regard un emplacement libre, il lui dit spontanément :

— Tu n'as qu'à dormir avec moi. J'étais avec le novice Li, mais l'ordination d'automne a eu lieu il y a quelques jours. C'est un moine, maintenant.

Zhu hésita… un instant seulement : un froid glacial régnait dans le dortoir, et l'hiver n'avait même pas encore commencé. Elle s'allongea près de Xu Da et lui tourna le dos. Un novice plus âgé passa souffler les lanternes. Celles qui éclairaient encore la galerie, à l'extérieur, transformaient la fenêtre de papier en une longue bande dorée qui luisait dans la pénombre. Les autres novices chuchotaient et remuaient sous leurs couvertures. Zhu tremblait d'épuisement, mais elle ne pouvait pas dormir tant qu'elle n'aurait pas mémorisé les caractères demandés par le préfet Fang. Elle forma silencieusement les mots de la chanson, traçant avec soin chaque symbole sur le parquet. Ciel et terre, noir et jaune… Elle ne cessait de s'assoupir et de se réveiller en sursaut. C'était une vraie torture ; mais si c'était le prix à payer, elle le ferait. *J'en suis capable. Je peux apprendre. Je peux survivre.*

Elle avait atteint la dernière colonne de quatre caractères lorsque la lumière filtrant par la fenêtre en papier s'atténua, puis vacilla. On aurait dit qu'une brise était venue faire trembler la flamme des lanternes… mais la nuit était parfaitement calme. Zhu n'aurait su dire pourquoi, mais ses membres se couvrirent de chair de poule sous ses nouveaux vêtements. Alors, projetées sur le papier illuminé, des ombres apparurent. Des gens qui s'avançaient en procession le long de la galerie. Les cheveux étaient longs et emmêlés. Zhu entendit leurs voix : c'était un murmure plaintif et inintelligible qu'elle reconnut dans un frisson.

Au fil des jours suivant son départ de Zhongli, Zhu était presque parvenue à se convaincre que les fantômes de son père et de son frère n'avaient été qu'un cauchemar né du choc et de la faim. Mais alors que passait ce cortège surnaturel, tout redevint vrai. La panique s'empara d'elle. Elle pensa, désespérée : *Ce n'est pas ce que je crois.* Que savait-elle de la marche d'un monastère ? Il devait y avoir une explication tout à fait ordinaire. C'était certain.

— Novice Xu, chuchota-t-elle d'un ton pressant. (Elle fut gênée d'entendre trembler sa voix.) Grand frère, où vont-ils ?

— Qui ?

Il était à moitié endormi. Son corps était d'une tiédeur agréable contre le sien, car elle grelottait.

— Les gens qui passent dans la galerie.

Le novice glissa un regard ensommeillé vers la fenêtre en papier.

— Hmm. Le gardien de nuit ? C'est le seul à se promener dehors après le couvre-feu. Il fait des rondes jusqu'au matin.

Zhu sentit son foie se contracter d'angoisse. Alors que Xu Da parlait, la procession ne s'était pas arrêtée. Leurs ombres se découpaient sur le papier, aussi nettement que des arbres dans le crépuscule. Mais il ne les avait pas vues ! Elle se remémora les formes blanches qu'elle avait entrevues dans une pièce sombre, massées autour des offrandes.

L'obscurité régnait dans cette salle, comme elle régnait à présent à l'extérieur. Et les légendes lui avaient appris que l'essence du monde des esprits était yin : ses créatures aimaient les ténèbres, l'humidité et le clair de lune. *Je vois les fantômes*, pensa-t-elle avec horreur. Elle s'aperçut que son corps s'était tétanisé, à tel point que ses muscles lui faisaient mal. Comment réussirait-elle à dormir, à présent ? Mais alors que sa peur atteignait son paroxysme, le défilé cessa. Le dernier spectre disparut. La lumière redevint fixe. Sa fatigue l'envahit de nouveau avec une promptitude qui la fit soupirer.

Ce souffle, dirigé vers l'oreille de Xu Da, le réveilla. Il murmura d'un ton amusé :

—Bouddha nous préserve, petit frère... Le préfet Fang avait raison sur un point. Tu pues ! Heureusement que le jour du bain ne va plus tarder...

Zhu se réveilla brusquement, oubliant les esprits.

—Le jour du bain ?

—Tu n'as pas connu l'été : on nous en donnait un par semaine. À présent, il n'y en aura plus qu'un par mois jusqu'au retour des beaux jours. (Sa voix se fit rêveuse.) J'adore le jour du bain. Pas de prière matinale. Pas de corvées, pas de leçons. Les novices sont chargés de chauffer l'eau du bain, mais ce n'est pas si mal : on nous laisse nous asseoir dans la cuisine et boire du thé toute la journée...

Repensant aux latrines collectives, Zhu eut un affreux pressentiment.

—On se lave les uns après les autres ?

—Tu imagines le temps que cela prendrait, avec quatre cents moines ? Seul l'Abbé a le droit de se laver seul. C'est lui qui commence. Nous, les novices, on passe en dernier. L'eau ressemble à une mare de boue, à ce stade... mais au moins, ils nous laissent y rester le temps qu'il nous plaît.

Zhu s'imagina, nue, devant des dizaines de novices mâles. Avec véhémence, elle déclara :

—Je n'aime pas les bains.

Une silhouette manifestement humaine apparut dans la galerie et frappa, à l'aide d'un bâton de bambou fendu, sur la porte du dortoir.

—Silence !

Tandis que le gardien de nuit s'éloignait, Zhu scruta la pénombre, prise d'une vague nausée. Elle avait cru que pour devenir Chongba, il lui suffirait de faire ce qu'il aurait fait. Mais elle se souvenait maintenant –trop tard– que le devin avait lu l'avenir de Chongba dans son pouls.

Sa destinée était contenue dans son corps. Et Zhu avait eu beau tout laisser derrière elle, à Zhongli, elle n'avait pas pu abandonner le sien. Ce corps qui n'était promis à rien. Ce corps qui voyait à présent des fantômes, comme pour le lui rappeler inlassablement. La lueur de la galerie faisait briller faiblement la statue dorée, avec ses mille yeux rivés sur elle. Comment avait-elle pu être assez téméraire pour tenter de tromper le Ciel ?

Dans son esprit, elle vit les trois caractères du nom de son frère, tracés de la main incisive du préfet Fang ; et sa propre version, tremblante et malhabile, juste en dessous. Elle n'avait pas écrit, contrairement au préfet : elle n'avait fait que dessiner. Il ne s'agissait que d'une imitation, ne contenant rien de l'original.

Le jour du bain n'aurait lieu qu'à la fin de la semaine. D'une certaine manière, c'était pire : cela revenait à voir que le chemin qu'elle avait emprunté s'était écroulé à flanc de montagne, sans pour autant pouvoir s'arrêter. Zhu découvrit que la vie monastique ne souffrait aucune trêve. Les corvées succédaient aux leçons, les leçons aux corvées. Il y avait chaque soir de nouveaux caractères à retenir, et ceux de la veille à repasser. Même la pensée de partager sa nuit avec les fantômes ne pouvait l'empêcher de dormir dès qu'elle s'abandonnait à l'épuisement… et il ne lui semblait s'être écoulé qu'un instant que, déjà, il fallait se rendre à la prière matinale. À sa façon, la vie au monastère était aussi monotone que celle qu'elle avait menée au village de Zhongli.

Ce matin-là, Xu Da et elle pataugeaient jusqu'aux genoux dans une cuve de pierre encastrée, pleine d'eau glaciale et de draps sales. La lessive bimensuelle du monastère s'était substituée aux leçons. De temps en temps, un autre novice apportait un pot de gousses à savon bouillies et versait cette substance visqueuse dans la cuve. D'autres novices rinçaient, essoraient, amidonnaient et repassaient. Les ginkgos qui poussaient dans la cour étaient devenus jaunes et avaient laissé tomber leurs fruits sur le sol dallé, exhalant une odeur de vomi de nourrisson qui empoisonnait l'atmosphère.

Zhu frottait, préoccupée. Elle avait beau savoir que son corps la liait pour toujours au néant promis, elle refusait d'abandonner et de laisser le Ciel la ramener vers son destin. Il devait exister un moyen de rester Zhu Chongba… peut-être pas pour toujours, mais pour un jour, un mois, un an. Cependant, à mesure qu'elle découvrait son nouveau quotidien, la solution lui apparaissait de moins en moins clairement. La vie monastique était soumise à une surveillance constante : il était impossible de se cacher.

— Puisqu'ils nous lavent moins quand il fait froid, ils pourraient aussi faire moins de lessives, bougonna Xu Da.

À force de rester plongées dans l'eau glacée, leurs mains étaient devenues rouge vif et affreusement douloureuses.

— Même le labour, au printemps, n'est pas aussi pénible que cela.

— C'est presque l'heure du déjeuner, fit remarquer Zhu.

Cette pensée la réconforta brièvement. Les repas illuminaient toujours chacune de ses journées.

— Seul quelqu'un qui a grandi en pleine famine s'émerveillerait de la cuisine du réfectoire, soupira Xu Da. Et je t'ai vu lorgner du côté des gousses de savon. Elles ne se mangent pas, hein !

— Comment peux-tu en être sûr ? rétorqua Zhu. Ce sont des fruits, non ? Peut-être sont-ils délicieux.

À présent qu'elle avait appris à manier le ton espiègle et fraternel des échanges entre novices, elle trouvait ces conversations agréables. Elle ne se souvenait pas d'avoir jamais discuté avec Chongba.

— C'est du savon ! s'exclama Xu Da. Tu roterais des bulles. Enfin, je suppose que cela pourrait être pire. Ce n'est qu'un jour de lessive ordinaire. La fois où le prince du Henan est venu en visite, on a dû laver les draps *et* les robes des moines, et puis les amidonner. Tu aurais entendu leurs bruissements, ensuite ! Cela donnait l'impression de méditer dans une forêt. Les rebelles viennent en visite, aussi, mais ce sont des gens normaux. Pour eux, il n'y a rien à faire de particulier.

Face au regard perplexe de Zhu, il expliqua :

— Tu sais, les membres de la rébellion paysanne. Il n'y en avait pas eu d'aussi importante depuis avant notre naissance. L'Abbé héberge leurs chefs chaque fois qu'ils passent dans la région. Il dit que, tant que le monastère sera bien vu par les deux camps, il ne nous arrivera rien jusqu'à ce que cela se termine, d'une manière ou d'une autre.

Zhu pensa que c'était dommage qu'elle ne puisse se faire bien voir du préfet Fang. Sa mélancolie revint, plus amère que jamais. Elle demanda d'un ton malheureux :

— Grand frère, est-ce que les novices qui commettent une erreur sont toujours renvoyés ? Ou arrive-t-il qu'ils soient seulement punis ?

— Si le préfet Fang pouvait renvoyer jusqu'au dernier novice, il le ferait sans doute, répondit Xu Da sans ambages. Il ne se donne la peine de punir quelqu'un que si celui-ci l'a vraiment mis en colère, et que le préfet veut le voir souffrir. (Ensemble, ils tirèrent un drap de la cuve et le jetèrent dans le baquet des essoreurs.) Il m'a puni une fois, alors que j'étais encore nouveau. On faisait fermenter la moisson de haricots noirs, et il m'a chargé de brasser les pots. Sa présence me rendait si nerveux que, quand il est venu inspecter mon travail, je lui ai renversé un pot entier dessus. (Il secoua la tête et rit.) Tu sais combien ça sent mauvais, les haricots en pleine fermentation ? Les autres moines l'ont surnommé Fang le Flatulent, et ils ont refusé de s'asseoir à côté de lui pour la prière ou la méditation jusqu'au jour de lessive suivant. Il était fou de rage.

Il y eut un claquement dans le lointain : le surveillant les prévenait que l'heure du déjeuner approchait.

— C'était juste avant la fête de la mi-automne. En général, les novices grimpent en haut de la montagne pour voir le monastère tout illuminé de lanternes. Mais le préfet Fang m'a fait récurer les latrines, à la place. Il a dit que c'était à mon tour de puer. En plus, c'était très longtemps avant le jour du bain. (Xu Da s'extirpa de la cuve et commença à se sécher.) Mais pourquoi est-ce que tu t'inquiètes ? Même le préfet Fang a besoin d'une bonne raison pour renvoyer quelqu'un. Tu n'as pas l'intention de faire quelque chose de mal, si ?

Le novice lui adressa un sourire malicieux. La cloche sonna, et il s'élança dans l'escalier montant vers le réfectoire.

— Allez, viens ! On a travaillé si dur que, même moi, j'ai envie de légumes marinés.

Zhu le suivit d'un pas traînant, plongée dans ses pensées. L'histoire de Xu Da avait fait germer une idée dans son esprit. Quelles que puissent être ses chances de succès, cette simple piste suffisait à l'emplir d'un espoir tenace. Ce sentiment avait quelque chose de plus authentique que le désarroi.

Pourtant – et bien qu'elle se répète que cela allait fonctionner – la peur faisait cogner son cœur dans sa poitrine, plus fort que si elle avait dû monter en courant tous les escaliers du monastère.

Pour les autres novices, le jour du bain était manifestement aussi excitant que l'avait été le Nouvel An dans leurs anciennes vies. Zhu, en revanche, se réveilla habitée d'une inquiétude terrible qui ne la quitta pas, malgré cette avalanche de petits bonheurs : rester au lit jusqu'au lever du soleil, prendre le petit déjeuner aux cuisines plutôt qu'au réfectoire, boire tasse de thé sur tasse de thé en attisant les feux sous les chaudrons.

— Novice ! (Le responsable des feux de cuisine lui lança un bâton de charge.) L'Abbé a sans doute bientôt fini. Emporte deux seaux d'eau au bain ; il faut le réchauffer pour les chefs de bureau.

Lorsque Zhu attrapa le bâton, son champ de vision s'étrécit pour se concentrer en un point bien précis. *Si c'est le seul moyen, je dois donc le mettre en œuvre. J'en suis capable. Je n'ai pas le choix.*

Absorbée par ces réflexions, elle sursauta lorsque Xu Da s'approcha et souleva l'un des seaux. La voyant pensive, il avait dû la croire épuisée.

— Laisse-moi t'aider. Tu feras pareil quand ce sera mon tour.

— Mais cela nous oblige à faire deux voyages chacun, au lieu d'un seul plus difficile, fit remarquer Zhu. (Le son de sa voix parut étrange à ses propres oreilles.) Tu ne préférerais pas avoir terminé en une fois ?

— Ce n'est pas drôle de souffrir tout seul, si ? lança Xu Da avec sa bonne humeur habituelle.

Surprise, Zhu songea qu'il était sans doute son ami. Elle n'en avait jamais eu auparavant. Mais elle n'était pas sûre que la souffrance puisse être partagée, même entre amis. Regarder mourir son père, creuser sa tombe, rester agenouillée quatre jours devant le monastère… Elle avait accompli tout cela dans une abominable solitude. Elle savait qu'au bout du compte, on survivait et on mourait seul.

Mais peut-être était-ce tout de même réconfortant d'avoir quelqu'un avec soi, pendant ce temps.

— Ce n'est pas trop tôt ! pesta le préfet Fang lorsque Zhu et Xu Da pénétrèrent dans la salle de bains.

En compagnie des deux autres chefs de bureau, il avait déjà ôté sa robe et s'était assis au bord de la cuve encastrée. Leurs corps étaient aussi ridés que des dattes sèches attendant la soupe. Même leurs parties génitales semblaient s'être flétries jusqu'à ressembler à l'organe du Bouddha, rétracté dans son corps. En se refermant, la porte lança un courant d'air et la vapeur qui les entourait se dissipa. Zhu tressaillit en découvrant qu'ils n'étaient pas seuls dans ce lieu clos et humide. Des fantômes s'alignaient le long des murs. Ils étaient immobiles ; mais dans la brume qui traversait leurs silhouettes drapées de blanc, on aurait cru les voir ondoyer doucement. Leurs yeux vides étaient fixés dans le vague. Ils ne semblaient pas s'intéresser à Zhu ni aux moines nus. Zhu les observa en s'obligeant à respirer. Leur apparence altérée par la mort avait quelque chose de profondément dérangeant qui lui nouait les entrailles ; mais ils ne paraissaient pas… dangereux. *Ils sont à leur place, ici*, se dit-elle. Un frisson involontaire la parcourut. *Au même titre que la vapeur.*

— Que regardes-tu ? s'irrita le préfet Fang.

Tout à coup, Zhu se souvint de ce qu'elle faisait là. Elle reprit conscience des battements saccadés de son cœur.

— Allez, remplissez le bain et allez-vous-en !

Xu Da vida son seau dans la cuve. Zhu s'approcha pour faire de même. Du coin de l'œil, elle vit l'horreur se peindre sur les traits de Xu Da. Il tendit la main vers elle… mais c'était trop tard. Elle avait déjà permis à la catastrophe de se produire. Ses sandales patinèrent sur le sol de bambou glissant ; elle gesticula ; le lourd seau d'eau bascula dans le bain et l'entraîna à sa suite.

Elle flotta un instant en suspension, dans la chaleur et le silence. Il lui prit l'envie de rester sous l'eau, de ne pas quitter ce moment préservé qui ne connaissait encore ni le succès, ni l'échec. Mais elle avait déjà agi, et s'aperçut que cette idée suffisait à lui donner du courage. Malgré sa terreur, elle n'avait pas d'autre choix que de continuer. Elle se leva.

Xu Da et les trois dattes fripées la regardaient, bouche bée. La robe de Zhu s'étalait autour d'elle comme une feuille de lotus. Un cercle de crasse apparut à la surface et s'élargit, souillant irrémédiablement l'eau propre du bassin.

— Préfet Fang, articula le maître du dharma d'un ton de colère rentrée. Pourquoi votre novice est-il en train de salir notre bain ?

Le préfet Fang était devenu si rouge que les cicatrices de son ordination ressortaient, livides, sur son crâne. Il s'élança, faisant s'agiter tous les plis ridés de son corps flasque, et saisit Zhu par l'oreille pour la tirer hors du bain. Elle cria de douleur.

Il la jeta de l'autre côté de la pièce, jusque dans les formes immatérielles des fantômes, et lança le seau après elle. L'objet l'atteignit de plein fouet et la fit tomber.

— C'est bien, cracha-t-il d'une voix frémissante de rage. Prosterne-toi !

Au contact des fantômes, elle eut l'impression d'être assaillie par mille éclats de glace. Zhu se hissa sur les genoux en réprimant un gémissement. Sa peau la piquait d'avoir touché les fantômes ; sa tête la lançait d'avoir cogné contre le sol. Confusément, elle regarda le préfet Fang se demander ce qu'il allait faire d'elle. Et il n'était pas le seul à l'observer. Saisie d'effroi, elle sentit le Ciel lui-même inspecter le corps de Zhu Chongba, comme pour identifier l'anomalie qu'il recélait. Le froid du néant lui caressa la nuque. Malgré la tiédeur qui régnait dans la salle de bains, elle se mit à grelotter.

— Espèce de déchet de chien, finit par siffler le préfet Fang. (Il ramassa le seau et le lui fourra dans les mains.) Tiens cela au-dessus de ta tête jusqu'à la cloche du soir ; et ensuite, tu recevras un coup de bambou pour chaque fois que tu l'as fait tomber. (Son torse ridé se soulevait avec frénésie.) Quant au respect dû à tes aînés, et au soin qu'il faut mettre à son travail… tu méditeras sur ces principes en te frottant avec l'eau froide du puits. Le jour du bain est un privilège. Si je te revois ici, ou que j'entends dire que tu as franchi de nouveau le seuil de cette salle de bains, je te ferai renvoyer sur-le-champ.

Il posa sur elle un regard de satisfaction sadique. Il savait très bien que les novices adoraient le jour du bain, et croyait la priver d'un plaisir immense. Si Zhu avait été l'un des autres novices, peut-être aurait-elle été accablée. La vie monastique se poursuivrait, monotone, sans le moindre divertissement en perspective.

Zhu ramassa le seau d'une main tremblante. Il était en bois et très lourd. Elle savait qu'elle le laisserait tomber des centaines de fois avant la cloche du soir. La torture durerait des heures, et serait suivie d'une kyrielle de coups de bambou. C'était une punition si sévère que n'importe qui aurait crié de peur et de honte en la recevant. Mais alors que Zhu levait le seau au-dessus de sa tête, les bras frémissant déjà sous l'effort, elle sentit le soulagement l'envahir. Le froid et la terreur se consumèrent en un instant dans les flammes de ce sentiment triomphal, si radieux qu'il ressemblait à de la joie. Elle avait fait l'impossible :

Elle avait échappé à son destin.

3

1347, deuxième mois

Zhu et Xu Da étaient perchés à califourchon sur le toit du Pavillon du Dharma, dont ils remplaçaient les tuiles abîmées par l'hiver. On se serait cru dans un rêve, suspendu entre le ciel moutonné et l'océan de toits verts ; ceux-ci, frangés d'or, étaient comme des vagues scintillantes d'écume. Par-delà les étages successifs du monastère, plus loin encore que la plaine, ils distinguaient un ruban étincelant : la vallée du fleuve Huai. Toutes choses étant liées, ils n'avaient qu'à observer les nuages pour deviner l'aspect de cet endroit lointain. Là où ils prenaient la forme d'écailles de poisson, il y avait des lacs et des rivières. Là où ils ressemblaient à des buissons touffus, des collines. Et là-bas, sous les panaches indolents de poussière jaune… des armées.

Le soleil était chaud. Xu Da avait retiré sa robe, sa tunique et son maillot de corps pour travailler à moitié nu, en pantalon. Il n'avait que seize ans, mais les années de dur labeur lui avaient déjà conféré le corps d'un homme. Zhu lui lança, d'un ton un peu acide :

— Tu as décidé de mourir ? C'est pour ça que tu te promènes dans cette tenue ?

Le préfet Fang n'hésitait pas à abattre son bâton de bambou sur les novices qui dérogeaient aux règles de la dignité monastique. Zhu avait douze ans, à présent, et se sentait étreinte d'une terreur existentielle chaque fois qu'elle songeait à son corps… certes filiforme, mais indéniablement non mâle. Nul ne savait à quel point elle appréciait la sévérité du préfet Fang.

— Tu penses être si beau que tout le monde rêve de t'admirer, c'est ça ?

— Les filles de l'autre jour en seraient ravies, rétorqua Xu Da avec un sourire espiègle.

Il faisait référence à un troupeau gloussant de villageoises venues faire leurs offrandes.

— Les filles, toujours les filles, soupira Zhu en levant les yeux au ciel.

Elle-même n'était pas encore otage des obsessions de la puberté ; celles de Xu Da l'exaspéraient. Imitant de son mieux le maître du dharma, elle décréta :

— Le désir est la cause de toutes les souffrances.

— Tu veux me faire croire que tu aimerais rejoindre ce ramassis de papayes rabougries, qui passent leur vie dans la salle de méditation ? (Xu Da lui adressa un sourire ironique.) Eux, ils n'ont pas de désirs. Mais toi… Je n'y crois pas une seconde. Ce n'est peut-être pas les filles, pour le moment… mais il suffit de se souvenir de ton arrivée au monastère pour te savoir capable de désirer quelque chose.

Surprise, Zhu se souvint du besoin animal de survivre qui l'avait poussée à prendre la vie de Zhu Chongba. Même à cet instant, elle le sentait encore au fond d'elle. Elle n'avait jamais fait le rapprochement entre ce désir-là et celui dont parlait le maître du dharma. La vieille braise de la rancœur se réveilla en elle. Il lui semblait injuste que les souffrances des autres soient provoquées par leur soif de plaisir, tandis que les siennes n'étaient dues qu'à la simple envie de vivre.

Une vague de bruit, de lumière et de couleurs déferla soudain en contrebas. Des dizaines de soldats affluaient dans la grande cour, les porte-étendards brandissant des bannières bleu ciel. Leurs armures miroitaient comme de l'eau au soleil. Zhu fut assaillie d'un souvenir fugace : celui d'une rivière sombre scintillant sur les collines poussiéreuses de Zhongli. C'était il y a longtemps, dans une autre vie. L'Abbé, bien reconnaissable dans sa robe rouge, était apparu sur les marches du Pavillon du Grand Autel. Paisiblement, les mains jointes, il attendait.

— Le prince du Henan et ses fils rentrent pour l'été. Ils ont décidé de nous rendre visite en passant, expliqua Xu Da.

Il vint s'asseoir près de Zhu au bord du toit. Étant plus âgé, il connaissait généralement mieux les dernières rumeurs du monastère.

— Tu savais que les Hu ne peuvent pas faire campagne en été parce qu'ils ont le sang froid, comme les serpents ?

Il avait employé le terme par lequel la plupart des Nanren – le peuple du Sud, la plus basse des quatre castes du Grand Yuan – désignaient leurs seigneurs mongols. « Les barbares ».

— Les serpents aiment la chaleur, non ? contra Zhu. Tu as déjà vu un serpent dans la neige ?

— C'est ce que disent les moines, en tout cas.

Le vent souleva les capes des soldats, les rabattant à l'envers sur leurs épaules luisantes. Leurs visages alignés, aux joues rondes et au regard fixe, demeurèrent impassibles. Face à la douceur des moines, les Mongols semblaient appartenir à une autre espèce. Ce n'étaient pas les monstres à tête de cheval qu'avait imaginés Zhu en écoutant les histoires de son père, ni même les conquérants brutaux que décrivaient les érudits nanren… mais plutôt des créatures brillantes et inhumaines. Des enfants de dragons.

Une note de flûte résonna. D'un pas majestueux, le prince du Henan traversa la cour et monta les marches du Pavillon. Sa cape de fourrure lustrée ondulait derrière lui telle une bête vivante. Un panache de crins blancs flottait fièrement de son casque. Il était suivi de trois resplendissantes jeunes personnes, tête nue, dont les nattes étrangères voletaient sous la brise. Deux d'entre elles portaient des armures ; la troisième, une robe moirée couleur de magnolia. Les chatoiements pourpres du tissu étaient si sublimes que, l'espace d'un instant, Zhu le crut fait d'ailes de papillons.

— Ce doit être l'héritier du prince, le seigneur Esen, déclara Xu Da en montrant le plus grand des hommes en armure. Et celui en pourpre est sans doute son cadet, le seigneur Wang.

Elle était face à des princes et des seigneurs… des personnages de conte, devenus réels. Ils représentaient le monde en dehors du monastère, qui jusque-là n'avait été constitué que de noms sur une carte. *Un monde où la grandeur existe*, pensa-t-elle tout à coup. Si elle avait volé le nom de Chongba, s'emparant de sa vie abandonnée, c'était pour une seule raison : parce qu'elle savait qu'il était destiné à survivre. Après s'être approprié cette vie, elle avait presque oublié ce qu'il était censé en faire… ce qui lui avait été promis. La grandeur. Lorsqu'on l'associait à Chongba, ce terme demeurait aussi absurde que le soir où Zhu l'avait entendu pour la première fois, à la lueur de la bougie du devin. Mais en observant ces silhouettes élégantes, le mot « grandeur » au bout de la langue, Zhu fut prise d'un sentiment qui s'évanouit à l'instant où elle l'identifia : la curiosité vertigineuse de celui qui se trouve en hauteur, et qui s'imagine en train de sauter.

En bas, l'Abbé fit signe au prince et à ses deux fils d'entrer dans le Pavillon du Grand Autel. Le moine était tout sourires jusqu'à poser les yeux sur leur compagnon, l'autre soldat en armure. Il tressaillit alors de dégoût, puis prononça quelques mots d'une voix sonore. Intrigués, Zhu et Xu Da le regardèrent échanger des paroles animées avec le seigneur Esen. Au bout d'un moment, le prince – qui semblait contrarié – aboya un ordre. Il pénétra ensuite, avec ses fils et l'Abbé, dans la gueule noire du Pavillon. Les portes se refermèrent. Leur compagnon demeura à l'extérieur, très droit, tournant le dos aux rangs de soldats qui avaient assisté à la scène. Seul dans un décor aveuglant de pierre pâle, le soleil se reflétant puissamment de son armure, il semblait aussi froid et distant que la lune. Lorsqu'il se détourna enfin du Pavillon, d'un mouvement brusque et arrogant, Zhu eut un hoquet de surprise.

Le soldat était une fille. Son visage, fin et lumineux comme une coquille d'ormeau poli, incarnait la splendeur décrite par les poètes. Mais... Zhu, tout en l'admirant, sentit que quelque chose manquait. Ces traits exquis étaient dénués de toute féminité. On n'y lisait qu'une dureté hautaine, un orgueil dont Zhu était sûre qu'il ne pouvait appartenir qu'à un jeune homme. Troublée, elle lutta pour trouver quoi que ce soit de compréhensible à ce visage qui n'était vraiment ni l'un ni l'autre.

Près d'elle, Xu Da dit d'un ton où la fascination le disputait à la révulsion :

— Les moines racontent que le seigneur Esen possède un eunuque, auquel il tient plus encore qu'à son propre frère. Ce doit être lui.

Zhu se souvint des vieilles histoires, parées de l'éclat patiné du mythe. Plus encore que les rois guerriers, les nobles et perfides eunuques semblaient issus d'un autre âge. Jamais elle n'aurait imaginé qu'ils puissent encore exister. Mais voilà qu'elle en rencontrait un, en chair et en os... Alors qu'elle l'observait, une vibration singulière naquit dans son foie et s'étendit vers l'extérieur. Zhu était telle une corde résonnant en écho à sa jumelle, qu'on venait de pincer de l'autre côté de la pièce. Elle reconnut d'instinct ce sentiment, comme on reconnaît une sensation de chaleur, de pression ou de chute. C'était l'effet produit par deux choses semblables qui se rencontrent.

Un instant plus tard, une inquiétude glacée l'envahit. Ce sentiment de parenté avec un eunuque, dont l'essence n'était ni masculine ni féminine... Le monde semblait vouloir lui rappeler ce qu'elle cherchait à oublier. Qu'elle n'était pas faite de la même matière, purement mâle, que Zhu Chongba. Elle n'avait pas la même nature... *Pas la même destinée.* Elle frissonna.

— Tu imagines ? disait Xu Da. Il paraît qu'ils n'ont même plus... ça. (Il empoigna son propre organe à travers son pantalon, comme pour s'assurer qu'il n'avait pas disparu.) Les Hu n'en créent pas beaucoup, contrairement à nos anciennes dynasties. Toute mutilation leur fait horreur. Ils considèrent cela comme un châtiment, et l'un des pires.

Les moines, eux aussi, avaient le dégoût des estropiés. Les jours où le Pavillon du Grand Autel était ouvert au public, ses marches étaient encombrées d'individus impurs auxquels on avait refusé l'entrée : des mendiants au visage rongé par la maladie, des hommes amputés d'une main, des enfants malformés ou des femmes en proie à leurs saignements. Comme celle de ces femmes, l'indignité du jeune eunuque était cachée ; cependant, son visage en portait la marque indélébile.

— L'Abbé veut rester bien vu de tous, reprit Xu Da. Mais je crois qu'il aime bien leur rappeler que nous sommes puissants, nous aussi. Même les chefs rebelles et les princes hu sont obligés de respecter les monastères, s'ils ne veulent pas être réincarnés en fourmis.

Zhu scruta le visage froid et magnifique de l'eunuque. Sans savoir comment elle l'avait deviné, elle répondit :

— Je ne crois pas qu'il soit très heureux d'être utilisé de cette manière.

Un mouvement attira son regard. Stupéfaite, elle découvrit des fantômes, traversant les rangs immobiles des soldats mongols. Elle sentit se dresser les poils de sa nuque. Depuis son entrée au monastère, la vue des spectres lui était devenue plus familière, quoiqu'elle ne soit pas pour autant à l'aise en leur présence. Mais les fantômes étaient yin. Elle les voyait toujours la nuit ou dans les coins sombres du monastère ; pas en plein jour, lorsque le yang régnait. Leur apparition était incongrue et dérangeante. Dans la clarté éblouissante des montagnes, leurs silhouettes drapées de blanc étaient presque invisibles. Comme de l'eau qui ruisselle, les fantômes traversèrent doucement la cour, glissèrent le long des marches du Pavillon et s'amassèrent autour du jeune eunuque. Celui-ci ne parut pas s'apercevoir de leur présence.

C'était l'un des spectacles les plus troublants que Zhu ait jamais vus. En observant le monde des esprits, elle avait appris que les fantômes affamés erraient sans s'intéresser aux vivants. S'ils se déplaçaient dans une intention précise, c'était uniquement lorsqu'on leur offrait de la nourriture. Ils ne suivaient pas les gens. Elle n'avait jamais vu autant de spectres réunis au même endroit ; et pourtant, ils ne cessaient d'affluer, jusqu'à encercler l'eunuque.

Celui-ci resta longtemps immobile sous le regard de Zhu, seul au milieu de cette foule invisible, la tête haute.

— Pourquoi est-ce que je n'y arrive jamais ? lança Xu Da à Zhu. Aide-moi !

Hilare, les joues roses, il se battait avec une lanterne inachevée qui ressemblait plus à un oignon qu'à la fleur de lotus désirée. Déjà âgé de vingt et un ans, il s'était mué en bel homme charpenté ; son crâne rasé ne faisait qu'accentuer la régularité de ses traits. Son ordination ne datait que de l'automne dernier, si bien que Zhu trouvait encore étrange de lui voir porter la robe à sept pans des moines, au lieu de l'habit plus simple des novices. Elle n'était pas plus habituée aux cicatrices rituelles qui ornaient son cuir chevelu. Il s'était invité dans le dortoir des novices en compagnie d'autres jeunes moines ; officiellement, ils devaient les aider à fabriquer des lanternes en forme de lotus. Celles-ci vogueraient ensuite sur le fleuve pour guider le retour des esprits vers l'au-delà, après leur séjour terrestre lors du Mois des Fantômes. En réalité, la visite des jeunes moines était plutôt imputable au vin clandestin qu'avait fabriqué Zhu, à partir de prunes tombées. La bouteille passait de mains en mains au son de leurs gloussements coupables.

Xu Da finit par renoncer et se laisser aller contre l'épaule de Zhu. En regardant la série de lanternes qu'elle avait réalisées, il soupira d'un ton faussement accablé :

— Les tiennes ressemblent à des fleurs, elles.

— Je ne comprends pas que tu sois encore aussi mauvais, après toutes ces années. Tu aurais dû t'améliorer un petit peu, non ? répliqua affectueusement Zhu.

Elle échangea sa coupe de vin contre le pitoyable oignon de papier de Xu Da et se mit à en replier les pétales.

— On ne devient pas moine parce qu'on rêve d'être un grand artiste, fit remarquer Xu Da.

— Tu crois que les gens deviennent moines parce qu'ils rêvent d'études interminables et de travaux harassants ?

— C'était peut-être le cas du préfet Fang. Il n'aime rien tant que le travail manuel…

— Il aime voir les autres travailler, rectifia Zhu. (Elle lui rendit une lanterne de meilleure facture.) Je suis surpris qu'il ne soit pas là, à compter combien de lanternes nous avons fabriquées.

— Ou à nous compter, nous, pour être sûr que personne n'est allé faire des choses indécentes avec les nonnes !

Ces dernières étaient accueillies au monastère durant les ordinations d'automne, toutes les grandes fêtes et l'intégralité du septième mois, passé en rituels et assemblées dharma à destination des esprits. Elles logeaient alors dans les appartements des invités, qui devenaient strictement interdits aux moines. Le préfet Fang en surveillait les abords avec un zèle confinant à l'obsession.

—Il aime tellement nous imaginer en train de boire et forniquer qu'à mon avis, il a plus de pensées impures que nous tous réunis, déclara Zhu.

D'un ton qui seyait fort peu à un disciple du Bouddha, elle ajouta :

—Il va finir par faire une crise cardiaque.

—Ha! Le préfet Fang tient la vie dans une poigne de fer. Il ne mourra jamais. Il va juste se dessécher de plus en plus, et torturer gaiement chaque génération de novices jusqu'à la réincarnation du Prince de Lumière.

D'après le maître du dharma, le retour du Prince de Lumière –l'incarnation physique de cette dernière– marquerait le commencement d'une nouvelle ère de paix et de quiétude, qui verrait en son apogée le Bouddha-à-Venir descendre des cieux.

—Tu ferais mieux de te méfier, alors, reprit Zhu. Parce que si quelqu'un doit provoquer un scandale avec les nonnes, c'est toi.

—Pourquoi ce moine voudrait-il d'une nonne ? Ce ne sont que des petits poissons pleins d'arêtes, s'esclaffa Xu Da. Ce moine a toutes les filles qu'il veut quand il descend dans les villages.

Par habitude, il avait employé la tournure empreinte d'humilité qu'utilisaient les moines pour s'adresser au reste du monde. Après son ordination, il avait été assigné au bureau de comptabilité, avec pour tâche de recueillir les loyers des villages situés sur leurs terres ; il passait désormais l'essentiel de son temps hors du monastère. Zhu, qui avait été sa camarade de paillasse durant presque six ans, avait été surprise de constater qu'il lui manquait.

Reprenant son ton habituel, Xu Da lança crânement :

—Et puis, je suis un vrai moine, maintenant. Que veux-tu qu'il me fasse, le préfet Fang ? C'est vous, les novices, qui devriez vous inquiéter.

La porte s'ouvrit ; tous se hâtèrent de glisser leurs coupes dans leurs manches. Mais le nouveau venu n'était qu'un des autres novices.

—Vous avez fini ? Ceux qui le veulent peuvent venir au bord du fleuve. Le maître du dharma demande qu'on apporte les lanternes.

Pour la plupart des novices, le Mois des Fantômes était l'époque la plus agréable de l'année. Le monastère regorgeait de nourriture offerte par la population ; les longues journées d'été réchauffaient ses grandes salles glacées ; et même les cérémonies – telles que celle des lanternes – fournissaient aux novices l'occasion de jouer dans le fleuve, une fois les moines remontés au cloître. Mais il en allait autrement pour Zhu, qui voyait les habitants du monde des esprits. Durant ce Mois des Fantômes, le monastère en grouillait littéralement. Les spectres rôdaient dans les cours ombragées, sous les arbres, derrière les statues. Le froid qu'ils dégageaient l'aiguillonnait jusqu'à ce qu'elle ne puisse plus penser qu'à une chose : courir à l'extérieur pour être purifiée par le soleil. Les scintillements qu'elle percevait en marge de son champ de vision la rendaient nerveuse. La cérémonie des lanternes n'était pas obligatoire ; mais lors de sa première année de noviciat, Zhu y avait assisté par curiosité. La vue de dizaines de milliers de fantômes au regard vide, glissant le long de la rivière, avait suffi à l'en dégoûter à jamais. Et c'était avant d'apprendre que les jeux d'eau qui s'ensuivaient obligeaient à se déshabiller plus que ne lui dictait la prudence.

Zhu songea dans un soupir qu'en somme, elle n'avait droit à rien de ce qui rendait la vie monastique plus amusante.

— Tu ne viens pas ? demanda un autre novice en rassemblant les lanternes.

Xu Da leva les yeux avec un sourire railleur.

— Quoi, tu ne sais pas que le novice Zhu a peur de l'eau ? Il prétend qu'il se lave, mais j'ai des doutes… (Il bondit, plaqua Zhu au sol et fit semblant de l'examiner derrière les oreilles.) Aiya, je le savais ! Il est plus sale qu'un paysan.

Alors qu'il la regardait en souriant, sans la lâcher, Zhu fut une fois de plus traversée d'un soupçon dérangeant : celui que Xu Da en savait plus à son sujet qu'il ne voulait l'avouer. Il avait une tendance étonnante à éloigner les autres novices du dortoir lorsque Zhu avait besoin d'être seule.

Refusant de pousser plus loin ces réflexions, Zhu le poussa sans ménagement.

— Tu écrases les lanternes, espèce d'âne bâté !

Xu Da roula sur le côté, hilare. Les autres novices les observaient d'un œil indulgent : ils étaient tous habitués à leurs chamailleries fraternelles. Tout en poussant les autres vers la sortie, Xu Da lança par-dessus son épaule :

— Au moins, le préfet Fang n'a pas à craindre que tu ailles fricoter avec les nonnes. Il leur suffirait de te renifler un coup pour s'enfuir en courant…

— Ah, tu crois ça ? s'indigna Zhu. On a tous vu combien tu étais habile de tes dix doigts. Une femme raisonnable s'accommoderait d'un peu de bonne sueur, en échange d'un individu capable de la satisfaire !

Xu Da s'immobilisa au seuil de la pièce et lui adressa un regard offensé.

—Amusez-vous bien ! ajouta méchamment Zhu.

Elle gratta son cuir chevelu squameux en finissant les lanternes. Xu Da n'avait pas tout à fait tort. Les mois d'été ne la faisaient pas moins transpirer que les autres... et, n'ayant pas accès à la salle de bains, elle peinait davantage à rester propre. Mais la moitié des moines étaient descendus au bord du fleuve ; et les autres se trouvaient sans doute devant l'Autel du Bouddha, où ils récitaient une dernière prière pour les esprits. Et il faisait très chaud. Peut-être était-ce l'occasion rêvée de se laver à fond, pour une fois.

Quelques années plus tôt, Zhu s'était déniché un petit cellier abandonné dans l'un des paliers inférieurs, où elle se livrait à ses rares ablutions. L'unique fenêtre, percée en haut du mur, donnait sur la cour adjacente au niveau des pieds des passants. Lorsque Zhu avait découvert cet endroit, la fenêtre était dépourvue de papier ; mais depuis qu'elle l'avait réparée, elle jouissait de toute l'intimité qu'elle désirait.

Elle transporta sa bassine remplie à ras bord jusqu'au cellier, traversée d'une vague antipathie à la vue d'un groupe de nonnes montant vers les appartements des invités. Alors qu'elle se dévêtait pour se laver, une pensée désagréable la frappa : celle qu'elle ressemblait sans doute énormément à ces petites femmes chauves. À seize ans, elle avait fini de grandir et se révélait relativement petite (pour un homme). Sous sa robe ample et sans forme, son corps avait changé et s'était doté de petits seins qu'elle était forcée d'écraser sous des bandes de tissu. Un an plus tôt, elle s'était même mise à saigner tous les mois. Elle avait eu beau devenir le novice Zhu Chongba, son corps continuait d'évoluer au rythme de mécanismes inaltérables... lui rappelant encore et toujours que celle qui vivait cette vie n'était pas celui que croyait voir le Ciel.

Alors qu'elle se frictionnait, démoralisée, elle entendit aboyer. Il s'agissait de la meute de chiens qui errait dans le monastère, toujours plus nombreuse. Les moines, dont les préceptes leur interdisaient de tuer, peinaient à s'en débarrasser. Zhu ignorait si les animaux étaient capables de voir les fantômes ; en revanche, elle était sûre qu'ils les sentaient. Les chiens étaient toujours surexcités durant le Mois des Fantômes. Même en dehors de cette période, il lui arrivait d'en voir un japper avec entrain à l'adresse d'un spectre. La meute avait dû déboucher à toute allure dans la cour : elle entendit un chœur d'aboiements enthousiastes, leurs pattes raclant les pavés... Et à cet instant, un chien traversa la fenêtre de papier et atterrit sur Zhu.

Elle cria et se débattit. Le chien, lui, s'efforçait de ne pas tomber en labourant de ses griffes son corps nu. Zhu glapit de douleur et repoussa l'animal ; puis courut jusqu'à la porte pour l'ouvrir en grand. Lorsque le chien s'élança dans sa direction, elle lui assena un coup de pied qui le fit voler hors de la pièce, ululant toujours. Zhu s'empressa de claquer la porte, pantelante. Elle constata non sans humeur qu'elle sentait plus mauvais encore qu'auparavant : c'était un mélange de boue, de poil sale et de quelque chose qui ressemblait dangereusement à de la pisse de chien.

Puis la pénombre s'accentua. Elle leva les yeux et vit le préfet Fang, accroupi, qui regardait par la fenêtre déchirée. Sur son visage se peignaient la rage et l'incrédulité.

Le préfet Fang disparut. Zhu se rhabilla à la hâte, les doigts soudain gourds. Sa respiration et les battements de son cœur vrombissaient à ses oreilles. Elle rattacha sa robe à l'instant où le préfet Fang contournait le bâtiment et rouvrait la porte, avec une telle férocité que le battant claqua comme un coup de tonnerre. Alors qu'il la traînait par l'oreille à l'extérieur, Zhu reconnut le contact effroyable du destin auquel elle avait voulu échapper, et sentit la peur l'engloutir tout entière. Ses pensées s'enchaînaient à toute allure. Si elle fuyait le monastère, elle n'aurait pas d'autre bien que les vêtements qu'elle portait. Et sans cicatrices d'ordination ni robe officielle pour prouver son statut, elle ne serait jamais acceptée au sein d'un autre monastère… à supposer qu'elle survive au voyage…

Le préfet Fang lui pinçait cruellement l'oreille. Les vieux moines ne craignaient pas de malmener les novices : ils n'imaginaient même pas que l'un d'eux puisse tenter de répliquer. Il traîna Zhu le long du corridor, ouvrant violemment les portes de la rangée de celliers à mesure qu'ils passaient. Ses traits étaient crispés par la préoccupation. Ayant atteint l'extrémité de la galerie et n'ayant plus de porte à ouvrir, il rapprocha son visage de celui de Zhu et cria :

— Où est-elle ?

Zhu le regarda sans comprendre.

— Quoi ? Qui ?

Elle s'écarta de lui et faillit tomber lorsqu'il la lâcha, une douleur atroce lui embrasant l'oreille.

— La nonne ! Je sais que tu avais une nonne avec toi ! cracha le préfet Fang. J'ai vu qu'elle était nue. Tu étais dans le cellier avec elle ! Tu as osé enfreindre les préceptes… tu t'es livré à un rapport sexuel ! Qui était-ce, novice Zhu ? Je vous ferai renvoyer tous les deux, tu peux me croire…

Tout à coup, la peur de Zhu fut transpercée d'un bouillonnement sauvage qui devait être apparenté, de très loin, au rire. Elle avait peine à le croire. Le préfet Fang avait vu ce qu'il désirait voir : l'objet de son obsession. En découvrant le corps de Zhu, il l'avait prise pour une nonne... Mais en dépit de ce coup de chance, elle savait qu'elle n'était pas tirée d'affaire. Car si elle niait avoir bafoué les préceptes, comment expliquer la présence de la fille ?

— Tu refuses de répondre ?

Les yeux du préfet Fang étincelèrent. L'exercice mesquin de son pouvoir était le seul plaisir dont jouissait jamais son corps desséché.

— Cela n'a pas d'importance. Tu ne seras jamais ordonné après avoir commis un tel crime, novice Zhu. Lorsque je dirai à l'Abbé ce que tu as fait, tu ne seras plus *rien*.

Il l'attrapa par le bras et se mit à la traîner dans l'escalier, en direction de la terrasse supérieure, où se trouvaient la sacristie et le bureau de l'Abbé. En clopinant à côté de lui, Zhu sentit gonfler en elle une émotion qu'elle avait ressentie pour la dernière fois – sous sa forme la plus pure – ce jour lointain où elle s'était agenouillée près du corps de son frère, à Zhongli.

La colère.

Ce sentiment croissait, si viscéral qu'il aurait choqué ses condisciples bien davantage que le désir charnel. Les moines étaient voués à se détacher de toutes choses ; mais Zhu en était incapable. Elle était plus attachée à la vie qu'aucun d'eux ne pouvait le concevoir. Après tout ce qu'elle avait enduré pour vivre la vie de Zhu Chongba, elle n'allait pas laisser un vieux maître des novices, aigri et ratatiné, l'écraser et permettre à son destin de la rattraper. *Ce n'est pas vous qui allez me réduire à néant.* Sa détermination était aussi dure et claire que le son d'une cloche de bronze. *Je refuse.*

Quelques fantômes flottaient, indifférents, sous les grands magnolias qui bordaient les marches. Leurs vêtements blancs et leurs longs cheveux formaient comme des taches d'ombre et de lumière dans le crépuscule. Alors que les escaliers se succédaient, raides et étroits, Zhu songea que, hormis le préfet Fang, personne n'avait encore eu vent de l'affaire. Son souffle resta bloqué dans sa poitrine. S'il était victime d'un accident, qui soupçonnerait quoi que ce soit ? Il n'était pas rare que des moines âgés tombent dans les escaliers. Le préfet Fang était beaucoup plus imposant qu'elle ; mais elle était jeune et forte. Si elle ne lui laissait pas le temps de lutter...

Malgré l'intensité de sa colère, Zhu hésita. Les autres novices et elle dérogeaient régulièrement aux préceptes. Cependant, il suffisait d'un peu de bon sens pour comprendre la différence entre une faute mineure – boire de l'alcool ou avoir un rapport sexuel – et un meurtre.

Elle hésitait encore lorsqu'ils traversèrent une terrasse intermédiaire, où l'odeur des prunes mûries par le soleil ne suffisait pas à masquer des effluves moins plaisants. Le bâtiment des latrines avait été décoré de lanternes en lotus qui s'agitaient au vent. Manifestement, le novice qui les avait accrochées se souciait comme d'une guigne de leurs mécènes… qui payaient pourtant grassement pour que leurs ancêtres – dont le nom était inscrit sur les lanternes – soient glorifiés. Ce n'était pas la première fois que cette cour était témoin de la conduite répréhensible d'un novice, cela dit. Ces pruniers étaient à l'origine du vin artisanal de Zhu, et ils lui servaient aussi de cachette. Personne n'avait envie de s'attarder près des latrines puantes; aussi personne ne remarquait-il que les prunes tombées avaient disparu, remplacées par une petite réserve de jarres de vin.

Dès que Zhu posa le regard sur les arbres, elle sut qu'une autre solution s'offrait à elle. Certes, elle enfreindrait tout de même les préceptes… mais pas celui-là. Pas tout à fait.

Elle s'arrêta net, si brusquement qu'elle faillit faire tomber le préfet Fang.

— Laissez-moi aller aux latrines.

L'homme lui adressa un regard incrédule.

— Retiens-toi, rétorqua-t-il.

— Pas pour pisser, précisa Zhu. C'est normal que vous ne soyez pas au courant, mais… quand on a eu un… un rapport sexuel avec une femme, il est préférable de se laver ensuite.

Elle désigna la zone concernée pour illustrer ses paroles. Puis, adoptant son air le plus dévot, elle ajouta d'un ton accusateur :

— Vous ne voudriez tout de même pas offenser l'Abbé en me traînant devant lui alors que je porte la souillure de…

Le préfet Fang tressaillit, lâcha son bras comme s'il était chauffé à blanc et s'essuya la main sur sa robe. Zhu l'observa avec une amertume teintée d'ironie. Si l'idée d'être sali par les sécrétions d'une femme le dérangeait à ce point, que dirait-il s'il savait quel corps il avait touché ?

— Va te nettoyer, espèce de… de malpropre, cracha le préfet Fang.

Sous ses airs outragés, Zhu devinait une concupiscence réprimée. Alors qu'elle entrait dans le bâtiment, elle pensa froidement qu'il valait mieux être un mauvais moine et laisser s'exprimer son désir, comme Xu Da. En le niant, on ne parvenait qu'à se rendre vulnérable… face à tout individu assez perspicace pour remarquer ce qu'on ne s'avouait pas à soi-même.

4

Une fois dans les latrines, Zhu traversa d'un pas précautionneux les caillebotis tachés d'excréments et leva les yeux vers la fenêtre de ventilation, percée entre le toit et le mur. Elle était plus petite encore que dans son souvenir. Sans se laisser le temps de douter, Zhu bondit. Elle tendit les doigts et s'agrippa au rebord ; grattant de ses sandales le plâtre grossier de la paroi, elle se hissa jusqu'en haut. Si l'effort ne l'avait pas fait haleter, elle aurait peut-être éclaté de rire. Parmi tous les novices les plus âgés, seule Zhu – avec son petit corps efflanqué, ce corps qui n'était pas mâle – était assez fine pour se glisser par cette ouverture. Un instant plus tard, elle se réceptionnait en culbutant dans la terre meuble, sous les pruniers. Elle bondit sur ses pieds et – aussi discrètement que possible – cassa une branche basse de l'arbre le plus proche. Son cœur battait la chamade. Le préfet Fang l'avait-il entendue ? Elle constata, soulagée, que le craquement semblait avoir été couvert par le brouhaha venu des autres terrasses. Les moines qui n'assistaient pas à la cérémonie des lanternes avaient fini de réciter leurs sutras, et s'abandonnaient maintenant aux réjouissances. Elle songea que cela non plus ne plairait pas au préfet Fang.

Zhu attrapa l'une des jarres de vin cachées sous les arbres et s'élança vers l'escalier, sa branche dans l'autre main. Un peu trop tôt à son goût, elle entendit un cri furieux : le préfet Fang avait découvert son évasion. La poursuite commençait. La concentration chassa toute pensée plus complexe de l'esprit de Zhu. Elle n'était plus qu'une proie face à un prédateur : il s'agissait simplement de survivre. Ses poumons étaient en feu ; ses mollets lui faisaient mal. Les sifflements et les halètements de son corps fourbu bourdonnaient à ses oreilles. Elle courait en sachant que sa vie en dépendait. *Je ne quitterai pas le monastère. C'est hors de question.*

Les pas de son poursuivant se firent plus lointains, mais elle ne s'en réjouit pas. Le préfet Fang, supposant qu'elle courait vers le bureau de l'Abbé pour implorer sa pitié, emprunterait un autre chemin pour tenter d'y parvenir avant elle. Zhu savait d'ailleurs qu'il en était capable. Le préfet courait moins vite qu'elle ; mais il parcourait ce dédale de cours et d'allées depuis une époque deux fois plus ancienne que l'existence de Zhu. Il en connaissait tous les escaliers dérobés, tous les raccourcis. Cependant, Zhu n'avait pas besoin d'arriver la première au bureau de l'Abbé. Il lui suffisait de le devancer sur l'un des paliers.

Après avoir grimpé les dernières marches, Zhu s'élança sur la terrasse, essoufflée. Un instant plus tard, elle entendit claquer les sandales du préfet dans l'autre escalier qui y menait. Malgré son avance, elle eut à peine le temps de traverser la terrasse pour se cacher dans l'ombre de l'autre côté. Elle se prépara, brandit sa branche… et, dès l'instant où la tête chauve comme un œuf du préfet Fang apparut en haut des marches, elle frappa.

La branche heurta son crâne avec un craquement. Le préfet Fang s'effondra. L'incertitude enserra comme un étau la poitrine de Zhu. Avait-elle bien calculé son coup ? Elle avait été forcée d'être brutale : s'il n'avait pas été assommé, il l'aurait vue et démasquée, ce qui était inenvisageable. Mais si elle l'avait frappé trop fort…

Elle s'accroupit près de lui et fut soulagée de sentir son souffle contre sa main. *Pas mort.* Observant son visage mou et sa peau de tofu, elle lui intima mentalement de se réveiller. La panique commença à fourmiller au creux de ses mains. Plus il mettrait de temps à se réveiller, plus elle courrait le risque d'être surprise ici, où elle n'avait aucune raison de se trouver.

Au terme d'une attente interminable, le préfet Fang finit par émettre un grognement. Zhu n'avait jamais été si heureuse de l'entendre de toute sa vie. Prenant soin de rester hors de sa vue, elle l'aida à se redresser en position assise.

— Que s'est-il passé ? croassa-t-il.

D'un geste incertain, il porta la main à sa tête. Il semblait presque avoir oublié pourquoi il courait. Zhu vit le trouble faire trembler ses doigts, et sa détermination brûla de plus belle, vive et flamboyante. Cela pouvait marcher. Cela *allait* marcher.

— Aiya, vous auriez pu vous faire mal ! dit-elle en faisant monter sa voix dans les aigus.

En adoptant un timbre aussi féminin que possible, elle espérait s'assurer qu'il ne la reconnaisse pas.

— Où vous rendiez-vous avec tant de hâte, vénérable moine ? Vous êtes tombé. Je ne crois pas que ce soit grave. Buvez ce remède, il vous soulagera.

Toujours derrière lui, elle tendit la main pour lui présenter la jarre de vin. Il le prit sans se méfier et but, toussant un peu lorsque cette saveur inhabituelle heurta le fond de sa gorge.

— Voilà, l'encouragea Zhu. Rien de tel pour apaiser un mal de tête.

Le laissant boire tout son soûl, elle traversa discrètement la cour jusqu'au dortoir bordant la terrasse. Les fenêtres en papier huilé luisaient de l'intérieur ; on y entendait des voix qui riaient et murmuraient. L'appréhension fit s'emballer le cœur de Zhu. Elle inspira profondément, puis hurla d'une voix aussi stridente que possible :

— Un intrus !

Elle avait déjà descendu la moitié de l'escalier lorsque les cris retentirent derrière elle. Les nonnes, sorties en courant des appartements des invités, s'indignaient avec une telle hargne que Zhu avait l'impression de se trouver juste à côté d'elles. Un moine, que l'ivresse avait fait s'écrouler au sol ! Il avait pénétré dans leur domaine réservé, l'esprit plein de pensées obscènes ; il avait foulé aux pieds son serment monastique ; c'était un faux adepte du dharma…

Zhu finit de dévaler l'escalier d'un pas guilleret, pensant avec satisfaction : *Qui a enfreint les préceptes, à présent ?*

Zhu et Xu Da, perchés sur la terrasse la plus élevée, regardèrent le préfet Fang sortir du bureau de l'Abbé. Zhu découvrit un vieil homme en tunique courte de paysan. Il était aussi différent de leur ancien maître des novices qu'un fantôme, affamé et débraillé, l'était de son corps vivant. Lorsque le préfet Fang avait été découvert, ivre, dans la cour des nonnes, l'Abbesse ulcérée s'en était aussitôt plainte à l'Abbé. Frappé de disgrâce, le vieil homme avait été défroqué sur-le-champ. Le préfet Fang resta un instant immobile, incertain. Puis il baissa la tête et descendit l'escalier d'un pas traînant, en direction des portes du monastère.

Il était innocent, et Zhu l'avait fait condamner. Elle se dit que c'était tout de même préférable à sa première idée. En tout cas, elle avait obtenu ce qu'elle désirait. En étudiant ses sentiments, elle y trouva de la pitié, mais aucun regret. *Je recommencerais s'il le fallait*, songea-t-elle avec férocité. Elle sentit une sorte d'euphorie la parcourir. *C'est ma vie, à présent. Et je ferai ce que j'ai à faire pour la garder.*

Près d'elle, Xu Da dit à voix basse :

— Il a découvert la vérité, c'est ça ? C'est pour ça que tu as fait cela.

Zhu se tourna vers lui, horrifiée. L'espace d'un instant terrible, elle crut devoir faire subir à Xu Da ce qu'elle avait infligé au préfet Fang. Mais elle vit que son visage ne bougeait pas plus que celui d'un bodhisattva gravé, et qu'il exprimait la même bienveillance compatissante. Tremblant de soulagement, elle comprit qu'au fond d'elle-même, elle l'avait toujours su.

— Depuis combien de temps…

Xu Da ne se départit pas de sa gravité, mais cela parut lui demander un effort héroïque.

— Petit frère… Nous avons partagé le même lit pendant six ans. Peut-être que les autres moines ignorent à quoi ressemble le corps d'une femme, mais pas moi.

— Tu n'as jamais rien dit, s'étonna Zhu.

Elle ressentit une nostalgie intense en pensant qu'il avait dû la protéger bien souvent, tandis qu'elle-même refusait de s'en apercevoir.

Xu Da haussa les épaules.

— Quelle différence, pour moi ? Tu restes mon frère, quel que puisse être ton corps sous tes vêtements.

Zhu leva les yeux vers ce visage qui lui était plus familier que le sien. Lorsqu'on devenait moine, on était censé abandonner derrière soi l'idée de « famille ». Il était donc assez drôle que Zhu, elle, ait dû entrer au monastère pour comprendre ce que ce mot signifiait.

Quelqu'un toussa derrière eux. C'était l'un des moines de la sacristie, les assistants personnels de l'Abbé. Il s'inclina légèrement à l'adresse de Xu Da et dit :

— Moine Xu, veuillez m'excuser de cette interruption.

À Zhu, il dit d'un ton sévère :

— Novice Zhu, l'Abbé vous demande.

— Quoi ? s'exclama Zhu, incrédule. Pourquoi ?

Bien sûr, le préfet Fang avait dû assurer à l'Abbé qu'il était innocent et tenter de rejeter toute la faute sur Zhu. Mais quel crédit leur supérieur pouvait-il accorder aux accusations d'un moine disgracié ? L'Abbé n'avait pu le croire sur parole… Sentant la peur monter soudain en elle, Zhu se repassa en mémoire toutes ses actions, des latrines à la cour des nonnes. Elle ne parvint pas à identifier la moindre erreur. *Cela aurait dû marcher.* Elle se corrigea avec une telle véhémence qu'elle faillit y croire : *Cela* a *marché. Il y a autre chose…*

— Ce ne doit pas être bien grave, s'empressa d'assurer Xu Da devant son expression soucieuse.

Mais il semblait aussi anxieux qu'elle. Ils avaient la même pensée en tête : depuis des années qu'ils se trouvaient au monastère, jamais l'entretien d'un novice avec l'Abbé n'avait manqué de se solder par son expulsion.

Avant qu'ils se séparent, Xu Da lui serra le bras en signe de solidarité. Descendant les marches d'un pas pesant, Zhu éprouva une vague de regret. *J'ai fait une erreur*, pensa-t-elle amèrement. *J'aurais dû le tuer.*

Zhu n'était jamais entrée dans la sacristie, et encore moins dans le bureau de l'Abbé. Frissonnante, elle laissa s'enfoncer ses pieds dans la moquette aux motifs complexes ; le chatoiement mouvant des tables en bois de rose accrocha son regard. Par les portes grandes ouvertes, on pouvait admirer les lilas d'été qui ornaient la cour, leurs troncs graciles brillant comme de l'or à la lueur des lampes. Assis à son bureau, l'Abbé semblait plus grand que lorsqu'elle le voyait de loin durant les prières du matin… et cependant, il paraissait aussi plus petit. En effet, une image l'emportait sur les milliers de souvenirs triviaux qui emplissaient son esprit : celle, intense et puissante, de l'Abbé dressé devant elle comme un roi de l'Enfer, venu la juger alors qu'elle se recroquevillait, à demi morte de froid, devant les portes du monastère. C'était en lui répondant qu'elle s'était approprié la vie de Zhu Chongba pour la toute première fois.

Écrasée sous le poids de son pouvoir, elle s'aplatit sur le sol et pressa son front contre l'épaisse moquette.

— Ah, novice Zhu ! (Elle l'entendit se lever.) Comment se fait-il que j'aie tant entendu parler de toi ?

Zhu s'imagina sa main, froidement suspendue au-dessus d'elle, prête à lui arracher la vie de Zhu Chongba aussi vite qu'il la lui avait accordée. Une bouffée de rébellion lui fit relever la tête, et elle fit ce qu'aucun novice n'avait jamais osé faire avant elle : elle planta son regard dans celui de l'Abbé. Ce petit acte de défi lui réclama à lui seul un effort harassant. Lorsque leurs regards se rencontrèrent, elle se dit qu'il ne pouvait ignorer le désir qui l'animait. Son attachement à la vie, qui seyait si peu à un moine. Sa rage de survivre.

— Cette affaire concernant le préfet Fang est très fâcheuse, déclara l'Abbé. (Il ne semblait ni offensé, ni impressionné par son audace.) Il est incommodant, pour un vieillard comme moi, de devoir se dépêtrer d'une telle situation. Et avec quelle fougue il t'a vilipendé avant de s'en aller, novice Zhu ! L'histoire qu'il m'a racontée était tout à fait sordide. Qu'as-tu à répondre à cela ?

Le cœur de Zhu, qui s'était serré à la mention du préfet Fang, se déploya de soulagement. Si l'Abbé souhaitait simplement l'entendre démentir les accusations du vieux moine…

— Vénérable Abbé ! cria-t-elle en se plaquant de nouveau sur la moquette.

Sa voix tremblait d'une émotion sincère. À défaut de la vérité, c'était tout ce qu'elle avait à lui offrir.

— Ce novice indigne jure sur les quatre reliques qu'il n'a jamais rien fait pour mériter les imprécations du préfet Fang. Ce misérable novice a toujours obéi !

Elle vit les pieds de l'Abbé, enveloppés dans des chaussettes immaculées et entourés du balancement doré de sa robe, contourner son bureau.

— Toujours ? Tu n'es donc pas humain, novice Zhu ? Ou peut-être as-tu déjà connu l'éveil ?

Il s'arrêta devant elle. Elle sentait son regard posé sur son crâne. Doucement, il reprit :

— C'est intéressant. Si les faits n'avaient pas si clairement contredit mon sentiment sur la question, j'aurais été convaincu que le préfet Fang n'avait pas bu une goutte de vin de toute sa vie.

Il y avait un accent sarcastique dans sa voix. Zhu sentit un frisson naître dans sa rate.

— Vénérable Abbé… ?

— Tu l'as vraiment mis dans le pétrin, pas vrai ? (Sans attendre de réponse, l'Abbé poussa Zhu du bout du pied.) Assieds-toi.

Et Zhu, se mettant à genoux, découvrit avec horreur ce que l'Abbé tenait dans ses mains.

Deux jarres de vin. Celle que Zhu avait laissée au préfet Fang… et sa jumelle, qu'elle avait vue pour la dernière fois dans le dortoir des novices, entre deux éclats de rire. L'Abbé observa les deux bouteilles.

— C'est drôle : les novices enfreignent toujours les préceptes de la même manière, génération après génération.

L'espace d'un instant, il sembla s'en amuser. Puis son expression changea, et il reprit durement :

— Je n'apprécie pas qu'un autre homme se serve de moi comme d'un pantin pour me faire faire le sale travail, novice Zhu.

La preuve qu'elle avait dérogé aux règles se trouvait là, entre les mains de l'Abbé. Saisie d'angoisse, Zhu n'arrivait pas à croire qu'elle avait osé braver les préceptes mineurs, à l'instar des autres novices. Elle s'était prise pour l'une d'entre eux ; elle avait cru être vraiment devenue Zhu Chongba. Accablée, elle pensa : *Peut-être était-il écrit que ma destinée me rattraperait aujourd'hui, quoi que je fasse.*

Mais alors même que cette pensée emplissait son esprit, elle ne put se résoudre à y croire.

— Vénérable Abbé ! cria-t-elle en se plaquant de nouveau au sol. Il y a erreur…

— Comme c'est curieux : c'est justement ce qu'a dit le préfet Fang.

Le courroux de l'Abbé avait quelque chose de terrible ; ce n'était ni plus ni moins qu'une promesse d'annihilation. Dans le silence qui s'ensuivit, Zhu écouta le chant muet des arbres dans la cour et sentit ce vide s'immiscer en elle, petit à petit ; elle pleura et lutta intérieurement sans parvenir à le repousser.

Au-dessus d'elle, l'Abbé émit un bruit si inattendu que Zhu ne put l'identifier.

— Oh, lève-toi donc ! dit-il.

Lorsque Zhu glissa un regard vers lui, elle se figea de stupeur. Il riait.

— Je n'ai jamais aimé le préfet Fang, cette vieille papaye rabougrie. Il m'en a toujours voulu : il pensait que c'était le plus pieux des moines qui aurait dû être nommé Abbé.

L'homme leva l'une des jarres de vin ; puis, croisant son regard par-dessus le goulot, il but à grands traits.

— Du vin de prunes vertes, c'est cela ?

L'Abbé… était en train d'enfreindre les préceptes. Zhu en resta bouche bée.

Voyant son expression, l'homme eut un petit rire.

— Ah, novice Zhu… Un dévot aurait fait un bien piètre Abbé, en ces temps troublés. Penses-tu que, si le monastère de Wuhuang a tenu si longtemps, entre la rébellion nanren et la répression des Mongols, c'est uniquement parce que le Ciel lui sourit tendrement ? Non, bien loin de là ! Je sais quelles mesures doivent être prises pour garantir notre sécurité, et je m'en acquitte… sans me demander s'il est permis à un moine d'agir ainsi. Oh ! Je sais que j'expierai ces fautes lors de mes vies futures. Mais lorsque je me demande si la vie qui est mienne aujourd'hui vaut la peine de souffrir dans l'avenir, la réponse est toujours « oui ».

Il s'accroupit et plongea son regard dans celui de Zhu agenouillée. Sa peau était tendue de l'intérieur par une vitalité bouillonnante : c'était la joie, féroce et profane, d'un homme ayant renoncé délibérément au nirvana, mû par un attachement passionné à la vie. Et Zhu, hébétée, avait la sensation de voir en lui son propre reflet.

— Je me souviens de toi, tu sais. C'est toi qui avais attendu aux portes du monastère. Quatre jours sans manger, dans le froid ! J'ai donc toujours su que tu avais une volonté de fer. Mais il y a quelque chose d'inhabituel chez toi, parce que… la plupart des gens comme toi ignorent que la volonté, à elle seule, ne peut garantir leur survie. Ils ne voient pas que le plus important est de comprendre les gens et la nature du pouvoir. Le préfet Fang avait de la volonté à revendre ! Mais c'est toi qui as compris qu'il était possible de retourner contre lui une puissance supérieure, et qui l'as fait sans hésiter.

» Tu réfléchis à la façon dont fonctionne le monde, novice Zhu, et cela… m'intéresse.

Il la regardait avec plus d'intensité que quiconque auparavant. Elle frémit, envahie d'une peur aussi prégnante que l'ombre d'un rapace. Certes, l'intérêt de l'Abbé lui épargnerait peut-être d'être expulsée… Mais il lui paraissait excessivement dangereux de laisser transparaître un élément de sa personnalité à *elle*, la seule partie de Zhu Chongba qui n'avait appartenu à personne d'autre. Son désir opiniâtre de vivre.

L'Abbé ajouta d'un ton pensif :

— Hors de nos murs, le chaos et la violence vont croissant. Plus le temps passe et plus il nous est difficile de conserver notre position actuelle, entre rebelles et Mongols. Pourquoi crois-tu que j'insiste tant pour que mes moines soient éduqués ? L'outil qui nous permettra de traverser les épreuves à venir n'est pas la force, mais la connaissance. Notre tâche sera la sauvegarde de nos richesses et de notre statut. Pour cela, j'ai besoin de moines intelligents, désireux de comprendre comment fonctionne le monde et disposés à le manipuler à notre avantage. Des moines capables de faire ce qu'il faut.

Il se leva, les yeux rivés sur elle.

— Il est peu de moines dotés d'un tel tempérament. Mais toi, novice Zhu… tu as du potentiel. Pourquoi ne pas venir travailler pour moi jusqu'à ton ordination ? Je t'enseignerai tout ce que tu n'apprendras pas du moine dévot que je choisirai pour remplacer le préfet Fang. Je te montrerai comment fonctionne le monde. (Un sourire malicieux fendit le visage imposant de l'Abbé.) Si tu le souhaites, du moins.

« La volonté, à elle seule, ne suffit pas à garantir la survie. » Le corps encore transi par la terreur provoquée par l'affaire du préfet Fang, Zhu n'hésita pas une seconde.

Cette fois, elle ne se prosterna pas ; et sa voix ne trembla pas. Levant les yeux vers l'Abbé, elle s'exclama :

— Ce misérable novice recevra avec reconnaissance tout ce que le Vénérable Abbé daignera lui enseigner. Il promet de faire ce qu'il faut !

L'Abbé rit et regagna son bureau.

— Ah, novice Zhu… Ne promets rien avant de savoir à quoi tu t'engages.

1354, neuvième mois

Il faisait encore sombre – l'heure du Tigre n'était pas terminée – lorsqu'un bruit réveilla Zhu. On ouvrait furtivement la porte de la chambre exiguë qu'elle occupait au sein de la sacristie. Quelques instants plus tard, Xu Da entra et s'assit au bord de sa paillasse.

— Je n'arrive pas à croire qu'ils te laissent dormir la nuit précédant ton ordination, déclara-t-il d'un ton sévère. Le préfet Fang, lui, nous avait fait méditer toute la nuit.

Zhu s'assit et rit.

— Eh bien, le préfet Fang n'est plus là. Et pourquoi parles-tu toujours comme si tu avais été ordonné il y a des lustres ? Tu n'as que vingt-trois ans !

En réalité, Zhu elle-même n'était âgée que de dix-neuf ans – soit un an de moins que l'âge de l'ordination –, mais elle préférait ne pas penser à tout ce qui la différenciait du vrai Zhu Chongba, qui aurait eu vingt ans. Deux années s'étaient écoulées, sans événement particulier, depuis l'incident avec le préfet Fang. Cependant, elle ne pouvait s'empêcher de craindre que toute allusion à cette distinction – même dans le secret de son esprit – suffise à alerter le Ciel que quelque chose n'allait pas. Lorsque les yeux de Zhu se furent accoutumés à la pénombre, elle remarqua le chapeau de paille de Xu Da et son écharpe de voyage.

— Mais… tu repars déjà ? Tu n'es pas resté longtemps.

Son sourire en forme de croissant brilla dans l'obscurité.

— Il y a un problème à régler. Le préfet Wen est occupé à cause des ordinations, si bien qu'il m'a demandé de m'en charger. D'ailleurs, je peux te demander ton avis ? L'un de nos villages refuse de payer son loyer. Ils disent que les rebelles viennent de prélever une taxe destinée à soutenir leur mouvement, les laissant démunis. Faut-il insister pour qu'ils nous payent, ou laisser couler ?

Tout le monde savait qu'en tant que proche de l'Abbé, Zhu était presque aussi qualifiée que lui pour s'exprimer sur les intérêts du monastère.

— Ce n'étaient pas les rebelles, c'est impossible, déclara Zhu. Ils se battent contre les troupes du Grand Yuan depuis le début du mois. Mais il s'est sûrement passé quelque chose. Les moissons ont été bonnes ; je ne vois pas pourquoi ils décideraient tout à coup de ne plus payer leur loyer. Peut-être s'agissait-il de bandits, qui se sont fait passer pour des rebelles.

Le mot « bandit » fit remonter en elle des souvenirs lointains. Elle n'y prêta pas attention.

— Propose-leur de repousser le loyer à la moisson prochaine. Il devrait leur rester de quoi semer au printemps, si nous ne les dépouillons pas maintenant. Dis-leur qu'ils auront des intérêts à payer en plus... mais à la moitié du taux habituel. On ne peut pas s'attendre à ce qu'ils résistent à une armée rebelle ; en revanche, s'ils avaient eu une milice, ils auraient pu se défendre contre les bandits. Ces intérêts devraient les convaincre de mettre quelque chose en place.

— Il faudra qu'ils soient plus courageux que moi pour faire face aux bandits, répliqua Xu Da avec une pointe de tristesse dans la voix. Les pauvres... Mais ça se tient. Merci. (Il l'enlaça chaleureusement avant de se relever.) Je suis bien triste de manquer ton ordination. Bonne chance ! Quand nous nous reverrons, nous serons moines tous les deux.

Lorsqu'il fut parti, Zhu alluma une bougie à la lanterne du couloir et fit ses ablutions. Sa chambre – normalement réservée à un moine ordonné servant de secrétaire personnel à l'Abbé – jouxtait celle du vieil homme. Elle frappa doucement à sa porte et, l'entendant répondre, entra.

L'Abbé était debout, près des portes ouvertes sur la terrasse.

— Novice Zhu, la salua-t-il. Il est encore tôt. Tu n'arrivais pas à dormir ?

— Le moine Xu m'a réveillé avant de partir.

— Ah... Dommage qu'il ne puisse rester avec toi en ce grand jour.

Le jour se levait. Sous les trilles des oiseaux, un souffle de fraîcheur automnale balayait la terrasse, portant l'arôme piquant et argenté de la rosée sur les arbres. De l'autre côté de la vallée encore sombre, une bande de nuages s'avançait comme une vague. L'horizon plat de la plaine était maculé d'une tache noire.

— Le seigneur Esen s'avance bien loin sur le territoire des rebelles, cette année, observa Zhu.

Depuis plusieurs années, le prince du Henan vieillissant avait transmis le commandement de l'armée à son fils aîné.

— Qu'est-ce qui lui prend ? s'étonna-t-elle.

L'Abbé observa l'armée d'un air songeur.

— Je ne t'en ai pas encore parlé : je viens juste de l'apprendre moi-même. Je pense que le Grand Yuan réagit à la nouvelle que le Prince de Lumière a été trouvé… par les rebelles. Les Turbans Rouges, précisa-t-il. C'est le nom qu'ils se donnent, à présent.

Zhu le dévisagea, stupéfaite. Le Prince de Lumière… le héraut annonçant le début d'un nouvel âge. Son arrivée était synonyme de changement ; un changement si considérable que le monde en serait à jamais transformé. Dans la chambre de l'Abbé, les flammes des bougies se penchèrent sous la pression d'une force que même Zhu ne pouvait voir. Elle frissonna.

— Ce n'est qu'un enfant, ajouta l'Abbé. Mais on l'a vu choisir les objets relatifs à son incarnation précédente, si bien que son identité ne peut être remise en doute. Je ne m'étonne pas que les Mongols soient inquiets. Que pourrait signifier sa présence, sinon la fin du Grand Yuan ? Tous s'accordent à dire que le Mandat du Ciel de l'empereur ne brille pas plus qu'une lanterne à demi noyée… du moins, c'était le cas la dernière fois qu'il a osé le montrer en public ! Il l'a peut-être tout simplement perdu, à présent. Cependant, même s'il ne détient plus le Mandat, il n'abandonnera pas le pouvoir pour autant. Il aura ordonné au prince du Henan de faire tout ce qu'il peut pour écraser la rébellion cette année. Et puisque la présence du Prince de Lumière enhardit les Turbans Rouges… nous pouvons être sûrs que le chaos empirera avant de s'apaiser.

La clarté croissante de l'aube éclairait son visage par en dessous, soulignant puissamment ses traits. Il avait l'allure d'un homme affrontant un avenir périlleux sans céder au désespoir. On lisait en lui l'assurance obstinée de quelqu'un qui a rencontré de front tout ce qui a précédé, et qui a survécu.

— Le chaos est synonyme de danger, c'est indéniable, continua l'Abbé. Mais il apporte aussi de nouvelles opportunités. Après tout, c'est grâce au chaos que nous vivons dans un monde où même les hommes normaux peuvent accéder à la grandeur. Que sont ces chefs des Turbans Rouges, sinon des gens ordinaires ? Mais ils pensent pouvoir s'élever contre des princes et des seigneurs… et pour la première fois depuis de longs siècles, c'est effectivement le cas.

La grandeur. Ce mot réveilla les souvenirs endormis de Zhu. Des émotions déferlèrent en elle, vives et brûlantes… Le frisson émerveillé qui l'avait parcourue face aux silhouettes majestueuses du prince du Henan et de ses fils, toutes petites en contrebas, dans la cour du monastère. Et, sentiments plus vieux encore – dans une cabane éclairée d'une bougie, dans un village qu'elle s'efforçait d'oublier – sa confusion et son chagrin lorsqu'elle avait entendu le mot « grandeur » pour la première fois... sachant qu'il appartenait au monde des empereurs, des rois et des généraux, un monde qui lui serait à jamais inaccessible.

Ce monde de grandeur se trouvait là-bas, dans cette plaine lointaine. Alors que Zhu le contemplait, elle se sentit comme tirée de l'intérieur. C'était différent de ce qu'elle avait ressenti à douze ans ; cette curiosité théorique de celui qui s'imagine en train de sauter. Non, c'était le sentiment d'*avoir* sauté. Après le bond, mais avant la chute : le moment où le monde vous attrape le corps pour le ramener à sa place. C'était la sensation d'une force qu'on ne pouvait surmonter par la volonté, qui appartenait au monde lui-même. *La destinée*, pensa Zhu tout à coup. Troublée, elle eut l'impression d'être face à quelque chose qu'elle n'était pas en mesure d'interpréter. C'était la destinée qui la tirait vers le monde du dehors, où pouvait s'épanouir la grandeur.

— Que vous êtes assoiffés d'aventure, vous, les jeunes moines ! s'exclama l'Abbé en remarquant l'intensité de son regard. Bien que je n'aie aucune envie de me priver de ton aide, je pourrais t'accorder une année de liberté. Mais il existe certainement des missions plus adaptées à tes compétences que celles de ton frère, le moine Xu. Après ton ordination, je me propose de faire de toi le premier émissaire du monastère de Wuhuang auprès du monde extérieur. Qu'en penses-tu ?

La traction se fit plus forte, comme un poids envahissant lentement son ventre. Était-il possible qu'en vivant sous les traits de Zhu Chongba depuis tant d'années, en écrasant toutes ses caractéristiques propres jusqu'à ce que le Ciel lui-même croie ne voir qu'une seule et même personne... elle ait changé sa destinée ? Mais à peine cette pensée formulée, Zhu sut que c'était faux. Cette lourdeur n'était qu'une promesse de l'inévitable ; et ce qu'elle réveillait en elle n'était pas l'espoir, mais la peur. Depuis les hauteurs du monastère, elle contempla ce monde lointain. Là-bas, sous les lignes brunes et vertes qui se succédaient en un motif harmonieux, bouillonnaient le chaos et la violence. Elle songea à cet instant que, si ce monde contenait en lui une promesse de grandeur, il ne contenait pas moins la promesse du néant.

— Vénérable Abbé, voudriez-vous donc me condamner à mener une vie intéressante ? dit-elle avec une légèreté feinte. (Elle espérait de tout son être que le Ciel ne l'écoutait pas.) Je n'ai pas besoin de partir à l'aventure. Si vous n'avez pas envie de vous séparer de moi, pourquoi ne pas me garder ici, dans la sacristie, où je vous serai le plus utile ?

L'Abbé eut un sourire satisfait.

— Ah ! C'est pour cela que tu es mon préféré, novice Zhu. Tu ne seras pas déçu de la vie que tu mèneras sur cette montagne, rassure-toi !

Ensemble, nous affronterons ces changements et guiderons ce monastère vers l'ère du Prince de Lumière. Après cela, nous profiterons librement des plaisirs de la paix et de la prospérité.

D'un ton désinvolte, il ajouta :

— Et lorsque mon temps sera révolu, je ferai en sorte que tu me succèdes au poste d'Abbé du monastère de Wuhuang.

Le souffle de Zhu se bloqua dans sa gorge. Voilà qui était une promesse. En esprit, elle vit le microcosme du monastère : les moines de l'administration marchant sans hâte vers le bureau de comptabilité ; la grande horde des moines, partant méditer en traînant des sandales ; les rires des novices dans les champs fraîchement retournés de la vallée. Les toits aériens de tuiles vertes et la montagne penchée, recouverts par la coupole dorée du ciel. Un petit monde réconfortant. Ce n'était pas un lieu rêvé… simplement celui où elle se cachait de ses peurs. Mais c'était un lieu qu'elle connaissait, et qui serait un jour en son pouvoir ; et elle ne serait jamais contrainte de le quitter.

Elle lança un dernier regard au monde du dehors. L'éclair blanc du soleil était monté en biais jusqu'à couronner la plus haute cime des montagnes, au sud, masquant la plaine en contrebas sous un voile de lumière mouchetée. Lorsqu'elle se retourna, les taches claires dansant encore dans ses yeux, elle pensa :

Si tu sautes, tu mourras.

Les quatre immenses statues du Pavillon des Rois Gardiens scrutaient, de leurs yeux implacables, la rangée de novices agenouillés. Derrière eux, les moines murmuraient les deux cent cinquante préceptes du serment monastique. Un épais nuage d'encens emplissait la pièce, la rendant plus sombre encore qu'elle ne l'était déjà ; Zhu avait les sinus en feu. Ses genoux, eux, lui semblaient sur le point d'éclater après des heures passées dans cette position. Des bruits étranglés, témoignant d'une autre sorte de douleur, s'élevaient de plus en plus près de Zhu. Un à un, les novices recevaient l'ordination.

Enfin, l'Abbé apparut face à elle, avec un air entendu qui n'était destiné qu'à elle seule.

— Novice Zhu.

Il posa ses mains fraîches et fermes de part et d'autre de son visage, tandis que les autres moines disposaient les douze cônes d'encens en haut de son crâne. La fumée se déversa le long de ses tempes, mêlant son parfum familier à une odeur nouvelle : celle de sa chair qui brûlait. La douleur lui donna l'impression d'être couronnée d'étoiles enflammées ;

de sentir qu'on gravait dans son cerveau un entrelacs de lumière cuisante. Avec le temps, la souffrance changea et la transporta. Elle eut l'impression de flotter dans un vide au centre du monde, percevant chaque frisson de son corps comme s'il lui parvenait de très loin.

— Zhu Chongba, toujours différent des autres. Tu n'as même pas crié.

L'Abbé l'observa d'un air amusé tandis que les moines la relevaient. Ils la soutinrent lorsque ses jambes se dérobèrent. La douleur enserrait son crâne incandescent. Elle ne portait que sa tunique courte et son pantalon, jusqu'à ce que l'Abbé drape la robe à sept pans sur ses épaules. Le vêtement était plus lourd que la robe des novices. Ce poids la transforma, faisant d'elle une autre personne.

— Moine Zhu…

— Vénérable Abbé !

Tous sursautèrent lorsqu'un jeune moine se rua dans la pièce, en nage. L'Abbé tourna vers lui un regard incrédule. Le moine s'empressa de faire la révérence et balbutia :

— Mille excuses. Mais… le général des troupes du prince du Henan est là !

L'Abbé se renfrogna.

— Que dis-tu ? Pourquoi n'avons-nous pas été prévenus de sa visite ? Où se trouve-t-il, en ce moment ?

Le jeune moine ouvrit la bouche, mais la voix qui s'éleva alors était douce et rauque.

— Cela faisait longtemps, Vénérable Abbé.

La pénombre s'accentua lorsque le général franchit les grandes portes du Pavillon des Rois Gardiens, et les moines hoquetèrent d'horreur. Ils se crispèrent face à cette présence profanatrice, emplis de peur, de colère et de dégoût ; car le général yuan était l'eunuque que Zhu avait vu depuis le toit du Pavillon du Dharma, bien des années plus tôt. Il était très jeune à cette époque, peut-être même plus jeune que Zhu ne l'était à cet instant. Les années auraient dû faire de lui un homme ; mais Zhu avait plutôt l'impression de contempler un écho du passé. Il était aussi gracile et magnifique qu'autrefois. Seul son visage de jeune fille avait perdu en joliesse et en pureté, se faisant plus inquiétant. Sa beauté était devenue dure et étrange, tendue comme une lame d'acier trempé à la finesse incomparable.

Au lieu du cuir des soldats ordinaires, le général portait une armure de métal. Son plastron circulaire était sombre et brillant comme un miroir. De chaque côté de sa tête pendaient de fines nattes attachées en boucle, à la manière des guerriers mongols. Lorsqu'il s'approcha, Zhu s'aperçut qu'il était en réalité de sang nanren. C'était somme toute logique : aucun Mongol n'aurait accepté d'être humilié comme il l'avait été par l'Abbé, ni permis qu'un membre de sa famille le soit.

— Vous n'avez rien à faire ici, général, s'exclama l'Abbé.

Le choc lui faisait oublier toute diplomatie. Ici, dans son domaine, il était roi… et cet affront éhonté vis-à-vis de son pouvoir, sous les yeux de ses moines réunis, le rendait intransigeant.

— Permettez-moi de vous rappeler que même les princes du sang se soumettent à nos lois lorsqu'ils pénètrent dans l'enceinte du monastère. Ce lieu vous est interdit.

— Ah, cette règle-là… Je l'avais oubliée, répondit l'eunuque général. (Son visage était si impassible qu'il donnait l'impression de n'être habité d'aucune vie.) Veuillez m'excuser.

Il parlait han'er – langue du Nord, souvent employée par les visiteurs du monastère – avec un étrange accent monocorde que Zhu n'avait jamais entendu auparavant. *Un accent mongol.* Derrière lui, les flammes des lampes s'affaissèrent, puis remontèrent dans un grand flamboiement. Les fantômes entrèrent en flottant dans la salle. Ils n'avaient pas davantage changé que l'eunuque. Zhu en eut la chair de poule. La vue de leurs silhouettes pâles venant se masser autour du général lui semblait plus étrange encore qu'auparavant. Depuis toutes ces années – et après avoir rencontré bien d'autres personnes –, elle n'avait toujours rien vu de pareil.

En regardant l'eunuque au milieu de ses fantômes, elle sentit la vibration presque oubliée de cette corde qu'on pinçait au fond d'elle. *Les choses semblables se reconnaissent.* La pensée qu'elle n'était pas la personne qu'elle aurait dû être la transperça, cuisante. Mais alors même qu'elle se crispait face à ce lien indésirable, celui-ci lui permit de mieux saisir la situation. *Les choses semblables se comprennent.* Elle se remémora l'humiliation infligée par l'Abbé à cet eunuque, et devina que son attitude inexpressive dissimulait une joie sardonique. Il savait pertinemment que sa présence gênait et offensait les moines. Il avait voulu les blesser comme il avait été blessé ; il n'avait jamais oublié.

Le regard de l'eunuque dépassa l'Abbé pour se poser sur la rangée des novices.

— Mais je vois que vous êtes occupés, aussi m'efforcerai-je d'être bref. Suite aux événements inquiétants qui se sont produits récemment, le grand khan a ordonné aux défenseurs de l'empire de se montrer particulièrement implacables envers ses ennemis. Le prince du Henan souhaite que les monastères l'assurent de leur soutien, et l'aident à ramener la paix dans la région du sud.

Il s'était exprimé d'un ton parfaitement neutre. Zhu se demanda si elle était la seule à deviner une férocité sous-jacente lorsqu'il ajouta :

— Je suis sûr que ce monastère, en tant que loyal sujet du Yuan, n'hésitera pas à coopérer de son mieux.

« Les événements inquiétants qui se sont produits récemment. » La découverte du Prince de Lumière par les rebelles des Turbans Rouges. Le Grand Yuan, sentant s'étioler son Mandat du Ciel, craignait manifestement que les monastères ne mettent leur richesse et leur influence au service des rebelles nanren.

L'eunuque balaya la salle du regard, étudiant le bois délicatement sculpté des poutres et des piliers, les statues dorées et les encensoirs de porcelaine.

— Que ce monastère semble avoir prospéré, depuis ma dernière visite ! Des pavillons dorés, des toits recouverts de jade ! Le Ciel vous sourit, c'est une évidence.

En reportant son regard sur l'Abbé, il reprit :

— Le prince du Henan m'a demandé de vous informer que ce monastère devait, à dater de ce jour, remettre les deux tiers de ses revenus annuels – qu'ils proviennent de ses terres ou de toute autre source – à l'administrateur de la province, afin d'aider le prince du Henan dans sa lutte contre les rebelles.

De son ton monotone, il conclut :

— Puisque les moines aspirent à se détacher de tout confort terrestre, cela ne devrait poser aucun problème.

Les deux tiers... Zhu vit l'énormité de cette demande heurter l'Abbé de plein fouet, et sa fureur enfler en réponse. C'était une rage affranchie de toute politesse. Avec inquiétude, elle comprit que l'Abbé – qui considérait pourtant le savoir comme son plus grand atout – n'avait aucune idée de la rancœur nourrie par l'eunuque à son égard. Il ne voyait rien d'autre que cette façade élégante, aussi opaque que le jade blanc.

Elle fit un pas en avant, déclenchant une explosion de souffrance dans son crâne et ses genoux. Au fond d'elle, elle ressentait aussi une douleur plus ténue : celle de son lien avec l'eunuque. Ce dernier se tourna pour la regarder, un pli perplexe froissant la perfection glacée de ses traits. *Les choses semblables se comprennent*, pensa-t-elle non sans trouble. D'un ton pressant, elle dit :

— Vénérable Abbé...

Mais l'Abbé ne l'entendit pas. Les yeux rivés sur le général yuan, il se redressa de toute sa taille. C'était un homme grand et imposant ; sa colère lui donnait l'air d'un géant face à la petite silhouette mince de l'eunuque.

— Les deux tiers ! tonna-t-il. (Il savait, tout comme Zhu, que cet impôt les laisserait sur la paille.) Le prince du Henan ose envoyer sa créature me faire un tel affront !

— Vous refusez ? demanda l'eunuque, avec un intérêt terrifiant.

— Sachez, général, que tout ce que possède un monastère lui a été accordé par le Ciel. Nous déposséder de nos biens revient à piétiner la bénédiction du Bouddha. Connaissant les conséquences de cet acte, êtes-vous prêt à persister dans cette voie ?

Zhu savait ce qu'exprimait le ton dur et triomphant de l'Abbé. Et après tout, pourquoi n'aurait-il pas refusé ? Nul ne pouvait déjouer la plus grande défense d'un monastère… L'idée que tout individu résolu à lui nuire doive souffrir en retour, au fil de ses vies futures.

Mais à la consternation des moines, l'eunuque se contenta de rire. C'était un son terrible, profanant tout ce qu'il y avait de sacré dans l'univers.

— Vénérable Abbé, essaieriez-vous de me faire peur ? Sans doute cette menace aurait-elle suffi à intimider le prince du Henan, ou même mon maître, le seigneur Esen. Mais pourquoi croyez-vous qu'ils m'aient envoyé, moi ?

Un grincement rauque vint érailler sa voix : on y décelait une cruauté dirigée vers lui-même autant que vers l'Abbé.

— Pensez-vous qu'une personne telle que moi puisse craindre les souffrances que vous menacez de m'infliger, dans cette vie ou dans la suivante ?

En entendant ces mots, Zhu distingua son essence profonde, avec autant de netteté que si son visage avait été fait de glace transparente. Elle vit la honte et la fureur qui couvaient sous son flegme. Dans un terrible éclair de lucidité, elle sut que l'eunuque n'avait jamais voulu que l'Abbé cède à sa demande. Il avait espéré qu'il refuserait, pour avoir le plaisir de lui imposer son pouvoir. Il brûlait de se venger.

Le général eunuque lança :

— Entrez.

Crissante et cliquetante, la rivière sombre de ses soldats se déversa dans la salle. Leurs corps vinrent se substituer à ceux des fantômes, l'ombre remplaçant la lumière. Le monde extérieur s'immisçait dans ce qui avait été un sanctuaire. Zhu hoqueta de douleur soudaine, se sentant de nouveau… *tirée*. Elle comprit alors ce que tout ceci avait d'inéluctable. Le monastère n'avait rien d'éternel ; il était écrit qu'elle y serait arrachée et projetée dans ce monde de chaos et de violence, de grandeur et de néant.

Le néant. Elle lui avait échappé durant neuf ans, et n'avait pas l'intention d'abandonner maintenant. *Il y a toujours une issue*. À l'instant où elle formula cette pensée, elle sut comment s'y prendre. Si le monde extérieur recélait à la fois grandeur et néant… alors pour échapper à l'un, il fallait accéder à l'autre. Zhu Chongba était destiné à la grandeur. S'il fallait qu'elle vive dans le monde du dehors, elle y serait Zhu Chongba, si totalement et si parfaitement qu'elle accomplirait sa destinée ; et elle survivrait.

« *Le désir est la cause de toutes les souffrances.* » Zhu n'avait jamais désiré qu'une chose : vivre. Elle sentit en elle la force de ce désir – aussi indissociable d'elle que son souffle, ou qi – et sut qu'il allait la faire souffrir. L'ampleur des tortures requises pour accéder à la grandeur, dans ce monde chaotique et violent du dehors, était inimaginable.

Mais le général eunuque n'était pas le seul à qui la souffrance ne faisait pas peur.

Vous avez peut-être eu raison de cet endroit, mais vous n'avez pas eu raison de moi, pensa-t-elle farouchement à l'adresse du général. Elle sentit cette vérité flamboyer en elle, si brillamment qu'elle semblait capable d'enflammer tout ce qui l'entourait. *Personne n'aura jamais raison de moi. Je serai si grande que personne ne pourra me toucher, ni m'approcher, de peur d'être réduit à néant.*

L'eunuque ne parut pas percevoir ses pensées. Tournant le dos au moine, il franchit les portes, le flot continu de ses soldats s'écartant devant lui comme un ruisseau évitant un rocher.

Il leur lança :

— Brûlez tout.

Deuxième partie

1354-1355

5

Vallée du fleuve Huai, dixième mois

Les matins d'automne, dans la vallée, étaient froids et mornes. Sous la fumée montant des feux de bouse séchée, le camp militaire du prince du Henan grouillait d'activité. Le général eunuque Ouyang chevauchait vers les bataillons d'infanterie en compagnie de son bras droit, le premier commandant Shao Ge. Le camp était si vaste que le même trajet, à pied, aurait été trop long. Quittant le centre et les tentes rondes couvertes de feutre – les gers – des commandants, ils dépassèrent celles des étrangers semu, qui prodiguaient à l'armée leur expertise en matière d'ingénierie et d'armes de siège. Ils traversèrent ensuite la zone réservée aux chariots d'approvisionnement et aux troupeaux, avant d'atteindre la périphérie du camp. C'est là qu'était installée l'infanterie : quelque soixante mille conscrits et volontaires, issus du bas de l'échelle sociale du Grand Yuan. Ces hommes – les Nanren, selon le nom officiel de leur caste – étaient les anciens sujets des empereurs autochtones du Sud, tombés face à l'envahisseur. Les Mongols les appelaient le plus souvent les Manji. « Les barbares ».

— Dire qu'il avait trahi le Grand Yuan pour rejoindre les rebelles…, médita Ouyang alors qu'ils cheminaient. C'était un bon général ; je ne sais pas ce qui lui a pris. Il devait bien savoir comment cela finirait.

Jusqu'à la semaine passée, ceux qui se donnaient désormais le nom de « Turbans Rouges » – les rebelles de la vallée du fleuve Huai – étaient dirigés par le général Ma. Celui-ci était un vétéran de l'armée yuan, qu'il avait abandonnée en désertant des années plus tôt. À présent, il était mort. Ouyang, qui avait tué de nombreux hommes au cours de sa carrière, s'apercevait que le visage du général se faisait plus tenace que les autres dans son esprit. La dernière expression de Ma montrait qu'il avait été brutalement confronté à l'inéluctable. Ouyang aurait aimé pouvoir se flatter de mériter lui-même cette appellation ; mais il avait l'intuition que Ma avait autre chose en tête.

— C'était une belle victoire, dit Shao en han'er.

Parce qu'ils faisaient partie des rares chefs nanren au sein d'une armée mongole, Shao avait pris l'habitude d'utiliser cette langue lorsqu'ils étaient seuls. Cette marque de familiarité déplaisait à Ouyang.

— Je croyais que vous alliez nous porter la poisse en rasant le monastère... mais apparemment, le Ciel n'est pas encore résolu à vous faire manger amer. C'est peut-être pour plus tard, reprit Shao en lui adressant un sourire en coin.

Ouyang se souvint alors que ce qui lui déplaisait n'était pas seulement son attitude, mais Shao lui-même. Hélas ! Il était parfois nécessaire de s'accommoder de ce qu'on n'aimait pas. Et Ouyang était devenu expert en la matière. Employant ostensiblement la langue mongole, il répondit :

— Cela a été plus facile que prévu.

Étonnamment facile, en comparaison avec la lenteur de leur progression contre les Turbans Rouges lors des saisons précédentes. Le général Ma n'avait rien eu d'un incapable.

Shao parut vexé : il avait compris la rebuffade. En mongol, il reprit :

— Ils seront encore moins redoutables sans le général Ma. Nous devrions parvenir à traverser le Huai et à prendre Anfeng avant l'hiver.

Anfeng, une petite ville aux murs de terre nichée dans un coude du fleuve, constituait la base principale des Turbans Rouges... que ceux-ci se plaisaient à appeler leur « capitale ».

— Et une fois que le Prince de Lumière aura été éliminé, l'affaire sera réglée une fois pour toutes.

Ouyang émit un grognement évasif. Le Prince de Lumière s'était attiré le soutien de la population, plus qu'aucun chef rebelle avant lui ; mais il y avait eu d'autres révoltes par le passé, et il y en aurait sûrement à l'avenir. *Du moins, tant qu'il y aurait des paysans*, pensa Ouyang en lui-même. Et s'il y avait une chose dont le Sud ne manquait jamais, c'était de paysans.

Ils gagnèrent l'endroit où résidait le bataillon du commandant Altan-Baatar, au bord du fleuve, à la frontière sud du camp. Un exercice avait déjà commencé. Les sous-commandants s'étaient placés à la tête de chaque régiment de mille hommes pour compter à pleine voix. Les milliers de pas qui frappaient la terre en faisaient s'envoler de grands tourbillons de poussière jaune. La masse des soldats nanren, dans leurs armures identiques, se mouvait dans ce nuage comme un grand vol d'oiseaux.

Altan, à cheval, s'avança vers eux.

— Mes salutations au plus grand général du Grand Yuan, dit-il d'un ton moqueur.

S'il osait lui manquer de respect, c'était parce qu'il était cousin du prince du Henan et fils du riche gouverneur militaire du Shanxi ; parce que sa sœur était impératrice ; et parce qu'il avait dix-sept ans.

— Continuez, ordonna Ouyang sans y prêter attention.

Le jeune homme n'était pas beaucoup moins subtil que ses aînés. Eux aussi tenaient à lui faire sentir qu'il n'était pas digne – ni par son sang, ni par son corps – du titre de général. Cependant, à la différence de ces soldats aguerris, Altan brûlait encore de montrer à ses supérieurs de quoi il était capable. Comme tous les jeunes issus de milieux privilégiés, il s'attendait toujours à briller, à être félicité et hissé vers la place qui lui était réservée : tout en haut de l'échelle. Ouyang regarda le nœud sur la gorge d'Altan, granuleux comme une peau de poulet, d'où sortaient les quelques poils de sa nouvelle barbe. Il eut un accès de dégoût.

Les hommes terminèrent leur exercice. Celui-ci avait été correct ; les autres bataillons d'infanterie ne s'en étaient pas mieux acquittés.

— Insatisfaisant. Recommencez, ordonna Ouyang.

Il était si facile de lire dans l'esprit d'Altan... Toutes ses attentes étaient étalées au grand jour, et il ne soupçonnait même pas qu'elles puissent attiser la haine à son endroit. Ouyang regarda les émotions se succéder sur le visage du jeune homme, comme des nuages : la surprise, l'incrédulité, la rancœur. Ce dernier sentiment était particulièrement satisfaisant.

Les sous-commandants les regardaient. Altan se renfrogna, mal à l'aise, et se retourna pour transmettre l'ordre d'Ouyang.

L'exercice fut effectué une deuxième fois.

— Recommencez, dit Ouyang. (Il balaya les hommes du regard, ignorant délibérément l'air outragé d'Altan.) Et vous pourrez continuer jusqu'à l'avoir effectué correctement.

— Peut-être serait-ce plus facile si vous m'expliquiez précisément ce que vous attendez, général ! rétorqua Altan d'une voix tremblante de rage.

Ouyang savait qu'il se pensait trahi. Les règles implicites de l'élite mongole voulaient que les efforts d'un jeune officier soient toujours récompensés.

Ouyang lui adressa un regard de mépris. Il songea que lui-même n'avait jamais été jeune à ce point-là.

— Puisque cet exercice s'avère pour l'instant trop compliqué pour vous, peut-être devrions-nous en essayer un autre. (Il regarda le fleuve.) Demandez à votre bataillon de traverser jusqu'à l'autre rive.

Altan le dévisagea. Le fleuve était aussi large qu'un demi-vol de flèche, on s'y enfonçait jusqu'au torse en son point le plus profond, et il faisait un froid glacial.

— Quoi ?

— Vous m'avez très bien entendu.

Il laissa la colère du jeune homme fermenter quelques secondes de plus, puis ajouta :

— Et faites-leur attacher les mains devant eux, pour mettre leur sens de l'équilibre à l'épreuve.

Après un long silence, Altan reprit avec raideur :

— Il y aura des morts.

— Pas beaucoup, s'ils ont été bien entraînés. Allez-y.

L'espace d'un instant, il vit la gorge du jeune homme bouger silencieusement. Puis Altan tourna brusquement son cheval pour se diriger vers les sous-commandants qui attendaient ses ordres. Ayant reçu ces instructions, un ou deux d'entre eux lancèrent un regard à Ouyang et Shao. De loin, il était impossible de déchiffrer leur expression.

L'exercice était cruel. C'était ce qu'avait souhaité Ouyang. Poussés en avant par les cris de leurs commandants, grimaçant sous les coups de fouet, les régiments entrèrent dans le fleuve. Cela n'aurait pas été si difficile s'il avait fait plus chaud ; mais dans ces conditions, les hommes étaient transis et terrifiés. Au plus profond de la rivière, plus d'un soldat fut pris de panique, trébucha et tomba dans l'eau. Les meilleurs sous-commandants – ceux qui avaient accompagné leurs hommes dans l'eau – les relevèrent et les exhortèrent à continuer par des paroles encourageantes. Les mauvais officiers, eux, crièrent depuis la rive. Altan, son propre cheval enfoncé dans l'eau jusqu'au poitrail, allait et venait le long des colonnes. Son visage était empreint de fureur.

Ouyang et Shao traversèrent le fleuve sur leurs montures, se maintenant à bonne distance de toute cette agitation. Lorsque tous les soldats les eurent rejoints sur l'autre rive, et que les moins chanceux eurent été repêchés et ranimés, Ouyang déclara :

— Trop lent. Recommencez.

Puis, lorsqu'ils eurent gagné l'autre berge :

— Recommencez encore.

La résistance opposée par les hommes atteignit son paroxysme lors de la troisième traversée. Par la suite, l'épuisement leur fit adopter une sorte de docilité mécanique. Ceux qui avaient tendance à paniquer l'avaient déjà fait, et avaient été emportés. Pour les autres, cette immersion forcée n'était plus nouvelle et terrifiante, mais seulement désagréable.

— Recommencez.

À midi, il mit fin à l'exercice. Altan, ses sous-commandants derrière lui, dardait sur Ouyang un regard ulcéré. La plupart des officiers dégoulinaient de vase ; quelques-uns étaient secs. Ouyang observa ces derniers.

— Vous, dit-il à un Mongol d'allure particulièrement hautaine. Votre régiment s'est révélé très médiocre, et vous avez perdu de nombreux hommes. Pourquoi ?

Le sous-commandant salua.

— Général ! Les hommes ne sont pas habitués à ces exercices. La peur les ralentit. Le problème, ce sont les Manji. Ils sont naturellement lâches. Je regrette de n'avoir pas encore eu l'opportunité de corriger cette faiblesse.

Ouyang lui fit signe de développer.

— Ils ont peur de l'eau froide et de travailler dur, précisa l'officier.

Ouyang prit un air songeur, puis répondit :

— Sous-commandant, j'ai remarqué que vous étiez resté sur votre cheval tout du long.

— Général ! dit l'homme sans comprendre.

— Vous leur reprochez d'avoir peur de l'eau froide et de travailler dur ; cependant, je ne vois rien chez vous qui suggère le contraire. Vous avez réussi à demeurer entièrement sec tandis qu'une partie de vos hommes se noyait. Les avez-vous regardés se débattre sans même envisager de vous déplacer pour les sauver ?

Les sentiments réels d'Ouyang percèrent un instant son flegme ; il entendit sa voix prendre un accent glacial.

— En tant qu'individus naturellement lâches, peut-être n'avaient-ils pas assez de valeur à vos yeux ?

Le sous-commandant ouvrit la bouche, mais Altan intervint :

— Général, je viens tout juste de lui donner une promotion. Ce poste est encore nouveau pour lui.

— Une promotion ne s'accorde-t-elle pas sur la base de compétences déjà maîtrisées ? Sinon, je me demande bien quels critères sont pris en compte. (Ouyang sourit à Altan comme s'il venait de glisser une lame sous son armure.) Non, je pense qu'il n'a pas l'étoffe d'un chef. (Il se tourna vers Shao.) Faites-le remplacer.

— Vous ne pouvez pas faire remplacer mes officiers ! protesta Altan, criant presque.

— Bien sûr que si.

Ouyang ressentit une bouffée de plaisir sadique. Il savait qu'il avait fait preuve d'une mesquinerie que les gens considéraient comme caractéristique des eunuques… mais parfois, il était difficile de s'en abstenir.

— Récupérez les morts. Faites le nécessaire pour préparer votre bataillon. Soyez prêts à partir bientôt, quand le seigneur Esen en donnera l'ordre !

Il entendit les imprécations que marmottait Altan lorsqu'il s'éloigna, mais elles n'avaient rien d'inédit.

— Espèce de bâtard… Ses chiens d'ancêtres peuvent aller se faire foutre sur dix-huit générations… Comment ose-t-il se comporter comme ça, alors que ce n'est qu'une *chose* ?

Le ger appartenant au seigneur Esen-Temur – héritier du prince du Henan et chef des armées du Grand Yuan dans le Sud – brillait au centre du camp comme un navire dans la nuit. Des rires résonnaient derrière sa paroi arrondie. Ouyang n'en était pas surpris : son maître était sociable par nature, préférant toujours la compagnie des autres à la solitude de ses propres pensées. Hochant la tête à l'intention des gardes, Ouyang se glissa par l'ouverture de la tente.

Esen, nonchalamment étendu au milieu d'un groupe de commandants, leva la tête. Grand et musculeux, la bouche bien dessinée sous sa barbe, il offrait l'image du guerrier mongol idéal. À dire vrai, il ressemblait plus aux portraits excessivement flatteurs des grands khans du passé que leurs modèles.

— Ce n'est pas trop tôt ! s'exclama-t-il en congédiant d'un geste ses compagnons.

— Comment cela, seigneur ? s'étonna Ouyang.

Haussant un sourcil, il s'assit. Comme toujours, ses mouvements produisirent une bourrasque qui fit pencher les flammes du foyer central dans la direction opposée. Des années plus tôt, un médecin avait attribué ce phénomène à un excès d'énergie yin : sombre, humide et féminine. Mais Ouyang étant un eunuque, n'importe quel imbécile aurait pu établir ce diagnostic.

— M'auriez-vous fait convoquer ?

Lorsqu'il tendit la main vers l'outre d'aïrag – du lait fermenté – posée près d'Esen, celui-ci la lui donna en souriant.

—Je convoque les sous-fifres qui emploient mon titre pour s'adresser à moi. Non ; j'étais impatient de profiter de la compagnie d'un ami.

Ce désaccord quant à la façon dont Ouyang s'adressait à Esen les opposait depuis bien longtemps. Au fil de l'ascension d'Ouyang, d'esclave à garde du corps, puis à général et familier le plus intime, Esen avait bataillé pour lui faire adopter d'autres habitudes… et Ouyang lui avait résisté avec le même entêtement, au nom de la bienséance. Esen avait fini par s'avouer vaincu ; mais il continuait d'utiliser cet argument contre lui dès qu'il en avait l'opportunité.

—Impatient ? releva Ouyang. Vous auriez pu être bien déçu. J'aurais pu aller me rafraîchir d'abord, plutôt que venir en toute hâte vous faire mon rapport. Ou alors, nous aurions pu nous entretenir demain ; cela m'aurait épargné d'interrompre votre réunion.

—Je ne le regrette pas. Ta compagnie m'est trois fois plus agréable que la leur.

—Dois-je donc m'attendre à en être trois fois récompensé ?

—Demande-moi ce que tu voudras, répondit paresseusement Esen. Je sais que tu es très attaché à ton armure, à tel point que tu dormirais avec si tu le pouvais, mais… elle empeste. Je t'en offrirai une nouvelle.

Ouyang était sujet à la vanité lorsqu'il s'agissait de son armure. Les plaques miroitantes qu'il aimait à porter, très inhabituelles et reconnaissables, étaient un fier symbole de son identité : celle de général redouté de l'armée du Yuan. D'un ton acide, il répliqua :

—Je suis navré d'avoir heurté les sens délicats de mon seigneur. Sans doute auriez-vous préféré que je me change avant de venir.

—Ah ! Si tu l'avais fait, tu porterais sans doute tant d'habits qu'ils arrêteraient les flèches aussi bien qu'une véritable armure. Par pitié, retire ton casque ; j'ai chaud rien qu'à te regarder.

Ouyang fit la moue et obéit. Il était vrai que, lorsqu'il ne portait pas son armure, il aimait superposer les vêtements. La raison la moins gênante était qu'il avait souvent froid, lui dont les ancêtres n'étaient pas nés dans une steppe glacée et inhospitalière. L'autre raison… il préférait ne pas y penser.

Esen, pour sa part, venait de se laver. Le soleil avait bruni sa peau, masquant le teint naturellement blanc et rosé du peuple des steppes. Mais entre les pans de sa robe d'intérieur, les flammes faisaient luire un torse couleur d'ivoire. Il était étendu confortablement sur des coussins qui surmontaient les tapis et le sol de feutre. Ouyang était assis à côté de lui, nettement plus raide. On ne pouvait s'allonger comme l'avait fait Esen lorsqu'on portait une armure ; et par ailleurs, sa dignité ne le lui permettait pas.

— J'ai entendu dire que tu avais terrifié Altan mieux que ne l'auraient fait ses ancêtres, ce matin.

— Il vous en a parlé ?

— Il sait qu'il serait inutile de venir se plaindre à moi... si du moins il avait une raison de le faire. Est-ce le cas ?

Ouyang esquissa un rictus, se remémorant la colère d'Altan.

— L'exercice a rempli son office. Il y a eu quelques morts. Des hommes du Shanxi. Cela attirera-t-il des ennuis à votre père ?

— Ne t'inquiète pas pour cela. Dommage que j'aie été occupé ; j'aurais aimé voir ça.

— C'était assez pénible.

— Qu'est-ce qui était pénible ?

— Tout. Non : seulement ce qui avait trait à Altan. Presque tout.

En riant, Esen tendit la main vers l'outre d'aïrag. Ce mouvement écarta les pans de sa robe, et Ouyang entrevit la tache sombre de son entrejambe. Comme toujours, cette vue provoqua en lui une fascination malsaine. Ce corps mâle et parfait, habité avec tant de désinvolture... La pensée de son entièreté ne venait même pas à l'esprit de son propriétaire. Ouyang se crispa, refusant toute comparaison entre ce corps et sa propre enveloppe mutilée.

Sans remarquer le trouble d'Ouyang, Esen leur versa un verre à chacun.

— Et les autres bataillons ?

Le général lui fit son rapport. Au fil des ans, ils avaient élaboré une sorte de protocole, qui avait fini par prendre des airs de rituel. Il aimait sentir le regard d'Esen posé sur lui, paresseux et satisfait, ainsi que la manière dont il jouait avec les perles de ses cheveux en l'écoutant.

Lorsqu'il eut terminé, Esen dit :

— Mes remerciements. Que ferais-je donc sans toi ?

— Altan vous répondrait que vous vous en sortiriez très bien.

Esen grogna.

— Je ne peux pas me débarrasser de lui. Son père est trop important.

— Il n'est pas stupide. Vous pourriez sans doute le former pour en faire un général de remplacement, pendant les dix ans qui viennent. Quinze, plutôt.

— Cette idée m'est insupportable, lança Esen d'un ton théâtral.

Son sourire se fit surtout voir au coin de ses yeux ; la lueur des flammes faisait briller ses lèvres entrouvertes.

— Ne me quitte jamais.

— Qui d'autre voudrait de moi ?

— C'est une promesse ; je ne l'oublierai pas.

— M'avez-vous déjà entendu plaisanter ?

— Ha ! Il ne viendrait à personne l'idée de t'en accuser.

Lorsque Ouyang se leva pour partir, Esen ajouta :

— Mais… tu ne veux pas rester discuter encore un peu ? Je ne comprends pas pourquoi tu tiens à t'installer si loin à l'écart, dans ton horrible ger presque vide. Comment supportes-tu d'être seul en permanence ?

Esen ne pouvait imaginer pourquoi Ouyang choisissait de vivre séparé des autres, dans une austérité presque monacale. La plupart des hommes qui s'élevaient au-dessus de leur condition avaient un goût prononcé pour le luxe ; et Ouyang savait qu'Esen lui aurait accordé tout ce qu'il lui demandait. Mais de quoi pouvait avoir besoin un soldat eunuque, sinon d'armes et d'armures ? Ouyang repensa au mépris de l'Abbé, aux injures d'Altan. *« Créature »*, *« chose »*. Un outil qui n'avait ni besoins, ni désirs propres.

Esen le regardait, plein d'espoir. Le beau, le charmant Esen, à qui personne ne refusait jamais rien. Ouyang sentit son estomac se nouer. Mais ce n'était que la boisson ; il supportait mal les alcools forts.

— Il est tard, seigneur.

Il refoula une bouffée de culpabilité face à la déception de son maître. Mais ils se mettraient en route le lendemain… et Esen avait raison : l'armure d'Ouyang – et lui-même, par extension – empestait. Après cette nuit, il n'aurait pas d'occasion de se laver avant Anfeng, et leur victoire.

Les tambours résonnèrent. Ouyang, debout à la tête de l'armée rassemblée, regarda Esen émerger de son ger dans son armure de cérémonie. La fourrure argentée de sa cape mettait en valeur sa peau bronzée. Sa barbe avait été taillée, laissant apparaître une gorge lisse et propre. Il s'avança comme un marié le jour de ses noces, rougi par la lueur de l'aube. Une brise de bon augure, étonnamment tiède pour la saison, soufflait des effluves de métal et de chevaux.

Ouyang attendit, soixante mille hommes derrière lui. Son armure miroitante avait été polie jusqu'à briller de mille feux, même sous le ciel couvert. Sur le champ de bataille, c'était un symbole auquel les hommes se ralliaient… ou bien qu'ils fuyaient, terrifiés.

Lorsque Esen s'approcha, Ouyang tomba à genoux. Il vit les bottes d'Esen s'immobiliser devant lui. Ouyang cria, la tête baissée au-dessus de cet auguste cou-de-pied :

— Seigneur ! Qu'on acclame mon seigneur, le fils du prince du Henan !

— Gloire au fils du prince du Henan ! crièrent les voix.

— Seigneur, votre armée attend vos ordres.

Ouyang sentit qu'Esen se dressait de toute sa hauteur pour embrasser du regard l'armée amassée. Lui-même restait agenouillé. Le silence était parcouru de grincements et de tintements presque imperceptibles ; une armée, même immobile, fait toujours du bruit. Il voyait tout dans son esprit : les colonnes d'hommes recouvrant la plaine, les dizaines de milliers de soldats identiques qui se fondaient en un nuage de métal noir. Une forêt de piques ; et au-dessus, les innombrables rangées de bannières, du bleu pur d'une flamme ou du ciel immaculé des steppes, célébrant la puissance de l'empire mongol du Grand Yuan.

— Lève-toi, mon général. (En se redressant, Ouyang fut illuminé par le sourire d'Esen.) Ton armée me plaît, tout comme il me plaît de te récompenser en conséquence.

Esen fit signe à un aide de camp. Lorsqu'il eut son cadeau à la main, son sourire se mua en rictus ironique. Intime, satisfait, espiègle. Il reprit :

— Dès l'instant où je l'ai vue, j'ai su à qui elle devait appartenir.

Le présent était une jument noire, à l'encolure presque aussi épaisse que celle d'un étalon. Elle tourna les oreilles vers Ouyang et émit un bref hennissement, cet étrange salut que lui adressaient tous les animaux qui le rencontraient pour la première fois. Elle était laide, puissante et magnifique ; et au sein d'un peuple pour qui les chevaux étaient la plus précieuse et la plus estimée des marchandises, c'était un cadeau de roi. Ouyang la contempla avec un pincement de tristesse. Esen était toujours le seul à penser qu'Ouyang méritait des récompenses. À refuser de voir ce que voyaient les autres.

Lorsqu'ils échangèrent les rênes, leurs mains nues se frôlèrent.

— Chevauche donc à mon côté, mon général.

Esen enfourcha sa propre monture et regarda loin devant lui. D'une voix sonore, il lança :

— Grande armée du Yuan ! Troupes du prince du Henan ! En avant !

Ouyang répéta son ordre, qui fut repris par chaque commandant à la tête de dix mille soldats, chaque sous-commandant à la tête d'un millier, chaque chef à la tête de cent hommes. Leurs voix se mêlèrent en un chœur qui parut s'envoler, virevolter dans les airs ; un chant vibrant entre les parois d'un gouffre. En un instant, la grande armée se mit en branle. Les colonnes ruisselèrent sur la terre, avalant la lumière sur leur passage ; le métal écrasa l'herbe et fit monter une odeur de terre retournée. Et les bannières claquaient sans relâche au-dessus de leurs têtes. Le seigneur Esen et le général Ouyang, côte à côte, menaient l'armée du Grand Yuan vers les Turbans Rouges et Anfeng.

6

Anfeng, sud du Henan,
onzième mois

Anfeng, la capitale des rebelles des Turbans Rouges, était un lieu particulièrement sinistre sous la pluie. La jeune Ma Xiuying pataugeait sans parapluie dans la boue, en direction du palais du premier ministre Liu. La convocation que tous attendaient était enfin arrivée : le premier ministre Liu allait choisir le nouveau général des Turbans Rouges. Une nausée assaillit Ma à cette idée. Son père – le général Ma – avait offert tant de victoires aux Turbans Rouges, dans les cités septentrionales du Grand Yuan, que tous avaient fini par le croire infaillible. Et puis tout à coup, il avait perdu… non seulement une bataille, mais aussi la vie. Étrangement, pensa Ma avec amertume, aucun de ses hommes de confiance ne se trouvait à ses côtés au moment crucial. Elle imagina son père, brusquement face à face avec l'eunuque du prince du Henan… et seul. *Trahi.* Elle savait, sans avoir besoin de s'en assurer, que c'était l'œuvre du premier ministre. Depuis la découverte du Prince de Lumière, le premier ministre Liu avait changé. La promesse soudaine de l'emporter sur le Grand Yuan l'avait rendu paranoïaque. Plus il se rêvait puissant, plus il lui semblait que les autres cherchaient à s'approprier son pouvoir. Le général Ma avait eu un désaccord avec le premier ministre, deux jours avant de partir affronter les troupes du prince du Henan. Et à présent, il était mort.

En tournant au coin de la rue, Ma aperçut une haute silhouette qui lui était familière, et qui marchait à grandes enjambées sous la pluie. Sa compagnie ne lui remonterait pas le moral… mais au moins était-ce un visage connu.

— Guo Tianxu ! appela-t-elle. (Ma retroussa ses jupes et se mit à courir.) Laisse-moi marcher avec toi.

— Marche toute seule, rétorqua son fiancé en pressant l'allure.

Le commandant Guo n'avait que vingt-deux ans, mais le mouvement perpétuel de ses sourcils se fronçant au-dessus de son nez y avait déjà gravé trois traits verticaux, comme pour écrire le mot « rivière ». À Anfeng, on l'appelait Guo le Petit, surnom qu'il avait en horreur. Son père, le ministre droit du gouvernement des Turbans Rouges, avait le privilège d'être le « Guo » original.

— Tu es trop lente.

— Si tu avais peur d'arriver en retard devant le premier ministre, tu aurais peut-être dû partir plus tôt, riposta Ma, agacée.

— Peur ? Qui a peur ? (Guo le Petit s'arrêta de mauvaise grâce.) Je ne supporte pas de marcher avec les gens trop petits, c'est tout. Et même si j'étais en retard, le premier ministre ne pourrait pas commencer la réunion sans moi, si ? Alors, qu'il attende !

Aussitôt, Ma regarda autour d'elle pour s'assurer que personne ne l'avait entendu.

— Tu es fou ? Tu n'as pas le droit de parler ainsi du premier ministre !

— Je dis ce que je veux. Et ce n'est certainement pas toi qui vas me dire le contraire.

Peut-être était-ce parce que Ma avait été confiée à la famille Guo depuis de trop nombreuses années, mais Guo le Petit et elle se comportaient moins comme des fiancés que comme un frère et une sœur nés d'épouses différentes. Reprenant son pas énergique, Guo le Petit déclara :

— C'est triste, pour le général Ma… mais il est grand temps d'évoquer de nouvelles idées sur la manière de poursuivre cette rébellion. Et c'est l'occasion pour moi de mettre ces idées en œuvre.

Lentement, Ma répondit :

— C'est… c'est toi qui vas être nommé général ?

D'un côté, c'était logique ; de l'autre, non. Guo le Petit n'était ni le plus expérimenté, ni le plus doué des commandants de Turbans Rouges. Tout le monde le savait, sauf lui.

— Qui d'autre ? Le premier ministre l'a déjà promis à mon père. (Il se retourna brusquement vers elle.) Quoi, tu penses que je ne suis pas à la hauteur ?

— Ce n'est pas cela. C'est juste que le premier ministre a des idées bien arrêtées, en matière de stratégie. Si tu arrives et que tu veux faire forte impression en imposant tes opinions… (Pensant à son père, Ma eut un nouvel accès de nausée.) Ne sois pas trop ambitieux, Guo Tianxu.

—Si le premier ministre n'était pas d'accord avec ton père, c'est sans doute parce qu'il savait que son idée ne marcherait pas. Et il avait raison ! Il sait reconnaître une bonne idée quand il l'entend. Et puis, nous avons le Prince de Lumière, maintenant. Tant que nous montrons au Ciel que nous sommes dignes de son Mandat, comment pourrions-nous perdre ?

—Nous avions déjà le Prince de Lumière quand mon père a été vaincu, répondit Ma d'une voix maussade.

Elle savait que la présence du Prince de Lumière sur la Terre annonçait une nouvelle ère ; peut-être même une ère meilleure. Mais si la mort de son père présageait des changements qui devaient se produire pour y arriver… ils avaient tous de bonnes raisons d'avoir peur.

Un grand bruit les surprit. Une foule s'était formée au milieu de la rue. Les gens, dressés avec intérêt sur la pointe des pieds, entouraient une silhouette située à la hauteur de leurs épaules. L'individu émergea tout à coup de l'attroupement, qui se dispersa : il n'était pas monté sur les épaules de quelqu'un, mais sur un cheval. Le plus incongru est qu'il arborait le crâne rasé et la robe grise d'un moine. Le cheval courut en zigzag le long de la rue, cognant dans les étals et déclenchant une bordée de jurons ; l'intérêt de la foule était à son comble. Enfin, l'animal s'arrêta net, refusant d'aller plus loin, et déposa son chargement dans une flaque de boue. Les spectateurs hurlèrent de rire.

Le cheval, irrité, partit au trot en direction de Ma. Elle tendit la main et l'attrapa par la bride.

—Hé ! cria Guo le Petit en s'avançant d'un pas autoritaire. Bande d'œufs de tortue ! Bons à rien ! (Découvrant leur commandant, les hommes se turent d'un air coupable.) Vous ! Oui, vous ! Amenez-moi ce… cette personne.

On tira le moine de sa flaque pour venir le déposer, avec assez de délicatesse, devant Guo le Petit. Il était jeune et mince, avec un visage mémorable. Trop large en haut et trop fin en bas, il rappelait la tête d'un criquet ou d'une mante religieuse.

—Bénédictions du Bouddha sur le commandant Guo, dit-il d'une voix claire, en s'inclinant.

—Toi, dit Guo le Petit d'un ton abrupt. Que viens-tu faire à Anfeng ?

—Ce moine n'est qu'un moine de nuages et d'eau.

L'expression désignait un moine errant, qui n'était rattaché à aucun monastère ou temple particulier.

— Il n'est que de passage, poursuivit l'inconnu. C'est agréable de voir de nouveau des gens, après la campagne. (L'homme sourit avec les yeux.) Aviez-vous remarqué que, ces temps-ci, les gens qu'on croise en dehors des villes ne sont pas de très bonne compagnie ?

— Tu me prends pour un idiot ? N'essaie pas de me faire croire que tu es un vrai moine… (Guo le Petit jeta un coup d'œil au cheval.) De plus, tu as entre les mains un animal appartenant aux Turbans Rouges… ce qui fait de toi un voleur.

— Si ce moine avait réussi à le tenir entre ses mains, il serait sans doute resté en selle plus longtemps.

— Un mauvais voleur, dans ce cas.

— Nous avons joué, expliqua le moine.

Le sourire dans ses yeux s'intensifia. Son élocution, lente et cultivée, était celle qu'on s'attendait à entendre de la part d'un moine… ce qui ne faisait qu'augmenter la probabilité qu'il n'en soit pas un.

— Il se trouve que ce moine a gagné.

— Tu as dû tricher, plutôt. Ce qui fait de toi… voyez-vous ça : un voleur.

— Ce moine pensait qu'il avait simplement de la chance, répondit tristement le moine.

— Permets-moi de te rappeler ce qu'on fait aux voleurs, ici. (D'un coup de tête, Guo le Petit désigna le mur de terre d'Anfeng.) Ça !

Le moine regarda la rangée de têtes plantées sur des piques. Il écarquilla les yeux.

— Ah. Mais… ce moine est bel et bien un moine.

Puis il tomba à genoux. Ma crut qu'il suppliait Guo le Petit de l'épargner, ou peut-être qu'il pleurait ; mais elle distingua alors ses paroles. Il priait.

— Oh…, maugréa Guo le Petit en fronçant les sourcils, exaspéré.

Il posa une main sur son sabre ; mais avant qu'il ait pu le tirer, Ma bondit pour l'attraper par le coude.

— C'est bien un moine ! Écoute !

Guo le Petit lui lança un regard venimeux et se dégagea.

— Il pète par la bouche, rien d'autre.

— Il pète par… C'est le Sutra du Cœur ! siffla Ma. Comment peux-tu l'ignorer ? Réfléchis donc, Guo Tianxu ! Si le Prince de Lumière est le signe que nous avons la faveur du Ciel, combien de temps cela durera si tu passes ton temps à exécuter des moines ?

— Tu connais les sutras, toi, et tu n'es pas un moine, rétorqua Guo le Petit avec aigreur.

— Regarde sa robe ! Et tu crois que c'est lui qui s'est marqué le crâne au fer rouge, pour le plaisir ?

Ils observèrent le moine qui psalmodiait toujours. Sa tête baissée était ornée à intervalles réguliers de cicatrices rondes, comme si quelqu'un y avait posé un napperon de perles chauffées à blanc. Son jeune visage était empreint de concentration et de tension. L'espace d'un instant, Ma crut qu'il était terrifié ; mais ses yeux sombres glissèrent entre ses paupières et rencontrèrent les siens. Ce regard, absolument dénué de peur, lui fit l'effet d'un choc. C'est alors qu'elle comprit ce que représentait vraiment cette tension. C'était une certitude absolue. L'état d'esprit intense, presque religieux, de celui qui refuse de croire que ses désirs pourraient ne pas se réaliser.

Guo le Petit, voyant la foule impressionnée par l'attitude du moine, parut lutter intérieurement. Il ne voulait pas perdre la face, mais il ne voulait pas non plus compromettre ses vies futures.

— Très bien, dit-il.

Ma fit la grimace en entendant le ton de sa voix. Un proverbe disait des gens butés, comme Guo le Petit, qu'ils ne versaient pas une larme avant d'avoir vu le cercueil. Il avait aussi tendance à nourrir de la rancune lorsqu'il se retrouvait acculé. Au moine, il lança :

— Tu crois qu'il y a de la place pour les gens inutiles, ici ? C'est une armée ; tout le monde se bat. J'espère que tes vœux monastiques ne te l'interdisent pas, ajouta-t-il d'un ton appuyé.

Le moine cessa de prier.

— Et s'ils me l'interdisent ?

Guo le Petit le dévisagea un moment, puis s'approcha du chef d'unité le plus proche, lui prit son sabre et le jeta au moine. Ce dernier l'attrapa gauchement et le laissa aussitôt tomber dans la flaque. Avec une joie sardonique, Guo le Petit ordonna :

— S'il insiste pour rester, assignez-le à l'avant-garde.

Il s'éloigna ensuite à grands pas.

Il avait agi ainsi par vengeance, bien entendu. L'avant-garde, constituée des recrues les plus incompétentes, ne servait pour ainsi dire qu'à absorber la pluie de flèches mongoles qui s'abattait sur eux au début de chaque bataille. Le moine était promis à une mort certaine… et même le Ciel n'aurait pu en rejeter la faute sur Guo le Petit.

La foule se dispersa, abandonnant le moine qui raclait la boue de sa robe. Ma vit qu'il n'était pas plus grand qu'elle, et aussi fin qu'une tige de bambou. Elle fut surprise de s'apercevoir qu'il n'était qu'un tout jeune homme ; cela ne cadrait pas avec ce qu'elle avait aperçu en lui.

— Vénérable moine..., dit-elle en lui tendant les rênes. La prochaine fois, peut-être feriez-vous mieux d'apprendre à monter avant de gagner un cheval.

Le moine leva les yeux. Ma ressentit un second choc : son visage était si radieux qu'elle conclut s'être trompée, un peu plus tôt. On ne lisait là aucune intensité particulière. Il ne semblait même pas savoir que, s'il avait échappé à la mort, ce n'était que pour y être condamné malgré tout.

— Me proposez-vous de m'aider ? demanda-t-il, apparemment ravi. Du moins... si vous savez monter ? (Il étudia le visage de Ma, rond comme une galette, et ses grands pieds.) Oh ! Vous n'êtes pas nanren. Vous êtes une nomade semu... bien sûr que vous savez monter.

Ses paroles surprirent Ma. Bien sûr, elle était semu : son père avait été général du Yuan, et les généraux étaient toujours soit mongols, soit issus de cette caste regroupant les nomades des steppes et les peuples de l'Ouest. Dans tout le Grand Yuan, il n'y avait qu'un général nanren... et tout le monde savait très bien de qui il s'agissait. Donc, ce moine avait raison. Cependant, il l'avait deviné en un regard.

Il lui souriait de toutes ses dents.

— Le nom de cet humble élève est Zhu, vénérable enseignante. Veuillez lui prodiguer votre instruction !

Son effronterie la fit rire.

— Qu'il est insolent ! Aiya... Vous êtes un fauteur de troubles. Laissez-moi vous dire une bonne chose, maître Zhu. Prenez votre cheval... et partez. Vous ne pensez pas que vous resterez en vie plus longtemps comme cela ?

Secouant la tête, elle donna une tape affectueuse au cheval (qui tenta de la mordre) et s'éloigna.

Derrière elle, elle entendit un petit cri : l'animal entraînait le moine derrière lui. Elle éprouva une brève bouffée de pitié. Qu'il se joigne à l'avant-garde des Turbans Rouges ou qu'il erre dans la campagne infestée de brigands, quelles étaient les chances de survie d'un pauvre moine de nuages et d'eau ? Et cependant... dans ce monde où s'affrontaient rebelles et empire, le monde que Ma avait toujours connu, personne n'était jamais sûr de rester en vie.

Debout au fond de la salle du trône du premier ministre, Ma serrait une théière entre ses mains. Anfeng n'ayant jamais été une capitale avant que les Turbans Rouges en prennent possession, il ne s'agissait pas d'une vraie salle du trône, et encore moins d'un vrai palais. Lorsque les rebelles avaient pris Anfeng aux Yuan, des années plus tôt, l'endroit avait été presque entièrement brûlé… y compris la demeu gouverneur. En conséquence, le premier ministre Liu Futong dirig le mouvement depuis une bâtisse en bois de deux étages, vaste n délabrée, dotée de quelques cours intérieures. La salle du trône éta l'origine un autel des ancêtres ; elle sentait encore l'encens et l'éco de mandarine séchée. Les murs sombres étaient piquetés de moisissu blanche. Sur l'estrade à l'avant de la salle, le premier ministre était as sur le plus petit de deux trônes. Au-dessus du col effiloché de sa robe, barbe blanche et son regard nerveux lui donnaient l'air cruel et méfiar d'une hermine. Quant à l'autre trône, il était occupé par le Prince d Lumière.

En comparaison avec le premier ministre, l'incarnation physique de la clarté et du feu étincelait plus brillamment qu'une pièce neuve dans la main d'un mendiant. De cet enfant de sept ou huit ans, vêtu d'une superbe robe rubis qui semblait luire de l'intérieur, émanait quelque chose d'intemporel. Son regard, filtrant à travers le rideau de perles de jade qui pendait de son chapeau, était lumineux ; il souriait avec la grâce et l'immobilité d'une statue. Ma savait que c'était bien un enfant ; il respirait ; mais depuis des mois qu'il se trouvait parmi les Turbans Rouges, elle n'avait pas même entendu ses perles s'entrechoquer. Ce visage serein, qui ne bougeait pas mais promettait de grands changements, faisait courir des fourmis sur son cuir chevelu. À quoi pensait-il, assis là, immobile ? À rien, peut-être ; peut-être n'était-il qu'une enveloppe vide, un conduit destiné à accueillir la volonté du Ciel. Elle frémit. Le couvercle de la théière cliqueta en réponse.

Les dirigeants supérieurs des Turbans Rouges s'étaient agenouillés devant les trônes. Au premier rang, le ministre droit Guo Zixing et le ministre gauche Chen Youliang avaient adopté la même posture respectueuse, leurs têtes nues pressées contre le sol. Le deuxième rang comprenait deux des trois jeunes commandants des Turbans Rouges : Guo le Petit et son meilleur ami, Sun Meng. Le troisième, le commandant Wu, était absent. Il s'était vu assigner la mission peu enviable de tenir le front, qui reculait peu à peu face au général eunuque.

Le seul autre absent était le général Ma. Sa fille avait beau le pleurer, ce sentiment avait quelque chose d'abstrait. Elle vivait au sein de la famille Guo depuis ses quatorze ans ; et avant sa mort, son père ne la saluait qu'en passant, comme une étrangère. À ses yeux, elle avait déjà rempli son office… en consolidant son alliance avec le ministre droit Guo.

— Levez-vous, ordonna le premier ministre.

Il descendit de son trône, puis se dirigea vers la table couverte de sable qu'ils utilisaient pour planifier leurs mouvements. Il fit signe à Ma de servir le thé. Lorsque les autres chefs des Turbans Rouges le rejoignirent, il les observa d'un air de fureur contenue.

— Il est grand temps pour nous de nommer notre nouveau général. Il ne doit pas s'agir d'un homme qui ne sait gagner que les escarmouches, mais du grand chef qui nous mènera à l'ultime victoire contre les Hu. Et entendons-nous bien : il doit être capable de faire passer la mission des Turbans Rouges avant ses propres ambitions. Le général Ma...

Il pinça la bouche et se tut, mais Ma tressaillit face à la dureté intolérante qui s'était peinte sur son visage. Cette expression dissipa ses derniers doutes : le premier ministre avait bien vu le désaccord exprimé par son père comme une marque de déloyauté. Et pour le punir, il n'avait pas hésité à compromettre tout ce que les Turbans Rouges avaient accompli jusque-là.

Les deux ministres échangèrent un regard hostile. Chen et Guo se détestaient cordialement. Il régnait autour du premier ministre une atmosphère oppressante, chargée de secrets ; et les deux ambitieux se disputaient le pouvoir tout en s'efforçant de dissimuler leurs objectifs. Guo suivait le premier ministre depuis plus longtemps que Chen ; mais depuis la mort de son allié, le général Ma, il se trouvait en moins bonne posture qu'auparavant.

Chen prit la parole :

— Votre Excellence, si vous permettez à votre humble serviteur de vous faire une suggestion... je pense que le commandant Wu serait qualifié pour ce poste.

Chen avait entre quarante et cinquante ans, soit environ dix ans de moins que son rival. Son visage était petit et régulier ; chaque joue était barrée à la verticale d'une ride profonde. Ces plis faisaient penser à la face rayée d'un tigre, telle qu'on la verrait si l'animal se trouvait dangereusement près. Ni son chapeau noir de lettré, ni sa robe ne suffisaient à créer l'illusion qu'il eût déjà exercé une occupation si douce par le passé. Avant de rejoindre le premier ministre, Chen était un chef de guerre connu pour sa cruauté. C'est lui qui s'était emparé d'Anfeng, ce qui expliquait pourquoi très peu des bâtiments d'origine subsistaient encore... et aucun des habitants.

— Le commandant Wu se montre compétent et a donné les preuves de sa loyauté, mais il n'a même pas vingt ans, riposta Guo. Comment un homme si jeune pourrait-il commander l'ensemble des troupes de notre mouvement ? Ce serait tout à fait malséant.

Comme toutes les autres personnes présentes, Guo savait que le commandant Wu était à la botte de Chen.

— Votre Excellence, le commandant Guo est tout désigné pour cette fonction, argua-t-il à son tour. Il a plusieurs années d'expérience de plus que Wu, et il suscite le dévouement et l'enthousiasme des soldats. Vous pouvez avoir toute confiance en sa capacité à vaincre les Hu.

Les yeux sévères du premier ministre se posèrent sur Guo le Petit. Il semblait que ce dernier ait eu raison, et que l'affaire ait été décidée à l'avance ; car un instant plus tard, le premier ministre dit sèchement :

— Guo Tianxu. Êtes-vous l'homme qui nous conduira à la victoire contre les Hu, réussissant là où ce traître de général Ma a échoué ?

Guo le Petit parut aussi satisfait que s'il était lui-même l'artisan de cette situation. Il salua en se frappant le torse du poing.

— Oui !

Alors que Ma se penchait entre Chen et Guo le Petit pour servir le thé, elle vit passer sur le visage de Chen une émotion qui n'était pas la déception. Il ne s'était pas attendu à gagner. *Donc, il a un autre but en tête.*

— Très bien, général Guo, reprit le premier ministre. Dans ce cas, prouvez-nous que vous êtes digne de cet honneur. Prenez le reste de nos troupes pour prêter main-forte au commandant Wu, qui tient le front contre les Yuan. Nous devons gagner du temps. Résistez sans subir de pertes trop importantes, puis reculez. Le but est de s'assurer que la saison froide, qui leur est favorable, se termine avant qu'ils ne parviennent jusqu'à Anfeng. Nous pourrons ensuite reprendre du terrain durant l'été.

C'était une stratégie prudente. Même le premier ministre reconnaissait qu'en sacrifiant le général Ma, il avait affaibli leur mouvement, surtout maintenant que les Yuan semblaient déterminés à poursuivre leur offensive.

— Je suis d'accord, Votre Excellence, murmura le ministre droit Guo.

Chen se tourna vers Guo le Petit et lança d'un ton habile :

— Général, veuillez nous faire part de votre point de vue personnel.

Ma vit Guo le Petit ouvrir la bouche. Elle comprit alors, horrifiée, le plan de Chen. Pourquoi affronter le ministre droit Guo – un homme aguerri et rusé – alors qu'on pouvait s'attaquer au maillon faible de la faction des Guo ? Le naïf, l'arrogant, l'ambitieux Guo le Petit…

Saisie d'angoisse, Ma tapota le bec de la théière pour lui faire tomber une goutte de thé sur la main. Cela aurait pu marcher, si quelqu'un n'avait pas enserré son bras dans une poigne de fer à l'instant crucial. Le liquide tomba sur la table. Ma ravala un cri de douleur.

Chen resserra sa main sur son poignet jusqu'à lui faire monter les larmes aux yeux. D'une voix aimable, il dit :

— Ma chère Yingzi, si vous brûlez votre futur époux chaque fois qu'il ouvre la bouche, comment entendrons-nous jamais ses judicieuses observations ?

Le ministre droit Guo, profitant de l'interruption, s'empressa de suggérer :

— Votre Excellence, pourquoi ne pas permettre au général Guo d'analyser les rapports envoyés par le commandant Wu ? Ensuite, nous pourrons nous réunir de nouveau.

Chen contra :

— Je suis certain que le général Guo est déjà bien au fait de la situation. J'implore le ministre droit de nous laisser écouter son point de vue. (Il lâcha Ma sans lui accorder un regard de plus.) Général, je vous en prie.

Guo le Petit se rengorgea : il adorait s'écouter parler. Ma en aurait pleuré. Il n'avait décidément aucune jugeote... Elle l'avait pourtant prévenu ! Comment pouvait-il ne pas voir ce qui était arrivé à son père ? Combien la frontière était mince, dans l'esprit du premier ministre, entre une volonté raisonnable de réussir et une ambition répréhensible ? Une douleur lancinante dans le poignet, elle remarqua l'expression satisfaite de Chen.

Guo le Petit dit :

— Pourquoi céder des vies et du terrain aux Hu sans rien recevoir en retour ? Et une fois qu'ils seront arrivés en vue d'Anfeng, vont-ils vraiment tourner les talons et rentrer chez eux, même s'il fait trop chaud à leur goût ? Non, il est probable qu'ils traverseront le Huai en espérant prendre rapidement la ville. Pourquoi les laisser dicter les circonstances de la bataille ? Le prochain grand obstacle sur leur chemin est la rivière Yao. Nous aurons l'avantage si nous les attaquons à cet endroit. Soyons assez audacieux pour lancer l'offensive à notre tour, et les renvoyer à leur prince la queue entre les jambes !

— C'est vrai, pourquoi ne pas faire preuve d'audace ? renchérit Chen d'un ton mielleux. Puisque nous sommes sûrs que nous finirons par triompher des Hu, ne devons-nous pas croire aussi que le Ciel guidera notre *grand chef* afin qu'il les écrase sur le champ de bataille ?

— Guo Tianxu, intervint le ministre droit Guo, l'air constipé. Peut-être qu'en privilégiant la prudence...

— La prudence ! cria Guo le Petit. (Il ne souscrivait pas au dicton selon lequel la vérité choisit rarement la voix la plus forte pour s'exprimer.)

Allons-nous nous montrer prudents jusqu'à mourir d'un millier de coupures ? Leur armée est certes plus conséquente, mais Zhuge Liang n'a-t-il pas vaincu cent mille hommes avec une troupe de seulement trois mille ?

Cette phrase à elle seule suffisait à résumer Guo le Petit : il n'avait pas honte de se comparer au plus grand stratège de l'Histoire.

Un seau, placé sous une fuite du toit, jouait une mélodie accidentelle au rythme des gouttes d'eau qui y tombaient. Au bout d'un moment, le premier ministre répondit sombrement :

— Si telle est votre opinion, général Guo, alors allez-y. Menez-nous à la victoire sur les rives de la rivière Yao. Que le Prince de Lumière bénisse nos justes efforts et garantisse notre succès !

Le Prince de Lumière les regarda depuis son trône, avec son sourire bienveillant. S'il savait quelle était la volonté du Ciel, concernant l'affrontement à venir, il n'en montra rien. Ma transpirait, anxieuse. Si Guo le Petit ne parvenait pas à l'emporter, le désaccord qu'il s'était permis d'exprimer deviendrait une marque de déloyauté. Et vis-à-vis d'un premier ministre pour qui la loyauté était tout ce qui comptait, Ma savait qu'il n'existait pas de situation plus dangereuse.

Elle lança un regard à Chen. Les coins de sa petite bouche étaient relevés en un rictus où l'on lisait tout le plaisir, mais pas la chaleur d'un sourire.

Dans l'enceinte d'Anfeng, les collines ondulaient doucement sous les vastes camps de tentes et de cabanes où vivaient les Turbans Rouges. Il ne restait de l'ancienne cité que des fantômes et une poignée de manoirs à deux étages. Leurs hautes fenêtres, brillant dans le crépuscule bleuté, ressemblaient à des bateaux voguant la nuit sur le fleuve. Zhu, immobile auprès de son cheval, inspira profondément l'air froid et la fumée des feux de bouse séchée. Elle était parvenue jusqu'à Anfeng, sa destination. Mais à présent qu'elle s'y trouvait, elle voyait que le chemin qu'elle avait choisi était semé d'embûches ; elle les distinguait avec une clarté alarmante. Le poids du sabre qu'elle portait lui rappelait le plus immédiat de ces dangers. C'était la première fois qu'elle en avait un entre les mains. Elle n'avait pas la moindre idée de comment s'en servir, et elle n'était même pas capable de monter à cheval, comme Xu Da. Elle avait beaucoup appris au sein du monastère ; mais aucune de ces connaissances ne semblait pouvoir l'aider à survivre sur un champ de bataille. À cette pensée, une appréhension terrifiée la transperça, si concentrée et intense qu'elle se rapprochait un peu du plaisir. Elle pensa : *Il y a toujours un moyen.*

Quelqu'un dit :

— Tu es le moine chanceux.

Zhu se retourna et découvrit le visage d'un jeune garçon, flottant près d'elle dans le soir tombant. Ses traits, quoique alourdis par un nez de la taille d'une stèle de temple, brillaient de vitalité et de ruse. Son visage était encadré de cheveux détachés. Puisque le garçon était de toute évidence assez âgé pour les attacher comme un homme, Zhu conclut qu'il cherchait à dissimuler des oreilles aussi énormes que son nez.

— Je me trompe ? ajouta le garçon avec un sourire plein de charme.

Amusée, Zhu répondit :

— Ce moine reconnaît être un moine. Et toi, tu es… ?

— J'ai déjà rencontré de faux moines. Ils savent que les gens vont leur donner à manger gratuitement.

Semblant se décider au dernier moment, il ajouta :

— Chang Yuchun.

— Crois-en mon expérience, mon jeune ami Chang Yuchun : la nourriture gratuite est une denrée extrêmement rare, répondit Zhu, repensant à la faim qui l'avait tenaillée au fil de sa longue marche jusqu'à Anfeng.

Elle pencha la tête pour lui faire voir ses cicatrices d'ordination.

— Ce moine serait prêt à parier que personne ne s'est jamais fait passer pour un moine pendant plus de trois jours.

Yuchun inspecta les cicatrices avec fascination.

— Eh bien, le moine chanceux… tu vas avoir besoin de ta chance. Il paraît que Guo le Petit t'a tellement adoré qu'il t'envoie dans l'avant-garde. (Il détailla Zhu de la tête aux pieds et remarqua son sabre.) Je suppose que tu n'as aucune idée de comment manier ça. Mais bon, ça n'a pas vraiment d'importance… Tu vas recevoir une flèche dans les cinq premières minutes, de toute façon.

— Il y a des moines guerriers, tu sais, fit remarquer Zhu. Je n'ai jamais eu très envie d'en faire partie, jusqu'à aujourd'hui. Mais, petit frère… Tu as l'air de très bien connaître Anfeng ! S'il te plaît, prodigue à ce moine tes précieux conseils.

Sans hésiter un instant, Yuchun répliqua :

— Vends le cheval.

— C'est mon meilleur atout, protesta Zhu. Et le seul, d'ailleurs.

— À condition de savoir monter. (Yuchun lui décocha un regard dédaigneux.) Tu es un moine incapable de monter et de te battre, et tu ne veux pas vendre ton cheval. Tu ne sais rien faire, ou quoi ?

—Ce moine sait prier. C'est réputé utile, il me semble. (Elle se mit à marcher le long de la rue, entraînant le cheval.) C'est par là, l'avant-garde ?

—Attention ! (Le jeune garçon l'empêcha de mettre le pied dans une ornière.) Hé... moine chanceux, je vais te donner un vrai conseil. Va-t'en. Tu crois qu'une prière suffira à arrêter une flèche des Hu ?

—Pourquoi les gens me disent-ils tous de partir ? Ce moine ne trouvera rien de plus, dehors.

Elle avait parlé d'un ton léger ; mais à l'idée de quitter Anfeng, elle avait senti le froid du néant l'effleurer, aussi fugace que l'ombre d'un faucon. Quelles que soient les incertitudes et les épreuves qui l'attendaient, rejeter la grandeur n'était pas envisageable. Si elle choisissait l'autre voie, son voyage ne pouvait se terminer que d'une seule manière.

—Mais... qu'est-ce que tu penses trouver, en restant ici ? Enfin, bon... l'avant-garde est là-bas. (Yuchun désigna un groupe de feux de camp dans un champ.) Moi, je vais de ce côté. À un de ces jours, moine chanceux.

Zhu poursuivit sa route, savourant son impatience. Elle n'avait parcouru qu'une courte distance lorsqu'elle distingua un mouvement du coin de l'œil. Le cheval claqua des mâchoires, aussi vif qu'un serpent.

—Anus de tortue ! (Yuchun esquiva la morsure et vint se camper devant Zhu.) Rends-la-moi !

—De quoi parles-t... (La bourse, violemment jetée, l'atteignit en pleine poitrine.) Aïe !

—Et pourquoi ça t'a fait mal ? vociféra-t-il. Parce qu'elle est pleine de foutus cailloux !

—Et c'est la faute de ce moine, parce que... ?

—Parce que je me suis retrouvé avec une bourse pleine de cailloux, et que, bizarrement, ma bourse à moi a disparu !

Zhu ne put s'empêcher d'éclater de rire. Les garçons de cet âge se prenaient très au sérieux. C'était pire encore chez ceux qui avaient dû employer la ruse pour subsister, et qui se croyaient capables de duper le monde entier. Son rire ne fit qu'accroître la colère de Yuchun.

—Espèce d'imposteur ! Les moines ne rigolent pas, et ils ne volent pas non plus. Je le savais !

—Non, non. (Zhu fit de son mieux pour retenir son hilarité.) Ce moine est vraiment un moine. Peut-être faudrait-il que tu en rencontres quelques autres, avant de décider comment nous sommes vraiment. (Elle tira la bourse de Yuchun de sa robe et regarda à l'intérieur.) Eh bien, petit frère ! Je suis impressionné.

Outre des pièces de cuivre et les billets de papier, qui avaient perdu presque toute leur valeur, elle contenait six taels d'argent.

— Comment se fait-il qu'on t'ait laissé sévir impunément, alors que tu voles de telles sommes ?

— Tu crois que tu vas vivre assez longtemps pour le répéter ? (Yuchun se renfrogna.) Rends-moi ça.

— Tu as l'intention de me poignarder ? demanda Zhu avec intérêt.

— Je devrais le faire ! Si tu dis à tout le monde que je suis un voleur…

— Tout le monde le sait déjà.

Zhu cessa un moment de le taquiner, laissant transparaître la personne qu'elle était vraiment. Yuchun cilla, mal à l'aise, et détourna le regard. Elle continua :

— Ils n'ont pas pris la peine d'arrêter un gamin qui chipait quelques pièces par-ci par-là. Mais tu n'es plus un gamin. Un jour prochain, tu vas voler quelque chose… peut-être que ce ne sera même pas quelque chose d'important. Mais c'est pour cette chose qu'ils te tueront, et c'est ta tête qui se retrouvera sur le mur.

Un éclair de peur passa sur le visage de Yuchun, aussitôt dissimulé. Il lui reprit sa bourse.

— On te prendrait pour un devin, à t'entendre parler de mon destin ! Pourquoi je croirais ce que me raconte un seau à riz inutile ? C'est pour toi que tu devrais t'inquiéter. Tu es dans l'avant-garde, et pas moi, siffla-t-il. (Tout à coup, il eut un sourire en coin et un regard calculateur.) Mais, moine, tu as besoin d'un guide, non ? Tu as failli te casser une jambe rien qu'en marchant dans la rue. Si tu continues comme ça, tu n'atteindras même pas le champ de bataille…

— C'est une proposition ? demanda Zhu.

Elle aimait l'opportunisme et l'attitude provocatrice du garçon, et même son visage disgracieux : ils la faisaient penser à elle-même.

— Ça te coûtera le cheval, rétorqua-t-il avant d'ajouter : je le prendrai quand tu seras mort, si tu veux.

— C'est l'offre la plus généreuse que ce moine ait entendue de toute la journée.

La rue s'était plongée dans l'obscurité ; dans le lointain, les feux de camp de l'avant-garde semblaient l'inviter à approcher. En souriant, Zhu lança :

— Bon, petit frère… Pourquoi ne pas commencer par aider ce moine à gagner sa destination ?

Zhu suivit Yuchun à travers le dédale de tentes et de feux de camp qui recouvraient le champ. Elle pouvait à peine faire un pas sans contourner une pile d'immondices ou des hommes attroupés, pariant sur des criquets. Le bruit et la puanteur lui saturaient les sens. Elle se souvint que le monastère, avec ses centaines de moines, lui avait fait l'effet d'une ville. Cet endroit était cent fois plus peuplé. Elle n'avait jamais vu autant de monde au même endroit.

Tout à coup, la cité de tentes laissa place à une clairière. Une plate-forme surélevée avait été érigée en son centre. Éclairée par des torches fixées sur son pourtour, elle flottait dans la nuit comme un vaisseau flamboyant, au-dessus de la mer d'hommes qui se mouvait en contrebas.

— Que se passe-t-il ?

— La cérémonie de bénédiction, dit Yuchun. Elle va bientôt commencer. Tu ne veux pas être béni par le Prince de Lumière, avant de te mettre en route vers une mort certaine ? Tu devrais aller te mettre au premier rang.

Zhu étudia la foule sur laquelle reposait son avenir. Elle vit une masse bigarrée de robustes paysans, vêtus d'armures récupérées ici ou là et des foulards rouges caractéristiques de la rébellion. Dans un pays où les Nanren n'avaient plus droit à rien, ce type de mouvement attirait des individus plus capables qu'il n'aurait pu le faire en d'autres circonstances. Mais Zhu se remémora le beau visage froid du général eunuque, et le flot sombre de ses soldats entrant dans le monastère dans leurs armures identiques. Elle eut un frisson.

Le Fleuve Céleste s'élevait au-dessus de leurs têtes, son immensité menaçant de tous les écraser contre la surface de la Terre. Des tambours battaient, si fort que Zhu eut l'impression qu'ils cherchaient à faire vibrer son cœur au même rythme qu'eux. La foule se fit plus dense ; certains se mirent à crier et à rugir. Enfin, une silhouette vêtue de rouge émergea sur la scène. Sa petite taille la faisait paraître très éloignée, comme en suspension entre le Ciel et la Terre. Un enfant.

Le Prince de Lumière s'avança. Il avait un sourire serein sur le visage, les mains tendues en un geste bienfaisant. Au-dessus d'eux, le vent fit claquer les bannières contre leurs hampes. Les cris des hommes se firent plus aigus.

Un instant plus tard, l'enfant tenait une flamme au creux de la main. Surprise, Zhu sentit sa peau se couvrir de chair de poule. Il n'avait fait aucun geste ou mouvement particulier. La flamme était simplement… apparue. Une flamme rouge, d'une clarté aussi étrange et inquiétante qu'une lune de sang. La foule rugit, et la flamme grandit.

Elle grimpa le long des bras du Prince de Lumière, recouvrit ses épaules et son crâne ; enfin, il leur apparut entièrement drapé dans ce manteau de feu d'un rouge profond. Il ne semblait pas repousser l'obscurité, mais la rendre aussi lustrée qu'une zibeline.

Zhu était comme clouée au sol, frappée de stupeur. *Le Mandat du Ciel.* Comme tout le monde, elle avait entendu les histoires évoquant la lumière divine de l'empereur ; la manifestation physique du droit de régner, accordée au Fils du Ciel. La lumière des souverains mongols était bleue ; c'est pourquoi le drapeau du Grand Yuan l'était aussi. Des moines de nuages et d'eau, passant par le monastère, avaient raconté qu'en visitant Dadu – la capitale que les Mongols appelaient Khanbalyk – aux débuts du règne de l'empereur, ils avaient vu ce dernier invoquer une flamme bleue d'un claquement de doigts. Zhu elle-même n'avait jamais eu l'intention de quitter le monastère ; de plus, elle savait que l'empereur ne donnait plus de démonstration de son pouvoir en public. Elle n'avait donc jamais pensé voir le Mandat de ses propres yeux. Mais voilà : il était là. Une flamme rouge comme le soleil couchant, la couleur de la dynastie disparue des Song, les derniers empereurs à régner avant l'arrivée des barbares.

Tout à coup, elle comprit pourquoi les rebelles avaient choisi de s'associer à la couleur rouge. Pourquoi ils en avaient tiré leur nom. Zhu leva les yeux vers la silhouette flamboyante et sentit un fourmillement courir sur son épiderme, comme en réaction à l'atmosphère chargée qui précédait les orages. Le Prince de Lumière apportait le changement. Le désir de Zhu l'étreignit, aussi chaud et puissant que le jour où elle avait été jetée hors du monastère. *C'est ici que cela commence.*

— Ne sois pas trop impressionné, cria Yuchun à son oreille. Ce n'est qu'une lumière. Elle ne fait rien de particulier.

— Dans ce cas, pourquoi est-ce qu'elle met tout le monde dans cet état ? répliqua Zhu sur le même ton.

Mais malgré le cynisme de Yuchun, elle avait l'impression de comprendre. La vue du pouvoir du Ciel l'emplissait d'une énergie farouche. C'était comme un vent qui la pousserait dans le dos, alors qu'elle courait à toutes jambes vers l'avenir.

Ceux qui se trouvaient au premier rang s'élancèrent, serrés les uns contre les autres, les mains tendues vers la lumière rouge.

— Il faut toucher la lumière pour être béni. Mais ils meurent tous quand même, hein. Je l'ai vu. (Une seconde silhouette s'avança sur la scène.) Ça, c'est le premier ministre.

À l'approche du ministre, le Prince de Lumière leva la main. Des langues de feu jaillirent alors entre eux, décrivant un arc de cercle.

Les flammes s'amoncelèrent sur les épaules du premier ministre ; et lorsqu'il leva les bras, elles ruisselèrent comme un liquide jusqu'à la foule. Il cria :

— Voyez ce Mandat du Ciel qui coulait dans les veines de nos derniers empereurs. La clarté qui mettra fin à l'obscurité des Hu… La clarté de l'ère nouvelle, celle du Prince de Lumière !

Les hommes rirent et crièrent, hystériques, en réponse. Ils étaient jeunes ; ils se croyaient immortels. Et à cet instant, baignés dans cette clarté magique, on aurait juré que c'était le cas.

En regardant la foule se réjouir, Zhu s'interrogea. Le Mandat du Prince de Lumière suggérait que le Grand Yuan finirait par tomber… un jour. Mais Zhu était un moine ; elle avait appris l'histoire des dynasties. Celle-ci ne se mouvait qu'en ondulant comme un serpent. Sur le moment, comment savoir de quel côté elle s'apprêtait à tourner ? La présence du Mandat ne signifiait pas que les rebelles allaient remporter cette victoire… ni aucune autre, d'ailleurs.

Et dans cette foule immense, Zhu était la seule à savoir ce qu'ils devraient affronter… et surtout *qui*. Grâce à l'étrange vibration qui la reliait au général eunuque du Yuan, elle avait vu – par-delà son masque de jade gravé – sa honte, sa haine de soi, sa colère. Il avait une plaie à la place du cœur, et cela faisait de lui un adversaire plus redoutable qu'aucun de ces gens ne pouvait l'imaginer. Il venait de vaincre le chef le plus expérimenté des Turbans Rouges ; et à présent, il avait résolu de faire subir aux rebelles le même sort qu'au monastère de Wuhuang.

Et cela, pensa sombrement Zhu, serait extrêmement fâcheux. Dans les époques comme celles-ci, l'armée était la seule voie menant à la grandeur… et les Turbans Rouges étaient la seule armée à sa portée. Sans eux, elle ne serait rien.

7

Rivière Yao

Zhu était assise – avec Yuchun, le voleur – auprès d'un petit feu de cuisine, devant la tente qu'elle partageait avec les quatre autres membres de son escouade. Il ne pleuvait pas ce jour-là, pour la première fois depuis deux semaines entières. Il avait d'abord plu tout le long des sept jours de marche d'Anfeng à la rivière Yao ; puis pendant sept autres jours lugubres et détrempés, tandis qu'ils attendaient près de la Yao que les Yuan se présentent. À présent que ceux-ci étaient enfin apparus sur l'autre rive, Zhu aurait aimé revenir en arrière et continuer à attendre. En dépit de ses longues réflexions sur le thème de la bataille à venir, elle n'avait toujours pas trouvé de solution à ses deux problèmes principaux : le sort qui l'attendait au sein de l'avant-garde, et le probable massacre des Turbans Rouges aux mains du général eunuque. Le plus frustrant était qu'elle ne pouvait s'accommoder d'une demi-mesure. Si elle ne résolvait qu'un seul de ses problèmes, elle finirait soit morte, soit dépourvue d'armée et de chemin vers la grandeur, ce qui revenait au même. Il devait bien y avoir une solution… mais pour l'instant, ses ruminations n'avaient engendré qu'une migraine et un sentiment d'angoisse qui ne cessait d'empirer.

Zhu brassa les haricots jaunes qui mijotaient sur le feu. Étant la dernière à rejoindre l'escouade, elle avait été chargée de transformer leurs maigres rations en nourriture comestible. Yuchun – qui, n'étant pas membre des Turbans Rouges, n'avait pas droit aux rations – louait à l'escouade une marmite très certainement volée, en échange d'un bol de tout ce qu'ils y faisaient cuire. La fumée et les haricots à l'eau… c'était l'odeur d'une vie à laquelle elle avait cru échapper à jamais. D'humeur ironique, elle déclara :

— Il ne nous manque plus qu'un lézard.

Yuchun lui lança un regard dégoûté.

—Pouah! Pourquoi?

—Ah, petit frère, tu n'as sans doute jamais connu la vraie faim. Tu as de la chance.

—De la chance? Ha! Je suis assez malin pour éviter de devoir manger un lézard pour survivre, rétorqua Yuchun. Et ne t'avise pas de me dire que ça a le goût du poulet…

—Comment le saurait ce moine? objecta Zhu. Il n'y a pas de poulets pendant les famines, et les moines sont végétariens.

—Le porc, c'est meilleur, affirma Yuchun. Mais ne dis pas à mes ancêtres que j'ai dit ça. Ils sont hui.

La religion du peuple hui leur dictait de ne pas consommer de porc, ce qui faisait d'eux une exception au sein d'un Sud passionné de cette viande.

—Tu sais, je crois que j'aurais de quoi me payer deux ou trois cochons. Qu'en penses-tu, moine chanceux? Demain, quand les Yuan vous auront tous tués, je pourrais partir sur la côte avec ton cheval et ouvrir un restaurant.

—Si c'est ce que tu prévois de faire, c'est toi qui devrais être en train de cuisiner, riposta Zhu. (Elle goûta un haricot et fit la grimace.) Tu penses que nous allons perdre?

—J'espère que vous allez perdre, corrigea Yuchun. Les haillons que vous portez n'intéresseront pas les soldats yuan, si bien que je pourrai les récupérer. Dans l'autre sens, c'est beaucoup moins rentable.

—Ah, fit Zhu d'une voix pensive.

Si l'arrivée des Yuan avait déclenché l'impatience et l'excitation de presque tous les occupants du camp, Zhu elle-même n'en avait été que plus certaine du sort qui les attendait, si elle n'intervenait pas.

La rivière Yao, coulant du nord au sud, déversait l'eau d'un vaste lac dans le fleuve Huai, qui coulait d'est en ouest. Ensemble, les deux cours d'eau formaient un angle droit qui protégeait le nord et l'est d'Anfeng. Un pont en pierre de l'époque Tang avait été érigé en travers de la Yao, juste en aval du barrage endiguant le lac. La Yao s'élargissait ensuite en un delta marécageux pour rejoindre le Huai. En aval du pont, la Yao était trop large pour permettre à une armée de la traverser; et en amont s'étendait le lac endigué par le barrage. Les Yuan n'auraient donc pas d'autre choix que d'emprunter le pont. Les Turbans Rouges étaient arrivés les premiers et avaient pris le contrôle de l'extrémité ouest, aussi avaient-ils l'avantage. Mais sur l'autre rive, voilée par le crépuscule, la fumée pâle s'élevant des feux des Yuan rappelait à Zhu le texte d'une stèle funéraire. Le général eunuque se trouvait là-bas, quelque part; peut-être même regardait-il dans sa direction. Et quelque chose lui disait qu'au lieu d'attendre impatiemment la bataille, comme les jeunes Turbans Rouges, il ressentait la même certitude glacée que Zhu : celle qu'il allait l'emporter.

— Les haricots ne seront sans doute pas prêts avant une heure. Peut-être devrais-tu les surveiller pendant que ce moine va prier, suggéra Zhu.

Il s'agissait de son excuse habituelle pour s'éloigner du camp et se soulager dans l'intimité. Lors de ses dernières années au monastère, elle disposait d'une chambre à elle, si bien qu'elle n'avait presque pas à se soucier de ses différences physiques. Devoir les dissimuler de nouveau était fastidieux ; et cela lui rappelait aussi le destin qui l'attendait, si elle n'accédait pas à la grandeur.

De mauvaise grâce, Yuchun prit la baguette servant à brasser la marmite. En dépit de sa présence constante auprès de l'escouade, il se considérait comme un visiteur et détestait se voir confier la moindre corvée.

— S'il y a un Hu qui prie pour que sa flèche te touche, et que toi, tu pries tout aussi fort pour qu'elle ne te touche pas… les deux s'annulent, non ?

Zhu haussa les sourcils.

— Et alors, que se passera-t-il ? contra-t-elle.

— Tu te feras tuer par une autre flèche, répondit-il aussitôt.

— Dans ce cas, ce moine va prier pour qu'aucune flèche ne le touche. Ni aucun sabre. Ni aucune lance. (Elle se tut un instant.) De quelle autre manière peut-on mourir, pendant une bataille ?

— Ha ! Tu penses pouvoir passer un accord imparable avec le Ciel ? se moqua Yuchun. On ne change pas son destin par la prière, moine.

Zhu s'éloigna, chassant de son esprit la noirceur des derniers mots de Yuchun. Elle était Zhu Chongba, et elle connaîtrait la grandeur ; et sa seule préoccupation, pour le moment, était de trouver comment faire. Elle quitta le camp et urina à l'écart, puis elle suivit la rivière jusqu'au barrage et monta à pied vers le lac.

Depuis la pente vertigineuse s'élevant de l'autre côté du bassin, un champ de statues de bodhisattvas géantes – chacune haute comme trois hommes – l'observaient de leurs yeux sereins. Zhu pensa, mal à l'aise : *Le Ciel me regarde.* D'après une légende locale, ces statues avaient appartenu à un temple de l'ancien temps, qui avait glissé le long du versant et disparu dans les profondeurs du lac. Là, il était devenu le repaire des renards et des autres esprits non humains. Zhu, qui n'en avait jamais vu, avait toujours douté de l'existence de ces esprits. Mais face à cette eau plate, sombre et immobile, leur réalité lui semblait soudain moins invraisemblable.

Elle s'assit en tailleur sur la terre détrempée pour étudier de nouveau son problème. La meilleure solution consisterait à empêcher les deux armées de se rencontrer. En détruisant ce pont, peut-être… mais c'était plus facile à dire qu'à faire. Seul un tremblement de terre aurait pu faire s'effondrer un pont en pierre de l'époque Tang, et celui-ci avait déjà traversé cinq siècles. Que pouvait-elle donc faire contre cela ?

Elle contempla les statues dressées dans le lointain. Soudain, elle s'aperçut qu'elles étaient penchées vers l'avant, comme si elles brûlaient de lui communiquer un message important. Étaient-elles déjà dans cette position, hier ? Tout en formulant cette pensée, elle remarqua un autre phénomène nouveau : un murmure, loin sous la terre, si grave qu'elle le sentait plus qu'elle ne l'entendait. On aurait dit que les os de la terre frottaient les uns contre les autres. Et dès qu'elle comprit ce qui produisait ce bruit, son esprit agité se calma, envahi d'un soulagement intense. Elle avait trouvé la solution.

Depuis des années, elle était prête à tout pour éviter d'être remarquée du Ciel, de crainte d'être surprise à usurper la vie de Zhu Chongba. Pour se sentir en sécurité, elle devait rester cachée, comme un crabe au fond d'une coquille volée. Mais tout cela ne s'appliquait qu'au petit monde bien rangé du monastère. À présent, elle comprenait – avec effroi – qu'accéder à la grandeur dans le monde extérieur ne tenait pas à la décision d'un individu seul. Il fallait avoir la volonté du Ciel derrière soi. Pour réussir, elle devait faire appel au Ciel et s'assurer qu'il réponde, non pas à elle, mais à Zhu Chongba. Celui qui était promis à la grandeur.

Elle avait du mal à respirer. Attirer délibérément l'attention du Ciel l'obligeait à risquer le tout pour le tout. Elle avait longtemps vécu sous les traits de Zhu Chongba, faisant de son mieux pour cacher leurs différences… y compris à elle-même. Mais à présent, elle allait devoir *être* Zhu Chongba. Elle devrait le croire si profondément que, lorsque le Ciel poserait les yeux sur elle, il ne verrait qu'une seule personne. Un seul destin.

Ce serait le pari le plus audacieux de sa vie. Mais si elle voulait accéder à la grandeur… elle devrait s'avancer pour s'en emparer.

Le Ciel étant très éloigné, attirer son attention exigeait un matériel bien précis. Suivant les indications de Yuchun, Zhu mena son cheval jusqu'à l'autre extrémité du camp, où les Turbans Rouges les plus haut placés dressaient leurs tentes. Elle n'eut finalement pas trop de mal à trouver ce qu'elle cherchait. Devant l'une des tentes, on avait disposé des seaux de façon qu'ils gouttent de l'un à l'autre dans un ordre précis. À la surprise de Zhu, une boîte posée sur l'un des seaux s'ouvrit brusquement et cracha une bille, qui descendit le long d'un fil métallique jusqu'à un tas de ses semblables. C'était une horloge à eau. Zhu avait lu des choses à leur sujet, mais elle n'en avait jamais vu auparavant. L'objet semblait presque magique.

Le propriétaire de l'horloge sortit de sa tente et se renfrogna en la voyant. Jiao Yu, l'ingénieur des Turbans Rouges, avait une barbe clairsemée de lettré confucéen. Son expression excédée indiquait qu'il se pensait entouré d'imbéciles. D'un ton maussade, il demanda :

— Es-tu un vrai moine ?

— Pourquoi tout le monde pose-t-il cette question à ce moine ?

— Les gens se disent sans doute que les moines ont fait le serment de ne pas tuer, répliqua Jiao. Toi, tu portes un sabre.

Il la poussa de l'épaule pour passer derrière elle.

— C'est parce que le général Guo a forcé ce moine à le prendre, expliqua Zhu en lui emboîtant le pas. (Jiao alla fouiller dans une charrette à âne, remplie de morceaux de bois et de métal.) Il a dit que, si ce moine refusait d'obéir, il lui piquerait la tête sur le mur.

— Ça ressemble bien au général Guo, grogna Jiao. Il a déjà fait des choses plus bêtes que décapiter un moine. Par exemple, nous amener ici pour affronter de front une armée hu deux fois plus importante, et cinq fois plus compétente.

— Tous les autres semblent penser que nous allons l'emporter, demain, fit remarquer Zhu.

— Tous les autres sont des abrutis aux yeux blancs, décréta Jiao. Avoir le Mandat, c'est une chose… mais en pratique, je préférerais avoir un bon général et l'avantage du nombre plutôt que devoir compter sur un miracle.

Zhu s'esclaffa.

— Dommage que votre sens pratique ne soit pas plus répandu au sein des troupes. Eh bien, ingénieur Jiao… Si la bataille de demain vous inquiète, j'ai une proposition à vous faire. Ne pensez-vous pas que vous auriez plus de chances de survivre si vous possédiez un cheval ? Je suppose que vous allez rester ici, au camp, tandis que les seaux à riz inutiles comme moi seront en première ligne ; mais si les Yuan l'emportent… (Zhu haussa les sourcils)… il vous faudra un moyen de quitter les lieux.

Jiao plissa les yeux. La supposition de Zhu était juste : l'ingénieur n'avait aucunement l'intention de se trouver là, le lendemain, lorsque tout leur plan s'écroulerait. Son regard se posa d'abord brièvement sur le cheval, puis s'y attarda un instant.

— Où as-tu trouvé un destrier de guerre hu ?

— Je suis sûr qu'il ne sera pas moins disposé à quitter le champ de bataille qu'à s'y rendre, dit Zhu. Je ne sais pas monter à cheval. Mais j'ai l'impression que vous êtes un homme instruit, sans doute issu d'une bonne famille ; vous avez sûrement appris à le faire. En échange, cependant… j'aimerais que vous me fabriquiez quelque chose.

Après avoir entendu les instructions détaillées de Zhu, il rit sombrement.

— C'est exactement le genre d'objet inutile que réclamerait un moine. Je peux le faire. Mais es-tu sûr que c'est ce que tu souhaites ? Si j'étais toi, je demanderais une arme.

— J'ai déjà un sabre qui ne m'est d'aucune utilité, répondit Zhu. (Elle lui tendit les rênes du cheval.) Mais s'il y a une chose que les moines savent faire, c'est prier jusqu'à ce que le Ciel les entende.

En s'éloignant, elle entendit la voix dédaigneuse de Yuchun dans son esprit : *« On ne change pas son destin par la prière. »*

Non, pensa-t-elle avec amertume. Mais peut-être pouvait-on s'en approprier un autre.

Il faisait nuit lorsque les hommes d'Ouyang finirent de dresser le camp. Il alla chercher Esen dans son ger ; et ensemble, ils chevauchèrent jusqu'à l'extrémité du pont pour observer leurs adversaires. Sur l'autre rive, les feux de camp des Turbans Rouges formaient de longues lignes qui barraient les collines, comme des traces laissées par un feu de forêt. La lumière des deux camps se reflétait sur les nuages et poudrait d'argent les flots noirs de la rivière.

— C'est donc cela qu'a décidé leur nouveau général, commenta Esen. Il veut une confrontation directe. Quitte ou double.

Sa bouche ne bougeait jamais beaucoup lorsqu'il souriait ; mais de petits croissants apparaissaient de part et d'autre. Sans savoir pourquoi, Ouyang ne manquait jamais de les remarquer.

— Un homme comme je les aime, conclut Esen.

— Ne vous dévalorisez pas, rétorqua Ouyang, qui avait déjà été renseigné sur l'individu en question. Son principal atout est d'être le fils de leur « ministre droit ». Il s'appelle Guo Tianxu. Il a vingt-deux ans, et tous s'accordent à dire que c'est un parfait imbécile.

—Ah… Cela change tout, dit Esen en riant. Cependant, il a été assez malin pour choisir cet endroit. C'est un bon emplacement, pour eux. En nous forçant à traverser le pont, ils nous retirent les avantages conférés par le nombre et par la cavalerie. Nous n'allons pas les vaincre en un jour ; c'est une certitude.

—Nous gagnerions, même si nous nous y prenions de cette manière, affirma Ouyang.

Devant eux, les arches pâles du pont semblaient flotter dans les ténèbres, créant l'illusion qu'il se prolongeait indéfiniment. Même le pragmatique Ouyang y reconnaissait l'une des plus grandes prouesses d'une dynastie autochtone, depuis longtemps disparue. Un lent frisson monta, puis redescendit le long de sa colonne vertébrale. Peut-être son sang nanren reconnaissait-il l'histoire de cet endroit. Il se demanda s'il l'avait traversé dans une vie antérieure. Peut-être même l'avait-il bâti de ses mains. Il était tentant d'imaginer que ses autres vies avaient été meilleures que celle-ci. Mais, songea-t-il, cela ne pouvait être vrai ; car il avait bien dû faire quelque chose, au fil de ces existences, pour s'attirer cette vie et ce destin.

—Alors, tu préfères l'autre stratégie ?

—Si mon seigneur y consent.

Penser à ce pont avait fait perdre à Ouyang le peu d'enthousiasme qu'il nourrissait envers les affrontements de longue haleine, tel celui que désiraient les rebelles.

—Les éclaireurs ont trouvé un tronçon de berge assez ferme, à environ douze li en aval. Il devrait pouvoir supporter un ou deux bataillons sans se transformer en bourbier.

De toute évidence, les Turbans Rouges jugeaient impossible de traverser la Yao en aval. Elle était large, et aussi profonde en son milieu qu'un homme debout. Mais les rebelles étaient des Nanren, des sédentaires. S'ils avaient eu des Mongols parmi eux, ils auraient su qu'on pouvait traverser n'importe quel cours d'eau lorsqu'on était déterminé à le faire. Ou qu'on ne se souciait guère du nombre de conscrits qui périraient dans l'entreprise.

—Les conditions n'ont rien d'idéal, signala Esen. (Il faisait référence aux pluies, qui rendaient la rivière haute et tumultueuse.) Combien de temps faudra-t-il pour faire traverser la troupe qui prendra l'ennemi en tenaille, et lui faire gagner sa position ?

Ouyang réfléchit. S'il n'avait pas tant plu, il aurait envoyé la troupe durant la nuit. Mais en ces circonstances…

—Je leur ferai commencer la traversée à l'aube ; sinon, il y aura trop de morts pour que cela en vaille la peine. Ils pourront être en position au début de l'heure du Serpent. (Soit à mi-chemin entre l'aube et la mi-journée.) À ce moment-là, la bataille aura déjà commencé… mais pas depuis très longtemps.

— Tu sais qu'un peu de bagarre ne me fait pas peur, dit Esen. (C'était un euphémisme : il adorait se battre. Ses yeux se plissèrent avec malice.) Nous nous amuserons jusqu'à ce que la troupe cachée ait fini de traverser, puis nous donnerons le coup de grâce. Ah ! C'est presque dommage que cela doive se terminer si vite. Nous allons devoir en savourer chaque instant.

Si les traits d'Esen étaient aussi fins et réguliers que ceux d'une statue, ses passions étaient trop impétueuses pour lui en conférer les dehors sereins. Ouyang ressentait toujours un pincement à le voir ainsi : rayonnant de plaisir anticipé, le sang des guerriers des steppes courant tumultueusement dans ses veines. Il y avait là une pureté touchante qu'Ouyang lui enviait. Lui-même n'avait jamais su profiter d'un moment de plaisir aussi simplement et naturellement qu'Esen. Savoir que l'instant était éphémère – qu'il perdrait toute sa douceur et ses couleurs lorsqu'il se muerait en souvenir – le lui rendait déjà doux-amer, même avant qu'il prenne fin.

Sentant comme une lame sous son sternum, il dit :

— Oui, mon seigneur.

Les commandants réveillèrent Zhu et le reste des Turbans Rouges avant l'aurore, en leur ordonnant d'aller se placer à l'extrémité du pont. Yuchun s'était déjà volatilisé sans un mot d'adieu, et Zhu supposa que Jiao en avait fait autant. Malgré la foi des hommes en la personne du Prince de Lumière et en son Mandat, l'excitation de la veille s'était muée en une impatience anxieuse. Devant eux, l'arc de pierre s'élevait au-dessus de l'eau noire et retombait dans l'obscurité.

Zhu attendit, les nuages de son souffle tremblant devant elle. Peu à peu, la clarté blême de l'hiver envahit le ciel au-dessus du lac, faisant refluer les ténèbres. L'autre extrémité du pont apparut ; et derrière elle, des soldats alignés les uns derrière les autres. À mesure que le jour se levait, de nouvelles rangées se révélaient à leur tour. Enfin, la berge fut entièrement visible, couverte de lignes identiques de soldats en armure sombre.

À l'avant de cette immense armée, une silhouette attendait, à cheval. Son armure paraissait absorber la lumière ; seuls ses contours scintillaient. Ses nattes attachées en boucle ressemblaient aux ailes ouvertes d'un papillon de nuit. Et les fantômes étaient amassés entre lui et la première rangée de ses soldats, comme une armée de morts. *Le général eunuque.*

La vibration du lien transperça Zhu, si cruellement qu'elle hoqueta. Puis, en titubant, elle repoussa loin d'elle cette douleur et ce lien, dans un accès de colère. Elle n'était *pas* comme lui, et elle ne le serait jamais, parce qu'elle était Zhu Chongba.

Les autres Turbans Rouges – qui, par le passé, avaient toujours fini par battre en retraite afin de rester en vie et pouvoir continuer la lutte – s'aperçurent tout à coup que cette bataille-ci se poursuivrait jusqu'à la victoire de l'un ou l'autre camp. Et à cet instant, voyant l'armée du Yuan s'étendre devant eux, ils surent qu'ils n'allaient pas l'emporter.

Zhu sentit le moment où toute leur assurance volait en éclats. Alors qu'un gémissement balayait la foule qui l'entourait, elle leva les yeux vers le lac. Les visages souriants des bodhisattvas, à demi plongés dans l'ombre, contemplaient les deux armées. Puis elle traversa les rangs de son camp et s'avança sur le pont.

Son capitaine d'unité émit un bref glapissement. Elle sentit le froid de la pierre à travers ses sandales de paille, le poids de son chargement dans son dos, et l'air glacé qui aiguillonnait ses poumons et ses narines lorsqu'elle respirait. Le silence semblait fragile. Ou peut-être était-ce Zhu qui était fragile, suspendue dans cette atmosphère immobile. Chacun de ses pas mettait à l'épreuve son courage, le courage d'être Zhu Chongba, et son désir d'accéder à ce grand destin. *Je le veux*, pensa-t-elle, et la force de son désir fit jaillir son sang dans ses veines, si violemment qu'elle trouva miraculeux de ne pas se mettre à saigner du nez. La pression monta, presque insoutenable, écrasant ses peurs et ses doutes, les chauffant jusqu'à ce qu'ils s'enflamment et se transforment en foi incandescente. *Je suis Zhu Chongba, et la grandeur est mon destin.*

Arrivée à mi-chemin du pont, elle s'assit. Puis elle ferma les yeux et se mit à psalmodier.

Sa voix claire s'éleva de sa bouche. Les mots familiers s'assemblèrent en une myriade d'échos, si bien qu'on aurait cru entendre le chant d'un millier de moines. Alors que les sons se superposaient, elle sentit un étrange frisson dans l'air, comme une peur qui se serait manifestée hors de son corps.

Elle avait appelé, et le Ciel l'écoutait.

Elle se leva, décrocha le gong qu'elle portait dans son dos et le frappa. Le son résonna à la surface du lac. Les statues se penchaient-elles vers Zhu pour mieux l'entendre ?

— Gloire au Prince de Lumière ! cria-t-elle avant de frapper une deuxième fois sur le gong. Puisse-t-il régner durant dix millénaires !

Lorsqu'elle frappa le gong pour la troisième fois, les Turbans Rouges s'arrachèrent à leur stupeur. Ils rugirent et tapèrent du pied comme ils l'avaient fait pour le Prince de Lumière lui-même, si fort que le pont trembla à son tour, et que la gorge mugit en réponse.

Le général eunuque se contenta de lever un bras. Derrière lui, les archers bandèrent leurs arcs. Zhu les voyait comme dans un rêve. En elle, il n'y avait que la lumière immaculée de la foi et du désir. *Le désir est la cause de toutes les souffrances.* Plus grand était le désir, plus grande était la souffrance ; et à cet instant, ce qu'elle désirait était la grandeur elle-même. De toute sa volonté, elle dirigea cette pensée vers le Ciel et vers les statues qui l'observaient : *quelles que soient les souffrances nécessaires, je suis capable de les endurer.*

Comme pour lui répondre, le tremblement de l'air s'intensifia. Les Turbans Rouges se turent, et les Yuan oscillèrent ; les flèches qu'ils avaient encochées s'agitèrent comme une forêt sous la brise.

Alors, le versant où se dressaient les statues céda. Lourd de pluie accumulée, déstabilisé par la vibration des cris et des piétinements des Turbans Rouges, et lâché par le Ciel à la demande de Zhu Chongba. Dans un long roulement de tonnerre, les arbres, les rochers, les statues et la terre glissèrent tous dans le lac, exactement comme le temple de l'ancien temps. L'eau noire engloutit le tout, puis s'immobilisa. Pendant quelques instants, rien ne bougea.

La première personne à remarquer ce qui se passait eut un petit cri étranglé. Les proportions démesurées du phénomène donnaient l'impression qu'il se produisait au ralenti ; la surface du lac se soulevait. Une grande vague noire apparut, presque immobile… mais le ciel au-dessus d'elle se rétracta et s'assombrit. L'eau s'éleva entre les parois qui la confinaient : une falaise à pic d'un côté et une colline escarpée de l'autre. Son ombre froide s'avança sur eux, et Zhu entendit le bruit de la vague – un rugissement de rage élémentaire, secouant la terre autour d'eux – lorsqu'elle déborda du barrage, jaillit en une crête écumante et déferla vers eux.

L'espace d'un instant figé dans le temps, alors que le grondement de l'eau recouvrait tous les autres sons, Ouyang et le moine s'observèrent fixement. Ouyang éprouva une douleur aiguë, une vibration qui le cloua sur place, comme une lance tremblant dans un cadavre. *Une sensation d'horreur*, se dit-il, comme à distance de ses propres pensées. C'était l'horreur pure que lui inspirait l'acte du moine, et – humiliation suprême – il savait que l'individu l'avait lue sans peine sur son visage.

Avec une brusque inspiration, il s'arracha à ce sentiment, fit tourner sa monture et s'enfuit.

Partout autour de lui, ses hommes couraient à perdre haleine pour échapper à la mort, s'éloignant de la rive tandis que l'immense vague noire retombait du lac. Ouyang et son cheval gravirent avec effort le versant, dont la terre avait été labourée par les pas. Une fois en haut de la pente, il se retourna. Bien qu'il ait su approximativement à quoi s'attendre, il resta quelques instants interdit. La destruction avait été absolue. Là où s'élevait un pont quelques moments plus tôt, il n'y avait plus qu'un flot tumultueux et brunâtre, deux fois plus haut qu'auparavant. Dix mille soldats de l'infanterie et de la cavalerie d'Ouyang se trouvaient en aval ; certains avaient dû être en train de traverser, tandis que d'autres attendaient leur tour dans le marécage. Il savait à présent, sans l'ombre d'un doute, qu'ils étaient morts.

La température de son corps grimpa à mesure que les émotions affluaient en lui : la haine, la honte, la colère. Lorsque cette dernière arriva enfin, ce fut un soulagement. C'était la plus nue et la plus brûlante ; elle le purifiait de tout ce qui précédait, si bien qu'aucun résidu ne subsistait.

Il avait toujours les yeux fixés sur la rivière lorsque Shao chevaucha jusqu'à lui.

— Général. La situation est sous contrôle de ce côté-ci. Pour ce qui est des autres… (Son visage s'était fait pâle sous son casque.) Il est possible qu'il y ait des survivants, qui auraient gagné l'autre rive avant la vague.

— Que pouvons-nous faire pour eux, à présent que le pont a disparu ? rétorqua durement Ouyang. Il aurait mieux valu qu'ils se noient, avec leurs chevaux et leur équipement, plutôt que les rebelles ne les trouvent…

La perte de dix mille hommes en un instant était la pire défaite qu'ait essuyée l'armée du prince du Henan depuis une génération, sinon plus. Mentalement, Ouyang anticipa la surprise et la déception d'Esen, ainsi que la rage du prince. Mais plutôt que de lui faire peur, ces pensées alimentèrent la flamme de sa propre colère. Il avait dit à l'Abbé du monastère de Wuhuang que, son destin étant d'ores et déjà effroyable, rien ne pouvait aggraver son avenir. Certes, il venait de vivre son pire échec professionnel, et il savait qu'il serait puni en conséquence. Mais ce qu'il avait dit demeurait vrai.

Il émit un son involontaire, plus proche du grondement que du rire. En tournant la bride, il grommela :

— Je dois retrouver le seigneur Esen. Rassemblez les commandants et ordonnez la retraite.

8

Anyang, nord du Henan,
douzième mois

Ouyang chevauchait au côté d'Esen, silencieux, tandis qu'ils approchaient du palais du prince du Henan. Ils passaient d'ordinaire l'hiver à faire la guerre, si bien que la campagne paraissait étrange sous son manteau de neige. Situé à l'extrême nord de la province du Henan, le domaine du prince s'étendait sur les plaines fertiles entourant l'ancienne cité d'Anyang. Fermes, garnisons et haras militaires se succédaient en mosaïque jusqu'aux montagnes ; celles-ci séparaient le Henan de son voisin de l'ouest, le Shanxi. Le domaine avait été offert par l'un des premiers khans du Grand Yuan à l'arrière-grand-père d'Esen. Quoique subitement propriétaire d'un palais, ce vieux guerrier mongol avait tenu à vivre dans un ger traditionnel installé dans les jardins. Le grand-père d'Esen avait fini par emménager à l'intérieur, en revanche ; et depuis, les Mongols menaient une vie très similaire à celle des Nanren sédentaires qu'ils méprisaient tant.

Leur arrivée au portail fut saluée par un brusque remue-ménage. Les serviteurs du palais se précipitèrent vers eux avec l'entrain d'une nichée de pigeons qu'on vient de mettre en liberté. Derrière eux, Ouyang remarqua un homme debout dans la cour, les mains soigneusement glissées dans ses manches. Il était comme un fragment de quiétude au milieu du chaos, qu'il observait calmement. Comme à son habitude, l'autre avait souhaité se distinguer : sa robe de soie sophistiquée était aussi éclatante qu'un kaki sur une branche enneigée. Il ne portait pas de nattes mongoles, mais un chignon. Sa seule concession à la tradition vestimentaire mongole était une cape de zibeline ; et peut-être fallait-il en attribuer la présence au froid plus qu'à toute autre chose.

Tandis qu'Ouyang et Esen mettaient pied à terre et entraient dans la cour, le deuxième fils du prince du Henan adressa à son frère l'un de ses sourires caractéristiques, lents et félins. Les sang-mêlé étaient des créatures étranges. Si ses yeux étroits étaient ceux d'un Mongol, le seigneur Wang Baoxiang avait le visage mince et le long nez des nobles disparus de Khinsai, la cité du Sud qu'on appelait autrefois la Lin'an impériale. En effet, le deuxième fils du prince du Henan n'était pas véritablement le sien, mais celui de sa sœur. Son vrai père était un homme mort et oublié depuis longtemps, sauf par le nom que portait encore son descendant.

— Je te salue, mon frère, qui m'as tant manqué, lança le seigneur Wang à Esen.

Lorsqu'il se redressa après une légère génuflexion, Ouyang vit que son sourire de chat n'était pas dénué de satisfaction. Au sein d'une culture guerrière, qui méprisait les lettrés, ces derniers prenaient naturellement plaisir à voir les soldats vaincus rentrer chez eux en disgrâce. D'un geste mou qui semblait avoir été calculé pour agacer son auditoire, le seigneur Wang tira un document plié de sa manche et le tendit à Esen.

— Baoxiang, le salua Esen d'un air las.

Son visage s'était amaigri durant le voyage du retour. La défaite pesait lourdement sur ses épaules, et Ouyang savait qu'il redoutait ses retrouvailles avec le prince du Henan… peut-être moins qu'Ouyang lui-même, cependant.

— Content de te trouver en bonne santé. Qu'est-ce que c'est ?

Son frère lui répondit d'un ton nonchalant que démentaient ses yeux :

— L'inventaire.

— Quoi ?

— L'inventaire des hommes, de l'équipement et des bagages qu'a perdus ton général bien-aimé durant cette campagne ; et le coût que tout cela représente pour notre famille.

Le seigneur Wang lança à Ouyang un regard hostile. Depuis l'enfance, il était jaloux de l'attention particulière que lui accordait Esen.

— Tes aventures se font de plus en plus coûteuses, mon cher frère. Dans ces circonstances, je ne suis pas sûr que nous puissions nous les permettre encore longtemps. As-tu envisagé de t'adonner plutôt à la fauconnerie ?

— Comment est-ce possible que tu en possèdes déjà un inventaire ? demanda Esen, exaspéré.

Le seigneur Wang était l'administrateur de la province, un rôle qu'il avait endossé quelques années plus tôt. Tout le monde savait qu'il avait agi ainsi pour contrarier le prince du Henan, qui méprisait tout ce qui avait trait à la bureaucratie. Cependant, force était de constater que le seigneur Wang s'était pris de passion pour l'art complexe de l'administration.

— Même moi, je n'ai pas encore reçu de rapport complet ! Il faut donc que tu envoies tes maudits pousse-boulier partout ?

Le seigneur Wang répondit froidement :

— Il semble en effet que nombre d'entre eux soient morts en traversant une rivière, en aval d'un barrage particulièrement instable, après des semaines de pluie redoublée. Je peine à concevoir ce qui a pu les pousser à prendre un tel risque.

— Si tu cessais d'envoyer tes hommes se mêler à mon armée, ils ne seraient pas morts !

Son frère lui décocha un regard hautain.

— Si les pertes n'étaient dénombrées qu'après ton retour, les chiffres seraient trop imprécis pour être utiles. Et si tout le monde savait qui tient les comptes, ne chercheraient-ils pas à soudoyer les responsables ? Avant même que tu atteignes le champ de bataille, le matériel serait déjà vendu et les bénéfices empochés. Tu te bats peut-être pour la gloire du Grand Yuan, mais sache que tes hommes, eux, sont mus par l'appât du gain. Cette méthode est donc plus efficace.

— Celle qui consiste à introduire des espions… dans mon armée.

— Oui, conclut le seigneur Wang. Une fois que tu auras fait tes propres comptes, n'oublie pas de me signaler toute différence entre les deux inventaires. (Il se tut un instant, et Ouyang vit le vernis de sa satisfaction se fendiller légèrement.) Mais avant cela, notre père, le prince du Henan, nous fait dire qu'il nous recevra tous dans son bureau à l'heure du Singe. Je le verrai donc pour la première fois depuis des mois ! C'est un plaisir qui ne m'est jamais accordé, d'ordinaire. Décidément, quel plaisir que tu sois revenu plus tôt que prévu, mon frère !

Il s'éloigna d'un pas majestueux, sa cape ondulant derrière lui.

Lorsque Ouyang entra dans le bureau du prince du Henan, Esen et le seigneur Wang se trouvaient déjà debout face à leur père, dans des postures guindées. Celui-ci, depuis son fauteuil surélevé, les observait d'un œil sévère.

Le prince du Henan, Chaghan-Temur, était un vieux guerrier trapu aux bajoues de grenouille. Sa barbe et ses nattes avaient déjà pris la couleur du fer, comme en écho à son nom. Sur le plan militaire, il était le personnage le plus puissant du Grand Yuan après le grand chancelier, commandant des armées de la capitale. Chaghan avait passé l'essentiel de sa vie à mener personnellement la lutte contre les rébellions du Sud, et il possédait le même esprit guerrier que les Mongols natifs des steppes. Désormais à la retraite, il tenait encore solidement sur sa selle et chassait avec la fougue d'un homme plus jeune de plusieurs décennies. Pour les échecs, les faibles et les Nanren, il n'avait que mépris.

Le regard furieux du prince du Henan se posa sur Ouyang. Ses lèvres étaient blêmes de rage. En s'inclinant, Ouyang dit d'un ton crispé :

— Mes respects, Vénérable Prince.

— Alors, c'est ainsi qu'une misérable créature comme toi remercie la maison qui a tant fait pour elle ! Après m'avoir fait perdre dix mille hommes et les gains de toute une saison, tu oses te présenter *debout* devant moi ? Prosterne-toi, ou je poserai ma botte sur ta tête pour l'abaisser moi-même !

Le cœur d'Ouyang tambourinait plus fort qu'il ne l'avait jamais fait sur le champ de bataille. Il avait les mains moites et le corps envahi du désir malsain de se battre ; l'effort qu'il fournissait pour se contrôler lui serrait la gorge. La pression était telle qu'il avait l'impression de s'étouffer. Après un instant d'hésitation, il s'agenouilla et pressa son front contre le sol. Depuis seize ans qu'il servait la maison du prince du Henan, Ouyang n'avait jamais oublié ce qu'elle avait fait pour lui ; ce souvenir ne le quittait pas davantage que sa chair mutilée. Il s'en souvenait à chaque battement de cœur.

— Lorsque mon fils est venu me demander de faire de toi son général, j'ai laissé l'attachement naïf d'un jeune homme fausser mon jugement. (Chaghan se leva et alla se camper devant Ouyang.) Le général Ouyang. Le dernier de la lignée d'Ouyang, le traître. Je peine à comprendre comment mon fils, qui par ailleurs tend à faire preuve de bon sens, a cru pouvoir tirer quelque chose d'honorable d'un eunuque ! Quelqu'un dont il est avéré qu'il est capable de tout – même du plus honteux, du plus lâche – pour préserver sa pitoyable vie…

Pendant quelques instants, on n'entendit rien d'autre dans cette pièce que le souffle saccadé du vieil homme.

— Mais Esen était jeune, quand je t'ai créé. Peut-être a-t-il oublié les détails. Pas moi.

Le sang battait dans le crâne d'Ouyang. Il y eut une sorte de flamboiement autour de lui ; les flammes des lampes s'étaient penchées, faisant ondoyer la pièce et lui donnant l'impression d'être en proie à la fièvre. Il se serait presque félicité d'être à genoux, et de ne pas pouvoir tomber.

—Tu t'en souviens, n'est-ce pas? Que ton traître de père a osé prendre le sabre pour se rebeller contre notre Grand Yuan, et qu'il a été emmené à Khanbalyk pour y être exécuté de la main du grand khan en personne. Après cela, le grand khan a annoncé que tous les mâles de la lignée d'Ouyang, jusqu'au neuvième degré, devaient être mis à mort; et que les femmes et les filles seraient vendues comme esclaves. Puisque ta famille venait du Henan, il m'appartenait d'exécuter cette sentence. On vous a tous amenés devant moi. Des garçons aux cheveux encore attachés en couettes; des vieillards auxquels il restait à peine trois souffles dans les poumons. Et tous ont accepté honorablement leur destin. Tous… sauf toi. Toi, tu avais si peur de mourir que tu étais prêt à couvrir de honte le nom de tes ancêtres, alors que les têtes de tes frères, de tes oncles et de tes cousins gisaient sur le sol à tes pieds. Oh, comme tu as pleuré, comme tu as supplié pour avoir la vie sauve! Et moi… j'ai été clément. Je t'ai laissé la vie.

Chaghan glissa sa botte sous le menton d'Ouyang et le poussa vers le haut. Les yeux levés vers ce visage haï, Ouyang se remémora la clémence de Chaghan. Une clémence si cruelle que n'importe qui se serait tué, plutôt que de l'endurer. Mais c'était ce qu'Ouyang avait choisi. Même petit garçon, pleurant dans le sang de sa famille, il savait quelle sorte de vie lui vaudrait cette décision. Certes, il avait supplié pour qu'on l'épargne. Mais ce n'était pas par peur de mourir. Ouyang était le dernier fils de sa famille; le dernier qui doive jamais porter son nom. Mutilé et humilié, il ne vivait qu'avec un dessein bien précis en tête.

La vengeance.

Durant seize ans, il avait gardé cet objectif caché au fond de lui, attendant son heure. Il avait toujours imaginé que ce moment ne se présenterait qu'au terme d'une longue préméditation. Mais en cet instant, agenouillé aux pieds de Chaghan, il s'aperçut qu'il savait, tout simplement. *C'est maintenant que tout commence.* Et avec l'étrange lucidité qui accompagne souvent les rêves, il vit le reste de sa vie se dérouler devant lui, lancée vers cet objectif aussi fixe et immuable que la disposition des étoiles. Il venait d'entreprendre le voyage qui lui rendrait son honneur perdu; et en envisager la fin lui procurait le sentiment le plus doux et le plus atroce qui soit. Cette dernière sensation raviva la haine qu'il se portait à lui-même, si profonde qu'elle l'arracha à son propre esprit. Il se vit alors comme les autres le voyaient: non pas comme un être humain, mais comme un corps digne de mépris, incapable d'engendrer quoi que ce soit dans ce monde, sinon la souffrance.

Chaghan baissa le pied, mais Ouyang n'inclina pas la tête. Il soutint hardiment le regard de Chaghan. D'une voix menaçante, celui-ci reprit :

— Ma clémence a atteint ses limites, général. Vivre dans la honte – et faire honte à ses propres ancêtres – est une chose. Mais la faire rejaillir sur le Grand Yuan… voilà qui constitue un échec d'une tout autre ampleur. Ne crois-tu pas devoir donner ta vie pour t'excuser ?

C'est alors qu'un autre corps s'interposa brusquement entre eux. La tension se brisa avec une telle force qu'Ouyang tressaillit, comme s'il venait d'être giflé. D'un ton rauque et déterminé, Esen dit :

— Puisqu'il est mon général, cet échec est le mien.

Il s'agenouilla. Lorsqu'il pressa la tête contre le sol aux pieds de Chaghan, sa nuque apparut entre ses nattes, vulnérable, comme invitant une main à s'y poser tendrement.

— Père, c'est moi qui mérite d'être châtié. Punissez-moi.

Chaghan dit, d'un ton de fureur maîtrisée :

— Je t'ai fait une faveur, Esen, en te laissant le nommer général. Alors, oui : endosse donc cette responsabilité. Quelle punition devrais-je t'infliger ? Dois-je suivre l'exemple de nos ancêtres, et te chasser du clan pour te laisser errer dans les steppes jusqu'à ce que tu périsses, disgracié ?

Ouyang sentait la tension qui habitait Esen. C'était un événement assez rare, dans la culture mongole, mais il arrivait parfois qu'une famille exécute l'un des siens pour avoir souillé l'honneur de leur clan. Aux yeux d'Ouyang, qui n'avait supporté toute son existence que dans l'intention de venger ceux de son sang, c'était une pratique si inouïe qu'elle lui était incompréhensible. Il ignorait ce qu'il ferait si Chaghan tuait Esen.

Puis l'orage passa. Ils le sentirent avant même que Chaghan ait repris la parole. D'un ton plus doux, il dit :

— Si tu avais été quelqu'un d'autre, je l'aurais fait. En plus de me faire honte, tu m'attires des ennuis, Esen.

— Oui, Père, répondit aussitôt Esen, apaisé.

— Bien, nous allons pouvoir discuter des mesures nécessaires afin de réparer tout ce gâchis. (Chaghan lança à Ouyang un regard inamical.) Toi, va-t'en.

Quoiqu'il vienne de bouleverser sa vie et son avenir, tout cela ne signifiait rien aux yeux du prince. Il n'était pas plus conscient des états d'âme d'Ouyang que de ceux d'un chien ou d'un cheval.

Ouyang partit. Il avait les mains moites et se sentait plus éreinté qu'après une bataille. Le corps pouvait s'habituer à l'exercice, à certains bruits ou certaines sensations, et même à la douleur. Mais étrangement, la honte était un sentiment auquel on ne s'accoutumait jamais. Elle faisait toujours aussi mal qu'au premier jour.

Esen, encore prosterné à terre, entendit Ouyang quitter la pièce. Son image demeurait douloureusement gravée dans son esprit : son fier général, la tête posée au sol et les mains plaquées de part et d'autre, blêmies par la pression. Son père avait tort : Esen se souvenait bien de ce qui s'était passé. Seulement, dans son esprit, tout cela était arrivé à quelqu'un d'autre. Ouyang était un élément si fondamental de sa vie qu'il semblait dépourvu de passé, à l'exception de celui qu'il partageait avec Esen. Mais celui-ci était soudain forcé de regarder ce souvenir en face, et de reconnaître qu'Ouyang et cet enfant n'étaient qu'une seule et même personne.

Au-dessus de sa tête, son père soupira.

— Lève-toi. Que devons-nous faire, pour l'emporter sur les rebelles à la saison prochaine ?

Esen se leva. Il aurait dû garder son armure. Ouyang l'avait fait ; de toute évidence, il avait souhaité conserver le plus de métal possible entre lui-même et le courroux du prince du Henan. Peut-être cela n'avait-il pas suffi, cependant. En repensant au visage fermé d'Ouyang, Esen se sentait profondément blessé, comme s'il avait été humilié à sa place.

Il répondit à son père :

— Les unités au combat sont les seules à avoir été affectées par la catastrophe. Notre cavalerie lourde demeure indemne. Un tiers de la cavalerie légère a péri, mais, si nous pouvions la renforcer en y ajoutant au moins un millier d'hommes et de montures, elle pourrait fonctionner en nombre réduit. Les trois bataillons d'infanterie peuvent être condensés en deux troupes. Cela devrait suffire à nous garantir la victoire contre les Turbans Rouges à la saison prochaine.

— Donc, un millier de cavaliers compétents et équipés. Et les commandants ?

— Nous en avons perdu trois : deux dans l'infanterie, et un dans la cavalerie légère.

Chaghan réfléchit quelques instants, puis braqua un regard acéré sur Baoxiang. Esen avait presque oublié sa présence. Avec raideur, son frère lança :

— N'exigez pas cela de moi, Père.

— Tu oses me parler sur ce ton ! Voilà trop longtemps que je fais preuve d'indulgence à ton égard, et que je te laisse te disperser en occupations inutiles. Il est grand temps que tu accomplisses ton devoir, en tant que fils de cette famille. Je te l'affirme aujourd'hui : lorsque l'armée de ton frère repartira en campagne, tu la rejoindras, au grade de commandant de bataillon.

—Non.

Il y eut un silence lourd de menace.

—Non ?

Baoxiang eut un rictus sardonique.

—Non seulement il est ridicule que le fait d'être de sang mongol suffise à être nommé commandant… mais je suis l'administrateur de la province. Je ne peux pas partir. À moins que vous ne préfériez que votre domaine, ainsi que toute la province, soient condamnés à sombrer dans l'incompétence et la corruption ? Cela ne manquerait pas d'attirer l'attention du grand khan… et cela vous vaudrait une nouvelle défaite, puisque vos hommes n'auraient plus de chevaux à monter, ni de grain pour leurs familles…

—Ça suffit ! (Chaghan se tourna brusquement vers lui.) Tu préfères laisser ton frère se battre seul, tandis que tu comptes les impôts dans ton bureau comme un veule chien de Manji ? Le général bon à rien de ton frère a beau être un animal châtré, au moins se bat-il comme un homme ! Mais toi, tu refuses de te plier au plus élémentaire de tes devoirs ? (Il s'interrompit un moment, pantelant.) Tu me déçois.

La bouche de Baoxiang se tordit.

—N'est-ce pas toujours le cas ?

Esen crut un instant que Chaghan allait frapper Baoxiang. Mais son père se reprit et tonna, assez fort pour être entendu des serviteurs postés dans le couloir :

—Convoquez le fils du gouverneur militaire Bolud !

Peu de temps après, Altan entra, portant encore son armure. Lorsqu'il constata la tension qui régnait dans la pièce, son visage s'éclaira.

—Mes respects au vénérable prince du Henan.

Chaghan l'observa d'un air maussade.

—Altan, fils de Bolud-Temur. Votre père, le gouverneur militaire du Shanxi, s'est depuis longtemps allié à nous pour lutter contre ces rébellions visant notre Grand Yuan.

—En effet, Vénérable Prince.

—Suite aux pertes que nous venons de subir, j'aimerais adresser à votre père la demande d'un millier d'hommes aptes à rejoindre la cavalerie légère, munis de leurs montures et de leur équipement. Je m'assurerai que tout le mérite lui en soit attribué devant la cour du grand khan, lorsque nous triompherons des rebelles à la saison prochaine.

Altan inclina la tête.

— Vous les aurez.

— Ma famille vous remercie. Je sais que votre père n'a nul besoin de richesses supplémentaires ; cependant, il m'agrée de vous récompenser personnellement pour vos services, en vous offrant un gage de notre estime. Un morceau de mon propre domaine. Je vous donne toutes les terres et les demeures qui se trouvent entre Anyang et la rivière, au nord, et vous laisse la liberté d'en faire ce qu'il vous plaira.

Ces terres étaient de celles dont l'exploitation profitait à la résidence de Baoxiang… et cela n'avait échappé à personne.

La surprise et la satisfaction se peignirent sur les traits d'Altan.

— Le prince du Henan est par trop généreux.

— Vous pouvez partir, reprit Chaghan d'un ton acerbe. Tous.

Esen, Altan et Baoxiang s'éloignèrent dans un silence chargé d'amertume. Esen avait descendu la moitié de l'escalier quittant la demeure de son père lorsqu'il s'aperçut qu'Altan et Baoxiang n'étaient plus à ses côtés. En regardant derrière lui, il vit Baoxiang examiner avec révulsion la main qu'Altan venait de poser sur son bras. Il voulut se dégager ; mais Altan, souriant, raffermit sa prise pour l'en empêcher.

— Cousin Baobao, ne me laisserez-vous pas vous remercier pour ce somptueux cadeau ?

Sa voix s'était attardée, railleuse, sur ce diminutif han'er. Avec délectation, il poursuivit :

— Mais qu'il est étrange que vous préfériez renoncer à vos terres plutôt que d'effectuer votre devoir d'homme… Vous risquez même d'être obligé de vendre vos livres pour payer les domestiques ! Je pensais que cette idée suffirait à vous faire oublier vos réticences, mais… je vois que j'avais tort. Serait-il vrai que vous ne savez même plus bander un arc ? Ou peut-être votre mère ne vous l'a-t-elle jamais appris ; elle était trop occupée à faire la putain pour un Manji…

N'importe quel autre homme l'aurait attaqué pour avoir proféré une telle insulte. Même Esen, dont la mère n'avait fait l'objet d'aucun affront, ne put s'empêcher d'ouvrir la bouche pour répliquer. Mais Baoxiang arracha son bras à Altan, les gratifia tous les deux d'un regard d'égale détestation et s'éloigna d'un pas rageur.

Esen laissa s'écouler plusieurs jours – le temps que les esprits s'apaisent – avant de se mettre en quête de son frère. Située dans une aile périphérique du palais, la résidence de Baoxiang servait aussi de siège à l'administration de la province. À l'extérieur, une longue file de paysans attendait l'opportunité de formuler leurs doléances. Dans l'enceinte de la demeure, des fonctionnaires de moindre importance – des Semu, pour la plupart – traversaient d'un pas pressé les cours pavées. Des sceaux de laiton et d'argent se balançaient à leur ceinture.

Les serviteurs lui indiquèrent un cabinet de travail reculé. La pièce correspondait en tous points aux goûts de son frère, si bien qu'elle était à l'opposé de ceux d'Esen. Des paysages – peints, pour certains, de la main de Baoxiang – couvraient les murs. Un nuage de papiers calligraphiés, dont l'encre n'avait pas fini de sécher, avait englouti le bureau ; ils portaient pour certains les symboles de leur propre langue mongole, tandis que sur d'autres s'étalaient les caractères inutilement compliqués des autochtones. Esen n'avait jamais pris la peine de les apprendre.

Son frère était assis au centre de la pièce, en compagnie de deux marchands manji. La table qui les séparait était jonchée des reliefs d'une conversation fructueuse : des tasses, des coques de graines, des miettes. Ils parlaient l'idiome mélodieux de la côte, qu'Esen ne comprenait pas. En le voyant, ils s'interrompirent poliment.

—Nos respects, seigneur Esen, dirent-ils en han'er.

Ils se levèrent en s'inclinant et prirent congé. Esen les regarda partir.

—Pourquoi perds-tu ton temps avec des marchands ? dit-il en mongol. L'un de tes fonctionnaires doit bien pouvoir négocier à ta place.

Baoxiang leva les sourcils, qu'il avait droits et épais. La peau délicate qui entourait ses yeux paraissait meurtrie. En dépit de la tiédeur du cabinet, il portait de multiples couches de vêtements : l'étoffe métallique du dessous contrastait, scintillante, avec le prune crémeux du dessus. Cette couleur conférait à son teint une chaleur artificielle.

—Et c'est pourquoi tu ne sais rien des gens qui travaillent pour toi, sinon qu'ils viennent quand tu les appelles. La famille Zhang n'est-elle encore pour toi qu'une bande de trafiquants de sel ? Leur général est très compétent. Récemment, il s'est encore emparé d'une grande parcelle de terre cultivable qui se trouvait aux mains de fauteurs de troubles. Donc, les Zhang ne contrôlent plus seulement le sel, la soie, et les voies fluviales et maritimes ; ils ont aussi une mainmise de plus en plus importante sur les céréales. Et tout cela, pour le compte du Grand Yuan. (D'une main gracieuse, il désigna ses beaux meubles laqués de jaune.) Même le fauteuil sur lequel tu t'es assis vient de Yangzhou, mon frère. Une puissance à la portée si vaste mérite toujours d'être comprise. Et c'est peut-être encore plus vrai lorsqu'elle se trouve dans notre camp.

Esen haussa les épaules.

— Il y a des céréales au Shanxi, du sel en Goryeo. Et tous s'accordent à dire que Zhang Shicheng est un seau à riz inutile, qui passe ses journées à manger du pain et du sucre, et ses nuits avec les prostituées de Yangzhou.

— Eh bien, c'est vrai. Et ce serait très ennuyeux si c'était lui qui prenait les décisions. Mais j'ai entendu dire que madame Zhang était un personnage hors du commun.

— Une femme ! s'exclama Esen.

Charmante histoire, pensa-t-il en secouant la tête.

Les domestiques débarrassèrent la table et apportèrent à manger. On n'aurait pu deviner la punition infligée par le prince du Henan en observant les mets servis à Baoxiang. Ils comprenaient de la soupe de poisson d'eau douce, additionnée de champignons et de jambon ; des petits pains de blé et des perles de millet ; des accompagnements de légumes, trop nombreux pour qu'Esen les dénombre tous ; et des lamelles roses d'agneau mariné et fumé, dans le style de l'est du Henan. Esen en prit une entre les doigts avant même que le plat ait touché la table. Son frère rit, avec une pointe de mépris.

— Personne ne va t'empêcher de te restaurer, espèce de glouton.

Baoxiang mangeait toujours à l'aide de baguettes, fondant sur chaque morceau d'un geste maniéré qui rappelait l'accouplement des hirondelles.

En mangeant, Esen contempla les œuvres de son frère et dit :

— Mon frère, si tu pratiquais le maniement du sabre à moitié autant que la lecture et la calligraphie, tu ne serais pas un mauvais soldat. Pourquoi t'obstines-tu à batailler contre notre père ? Tu ne veux donc pas essayer de lui montrer des choses qu'il est capable de comprendre ?

Baoxiang lui décocha un regard acéré.

— Des choses que *tu* es capable de comprendre, tu veux dire ? Si tu avais jamais pris la peine d'apprendre les caractères, tu saurais que les livres recèlent des informations assez utiles.

— Ce n'est pas délibérément qu'il te malmène ! Si tu daignais faire un effort pour le satisfaire, il t'accepterait.

— Ah, vraiment ?

— Oui !

— Si c'est ce que tu crois, tu es un imbécile. Je pourrais m'entraîner tant que je veux, faire tous les *efforts* imaginables : jamais je ne m'approcherai de ta perfection, cher frère. Aux yeux de notre père, je serai toujours un échec. Mais étonnamment, quoique étant un « veule Manji », je préfère malgré tout échouer à ma manière.

— Frère…

— Tu sais que c'est vrai, siffla Baoxiang. La seule chose que je pourrais faire pour m'éloigner encore plus du fils qu'il désire, c'est prendre un magnifique amant mâle, et faire savoir à tout le palais qu'il me prend toutes les nuits.

Esen grimaça. Si cette éventualité n'était pas inconcevable chez les Manji, il était difficile d'imaginer pire catastrophe pour la réputation d'un Mongol. Mal à l'aise, il dit :

— À ton âge, la plupart des hommes sont déjà mariés…

— As-tu de l'eau dans le crâne ? Je ne m'intéresse pas aux hommes. Beaucoup moins que toi, c'est certain. Tu restes des mois en compagnie de tes guerriers, ces hommes qui te vénèrent en héros… Des hommes que tu as entraînés personnellement, façonnés selon tes *désirs*. Tu n'aurais qu'un mot à dire, et ils accepteraient volontiers de s'avilir pour toi. (La voix de Baoxiang s'était faite cruelle.) As-tu même besoin de dire un mot ? Ah… Tu n'as toujours pas de fils. As-tu passé tant de temps à « faire la guerre » que tes épouses ont oublié jusqu'à ton visage ? Oh ! Et ton général, n'est-il pas magnifique ? Es-tu sûr que l'amour que tu lui portes n'est que celui d'un compagnon d'armes, rien de plus ? Jamais je ne t'avais vu t'aplatir au sol plus vite que lorsque notre père avait décidé de l'écorcher vif…

— Assez ! cria Esen.

Il le regretta aussitôt. Son frère ne faisait que s'amuser, comme d'habitude. Esen sentit les signes d'un début de migraine.

— C'est à notre père que tu en veux, pas à moi.

Baoxiang lui adressa un sourire dénué de chaleur.

— Vraiment ?

Lorsque Esen quitta la pièce, excédé, il entendit son frère rire derrière lui.

Ouyang pénétra dans le bureau d'administration de la province en quête du seigneur Wang, le poing serré sur un paquet de registres. Il fut aussitôt assailli par la puanteur bureaucratique de l'encre, du papier moisi et de l'huile de lampe. L'endroit était un labyrinthe oppressant d'étagères et de bureaux. Quel que soit le nombre de petites alcôves sombres qu'on dépassait, on y trouvait toujours un fonctionnaire voûté, régnant jalousement sur sa pile de papiers. Ouyang haïssait cet endroit. Au fil des dernières années, sous l'égide du seigneur Wang, le bureau avait accru l'étendue de son autorité ; et les fonctionnaires s'étaient multipliés comme des lapins. À présent, on ne pouvait rien faire si l'administration n'avait pas délivré au moins trois sceaux différents, consulté des bouliers comme s'il s'agissait de pièces du *Yi Jing* et consigné le tout dans des registres. Chaque cheval blessé, chaque arc égaré devait faire l'objet d'une explication ; et obtenir son remplacement était un processus qui aurait tiré des larmes au plus endurci des guerriers. Et lorsqu'on avait perdu dix mille hommes, cinq mille chevaux et tout l'équipement qu'ils portaient… mieux valait ne pas y penser.

Wang Baoxiang avait beau être l'administrateur de la province et le fils du prince, le bureau sur lequel il se penchait n'était pas plus grand que celui des autres fonctionnaires. Ouyang vint se placer devant lui et attendit qu'il donne signe d'avoir remarqué sa présence. Le seigneur Wang trempa son pinceau dans l'encre et l'ignora. Même ici, dans son cabinet de travail, les gestes du seigneur étaient aussi maniérés que ceux d'une danseuse. Il était en représentation perpétuelle. Ouyang le savait, car c'était également son cas. Il avait un corps gracile et un visage de femme, mais il portait une armure, adoptait une voix plus grave et se mouvait avec brusquerie. Les autres ne manquaient pas de remarquer sa différence, mais ce qui dictait leur conduite était la représentation offerte par Ouyang, et son poste. La représentation du seigneur Wang, elle, soulignait sa différence. Elle invitait les regards et le mépris. *Comme s'il aimait qu'on lui fasse du mal.*

Le seigneur Wang finit par lever les yeux.

— Général.

Après une révérence aussi sommaire que le permettaient les convenances, Ouyang tendit les registres au seigneur Wang. Voir les pertes qu'il avait causées s'étaler sur le papier lui avait fait l'effet d'un choc. Avec une bouffée de colère, il pensa au moine rebelle. En provoquant sa défaite, et son humiliation par Chaghan, le moine avait déclenché le début du voyage d'Ouyang vers son objectif. Il ne parvenait pas à en éprouver de la reconnaissance. Au contraire, il se sentait atteint dans son intimité. Privé de quelque chose qu'il n'était pas prêt à abandonner. Pas l'innocence, pas tout à fait… mais ces limbes où il pouvait encore se convaincre que d'autres avenirs lui étaient accessibles.

À la surprise d'Ouyang, le seigneur Wang mit les registres de côté et se remit à écrire.

— Tu peux partir.

Ouyang connaissait le caractère du seigneur Wang. Il s'était préparé à une confrontation directe. Il n'était que modérément agaçant d'être rabaissé par le seigneur Wang, surtout en comparaison avec le prince du Henan. Leurs échanges avaient même fini par prendre des airs de rituel, comme s'ils jouaient tous deux dans une pièce à laquelle ils avaient été mêlés contre leur gré. Mais sans doute le seigneur Wang était-il encore sous le coup de la punition qu'il avait lui-même subie.

À l'instant où Ouyang s'inclinait et se retournait pour partir, le seigneur Wang dit :

— Depuis des années que tu en rêves, Esen s'est enfin mis à genoux pour toi. Cela t'a plu ?

Et voilà. Il était incapable de résister, semblait-il. Ouyang avait beau comprendre la jalousie qui l'animait, il avait néanmoins le sentiment écœurant d'avoir été mis à nu contre son gré ; qu'on lui avait pris quelque chose d'intime, qu'il s'était à peine avoué à lui-même, pour le laisser se flétrir dans l'air glacé. Le seigneur Wang, qui se délectait de sa propre souffrance, avait toujours été doué pour blesser autrui.

Ouyang ne répondit pas. Le seigneur Wang reprit, d'un ton à la fois compréhensif et saumâtre :

— Mon frère est facile à aimer. Le monde l'aime, et il aime le monde… parce que tout ce qui s'y trouve a toujours été bon pour lui.

Ouyang pensa à Esen – généreux, bon et courageux – et sut que le seigneur Wang disait vrai. Esen n'avait jamais été trahi, tourmenté ou humilié pour ce qu'il était, et c'était pour cela qu'ils l'aimaient. Lui et le seigneur Wang, chacun à sa manière. Ils se comprenaient par le biais de ce lien : deux individus bas et brisés, levant leur regard vers celui qu'ils ne pourraient jamais ni être ni avoir : le noble, le parfait Esen.

— Il est né au bon moment. C'est un guerrier dans un monde de guerriers, poursuivit le seigneur Wang. Toi et moi, général, nous sommes nés trop tard. Il y a trois cents ans, peut-être aurions-nous été respectés pour ce que nous sommes. Toi, en tant que Manji. Moi, parce que je crois que la civilisation est une merveille qui doit être préservée, et non servir de prétexte à la conquête et à la destruction. Mais aux yeux de la société qui nous abrite, nous ne sommes rien. (Le bourdonnement de la bureaucratie se poursuivait autour d'eux, incessant.) Toi et Esen, vous n'êtes pas pareils. Ne te berce pas d'illusions : il ne te comprendra jamais.

Ouyang en aurait presque ri. Il avait toujours su qu'Esen, comme tout ce qu'il était possible de désirer au cours d'une vie, était hors de sa portée. Amèrement, il demanda :

— Tandis que vous, vous me comprenez ?

— Je sais ce que c'est que d'être humilié, répondit le seigneur Wang.

La jalousie avait ceci de particulier qu'on ne pouvait l'éprouver que pour ses semblables. Ouyang ne pouvait être jaloux d'Esen, pas plus qu'il ne pouvait l'être du soleil. Mais Ouyang et le seigneur Wang, eux, se ressemblaient. Ils restèrent un instant immobiles, comme pour saluer tristement cette vérité, sentant leur ressemblance résonner dans l'espace qui les séparait. L'un, méprisé pour n'être pas un homme ; et l'autre, parce qu'il ne se comportait pas comme tel.

Ouyang sortit du bureau du seigneur Wang et parcourut le dédale de bureaux en sens inverse, les émotions à fleur de peau.

— … l'invitation à la chasse du printemps est arrivée ? Ils ne seront plus dans nos pattes pendant un certain temps…

Les deux fonctionnaires semu s'interrompirent et s'inclinèrent au passage d'Ouyang, mais il en avait entendu assez. La chasse du printemps. Il s'agissait de la retraite annuelle du grand khan, qui se tenait haut sur le plateau du Shanxi, dans un lieu appelé Hichetu. C'était l'événement le plus prestigieux de l'année. Des centaines de personnages importants du Grand Yuan s'y retrouvaient pour s'adonner à la chasse, aux jeux et aux réjouissances. C'était l'une des seules façons pour les nobles de province, tels que le prince du Henan, de se lier avec les membres de la cour impériale de Khanbalyk. Ouyang y avait assisté une fois, lorsqu'il avait vingt ans, en tant que commandant de la garde personnelle d'Esen. Mais l'année suivante, le prince du Henan avait cessé de mener lui-même les campagnes, si bien qu'Esen et Ouyang se trouvaient toujours au sud durant la chasse du printemps. Ce serait la première fois depuis sept ans qu'Esen serait en mesure d'accompagner son père à Hichetu. Et cela, à cause de la défaite d'Ouyang.

Tout à coup, Ouyang eut la certitude profonde et déplaisante qu'il ne s'agissait pas d'une coïncidence. Sa défaite, par la faute du moine ; son humiliation aux mains de Chaghan… tout cela n'était que le mouvement mécanique des étoiles lui apportant cette opportunité : le chemin vers son destin. Et, une fois qu'il y aurait fait un pas, il ne pourrait revenir en arrière.

C'était ce qu'il désirait le moins et le plus au monde. Un avenir trop atroce pour être enduré. Mais, en dépit de ses doutes et de ses atermoiements, et de sa réticence à s'y abandonner, il savait qu'il n'avait pas le choix. Car tel était son destin… cette chose à laquelle nul homme ne pouvait se soustraire.

9

Anfeng, Nouvel An, 1355

Zhu s'agenouilla devant le premier ministre. Suite aux événements surprenants de la rivière Yao, on lui avait accordé une audience spéciale auprès des chefs des Turbans Rouges. À l'extérieur, le temps s'améliorait de jour en jour à l'approche du Nouvel An ; mais la salle du trône, elle, était toujours aussi froide et humide qu'une grotte désertée par son ours. Les chandelles rouges fumaient et coulaient, sanguinolentes.

— Une victoire décidée par le Ciel lui-même ! triomphait le premier ministre. Le général eunuque est plus audacieux que nous ne l'imaginions. Sans l'intervention du Ciel, son plan consistant à traverser en aval aurait fonctionné. Nous aurions été anéantis ! Mais ce miracle ne constitue-t-il pas la preuve irréfutable que les Mongols ont perdu le Mandat qui les autorisait à régner ?

C'était bien un miracle ; mais ce n'était pas exactement celui que Zhu avait planifié et réclamé par ses prières. Lorsqu'elle avait eu l'idée de provoquer un glissement de terrain, elle souhaitait seulement détruire le pont afin qu'elle-même et les Turbans Rouges ne soient pas massacrés. Mais au lieu de cela, le Ciel lui avait offert une victoire que ni elle ni quiconque n'aurait pu prévoir. Elle s'était avancée, en tant que Zhu Chongba, pour s'emparer de la grandeur ; et le Ciel la lui avait accordée. En un battement de cils, dix mille des hommes du général eunuque avaient été réduits à néant. Elle frémit de sidération, et du désir fiévreux de quelque chose qu'elle n'avait imaginé convoiter un jour : son destin.

— Le moine doit être récompensé, déclara le premier ministre. À présent que Guo Tianxu est général, il y a un poste libre au grade de commandant. Qu'on le lui donne.

— Votre Excellence veut nommer… le *moine* au poste de commandant ? dit le ministre droit Guo. (Zhu, prosternée, glissa un regard vers lui et vit qu'il fronçait les sourcils.) Je sais qu'il nous a rendu un grand service, mais…

— Nous ne devons rien à ce moine ! coupa Guo le Petit d'un ton indigné. Il a peut-être prié, mais c'est moi qui ai décidé d'affronter les Yuan à la rivière Yao. Alors si le Ciel a voulu que nous l'emportions, n'est-ce pas à moi que revient le mérite ?

— Guo Tianxu, dit son père d'un ton d'avertissement.

Il jeta un regard au premier ministre. Le ministre droit savait parfaitement que si Zhu n'avait pas gagné la bataille de la rivière Yao, Guo le Petit serait la cible du courroux du premier ministre.

Zhu n'était pas la seule à assister au spectacle. Le ministre gauche Chen observait les deux Guo avec une attention qui n'avait rien de passif. Comme une arme dégainée, c'était une promesse de violence. Sentant le regard de Zhu posé sur lui, Chen se tourna vers elle ; leurs yeux se rencontrèrent. Elle ne lut ni chaleur ni hostilité dans ceux du ministre. Simplement, les rides verticales de ses joues s'accentuèrent ; ce qui pouvait signifier n'importe quoi.

Le premier ministre lança froidement à Guo le Petit :

— L'intervention de *ce moine* était absolument nécessaire. Sans elle, vous auriez échoué sur toute la ligne.

— Votre Excellence…, reprit le ministre droit Guo. Je ne dis pas que ce qu'il a fait n'était pas remarquable, mais…

— Sans aller jusqu'à débattre du pourquoi du comment… il n'a même pas combattu ! protesta Guo le Petit. Il ne sait même pas tenir un sabre. Comment peut-on devenir commandant sans aucune expérience militaire ? Pourquoi ne pas le mettre ici, dans la salle du trône, à servir le Prince de Lumière ? N'est-ce pas plus adapté, pour un moine ?

Chen se racla la gorge. D'un ton docte et pondéré, il dit :

— Si je ne m'abuse, ni le premier ministre ni le ministre droit n'avaient jamais fait la guerre avant d'accéder à des postes d'autorité. S'ils ont réussi, c'est grâce à leurs talents naturels. Pourquoi le moine aurait-il besoin d'expérience, contrairement à eux ?

En voyant la lueur qui brillait dans ses yeux, Zhu comprit quel devait être son propre rôle : elle lui servirait à écarter le premier ministre du ministre droit Guo. Elle savait déjà qu'en s'élevant au sein des Turbans Rouges, elle serait forcée de choisir entre Chen et les Guo, qui s'affrontaient perpétuellement devant le premier ministre. À présent, c'était l'un des camps qui l'avait choisie. Mais, pensa-t-elle, c'était celui-là qu'elle aurait choisi, de toute façon.

Guo le Petit décocha à Zhu un regard venimeux.

— N'importe quel imbécile peut remporter par hasard quelques succès. Si son talent naturel est de prier, et que nous pensons que cela fonctionne, pourquoi ne pas lui demander de prendre Lu ?

Lu, une cité fortifiée située au sud d'Anfeng, était l'une des villes les plus solidement défendues de la région. Et, depuis des décennies que durait la révolte, c'était la seule à ne jamais être tombée aux mains des rebelles. Zhu fut envahie d'un mauvais pressentiment qui lui noua l'estomac.

Chen regarda Zhu. Son expression signifiait qu'il était prêt à parier, du moment qu'il n'avait pas à miser lui-même.

— Voilà dix ans que les Turbans Rouges échouent à conquérir cette cité, général Guo.

— C'est donc un défi intéressant. Si ses prières lui valent de conquérir la ville, faites-en un commandant. Et s'il échoue… eh bien, nous saurons précisément à quoi il peut nous être utile.

Maudissant intérieurement Guo le Petit, Zhu pressa de nouveau le front contre les dalles fissurées de la salle du trône.

— Quoique ce moine indigne ne soit guère qu'un grain de poussière, il mettra volontiers ses maigres talents au service de Votre Excellence. Avec le Ciel derrière nous, nous garantirons la chute des Hu et hisserons le Prince de Lumière à la place qui lui est due : sur le trône de notre empire !

— Le moine est éloquent, dit le premier ministre. (Les paroles de Zhu avaient paru l'apaiser.) Qu'il y aille ; et qu'il revienne avec la fortune et la bénédiction du Bouddha.

Il se leva et partit, suivi de ses deux ministres ; l'un irrité, l'autre arborant un air froid et contemplatif qui masquait on ne sait quoi.

Zhu, en se levant, trouva Guo le Petit dressé sur son passage. Son visage était enlaidi par la satisfaction.

— Tu es vraiment un imbécile au cœur confit dans le lard, si tu espères prendre une cité fortifiée à l'aide de tes prières. Pourquoi ne pas t'enfuir, et laisser la guerre aux gens qui ont appris à la faire ?

Il était si grand que Zhu devait tendre le cou pour le regarder. Elle fit de son mieux pour imiter le sourire placide du maître du dharma.

— Le Bouddha nous enseigne de *commencer dans le désespoir*. Ce n'est qu'en s'abandonnant au désespoir de l'instant présent qu'on amorce la dissolution de la souffrance…

— Le premier ministre est peut-être fou de toi pour le moment, lui lança Guo le Petit d'un air mauvais. Mais tu ne vas pas réussir.

Et après cela, tu ne crois pas qu'il préférera te tuer en t'accusant d'être un faux moine, plutôt que croire que cet échec était voulu par le Ciel ?

D'un ton plus dur, Zhu répondit :

— Mais le Ciel ne veut pas me voir échouer.

Lorsque Ma entra dans la pièce qui était naguère la bibliothèque du manoir Guo, elle trouva le commandant Sun Meng s'adressant à Guo le Petit d'un ton apaisant :

— Quelle importance, au fond, que le mérite soit attribué à telle ou telle personne ? Le premier ministre est content, et cela a remis Chen Youliang à sa place. Tu sais qu'il souhaitait que tu échoues, pour pouvoir le reprocher à ton père.

Les deux jeunes hommes, assis au sol autour d'une table basse, mangeaient le dîner que Ma leur avait apporté un peu plus tôt : du tofu mijoté avec du jambon et des marrons, des tranches de racine de lotus marinée et du millet. Ils étaient entourés d'étagères où s'alignaient des choux emballés dans du papier. Seule Ma – qui, en tant que fille de général, avait reçu une instruction supérieure à la moyenne – regrettait les livres. Les choux conféraient à cette pièce non chauffée une vague odeur de légume humide, comme celle d'un champ après une averse hivernale.

Voyant Ma, Sun tapota la place à côté de lui.

— Yingzi, tu as mangé ? Il en reste, regarde.

Sun était aussi petit et menu que Guo le Petit était grand, et aussi bienveillant que son ami était revêche. Il avait un joli visage enjoué, surmonté d'une touffe de cheveux roussâtres et ondulés qui s'échappaient sans cesse de son chignon. En dépit de son apparence juvénile, il était de loin le meilleur des trois jeunes chefs des Turbans Rouges.

Lorsque Ma sourit et s'assit, Sun lui demanda :

— Alors, que penses-tu de notre victoire ?

— Je pense que vous avez eu une chance inouïe, quelle qu'en soit la cause. (Empruntant le bol et la cuillère de Sun, Ma tendit une main vers le tofu.) Et que vous avez de l'eau dans le crâne si vous croyez avoir remis Chen Youliang à sa place. Guo Tianxu, as-tu vraiment mis ce moine au défi de prendre la cité de Lu ? Ne comprendras-tu donc jamais que, chaque fois que tu montres ta rancœur, tu donnes à Chen Youliang une arme qu'il retournera ensuite contre toi ?

— Tu oses me critiquer ?

Guo le Petit s'empourpra. Il s'empara du pot d'argile avant que Ma ait pu le saisir et vida le tofu dans son propre bol.

—Qu'en sais-tu donc, Ma Xiuying ? Tu croyais que je ne pouvais pas gagner à la rivière Yao. Eh bien, je l'ai fait. Et si j'avais suivi le plan du premier ministre, nous serions toujours là-bas, sur la plaine, à perdre une centaine d'hommes par jour… sans rien d'autre à attendre que la vue de cette petite salope d'eunuque, traversant le Huai pour venir nous attaquer. Et c'est tout le respect que me vaut ma victoire ?

—Ce n'est pas une question de respect, rétorqua Ma d'un ton agacé. Je dis juste que, lorsque Chen Youliang est présent, tu devrais faire plus attention à…

—Et toi, quand quelqu'un est présent, tu devrais apprendre à ne pas critiquer mes…

Sun les interrompit tous les deux.

—Je lui avais demandé son avis, Xu'er. Aiya ! Vous êtes tellement mal assortis, tous les deux… Vous arrive-t-il d'échanger la moindre parole sans vous disputer ?

—Si les opinions inutiles d'une femme t'intéressent à ce point, tu n'as qu'à les écouter, toi. (Les gratifiant tous deux d'un regard furibond, Guo le Petit vida sa coupe et se leva.) Je pars le premier.

Il ne prit pas la peine de fermer la porte derrière lui.

Sun se retourna vers lui et soupira.

—Je lui parlerai plus tard. Viens, Yingzi, raccompagne-moi.

Tandis qu'ils se dirigeaient vers l'entrée, il passa un bras amical autour des épaules de Ma. C'était l'une des bizarreries de Guo le Petit : malgré son tempérament mesquin, l'amitié que Ma témoignait à Sun ne le dérangeait pas le moins du monde. Il semblait incapable de concevoir qu'une femme puisse trouver l'apparence efféminée de Sun plus attirante que la sienne. Ma pensa avec une pointe d'ironie que, même sur ce point, il était aveugle. Si on lui avait laissé le choix, elle aurait évidemment préféré se fiancer à ce garçon-fleur, avec ses joues lisses comme celles d'une fille. Mais bien sûr, on ne lui avait pas demandé son avis.

Elle demanda :

—Tu crois que ce qui s'est passé était vraiment l'œuvre de ce moine ?

—Je n'en ai aucune idée. Tout ce que je sais, c'est que nous avions besoin d'un miracle… et qu'il s'est produit.

S'avancer sur un pont entre deux armées… c'était un acte difficile à comprendre. Que croire : que ce moine était un fou imbécile et extraordinairement chanceux, ou un bodhisattva ayant connu l'éveil, pour qui sa propre survie n'avait pas d'importance ? Ma se souvint du regard vif qu'elle avait croisé lors de leur première rencontre, et pensa :

Ce n'est pas un imbécile. Mais l'autre solution ne la convainquait pas non plus.

— Qu'est-ce qui te tracasse, maintenant ? demanda Sun, pour qui ses humeurs n'avaient pas de secret. Nous avons le Mandat du Ciel, et nous venons de remporter notre plus grande victoire depuis des années. Les Yuan vont devoir se retirer pour reconstituer leurs forces jusqu'à l'automne, si bien que nous aurons six mois pour reprendre du terrain et établir de solides défenses. (Il serra doucement les épaules de Ma.) C'est maintenant que tout va changer, Yingzi. Tu vas voir ! Dans dix ans, quand le Prince de Lumière sera assis sur le trône de notre empire, nous repenserons en souriant à ce moment.

Le soleil hésitant de cette fin d'hiver avait fait sécher la boue des rues d'Anfeng. Zhu flânait dans l'ombre fraîche entre les étals du marché. L'endroit était plus fréquenté qu'à l'accoutumée, presque animé. Depuis la défaite retentissante des Yuan à la rivière Yao, un enthousiasme nouveau s'était emparé de la ville. L'espoir, peut-être.

— Hé, mamie !

Enfin, plus pour certains que pour d'autres. Zhu, observant l'incident qui se déroulait sous ses yeux, éprouva un vague malaise : le souvenir de quelque chose qu'elle avait vu, si longtemps auparavant que cela semblait appartenir à une autre vie.

— J'ai dit : « Hé, mamie » ! (Le groupe d'hommes vint se presser autour d'une vieille femme, assise derrière sa pile de légumes.) Tu vas nous en donner quelques-uns pour nous remercier d'éloigner les fauteurs de troubles, pas vrai ? Anfeng est dangereuse, tu sais ! Tu dois nous récompenser pour notre aide…

— Votre aide, bande d'œufs de tortue pourris ?

Quelqu'un joua furieusement des coudes pour s'interposer. Zhu constata avec surprise que c'était la jeune Semu qui l'avait sauvée de Guo le Petit. La fille du général Ma. À la vieille femme, qui avait baissé la tête, la jeune fille dit :

— Ne leur donnez rien.

— Toi, ferme-la, rétorqua le chef des inconnus.

— Vous osez me parler sur ce ton ! Vous ne savez pas qui je suis ?

Après un instant de silence, l'un d'eux reprit :

— C'est la femme de Guo le Petit, non ?

Le chef examina la fille de plus près, avec un rictus mauvais.

— Cette bouteille de vinaigre à moitié vide qui se fait appeler « général » ? Tu crois que j'en ai quelque chose à foutre ?

La fille, Ma, refusa de céder. Le regard dur, elle insista :

— Fichez le camp !

— Sinon quoi ?

Tandis que ses hommes pillaient le tas de légumes de la vieille femme, le chef attrapa la fille et la jeta sans effort dans la rue. Elle poussa un cri et atterrit à quatre pattes. L'homme rit.

— Remonte dans la chatte de ta mère, connasse.

Une fois les hommes partis, Zhu vint s'accroupir près de Ma.

— Cela s'est bien passé, dites donc.

Elle reçut un regard irrité en réponse. Même ainsi renfrognée, la fille était magnifique. Un petit grain de beauté, ornant son front soyeux, rehaussait l'or lumineux de son teint. Ses cheveux tombaient en rideau sombre et brillant, comme un ciel d'orage. Peut-être son apparence n'était-elle pas conforme aux exigences nanren en matière de beauté, mais on lisait sur son visage une émotion si pure, une innocence si profonde que le regard de Zhu y était irrésistiblement attiré, comme par la vision d'un accident.

— Que fallait-il faire ? Les ignorer ? répliqua Ma d'un air exaspéré.

De sa jupe, elle tamponna ses paumes sanguinolentes.

— Vous êtes contrariée, observa Zhu.

Ma leva farouchement les yeux.

— Oui, je suis contrariée ! Oh, je sais, cela arrive tous les jours. Elle est habituée. *Tout le monde* est habitué. C'est juste que…

— Cela fait mal.

Zhu éprouvait une sorte d'émerveillement face à l'empathie de la jeune femme. Si Zhu avait jamais possédé cette part de douceur, capable d'une tendresse qui n'avait d'autre motif que l'humanité partagée, elle n'était pas sûre que ce soit encore le cas.

— Bien sûr.

— « Bien sûr » ? répéta Zhu, amusée. Ne croyez pas cela. Très peu de gens ressentent la même chose.

Elle se releva d'un bond pour acheter une coupe de lait de soja à l'étal voisin, puis le donna à Ma. Celle-ci l'accepta d'un air sceptique.

— Je croyais que vous n'étiez qu'un moine de nuages et d'eau, avec à peine un sou en poche.

— Ce moine ne possède que ce que la générosité d'autrui a bien voulu lui prodiguer, répondit pieusement Zhu.

En réalité, elle avait bien plus d'un sou en poche. Elle avait rendu le gong à Jiao (qui était réapparu après la victoire) en échange du cheval et de quelques enfilades de pièces en cuivre. Il était normal qu'elle réalise un bénéfice : ce gong était l'instrument qui avait déclenché l'intervention du Ciel, après tout.

Zhu vit Ma l'étudier sous ses paupières baissées, tout en buvant son lait. Son regard exprimait la frustration, comme si elle était convaincue que la naïveté monastique de Zhu cachait quelque chose, sans parvenir à deviner quoi. Elle était malgré tout la première personne, au sein des Turbans Rouges, à se montrer si clairvoyante. Zhu supposa que, si le général Ma était aussi compétent que tout le monde l'affirmait, il était logique que sa fille soit plus intelligente que la plupart des chefs de la rébellion. Curieuse d'apprendre à la connaître, Zhu dit :

—Le cheval.

—Quoi ?

—Le cheval de ce moine. Vous vous en souvenez. Puisque le général Guo a confié à ce moine la tâche dérisoire de conquérir une cité, ce moine se disait qu'il préférerait sans doute se trouver sur ce cheval lorsqu'il s'agirait de se battre. Peut-être qu'ainsi, sa survie ne dépendrait pas *uniquement* d'un miracle. (Elle adressa un regard d'invitation à Ma.) Vous connaissez un professeur d'équitation ?

—Encore ? Pourquoi êtes-vous si sûr que je sais monter ?

—Vous vous appelez « cheval », non ? répliqua Zhu d'un ton espiègle. Les noms ne mentent jamais.

—Oh, arrêtez ! protesta la fille avec dédain. Si c'était vrai, tous les ivrognes qui s'appellent « Wang » seraient des rois. Et vous, vous seriez…

Elle se tut.

—Rouge ? la taquina Zhu. Comme… un Turban Rouge ?

—Ce n'est pas le même rouge ! Quel est votre prénom, d'ailleurs ?

Lorsque Zhu le lui dit, elle secoua la tête et rit d'un air écœuré.

—Le rouge *et* le double huit de la chance ? Vos parents devaient vraiment être heureux de vous avoir.

Les images d'une enfance – pas celle de Zhu Chongba – défilèrent dans l'esprit de Zhu comme des visions entrevues par une fenêtre en papier déchiré. Mais elle était Zhu Chongba ; et son passé était désormais le sien, tout comme son destin. Elle dit :

—Ah, c'est vrai : bien qu'il n'ait jamais été très prometteur, les parents de ce moine ont toujours pensé qu'il accomplirait de grandes choses. (Elle haussa les sourcils.) Et maintenant, regardez-le ! C'est un moine instruit, et non un simple paysan. Qu'est-ce qu'une famille de fermiers aurait pu souhaiter de plus ?

Zhu avait cru s'exprimer d'un ton léger ; mais quand Ma lui lança un regard inquisiteur, elle se demanda quelle vérité elle avait par mégarde laissé paraître sur ses traits. Mais la jeune fille répondit simplement :

— Heureuse de vous rencontrer, maître Zhu le Très Chanceux.

— Aiya, que de politesse ! Ce moine devrait vous appeler professeur Ma, puisque vous allez lui donner des leçons.

— Qui donc va donner des leçons ? s'exclama-t-elle.

— Alors, si vous n'en donnez pas, ce moine doit-il vous appeler grande sœur Ying ?

— Trop familier ! se récria-t-elle. (En lui jetant un regard perspicace, Ma ajouta :) Et qui est plus vieux que l'autre, exactement ? Si vous êtes moine, vous devez avoir… au moins vingt ans !

Zhu sourit, amusée : il était vrai que Ma elle-même n'avait sûrement pas plus de dix-sept ans.

— Alors, ce sera professeur Ma, puisque vous ne souhaitez pas que ce moine vous appelle autrement.

— C'est ça, votre argument ?

Zhu prit l'air le plus candide dont elle était capable. La fille la dévisagea, apparemment partagée entre l'agacement et l'indignation, puis soupira.

— D'accord ! Une leçon. Une seule.

— Ce moine apprend vite. Mais le cheval… qui sait ? répliqua Zhu, enchantée de son succès.

Elle aimait savoir qu'elle reverrait le regard vif et sévère de Ma, et qu'elle pourrait de nouveau la taquiner en jouant les moines innocents.

— Peut-être pourriez-vous lui donner des leçons séparément, si c'est ce moine qui vous donne la migraine.

— Oui, c'est vous ! Maintenant, fichez-moi le camp.

Mais lorsque Zhu se retourna vers elle, elle vit que Ma souriait.

Zhu contempla Anfeng depuis son perchoir, haut sur les marches du temple. Elle regarda le flot coloré de la foule, qui fêtait le Nouvel An, serpenter par les ruelles ; on aurait cru voir des rivières, ou des dragons. Le temple du quartier est d'Anfeng était une ruine décrépite lorsque Zhu l'avait découvert par hasard. Sachant reconnaître une opportunité, elle y avait aussitôt élu domicile. Avec elle étaient venues les deux cents nouvelles recrues que Guo le Petit lui avait confiées à contrecœur, et qui devaient l'aider à prendre Lu. La vue de toutes ces tentes, massées dans l'enceinte du temple, lui donnait l'impression de posséder sa propre armée. Mais si c'en était une, elle demeurait beaucoup trop réduite.

La pensée de Lu inquiétait Zhu. Plus elle se renseignait au sujet de la cité, plus il devenait clair que Guo le Petit lui avait lancé un défi impossible. Qui aurait pu prendre une cité entourée de murs de pierre à l'aide de deux cents hommes seulement ?

Mais soudain, en voyant une silhouette puissante et vêtue de noir monter les marches dans sa direction, elle pensa : *Voilà qui pourrait m'aider.*

— Salutations, maître Zhu, dit le ministre gauche Chen.

Un sourire ironique flottait sur ses lèvres. Zhu était engloutie par sa présence, comme par l'ombre d'une montagne.

Elle sentit monter en elle une vague d'excitation, qui tenait à la fois de l'évidence du danger et du frisson jouissif de la tromperie. Elle savait d'instinct que Chen, le plus rusé et le plus ambitieux des chefs des Turbans Rouges, deviendrait un jour un ennemi plus dangereux encore que Guo le Petit. Mais pour l'instant, puisqu'il n'avait aucune idée des désirs qui l'habitaient, Zhu avait l'avantage. Elle s'inclina, plus profondément encore qu'il n'était requis d'un jeune moine recevant un invité de marque.

— Ministre ! Ce moine indigne ne mérite pas de recevoir votre illustre personne au sein de cet humble temple.

Les mains jointes sous ses yeux baissés, elle laissa trembler ses manches. La vanité de Chen lui laisserait sûrement croire qu'il s'agissait d'une révélation sur son état d'esprit, plutôt qu'un cadeau qu'elle lui offrait délibérément.

— « Humble » ? Pour une fois, ce mot n'est pas dénué de vérité, dit Chen.

Il fit semblant d'étudier le bâtiment en ruine et son assortiment de tentes hétéroclites. En réalité, son attention restait braquée sur Zhu, comme une lance acérée.

— Au moins avez-vous chassé les chiens errants.

— Quelque tâche qu'on doive confier à ce moine, son devoir le met avant tout au service du Bouddha et de ses envoyés terrestres. Ce moine regrette seulement de n'avoir pas les moyens de restaurer ce temple et d'en faire un véritable lieu de culte.

Les yeux sombres de Chen vrillèrent les siens, indéchiffrables.

— Voilà qui vous honore, maître Zhu. Ce sont d'ailleurs vos prières qui nous ont sauvés, à la rivière Yao. Mais je me demande s'il est possible de réitérer une prouesse similaire pour s'emparer de Lu. Vous verrez qu'une cité présente un défi plus épineux.

— Tout est possible, grâce à la bénédiction du Bouddha, murmura Zhu. Nous ne pouvons que garder la foi.

Chen lui adressa l'un des petits sourires dont il avait le secret.

— Tout à fait. Ah… Comme il est réconfortant de rencontrer une jeune personne dont la foi en notre objectif est si profonde. Si seulement le général Guo suivait votre exemple…

Son expression ironique était de retour. Zhu pensa qu'il n'avait pas été entièrement convaincu par son attitude de moine naïf, mais qu'il n'excluait pas non plus qu'elle puisse être sincère… pas encore. En l'observant attentivement, il ajouta :

— Ne pensez-vous pas que même une mission guidée par la foi est plus susceptible de réussir lorsqu'on lui adjoint plus d'hommes et d'équipement, maître Zhu ?

Voilà : là était sa chance. Elle écarquilla les yeux, faisant de son mieux pour paraître perplexe.

— Ministre… ?

— Je suppose qu'il demeure très improbable que vous réussissiez, quoi que je fasse, poursuivit Chen. Mais quelque chose me dicte de vous prêter main-forte. J'ai ordonné au commandant Wu de vous confier cinq cents hommes de plus avant votre départ. Vous en aurez donc… combien ? Sept cents, environ ? (Son rire fit le bruit d'une pièce de viande qu'on abattait sur le billot.) Sept cents hommes, contre une ville ! Je ne m'y essayerais pas moi-même. Mais permettez-moi de faire mon possible pour vous aider, par la suite : si vous parvenez bel et bien à capturer Lu, je demanderai au premier ministre de vous laisser garder tout ce que vous y aurez pris. Alors, vous aurez les moyens de réparer votre temple. (Ses yeux noirs pétillèrent.) Ou de faire ce qu'il vous plaira.

Sept cents hommes valaient mieux qu'aucun… même s'ils savaient tous les deux que c'était encore bien en deçà du minimum nécessaire, si elle voulait avoir une chance de réussir. Et même si elle y parvenait, elle le paierait en devenant le pion de Chen dans la bataille rangée qui opposait celui-ci aux Guo. Cependant, il ne servait à rien de s'en inquiéter pour l'instant. *Un problème à la fois.*

Chen attendait sa réponse, même s'il savait parfaitement qu'une seule était envisageable. Elle s'inclina trois fois : humble, reconnaissante.

— Cet indigne moine remercie le ministre de son généreux soutien ! Quoique ce moine n'ait pas appris à faire la guerre ni à commander des troupes, il fera de son mieux pour apporter l'honneur et la réussite aux Turbans Rouges…

Les dents de Chen étincelaient, comme celles d'un prédateur capable de vous dévorer sans même recracher vos os. Derrière lui, les premiers feux d'artifice du Nouvel An s'épanouirent dans la nuit.

— Alors utilisez les talents qui sont les vôtres, maître Zhu, et priez bien.

Une fois la nuit tombée, Ma se faufila hors du manoir des Guo. Si elle se montrait discrète, ce n'était que par habitude ; durant les deux semaines séparant le Nouvel An de la fête des lanternes, tous les habitants d'Anfeng déambulaient dans les rues à toute heure, profitant du spectacle inhabituel des nombreux vendeurs de nourriture et tentes à boissons, acrobates, musiciens et combats de criquets, devins lisant sur les visages et fabricants de boulettes de poisson.

Elle trouva le moine, Zhu, qui l'attendait avec son cheval. Il portait un chapeau de paille triangulaire baissé sur le visage. Sous l'ombre du rebord, elle ne voyait que ses lèvres fines et souriantes. Cette image frappante ne dura que jusqu'au moment où le moine la vit, et se mit à glousser bruyamment. Aussitôt, il se plaqua une main sur la bouche et glissa d'une voix étouffée :

— Est-ce que c'est… un déguisement ?

— Quoi ? Non. Taisez-vous.

Pour monter plus facilement, Ma avait enfilé une robe courte d'homme, un pantalon noué aux genoux et des bottes.

— Vous voudriez que je porte une jupe par-dessus mon pantalon, c'est cela ?

— Pourquoi pas ? Ce n'est pas comme si on allait vous prendre pour un homme, de toute façon.

Ma lui décocha un regard courroucé. Il était vrai que les vêtements masculins ne parvenaient pas à masquer sa silhouette féminine. Avec ses cuisses épaisses et ses hanches rondes, on ne risquait pas de lui composer un poème pour la comparer au tronc frêle d'un saule, ni à un brin d'herbe pliant gracieusement sous la brise.

Le moine avait les yeux baissés.

— Vos pieds sont encore plus grands que ceux de ce moine. Regardez.

Il les compara.

— Vous… Vous… !

Il était très impoli.

— Ne vous inquiétez pas, ce moine n'aime pas les pieds bandés. Les femmes doivent pouvoir courir, pendant une rébellion, expliqua-t-il.

— Pourquoi m'intéresserais-je à ce que vous aimez ou non ? Vous êtes un moine !

Il rit tandis qu'ils se dirigeaient vers la porte ouest.

— Ce n'est pas comme si les moines ne voyaient jamais de femmes. Beaucoup de gens venaient apporter des offrandes au monastère. Parfois, des filles qui voulaient apprendre le dharma restaient assister à l'étude des écritures, avec des novices qui étaient particulièrement... avancés. Si vous voyez ce que je veux dire. (Son chapeau se pencha ; elle aperçut le blanc de ses dents et, étonnamment, une fossette.) Vous... voyez ? Ce que je veux dire ?

— Je suis sûre que non, répliqua-t-elle d'un ton acide. Et si c'est ainsi que se comportaient les moines du monastère de Wuhuang, ce n'est pas étonnant que l'eunuque ait pu le brûler sans subir de mauvais karma.

— Vous avez mené l'enquête sur ce moine ! dit-il d'un ton ravi. Wuhuang était un bon monastère. J'ai beaucoup appris, là-bas. (Sa voix se fit mélancolique, teintée de chagrin sincère.) Après l'apparition du Prince de Lumière, le Grand Yuan a tenté de restreindre l'autorité des monastères. Notre abbé a refusé. Il a toujours été têtu.

— Les gens les plus avisés savent quand renoncer, dit amèrement Ma, pensant à Guo le Petit.

Ensemble, ils passèrent sous les créneaux de terre de la porte ouest d'Anfeng. De l'autre côté se trouvait une pâture nue, qui paraissait bosselée au clair de lune ; et plus loin, la courbe noire et scintillante du fleuve Huai. Regardant autour de lui, le moine eut un frisson exagéré.

— Ah, il fait si noir ! Dire que c'est dans ce genre d'endroits que viendront les fantômes quand les tambours du Nouvel An les chasseront de la ville... Cela ne vous fait pas peur, à vous ?

— Si nous sommes pris à partie par des esprits affamés, je prendrai le cheval et je les laisserai vous dévorer, déclara Ma d'un ton indifférent.

— Ah... Alors, c'est ce moine qui doit avoir peur, dit-il en riant.

— Montez donc sur ce cheval !

— Vous voulez dire... (Il se hissa péniblement sur l'animal.) Ha ! Ce n'était pas si...

Ma donna une claque sur la croupe du cheval. Celui-ci s'élança ; le moine, laissant son chapeau dans les airs, s'écrasa au sol comme un sac de graviers. Lorsqu'elle s'approcha, elle le trouva à plat sur le dos, souriant de toutes ses dents.

— Ce moine vous assure qu'il ne sait pas monter.

Après une heure d'enseignement, Ma ne savait toujours pas s'il avait dit vrai. S'il débutait vraiment, il n'avait pas exagéré en disant qu'il apprenait vite. En le regardant galoper nonchalamment sous la lune, avec sa robe assombrie par la pénombre et le chapeau qui dissimulait son visage, elle se surprit à songer qu'il ne ressemblait pas du tout à un moine.

Il s'arrêta près d'elle et mit pied à terre en souriant.

— Imaginez comme ce moine serait arrivé plus vite à Anfeng, s'il avait su monter.

— Parce que vous croyez que nous attendions désespérément votre venue ? se moqua-t-elle.

— Les miracles n'arrivent pas sans prières, pas vrai ? répliqua-t-il malicieusement. C'est utile, un moine.

« Les miracles ». Ma sentit une illumination poindre dans son esprit, en lien avec l'impression qu'elle avait eue lors de leur première rencontre. L'idée que son sourire espiègle en cachait plus qu'il n'en révélait. Elle se souvint du choc étrange qui l'avait ébranlée lorsqu'elle l'avait vu s'agenouiller devant Guo le Petit, le jour de son arrivée à Anfeng. Que l'espace d'un instant, il avait eu l'air de quelqu'un qui savait exactement à quel jeu il jouait, et pourquoi.

D'un coup, elle sut. Son souffle se bloqua dans sa gorge.

— Le glissement de terrain, à la rivière Yao… Ce n'était pas l'œuvre du Ciel. C'était vous. Vous saviez que vous seriez tué si la bataille avait lieu. Vous avez convaincu tout le monde de crier à pleins poumons, sachant que cela provoquerait un éboulement, que le barrage éclaterait et que le pont serait détruit.

D'un ton accusateur, elle ajouta :

— Vos prières n'avaient rien à voir là-dedans !

Elle l'avait surpris. Après un instant de silence médusé, il dit :

— Croyez-moi… ce moine a prié.

— Pour survivre, peut-être. Pas pour la victoire que vous attribue le premier ministre !

— Quel moine aurait prié pour provoquer la mort de dix mille hommes ? dit-il. (Elle pensa que cela, au moins, était vrai.) Ce serait une enfreinte aux préceptes. Ce moine ne savait pas que les Yuan faisaient traverser une troupe pour nous prendre en tenaille. C'est le Ciel qui a décidé de nous offrir ce dont nous avions besoin pour gagner.

— Je suppose que la méthode a peu d'importance, dit-elle, hésitante. Vous avez survécu, cette fois-là, et vous avez remporté la victoire au passage. Mais maintenant, vous partez attaquer Lu, et le premier ministre pense que vos prières vous feront triompher de nouveau… mais ce n'est pas vrai, n'est-ce pas ?

— Vous ne pensez pas que c'est grâce aux prières de ce moine que le ministre gauche Chen lui a confié cinq cents hommes supplémentaires ?

(Sa voix se fit plus légère et plus mutine.) Ce moine est touché de votre sollicitude, professeur Ma, mais la situation n'est pas aussi désastreuse que vous le pensez. Ce moine peut encore gagner.

Il était aussi glissant qu'un poisson-chat ; elle n'aurait su dire s'il croyait lui-même ce qu'il disait.

— Vous feriez mieux d'espérer qu'ils se battent mieux que vous ! Et ne voyez-vous pas que Chen Youliang se sert de vous pour nuire à la faction des Guo ?

— C'est vrai que côtoyer le général Guo ne donne pas très envie d'œuvrer pour sa réussite, dit-il d'un air ironique.

Ma avait beau connaître mieux que quiconque les défauts de Guo le Petit, cette critique l'irrita. Elle rétorqua :

— Vous êtes donc assez sûr de vous pour vous mêler aux petits jeux du ministre gauche ? (Elle se souvint du moment où Chen lui avait broyé les doigts.) Ses alliances ne se terminent jamais bien… sauf pour lui. Vous devez bien vous en rendre compte.

Les yeux du moine se posèrent sur le poignet de Ma, que celle-ci avait touché sans s'en apercevoir.

— Pour les non-initiés, les monastères sont des lieux paisibles, dont les habitants n'aspirent qu'au nirvana. Mais je peux vous dire que certains moines, s'ils se prétendaient pieux, étaient aussi cruels et égoïstes que Chen Youliang.

L'entendre dire « je » la fit tressaillir. C'était comme tendre la main vers la joue de quelqu'un, dans le noir, et rencontrer soudain l'intimité humide de sa bouche ouverte. Elle dit, troublée :

— Donc, vous le savez. Si vous rejoignez son camp, vous le regretterez.

— Est-ce la leçon que j'en ai retirée, à votre avis ?

Sous son chapeau, il baissa les paupières. L'espace d'un instant, son visage de criquet fut envahi d'une ombre qui la glaça. Puis il dit :

— Enfin… Les moines ne prennent pas parti. Le ministre gauche Chen peut bien penser ce qu'il veut, mais ce moine ne sert que le Bouddha et son envoyé terrestre, le Prince de Lumière.

En le contemplant, elle vit les dix mille soldats morts du général eunuque.

— Pourtant, on pourrait presque croire que c'est vous-même que vous servez.

Il releva vivement vers elle un regard perçant comme un harpon. Mais quelques instants plus tard, il dit simplement :

— Professeur Ma, puisque ce moine ne va pas tarder à partir pour Lu, auriez-vous de sages conseils à lui prodiguer ?

La réponse de Ma fut interrompue par une explosion de feu rouge au-dessus d'Anfeng. Les fils de lumière étincelants prirent en retombant la forme d'une méduse.

— C'est un feu d'artifice ? dit-elle. Je n'en ai jamais vu de pareil.

— C'est l'œuvre de Jiao Yu. Il n'a pas son pareil pour travailler la poudre à feu.

Après un instant de contemplation, le moine ajouta :

— C'est exactement la couleur du Mandat.

Et celle des bougies du temple, pensa Ma, regardant la lumière se diffuser, sanglante, dans le ciel noir. Le rouge était la couleur de la piété, des prières aux ancêtres. La couleur de son père défunt. Soudain, elle ressentit une violente bouffée de colère vis-à-vis de tout cela : le Yuan, la rébellion, l'égoïsme de ces vieillards qui se disputaient le pouvoir. Le Ciel lui-même, avec ses signes inintelligibles auxquels on pouvait conférer le sens qu'on voulait.

— Que les vies ont peu de valeur, dans cette guerre, dit-elle avec amertume. Les leurs comme les nôtres.

Après un instant de silence, le moine dit :

— Il y a bien des sentiments en vous, Ma Xiuying.

— Ne croyez pas pour autant que votre survie m'importe le moins du monde, moine, précisa-t-elle.

Mais c'était trop tard : sa survie lui importait bel et bien. *Et pour cela, il a suffi qu'il me demande mon aide.* À contrecœur, elle dit :

— Vous savez que mon père a été général du Yuan. À la fin de cette période, il a connu l'homme qui est devenu le gouverneur de Lu. Un Semu, comme notre famille. Cet homme n'était pas très populaire à Dadu, car alors qu'il était déjà assez âgé, il a épousé une jeune Nanren par amour. Et les gens se sont servis de cela pour le discréditer. Mon père, lui, le tenait pour très compétent. Plus tard, lorsque mon père a rejoint les Turbans Rouges, il a toujours refusé d'attaquer Lu : il disait qu'avec cet homme pour gouverneur, elle était trop bien défendue. Mais le gouverneur est mort, il y a à peine un mois de cela. Les Yuan vont lui envoyer un remplaçant de Dadu. Qui sait quel genre d'homme ce sera ? Cependant, si vous pouviez y arriver avant lui… vous auriez peut-être une chance de réussir. Une demi-chance, rectifia-t-elle.

Elle ne sut pas si elle avait fait peur à Zhu ou si elle lui avait redonné espoir. Après un silence méditatif, il dit :

— C'est bon à savoir. Vous avez beaucoup appris à ce moine, ce soir, professeur Ma.

Il remonta sur son cheval et dit d'une voix tout à fait normale, comme s'ils ne venaient pas d'évoquer l'inéluctabilité de sa mort :

— Mais pourquoi restons-nous ici, alors que les feux d'artifice sont beaucoup plus beaux de près ? Venez. Ce sera plus rapide si nous sommes tous les deux à cheval.

Il la prit par la main et la hissa devant lui, avec une force et une fermeté qui la surprirent. Elle croyait que les moines passaient toutes leurs journées assis, les yeux fermés. Luttant pour ne pas paraître impressionnée, elle déclara :

— C'est moi qui sais monter. Je devrais prendre les rênes, non ?

Dans le cercle formé par ses bras, elle le *sentit* rire.

— Ce moine ne sait pas monter ? Puisque vous ne lui avez proposé qu'une leçon, ce moine a cru qu'il était suffisamment qualifié.

— Assez pour tomber la première fois que quelqu'un tirera une flèche dans votre direction !

Elle se pencha en avant et claqua des doigts près de l'oreille du cheval. Celui-ci, surpris, s'élança vers la gauche, et Zhu dégringola derrière elle.

Une fois que Ma eut calmé l'animal et l'eut ramené au moine, celui-ci avait repris son souffle et faisait semblant d'admirer les étoiles.

— D'accord. Peut-être que ce moine ferait mieux de prendre une deuxième leçon.

Ma ricana.

— Vous en avez pris une, au moins. Par ici, cela fait de vous un meilleur cavalier que la plupart des gens qui possèdent un cheval.

Elle le fit monter derrière elle. Il était plus léger qu'elle ne l'aurait cru. Souriant, il dit :

— Si nous n'allons pas rester au pas et que vous ne voulez pas que je tombe, je vais devoir m'accrocher.

Mais il ne la tint que du bout des doigts, chastement. Sans savoir pourquoi, elle ressentit intensément cette légère pression, et la chaleur de son corps contre le sien.

Elle ne le reverrait probablement jamais. À cette idée, elle éprouva un pincement étrange. Ce n'était pas vraiment de la pitié.

Six jours après la fête des lanternes, au milieu du premier mois, Chang Yuchun – le jeune voleur – se retrouva à marcher avec les sept cents hommes du moine Zhu, à travers la plaine émaillée de lacs séparant Anfeng de Lu, la cité fortifiée. Le moral était bas. Pourtant, quelqu'un – sans doute Zhu lui-même – avait fait courir dans les rangs une histoire de l'époque des Trois Royaumes : la légende disait que le général Zhang

Liao de Wei et ses huit cents cavaliers avaient vaincu l'armée entière du royaume de Wu, qui ne comptait pas moins de deux mille hommes, juste devant Lu. Yuchun, à qui personne n'avait raconté d'histoires durant son enfance, refusait d'y croire par principe.

Ils s'étaient déjà arrêtés pour la journée à l'heure du Singe, en milieu d'après-midi, et avaient entrepris de dresser le camp. Yuchun, qui paressait près de la tente du nouveau membre de la troupe de Zhu, demanda avec une curiosité sincère :

— Alors… quand est-ce que vous allez commencer à regretter d'avoir quitté la troupe du commandant Sun pour participer à la mission-suicide d'un moine incompétent ?

Jiao Yu tenait un tube de métal d'environ trente centimètres de long. L'objet formait une poire d'un côté, et s'amincissait jusqu'à s'ouvrir en embouchure de l'autre. Avec intérêt, Yuchun le regarda approcher un bâtonnet enflammé d'un trou du côté de la poire, puis viser un arbre à vingt pas de là. Un instant plus tard, il y eut une explosion assourdissante et un nuage de fumée qui les fit tousser tous les deux. Chancelant, Yuchun demanda :

— Est-ce que c'était censé abîmer l'arbre ?

— Il n'est pas incompétent, déclara Jiao d'un ton égal.

Il frappa l'arme sur le sol jusqu'à ce qu'une poignée de petites billes de métal et de morceaux de poterie tombent de l'embouchure. Il regarda ensuite à l'intérieur, marmonnant dans sa barbe.

— Il n'est pas trop tard pour partir, souligna Yuchun. Si j'étais vous, j'y réfléchirais sérieusement. Enfin, c'est vous qui voyez.

Yuchun ramassa l'une des billes de métal. Elle paraissait bien trop petite pour infliger le moindre dégât.

— Qu'est-ce que c'est que ça ?

— Un canon à main. (Jiao reprit la bille à Yuchun.) Le moine m'a demandé d'étudier les armes utilisant la poudre à feu. Le principal problème, c'est qu'elles ne sont pas très fiables…

Yuchun regarda l'arbre, parfaitement intact.

— Le plus fiable, ce serait de s'en servir pour taper sur la tête de quelqu'un, je pense. Et comment ça, « pas incompétent » ? Il ne sait même pas manier le sabre. Vous croyez qu'il va réussir à prendre une cité sans se battre ?

— « Le plus grand talent ne revient pas à gagner cent victoires en cent batailles, mais à triompher de son ennemi sans le combattre. »

— Talent… victoires… hein ? dit Yuchun, qui peinait à comprendre la langue classique.

— Ce moine sait exactement ce qu'il veut. Le soir précédant la bataille de la rivière Yao, il m'a demandé de lui fabriquer ce gong. Je l'ai fait, il s'en est servi et il a gagné, expliqua Jiao. J'ai déjà rencontré des gens comme lui. Soit ils vont loin, soit ils meurent jeunes. Et dans les deux cas, ils ont tendance à transformer les gens ordinaires en dégâts collatéraux. (Il haussa les sourcils en regardant Yuchun.) Es-tu quelqu'un d'extraordinaire, petit frère ? Parce que sinon, prends garde à toi.

— Je…, commença Yuchun. (Il se tut en voyant des gens s'agiter.) Qu'est-ce que…

— Des bandits ! hurla quelqu'un.

Le camp sombra dans le chaos. Alors qu'une horde de centaines de hors-la-loi – hommes des collines sur des chevaux, déserteurs yuan et anciens paysans – déferlait sur eux, les hommes de Zhu attrapèrent leurs armes et se défendirent, sur le mode du « chacun pour soi ». Yuchun, qui s'enorgueillissait d'avoir toujours évité les parties violentes de la rébellion, se retrouva en un instant au cœur d'une bataille. Oubliant Jiao et à demi aveuglé par la panique, il se mit à traverser la mêlée en titubant, tentant vainement de protéger sa tête de ses bras.

Évitant au dernier moment de heurter un cheval, il leva les yeux et découvrit une silhouette triangulaire qui lui était familière. Sous son chapeau, le moine Zhu avait le visage figé de quelqu'un qui ne sait pas comment empêcher une horreur déjà vécue de se reproduire. C'était la première fois que Yuchun le voyait se départir de son air serein. Yuchun l'observa – cet homme, leur chef… un moine bouddhiste – et une lucidité intense le transperça, le faisant presque sortir de son corps. *Je vais mourir.*

Un bandit passa près de lui ; Yuchun se baissa. Mais en se relevant, il se retrouva nez à nez avec un autre plus grand encore. Il fit un pas vacillant en arrière… mais, au lieu de l'attaquer, le grand bandit s'immobilisa à la vue du moine Zhu.

— Arrêtez ! cria l'homme, levant la main d'un geste autoritaire. Arrêtez !

Les combats s'interrompirent, au son des derniers chocs de métal et des grognements agacés des bandits. Personne ne hurlait ; et les rares hommes tombés se relevèrent lentement, plaquant la main sur de légères blessures. Aussi étonnant que cela puisse paraître, seules quelques secondes s'étaient écoulées. Les Turbans Rouges et les brigands se toisèrent du regard, le sang échauffé.

Les yeux du grand bandit étaient rivés sur le moine Zhu. Sous ses haillons, son corps robuste semblait bâti pour la brutalité. Même ses cheveux étaient coupés court, marque de violence envers ses ancêtres. Son sabre vibrait dans sa main. Au moine Zhu, il dit d'une voix intense et tranquille :

— Descends de ce cheval.

Après quelques instants, le moine Zhu mit pied à terre. Là, sans arme ni armure, il semblait ridiculement petit. De tous les Turbans Rouges, c'est Yuchun qui avait parié le premier que le moine ne survivrait pas. À présent qu'il avait en main le pli gagnant, cette victoire sonnait creux. Il voyait déjà la tête rasée du moine heurter la terre, la zébrure sanglante barrant son visage. C'était toujours ainsi que cela se terminait.

Le grand bandit se jeta sur le moine Zhu. Yuchun, qui avait fermé les yeux au dernier moment, les rouvrit. Il découvrit alors, ébahi, que ce qui unissait leurs deux corps n'était pas une étreinte mortelle, mais une vigoureuse accolade. Le visage du moine Zhu rayonnait de joie. Il leva une main pour y cueillir l'arrière du crâne du bandit, d'un geste possessif auquel leurs tailles respectives se prêtaient étonnamment bien.

— Grand frère ! dit-il.

— Tu vois ? glissa une voix.

Yuchun fit un bond. C'était Jiao. Regardant le moine et le hors-la-loi, Jiao reprit :

— Il n'a pas eu besoin de se battre pour gagner. Ne le sous-estime pas parce que c'est un moine. Ce que quelqu'un « est » ne te dit pas quelle personne il est vraiment. La vérité est dans les actes. Et si l'on observe ses actes… Ce moine a tué dix mille hommes en un instant. Alors, qui est-il ?

Avant que Yuchun ait retrouvé la parole, Jiao répondit lui-même :

— Quelqu'un dont il faut se méfier.

10

Anyang, premier mois

C'*est maintenant que tout commence*, se dit Ouyang en quittant ses appartements, situés dans une aile particulièrement calme de la demeure d'Esen. Une tempête se levait à l'extérieur, et les lampes ne parvenaient pas à chasser la pénombre qui s'infiltrait dans le couloir. Le parfum noir et froid de la pluie à venir traversait le papier des fenêtres.

— Général, s'écrièrent les serviteurs lorsque Ouyang entra dans les appartements privés d'Esen. Le seigneur Esen se trouve sur le champ d'entraînement ; mais au vu du temps qu'il fait, il ne va pas tarder à revenir. Si vous voulez bien nous faire l'honneur d'attendre…

Et ils se retirèrent à petits pas pressés. Ouyang s'assit, se releva, s'assit de nouveau. Il voulait qu'Esen revienne, et il n'en avait aucune envie.

Cette agitation dut transparaître sur son visage, car lorsque Esen revint, il le regarda d'un air ébahi et s'exclama :

— Quelles nouvelles ?

D'un geste, il congédia les domestiques qui s'étaient hâtés de revenir pour l'extirper de son armure, et se mit à la défaire lui-même. Il avait le teint rougi par l'exercice ; des cheveux échappés de ses nattes s'étaient plaqués sur son cou moite. Ouyang sentait l'odeur de cuir et de savon de son armure, mêlée de métal et du parfum discret, chaud et mâle, de son corps. C'était un mélange aussi intime que l'intérieur d'une tente.

— Rien d'important, mon seigneur. Une requête accessoire.

Voyant Esen se battre avec les lacets attachés sous son bras, Ouyang s'avança pour défaire le nœud. Ce n'est qu'après avoir commencé qu'il s'aperçut de ce qu'il faisait.

Esen rit de surprise.

— Un général du Yuan, s'abaissant à une telle tâche !

— Ne l'ai-je pas déjà fait bien des fois ?

— C'était il y a longtemps. Tu n'étais qu'un enfant.

Seize ans plus tôt. Plus de la moitié de leurs vies.

— Vous aussi.

Il posa l'armure d'Esen sur une petite table et prit les habits propres préparés sur le porte-vêtements, tandis qu'Esen achevait de se déshabiller. Il s'approcha dans son dos pour poser la veste sur ses épaules. Lorsqu'il effleura ces dernières, la familiarité de ce vieux geste le frappa. Après avoir abandonné son rôle d'esclave domestique, Ouyang n'avait plus effectué cette tâche qu'une seule et unique fois, au fil de la longue ascension du poste de garde à celui de commandant, puis général. Il se remémora ce jour-là par une suite d'images fugaces. Esen, surpris, baissant les yeux sur sa chair et son armure déchirées par une lance. Dans le ger du médecin, le sang d'Esen recouvrant les doigts d'Ouyang tandis qu'il luttait pour retirer l'armure abîmée ; il ne faisait confiance à personne d'autre. Il se souvint combien il brûlait d'apaiser la douleur d'Esen, aussi intensément que si ce corps en train de saigner était le sien. Et même à ce moment-là, le moment où leurs corps avaient été unis par la souffrance, quelque chose au fond d'Ouyang s'était souvenu de son destin.

Il lissa le tissu sur les épaules d'Esen et fit un pas en arrière.

Esen resta silencieux un moment, comme si le poids des souvenirs l'avait saisi, lui aussi. Puis il s'ébroua et dit :

— Mange avec moi, mon général. J'ai besoin de compagnie.

Alors que les servants entraient avec le déjeuner, une rafale de vent fit trembler le treillage du couloir, aussitôt suivi d'une pluie battante. Ouyang entendit des cris aigus de femme résonner dans une autre partie de la demeure, un son étrangement désincarné et ballotté par le vent. De l'autre côté de la table ronde, Esen mangeait d'un air épuisé qui ne lui était pas coutumier. Tout seigneur qu'il était, il ne paraissait jamais à sa place à Anyang, comme une plante sauvage arrachée à la steppe et placée dans un pot pour le plaisir des autres. Tout à coup, il cria :

— Que je hais leurs petits jeux et leurs exigences !

Ouyang trempa un morceau de joue de porc en gelée dans du vinaigre noir et dit d'un ton égal :

— Vos épouses ?

— Oh, Ouyang… Les femmes sont insupportables ! Tu n'as pas idée de leurs intrigues… (Il grogna.) Estime-toi heureux de ne jamais avoir à subir une telle torture.

Esen ne le blessait jamais volontairement, et Ouyang avait toujours pris soin d'affecter une indifférence pragmatique quant à la vie de famille qui lui était irrémédiablement refusée. Comment reprocher à Esen de ne pas lire dans son esprit, pour y déceler la colère et la souffrance qui l'habitaient ? Mais en vérité, il le lui reprochait bel et bien. Plus encore qu'à un inconnu, car le fait que quelqu'un qu'il aimait tant ne perçoive pas la vérité de son être était bien plus douloureux. Et il s'en voulait et se détestait lui-même de la lui cacher.

Avec dégoût, Ouyang lui dit :

— J'ai tout de même croisé dame Borte, tout à l'heure. Elle vous salue, et vous demande quand elle aura le privilège de vous recevoir de nouveau.

De l'avis d'Ouyang, aucune des quatre épouses d'Esen ne brillait par sa beauté ni par sa personnalité, et il avait leur présence en horreur. Il détestait leurs visages figés sous leur épais maquillage blanc, leurs petits pas qui rendaient leur moindre déplacement interminable, et leurs ridicules chapeaux allongés qui s'élevaient tout droit de leur tête, si haut qu'Ouyang n'aurait pu en toucher le sommet. Il haïssait même leur odeur, un relent de fleurs en décomposition dont Esen restait imprégné durant des heures après ses visites. Ouyang, qui connaissait Esen mieux que quiconque, ne parvenait pas à concevoir ce qui l'attirait chez elles. La pensée d'Esen en train d'en baiser une lui procurait la même horreur viscérale qu'un accouplement entre un homme et un animal.

— Si seulement l'une d'elles pouvait accoucher d'un fils, cela permettrait d'établir une hiérarchie, maugréa Esen. Mais pour le moment, elles pensent toutes avoir une chance de prendre la première place. C'est un vrai cauchemar. Quand je suis là, elles me traitent comme si je n'étais qu'un étalon reproducteur.

Avec indignation, il ajouta :

— Elles ne me servent même pas le thé, avant !

L'incapacité d'Esen à engendrer des fils faisait l'objet de l'inquiétude et de l'amusement des domestiques ; ses épouses étaient inquiètes, mais nullement amusées ; et dernièrement, Esen lui-même avait envisagé de recourir à l'adoption. Cependant, il avait confié à Ouyang que cette suggestion avait provoqué chez le prince du Henan (qui regrettait d'être devenu père du seigneur Wang) un terrible accès de rage.

Quoiqu'on ait fermé toutes les cloisons, la force de la tempête suffisait à faire vaciller les flammes des lampes, plus follement encore que par la simple présence d'Ouyang. Les tempêtes comme celle-ci, d'après les Nanren, présageaient de l'avenir funeste du Grand Yuan. Mais quoique Ouyang soit un général du Yuan, il ne se battait pas pour l'empire ; seulement pour Esen. Soudain, il fut envahi du désir ardent de repartir en campagne. Les campagnes étaient leur monde, à lui et à Esen ; là, rien d'autre ne comptait que la fierté de combattre honorablement, et l'amour et la confiance unissant les guerriers. C'était le seul endroit où Ouyang pouvait être heureux.

Mais le bonheur avait-il quelque chose à voir avec la manière dont un individu devait vivre sa vie ? Douloureusement, il reprit :

— Mon seigneur, j'en viens à ce qui m'amène… J'ai entendu dire que l'invitation à la chasse du printemps était arrivée. Y assisterez-vous cette année ?

Esen grimaça.

— J'aimerais mieux m'abstenir, mais mon père m'a déjà fait savoir qu'il souhaitait que je l'y accompagne.

— Vous devriez y aller. Lorsque le prince du Henan aura disparu, vous hériterez de ses titres. Il est important qu'aux yeux de la cour et du grand khan, vous ne soyez pas uniquement le fils de votre père. Cette année, vous avez l'opportunité de les impressionner.

— Tu as sûrement raison, convint Esen sans enthousiasme. Mais l'idée d'être séparé de toi si longtemps m'est étrange. Déjà, il me semble que nous nous sommes à peine croisés depuis notre retour. Depuis…

Il eut la clémence de se taire avant de dire « l'entretien avec le prince du Henan ».

Ouyang s'aperçut qu'il avait la main serrée sur ses baguettes. Il les posa et dit :

— Dans ce cas… mon seigneur, pourquoi ne pas demander au prince si je peux vous accompagner à la chasse du printemps ?

Esen releva vivement les yeux, enchanté.

— Vraiment ? Je le ferai, avec joie. La seule chose qui m'en dissuadait, c'est que je croyais que tu refuserais catégoriquement de venir. Je sais combien tu détestes sourire et faire la conversation.

— Je dois suivre mes propres conseils, je suppose. Si le grand khan doit connaître votre nom, peut-être faudrait-il aussi qu'il apprenne le mien.

— Cela me ravit. Sincèrement.

Souriant, Esen s'attaqua au poulet étuvé au ginseng avec une vigueur renouvelée.

Les portes de la demeure battirent et claquèrent, comme aux mains de fantômes déchaînés ; et Ouyang sentit le regard de ses ancêtres posé sur lui, tandis qu'il mangeait au côté du fils de l'assassin de sa famille, la personne qui lui était la plus chère au monde.

Leurs manteaux claquant au vent, Ouyang et Shao traversèrent les cours du palais. La tempête avait transformé le printemps en un nouvel hiver, et les fleurs tombées avaient viré au brun. Ouyang était maussade ; le froid le faisait toujours souffrir.

— Je vais accompagner le prince du Henan, le seigneur Esen et le seigneur Wang à la chasse du grand khan. Cela sera le commencement. J'aimerais que vous procédiez à tous les préparatifs en mon absence.

— Le moment crucial est donc arrivé… Est-ce que vous êtes prêt ?

Le regard froid que lui lança Shao était inconvenant, de la part d'un subalterne. Mais que Shao éprouve de l'estime ou du dégoût à son égard, Ouyang n'en avait cure. Tout ce qui comptait était qu'il fasse le nécessaire.

Avant qu'Ouyang ait pu répondre, ils tournèrent au coin d'un bâtiment et virent le seigneur Wang s'approcher d'un pas vif.

— Salutations, seigneur Wang.

Ouyang et Shao firent la révérence à l'unisson.

— Général, dit le seigneur avec un infime signe de tête. Quel heureux hasard. La pluie d'hier soir a inondé et détruit de nombreux villages. Envoyez-moi immédiatement deux bataillons afin de rebâtir les routes et les fossés de drainage.

Aussitôt, il se remit en marche.

— Mon seigneur, dit Ouyang en s'inclinant pour signifier son accord.

À son tour, il reprit son chemin. Ses souvenirs déclenchèrent en lui un pincement de compassion, étouffant son irritation habituelle à l'égard du seigneur.

Shao se hâta de le rattraper et demanda :

— Allons-nous vraiment demander à nos soldats de retarder leurs préparatifs pour creuser des fossés ?

— Préféreriez-vous subir son inimitié durant toute la saison morte ? Je n'ai aucun désir de remplir cinq pages de paperasse pour commander la moindre flèche. (Ouyang secoua la tête, agacé.) Qu'il prenne ses bataillons ; nous avons tout le temps qu'il nous faut.

— Vous supportez trop docilement son attitude. Vous êtes général ; lui, c'est un homme qui ne daigne même pas accomplir son devoir d'homme. Pourquoi le laissez-vous vous rabaisser comme un vulgaire domestique ?

Ouyang songea que le seigneur Wang lui témoignait plus de respect que Shao. Il répondit :

— Que m'importe la façon dont me traite le seigneur Wang ? Il le fait parce qu'il sait qu'il est insignifiant. Même son propre père le déteste et le méprise.

— Et le seigneur Esen ?

— Esen ne déteste personne, dit Ouyang avec un éclair de douleur familière. Mais il a tort. Adopter le seigneur Wang était une grossière erreur de la part du prince. Chaghan aurait dû s'en douter… Nul ne peut éradiquer ses racines. Comment le seigneur Wang aurait-il pu honorer la lignée de Chaghan ? Il a le sang de son père.

— Notre sang, dit Shao.

Le sang. Le sang de son père dans les veines. Le sang de ses ancêtres. Entendre ce mot prononcé à haute voix lui fit l'effet d'un choc, comme si la foudre venait de frapper non loin de là.

— Ne laissez jamais quiconque vous entendre parler ainsi, rétorqua sèchement Ouyang. Quand je serai parti, vous serez à la tête des troupes. Vous n'êtes loyal qu'au Grand Yuan ; c'est tout ce que vous devez laisser paraître. M'avez-vous compris ?

— Oui, général.

Shao tapa du poing sur sa poitrine en signe d'assentiment. Mais un rictus impénitent flottait sur ses lèvres. En le voyant, Ouyang frissonna. Il lui semblait sentir la caresse fantomatique du sang, de la trahison et du destin.

11

Abords de Lu, deuxième mois

Zhu s'assit avec Xu Da auprès du feu, tandis que les hommes installaient le camp. Elle fit l'inventaire de tous les changements visibles sur son beau visage, si familier. Ses pommettes saillaient davantage ; une ombre nouvelle avait envahi ses yeux. Ses cheveux avaient repoussé en une touffe circulaire qui rappelait les chiens des temples tibétains. Sans son habit gris, le seul que Zhu lui ait jamais vu porter, il lui donnait l'impression d'être devenu quelqu'un d'autre. Quelqu'un de dangereux, d'inconnu. Un bandit.

Xu Da dit doucement :

— Regarde-nous, maintenant. Quels moines exemplaires nous sommes, pas vrai ?

L'ombre de ses yeux s'entendait aussi dans sa voix. Il avait toujours été le moine le plus rieur et le plus débonnaire de tous ; mais ce qu'il avait vécu récemment l'avait meurtri.

— Je ne voulais pas, tu sais. Rompre mes vœux.

C'était un aveu surprenant, venant de lui, qui n'avait jamais été particulièrement dévot. Il avait treize ans lorsqu'il avait couché avec une fille pour la première fois ; et par la suite, il avait conquis de nombreuses femmes sans éprouver le moindre scrupule, d'après Zhu.

Comme s'il avait deviné ce qu'elle pensait, il ajouta :

— Pas celui-là. Celui-là ne veut rien dire. Mais je ne voulais pas tuer. (Les ombres de son visage se rassemblèrent vers l'intérieur : du regret, de l'amertume.) Au début.

De l'eau s'éleva en sifflant des branches vertes du feu. Zhu regarda les bulles s'amonceler sur leurs extrémités tranchées, comme l'écume sur les lèvres d'un mort. Elle fut alors traversée d'un étrange souvenir jumeau : elle voyait les bandits tuer son père de deux points de vue à la fois. Celui d'un garçon, et celui d'une fille. Elle se demanda si, à l'instant même, son père était l'un de ces fantômes errant en marge de la clarté du feu ; ces morts que personne ne pleurait.

Xu Da dit :

— Quand j'ai appris, pour le monastère, je suis resté vivre dans l'un de nos villages. Je ne leur ai pas demandé l'argent du loyer ; à qui est-ce que je l'aurais emmené, ensuite ? Alors, ils ont toléré ma présence quelque temps. Mais ensuite, les bandits sont arrivés. Ils savaient que le village ne jouissait plus de la protection du monastère. Lorsqu'ils sont entrés dans la maison où je vivais, ils ont ri en me voyant. Un moine ! Pas de quoi avoir peur, hein ? Mais quand l'un d'eux m'a attrapé, je l'ai frappé. Il y avait une pierre derrière lui ; quand il est tombé, elle lui a fracassé le crâne. (Il se tut un moment.) Je voulais vivre, alors j'ai pris une vie. Et quand j'ai rejoint les bandits, et qu'ils ont commencé à me suivre… j'ai pris d'autres vies. Délibérément. Même si je savais que je me condamnais à souffrir après ma mort, dans toutes mes vies à venir.

Zhu contempla son visage baissé, creusé par la lueur dorée des flammes. Elle pensa au jour où elle avait prié sur le pont, et où le Ciel lui avait répondu en tuant dix mille hommes. Elle n'avait pas prié pour que ces hommes meurent, mais c'était arrivé par sa faute, et elle s'en était réjouie. Elle avait rompu son vœu, elle aussi ; car elle avait désiré.

Elle passa son bras autour des larges épaules de Xu Da et l'attira contre elle. Les muscles de l'ancien moine se tendirent sous sa peau, comme ceux d'un cheval affolé. De son autre main, elle lui tourna le visage vers elle, si bien que leurs fronts se touchèrent ; et elle lui dit d'un ton farouche :

— Ça ne veut dire qu'une chose : que nous devons profiter pleinement de cette vie-ci.

Il la regarda fixement. Elle vit alors le soulagement se rallumer en lui, sachant qu'il l'avait retrouvée, qu'il pouvait de nouveau la suivre. Sur son visage, les ombres se dissipaient déjà. Dans les interstices, elle entrevit le jeune garçon qu'il avait été. D'un ton curieux, il demanda :

— Qui es-tu devenu, depuis que nous nous sommes quittés ?

Elle sourit.

— La personne que je devais être depuis le début.

Tant qu'elle demeurerait cette personne aux yeux du Ciel, et même dans son propre esprit, elle pourrait conserver en elle ce sentiment nouveau et fabuleux : celui du destin qui la tirait en avant, toujours en avant, vers l'avenir. *Vers la vie.*

— Et un jour, je connaîtrai la grandeur.

Le feu crépita, faisant monter l'humidité du jour de la robe de Zhu, ainsi que de la chemise et du pantalon tachés de Xu Da. Il dit :

— Je t'ai toujours dit que tu ne deviendrais pas l'une de ces papayes rabougries, alignées dans la salle de méditation. Tu te souviens ? Même enfant, tu désirais plus fort que tous les gens que j'ai croisés dans ma vie.

Sa joue bougeait contre la main de Zhu tandis qu'il parlait, leur intimité dénuée de gêne revenant au galop.

— Si tu étais qui que ce soit d'autre, je penserais que tu souffles dans une peau de vache, ajouta-t-il. Qu'est-ce que ça veut dire, d'ailleurs, « connaître la grandeur » ? Mais venant de toi… J'y crois.

Les gens disaient que, lorsqu'on était séparé d'un ami très cher, un jour semblait durer trois automnes. Pour la première fois depuis la destruction du monastère, Zhu s'autorisa à ressentir la longueur des mois passés sans lui, et le soulagement de l'avoir retrouvé. Elle s'écarta, le regarda avec chaleur et lui dit :

— Je vais avoir besoin de ton aide pour cela, grand frère. Je suis en route pour relever un défi d'importance. Je dois capturer Lu.

— Lu ? La ville de Lu ? balbutia Xu Da, sidéré. Et tes chefs t'ont donné… moins de mille hommes pour le faire ? *Ils ont un rempart !*

— J'ai dit que c'était un défi d'importance, non ? Bien entendu, l'un de ces chefs adorerait me voir échouer. Mais je pense qu'un assaut pourrait réussir, si Lu n'a pas de dirigeant. (Elle lui répéta ce que Ma lui avait révélé.) La population va sans doute paniquer et se rendre sans même mettre notre force à l'épreuve. Mais avant de faire quoi que ce soit, nous devons aller voir à quoi nous avons affaire, exactement.

Xu Da l'observa, les yeux plissés. Les ombres refluaient ; son ancienne gaieté se peignait peu à peu sur son visage.

— Nous devons nous infiltrer dans la ville, précisa-t-elle, réconfortée par ce spectacle.

— J'avais compris ! Ah, Zhu Chongba, tu n'as pas changé du tout. Tu ne sais pas ce que font les cités aux gens qu'elles prennent pour des voleurs ? Comment vont-ils accueillir un rebelle et un bandit, selon toi ?

— Je sais très bien ce qu'ils font aux voleurs : ils ont essayé de me le faire, à Anfeng. Mais suite à cela, je peux te dire une bonne chose : tant qu'on parvient à convaincre les gens qu'on n'est pas un voleur, parce qu'on exerce une tout autre profession…

Elle tira une poignée de longues branchettes souples de la pile de bois destiné au feu, dans l'intention de tresser un panier. Elle se figea en sentant un picotement sur sa nuque. Elle avait la sensation inquiétante que le Ciel la regardait. Quelques instants plus tard, ce sentiment se dissipa et Zhu se mit à l'œuvre, non sans un reste de malaise. Elle était Zhu Chongba, mais si elle faisait montre de compétences qu'il n'aurait pas dû posséder…

Plus je fais de choses qu'il n'aurait pas su ou pas voulu faire, plus je cours le risque de perdre le grand destin.

Elle serra les doigts sur les tiges tressées. *Je dois être lui. Je suis lui.*

— Grand frère…

Il observait les mouvements agiles de ses mains, fasciné. *Il me voit faire un travail de femme.* En chassant un frisson, elle demanda d'un ton aussi enjoué que possible :

— Tu pourrais me trouver un ou deux rats ?

— Objet de la visite, interrogea le garde de Lu d'un ton mi-las, mi-soupçonneux.

Au-dessus d'eux s'élevaient les murs de Lu, aussi hauts qu'une pagode à six étages. Leurs briques de pierre gris pâle, lisses et parfaitement imbriquées, les faisaient ressembler aux falaises de calcaire surplombant le monastère de Wuhuang.

— On vient pour la vermine, déclara Xu Da.

Il était plus doué que Zhu pour manger ses mots à la façon d'un paysan. Il était aussi plus convaincant dans le rôle d'exterminateur, avec sa carrure imposante et son allure crasseuse de bandit. Sans même l'avoir prévu, il poussait la vraisemblance jusqu'à saigner à la main d'une morsure de rat.

— Hmm, fit le garde en se penchant pour inspecter le piège qu'avait soulevé Zhu.

Il sursauta en se retrouvant nez à nez avec l'une des créatures.

— Si vous les exterminez, pourquoi est-ce que vous les transportez avec vous, vivants ? Vous devriez les relâcher. Hors de la ville.

— Les relâcher ? s'exclama Xu Da. Pourquoi donc ? On les vend, dans la campagne.

— Vous les vendez… ?

— Vous savez, quoi. Pour les manger.

Le garde leur lança un regard dégoûté et leur fit signe d'avancer.

— Pouah… Allez-y, allez-y. Ressortez avant la tombée de la nuit, et ne dérangez surtout pas le cortège…

— Le cortège ? répéta Zhu. (Elle faillit s'écraser contre le dos de Xu Da, qui s'était arrêté net.) Ah… Ce cortège-là.

Devant eux, un palanquin de bois richement sculpté et laqué se mouvait comme en flottant sur une mer de serviteurs. Des glands rouges comme des baies d'aubépine se balançaient de son toit en dôme, et ses fenêtres à treillis avaient été fermées par des rideaux.

— Le nouveau gouverneur. Il est arrivé de Dadu ce matin même, révéla un badaud en entendant l'interrogation de Zhu.

Zhu échangea un regard irrité et tendu avec Xu Da, tandis qu'ils se joignaient à la foule dans le sillage du palanquin. Zhu avait manqué sa « demi-chance » de seulement quelques heures, ce qui l'exaspérait bien plus que s'il s'était agi de plusieurs jours. Xu Da lui murmura tout en marchant :

— Nous allons devoir agir avant qu'il ait fini de s'installer. Plus nous attendrons, plus ce sera difficile.

Attaquer une cité fortifiée sans ressources suffisantes était déjà une mauvaise idée ; mais à présent, la démarche semblait aussi suicidaire que Guo le Petit l'avait annoncé. *Au moins, nous l'avons découvert avant de lancer l'assaut.*

Ils approchaient de la résidence du gouverneur. Zhu et Xu Da avaient eu beau grandir au sein du plus riche monastère de la région, la vue de cette demeure – qu'on aurait presque pu qualifier de palais – leur fit écarquiller les yeux. Au-dessus du mur d'enceinte blanchi à la chaux, Zhu vit que l'édifice principal était large d'au moins trente colonnes, chacune sculptée, peinte et si large que les bras de Zhu n'auraient pas suffi à en faire le tour. Les autres bâtiments, presque aussi imposants, encadraient des cours plantées d'immenses camphriers en fleurs et d'arbres-parasols. Au-dessus de leur feuillage, on apercevait des toits en forme de montagne ; la glaçure turquoise de leurs tuiles était si épaisse que la lumière s'y perdait comme dans de l'eau. Leurs fleurons sculptés en forme de carpes dorées bondissaient dans le ciel printanier, zébré de nuages.

Zhu et Xu Da, se frayant un chemin à travers la foule, virent le palanquin s'arrêter aux portes de la résidence. Un comité d'accueil venu de l'intérieur de l'enceinte les attendait : il s'agissait, comme on pouvait s'y attendre, de quelques vieux conseillers et d'une femme portant le blanc du deuil. L'épouse nanren du gouverneur défunt. La brise souleva la gaze diaphane qui recouvrait sa robe, la faisant onduler comme une nuée de pétales de cerisier. Son visage pâle était empreint d'une intensité déroutante. À cette distance, Zhu n'aurait pu la voir trembler ; mais il suffisait d'observer la posture crispée de son corps pour savoir que c'était le cas.

Le gouverneur Tolochu émergea du palanquin. L'homme – un Semu entre deux âges, d'allure austère – balaya le petit groupe d'un regard mécontent, les mains jointes derrière le dos. À la femme, il dit :

— Dame Rui, je présume. Que faites-vous encore là ?

La tension habitant cette silhouette enveloppée de gaze évoquait un canon armé, juste avant l'explosion. D'une voix légèrement tranchante, dame Rui répondit :

— Je présente mes hommages au vénérable gouverneur. Cette indigne femme a reçu la promesse qu'elle serait autorisée à rester vivre ici, dans cette demeure, après la mort de son époux.

Le gouverneur Tolochu lâcha un ricanement.

— La promesse ? Qui a pu faire une telle promesse ?

— Je n'ai nulle part où aller à Khanbalyk…

— Vous n'avez nulle part où aller, ici non plus ! Êtes-vous une femme sans gêne au point de vous imposer au sein de ma maison ?

Le gouverneur semblait être de ces gens qui se nourrissent spirituellement en fustigeant les autres, autant qu'un homme transi de froid d'un bol de soupe.

— Non ; cela n'ira pas. Allez à Khanbalyk ou ailleurs, cela m'est égal : je ne suis responsable ni des dettes, ni des biens de mon prédécesseur. Je ne parviens même pas à imaginer ce qui lui est passé par la tête lorsqu'il a amené son épouse avec lui, en prenant son poste ici ! Ce devait être un homme faible et enclin à l'excès. Je vais avoir bien des choses à corriger, ici, suite à son passage.

Dame Rui avait baissé les yeux, le visage dur ; et celui-ci se durcit encore à mesure que le gouverneur Tolochu l'invectivait. Zhu eut l'intuition qu'elle serrait les poings sous ses manches longues. Lorsque le gouverneur eut terminé, il la toisa encore quelques instants d'un air furieux ; puis il entra d'un pas hautain dans la résidence. Dès qu'il fut parti, dame Rui se redressa. Ce n'était pas une belle femme, mais l'expression de son visage, fermée et redoutable, attira l'attention de Zhu comme l'aurait fait une plaie.

Xu Da fronça les sourcils et dit :

— Voilà un homme qui ne s'embarrasse pas de sentiments. Il ne va pas tarder à prendre les commandes et à mettre la milice en ordre. Peut-être que si nous agissions ce soir…

Les yeux de Zhu n'avaient pas quitté la femme nanren. Elle n'arrivait pas à mettre le doigt dessus, mais il y avait quelque chose qui…

Tout à coup, elle sut. Elle n'avait aucune idée de comment elle l'avait deviné, en l'absence d'indices évidents tels qu'un ventre arrondi, par exemple. Non, il s'agissait plutôt d'une dizaine de petites observations qui, mises ensemble, ne pouvaient avoir qu'une conclusion. Son estomac se tordit lorsqu'elle s'aperçut que la personne qu'elle était censée être ne l'aurait jamais remarqué. Mais elle ne pouvait revenir en arrière, et s'abstenir de déceler cette réalité explosive qui pouvait couper court à la vie d'une femme, et condamnait une veuve à la souffrance et au malheur.

Ayant vu ce qu'elle n'aurait pas dû voir, Zhu entrevit une effroyable opportunité. Son instinct lui hurlait de ne pas la saisir ; et l'idée la faisait frémir de dégoût. Cependant, puisqu'un mur et un gouverneur autoritaire s'élevaient désormais entre ses sept cents hommes et la victoire… cela lui semblait être la seule solution à sa portée.

La foule des serviteurs du gouverneur entra à son tour dans la demeure, ployant sous le poids des malles et des meubles. Dans les rues, la procession avait paru interminable ; mais elle disparaissait soudain à vive allure. Les pensées de Zhu se mirent à défiler avec la même célérité ; son cœur tambourina en contrepoint, si fort qu'il lui donnait presque la nausée. Elle devinait instinctivement qu'en agissant ainsi, elle augmentait ses chances de connaître un avenir catastrophique. Mais ce risque lui valait aussi de meilleures chances de succès dans le présent. À dire vrai, il lui offrait sa *seule* chance de succès.

Un risque n'est qu'un risque. Ce n'est pas une certitude. Pas si j'évite de faire quoi que ce soit d'approchant à l'avenir…

Elle interrompit Xu Da pour dire :

— Pas ce soir. Attends jusqu'à demain, puis attaque.

— Attaque… Je… Moi ? s'exclama-t-il en ouvrant de grands yeux. Et toi, où seras-tu ?

— Je dois parler à dame Rui. Vite : lâche les rats et détourne l'attention de la foule pendant que je me mêle aux domestiques. Maintenant, avant qu'ils soient tous rentrés !

Xu Da l'attrapa par le bras alors qu'elle s'élançait vers le cortège.

— Attends ! dit-il d'une voix rendue aiguë par la panique. Qu'est-ce que tu fais ? Tu vas rentrer, et puis… quoi ? Dame Rui sera dans l'aile des femmes, entourée de servantes… tu n'arriveras jamais à l'approcher, et encore moins à lui parler !

D'un air sombre, Zhu répondit :

— Toi, tu n'y arriverais pas. Moi, oui.

Dame Rui était assise face au miroir de bronze. Son visage était morose, mélancolique. L'avant de sa robe était ouvert, dévoilant les veines vertes qui marbraient les versants incurvés de ses seins. Lorsqu'elle vit Zhu entrer derrière elle, elle leva les yeux : leurs regards se rencontrèrent dans le métal poli, comme à travers un voile.

— Je n'ai pas besoin de toi pour le moment. Laisse-moi.

Elle s'exprimait du ton catégorique d'une femme habituée à s'adresser aux domestiques.

Zhu s'approcha à petits pas. L'air qui l'entourait était épais et capiteux, comme un verger par le jour le plus chaud du printemps. C'était le parfum du sanctuaire intime d'une femme, un lieu qui lui était aussi étranger qu'un pays lointain. De larges jupes bruissaient contre ses jambes ; un foulard flottant lui couvrait la tête. Ces vêtements de femme lui conféraient de nouvelles dimensions, comme si c'était quelqu'un d'autre qui se mouvait dans l'espace. Le déguisement volé avait rempli son office : personne ne lui avait accordé un regard lorsqu'elle avait traversé la demeure pour pénétrer dans l'aile des femmes. Mais à chaque instant, son malaise se faisait plus oppressant. Son esprit était empli d'une litanie obsédante : *Ce n'est pas moi.*

Le regard introspectif de dame Rui se fit plus vif.

— Mais tu… Je t'ai dit de partir !

Puisque Zhu s'approchait encore, dame Rui se retourna et lui assena une gifle retentissante.

— Es-tu sourde, chienne indigne ?

Zhu tourna le visage pour adoucir l'essentiel du choc. Son foulard glissa jusqu'à terre. Ne plus le porter lui procura une bouffée de soulagement. Son crâne rasé et ses cicatrices d'ordination – les seules choses qui la différenciaient des autres, celles qui portaient des vêtements féminins – étaient la marque indélébile de sa véritable identité : celle du moine. *C'est ça*, pensa-t-elle en se retournant face à dame Rui. *Regardez qui je suis vraiment.*

À la vue du crâne rasé de Zhu, dame Rui hoqueta et resserra les pans de son vêtement. Avant qu'elle ait pu hurler, Zhu lui plaqua une main sur la bouche.

— Chut !

Gesticulant, dame Rui trouva une théière sur la table et l'abattit de toutes ses forces sur le côté du crâne de Zhu.

Zhu tituba, aveuglée par un éclair de souffrance, et sentit un flot de liquide chaud ruisseler sur son cou. Elle se reprit juste à temps pour attraper le bras de dame Rui, qui s'apprêtait à la frapper à l'aide du morceau restant de la théière comme s'il s'agissait d'un couteau. Zhu serra son poignet jusqu'à lui faire lâcher son arme improvisée. Au-dessus de la main qui la bâillonnait, les yeux de dame Rui lui lancèrent des éclairs.

— Bien ! dit Zhu, dont la tête tournait encore. Je savais que vous aviez du tempérament.

En réalité, cela n'allait pas bien du tout. La douleur du coup avait été glacée, comme la caresse d'une ombre qu'elle connaissait : le néant associé au corps féminin. À cette pensée, une panique aiguë la transperça. Elle lâcha dame Rui afin de s'arracher son corsage et ses jupes, au paroxysme de l'angoisse.

Dame Rui l'observa. Sa peur initiale avait laissé place au dédain ; c'était l'attitude de quelqu'un pour qui Zhu était loin de représenter le pire des avenirs possibles. Zhu abandonna au sol les lambeaux déchirés de ses vêtements de femme, lissant sa robe froissée. Dame Rui lui lança alors, non sans hostilité :

— À moins que vous ayez également volé cette robe, j'en conclus que vous êtes un moine. Mais dites-moi donc, vénérable moine, ce qui vous a poussé à prendre des mesures si radicales pour obtenir une audience. Ou alors, vouliez-vous simplement manger le tofu de quelqu'un d'autre ? Je croyais que les moines renonçaient aux plaisirs de la chair… (Sa bouche se tordit.) Mais après tout, les hommes restent des hommes.

Elle voit un moine, et non une femme. Zhu en aurait presque soupiré de soulagement. Elle était toujours Zhu Chongba ; et si elle s'était écartée de ce chemin, cela n'avait duré qu'un court instant.

— Mes salutations, dame Rui, dit-elle. (Elle grimaça ; son crâne la lançait douloureusement.) En temps normal, ce moine aurait imploré votre pardon pour vous avoir manqué de respect, mais vous vous êtes déjà vengée avec éclat. Soyez sans crainte, ce moine ne souhaite pas vous faire de mal : il apporte simplement un message.

— Un message ? De qui ? (Le visage de dame Rui se durcit.) Ah… Des Turbans Rouges. Même les monastères sont de leur côté, à présent ? (Son regard amer était de retour.) Mais rien de tout cela ne me concerne. C'est au nouveau gouverneur de s'en charger.

— Peut-être les problèmes du gouverneur Tolochu ne vous préoccupent-ils pas, mais pardonnez-moi, dame Rui… Je ne peux m'empêcher de remarquer que, lui, représente un problème pour vous. Vous êtes une jeune veuve attendant un enfant, et il a l'intention de vous renvoyer dans votre famille d'origine, pour laquelle vous ne serez rien d'autre qu'une honte et un fardeau. Je ne pense pas que cela vous convienne. Avez-vous l'intention de vous laisser faire ?

Bien que l'intensité émanant de dame Rui ait été le premier motif de l'intérêt de Zhu, la force de sa réaction la surprit malgré tout. Son visage couleur de pétale de cerisier s'assombrit de colère et d'humiliation, et elle parut tout à fait disposée à mettre ses vies futures en péril en giflant un moine.

— En quoi cela vous concerne-t-il, et comment osez-vous formuler des commentaires à ce sujet ? Et même si cela ne me convenait pas… que pourrais-je faire d'autre ? (Zhu ouvrit la bouche, mais dame Rui poursuivit sa tirade d'un ton venimeux.) Non. Qui êtes-vous, un *moine*, pour venir me parler de ma situation, comme si vous aviez la moindre idée de ce que peut et ne peut pas faire une femme ?

Un souvenir s'imposa à Zhu : la braise brûlante de la rancœur et de la soumission, qu'une fille avait sentie en elle, bien longtemps auparavant. Zhu comprenait, au contraire ; et ce simple fait fit courir un frisson d'horreur le long de sa colonne vertébrale. Elle répondit avec prudence :

— Parfois, nous avons besoin d'un point de vue extérieur pour y voir plus clair. Dame Rui… Si ce moine pouvait vous offrir une autre solution, qui nous profiterait à tous les deux, qu'en diriez-vous ? Le gouverneur Tolochu n'est rien d'autre qu'un bureaucrate de Dadu. Il n'a aucune connaissance particulière de cette cité ; il n'est donc pas plus apte qu'un autre à la gouverner. Pourquoi lui laisser la place, s'il existait quelqu'un de plus qualifié… Quelqu'un qui connaîtrait déjà cette fonction, les mécanismes de la cité et le caractère des hommes qu'il faudra commander ?

Dame Rui fronça les sourcils :

— Qui ?

— Vous, répondit Zhu.

Un parfum poivré de chrysanthèmes se dégageait de l'encensoir posé sur la table, entre elles. Dame Rui finit par répliquer d'un ton égal :

— Vous êtes fou ?

— Pourquoi pas ?

Puisqu'elle n'avait rien de concret à lui offrir, Zhu ne put qu'ouvrir les yeux et laisser dame Rui scruter la profondeur de sa sincérité. *Je comprends.* Plus encore que l'acte de revêtir des vêtements féminins, l'acceptation du passé de cette fille était un moment d'une vulnérabilité terrifiante. Zhu avait l'impression d'avoir ouvert sa peau pour dévoiler ses organes.

— Pourquoi est-ce si impensable ? Prenez le pouvoir. Demandez l'aide des hommes qui sont encore loyaux envers votre mari. Ralliez Lu à la cause des Turbans Rouges, et, avec notre soutien, même les Yuan ne parviendront pas à vous la reprendre.

—Vous êtes fou, c'est bien cela, dit-elle. (Mais Zhu surprit un éclair d'incertitude dans son regard.) Les femmes ne peuvent gouverner. Le Fils du Ciel règne sur l'empire, tout comme les hommes dirigent les villes ; et les pères, leurs familles. C'est là l'essence du monde. Qui oserait la contrarier, en plaçant une substance à un endroit contraire à sa nature ? Il est dans la nature des hommes de prendre des risques et de commander. Pas dans celle des femmes.

—Le croyez-vous vraiment ? Êtes-vous plus faible que le gouverneur Tolochu, en raison de votre substance ? Ce moine ne le pense pas. Ne risquez-vous pas votre vie, en ce moment même, afin de porter et d'élever un enfant ? Une femme met en jeu tout ce qu'elle est –son corps et son avenir– lorsqu'elle se marie. C'est plus courageux que le risque pris par un bureaucrate lorsqu'il s'agit simplement de ne pas perdre la face, ou sa fortune.

La mère de Zhu avait fait ce pari, bien des années plus tôt. Elle en était morte. À présent, la seule personne au monde qui sache où elle était enterrée était quelqu'un qui n'était plus sa fille ; mais qui se souvenait un peu, à contrecœur, de ce que signifiait être une femme.

—Vous pensez que je suis capable de gouverner, *parce que* je suis une femme ? demanda dame Rui d'un ton incrédule.

—Puisque ce moine en sait autant de vous que du gouverneur Tolochu, pourquoi ne vous choisirait-il pas, vous ? Une femme enceinte a davantage à perdre que n'importe quel homme. Elle sait ce que c'est d'avoir peur, et de souffrir.

Zhu abandonna ses tournures de moine et lui dit, d'un ton pressant et sans fard :

—Je ne vous connais pas, mais je sais ce que vous voulez.

Je le reconnais.

La femme restait muette.

—Laissez-moi vous aider.

Zhu ramassa la moitié cassée de la théière, tombée au sol, et la pressa dans la main pâle et immobile de dame Rui.

—Laissez-moi vous donner les moyens de survivre.

Dame Rui serra les doigts sur la poignée de la théière. Du sang luisait sur son contour brisé : celui de Zhu.

—Et le gouverneur ?

—Si vous êtes prête à prendre sa place…

Dame Rui dit brusquement :

—Tuez-le.

Ses yeux s'ouvrirent en grand, poignardant Zhu. Celle-ci faillit chanceler sous le choc. Déchaînée, cette femme délicate et drapée de gaze blanche avait toute la subtilité d'un trébuchet en train de frapper.

Zhu sentit son mal de tête décupler. Elle se remémora le visage de Xu Da. *« Je ne voulais pas tuer. Au début. »*

— En réalité, ce que je proposais, c'était de…

— Vous avez dit que j'avais le désir de survivre, n'est-ce pas ? Eh bien, vous aviez raison.

Elle serrait la mâchoire avec cette intensité que Zhu avait déjà aperçue auparavant : une rage comprimée, renfermant en son cœur le désir féminin de survivre à tout ce qui voulait l'anéantir.

— Et puisque vous êtes déterminé à croire que je suis capable de prendre des risques… alors dites-vous que c'est le risque que j'ai choisi. (Elle se retourna pour reprendre sa position initiale, face au miroir.) *Tuez-le.* Ensuite, nous pourrons parler. (Les paupières lourdes, elle observa froidement Zhu depuis la plaque de métal.) Et n'entrez plus dans ma chambre.

— Oui ? lança le gouverneur Tolochu depuis son bureau.

Zhu – portant une lampe à huile de poisson dans une main et un document sur lequel lui faire apposer son sceau de l'autre – enjamba le seuil surélevé et entra dans la pièce. Elle ressentit une étrange secousse intérieure, qui n'exprimait ni l'appréhension, ni l'impatience. Elle avait les mains moites. Zhu avait beau savoir que c'était la chose à faire, l'aboutissement logique de l'opportunité qui s'était présentée à elle en la personne de dame Rui… elle était obsédée par la pensée de ce qu'elle s'apprêtait à faire. Les douze cicatrices d'ordination sur son crâne la brûlaient. Elles lui rappelaient son serment monastique, dont le premier précepte était : *« Abstiens-toi de tuer le moindre être vivant. »*

Tolochu leva les yeux lorsque Zhu entra. Son bureau, luxueusement meublé, était entouré de bibliothèques. Des bougies disposées sur le pourtour de la pièce y diffusaient leur odeur familière de cire végétale ; Zhu se revit s'agenouillant devant les autels du monastère. Un frémissement lui parcourut les épaules. Elle se demanda s'il était dû aux regards affligés des bodhisattvas, voyant ce qu'elle s'apprêtait à faire.

— Un moine ? dit Tolochu en prenant le document. C'est la première fois que je vous vois. Mon prédécesseur craignait-il pour ses vies futures au point de demander à être conseillé au quotidien ? (Il saisit son sceau, mais tressaillit brusquement de dégoût.) Qu'est-ce que…

Il toucha sa robe ; lorsqu'il releva les doigts, ceux-ci étaient graissés d'huile. Il darda sur Zhu un regard assassin.

— Espèce d'imbécile… !

— Pardonnez-moi, gouverneur, s'excusa Zhu. Il semble que la lampe ait coulé.

Le regard des bodhisattvas lui vrillait l'arrière du crâne… ou peut-être était-ce encore la douleur due au coup de dame Rui. Tolochu resta bouche bée face à son manque d'obséquiosité. Zhu s'avança alors, et, d'un seul geste, poussa les bougies de leur support pour les faire tomber en une pluie de flammes.

On aurait pu s'attendre à entendre un bruit ; mais dans ce premier instant, il n'y en eut pas. La vague de feu déferla silencieusement sur le sol trempé d'huile, puis gagna l'ourlet de la robe de Tolochu. Une fraction de seconde plus tard, il se transformait en bougie humaine. Le rideau de feu se propagea jusqu'aux parois de la pièce et glissa ses doigts entre les livres alignés. Alors, il produisit enfin un son. Ce fut d'abord un murmure, qui enfla pour devenir un mugissement rauque, comme le vent dans les pins ; sauf que son souffle était vertical. Le feu poussa vers le haut des bouillons de fumée noire, qui s'amassèrent en heurtant le plafond. Bientôt, il n'y eut plus rien au-dessus d'eux que cette noirceur qui retombait.

Zhu contempla la scène, subjuguée. Elle en avait oublié Tolochu, son serment violé, la grandeur et la souffrance qui l'attendaient. Elle ne voyait plus que la vitesse et la puissance destructrice des flammes. Le monastère avait brûlé, mais pas de cette façon ; le feu n'avait pas été si terrifiant, si présent, presque vivant. Ce n'est que lorsque la chaleur se fit insupportable qu'elle comprit qu'elle s'était attardée trop longtemps. Zhu se tourna pour partir.

Du coin de l'œil, elle vit quelque chose bouger. Elle pivota, trop tard ; une silhouette embrasée se jeta sur elle et les plaqua tous deux au sol. Zhu se débattit, le gouverneur Tolochu au-dessus d'elle ; son visage était un masque noir et craquelé, dont s'échappait une substance rouge en ébullition. Ses cheveux étaient une colonne de flammes qui faisait fondre la graisse de son crâne, si bien que celle-ci coulait sur ses joues comme des larmes. Ses dents semblaient s'être allongées, et leur blanc pur tranchait sur sa bouche dénuée de lèvres, ouverte sur un hurlement muet. Mais il avait encore de la force dans les mains, qu'il referma sur la gorge de Zhu.

Elle lutta comme un fauve, mais ne parvint pas à se dégager. Elle gesticula en toussant ; sa main trouva quelque chose au sol, qui lui brûla la paume comme un tison ardent ; et avec l'énergie du désespoir, elle planta l'objet dans le visage de Tolochu.

Il se redressa brusquement, un pinceau saillant de son œil. Puis il bondit de nouveau sur elle, et ils roulèrent en luttant au sol. Tolochu continuait son cri silencieux, comme un sifflement. Cette fois, Zhu se retrouva au-dessus de lui. La part animale de son être sut quoi faire. Elle se pencha vers l'avant et pressa son avant-bras contre sa gorge, où il glissa sur le sang et les fluides suintant de Tolochu. Ce dernier s'agita, mais elle tint bon, toussant et crachant dans l'air enfumé. Face à elle, Tolochu ouvrait et fermait la bouche comme un poisson. Enfin, il se figea.

Péniblement, Zhu s'arracha au cadavre et se dirigea vers la porte. Il lui semblait que chaque respiration la brûlait de l'intérieur ; elle eut la pensée terrifiante qu'elle grillait et se racornissait autour de son souffle comme un morceau de viande rôtie. La pièce n'était plus qu'une fournaise aveuglante, surmontée du plafond de fumée qui s'abaissait inexorablement. Elle tomba à genoux et rampa, puis se jeta à l'extérieur.

Elle resta étendue sur la pierre froide, les yeux levés vers le ciel noir. *Le Bouddha a dit : vis ta vie comme si ta tête était en feu.* Si elle en avait eu la force, elle aurait ri et frémi en même temps. Elle et Tolochu avaient été en feu : ils avaient senti la fragilité de leur propre vie. Mais au lieu de s'élever vers l'éveil, ils étaient tombés. La pression exercée par leur mortalité les avait privés de toute pensée humaine, hormis la détermination à survivre. Et Zhu, qui cultivait ce désir depuis son enfance, avait été plus forte. Elle avait pris la vie de Tolochu. Elle avait senti la vie de l'homme décliner sous ses mains, et l'instant où elle s'était arrêtée. Elle avait tué dix mille soldats yuan ; mais cette fois, c'était différent. Elle l'avait *voulu*. Elle se souvint du chagrin de Xu Da, vis-à-vis de ses propres actes. *Il n'y a pas de rédemption possible, après un meurtre.*

Zhu fut réveillée par le son de sa propre toux. Elle avait un violent mal de tête, le corps perclus de douleurs et les poumons pleins de glaire noirâtre ; mais surtout, elle était prisonnière. Prisonnière d'un cachot souterrain, froid, sombre et humide, dont chaque recoin était infesté de fantômes. Mais quoique ce soit la sorte d'endroits qu'elle préférait éviter, elle était vivante : c'était l'essentiel. Elle fut frappée du souvenir, aussi intense qu'un cauchemar, de la chair brûlante de Tolochu s'affaissant sous ses doigts. *Je l'ai tué, pour pouvoir vivre.* Lorsqu'elle avait imaginé cet acte avant de le commettre, elle avait cru en retirer une satisfaction lugubre : l'idée qu'en dépit de tout le reste, cela prouvait qu'elle était capable de faire ce qu'il fallait.

À présent, elle savait qu'elle en était capable. Mais elle n'en concevait aucune satisfaction ; seulement une vague nausée qui refusait de la quitter.

Après un temps indéterminé, qui aurait suffi à boire cinq ou six théières entières, une porte s'ouvrit plus haut dans un choc métallique.

Des pas légers descendirent vers elle. Dame Rui apparut devant la cellule de Zhu et l'observa à travers les barreaux. Zhu, tout en toussant, fut troublée de constater que dame Rui était habitée d'une puissance nouvelle, fermée, insaisissable. Dame Rui lança froidement :

— Vous avez failli faire brûler toute la demeure. Si vous l'aviez fait, au moins les gens auraient-ils conclu à un accident. Dans le cas présent, il aurait été préférable que vous mouriez avec lui.

Zhu croassa :

— Je suis moine. Pas assassin. (Elle se demanda quel tour allait prendre leur conversation.) Vous avez eu ce que vous vouliez, non ?

— En effet, répondit l'autre.

Son visage était aussi lisse qu'un œuf.

— Dans ce cas, nous sommes d'accord.

— Pour que je devienne gouverneur, et que je rallie cette ville à la cause des Turbans Rouges ?

— Exactement, acquiesça Zhu.

Chaque mot quittant sa gorge broyée la faisait atrocement souffrir. Sans doute l'esprit du gouverneur Tolochu serait-il heureux de constater que son assassin avait reçu, en guise de collier, la marque de ses doigts incandescents.

Dame Rui s'approcha doucement et posa une main blanche sur le verrou. La gaze qui flottait autour d'elle la faisait paraître aussi éthérée que les fantômes errant dans les cellules vides.

— Tout est arrivé comme vous l'aviez prédit. J'ai donné mes ordres aux hommes qui s'étaient montrés loyaux envers mon mari, et ils m'ont suivie. Maintenant, j'ai une cité fortifiée en mon pouvoir. Je possède ma propre milice. Et cela me donne à penser… que je n'ai peut-être pas besoin de qui que ce soit. Ni du Yuan, ni des Turbans Rouges. (Son air glacé était comme un écho au froid souterrain du cachot.) Vous m'avez ouvert les yeux, vénérable moine. Les possibilités qui s'offrent à moi sont bien plus nombreuses que je ne l'avais cru.

En d'autres circonstances, Zhu aurait pu contempler avec admiration l'éclosion de dame Rui. Elle répondit :

— Et vous croyez que, si vous me gardez prisonnier ici, ces possibilités se feront plus nombreuses encore.

— Tout à fait, répondit dame Rui. D'une certaine manière, c'est un peu dommage. J'avoue éprouver une certaine curiosité à votre égard. Vous avez vu en moi quelque chose que j'ignorais moi-même. Je trouve cela étrange. Quelle sorte d'homme prend la peine de déceler le potentiel caché d'une femme, et l'encourage à s'en saisir malgré ses doutes ?

J'ai d'abord cru que c'était parce que vous étiez un moine. Mais il faudrait être un moine bien étrange, pour venir à moi déguisé en femme. Je me suis alors demandé si… (Elle s'interrompit un instant.) Est-ce pour cela que vous m'avez aidée ? Parce que vous êtes une femme, vous aussi ?

Le cœur de Zhu cogna durement dans sa poitrine, puis parut s'arrêter.

— C'est faux, protesta-t-elle violemment.

Ces mots avaient jailli de sa gorge blessée avant même qu'elle ait compris ce qu'elle disait, comme du sang d'une blessure. Dans un accès de lucidité, elle vit ce qui la menaçait, parce qu'elle avait commis l'erreur de comprendre la souffrance d'une femme. Elle risquait d'être traînée devant le Ciel, et privée de son nom et de sa grande destinée.

Non, pensa-t-elle avec une rage grandissante. Dame Rui n'avait pas ce pouvoir. Elle ne faisait qu'émettre une hypothèse : elle n'était sûre de rien. Et si plusieurs options s'offraient à elle, Zhu non plus n'avait pas épuisé toutes les siennes. Son cœur se remit à battre, avec une vigueur assassine.

— Je m'appelle Zhu Chongba, des Turbans Rouges, déclara Zhu d'un ton glacial. Et croyez-moi : si je vous ai aidée, c'est uniquement parce que cela me rapprochait de mon objectif.

Tandis qu'elles se foudroyaient mutuellement du regard, un bruit de métal retentit à l'étage, suivi d'éclats de voix. Un garde descendit l'escalier en courant et cria :

— Dame Rui, la ville est attaquée !

À ces mots, le masque impassible de dame Rui vola en éclats ; elle posa sur Zhu un regard de franche surprise. Puis, se reprenant, elle dit :

— Je vois. Vous ne me faisiez pas confiance non plus. Ce sont des amis à vous ?

— Il vaudrait mieux qu'ils deviennent vos amis à vous aussi, non ? répliqua Zhu. (Son soulagement donnait à ses paroles l'accent tranchant de la vengeance.) À moins que vous ne décidiez de mettre à l'épreuve votre autorité fraîchement acquise. Voulez-vous essayer, et découvrir qui exerce sur ses hommes le contrôle le plus absolu ?

Cela demeurait, dans l'ensemble, un mensonge. Même la volonté d'acier de Zhu ne changeait rien au fait que sept cents hommes n'auraient pu prendre une ville. Mais elle laissa dame Rui scruter son regard, et y voir combien elle avait foi en sa future grandeur. Avant même que la dame tire la clé de sa manche, Zhu sut qu'elle avait gagné.

Dame Rui déverrouilla la porte, avec l'air de quelqu'un qui vient d'avaler une cuillerée de vinaigre.

— Il semble que j'aie encore des choses à apprendre. Allez-y, maître Zhu, et dites à vos hommes d'entrer dans la ville, pacifiquement.

À la façon dont elle avait prononcé « maître Zhu », Zhu eut l'impression désagréable qu'elle lui offrait une marque de compréhension féminine similaire à celle qu'elle avait reçue de sa part.

— L'affaire est conclue. Les Turbans Rouges protégeront Lu, et je vous donnerai tout ce dont vous avez besoin. Je vous en donne ma parole.

Zhu sortit de la cellule.

— Gouvernez bien, avec la bénédiction du Bouddha, ma dame.

En se détournant de dame Rui, elle fut alarmée de ressentir pour la première fois de sa vie un pincement de sororité, étrange et presque étouffé. Troublée, elle la réprima et l'enferma dans le même recoin intérieur que les douleurs qui lui fouaillaient le corps ; et elle courut dans l'escalier, vers la porte débouchant sur Lu. *Ma cité. Ma victoire.* Elle avait tenté le sort en se servant d'outils que Zhu Chongba n'aurait pas eu à sa disposition ; et elle avait rompu son serment monastique, en prenant une vie humaine de ses propres mains. Mais en dépit des sentiments provoqués par ces actes, et des souffrances futures qu'ils engendreraient, elle avait dû faire les bons choix. *Parce qu'au bout du compte, j'ai obtenu ce que je désirais.*

Une pensée la fit s'arrêter brusquement dans la pénombre de l'escalier. Elle entendit en écho la voix de Xu Da : *« Qu'est-ce que ça veut dire, d'ailleurs, "connaître la grandeur" ? »* Avant même de se joindre aux Turbans Rouges, elle savait qu'elle aurait besoin d'un certain pouvoir. Qu'on ne pouvait être grand sans une armée derrière soi. Cependant, l'idée de la grandeur elle-même demeurait abstraite, comme si elle ne devait la reconnaître qu'une fois trouvée. Tout à coup, dans un éclair de clairvoyance, elle sut exactement ce qu'avait menacé sa rencontre avec dame Rui. Ce pour quoi elle avait tué.

D'un mouvement hésitant, Zhu tendit le poing droit devant elle. Ce geste, que l'obscurité aurait dû rendre ridicule, paraissait au contraire important et solennel. Elle se représenta la flamme rouge du Prince de Lumière, flottant au creux de sa paume. Puis elle *crut*. Elle crut à ce qu'elle désirait, si fort qu'elle le vit dans son esprit. Le goût acide du pouvoir envahit sa bouche. *Le pouvoir de régner en vertu du droit divin.* Elle inspira et ouvrit la main.

Sa foi était si profonde que, l'espace d'un instant, elle eut l'impression de la voir, cette flamme rouge, exactement comme elle l'avait imaginée. Son cœur battit une fois avant qu'elle ne s'aperçoive…

… qu'il n'y avait rien.

Son estomac se noua ; une nausée, la plus intense qu'elle ait jamais éprouvée jusqu'alors, l'envahit. Elle ne pouvait même pas se convaincre que tout cela n'avait été qu'une plaisanterie. Elle y avait cru : cru qu'elle posséderait le Mandat, car tel était son destin. Mais c'était faux. Cela signifiait-il que le meurtre du gouverneur Tolochu n'était que le premier de tous les actes qu'elle serait forcée d'accomplir pour obtenir ce qu'elle voulait ? Ou bien… avait-elle déjà fait trop de choses que Zhu Chongba n'aurait pas faites à sa place, et perdu l'opportunité de s'emparer de son destin ?

Non. Elle repoussa cette pensée loin d'elle, violemment. Le problème n'était pas qu'elle ne possédait pas le Mandat, mais qu'elle ne le possédait pas *encore.* S'accrochant à cette idée de toute sa volonté, elle se dit : *Tant que je continue à avancer vers ma grande destinée, et à faire ce que je dois faire, je l'obtiendrai un jour.*

Quelque part dans sa tête, dame Rui murmura : *« Le Fils du Ciel règne sur l'empire… »*

Lorsque Zhu serra le poing, elle sentit ses ongles lui meurtrir la paume. Puis elle ouvrit d'un coup d'épaule la lourde porte du cachot, et émergea dans le soleil aveuglant qui baignait la cité fortifiée de Lu.

Ma Xiuying, debout sur les ruines des remparts d'Anfeng, les vit arriver de Lu. C'était un étrange amalgame de Turbans Rouges, de bandits et de deux mille soldats de ville, disciplinés et bien équipés, marchant au pas dans leurs armures de cuir. Derrière eux avançaient des charrettes où s'élevaient de grandes piles de grain, de sel et de rouleaux de soie. Et, en tête de la procession, sur son acariâtre cheval mongol, cheminait le moine Zhu. Une petite silhouette qui n'avait rien d'impressionnant, vêtue d'une robe plutôt que d'une armure. Vu du perchoir de Ma, son chapeau de paille circulaire le faisait ressembler à un arbre coupé. Il était difficile de croire que quelqu'un comme lui avait accompli l'impossible. Mais tout en formulant cette pensée, Ma l'entendit de nouveau dire « je ». Ce n'était pas la voix d'un moine détaché des préoccupations terrestres, mais d'un individu qui savait précisément quels étaient ses intérêts. *Un individu ambitieux.*

Le moine Zhu et son cortège franchirent les portes et gagnèrent l'estrade qui avait été dressée pour les recevoir. Le Prince de Lumière et le premier ministre étaient assis sur des trônes qui luisaient faiblement sous le ciel couvert. Les autres chefs des Turbans Rouges attendaient au pied de l'estrade. Même à cette distance, Ma reconnut la posture incrédule et mortifiée de Guo le Petit. Lui et son père avaient parié contre Chen ; et, aussi incroyable que cela puisse paraître, le moine les avait fait perdre. Le moine en question mit pied à terre et s'agenouilla face à l'estrade. Ma distingua la mince tige brune de son cou, sous le rebord du chapeau. Cette vue la désorienta. Il était difficile de croire que cette personne, qui semblait incapable d'échouer, puisse être contenue dans ce petit corps vulnérable.

Le ministre gauche Chen alla se placer près de Zhu.

— Votre Excellence, la foi que vous avez placée en ce moine nous apporte mille fortunes. Et ce n'est que le commencement de ce que le Ciel nous a promis. À compter de ce jour, nos victoires ne feront que se multiplier jusqu'à la descente du Bouddha sacré en personne.

Le premier ministre, qui contemplait avec adoration le moine agenouillé, bondit sur ses pieds.

— Absolument ! Louons ce moine, qui a apporté la clarté du Prince de Lumière dans la cité de Lu, et qui nous offre la foi et la force de vaincre les ténèbres qui subsistent face à nous. Gloire au moine ! Gloire au nouveau commandant des bataillons des Turbans Rouges !

Zhu se leva et cria :

— Gloire au premier ministre et au Prince de Lumière ! Puissent-ils régner durant dix millénaires !

La puissance de sa voix claire ébranla Ma au plus profond d'elle-même. Elle résonna à travers la poussiéreuse Anfeng comme le son d'une cloche ; et, en réponse, les hommes tombèrent à genoux et adressèrent leurs révérences au premier ministre, lui jurant allégeance, ainsi qu'à la mission sacrée des Turbans Rouges.

Sur la scène, très haut au-dessus de ces hommes qui se prosternaient, se relevaient et se prosternaient de nouveau comme des vagues, le Prince de Lumière avait le regard fixe sous son rideau de perles de jade. L'angle de son chapeau indiqua à Ma qu'il observait le moine Zhu. Lorsque Zhu acheva ses révérences et leva le regard vers la scène, Ma vit la tête du Prince de Lumière se pencher brusquement vers l'arrière. Les perles de son chapeau se balancèrent.

— Que les chefs des Turbans Rouges règnent durant dix millénaires ! cria la foule.

La clameur était si puissante que Ma la sentit vibrer dans sa poitrine, et faire trembler le grand mur qui s'élevait sous ses pieds.

Le Prince de Lumière leva sa petite tête vers le ciel. La foule se tut aussitôt. Sa position avait fait s'écarter le rideau de perles, et ils virent qu'il souriait. Sous leurs yeux, la teinte cramoisie de sa robe s'intensifia, comme si un unique rayon de soleil avait traversé les nuages pour le toucher, lui et lui seul. Puis la clarté se propagea hors de sa personne ; elle l'entoura d'une aura sombre et étincelante. Ce n'était pas la flamme à demi noyée des empereurs mongols, mais un feu dévorant, qui emplissait tout l'espace entre le Ciel et la terre de sa redoutable clarté rouge.

Le Prince de Lumière dit quelque chose que Ma n'entendit pas. Mais la foule lui fit écho, en un murmure qui devint un cri et fit tressaillir Ma : « La lumière de notre empire retrouvé brillera durant dix millénaires. »

Le rouge avait recouvert le monde, si éclatant qu'il faisait penser aux ténèbres plus qu'à la lumière. Ma se sentit d'un coup oppressée, à tel point qu'elle peinait à respirer. La lumière n'aurait-elle pas dû être plus... brillante ? Certes, le rouge était la couleur de la bonne fortune et de la prospérité. Mais elle ne parvenait pas à chasser de son esprit l'image d'une ère baignée de sang.

Deux jours plus tard, Ma traversa la masse d'hommes, de chevaux et de tentes emplissant la cour du vieux temple afin d'y pénétrer. Elle s'était attendue à y rencontrer la même activité bouillonnante, mais la grande salle était déserte. On n'y trouvait qu'une statue de bois nu, tout au fond, assise sereinement parmi les colonnes de lumière piquant le toit délabré. À ses pieds, quelques bâtonnets d'encens fumaient dans un pot plein de cendres et de graines.

Ma venait de s'asseoir sur une poutre tombée lorsque le moine Zhu entra. Elle aperçut, derrière la porte qu'il avait franchie, une pièce annexe dépourvue de toit. Une simple paillasse en bambou avait été placée sous un arbre, qui poussait entre les pavés cassés.

— Vos prières ne seront pas entendues, si vous vous y prenez ainsi. Vous voulez de l'encens ? dit-il en lui tendant une poignée de bâtonnets.

Au lieu d'en saisir un, elle scruta son visage. Le moine endura son examen avec complaisance. Il portait encore la même robe en piteux état. Son expression n'avait pas changé non plus : elle reflétait toujours un intérêt modéré. Mais dans quelle mesure continuait-il à jouer la comédie ?

— Comment avez-vous fait pour détrôner le gouverneur du Yuan, et mettre une femme à sa place ? demanda-t-elle.

Il sourit.

— Je n'ai pas fait grand-chose. J'ai simplement vu ce qu'elle désirait.

Il employait de nouveau le « je ». Dans la fraîcheur intime du temple, ce mot semblait acquérir une connotation profonde, comme une promesse d'avenir.

— Vous avez reconnu son désir parce que vous désiriez aussi quelque chose. Personne d'autre n'est au courant, n'est-ce pas ?

— Au courant de quoi ?

Le visage du moine changea brièvement. L'espace d'un instant, une peur irrationnelle étreignit Ma. Un peu moins sûre d'elle, elle répondit :

— Que vous n'êtes pas arrivé à Anfeng par hasard. C'était votre destination.

Le moine se détendit et s'esclaffa.

— Ma destination ? (Il s'assit près d'elle.) Aiya ! Pourquoi aurais-je fait une chose pareille ? Anfeng n'avait rien de particulièrement accueillant aux yeux de ce moine de nuages et d'eau. Vous ne vous souvenez pas que votre propre fiancé a failli me couper la tête, alors qu'il venait à peine de me rencontrer ?

Il est encore en représentation, pensa-t-elle. Et en un instant, sa certitude lui revint.

— Ne faites pas l'innocent ! Vous êtes venu ici délibérément. Et depuis le début, vous souhaitiez accéder à une position de pouvoir au sein des Turbans Rouges, n'est-ce pas ?

Dit tout haut, cela semblait absurde. Les moines n'étaient pas censés désirer quoi que ce soit. Ils n'étaient pas censés faire preuve d'ambition. Et pourtant…

Après un moment de silence, Zhu dit :

— Il y a autre chose que personne ne sait. Vous savez quoi ?

— Non. Quoi ?

Ses yeux sourirent à Ma. Il s'agissait d'yeux ordinaires, dans un visage qui n'avait rien de séduisant ; il était étrange qu'ils la captivent à ce point. Il dit :

— Que vous êtes plus intelligente qu'eux tous réunis. Vous avez raison. Je suis venu ici délibérément.

En l'entendant prononcer cette phrase invraisemblable, la preuve qu'elle avait vu juste, elle se sentit plus déconcertée qu'encouragée.

— Mais… pourquoi les Turbans Rouges ? Si vous vouliez mener des hommes, vous auriez aisément pu devenir un bandit, comme votre ami du monastère. Pourquoi préférer un défi que vous n'aviez qu'une chance sur un million de réussir, comme Lu ?

— Que sont les bandits, sinon de la racaille ? dit-il doucement. Pourquoi aurais-je voulu devenir leur chef ?

Ma l'observa dans la pénombre, et frissonna.

— Dans ce cas… quel est votre véritable désir ?

Elle ne pouvait concevoir qu'on veuille quelque chose au point de tenter l'impossible pour l'obtenir. Pourtant, il ne se pensait pas infaillible, jugea-t-elle. Il faudrait pour cela qu'il soit stupide ; et ce n'était pas le cas, malgré les airs naïfs qu'il aimait à se donner. C'était plutôt comme si son désir était si important pour lui, si essentiel, que l'idée de l'abandonner était plus terrifiante que les risques qu'il prenait en son nom. Ma trouvait cela dérangeant. Quelqu'un qui considérait son désir comme la chose la plus importante au monde… n'était-il pas prêt à tout pour l'assouvir ?

Il resta muet. Elle crut d'abord qu'il n'allait pas répondre ; mais il finit par dire simplement :

— Ma destinée.

Ma ne s'attendait pas à cela. Elle fronça les sourcils.

— Quel intérêt y a-t-il à désirer sa destinée ? Elle arrivera de toute façon, qu'on le veuille ou non.

Le regard du moine s'était porté sur la statue de bois, au fond du temple. Vu de profil, le contour de sa pommette luisait dans la pénombre imparfaite, comme un visage sculpté. Mais, couvant sous son immobilité, Ma décelait des remous dont elle n'arrivait pas à comprendre le sens. Peut-être était-il en proie au doute ? Mais il n'était pas plus logique de douter de l'inéluctabilité du destin que de la couleur du ciel. Après un long moment, il dit :

— Je crois que vous n'avez jamais vraiment désiré, Ma Xiuying.

Cette vérité la prit au dépourvu. Mais lorsqu'on menait une vie où tout avait été décidé à l'avance, exactement comme son destin à elle… à quoi servait-il de désirer quoi que ce soit ? Le père de Ma l'avait donnée à la famille Guo ; elle épouserait Guo le Petit ; elle porterait ses enfants ; et un jour, elle donnerait ses filles à d'autres hommes. C'était ainsi. C'était l'essence du monde. Elle dit d'un ton un peu sec :

— Je croyais que, d'après les moines, le désir était la cause de toutes les souffrances.

— En effet. Mais vous savez ce qui est pire encore que souffrir ? Ne pas souffrir, parce qu'on n'est pas en vie pour ressentir quoi que ce soit.

Un courant d'air balaya la pièce, brouillant les fines volutes de fumée d'encens. Les yeux de Zhu se braquèrent sur elle. Elle sursauta. *Il me voit*, pensa-t-elle. L'intensité singulière de son regard lui donna l'impression d'être vue pour la toute première fois. Il se mit à parler à voix basse ; il paraissait vouloir déverser, dans l'atmosphère intime qui s'était créée entre eux, un secret durement gagné.

— Apprenez à vouloir quelque chose pour vous-même, Ma Xiuying. Pas ce que quelqu'un d'autre vous dit de vouloir. Pas ce que vous pensez que vous devriez vouloir. Ne vivez pas obsédée par le devoir. Puisque nous n'avons rien que ces brefs interstices entre nos non-existences, pourquoi ne pas profiter autant que possible de notre vie présente ? Le prix à payer est acceptable.

Elle le dévisagea, engourdie. Il lui sembla voir le long parchemin représentant le temps du monde ; chacune de ses vies n'était pas plus brillante ni plus longue que l'éclat fugace d'une luciole dans l'obscurité. Elle sut instinctivement qu'il ne jouait pas la comédie : c'était ce qu'il croyait vraiment. Mais à l'instant où elle découvrait cette vérité qui était en lui, brute et sincère, elle s'aperçut que c'était cela, et rien de plus : quelque chose qui était vrai… pour lui. Un homme pouvait désirer tout ce que le monde avait à lui offrir, et avoir une chance – même infime – de l'obtenir. Il avait beau comprendre qu'elle était capable de désir, il n'avait pas vu sa réalité : qu'elle était une femme, emprisonnée entre les parois exiguës d'une existence féminine ; et tout ce qu'elle aurait pu désirer lui était inaccessible.

Elle se leva pour partir.

— Vos souffrances à vous ne représentent peut-être pas un bien grand sacrifice, en regard des récompenses que vous espérez obtenir, dit-elle avec amertume. Les miennes, si.

12

Hichetu, Shanxi, troisième mois

La vue des plaines immenses de Hichetu, où le vent faisait rouler l'herbe vers l'ouest en vagues perpétuelles de vert et de jaune, ne manquait jamais d'éveiller une émotion profonde et ancestrale dans le cœur d'Esen. Le camp de chasse du grand khan, cependant, était à un campement de nomades des steppes ce qu'une cité était à un village. Les gers n'étaient pas faits de feutre, mais de laine tissée de la plus haute qualité ; chaque entrée était pourvue de tapis et d'un auvent en satin chatoyant. D'un tapis à l'autre, on voyait déambuler tous les personnages éminents du Grand Yuan. Des ministres et des généraux ; des princes du sang et des princesses impériales ; des gouverneurs de province et des princes otages des États vassaux. Et partout grouillaient les milliers de serviteurs, servantes, cuisiniers, médecins, gardes, valets, maîtres-chasseurs, prêtres et musiciens nécessaires au quotidien de leurs maîtres. Les invités buvaient du vin de raisin et de l'aïrag ; ils mangeaient de la viande préparée selon les traditions exotiques des khanats de l'Ouest, dans des porcelaines fines de Jingdezhen. Leurs chevaux et leurs troupeaux broutaient l'herbe jusqu'à ce que la terre soit aussi nue que le crâne d'un moine ; et ils erraient entre les gers constellés de pierreries, qui scintillaient sous les rayons constants du soleil baignant le plateau.

Au centre était érigé le ger du grand khan. Ses parois de soie blanche immaculée avaient été brodées d'une telle quantité de fils d'or qu'on les entendait craquer sous la brise. À l'intérieur, le grand khan était assis sur une estrade surélevée. Esen, qui s'était prosterné contre le tapis sur la même rangée que son père et son frère, cria avec eux :

— Dix millénaires pour le grand khan, dix millénaires !

Le grand khan, dixième empereur du Grand Yuan, dit :

— Levez-vous.

Esen s'était battu toute sa vie pour le concept abstrait de Grand Yuan. À présent qu'il était en présence de son incarnation matérielle, il était envahi du sentiment grisant que tout ceci n'avait pas été vain. S'asseyant sur les talons, il osa poser pour la première fois les yeux sur le Fils du Ciel. Le grand khan portait une robe de la couleur d'un tael d'or ; des dragons fantomatiques y rôdaient, comme de l'écume sur un bouillon transparent. Son visage était étonnamment ordinaire : rond et adipeux, avec des joues rouges et des paupières lourdes. On y lisait une lassitude qui surprit Esen et le mit mal à l'aise. Même s'il savait que ce n'était pas vrai, une part de lui demeurait jusque-là persuadée que les grands khans étaient toujours des guerriers.

— Nous présentons nos salutations au prince du Henan, dit le grand khan. Nous espérons que votre voyage s'est déroulé sans encombre, et que votre famille et vos troupeaux sont en bonne santé.

— Une longue année s'est écoulée depuis que cet être indigne vous a présenté ses hommages pour la dernière fois, grand khan, répondit Chaghan. Nous vous sommes reconnaissants de nous permettre de profiter de votre hospitalité, avant de retourner accomplir votre volonté en combattant les rebelles.

Le regard du grand khan glissa sur Baoxiang et se posa sur Esen.

— Nous avons beaucoup entendu parler de votre fils, celui qui dirige votre armée. Si vous l'aviez déjà amené ici, nous l'aurions reconnu avec plaisir. Est-ce bien ce jeune homme ?

L'impatience et l'appréhension envahirent Esen. Il se prosterna de nouveau.

— Cet indigne serviteur présente ses hommages au grand khan. Je suis Esen-Temur, premier fils du prince du Henan. Je serais honoré de vous présenter mon compte-rendu de la situation, quant à notre conflit contre les rebelles au sud.

— Hmm, fit le grand khan.

Lorsque Esen se redressa de nouveau, son excitation se mua en confusion. Le grand khan s'était déjà lassé de cette discussion.

— Le grand chancelier a dû recevoir vos rapports.

Esen attendait cet entretien depuis deux jours. Il s'était préparé à être réprimandé, et avait espéré recevoir malgré tout quelques éloges. Il savait que ses campagnes contre les rebelles étaient essentielles à la sécurité du Grand Yuan. Pris de court par le désintérêt manifeste du souverain, il dit d'un ton incertain :

— … grand khan ?

— Grand khan, reprit un homme en sortant de derrière le trône.

À la différence du grand khan, dont l'apparence était décevante, le grand chancelier s'exprimait avec toute l'assurance et l'autorité qu'on pouvait attendre du commandant suprême de l'armée du Yuan. Il les observa tous les trois, une expression indéchiffrable sur le visage.

— En effet, j'ai été bien informé des exploits accomplis par les troupes du prince du Henan. Durant l'année écoulée, elles ont une fois de plus remporté d'écrasantes victoires contre les ennemis du Grand Yuan dans le Sud. Le mouvement des Turbans Rouges ne devrait plus tarder à subir une défaite cuisante. Grand khan, je vous en prie, récompensez-les !

Voyant que le grand chancelier s'abstenait d'évoquer sa défaite, Esen se sentit à la fois reconnaissant et décontenancé. L'événement semblait trop important pour être passé sous silence. Il n'aimait pas l'idée que ses succès et ses échecs, si durement gagnés au champ de bataille, finissent par n'être que des armes servant aux luttes intestines de la cour.

Le grand khan sourit vaguement à Chaghan.

— Le prince du Henan a toujours été le sujet le plus loyal du Grand Yuan, et il mérite tous nos éloges, dit-il. Il sera récompensé. Mais pour l'instant, prince, allez manger et boire, et permettez-moi de voir vos fils participer aux concours, demain. Nous avons grand plaisir à admirer l'avenir du Grand Yuan sur le terrain.

Tandis qu'ils se levaient et s'éloignaient du trône à reculons, Esen médita tristement cette rencontre et ses espoirs déçus. Le grand khan devait être la personnification de la culture et de l'empire qu'Esen chérissait, et qu'il avait consacré sa vie à protéger. Découvrir que le grand khan n'était qu'un…

Mais il ne put même pas se résoudre à le penser.

En sortant, ils tombèrent nez à nez avec le groupe de nobles suivant, venus eux aussi saluer solennellement le grand khan.

— Ah, Chaghan ! s'exclama le gouverneur militaire Bolud-Temur du Shanxi, d'une voix tonitruante. Heureux de vous voir bien portant. J'espère que votre famille et vos troupeaux sont en bonne santé.

Près de lui, Altan les gratifia de son air habituel de satisfaction boutonneuse. À la différence du prince du Henan, assez austère, le gouverneur militaire du Shanxi était un homme porté sur les excès. Son costume de monte aux broderies extravagantes, doté d'une jupe plissée à la mode de la cour impériale, était d'une nuance si criarde d'aigue-marine qu'Esen peinait à croire qu'il n'ait pas attiré tous les insectes ailés à cinq li à la ronde. Bolud était déjà le père de l'impératrice ; et pourtant, il parvenait à se comporter comme s'il espérait recevoir des faveurs impériales plus exceptionnelles encore.

—Je dois dire que j'ai été surpris de recevoir votre demande de troupes supplémentaires, poursuivit Bolud. Je n'aurais jamais imaginé que quiconque puisse perdre une bataille contre ces paysans. Avec quoi se battent-ils donc, des pelles ? Heureusement que j'étais là pour vous tirer d'affaire, non ? Enfin... Voici sans doute votre fils aîné, Esen-Temur. Cela fait bien longtemps que je ne vous avais pas croisé ici, Esen... Je ne peux m'empêcher de vous voir encore comme un petit garçon. Je suis sûr que vous avez tiré une ou deux leçons des derniers événements. Pour ma part, si mon général avait perdu dix mille hommes en une seule nuit, je l'aurais fait enrouler dans un tapis et jeter dans la rivière. D'un autre côté, je l'ai croisé à l'instant, et je comprends pourquoi vous n'en avez rien fait. Par le Ciel, qu'il est mignon ! Vous devriez le vendre comme femme ; vous en tireriez trois fois le prix d'un général défaillant... (Il s'esclaffa.) Et voilà Wang Baoxiang ! Je n'arrivais pas à le croire, lorsque Altan m'a appris que vous n'étiez toujours pas commandant de bataillon. À votre âge ! Et chaque année, vous refusez de vous joindre aux compétitions qui se tiennent en ces lieux. Je suppose que ce n'est pas parce que vous êtes incapable de bander un arc, mais...

L'archerie était le propre des Mongols ; aucun homme ou femme ne pouvait se dire mongol s'il n'était capable de bander un arc. Voyant Bolud braquer un regard appuyé sur les mains lisses de Baoxiang, Esen se mit à bouillir d'indignation pour son frère. Pour la énième fois, il regretta que le soutien de Bolud soit si essentiel à leur famille.

Baoxiang répondit, bien plus poliment qu'Esen ne l'aurait prédit :

—Peut-être vais-je déroger cette année à mon habitude, vénérable gouverneur militaire, pour prendre part aux jeux. Je suis sûr que mon père en serait ravi.

—Ah, très bien ! s'exclama Bolud d'un ton jovial, comme s'il ne venait pas d'insulter toutes les personnes présentes en quelques phrases à peine. J'ai hâte d'admirer vos prouesses.

Baoxiang s'inclina, mais Esen vit son regard calculateur suivre les nobles du Shanxi jusque dans le ger du grand khan.

Au grand déplaisir d'Ouyang, les compétitions du grand khan commençaient à l'aube pour ne se terminer qu'au coucher du soleil, par ces journées de printemps qui ne cessaient de s'allonger. Les hommes –et même quelques femmes– s'affrontaient dans presque tous les domaines possibles et imaginables : l'archerie, la course de chevaux, la voltige, l'attrape-chèvre, l'art de gonfler une peau de vache, la fauconnerie, le polo, le lancer de couteaux; et tous les types de combat avec ou sans armes, issus de toutes les régions des quatre khanats. Ouyang comme Esen, qui étaient habitués à dépenser leur énergie en batailles plus productives, trouvaient tout cela saugrenu. À Hichetu, on admirait avant tout le spectacle et non les résultats: souvent, un perdant au style plus impressionnant que ses adversaires était porté aux nues.

— Que croyais-tu? Que c'était le mérite qui permettait de gravir les échelons, à la cour? avait dit le seigneur Wang d'un ton acerbe lorsque Esen l'avait fait remarquer.

Il s'était ensuite éloigné sous son parasol, une coupe à la main.

Ouyang – debout au beau milieu du champ de compétition, le soleil ardent du plateau cognant sur son casque – songea que le seigneur Wang exerçait, pour une fois, une activité plus enviable que lui. Autour du terrain, les courtisans paressaient dans des pavillons de soie et prenaient les paris en riant. Des hordes de serviteurs se pressaient autour d'eux, leur apportant toutes sortes de mets bien trop insolites au goût d'Ouyang: du calmar séché, sucré et épicé, cuit avec des amandes; des jujubes frits et fourrés au riz dans un sirop de fleurs d'osmanthe; du thé salé au beurre de yak; des paniers de fruits tropicaux à l'allure suspecte, venus de l'extrême sud. Ouyang se sentait moite et irrité. Il s'était battu au sabre toute la matinée, et chacun des duels s'était déroulé de la même manière. L'adversaire, supposant qu'il n'avait pas plus de force qu'un frêle jeune homme – ou pire: une fille – chargeait sans réfléchir et se voyait infliger une correction en règle. Le style d'Ouyang n'était ni gracieux ni artistique, ce qui mécontentait la foule. En revanche, il était d'une efficacité redoutable.

— Le général Zhang Shide de Yangzhou, contre le général Ouyang du Henan! cria un héraut.

Le nouvel adversaire d'Ouyang s'avança dans l'herbe, face à lui. Il vit un Nanren dont la beauté ne semblait rien devoir à ses traits, parfaitement ordinaires. La racine de ses cheveux formait un motif carré; ses sourcils étaient saillants; le reste était déjà marqué par le souci. Mais on décelait une émotion profonde dans les ombres qui se peignaient sous ses yeux, et aux commissures de sa bouche. Mille expressions futures attendaient le moment de s'y former.

— Mais… est-ce vraiment la première fois que nous nous rencontrons? demanda Ouyang en han'er.

La famille Zhang – dont l'empire commercial régnait sur la côte et le Grand Canal, apportant à Khanbalyk son sel et son grain – était d'une importance si capitale pour le Grand Yuan qu'Ouyang connaissait de longue date le nom et la personnalité du général Zhang. Il était surpris de s'apercevoir que cette familiarité s'était bâtie sans qu'ils aient eu besoin de se voir en personne.

Le regard du général Zhang se porta brièvement derrière l'épaule d'Ouyang, exprimant une sorte de surprise ; mais un instant plus tard, il le saluait d'un sourire chaleureux.

— C'est étrange, n'est-ce pas ? Cette sensation que nous nous connaissons déjà. Lorsque j'ai entendu dire que vous seriez ici, à Liulin… (il avait employé le nom han'er de Hichetu)… j'ai été impatient de vous voir, comme si nous étions de vieux amis. (Il lança un regard ironique à l'assistance.) Même si ce n'était pas ainsi que je me représentais la scène.

— Ne jamais sous-estimer le goût des Mongols pour la compétition, répondit Ouyang. Donnez à deux hommes un morceau de viande chacun, et ils s'affronteront pour savoir qui terminera son repas le premier.

— Partagez-vous ce penchant ? demanda Zhang d'un ton amusé.

Ouyang eut un léger sourire.

— En tout cas, je n'aime pas beaucoup perdre.

— Cela n'a rien d'une spécificité mongole. Lorsque l'empereur m'a demandé de concourir, j'ai jugé que cette activité était indigne de mon rang, vous savez. J'ai même envisagé de perdre délibérément, afin d'être éliminé plus vite. Mais hélas ! Mon orgueil ne m'a pas laissé faire. Et c'est ainsi que nous nous retrouvons là, tous les deux… Les redoutables défenseurs du Grand Yuan vont se donner la chasse au beau milieu de la journée, pour divertir la foule.

Ils effectuèrent leurs génuflexions à l'adresse du pavillon impérial, puis se retournèrent face à face. Ouyang dit :

— Peut-être est-ce une bonne chose. Nous ne savons pas grand-chose l'un de l'autre, pour le moment ; mais nous nous connaîtrons très bien tout à l'heure.

— Nous aurions pu obtenir le même résultat autour d'un bon repas.

— En nous affrontant pour savoir qui terminera le premier ?

Zhang rit.

— Ah… Vous avez le nom et le visage d'un Nanren, mais je vois que vous êtes bien un Mongol. En plus de votre penchant pour les concours de mangeurs de viande, l'accent avec lequel vous parlez han'er vous trahit. Vous êtes prêt ?

S'il n'était que de corpulence moyenne, Zhang demeurait plus charpenté qu'Ouyang et avait l'avantage de l'expérience. Son premier assaut révéla un style chaleureux et passionné ; il avait toute la sensibilité et l'esprit artistique qui manquaient à Ouyang. La foule poussa des hourras, profitant enfin du spectacle qu'Ouyang refusait de leur donner.

En parant la contre-offensive d'Ouyang, Zhang dit :

— Auriez-vous donc très envie de gagner, pour affronter le troisième prince ?

— Le troisième prince ?

Celui-ci – seul prince royal à avoir survécu à l'enfance – était le fils de la plus puissante concubine du grand khan, et sa favorite. Quoiqu'il ait déjà dix-neuf ans, il ne montrait pas signe d'avoir acquis le pouvoir du Mandat du Ciel, sans lequel il ne pouvait être nommé prince héritier. Puisqu'il était excessivement rare qu'un prince reçoive le Mandat à l'âge adulte, la plupart des nobles mongols estimaient qu'un prince plus prometteur finirait par naître afin d'hériter du Mandat, et du trône.

— N'avez-vous pas prêté attention aux autres duels ? Il doit affronter le vainqueur de celui-ci ; ce sera le combat final. Même s'il faut avouer que… ses talents sont ceux qu'on peut attendre d'un homme qu'on ne laisse jamais perdre.

— Ce sera donc une victoire facile, répliqua Ouyang tandis qu'ils s'écartaient pour se reposer un instant.

Zhang, qui n'était plus aussi athlétique que dans sa jeunesse, haletait légèrement.

— Peut-être… mais la carrière du vainqueur risque d'en pâtir. Les récompenses de la compétition vous intéressent-elles à ce point-là ?

Lorsqu'il s'agissait de son avenir, la carrière d'Ouyang était le cadet de ses soucis. Même à cet instant, il ressentait avec une intensité anormale la proximité du pavillon impérial, qui l'invitait à s'approcher comme le rebord d'un précipice. Il savait que le moment était mal choisi pour rouvrir cette plaie-là. Cependant, il savait aussi qu'il ne pourrait s'en empêcher.

Avec une légèreté feinte, il dit :

— Cela veut-il dire que vous abandonnez ?

— Pas du tout, rétorqua Zhang avec un large sourire. Je serais heureux de me mesurer au troisième prince. Il n'y a pas de mal à ce qu'il connaisse mon visage. Je me contenterai de perdre délibérément. Avec grâce, bien sûr. Tous les jeunes hommes aiment qu'on mette leurs talents en valeur.

— Tous les jeunes hommes devraient connaître la mesure réelle de leurs talents, comparés à ceux des autres, affirma sèchement Ouyang.

— Est-ce possible que vous ayez progressé si loin dans votre carrière sans recourir à la flatterie ?

— Lorsqu'on se montre suffisamment compétent, ce n'est pas nécessaire.

Si seulement le monde entier fonctionnait de cette manière…

— Aiya, heureusement que vous travaillez dans l'armée. Vous et moi, nous sommes des gens simples. Les intrigues politiques ne tarderaient pas à nous être fatales…

Juste comme il finissait sa phrase, Ouyang vit une ouverture dans ses défenses et s'élança, projetant l'autre général en arrière.

— On dirait que vous ne cherchez pas à mettre mes talents en valeur, dit Zhang d'un air penaud, allongé au sol.

Ouyang l'aida à se relever.

— Vous savez très bien qu'ils sont remarquables ! Vous n'avez pas besoin que je vous flatte.

Zhang épousseta ses vêtements. Ouyang le vit hésiter à lui prodiguer un conseil. Mais il se contenta finalement de dire :

— Bonne chance, général.

Il quitta le champ du concours avec un sourire d'adieu.

— Le troisième prince ! annonça le héraut.

Un jeune Mongol, à la face large et séduisante, entra sur le terrain. Ses nattes étaient ornées de perles en argent et lapis-lazuli, assorties à ses boucles d'oreilles et à son armure.

— Général Ouyang, le salua le troisième prince.

L'homme avait presque atteint l'âge adulte, et sa carrure était déjà celle d'un guerrier de la trempe d'Esen. Cependant, son allure était empreinte d'une vulnérabilité mal dissimulée qui le faisait paraître bien plus jeune aux yeux d'Ouyang. Le troisième prince étudia Ouyang avec un intérêt pervers, comme s'il était excité par sa propre répulsion face à une créature nouvelle et anormale.

— Voudriez-vous vous reposer un instant, avant notre combat ?

Son examen procura à Ouyang un picotement désagréable. Il avait pris soin de ne pas baisser les yeux ; si bien que, lorsque le regard du prince monta jusqu'au sien, le jeune homme tressaillit. Ouyang reconnaissait cette surprise : c'était celle de quelqu'un qui avait oublié que le visage de l'eunuque dissimulait un homme, doté de pensées et d'une expérience masculines.

— Votre Altesse, c'est un honneur pour cet indigne serviteur de se mesurer à vous. Je vous en prie, continuons.

Le troisième prince leva son sabre. Il ressemblait peut-être à Esen, physiquement ; mais sa posture de combat n'aurait pu en être plus éloignée. Elle était aussi jolie qu'inutile.

— Dans ce cas, allons-y.

Ouyang frappa. D'un seul coup, vif et irrité, comme celui qu'il aurait infligé à une mouche. Le troisième prince s'écrasa au sol. Il y était encore étendu qu'Ouyang l'avait déjà oublié. Le troisième prince n'était rien : ni une menace, ni un outil. Et cette victoire n'était rien d'autre qu'une opportunité, qu'Ouyang n'aurait pas dû avoir la faiblesse de saisir. Une sensation mystérieuse enflait en lui. Son intensité faisait tambouriner son cœur ; la douleur qu'elle lui causait le poussait à agir. *Je veux voir le visage de mon destin.* La foule bourdonna.

— Que le vainqueur s'approche du grand khan !

Ouyang marcha jusqu'au pavillon impérial et s'agenouilla. Il lui semblait que ce sentiment, insondable et terrible, croissait jusqu'à lui étirer la peau. Peut-être s'agissait-il de sa vie tout entière, condensée en une seule émotion. Il baissa le front jusqu'à l'herbe clairsemée, trois fois. Puis, enfin, il leva les yeux vers le grand khan. Il contempla cette silhouette dorée sur son trône, et le monde s'arrêta. Là, à moins de vingt pas de distance, se trouvait l'homme qui avait tué son père. Celui qui avait ordonné au prince du Henan de massacrer tous les Ouyang mâles, jusqu'au neuvième degré, et éteint à jamais leur lignée. Ouyang observa ce visage ordinaire et y vit son destin ; et il sentit cette émotion opaque gonfler en lui, jusqu'à ce qu'il ne reste plus rien d'autre. Le grand khan était son destin et sa fin. La pensée de cette fin lui procura une bouffée de soulagement. Après tout ce qui s'était passé… ce serait le moment où tout s'arrêterait.

Des taches noires vinrent maculer son champ de vision. Il revint à lui en reprenant un souffle haché ; de tout ce temps, il n'avait pas respiré une seule fois. Il tremblait. Qu'est-ce que le grand khan pensait de lui, en le voyant frissonner en contrebas ? En le regardant, sentait-il son propre destin, comme Ouyang sentait le sien ?

Ouyang ne pensait pas être capable de parler ; et pourtant, il le fit.

— Dix millénaires pour le grand khan !

Il y eut un long silence au-dessus de sa tête, bien plus long qu'Ouyang n'aurait pu le soupçonner ; il en devint dérangeant. Des murmures parcoururent la foule.

— Redresse-toi, dit le grand khan.

Lorsque Ouyang se redressa pour s'asseoir sur ses talons, il fut troublé de voir que le grand khan regardait fixement un point situé derrière lui. L'espace d'un instant, une idée folle envahit Ouyang ; il songea que, s'il se retournait assez vite, il verrait peut-être quelque chose. Le miasme de ses émotions, jetant une ombre qui racornirait l'herbe du champ. Semblant s'adresser à la présence mystérieuse qui le captivait, le grand khan reprit d'un ton lointain :

— Nous aimerions connaître l'honorable nom de ce général.

Ouyang s'aperçut qu'il ne tremblait plus, comme s'il avait atteint le dernier stade de la mort par hypothermie.

— Grand khan, le nom de famille de cet indigne serviteur est Ouyang.

Le grand khan sursauta et regarda Ouyang pour la première fois.

— Un Ouyang du Henan ?

Il serra la main sur l'accoudoir de son fauteuil, et de minuscules flammes bleues perlèrent faiblement entre ses doigts, en un phénomène manifestement involontaire. Se remémorait-il simplement le passé, ou était-ce autre chose qui le tourmentait ? Tout à coup, Ouyang eut la terrible impression que ce qui se passait était hors de sa portée. Que, sans le savoir, il avait commis une très grave erreur…

Mais alors, le grand khan parut chasser les pensées qui le hantaient. D'un ton puissant, il affirma :

— Les talents de ce général sont exceptionnels. Vous honorez grandement votre maître, le prince du Henan. Veuillez continuer de le servir avec loyauté et compétence. (Il adressa un signe à un subalterne.) Récompensez-le !

Les serviteurs s'avancèrent avec des coffres posés sur des coussins richement décorés. Il s'agissait de richesses équivalentes aux gains d'une campagne victorieuse. Deux, même.

Le contraste entre la sensation d'une catastrophe imminente et le triomphe rendit Ouyang euphorique. Lorsqu'il toucha l'herbe du front, il voyait déjà sous ses paupières l'image de sa prochaine rencontre avec le souverain.

— Le grand khan est généreux. Dix millénaires pour le grand khan ! Dix millénaires !

Lorsqu'il s'éloigna à reculons, il sentait encore le regard du grand khan posé sur lui.

Les compétitions du jour laissèrent place aux festivités du soir. Les banquets et la boisson avaient commencé depuis déjà plusieurs heures, et l'arôme graisseux de l'agneau rôti sur la pierre emplissait l'atmosphère. Des centaines de tables avaient été disposées sur l'herbe ;

leurs décorations incrustées de nacre scintillaient à la lumière d'une foule de petites lampes. Au-dessus de leurs têtes, la brise nocturne gonflait les auvents de soie, où se reflétait la clarté d'énormes lanternes montées sur des trépieds et réparties sur la plaine. Ouyang était assis en compagnie du général Zhang ; de nombreuses cruches de vin vide s'alignaient entre eux. Ils observaient la colonne des dignitaires apportant des cadeaux jusqu'à une table surélevée, où le grand khan avait pris place en compagnie de l'impératrice, du troisième prince et du grand chancelier.

Zhang fit remarquer :

— L'une des cours de l'enfer doit être dédiée à l'ennui que j'éprouve à cet instant précis.

Il débordait de virilité naturelle dans sa robe en somptueux brocart de Pingjiang ; mais à mesure que la soirée s'éternisait, son élégant chignon commençait à se détacher.

— Continuez à boire, conseilla Ouyang en lui resservant du vin.

Plus il devenait ivre, plus il était surpris par le son lointain de sa voix s'exprimant en han'er. C'était comme s'il s'apercevait, encore et encore, qu'il y avait dans son corps quelqu'un qui parlait et pensait dans une autre langue.

— Vous, les Mongols, vous buvez plus que je n'aurais pu l'imaginer.

Ouyang eut un rire sec.

— Vous n'avez rien vu. Toute la semaine prochaine sera également arrosée de boisson ; vous feriez mieux de vous y préparer.

— Je ne peux que me préparer à l'endurer, répondit tristement Zhang.

Ouyang se demanda si ses propres joues s'étaient follement empourprées, comme celles de Zhang. Comparés aux Mongols, les Nanren étaient connus pour ne pas tenir l'alcool. Zhang lança un regard au trône et dit :

— Était-ce difficile, pour vous, de rencontrer l'empereur ?

Ouyang était si hébété par le vin qu'il n'eut même pas besoin de réprimer un tressaillement.

— Pourquoi ? À cause de mes malheureuses origines ? (Il vida sa coupe et attendit que Zhang la lui remplisse de nouveau.) C'est de l'histoire ancienne. Je n'y pense jamais.

Zhang l'observa. La lueur vacillante des lanternes rendait sa barrette d'or plus spectaculaire que les perles ornant les cheveux du grand khan ; et elle soulignait d'ombre les plis de son noble front. Que signifiait donc cette expression ? Certes, Ouyang était ivre ; mais il savait d'expérience que lui-même pouvait passer tout près de l'évanouissement sans se départir de son masque impassible. Cependant, il avait tout à coup le sentiment très vif que Zhang savait – qu'il avait compris, grâce à un indice bien précis – qu'il mentait. Mais peut-être Zhang eut-il pitié de lui ; car lorsqu'il parla enfin, ce fut pour dire :

— Et le troisième prince ? Vous n'avez pas peur qu'il conserve une mauvaise impression de vous ?

Ouyang se détendit. Le sujet était moins périlleux.

— Qu'il le fasse. Cela m'est égal.

— Il ne s'agit pas que de vous, mais aussi du prince du Henan et de votre seigneur, Esen. Que se passera-t-il s'ils cherchent à quitter les provinces pour entrer à la cour de Dadu ?

Le nom han'er de Khanbalyk, qu'il n'avait pas l'habitude d'entendre, désorienta Ouyang. Il lui semblait que Zhang et lui étaient des habitants de deux mondes différents, qui s'étaient rencontrés par hasard dans l'espace nébuleux qui les séparait.

— Esen ne sera jamais à sa place à la cour, répondit Ouyang.

À ces mots, il se sentit envahi d'une tristesse prophétique.

— De toute évidence, vous non plus. Et si vous revoyez le troisième prince l'année prochaine ?

Un autre groupe de nobles s'approcha du trône, effectua ses révérences et présenta ses cadeaux. Le vin donnait chaud à Ouyang, des pieds jusqu'à la tête. Malgré les encouragements insistants d'Esen, il s'abstenait généralement d'en abuser. Mais ce soir-là, il était étreint par la pensée des événements du lendemain. Confusément, il songea : *je mérite de souffrir.*

— C'est la première fois depuis sept ans que je participe à un événement de ce genre, dit-il à voix haute. Au printemps, nous sommes toujours en campagne. Je n'ai pas l'intention de revenir.

— Jamais ? Pourtant, vous finirez bien par écraser les rebelles, et mettre un terme à votre guerre.

— Vous le pensez vraiment ? Qu'un jour, nous n'aurons plus de travail, pour cause de paix ?

Ouyang parvenait à imaginer la mort du grand khan ; mais pas la fin d'un empire. Cependant, il n'arrivait pas non plus à le voir se stabiliser pour de bon. L'imagination était, après tout, alimentée par l'intérêt qu'on portait à l'issue des événements.

— Je crois que *vous* pourriez vous priver vous-même de votre emploi, oui, reprit Zhang. Mais pour des marchands, que signifie le mot « paix » ? Puisqu'il est dans la nature du commerce de rechercher l'expansion, la tâche d'un général marchand n'est jamais terminée. Je servirai l'ambition de mon maître jusqu'à ma mort.

— Vous voulez parler de votre frère ?

— Ah… Je croyais que vous nous connaissiez mieux que cela. N'accordez-vous pas crédit aux rapports que vous recevez, concernant mon frère ? Lui est dénué d'ambition. Venez nous rendre visite, un jour ; vous verrez. Cependant, on ne peut pas dire pour autant que l'ambition nous fasse défaut.

— Ah…, dit lentement Ouyang. Madame Zhang.

Zhang sourit.

— Vous ne pensez pas qu'une femme soit capable de diriger une entreprise ?

Esen attribuait souvent à ses épouses une intelligence qu'Ouyang n'avait jamais constatée, et à laquelle il ne croyait pas. Les hommes entiers ne parvenaient pas à considérer les femmes avec neutralité, quoiqu'ils s'entêtent à affirmer que leurs observations correspondaient à des faits objectifs. Ouyang répondit avec diplomatie :

— Vous êtes trop modeste. Vous minimisez l'importance de vos propres contributions.

— Pas du tout. Je suis un général, comme vous. Vous exécutez les ordres de votre maître, le seigneur Esen ; j'exécute les ordres du mien. Je connais mes propres talents dans mon domaine, mais je sais aussi que je suis peu clairvoyant en matière de commerce. C'est son ambition que nous servons, et c'est suite à ses décisions que nous vous avons accordé notre loyauté. Ceux qui la sous-estiment finissent souvent par le regretter.

La voix de Zhang prenait une intonation particulière, lorsqu'il parlait de madame Zhang ; mais Ouyang n'avait pas le courage de chercher à la décrypter. Il préféra les resservir tous les deux.

— Dans ce cas, notre alliance est judicieuse. Je souhaite que vos avancées commerciales, dans l'empire étendu du Grand Yuan, soient couronnées de succès.

Zhang leva sa coupe. L'espace d'un instant, son regard glissa sur Ouyang et se fixa sur l'espace vide séparant les tables. Cette fois, Ouyang reconnut ce regard distant ; c'était celui qu'il avait aussi constaté chez le grand khan. Et dès qu'il l'identifia, il fut étreint par la sensation, atroce et glacée, que quelqu'un l'observait dans son dos. Tous les poils de sa nuque se hérissèrent. Il avait beau savoir qu'il n'y avait rien derrière lui… il frémissait du désir de se retourner pour combattre.

Puis la lumière changea, et l'angoisse reflua. De l'autre côté de la table, Zhang lui souriait.

— Santé.

Ils burent, regardant le gouverneur militaire Bolud du Shanxi s'approcher de la table du grand khan. Ses fils lui emboîtaient le pas ; Altan, étant le plus jeune, fermait la marche.

— On dirait que ce garçon cherche à faire bonne impression, commenta Zhang.

Il faisait référence à la grande caisse recouverte de tissu qui accompagnait Altan, portée par quatre serviteurs.

— Il ferait mieux de consacrer cette énergie à satisfaire son général, déclara Ouyang.

Il savait qu'un général ne devait pas faire montre d'une telle irritation à l'égard d'un subordonné ; mais il lui était difficile de le regretter.

— Je ne peux pas le sentir, reprit-il. Malheureusement, le prince du Henan pense que nous n'écraserons pas les Turbans Rouges sans le soutien de Bolud. Mais celui-ci ne nous offre que des hommes, et rien d'autre ! Ne pourrions-nous pas en trouver ailleurs ?

— Et puisque l'impératrice n'est plus en grâce, Bolud n'est plus si important qu'il l'a été, ajouta Zhang d'un ton pensif.

Devant la grande table, Altan fit signe à ses serviteurs, qui tirèrent le drap recouvrant son cadeau. Même dans l'atmosphère bruyante et avinée qui régnait autour d'eux, la révélation de son contenu provoqua un hoquet surpris, puis le silence.

La caisse était une cage, contenant un magnifique guépard de chasse. Il s'agissait d'un des présents les plus rares et recherchés qui soient ; se le procurer avait dû être une besogne excessivement longue et difficile. Son prix était inestimable.

Il était mort.

Le grand khan, dégoûté, eut un mouvement de recul. Les sourcils froncés, le regard foudroyant, il se leva et tonna :

— Que signifie cet affront ?

Toutes les personnes présentes savaient en quoi consistait l'offense : présenter un animal mort revenait à souhaiter le même sort au grand khan. C'était un acte flagrant de lèse-majesté.

Altan – qui était resté interdit face à la cage, le visage blême – tomba à genoux et se mit à pleurer en protestant de son innocence. Son père et ses frères se jetèrent au sol près de lui, hurlant les uns par-dessus les autres. Le grand khan les dominait depuis son estrade, habité d'une rage mortelle.

Zhang souffla :

— Je ne m'attendais pas à cela.

Ouyang ne put s'empêcher de rire. Même à ses propres oreilles, ce son paraissait hystérique. Une part très profonde de son être – celle qui ne lâchait jamais prise, quelque quantité de vin qu'il puisse ingérer – comprit qu'il venait de recevoir un cadeau inattendu. À voix haute, il dit :

— Ah… Ce bâtard a mon respect.

— Quoi ?

— Je ne suis pas le seul à détester Altan.

Le grand khan vociféra de plus belle :

— Qui est responsable de cette infamie ?

Bolud, qui avait tant rampé que sa tête se retrouvait presque au-dessus du cou-de-pied du grand khan, cria :

— Pardonnez-moi, grand khan ! Je n'ai rien fait. Je n'étais au courant de rien !

— Comment est-il possible que la faute du fils ne soit pas la faute du père ?

Soudain, l'impératrice se leva ; ses bijoux rouge et or s'agitèrent, étincelants. De toutes les femmes du grand khan, elle était la seule à porter le chapeau mongol traditionnel. Cette longue colonne, dressée sous la lueur des lanternes, projetait des ombres qui dansaient au rythme de ses tremblements. Elle s'écria :

— Grand khan ! Cette femme inutile vous supplie d'accorder votre pardon à mon père. Veuillez le croire : il n'a rien fait. Le garçon est seul coupable. Par pitié, ne punissez que lui !

À genoux, tremblant aux pieds du grand khan, Altan paraissait minuscule et pitoyable. Il n'était plus qu'un enfant, abandonné par sa famille.

Le troisième prince regardait l'impératrice avec un sourire en coin. Bien sûr : il n'éprouvait aucune affection pour cette femme capable de porter un fils aimé du Ciel, qui lui volerait sa place.

Observant cela, Zhang demanda :

— Lui ?

Ouyang appuya la tête sur le dossier de sa chaise. Son plaisir, face à l'événement particulièrement opportun qui venait de se produire, s'était mêlé d'un terrible chagrin. La plaine aux toits de soie brillait et vibrait autour de lui ; un monde auquel il n'appartenait pas, qu'il ne faisait que traverser sur la route de son sombre destin. Il répondit :

— Non.

— Emmenez-le ! rugit le grand khan. (Deux gardes du corps s'élancèrent et soulevèrent Altan par les coudes.) Pour avoir infligé la pire des injures au Fils du Ciel, nous te condamnons à l'exil !

Le corps mou d'Altan, hébété, fut entraîné au loin.

De l'autre côté des tables constellées de lampes, Ouyang vit le seigneur Wang observer le tout avec satisfaction, une hilarité paresseuse luisant sous ses paupières félines.

— Ce qui s'est passé..., dit Chaghan. C'était ton œuvre, Wang Baoxiang !

Même depuis l'intérieur du ger de leur père, Esen entendait le bourdonnement des convives allant de tente en tente pour commenter l'événement. Lorsque lui-même avait traversé le camp, il avait vu que la famille de Bolud avait déjà plié bagage et disparu ; il ne restait plus d'eux que des cercles d'herbe écrasée.

Chaghan se tenait face à Baoxiang. Les lanternes vacillaient autour d'eux, comme agitées par la force de sa colère. Le prince et son fils adoptif faisaient la même taille ; mais par sa carrure, ainsi que sa barbe et ses nattes hérissées, Chaghan était bien plus impressionnant.

Esen grimaça lorsque Baoxiang, insolemment, soutint le regard de leur père. Tout comme Chaghan, Esen avait deviné instantanément qui avait provoqué la chute de la délégation du Shanxi. Au moins Baoxiang avait-il répliqué après avoir été insulté, comme devait le faire un homme ; mais il ne l'avait pas fait honorablement, ce qui faisait de lui un lâche. Une irritation familière envahit Esen. Pourquoi Baoxiang ne pouvait-il pas se montrer plus arrangeant, et faire ce qu'on attendait de lui ? Esen était peut-être prédisposé au métier de soldat, mais on ne pouvait pas dire qu'il n'avait jamais connu de difficultés ou dû faire des sacrifices pour contenter son père. C'était le devoir d'un fils. Mais Baoxiang refusait. Il était égoïste et compliqué, et, pour Esen, impossible à élucider.

Baoxiang dit :

— Avez-vous la moindre raison de penser que c'est moi qui ai fait cela, Père ?

— Dis-moi que ce n'est pas le cas.

Baoxiang eut un rictus sardonique. Sous ses dehors bravaches, cependant, transparaissait une sorte de blessure.

— Espèce d'œuf égoïste ! Comment oses-tu faire passer ta revanche mesquine avant les intérêts de cette famille tout entière ? Si Bolud l'apprend...

— Vous devriez me remercier ! Si vous preniez la peine de réfléchir une seule seconde, peut-être comprendriez-vous que la disgrâce de Bolud vous confère l'opportunité de prendre sa place !

— Te remercier ? Comment oses-tu dire, avec ce visage effronté, que c'est pour *nous* que tu as fait cela ? Sans le soutien de Bolud, tout ce pour quoi nous nous sommes battus va être perdu ! Notre maison sera ruinée ! Tu n'as donc aucun scrupule à cracher sur les tombes de tes ancêtres ?

— *Vous n'avez pas besoin de Bolud!* cria Baoxiang. N'ai-je pas tout fait pour vous aider à vous délivrer de votre dépendance envers lui ? Cessez de croire que ce moins-que-rien vous est indispensable, et ayez donc le courage de saisir le pouvoir qui s'offre à vous ! Pensez-vous qu'il vous tombera entre les mains, si vous l'attendez sans rien faire ?

— Toi, tu m'as aidé ? rétorqua Chaghan d'une voix à faire fondre l'acier d'un sabre.

Baoxiang eut un petit rire sec.

— Ah ! Quelle surprise. Vous n'avez aucune idée de ce que je fais pour vous depuis des années. Votre indifférence est telle que vous n'avez rien remarqué ! Ne voyez-vous pas que c'est uniquement grâce à moi que vous possédez encore vos terres ? Sans les routes, les voies d'irrigation et la perception des impôts, pensez-vous que vous auriez encore les moyens nécessaires pour servir le grand khan ? Votre seul atout à ses yeux est votre armée... *et vous n'auriez même plus d'armée.* Vous ne seriez rien d'autre qu'un provincial ruiné, dont les terres sont rongées d'un côté par les rebelles, et par Bolud de l'autre !

Esen eut honte pour Baoxiang en l'entendant parler. Ne voyait-il pas qu'il se couvrait de ridicule, en comparant le travail effectué par Esen et Ouyang – et Chaghan avant eux – avec la paperasse que brassait Baoxiang toute la journée ?

Chaghan cracha :

— Écoute-toi parler... Des voies d'irrigation ! Nous sommes *des Mongols !* Nous ne cultivons pas la terre. Nous ne creusons pas de fossés. Nos troupes sont le bras armé du grand khan dans le Sud, et tant que le Grand Yuan subsistera, notre famille le défendra avec gloire et honneur !

— Croyez-vous sincèrement les paroles qui s'échappent de votre bouche ? railla Baoxiang. Peut-être n'ai-je pas été assez clair. Sans moi, le Henan serait déjà tombé, avec ou sans le soutien de Bolud. Les rebelles promettent à leurs partisans tout ce que nous échouons à leur offrir. Alors si vos paysans meurent de faim et que vos soldats ne sont plus payés, ne croyez pas qu'ils vous resteront loyaux... à vous, aux Mongols, ou au Grand Yuan. Ils se joindront à la révolte sans un instant d'hésitation. S'ils ne l'ont pas encore fait, ce n'est que pour une seule raison : parce que *je* gouverne, je taxe et j'administre. Je paie leurs salaires et je viens au secours de leurs familles lorsqu'un désastre se produit. *Je suis le Yuan.* Je le défends bien mieux que vous ne le ferez jamais, avec la force brute de vos sabres. Mais dans vos cœurs, je suis toujours sans valeur, n'est-ce pas ?

— Comment oses-tu sous-entendre que le Grand Yuan pourrait s'effondrer ?

— Tous les empires s'effondrent. Et si c'est ce qui arrivait au nôtre, que vous arriverait-il, Père ? À vous, un Mongol ?

— Et toi ? De quel côté serais-tu ? Es-tu un Manji ou un Mongol ? Je me suis efforcé de faire de toi l'un des nôtres… mais tu serais prêt à trahir ton camp pour rejoindre le peuple de ton bâtard de père ?

Baoxiang chancela et fit un pas en arrière.

— Mon bâtard de père ? siffla-t-il. Mon père de sang ? Vos mots vous trahissent, *Chaghan*. Vous ne m'avez jamais élevé comme l'un des vôtres. Vous ne m'avez jamais accepté pour ce que j'étais ; vous n'avez même jamais vu tout ce que je faisais pour vous… et tout cela, parce que je n'étais pas comme mon frère !

— Espèce de pourriture manji, avec ton sang de chien ! Tu es un faible. Personne ne veut de toi. *Je* ne veux pas de toi.

Chaghan s'approcha de lui à grands pas et le frappa au visage du dos de la main. Baoxiang tomba. Quelques instants plus tard, il se releva sur les genoux, touchant le coin de sa bouche. Chaghan alla chercher son sabre sur son support et le tira de son fourreau.

L'instinct guerrier d'Esen devina son intention. Malgré toutes les contrariétés que lui infligeait Baoxiang, il ne pouvait supporter l'idée que son frère – si exaspérant, entêté, impossible qu'il soit – soit abattu.

— Père ! cria-t-il.

Chaghan l'ignora. Si furieux que sa lame nue tremblait sous les lampes, il dit à Baoxiang :

— Je vais te couper la tête, traître. Une mort de vrai Mongol serait trop belle pour toi.

Baoxiang leva les yeux vers lui. Le sang coulait de sa bouche ; son visage était crispé de haine.

— Alors, faites-le. Faites-le !

Chaghan eut un rictus mauvais. La lame accrocha brusquement la lumière. Mais elle ne s'abattit pas ; Esen avait bondi de l'autre côté du ger et attrapé son père par le poignet.

— Tu te permets… ! s'exclama Chaghan en luttant pour se dégager.

— Père ! répéta Esen, exerçant toute la force qu'il osait lui opposer.

Il savait qu'à l'instant même où il lâcherait prise, Baoxiang mourrait. Esen en aurait hurlé : même lorsqu'il s'agissait de ne pas mourir, Baoxiang refusait de faire ce qu'il fallait.

— Je vous en supplie, épargnez-le.

Esen sentit les os de son père grincer sous ses doigts. Enfin, avec un halètement, Chaghan lâcha son sabre.

Leur père retira vivement sa main. Son regard de fureur absolue glissa sur Esen et se posa sur Baoxiang, irrévocable. Pendant quelques instants, il parut incapable de parler. Puis, avec une douceur étranglée et terriblement menaçante, il dit :

— Je maudis le jour où je t'ai recueilli. Bâtard de Manji, issu de dix-huit générations d'ancêtres damnés... Ne reparais plus jamais en ma présence !

Il était parti depuis longtemps lorsque Baoxiang desserra enfin les poings. D'un geste délibéré que démentait un léger tremblement, il tira un mouchoir de sa manche et s'en tamponna la bouche. Lorsqu'il eut terminé, il leva les yeux et adressa un sourire amer à Esen.

Celui-ci ne savait que dire. Jusqu'à ce moment, il était sincèrement persuadé que, si Baoxiang acceptait seulement de faire un effort, il aurait pu être le fils que désirait Chaghan. Mais à présent, il comprenait que cela n'avait jamais été possible.

Comme s'il avait lu dans ses pensées, Baoxiang dit simplement :

— Tu vois ?

Les gers luisaient, argentés, au clair de lune. Les volutes de fumée s'élevant de leurs toits serpentaient comme des rivières célestes. Ouyang traversa le camp, gagnant l'endroit où les montures du prince du Henan étaient attachées par de longues cordes à un fil tendu en hauteur, entre deux grands poteaux. À mi-chemin de ce fil, on distinguait une silhouette solitaire, les ombres imposantes des chevaux massées autour de lui.

Esen ne tourna pas la tête lorsque Ouyang s'approcha. Il caressait les naseaux de son cheval préféré, un grand alezan qui semblait noir à la lueur de la lune. Les oreilles du cheval se dressèrent, reconnaissant quelqu'un ou quelque chose ; mais elles ne se tournèrent pas tout à fait vers Ouyang. Ce n'était pas de lui qu'il s'agissait, pensa-t-il, tendu ; mais de ce qui rôdait, invisible, dans son sillage. Sa propre jument était attachée un peu plus loin. Remarquant Ouyang, elle tira sa longe le long du fil, emmêlant toutes les cordes qui la séparaient de lui – les palefreniers maudiraient Ouyang en découvrant ce nœud, le lendemain matin – pour venir le pousser du nez.

Les épaules d'Esen étaient crispées par la tristesse. Il était facile de deviner la teneur de l'entretien que lui et le seigneur Wang venaient d'avoir avec Chaghan. L'espace d'un instant, en contemplant le noble profil d'Esen, Ouyang n'eut qu'une envie : apaiser sa peine. Sentant sa propre douleur de voir Esen souffrir, il tenta de l'imaginer multipliée par cent, par mille, par dix mille. Il n'y parvenait pas. Il pensa : *Je suis encore soûl.*

Il dit :

— Votre père et le seigneur Wang… Comment cela s'est-il passé ?

Esen soupira. Il n'avait plus rien de son aplomb habituel. Ouyang pensa au moment où l'on se dirige vers un feu au matin, et qu'on n'y trouve pas de braises, mais des pierres grises et froides. Cette pensée l'emplit de chagrin.

— Alors, tu es au courant. Évidemment. Est-ce que tout le monde le sait ?

— Ils ne le savent pas, mais ils s'en doutent. Est-ce qu'ils se trompent ?

Esen se détourna. Regardant la jument d'Ouyang, il demanda :

— Comment l'as-tu appelée ?

— Je ne lui ai pas donné de nom. (Ouyang caressa le nez de la jument.) Cela changerait-il quoi que ce soit à la qualité de ses services ?

Esen rit tristement.

— Tu ne trouves pas cela un peu froid ?

— Avez-vous donné un nom à votre sabre ? Les hommes s'attachent trop à leurs montures. Nous sommes en guerre ; elles ne survivront sans doute pas bien longtemps.

— Je vois que tu tiens mon cadeau en haute estime, ironisa Esen.

Malgré ses soucis, Ouyang sourit.

— C'est un très beau cadeau. Mon estime se porte avant tout vers son auteur.

— Il est normal pour les gens de s'attacher aux chevaux. Et aux gens qui les entourent. (Esen soupira de nouveau.) Pas toi. Tu repousses toujours ceux qui t'approchent. Pourquoi aimes-tu à ce point la solitude ? Moi, je ne pourrais pas la supporter.

L'odeur tiède des animaux les enveloppa. Après un long moment, Esen reprit la parole.

— Père l'aurait tué, si je n'avais pas été là.

Ouyang savait que c'était vrai, tout comme il savait que jamais Esen n'aurait permis que cela se produise. Cette pensée fit naître un sentiment qui le transperça : douceur, désir, regret et douleur.

— Je n'y croyais pas, dit Esen. Avant. Je croyais… qu'ils étaient simplement différents. Je pensais qu'ils pouvaient se réconcilier.

C'était là la pureté qu'Ouyang souhaitait protéger à tout prix. Le grand cœur d'Esen, et la confiance simple et sincère qu'il accordait à chacun. Ouyang s'obligea à dire :

— Vous devez vous méfier de Wang Baoxiang.

Esen se raidit.

— Même toi, tu penses la même chose de lui ?

— Il vient d'écraser le frère de l'impératrice. Et pourquoi ? Quelques insultes ? Les terres confisquées par votre père ? En voyant cela, on se demande de quoi d'autre il est capable.

Ouyang eut la pensée douloureuse qu'Esen était comme un animal de compagnie qui lèverait vers son maître un regard plein d'amour et de confiance, essayant de le lécher et de remuer la queue, alors qu'il lui tordait le cou. Malheureux, il reprit :

— Vous êtes trop confiant. Je vous admire pour cela. Vous préférez vous rapprocher des gens, plutôt que les repousser. Mais cela vous fera souffrir. Prendriez-vous un renard blessé contre votre poitrine sans vous attendre à être mordu ? La pire blessure qu'on puisse infliger à un homme, c'est de l'humilier. Il ne pourra jamais l'oublier. Et Wang Baoxiang a été humilié.

— Baoxiang est mon frère ! protesta Esen.

Ouyang continua de gratter, lentement, les touffes de poil d'hiver qui se détachaient de l'encolure de son cheval.

Esen répéta, plus doucement :

— C'est mon frère.

Ils restèrent longtemps sans parler, sous la lune, leurs ombres s'étirant sur l'océan d'herbe argentée.

Le matin du jour de la chasse arriva, chaud et ensoleillé. Des nuages jaune pâle zébraient le ciel comme des bannières. Des serviteurs à pied partirent en avant dans les hautes herbes, battant du tambour pour faire sortir le gibier. Les nobles les suivirent. La vue de centaines d'hommes et de femmes à cheval, recouvrant la plaine d'autant de couleurs qu'un champ de fleurs, était l'un des plus fabuleux spectacles que l'empire puisse offrir. Cela aurait dû suffire à mettre n'importe qui de bonne humeur ; mais celle d'Ouyang était irrémédiablement lugubre. Sa gueule de bois lui faisait l'effet d'un châtiment justifié. Et cependant, tout paraissait irréel. Après une si longue attente, il était difficile de croire que le moment soit enfin arrivé.

Esen s'approcha à cheval, un air de gaieté forcée sur le visage. Son oiseau préféré, un aigle royal femelle dont les serres étaient aussi larges que les poings d'Ouyang, était perché sur le pommeau de sa selle. Esen lui caressait le dos d'un geste absent. Elle lui était plus chère qu'aucune de ses véritables filles ; et Ouyang songea que c'était le seul être vivant qui manquait à Esen durant leurs campagnes.

— Pourquoi cet air renfrogné, mon général ? Aujourd'hui, c'est pour le plaisir que nous chevauchons. N'est-ce pas assez rare pour que nous nous efforcions d'en profiter ?

Ses serviteurs n'avaient pas correctement serré ses nattes ; celles-ci se défaisaient déjà, laissant ses cheveux voleter sous la brise. Ouyang voyait qu'Esen était résolu à ne pas penser au conflit entre le prince du Henan et le seigneur Wang, et qu'il y arrivait en partie. Esen avait toujours été doué pour ériger des cloisons dans son esprit. C'était un talent qu'Ouyang semblait avoir perdu. Après avoir passé sa vie à séparer soigneusement les différentes parties de lui-même, il ne pouvait plus les empêcher de s'épancher les unes dans les autres en une hémorragie incontrôlable.

Le grand khan et sa suite se trouvaient assez loin devant eux ; ils se dirigeaient vers les collines rocailleuses où rôdaient les tigres. Ouyang parvenait tout juste à distinguer le grand khan, superbe dans sa fourrure de léopard des neiges. Chaghan, en raison du départ de Bolud, chevauchait à son côté. En l'honneur de l'événement, le prince du Henan avait revêtu les somptueux atours de courtisan qu'il dédaignait le reste du temps, et montait un magnifique jeune cheval. À la différence des robustes montures mongoles – dressées à supporter les chasses au loup, à l'ours et au tigre qui faisaient le plaisir de leurs maîtres –, le nouveau cheval de Chaghan était un de ces animaux racés venus de l'ouest, surnommés « chevaux-dragons » en raison de leur vitesse et de leur beauté. Délicat et capricieux, il était peu adapté à la chasse ; mais Ouyang comprenait le raisonnement de Chaghan. Le cheval était un des présents offerts par le grand khan, pour les récompenser des efforts fournis contre les troupes rebelles. Il était toujours judicieux de flatter le goût de son souverain.

Les collines étaient arides et plissées. Les routes serpentaient entre les crevasses sinueuses et les hautes falaises. Dans les fissures des immenses rochers – aussi grands que des maisons – s'accrochaient des arbres en forme de pinces de crabe, enrubannés ici et là de vœux de bonne fortune laissés par les chasses des années précédentes. La masse des cavaliers se clairsema peu à peu, à mesure que des groupes partaient en quête de leur gibier favori. Ouyang, ayant aussi un animal bien précis en tête, dit :

— Mon seigneur, j'ai vu un bouquetin ; je vais partir par ici.

C'était la première fois de sa vie qu'il mentait à Esen.

— Tu en es sûr ? s'étonna Esen. Je ne l'ai pas vu. Mais d'accord : dépêchons-nous de l'attraper. Ensuite, nous rejoindrons le grand khan pour la chasse au tigre.

Ouyang secoua la tête.

— Ne perdez pas votre temps avec moi. Il vaut mieux que vous accompagniez le grand khan pour lui faire la démonstration de vos talents. (Il parvint à esquisser un sourire ironique.) Les autres ne savent viser que des cibles immobiles ; je suis sûr que vous allez vous illustrer. Je vous retrouverai au sommet, lorsque nous nous arrêterons pour déjeuner.

Il talonna sa jument avant qu'Esen ait pu protester. Dès qu'il fut hors de vue, il s'arrêta et laissa retomber ses rênes. Ce petit geste lui semblait chargé de tension, comme le moment entre une insulte lancée à un adversaire et la réaction de ce dernier. Il ne doutait pas un instant que le destin lui répondrait. Le destin décidait de la marche du monde, et Ouyang n'était rien d'autre qu'un fil joignant un début et une fin.

Pendant quelques instants, sa jument resta immobile. Puis ses oreilles se dressèrent, semblant comme de coutume reconnaître quelque chose ; et elle se mit à marcher d'un pas régulier le long du chemin, vers les hauteurs qu'affectionnait la proie d'Ouyang. *Comme si quelqu'un la menait par la bride.* La pensée de ces guides invisibles lui donna la chair de poule. Le trajet fut silencieux, à l'exception du choc des sabots contre le sol et du chant des loriots. L'odeur de la pierre et de la terre chauffées les enveloppait, mêlée de notes plus piquantes de pin et de genièvre. Il avait l'impression de se trouver dans deux endroits à la fois, mais de façon aussi ténue dans l'un que dans l'autre. Il était là – plus libre et plus seul que jamais – mais aussi dans l'avenir, voyant déjà ce qui allait se passer.

Les arbres se raréfièrent à mesure qu'il prenait de l'altitude. Il mit la jument au pas et examina ce qui l'entourait. Il vit, sans surprise, que c'était le lieu idéal pour débusquer un loup. Il repéra alors une robe cerise qu'il connaissait bien, non loin d'un autre chemin en contrebas ; elle constituait une cible idéale pour tous les prédateurs rôdant dans les parages. Il ajouta en son for intérieur : *C'est aussi le lieu idéal pour qu'un loup vienne vous débusquer.* Le seigneur Wang lisait, assis sur un rocher surplombant le paysage, son cheval attaché près de lui. À son air absorbé, Ouyang devina qu'il était là depuis longtemps : il avait dû se détacher rapidement de la chasse pour se réfugier ici, en quête de solitude.

Un frisson parcourut la colline. C'était une absence : les loriots avaient cessé de chanter. La jument d'Ouyang frissonna à son tour, tournant les oreilles, quoiqu'elle ait été trop bien dressée pour émettre le moindre son. C'était exactement ce qu'attendait Ouyang… et pourtant, un sentiment d'amertume l'envahit. Tout était parfait : il avait tout ce dont il avait besoin, disposé sur un plateau. Parfait, parce qu'il ne pouvait échapper à son destin ; et cela se produirait, quoi qu'il pense, quoi qu'il ressente, quoi qu'il fasse.

Le seigneur Wang lisait toujours sans se douter de rien. Avec une curiosité perverse, Ouyang se demanda combien de temps il lui faudrait pour comprendre le danger qui le menaçait. *À moins qu'il ne le remarque jamais.*

Finalement, ce fut le cheval du seigneur Wang qui s'en aperçut. Il cassa son licol avec un hennissement aigu et s'enfuit par le chemin. Le seigneur Wang leva les yeux en sursautant, puis se leva d'un bond. Des corps gracieux glissèrent sur la roche comme de sombres nuages, émergeant des recoins et des crevasses, et s'élancèrent sur les traces du cheval du seigneur Wang. *Des loups.*

Un loup se détacha de la meute et s'approcha du seigneur Wang sur ses longues pattes. Ses mouvements, lents et pondérés, étaient ceux d'un prédateur sûr de son succès. Le seigneur Wang esquissa un geste sans le finir, et Ouyang vit l'horreur se peindre sur son visage lorsqu'il s'aperçut que son arc était resté accroché à sa selle. Il jeta un regard derrière lui, qui lui révéla ce qu'Ouyang savait déjà : il n'avait nulle part où aller. En choisissant cette vue magnifique, il s'était piégé.

— Eh bien, essaie donc ! cria le seigneur Wang au loup. (La peur avait fait grimper sa voix d'une octave.) Tu crois que je vais me laisser faire ?

Malgré son humeur maussade, Ouyang faillit rire lorsque le seigneur Wang lança son livre sur le loup. Celui-ci l'esquiva prestement et continua son approche, la queue basse, les muscles des épaules ondulant à chaque pas. Ouyang saisit son arc.

Le loup bondit, en une tache floue qui s'agita et s'écrasa au sol juste devant les pieds du seigneur Wang, la flèche d'Ouyang plantée dans le flanc.

Le seigneur Wang leva brusquement le regard, le visage blême et durci par l'humiliation.

— Général Ouyang. Tu n'aurais pas pu faire cela plus tôt ?

— Mon seigneur ne devrait-il pas se réjouir que je ne sois pas resté les bras ballants, à observer la scène ? rétorqua Ouyang, que son fatalisme rendait téméraire.

Il mit pied à terre et descendit la pente pour rejoindre le seigneur Wang. Ignorant ce dernier, il s'empara du cadavre – qui se révéla étonnamment lourd – puis alla avec effort le hisser en travers du garrot de sa jument. Celle-ci plaqua les oreilles en arrière et montra le blanc de ses yeux ; mais avec le courage des meilleurs chevaux mongols, elle demeura immobile tandis qu'il sautait sur sa selle.

Ouyang tendit une main au seigneur Wang.

— Voulez-vous que je vous ramène au prince, mon seigneur ? Vous pourrez prendre l'une des montures de rechange de sa suite.

— Ne crois-tu pas que mon père préférerait me savoir dévoré par les loups, plutôt que de me voir ? cracha le seigneur Wang.

Ouyang vit qu'il réfléchissait aux nombreuses heures qu'il lui faudrait pour revenir à pied, comparées à la honte de faire savoir à tout le monde qu'il avait été sauvé par l'eunuque de son frère.

Ouyang attendit, et n'éprouva pas la moindre surprise lorsque le seigneur déclara :

— Très bien. (Ignorant la main tendue d'Ouyang, il bondit derrière lui.) Qu'attends-tu ? Finissons-en.

Le groupe du grand khan avait pris son déjeuner sur un sommet chauve et arrondi, offrant une vue imprenable sur les collines ridées et les plaines en contrebas. Lorsque Ouyang et le seigneur Wang firent leur apparition, ayant voyagé lentement sur leur monture commune, tout le monde se préparait déjà à repartir. Ouyang vit Chaghan, reconnaissable dans sa robe violette, tirer sur les rênes de son cheval-dragon à la queue flottante, qui dansait tandis qu'il conversait avec un groupe de nobles montés. Ouyang guida prudemment sa jument tandis qu'ils finissaient l'ascension. Le sol descendait en à-pics vertigineux autour du sommet et le long des chemins ; et il était général depuis assez longtemps pour avoir perdu plus d'un homme dans des conditions similaires.

Les palefreniers et les suivants du prince du Henan étaient amassés sur un versant, à quelque distance des nobles. Lorsque Ouyang et le seigneur Wang s'approchèrent, les chevaux de rechange piétinèrent et renâclèrent en sentant l'odeur du loup mort. Les palefreniers n'étaient pas assez hardis pour regarder un général en face, et encore moins pour le foudroyer du regard ; mais Ouyang devina qu'ils le maudissaient intérieurement. Ils savaient qu'ils mourraient, eux aussi, si un cheval tombait dans le précipice.

— Toi, lança le seigneur Wang au palefrenier le plus proche.

À voir la prestance avec laquelle il mit pied à terre, nul n'aurait deviné qu'il était passé tout près d'être dévoré par un loup.

— Amène-moi l'un de ces chevaux.

Le palefrenier se figea, avec l'air de quelqu'un à qui on venait de donner un choix : mourir roué de coups ou cuit à la vapeur.

— Seigneur Wang…, balbutia-t-il.

Celui-ci répondit, impatient :

— Eh bien ?

— Mon seigneur, reprit l'homme en grimaçant. Cet indigne serviteur vous présente ses plus sincères excuses. Mais… ce n'est pas possible.

— Quoi ?

— Sur l'ordre exprès du prince du Henan, souffla l'infortuné.

— Le prince du Henan… a *ordonné*… qu'on ne me confie pas de monture ? (Le seigneur Wang haussa le ton.) Et que va-t-on me retirer, ensuite ? Vais-je devoir le supplier pour qu'il daigne m'accorder un peu de nourriture, ou du bois de chauffage ?

Le palefrenier vit quelque chose par-dessus l'épaule du seigneur Wang, et donna l'impression de vouloir se rouler en boule à la manière d'un pangolin. Chaghan se dirigeait tout droit vers eux, le visage sombre, comme un nuage violet porteur d'un terrible orage. Lorsqu'il s'approcha, son ombrageuse monture sentit l'odeur du loup et fit un écart. Chaghan la redressa avec une dureté excessive, et darda un regard furieux sur le seigneur Wang.

Celui-ci, pâle et insolent, soutint ce regard.

— Faut-il que j'apprenne par hasard, de la bouche d'un *serviteur*, que mon propre père m'a désavoué ?

Chaghan répondit froidement :

— Votre père ? Je croyais vous avoir clairement fait comprendre que vous aviez perdu le droit de m'appeler ainsi. Si seulement ma sœur était morte avant de vous mettre au monde ! Maintenant, hors de ma vue. Partez !

Le cheval de Chaghan roula des yeux et secoua sa tête élégante d'un côté, puis de l'autre. Chaghan était un cavalier émérite ; et dans des circonstances habituelles, il serait parvenu à maîtriser même le plus nerveux des animaux, malgré la crainte qu'inspirait à celui-ci l'odeur du loup. Mais il avait la tête ailleurs, et n'était pas d'humeur à faire preuve de patience. Surpris et irrité, il tira brutalement sur les rênes.

— Pourriture, fils de tortue…, commença-t-il.

Les palefreniers et les serviteurs se dispersèrent. Ouyang, seul, se dirigea vers les deux hommes. Ses mouvements calculés étaient comme une danse chorégraphiée à l'avance ; mais il lui semblait n'en être que spectateur. Sa jument dépassa Chaghan, sans tout à fait heurter sa monture, et la fourrure du loup mort frôla l'encolure du jeune cheval. Les naseaux déjà remplis de l'odeur du prédateur, le pauvre animal ne put supporter son contact. Il fit un bond impressionnant, atterrit de travers sur ses jambes délicates et s'écroula sur l'épaule, en hurlant. Miraculeusement, Chaghan parvint à se jeter sur le côté pour éviter d'être écrasé.

Il roula sur le sol, et pendant un moment, l'incident parut terminé ; mais il fut alors happé par l'inclinaison de la pente. Ses membres s'agitèrent follement, comme au rythme d'une intense marche militaire ; il roula, de plus en plus vite, puis il dépassa le rebord et disparut.

— Père ! cria le seigneur Wang d'une voix rendue stridente par l'épouvante.

Il se jeta à plat ventre sur la terre au bord du gouffre, sans égard pour sa tenue de soie. Ouyang, tendant le cou pour mieux voir, s'aperçut avec surprise que Chaghan n'était pas véritablement tombé. Il avait accompli l'exploit de s'accrocher d'une main à la falaise, et levait l'autre vers celle que lui tendait le seigneur Wang. Cette situation aurait dû inquiéter Ouyang ; mais il était empli de la même certitude, froide et absolue, qu'au moment où il avait lâché sa flèche sur le loup. Les événements se déroulaient comme l'avait prévu le destin : leur issue était déjà décidée.

Il vit les mains des deux hommes se rejoindre. Les tendons de son cou saillant sous l'effort, le seigneur Wang lui cria :

— Général, à l'aide !

Alors qu'Ouyang descendait de cheval, quelqu'un hurla. Cela aurait pu être le seigneur Wang ; mais il s'agissait plus probablement de Chaghan. Il y eut un petit choc sourd, pas plus sonore que celui d'une pêche tombant dans un verger. Ouyang se dirigea d'un pas tranquille vers l'endroit où le seigneur Wang restait pétrifié, la main encore tendue, et regarda dans le vide. Loin en contrebas, la robe de soie violette était étalée comme une fleur de jacaranda, poussant seule dans la poussière. *Mort*, pensa Ouyang. *Mort comme mes frères, mes cousins, mes oncles. Mort comme la lignée des Ouyang.*

Il attendit que le soulagement l'envahisse ; mais il constata, atterré, que ce n'était pas le cas. Il avait cru que cette vengeance partielle atténuerait au moins la souffrance qui l'animait. Elle aurait dû lui procurer le sentiment que son humiliation n'avait pas été vaine. Au lieu de cela, il ne ressentit qu'une déception croissante, et si pesante que son poids menaçait de lui déchirer les entrailles. En contemplant le corps brisé du prince du Henan, Ouyang s'aperçut qu'il avait toujours cru que sa vengeance *changerait* quelque chose. À présent qu'il l'avait obtenue, il comprenait brutalement que ce qu'il avait perdu le serait à jamais ; que rien de ce qu'il pourrait faire n'effacerait jamais la honte de son existence. En portant son regard vers l'avenir, il ne voyait rien d'autre que le malheur.

Ils entendirent un cavalier s'approcher d'eux ; d'un pas décontracté, d'abord, puis – voyant que quelque chose n'allait pas – trottant de plus en plus vite sur le sol rocailleux.

Esen s'arrêta et bondit à bas de sa monture. Il avait les yeux rivés sur le seigneur Wang ; on lisait sur son visage que la tragédie lui apparaissait déjà.

Ouyang l'intercepta en l'attrapant par le bras. C'était la première fois qu'il faisait un tel geste.

— Esen, n'y allez pas.

Esen se tourna vers lui avec l'air de quelqu'un qui ne comprend pas ce qui a arrêté son mouvement ; et il se dégagea. Il marcha jusqu'au bord et y resta interdit, les yeux baissés vers le corps de son père. Un long moment plus tard, il tourna son regard vers son frère. Le seigneur Wang s'était dressé sur les genoux, le visage blanc de stupeur. L'une de ses manches, froissée, laissait apparaître sa main rougie.

Face à son frère, agenouillé près de lui dans la poussière, le visage d'Esen changea ; à mesure qu'il comprenait ce qui s'était passé, il s'y peignit un mélange de chagrin et de haine.

13

Anfeng, été

Suite au retour du moine Zhu, qui apportait les richesses et l'allégeance de Lu, Chang Yuchun remarqua que les choses changeaient, à Anfeng. En surface, ces nouveautés étaient celles auxquelles on pouvait s'attendre de la part d'un moine : ce dernier restaura le temple, fit réparer le toit et l'emplit de nouvelles statues du Prince de Lumière et du Bouddha-à-Venir. Mais dans le même temps, le temple avait acquis un champ d'entraînement recouvert de sable blanc et une caserne pour accueillir les hommes du moine. L'assortiment de tentes hétéroclites avait disparu, laissant place à une fonderie, une armurerie et des écuries. Des paysans issus des campagnes environnantes étaient venus à flots s'installer dans le temple, et participer aux manœuvres dirigées par l'ami bandit du moine – Xu Da – sur le terrain d'entraînement. Lorsqu'ils marchaient d'un pas régulier dans leurs armures identiques, munis de matériel neuf et de bonne facture, les hommes du moine Zhu – bandits, Turbans Rouges et citoyens de Lu – ne ressemblaient plus à une horde d'individus réunis par hasard. Ils ressemblaient à une armée. Et, sans savoir comment, Yuchun était devenu l'un d'eux.

Faire partie de cette armée lui valait quelques avantages – le gîte, le couvert et le fait que très peu de gens cherchent à le tuer – mais aussi un ou deux inconvénients. Parmi ces derniers, le pire était que le moine tirait Yuchun hors de son lit tous les matins, à la foutue heure du Lapin, pour qu'un vieux guerrier les entraîne tous deux au maniement du sabre.

— J'ai besoin d'un partenaire, avait gaiement expliqué Zhu. Tu es à peu près au même niveau que moi, c'est-à-dire que tu ne sais rien du tout. Allez ! Cela te plaira ; c'est amusant d'apprendre de nouvelles choses.

Endurant péniblement les exercices, Yuchun jugea que c'était un mensonge éhonté… jusqu'à ce qu'à sa grande surprise, ce ne soit plus le cas. Le vieux guerrier était un bon professeur ; et Yuchun, recevant des compliments et des marques d'attention pour la première fois de sa jeune vie, s'aperçut qu'il aimait cela. Jamais il n'avait été si soucieux de plaire à autrui.

Après les leçons, le moine Zhu les quittait à la hâte ; en plus de diriger son armée naissante et de mener des « campagnes » d'entraînement dans la région, il était sans cesse appelé au palais du premier ministre pour effectuer des cérémonies concernant le Prince de Lumière, prodiguer une bénédiction ou réciter un sutra en l'honneur d'un défunt. Le moine Zhu conservait pourtant sa bonne humeur, malgré cet emploi du temps surchargé. Durant l'une de leurs leçons matinales, alors que Zhu avait les yeux particulièrement cernés, Yuchun dit en croyant faire une observation anodine :

— Tu ne serais pas si débordé si tu n'avais pas à courir au palais chaque fois que le premier ministre veut entendre un sutra. Tu ne crois pas qu'il exagère, de s'attendre à ce que tu sois à la fois moine et commandant ? Ce sont deux métiers différents !

Voyant l'expression du moine, Yuchun comprit brusquement qu'il avait fait une erreur. Zhu dit, avec une douceur trompeuse :

— Ne formule jamais, *jamais* de critique envers le premier ministre. Nous devons le servir sans poser de questions.

Yuchun avait passé le reste de la journée à genoux au milieu du champ d'entraînement, en punition. Alors qu'il n'avait fait que dire la vérité, pensa-t-il amèrement. Le plus embarrassant était qu'après cela, tous les membres de la troupe de Zhu semblaient savoir ce qu'il avait fait. Ce foutu moine avait voulu faire un exemple. Yuchun avait cru que cela marquerait la fin de leurs entraînements matinaux ; mais le matin suivant, Zhu l'avait tiré hors de son lit comme à l'accoutumée, et le jour suivant aussi. Le troisième jour, Yuchun avait trouvé plus simple de se départir de son humeur maussade. Il avait eu le temps de songer qu'en règle générale, Zhu avait ses raisons.

Et peut-être le moine avait-il compris qu'il lui était impossible d'être partout à la fois ; car à la fin du mois, il se présenta à l'entraînement et dit :

— J'ai des choses à faire ; tu vas devoir travailler seul pendant quelque temps. Maintenant que tu as acquis les bases, je t'ai trouvé un nouveau maître. Je pense qu'il te conviendra bien.

Voyant la personne en question, Yuchun protesta :

— Qu'est-ce qu'il va bien pouvoir m'apprendre ? C'est un moine !

En toute franchise, avoir deux moines dans une armée était déjà excessif ; et à présent, il y en avait trois. En une vision fugace et terrifiante, Yuchun s'imagina en train de réciter des sutras.

— Ce n'est pas la même sorte de moine, argua Zhu avec un grand sourire. Je pense que ses leçons te plairont. Tu m'en donneras des nouvelles.

Qui aurait cru qu'il existe différentes sortes de moines ? Apparemment, celui-ci venait d'un monastère réputé pour ses traditions martiales ; Yuchun n'en avait jamais entendu parler. Le vieux maître Li le rossa sans pitié, avec des lances, avec des bâtons et avec ses mains de vieillard dures comme des cailloux ; jusqu'à ce qu'heureusement, quelques autres élèves les rejoignent, détournant son attention de Yuchun. Unis dans la souffrance, ils firent le tour d'Anfeng à la course, se portèrent mutuellement sur leurs dos et sautèrent d'une marche à l'autre du temple, encore et encore. Ils s'affrontèrent au corps à corps jusqu'à être couverts de bleus et de callosités sanglantes.

De temps en temps, Zhu trouvait encore le temps de venir se mesurer à l'un ou à l'autre, certains matins.

— Il ne faut pas que je perde la main, dit-il un jour en souriant.

Puis, en levant les yeux du sol où l'avait projeté Yuchun, il ajouta :

— Je pourrais craindre d'avoir régressé… mais je crois plutôt que c'est toi qui progresses à toute allure.

Il bondit sur ses pieds et courut vers son prochain rendez-vous, lançant par-dessus son épaule :

— Continue à bien travailler, petit frère ! Bientôt, nous ferons cela pour de vrai…

Puis le vieux maître Li s'approcha de nouveau et les fit trimer jusqu'à ce que la moitié des élèves se mette à vomir ; et Yuchun pensa qu'il risquait sérieusement de mourir avant le début de sa première bataille. Cet été tout entier n'avait été que souffrances successives ; et ce n'est qu'après coup qu'il s'aperçut que leurs corps s'étaient endurcis, et que leurs esprits appartenaient désormais à des guerriers.

— Maître Zhu…

C'était Chen, hélant Zhu alors qu'elle arpentait le couloir menant à la salle du trône du premier ministre.

En dépit de la chaleur, le ministre gauche portait son chapeau et sa robe de lettré, comme à son habitude. Ses manches noires, alourdies par les broderies, se balancèrent sous ses mains jointes ; il posa sur Zhu un regard qui, en surface, exprimait un intérêt désinvolte.

Zhu, sachant que la désinvolture n'était pas dans le tempérament de l'homme, dit d'un ton aimable :

— Ce moine salue l'honorable ministre gauche Chen.

— Je suis passé par hasard devant le temple, ce matin. Quelle n'a pas été ma surprise de constater combien il a changé ! Pour un moine, vous semblez gérer vos ressources avec une efficacité admirable. Vous apprenez vite, n'est-ce pas ?

Il s'exprimait d'un ton nonchalant, comme s'il ne faisait que prononcer les mots qui lui venaient sur le moment.

Zhu n'était pas dupe. Un frisson lui chatouilla l'échine : elle avait l'impression d'être observée par un prédateur. Elle répondit prudemment :

— Ce moine indigne ne possède pas d'intelligence particulière, ministre. Sa seule qualité est qu'il est prêt à œuvrer de toutes ses forces pour satisfaire les désirs du premier ministre et du Prince de Lumière.

— C'est une qualité très louable, en effet.

À la différence des autres hommes, Chen faisait très peu de gestes en parlant. Cette immobilité lui conférait une sorte de solennité monumentale, captivant l'attention comme l'aurait fait la plus grande montagne d'un paysage.

— Si seulement notre mouvement avait cent moines comme vous à son service… De quel monastère venez-vous ?

— Le monastère de Wuhuang, ministre.

— Ah, Wuhuang ? Quelle triste histoire. (L'expression de Chen ne changea pas ; mais intérieurement, il parut redoubler d'intérêt.) Savez-vous que j'ai connu votre abbé, à l'époque ? Je l'appréciais beaucoup. C'était quelqu'un d'étonnamment pragmatique, pour un moine. Quelles que soient les mesures nécessaires pour préserver son monastère, il était prêt à les mettre en œuvre. Et il s'en est toujours très bien tiré, à ce qu'on m'a dit… jusqu'à commettre cette erreur, à la fin.

« Je sais quelles mesures doivent être prises, et je m'en acquitte. » L'Abbé était-il allé jusqu'à tuer ? Zhu se revit, à seize ans, brûlant de lui ressembler. Elle se dit qu'à présent, c'était sans doute le cas. Elle avait assassiné un homme de ses mains, afin d'obtenir ce qu'elle désirait. Le regard levé vers Chen et son sourire de tigre, elle y lut le pragmatisme poussé jusqu'à sa conclusion naturelle : un individu qui s'élevait, mû par son désir, sans se soucier de ce qu'il devait faire pour y arriver. Zhu fut surprise de ressentir, au lieu d'une attirance née de la similitude, une bouffée de dégoût. Avait-elle sous les yeux ce qu'elle deviendrait, en cherchant à s'approprier la grandeur ?

Sans savoir pourquoi, Zhu pensa à la fille, Ma, qui s'était interposée pour empêcher un acte cruel, tandis que Zhu observait la scène sans rien faire. À sa gentillesse, on avait répondu par la violence; et au bout du compte, son intervention n'avait fait aucune différence. C'était le strict opposé du pragmatisme. Ce souvenir lui procura un étrange pincement. Malgré son inutilité, le geste avait été magnifique. Il portait en lui le tendre espoir de Ma; le fait qu'elle voyait le monde tel qu'il aurait dû être, et non tel qu'il était. Ou tel que les pragmatiques égoïstes, comme Chen et Zhu, cherchaient à le façonner.

Zhu inclina la tête et s'efforça de se faire l'incarnation même de l'humilité.

— Ce moine n'a jamais montré assez de potentiel pour recevoir l'attention particulière de l'Abbé. Mais même le plus insignifiant des moines de Wuhuang n'a pu éviter d'apprendre de ses erreurs.

— Je n'en doute pas. Cela a dû être douloureux, d'apprendre que la véritable sagesse réside dans l'obéissance.

Les yeux terribles de Chen lui parurent l'écorcher vive. À cet instant, ils entendirent des voix s'approcher, et la pression de son regard s'amoindrit, comme si le tigre avait décidé – pour le moment – de rentrer ses griffes.

— Surtout, prévenez-nous si vous avez d'autres requêtes quant à l'équipement de vos hommes, maître Zhu. Mais à présent, venez: allons entendre ce que le premier ministre a à nous dire.

Zhu s'inclina et laissa Chen entrer avant elle dans la salle du trône. Son corps massif se mouvait lentement, enveloppé dans cette robe noire si épaisse qu'elle bougeait à peine autour de lui: elle y vit l'inertie du pouvoir.

— Il faut que nous prenions Jiankang, à présent, insista Guo le Petit.

Sur son trône, le premier ministre Liu arborait un air irrité. La chaleur de l'été ayant atteint son paroxysme, l'atmosphère de la salle du trône était lourde et soporifique.

Quoiqu'on ne lui demande pas encore d'affronter le général eunuque, Zhu aurait préféré que sa nouvelle troupe soit moins durement mise à l'épreuve. Jiankang, en aval le long du fleuve Yangzi, était le principal point d'entrée vers le littoral sud et la cité la plus puissante de cette région australe. Depuis l'époque du royaume de Wu, mille huit cents ans plus tôt, elle avait reçu une dizaine de noms différents des rois et des empereurs qui en avaient fait leur capitale. Même sous le règne des Mongols, les manufactures de la ville prospéraient. Jiankang était devenue si riche et si influente que son gouverneur s'était octroyé le titre de « duc de Wu ». Les autorités du Grand Yuan n'osaient pas le punir, par peur de le perdre.

Chen observa Guo le Petit, le regard sombre et pensif.

— Jiankang ? C'est ambitieux.

— Mais nous sommes forcés de l'être, non ? (Les yeux de Guo le Petit étincelèrent.) Puissante ou non, elle n'est qu'à quatre cents li d'ici ! Notre orgueil ne nous interdit-il pas de la laisser aux mains des Mongols ? Occuper Jiankang reviendrait à lancer un véritable défi au Yuan. Elle est riche, idéalement située, et elle possède le trône des anciens rois de Wu. Personnellement, je ne serais pas mécontent de m'en emparer.

— *Personnellement*, vous seriez content de *vous* en emparer, répéta en écho le premier ministre.

En entendant son ton aigre et venimeux, Zhu frissonna, malgré la chaleur.

Le ministre droit Guo reprit d'un ton prudent :

— Votre Excellence, Jiankang constituerait un atout de taille.

— Le royaume de Wu appartient à l'histoire, rétorqua le premier ministre avec impatience. Si nous prenons Bianliang, nous placerons le Prince de Lumière sur le trône de la lignée qui possédait le Mandat de la dynastie Song. Le trône septentrional de nos derniers empereurs autochtones, avant l'arrivée des Hu. Voilà ce qui représenterait un défi lancé au Yuan.

Il balaya la pièce d'un regard noir.

Le trône septentrional de la dynastie Song appartient aussi à l'histoire, pensa Zhu avec la même impatience que lui. Bianliang, cité à deux remparts, avait été la capitale des Song sur le fleuve Jaune, ainsi que la plus grande et la plus magnifique ville du monde. Elle était tombée deux siècles plus tôt face aux envahisseurs jürchen, qui avaient eux-mêmes été vaincus par les Mongols. Exception faite d'un modeste village yuan niché dans l'enceinte intérieure, Bianliang n'était plus qu'une friche jalonnée de ruines. Les vieillards comme le premier ministre avaient encore au cœur l'idée de cette cité ancestrale, comme si le souvenir de son humiliation était inextricablement lié à leur identité de Nanren. Ils souhaitaient coûte que coûte réparer ce qui avait été détruit. Mais Zhu, qui avait été privée de son passé à de nombreuses reprises, n'éprouvait pas la même nostalgie. Il lui semblait évident qu'il fallait placer le Prince de Lumière sur un trône, n'importe lequel, tant qu'il se trouvait dans une cité réellement utile. *Pourquoi s'entêter à courir après l'ombre de ce qu'on a perdu, plutôt que bâtir quelque chose de nouveau et plus fabuleux encore ?*

Comme en écho à ses pensées, Guo le Petit lâcha d'un ton ouvertement exaspéré :

— À quoi nous servira une victoire symbolique ? Si nous lui lançons un défi, le Yuan y répondra. Il ne faut pas le faire sans une bonne raison.

Le visage ridé du premier ministre se crispa.

— Votre Excellence, murmura Chen. (Par cette chaleur étouffante, son immobilité absolue avait quelque chose d'oppressant.) Si cet indigne ministre peut se permettre de vous présenter son opinion… le plan du général Guo, consistant à prendre Jiankang, n'est pas dénué d'intérêt. Jiankang est certes riche et puissante, mais elle est dépourvue de rempart : elle peut être prise rapidement, si l'assaut est bien organisé. Cela devrait donner le temps au général Guo de s'emparer aussi de Bianliang, avant que les troupes du prince du Henan se remobilisent à l'automne. (Chen gratifia Guo le Petit d'un regard froid et observateur.) Pensez-vous que ce soit à votre portée, général Guo ?

Guo le Petit leva le menton.

— Bien sûr.

Le ministre droit Guo dardait sur Chen un regard mécontent ; quoiqu'il soit soulagé que la situation se résolve en faveur de Guo le Petit, il pensait manifestement que Chen avait outrepassé ses prérogatives.

L'expression revêche du premier ministre n'avait pas disparu non plus. D'un ton acariâtre, il dit :

— Dans ce cas, agissez vite, général Guo. Donnez-moi Jiankang et Bianliang avant que les Hu redescendent vers le sud.

Sans qu'il ait besoin de le dire, ils entendirent tous : « Sinon… »

Zhu s'éloigna avec les autres, soucieuse. Sa troupe était encore bien trop réduite ; et des pertes qui n'auraient pas fait broncher le commandant Sun pouvaient suffire à l'éliminer tout entière. Par ailleurs, il était évident que Chen manigançait quelque chose pour nuire à la faction des Guo. Mais quoi ?

Devant elle, dans le couloir, elle entendit Guo le Petit se vanter auprès de son ami Sun :

— Enfin ! Ce vieil œuf de tortue veut bien entendre raison… même s'il faut pour cela le secouer comme un prunier. Ah, « duc de Wu »… Cela sonne si bien…

— « Roi de Wu » serait encore mieux, s'esclaffa Sun. Cela t'irait bien : tu as déjà la grosse tête, comme un roi…

La silhouette noire et montagneuse qui suivait les deux commandants était celle de Chen ; et en observant le contour de ses épaules, Zhu eut l'impression qu'il riait.

Les bougies du soir étaient presque entièrement consumées. Ma, dans sa chambre, lisait l'un des journaux intimes qu'elle avait trouvés sous les lattes du bureau, dans le manoir des Guo. Elle se demanda si l'ancien propriétaire des lieux avait pensé que les Turbans Rouges finiraient par partir, et qu'il pourrait alors revenir ; ou bien s'il n'avait pu supporter l'idée que ces journaux soient détruits.

— Ma Xiuying.

C'était Guo le Petit, entrant comme si la pièce lui appartenait.

En tournant une page, Ma sentit sous ses doigts le relief des mots tracés par l'auteur. Les dernières traces physiques d'un être mort depuis longtemps. Elle murmura pour elle-même :

— J'espère qu'il avait des descendants pour se souvenir de lui.

— Quoi ? Je ne comprends jamais ce que tu racontes. (Guo le Petit se jeta sur le lit. Il n'avait même pas retiré ses chaussures.) Tu ne peux donc pas me saluer convenablement ?

Ma soupira.

— Oui, Guo Tianxu ?

— Va me chercher de l'eau. Je voudrais me laver.

Lorsqu'elle revint avec la bassine, il se redressa et retira sans gêne sa robe et la chemise qu'il portait en dessous. *Comme si je n'étais qu'une servante, et lui un roi.* Elle avait presque entièrement réussi à chasser de son esprit l'étrange conversation avec le moine Zhu ; mais sans crier gare, ce souvenir l'emplit de nouveau, plus inopportun que jamais. Elle revit le moine Zhu l'observer de ses yeux noirs et vifs, et s'adresser à elle non seulement comme à un être capable de désir, mais comme à un être qui *aurait dû* désirer. De toute sa vie, elle n'avait jamais rien entendu de plus inutile. *Cette vie est ma vie*, se dit-elle. *C'est à cela qu'elle ressemble.*

Mais au lieu de sa résignation habituelle, ce fut la tristesse qui l'envahit. Elle était en train de s'apitoyer sur son sort ; et pourtant, ce chagrin lui faisait l'effet d'un deuil. Elle eut envie de pleurer. *C'est le sort qui m'est réservé, dans cette vie et dans toutes celles qui suivront.*

Guo le Petit n'avait rien remarqué. Tandis qu'il se récurait, il déclara d'un ton jovial :

— Nous allons partir conquérir Jiankang ! Ce n'est pas trop tôt. N'est-ce pas le meilleur endroit pour y installer notre capitale ? Je ne supporte plus cette vieille ville pleine de moisissure. Elle est trop pauvre pour accueillir nos ambitions. (Ses yeux étincelèrent sous ses sourcils impatients.) Mais le nom « Jiankang » ne va pas. Il lui faut un nom nouveau.

Un nom digne d'une nouvelle lignée d'empereur. Quelque chose « du Ciel »... « La Capitale » je-ne-sais-quoi...

— Jiankang ? répéta Ma, arrachée à sa rêverie. Je croyais que le premier ministre voulait faire de Bianliang la nouvelle capitale.

Son cœur se serra lorsqu'elle comprit qu'elle avait eu tort de manquer la réunion de l'après-midi. *D'un autre côté, aucun de mes efforts pour sauver Guo le Petit de sa propre bêtise n'a jamais porté ses fruits.*

— Je la prendrai ensuite, assura Guo le Petit d'un air dédaigneux. Même Chen Youliang était d'accord pour dire que...

— Pourquoi se rangerait-il à ton avis ?

Ma sentit l'inquiétude l'étreindre tout entière. Chen ne possédait pas une once d'altruisme, ni même de loyauté envers un objectif commun : il n'allait jamais que dans la direction qui servait ses propres intérêts.

— Il sait reconnaître un bon raisonnement, voilà tout, rétorqua Guo le Petit.

— Ou alors, il souhaite te voir échouer ! Cesse de faire la courge stupide. Qu'est-ce qui te paraît plus probable : que Chen Youliang espère te voir réussir, ou qu'il attende que tu commettes une erreur ?

— Comment cela, une erreur ? Tu me méprises donc au point que ma défaite te paraisse inévitable ? (Guo le Petit haussa le ton.) Quel manque de respect, Ma Xiuying !

En contemplant son beau visage rouge d'indignation, elle eut soudain pitié de lui. Quelqu'un qui ne le connaissait pas croirait peut-être lire la force sur ses traits ; mais aux yeux de Ma, il était aussi fragile qu'un vase en néphrite. Rares étaient ceux qui acceptaient de le traiter avec tendresse, afin d'éviter qu'il se brise.

— Ce n'est pas ce que je voulais dire.

— Peu importe. (Guo le Petit jeta le linge de toilette dans la bassine, éclaboussant la robe de Ma.) Cesse de donner ton avis sur des choses qui ne te concernent pas. Essaie de comprendre où est ta place, et *restes-y.*

Il lui lança un regard plein de rancœur, comme si Ma était une source d'irritation dont il avait hâte d'être débarrassé, puis attrapa ses vêtements et s'en alla d'un pas furieux.

Ma sortait des appartements du premier ministre avec un plateau lorsque quelqu'un tourna au coin du couloir. Elle s'écarta sur sa gauche ; l'autre s'écarta sur sa droite ; ils entrèrent en collision dans un bruit de choc et un cri. Lorsqu'elle vit la source de ce dernier son, une sensation intense la parcourut des pieds jusqu'à la tête. Le moine, accroupi, la regardait ; il était parvenu à rattraper le plateau qui tombait. Les tasses s'entrechoquèrent. Un seul gâteau vacilla, puis s'écrasa au sol.

— C'est vous qui avez fait cela ? (Le moine Zhu se releva et poussa l'infortunée pâtisserie, qui tremblait encore, du bout du pied.) Les préférés du premier ministre ! Quelque chose vous tracasse, peut-être ?

— Je ne vois pas ce que vous voulez dire, rétorqua Ma d'un ton acerbe.

Zhu avait été très occupé depuis son retour de Lu. Abstraction faite de leur conversation gênante dans le temple, elle n'avait aperçu de lui que sa silhouette chapeautée qui sillonnait la ville, courant de rendez-vous en rendez-vous. À présent qu'elle le revoyait, elle était perturbée par un frisson d'émotion nouvelle. Sans qu'elle sache pourquoi, il lui avait révélé une vérité profonde sur lui-même, qu'elle ne pouvait désormais plus ignorer : l'immensité, terrifiante et anormale, de son désir. Elle ne comprenait pas ce désir, et elle était forcée de s'en méfier ; mais elle était subjuguée par sa présence, comme un papillon par une flamme. Elle ne parvenait pas à détourner le regard.

Zhu rit.

— Qui s'embêterait à fabriquer ces petites choses compliquées, sans une bonne raison de le faire ? De toute évidence, vous cherchez à mettre le premier ministre de bonne humeur.

D'un coup, le masque de la représentation glissa de son visage. C'était un homme de petite taille, si bien qu'ils se regardaient droit dans les yeux ; cela conféra à ce moment une intimité choquante, comme si quelque chose en lui touchait soudain quelque chose en elle. D'un ton grave, il dit :

— Vous travaillez dur pour aider Guo le Petit. Est-ce qu'il s'en rend compte, au moins ?

Pourquoi donc la voyait-il comme un être doté d'une volonté propre, tandis qu'elle n'était pour tous les autres qu'un objet remplissant sa fonction ? Une rage soudaine l'étreignit à cette pensée. Elle regrettait sa vie comme jamais auparavant, et c'était la faute de ce moine, parce qu'il lui avait fait entrevoir l'image fantasmagorique d'un monde où elle était libre de désirer.

Elle lui reprit sèchement le plateau ; sans assez de violence, cependant, pour la satisfaire pleinement.

— Comme si vous n'ignoriez pas, tout comme lui, les efforts que cela exige ! riposta-t-elle.

Juste avant que la représentation reprenne ses droits, elle crut lire la compréhension sur son petit visage sombre de cigale. Cela ne pouvait être vrai – il était absurde de croire qu'un homme puisse éprouver de la compassion envers une femme – et pourtant, cela suffit à faire naître une vague de douleur qui balaya sa colère. Cela la fit tant souffrir qu'elle haleta. *Arrêtez de me faire cela*, pensa-t-elle avec tristesse, avant de se retourner et de s'enfuir. *Arrêtez de me donner envie de désirer.*

Elle avait parcouru la moitié du corridor lorsque quelqu'un l'attrapa pour l'attirer dans un autre couloir. Elle constata, soulagée, qu'il ne s'agissait que de Sun Meng. Il avait une lueur mi-espiègle, mi-sérieuse dans les yeux.

— Tu es bien familière avec ce moine, chère sœur. Mais souviens-toi… Il est du côté de Chen Youliang.

— Il n'est pas comme Chen Youliang, répondit Ma sans réfléchir.

Sun l'observa du coin de l'œil.

— Tu crois cela ? Quoi qu'il en soit, il ne serait rien sans le ministre gauche. N'oublie pas cela.

Il s'empara d'un gâteau, y mordit et ajouta d'une voix presque inintelligible :

— Je crois qu'il t'aime bien.

— Quoi ? Ne dis pas n'importe quoi.

Ma rougit, emplie de nouveau de cette idée qui la faisait frissonner : Zhu était capable de désir. Contre son gré, il lui avait offert ce nouveau sens avec lequel percevoir le monde – la conscience de l'existence du désir – et sa propre incapacité à le réprimer l'emplissait de honte et de désespoir.

— C'est un moine, martela-t-elle.

— Pas un moine normal, c'est certain, répliqua Sun en mâchant de bon cœur. Je l'ai vu s'entraîner, l'autre jour. Il se bat comme un homme ; qui nous dit qu'il ne pense pas comme tel ? Enfin… Ne t'inquiète pas : je ne dirai rien à Guo le Petit.

— Je n'ai rien fait qui soit susceptible de mécontenter Guo Tianxu !

— Ah, Yingzi, calme-toi. Je te taquinais, rien de plus. (Sun rit et passa un bras autour de ses épaules.) Ce n'est pas un homme jaloux. Regarde : je te touche bien, moi. Cela ne l'a jamais dérangé, pas vrai ?

— C'est parce que tu es si mignon qu'il te considère comme sa sœur, rétorqua Ma, irritée.

— Quoi ! Tu veux dire que j'ai gâché tout le sang que j'ai consacré à faire de lui mon frère de cœur ? (La mine funèbre de Sun disparut aussi vite qu'elle était venue.) Hé, Yingzi, tu sais que les frères de cœur partagent tout, n'est-ce pas ? Quand tu seras mariée…

Il haussa les sourcils d'un air comique.

— Mariée ! De quoi parles-tu ? s'étonna Ma, surprise de l'entendre aborder subitement ce sujet.

— Quoi, la mariée elle-même n'est pas au courant ? Guo le Petit m'a dit que vous vous marieriez après la prise de Jiankang. La période de deuil pour le général Ma sera terminée, à ce moment-là. Je pensais que vous en aviez discuté hier soir.

— Non, répondit-elle. (Il lui sembla qu'un poids terrible s'abattait soudain sur elle.) Hier soir, j'ai essayé de le conseiller.

Elle ne pouvait s'imaginer vivant écrasée par ce poids pour le restant de ses jours. Elle tenta de se convaincre qu'elle s'y habituerait, qu'elle était seulement bouleversée de passer d'une étape à l'autre. Mais à présent qu'elle ne pouvait échapper à la réalité, celle-ci lui évoquait de plus en plus une sorte de mort.

— Allons, pourquoi cet air bouleversé ? s'enquit Sun, surpris. As-tu peur de ne pas lui donner de fils ? Tu es douée pour tout le reste : tu en auras un tout de suite, sois sans crainte. Il te traitera encore mieux si tu en fais plusieurs ; tu sais qu'il est bon pour un général d'avoir beaucoup de fils.

Avec quelle désinvolture il résumait sa raison d'être aux yeux des autres… Le joli visage de Sun donnait parfois à Ma l'impression qu'il la comprenait mieux que Guo le Petit. Mais en dépit de sa beauté, il était un homme, comme Guo le Petit ; et tous les hommes se ressemblaient.

Sauf le moine Zhu, lui murmura un recoin perfide de son être. Mais cette pensée n'était pas moins inutile que les autres.

Elle suivit Sun à l'extérieur. Ensemble, ils s'assirent sur un banc près d'un arbre coupé, au milieu de la cour. La souche n'avait plus qu'une branche, sur laquelle avaient poussé quelques feuilles. Le dernier halètement d'un arbre agonisant… ou bien une nouvelle vie qui commençait ? Ma l'ignorait.

Elle dit :

— Grand frère.

— Hmm ?

— J'ai un mauvais pressentiment, concernant Jiankang. Ne pourrais-tu pas convaincre Guo le Petit de changer d'avis ?

Sun ricana.

— Dans quelle vie est-ce que cela pourrait se produire ? Même moi, je n'ai pas ce pouvoir. Mais tu ne crois pas que tu t'inquiètes trop, ces temps-ci ?

— Je me méfie de Chen Youliang.

— Comme tout le monde, non ? Je préférerais mettre le doigt dans la bouche d'une tortue serpentine plutôt que me risquer à lui faire confiance. Mais pour une fois, je suis d'accord avec Guo le Petit. La victoire à la rivière Yao nous a offert un été prolongé. C'est l'occasion d'agir ; il faut en profiter pour viser une cible de grande importance stratégique. Jiankang est toute désignée.

Aucun d'entre eux n'acceptait jamais de l'écouter, ragea-t-elle.

— Chen Youliang souhaite vous voir échouer !

Sun parut surpris de sa véhémence.

— Dans ce cas, nous allons devoir réussir, tout simplement. Il souhaitait aussi nous voir échouer à la rivière Yao, et regarde où cela l'a mené ! (Il la gratifia d'une pichenette affectueuse sur le front.) Ne t'inquiète pas. Tout ira bien.

Apparemment, il était aussi inutile d'essayer de les avertir que de souhaiter que sa vie change de trajectoire. Ma leva les yeux vers la boîte bleue du Ciel, encadrée par les quatre ailes de bois sombre du manoir des Guo, et tenta de se persuader qu'elle s'inquiétait pour rien. Mais elle ne pouvait chasser l'impression tenace qu'ils se promenaient tous sur une longue route, en pleine nuit ; que les autres bavardaient gaiement ; et que, sans savoir pourquoi, elle était la seule à voir les yeux affamés qui les observaient depuis les ténèbres, attendant leur heure.

Anfeng se mit à résonner des bruits du grand départ. Des milliers de torches éclairaient les rues, presque aussi brillamment qu'en plein jour. Quelques heures plus tard, on allumerait les feux. Tandis que Zhu franchissait le seuil surélevé pour entrer dans le manoir des Guo, elle revit Anfeng le soir précédant leur départ pour la rivière Yao : la cité était alors surmontée d'un incroyable dôme de lumière rouge, d'un rempart à l'autre, comme engloutie par une flamme géante.

Quoique le temps se réchauffe de plus en plus, l'intérieur de la maison était empli d'un parfum frais du thé fumé du Sud. Les murs, les sols et les plafonds de bois sombre semblaient absorber la lumière des lanternes accrochées dans le couloir. Tout en marchant, Zhu lançait des regards curieux autour d'elle ; puisqu'elle était un membre de la faction de Chen, c'était la première fois qu'elle pénétrait dans cette demeure. Des pièces vides s'ouvraient sur le côté du corridor. Dans ce qui avait dû être le bureau d'un lettré, elle vit deux fantômes flotter dans la clarté filtrant par la fenêtre en papier ; leurs silhouettes n'avaient pas plus de substance que les grains de poussière en suspension. Avaient-ils été tués lorsque Chen s'était emparé d'Anfeng, ou étaient-ils plus anciens que cela encore ? Leurs regards vides n'étaient fixés sur rien en particulier. Elle se demanda s'ils avaient conscience du temps qui passait, dans cet étrange intervalle entre leurs vies ; ou s'il ne s'agissait, pour eux, que d'un long sommeil agité.

Zhu quitta le couloir et sortit dans une cour intérieure, que surmontait un grand balcon. Au milieu de celui-ci, elle remarqua un carré de lumière tremblotante. À cette vue, une vague d'émotion inconnue la traversa. Elle était déjà en retard à la réunion dirigée par Guo le Petit… mais sans prendre le temps d'y réfléchir, elle grimpa l'escalier aux marches grinçantes et se faufila jusqu'à la chambre de Ma.

Celle-ci était assise en tailleur sur le sol, l'air concentré, la tête penchée. Elle se trouvait au centre d'une constellation constituée de petites bandes de cuir rectangulaires. Zhu mit un moment à s'apercevoir qu'elle avait sur les genoux l'armure de Guo le Petit, à laquelle elle avait retiré toutes ses lamelles. Ma avait disposé les lamelles en fonction de leur emplacement sur l'armure, ce qui donna à Zhu l'impression désagréable de voir un cadavre qu'on avait découpé pour l'étudier. Tandis qu'elle l'observait depuis l'embrasure, Ma prit le livre posé à côté d'elle, en lut une page d'un air malheureux, puis la déchira et la cousit soigneusement sur l'armure dénudée. Après cela, elle ramassa une poignée de lamelles et les cousit à leur tour, une à une, sur l'armature renforcée par le papier. Elle tenait l'armure avec la même délicatesse que s'il s'agissait du corps familier d'un amant. Zhu s'en émerveilla. Si Ma préparait l'armure de Guo le Petit pour la rendre résistante aux flèches, ce n'était pas par devoir, mais parce qu'elle désirait sincèrement lui épargner d'être blessé. Comment pouvait-elle vivre ainsi, le cœur ouvert, attachant par son amour et son affection des parties d'elle-même à ceux qu'elle côtoyait… et ce, qu'elle les apprécie ou non, qu'ils le méritent ou non ? Zhu était incapable de le comprendre.

Ma leva les yeux et tressaillit.

— Maître Zhu ?

— Le général Guo a convoqué les commandants afin d'établir l'ordre de départ, pour demain, se justifia Zhu.

Cela expliquait pourquoi elle se trouvait dans le manoir des Guo, mais pas pourquoi elle était devant la chambre de Ma. Zhu elle-même n'en était pas sûre. Elle entra, remarquant que la pièce n'était pas meublée, à l'exception d'un simple lit. Personne ne vivait luxueusement, à Anfeng ; mais cela ne suffisait pas à expliquer un tel dénuement. On aurait dit que Ma, au sein de la demeure des Guo, n'était pas traitée avec plus d'égards qu'une servante. Une montagne de boîtes, enveloppées dans du lin et attachées avec des ficelles, s'entassait dans un coin.

—Ouah ! Toute cette nourriture est-elle réservée à Guo Tianxu ? s'exclama Zhu. Il n'a pas besoin de manger un plat fait maison tous les soirs ! Vous ne trouvez pas que c'est un peu excessif ?

Ma fronça les sourcils et déclara d'un ton aigre :

—Il est bon qu'un général soit bien nourri. Pourquoi les troupes seraient-elles fières d'un chef famélique, comme un poulet aux os noirs ?

—Ah, c'est vrai, dit Zhu en riant. Ce moine a grandi durant une famine ; et il a eu beau prier pour cela pendant de longues années, il n'a jamais réussi à grossir. Ni à embellir, d'ailleurs. Mais il faut se satisfaire de ce que l'on a. (Elle s'accroupit près de Ma et lui tendit la lamelle suivante.) Alors, j'ai entendu dire que vous alliez vous marier, après Jiankang. J'avoue être tenté de vous présenter mes condoléances.

Elle avait conservé un ton léger ; cependant, l'idée que Ma ne trouve peut-être jamais rien à désirer pour elle-même lui procurait un étrange sentiment de révolte.

Les mains de Ma se crispèrent sur l'armure de Guo le Petit. Ses cheveux tombaient en rideau autour de son visage, dissimulant son expression. Enfin, elle dit :

—Maître Zhu… Vous n'êtes pas inquiet ?

Zhu l'était, pour bien des raisons.

—À quel sujet ?

—Jiankang. Chen Youliang a convaincu le premier ministre d'encourager cette offensive. Mais c'était l'idée de Guo le Petit. Vous ne trouvez pas cela étrange ?

Lorsque Ma releva la tête, son visage lumineux exprimait une grande détresse. C'était une vision si pure que Zhu ressentit un pincement inattendu ; celui-ci, mélange d'émerveillement et de pitié, était de ceux qu'on éprouve en voyant de fragiles fleurs de pêcher battues par la pluie.

Elle suggéra :

—Peut-être devriez-vous en parler au commandant Sun ?

—Il ne m'écoute pas ! Aucun d'eux ne m'écoute…

Guo le Petit et Sun Meng ne l'écoutaient pas ; mais Ma semblait penser que Zhu, elle, le ferait. Zhu frémit, mal à l'aise, et pensa malgré elle : *Zhu Chongba n'aurait pas compris, lui.*

Après un instant, Zhu reprit :

—Peut-être Chen Youliang manigance-t-il quelque chose à l'encontre de Guo le Petit. C'est sûrement le cas, même si je n'ai aucune information précise à ce sujet. Il ne m'a pas demandé de faire quoi que ce soit. Cependant, cela ne veut rien dire. D'une part, vous ne pouvez pas savoir si je vous dis la vérité. Et d'autre part, le fait que je ne sache rien ne signifie pas qu'il n'a rien prévu. Peut-être qu'il ne me fait pas confiance. Ou peut-être qu'il n'a pas besoin de moi.

Avec une véhémence subite, Ma demanda :

— Et si je vous demande de m'aider ?

Zhu la regarda. Quel devait être son désespoir, pour qu'elle formule une telle requête ? L'espace d'un instant, Zhu fut submergée par une vague de tendresse. Avec franchise, elle dit :

— C'est ce que j'aime chez vous, Ma Xiuying. Vous ouvrez votre cœur, même si cela vous rend vulnérable aux blessures. On ne rencontre pas beaucoup de gens comme vous.

C'était un tempérament rare, pour commencer ; et ensuite, combien de ceux qui le possédaient parvenaient à rester en vie quelque temps ? Seulement ceux qui avaient quelqu'un pour les protéger, peut-être. Quelqu'un d'impitoyable, doué pour survivre.

À la surprise de Zhu, Ma lui prit la main. La soudaineté de ce contact, peau contre peau, lui fit prendre brutalement conscience que seule une frontière ténue la séparait du monde extérieur. Si Xu Da était aussi connu des villageoises habitant près du monastère qu'un chien errant, Zhu n'avait jamais tenu la main d'une femme. Elle ne l'avait jamais désiré, n'en avait jamais rêvé comme les autres novices. Elle n'avait jamais voulu qu'une chose ; et ce désir était si démesuré qu'il suffisait à l'emplir tout entière. À présent, un tremblement inconnu grimpait le long de son bras : les battements du cœur de quelqu'un d'autre, répercutés dans son corps.

Ma dit :

— Maître Zhu, s'il vous plaît…

L'idée que Ma puisse voir son étincelle piétinée – par Guo le Petit, par Chen ou par qui que ce soit d'autre – la dérangeait inexplicablement. Zhu s'aperçut qu'elle voulait que cette empathie farouche subsiste dans le monde. Pas parce qu'elle la comprenait, mais parce qu'elle ne la comprenait pas ; et pour cette raison, elle lui semblait précieuse. *C'est une chose qui vaut la peine d'être protégée.* Cette idée enfla en elle ; pas assez, cependant, pour écarter sa conscience de la réalité. Elle savait que, s'il s'opposait à Chen, Guo le Petit n'avait aucune chance de l'emporter.

Elle avait trop tardé à répondre. Rougissant de gêne, Ma retira brusquement sa main.

— Oubliez cela ! Oubliez ce que je vous ai demandé. Et partez.

Zhu plia et déplia les doigts, sentant encore le vestige fantomatique du contact de ceux de Ma. À mi-voix, elle dit :

— Je n'aime pas Guo le Petit. Et il serait idiot de me faire confiance.

Ma laissa tomber la tête sur sa poitrine. Les rideaux de sa chevelure se refermèrent. Ses épaules tressautèrent légèrement ; et avec une bouffée de colère, Zhu s'aperçut qu'elle pleurait pour un individu qui n'avait jamais eu une pensée pour elle de toute sa vie.

— Ma Xiuying, dit-elle avec l'impression qu'on lui arrachait ces mots de force. Je ne sais pas si je vais pouvoir faire quoi que ce soit ; et même si j'interviens, je ne sais pas comment tout cela se terminera. Mais je vais faire de mon mieux.

Ce n'était pas une promesse, et Ma le savait sûrement. Mais elle dit, dans un murmure vibrant de sincérité :

— Merci.

Peut-être, pensa Zhu en s'éloignant, Ma ne l'avait-elle remerciée que parce qu'elle l'avait écoutée. Elle se remémora le jour où elle lui avait dit d'apprendre à désirer. Apparemment, Ma avait fait l'inverse. Même si elle ne parvenait pas encore à se l'avouer, Ma avait compris, depuis ce jour-là, qu'elle ne *voulait pas* la vie qu'on lui avait imposée.

Zhu ressentit un élan de pitié, qui ne lui ressemblait pas. *Le non-vouloir est aussi une forme de désir. Et comme lui, il engendre de grandes souffrances.*

14

Sud-est du Henan, été

— Qu'est-ce qui ne va pas ? Tu as l'air de broyer du noir.

Zhu regarda Xu Da, qui venait de la rejoindre en tête de la colonne. Depuis le début de la matinée, il chevauchait d'un bout à l'autre de la procession ; il s'assurait ainsi que tout le monde continuait à avancer d'un pas discipliné, en dépit de l'excitation accompagnant leur première véritable mission. À l'aube, l'intégralité des troupes des Turbans Rouges avait quitté Lu pour commencer leur marche vers l'est, à travers la grande étendue qui les séparait de Jiankang. Les mille lacs qui émaillaient la région étincelaient autour d'eux sous le soleil ardent. C'était pour cela que les Mongols ne se battaient jamais l'été ; ni eux, ni leurs montures ne supportaient la chaleur du Sud. Les Turbans Rouges, qui étaient de sang nanren et majoritairement des soldats d'infanterie, cheminaient vaillamment. Les colonnes appartenant à Guo le Petit et aux autres commandants s'étiraient devant celle de Zhu. La poussière qu'ils soulevaient conférait au ciel un reflet iridescent, comme l'intérieur d'une coquille d'ormeau.

— Tu t'en es rendu compte ? répondit Zhu avec un sourire doux-amer.

Il était bon de l'avoir de nouveau près d'elle ; et malgré le temps qui s'était écoulé depuis leurs retrouvailles, le voir lui procurait toujours une sensation particulière, comme celle d'un muscle crispé qui se relâcherait tout à coup.

— Évidemment. Je te connais depuis toujours, déclara Xu Da avec désinvolture. Je sais au moins les trois quarts de tes secrets.

Cela fit rire Zhu.

— Tu en sais plus que quiconque, c'est certain.

Reprenant son sérieux, elle ajouta :

— J'ai peur que tout cela tourne mal.

— Mur ou pas mur, en attaquant une cité de cette taille, on est sûrs de perdre du monde.

— Oui… aussi. (Elle ruminait la situation depuis leur départ de Lu.) Grand frère… Quel mauvais tour est-ce que le ministre gauche Chen a l'intention de jouer à Guo le Petit ?

— Tu es sûr qu'il complote quelque chose ? Guo le Petit est parfaitement capable d'échouer tout seul. Il n'a pas besoin d'aide.

— Chen Youliang aime tout contrôler. (Sa présence, puissante et immobile, lui emplissait l'esprit.) Je ne pense pas qu'il veuille laisser faire le hasard. Il veut exercer son pouvoir, savoir que ce qui s'est passé – quoi que ce soit – était son œuvre.

— Mais est-ce qu'on ne le saurait pas, s'il s'était arrangé pour qu'il se passe quelque chose durant cette campagne ?

La poussière donnait l'impression que la plaine s'étendait à l'infini dans toutes les directions, même si Zhu savait qu'elle était bordée au sud par les monts Huangshan. Elle se souvenait de les avoir admirés depuis le monastère, et de s'être émerveillée de la distance qui les séparait d'elle. Le monde rapetissait ; il venait à sa portée. Elle dit :

— Il ne me fait pas encore entièrement confiance. Il a pu donner ses instructions au commandant Wu.

— Et lui demander de trahir Guo le Petit ? Sun Meng se vengerait, et tu sais combien il est doué. Chen Youliang ne prendrait pas le risque de perdre toute la troupe du commandant Wu.

— Non. Il aurait prévu quelque chose pour se débarrasser aussi de Sun Meng.

Zhu se remit à ruminer. Comme à la rivière Yao, elle se trouvait forcée d'attendre et d'espérer que de nouvelles informations se présentent à elle. Elle savait que, si Chen lui ordonnait d'attaquer Guo le Petit, refuser reviendrait à se ranger du côté de la faction perdante… ce qu'elle n'était pas disposée à faire. En revanche, s'il se trouvait qu'elle n'était pas directement impliquée, peut-être parviendrait-elle à intervenir pour aider Ma. Quelque chose en elle souhaitait que cette seconde possibilité soit la bonne. Elle soupira.

— J'imagine qu'on n'a pas d'autre choix que d'ouvrir l'œil.

— Je croyais que tu serais le dernier à pleurer sur le sort de Guo le Petit. Pourquoi ne pas le laisser se débrouiller ?

Zhu avoua, non sans une certaine réticence :

— J'ai dit à Ma Xiuying que j'essaierais de le protéger.

— Qui ? Tu veux dire… Non ! La femme de Guo le Petit ?

Puis, comprenant soudain, Xu Da canalisa toute son énergie railleuse dans ses sourcils.

— Que le Bouddha me préserve, petit frère ! J'avais cru ne jamais voir ça. Est-ce qu'elle… te *plaît* ?

— C'est quelqu'un de bien, se défendit Zhu.

Elle pensa au beau visage de la jeune fille, à ses yeux de phénix remplis de sollicitude et de chagrin. Pour Guo le Petit. *Guo le Petit !* Ce nouveau sentiment protecteur, qui avait germé en elle, était aussi sensible qu'une ecchymose. Bien que son côté pragmatique l'avertisse que c'était inévitable, elle détestait l'idée que quelqu'un fasse souffrir Ma ou la rende malheureuse… et le pire étant que Ma elle-même refusait de regarder son malheur en face.

— Alors, tu vas sauver Guo le Petit de sa propre bêtise. (Xu Da s'esclaffa.) Et dire que je croyais être le seul à me laisser manipuler par les jolies filles ! Mais une femme mariée… même moi, je n'oserais pas !

Zhu le foudroya du regard.

— Elle n'est pas encore mariée.

Ils restèrent sur leurs gardes en traversant le fleuve Yangzi, et à l'approche de Jiankang. Mais au bout du compte, il ne se passa rien de particulier. Guo le Petit mena un assaut brutal et mal calculé, qui entraîna de trop nombreuses morts dans le camp des Turbans Rouges : il les avait fait s'écraser, comme une vague de chair, sur les défenses de Jiankang. Face à une cité fortifiée, comme Lu, cela n'aurait servi à rien. Mais contre la vulnérable Jiankang, l'assaut de Guo le Petit finit par porter ses fruits. Au flot lent et progressif de Turbans Rouges répondit peu à peu une marée de citoyens fuyant dans l'autre sens. À l'heure du Cheval, le dixième jour, Jiankang tomba.

En dépit de sa magnificence, le palais du duc de Wu – désormais décédé – était envahi de fumée, tout comme le reste de la ville. On n'y sentait pas la puanteur ordinaire que dégageaient, en brûlant, les coques de palourde et les noyaux de fruits ; mais l'odeur des vieilles demeures de Jiankang, dont les meubles laqués et les grands escaliers étaient tombés en cendres. Flottant dans l'atmosphère voilée, le soleil de l'après-midi luisait comme un lotus rouge.

Au milieu du terrain de parade du palais, on avait aligné des femmes dans leurs sous-vêtements en étoffe non teinte. Les épouses du duc de Wu, ainsi que ses filles et ses servantes. Zhu et les autres commandants étaient postés sur le côté ; Guo le Petit, lui, marchait d'un pas de conquérant le long de la rangée. La lueur rouge soulignait son front et son nez aquilin, lui conférant une allure héroïque. Son sourire exprimait la satisfaction intense de quelqu'un qui a accompli, malgré les doutes de ses détracteurs, ce dont il s'est toujours su capable.

Après avoir balayé d'un regard critique la femme qui frissonnait devant lui, Guo le Petit déclara :

— Esclave.

À la suivante, il dit :

— Concubine.

Zhu le vit examiner celle qui suivait d'un air plus appréciateur encore. Il lui prit le bras pour constater la finesse de sa peau, et lui leva le menton pour voir la forme de son visage.

— Concubine.

Sun lui lança malicieusement :

— Elles sont toutes pour toi ? Ma Xiuying ne te suffit pas ?

— Peut-être qu'une seule femme te suffirait, à toi, rétorqua Guo le Petit avec un rictus moqueur. J'aurai cette fille, et quelques concubines en plus. Un homme de ma condition ne peut pas se permettre de ne pas en avoir.

Tandis qu'il longeait la rangée, les femmes tremblaient, s'entourant elles-mêmes de leurs bras. Avec leurs habits blancs et leurs cheveux emmêlés, elles ressemblaient à s'y méprendre à des fantômes. Toutes, sauf une. Celle-là se tenait très droite, les bras le long du corps, nullement gênée de sa tenue qui révélait sa silhouette. Ses mains étaient cachées sous ses manches. Elle dardait sur Guo le Petit un regard acéré, à tel point qu'il sursauta légèrement en arrivant devant elle.

— Esclave, dit-il.

Elle sourit en l'entendant, d'un sourire farouche et amer. Dès que Zhu vit ce sourire, chargé de haine pour Guo le Petit et tout ce qu'il représentait, elle sut ce que la femme s'apprêtait à faire. Lorsqu'elle se jeta sur Guo le Petit, levant un couteau vers son cou, Zhu avait déjà bousculé le général d'un coup d'épaule. Il chancela avec un cri ; le couteau glissa sur son armure. L'inconnue hurla de colère et tenta de poignarder Zhu ; mais Xu Da apparut alors entre elles, tordant le bras de la femme. Le couteau tomba avec un tintement sur le sol de pierre.

Zhu se releva. Elle se sentait étrangement affectée par l'événement. Même après coup, les autres commandants ne parvenaient pas à croire que le danger ait pu provenir d'une femme… et d'une femme presque nue, par-dessus le marché ! Mais durant l'instant où Zhu avait regardé cette femme et décelé ses intentions, elle l'avait *comprise*. Et ce n'était pas tout : l'espace d'une fraction de seconde, elle avait partagé son envie de voir la surprise se peindre sur le visage de Guo le Petit, lorsque le couteau s'enfoncerait dans sa chair. De savourer son incrédulité face à cette mort infamante, alors qu'il avait toujours cru que l'avenir ne lui réservait que des honneurs.

Zhu réprima un spasme de terreur glacée. Elle n'arrivait pas à se convaincre que ce sentiment-là aurait pu appartenir à Zhu Chongba. Pire encore : elle se rendait compte que les moments comme celui-ci se faisaient de plus en plus fréquents, à mesure qu'elle vivait dans le monde extérieur au monastère. C'était arrivé avec dame Rui, avec Ma ; et maintenant, avec cette femme. Tout cela avait quelque chose de terriblement inquiétant, comme si, chaque fois que cela se produisait, elle perdait un fragment de sa capacité à être Zhu Chongba. Son effroi s'intensifia lorsqu'elle se remémora sa main vide, tendue dans l'obscurité du cachot de dame Rui. *Combien de fragments est-ce que je peux perdre, avant de ne plus réussir à être lui ?*

Guo le Petit se remit de sa stupeur et se tourna vers Zhu ; sa gêne s'était déjà muée en colère.

— Toi… ! (Il lui lança un regard venimeux, puis la poussa de l'épaule et prit la femme des mains de Xu Da.) Chienne ! Tu veux mourir ? (Il lui assena une claque si violente que sa tête partit sur le côté.) Chienne !

Il la frappa jusqu'à ce qu'elle s'écroule, puis lui donna un coup de pied. Zhu, se remémorant malgré elle avoir vu quelqu'un mourir sous les coups de pied, bien longtemps auparavant, sentit ses entrailles se nouer.

Sun s'empressa de s'interposer. Il s'était forcé à sourire, mais son regard était tendu.

— Aiya, est-ce là l'attitude du prochain duc de Wu ? Général Guo, pourquoi t'abaisses-tu en te salissant les mains de cette manière ? Laisse donc quelqu'un d'autre se charger de cette saleté.

Guo le Petit le dévisagea. Sun semblait retenir son souffle. Zhu s'aperçut que c'était aussi son cas. Puis, après un long moment, Guo le Petit grimaça et dit :

— Duc ! Tu ne disais pas que je devrais être roi ?

— Roi de Wu, alors, s'écria Sun en feignant vaillamment l'enthousiasme. Personne n'oserait te le refuser. Viens : tu as accompli une prouesse fabuleuse. Le premier ministre va être fou de joie. C'est *la* cité du Sud, et elle t'appartient, désormais ! Que les Hu viennent nous chercher ! Nous allons leur montrer…

Sans cesser de palabrer, il entraîna Guo le Petit à l'écart.

— Tu es content ? demanda Xu Da d'un ton ironique, en rejoignant Zhu. Mais… est-ce que c'était ça, le plan de Chen Youliang pour se débarrasser de Guo le Petit ?

Zhu regarda la femme qui haletait au sol, la marque de la botte de Guo le Petit maculant sa robe blanche.

— Je ne le pense pas. Je crois qu'elle était juste très en colère.

— Guo le Petit a souvent cet effet sur les gens. Et je suppose que ce ne serait pas du genre de Chen Youliang. Poignarder littéralement quelqu'un dans le dos, ce n'est pas très spectaculaire.

— Dans ce cas, ce qu'il prépare n'est pas encore arrivé, soupira Zhu. Enfin… Que Guo le Petit profite de son moment de gloire.

— Oh, il en profite, acquiesça Xu Da. Quand nous sommes entrés dans le palais, je l'ai entendu dire à Sun Meng qu'il voulait changer le nom de la ville. Il voudrait un nom plus adapté à une capitale, comme « Yingtian ».

« La réponse au Ciel ».

Zhu haussa les sourcils.

— « Yingtian » ? Qui aurait cru qu'il serait assez lettré pour trouver un beau nom comme celui-là ? Mais il est bien ambitieux. Le premier ministre n'aimera pas ça. Je pense qu'il voulait avoir le privilège de renommer la ville.

— Qu'est-ce que ça change, qu'elle s'appelle comme ci ou comme ça ?

Zhu secoua la tête, instinctivement.

— Les noms ont leur importance.

Elle savait, mieux qu'aucun des Turbans Rouges, que les noms avaient le pouvoir de façonner leur propre réalité, aux yeux des hommes comme aux yeux du Ciel. Et à cette pensée, elle sentit les prémices obscures d'une révélation, quant au sort que Chen avait prévu de faire subir à Guo le Petit.

— Enfin ! s'exclama Xu Da lorsque les murs familiers d'Anfeng furent en vue.

Le voyage du retour avait été plus long que prévu, en raison de la touffeur oppressante de cette fin d'été ; et ils étaient tous extrêmement impatients que le voyage se termine. La pensée de leur retour triomphal leur mettait du baume au cœur. Justement, un comité d'accueil émergeait de la porte sud ; il se dirigea vers eux à toute allure, les bannières écarlates du Prince de Lumière flottant au vent.

Dès l'instant où Zhu les aperçut, sa demi-révélation indistincte se fit aussi nette que des symboles tracés sur une page. Le geste qu'elle et

Xu Da s'étaient préparés à arrêter s'était déjà produit. Chen n'avait même pas eu besoin d'elle ; elle n'aurait rien pu faire pour l'arrêter. Alors même qu'elle talonnait son cheval le long de sa colonne, Xu Da derrière elle, elle sut qu'il était trop tard. Elle pensa, avec un regret sincère : *Je suis désolée, Ma Xiuying.*

Devant eux, les bannières s'étaient arrêtées face à la colonne de tête. Guo le Petit interrogea, d'une voix forte et courroucée :

— Qu'est-ce que cela veut dire ?

Zhu et Xu Da arrivèrent à sa hauteur et bondirent à bas de leurs montures ; ils virent alors ce que voyait le général. Xu Da s'exclama, sidéré :

— N'êtes-vous pas les hommes que nous avions laissés à Jiankang ?

— Vous osez désobéir aux instructions de votre général ? aboya Guo le Petit. Qui vous a ordonné de revenir ? Parlez !

Sun les rejoignit au galop et mit pied à terre, puis s'arrêta près de Zhu, perplexe.

L'homme qui faisait face à Guo le Petit s'appelait Yi Jinkai. Même avec sa moustache clairsemée, il avait la sorte de visage banal dont les gens ne gardaient pas de souvenir particulier. Zhu n'avait d'ailleurs pas repensé à lui une seule fois, depuis des semaines qu'ils l'avaient laissé à la tête de Jiankang. Mais à présent, Yi dégageait une aura de pouvoir. Un pouvoir emprunté : il jubilait par procuration, ravi d'accomplir la volonté de celui qui l'avait envoyé. Bien sûr que Chen n'avait pas eu besoin d'elle, pensa Zhu avec une lucidité née du détachement. Elle était un vassal trop récent ; pourquoi Chen aurait-il fait appel à elle, alors que d'autres étaient prêts à lui obéir au doigt et à l'œil ?

D'un ton péremptoire, Yi lança :

— Général Guo, le premier ministre vous convoque devant lui.

— Vous… ! s'exclama Sun avec indignation.

Guo le Petit lança à Yi un regard noir. Tout cela n'avait rien de l'accueil enthousiaste auquel il s'était attendu. Sur ses traits, la confusion le disputait à la déception et à la colère ; Zhu ne fut pas surprise de voir cette dernière l'emporter.

— Très bien, rétorqua-t-il. Vous avez transmis votre message. Dites au premier ministre que je lui accorderai cette audience quand nous serons arrivés à Anfeng.

Yi saisit la bride du cheval de Guo le Petit.

— Le premier ministre nous a ordonné de vous escorter.

Sun s'élança, le visage plein de colère. Il s'arrêta net en sentant la lame de Yi sur son cou. Derrière Yi, les autres membres du comité d'accueil avaient aussi dégainé leurs sabres.

Yi insista :

— Ordres du premier ministre.

Les hommes remontèrent sur leurs montures et s'éloignèrent avec Guo le Petit, l'encadrant comme un prisonnier. Le général se tenait très raide sur sa selle, le front plissé en un masque d'amertume. Il craignait sans doute de trouver son père mort ; depuis des semaines, peut-être. Il devait se demander si cela avait été un accident ou un assassinat manifeste, et si son père avait souffert. Peut-être – même si Zhu en doutait – était-il même en train de comprendre que la fille, Ma Xiuying, avait eu raison de l'avertir quant au danger que représentait Chen.

Sun maudissait le nom de Yi :

— Le fils de pute ! Que ses ancêtres aillent se faire foutre sur dix-huit générations...

En regardant le groupe rapetisser sur la route d'Anfeng, Zhu repensa au jour où le préfet Fang avait quitté le monastère. Mais le préfet Fang avait été conscient du sort qui l'attendait. Guo le Petit, lui, avait cru que le danger était déjà passé ; il n'avait pas compris qu'il se trouvait devant lui.

— Commandant Sun, dit-elle en se remettant en selle. Allons-y, vite.

Sun lui lança un regard haineux et accusateur. Mais il ne comprenait pas, lui non plus, ce qui se tramait.

En contemplant l'avenir que les autres ne distinguaient pas encore, Zhu ressentit une sensation inhabituelle. Elle fut surprise de s'apercevoir que c'était une peine étrangère qui s'était nichée dans sa poitrine, comme issue de son propre cœur. Elle souffrait des souffrances de quelqu'un d'autre.

Ma Xiuying, pensa-t-elle.

Anfeng était aussi déserte qu'un village dévasté par la peste. C'était le milieu de la journée ; il n'y avait donc même pas de fantômes. Les sabots de leurs chevaux claquèrent sur le sol dur ; la terre était devenue aussi sèche que la roche en leur absence. Zhu, peu à peu, perçut une sorte d'énergie croissante. C'était une vibration, plus qu'un son ; elle la sentait au fond d'elle, sous la forme d'un malaise viscéral.

En arrivant au centre de la ville, ils découvrirent une scène spectaculaire. Loin au-dessus d'une foule silencieuse, une scène avait été érigée, comme pour une pièce de théâtre. Les bannières écarlates flottaient majestueusement. Le Prince de Lumière était assis sur son trône, sous un parasol bordé de fils de soie ; ceux-ci chatoyaient sous la brise comme un rideau de sang. Le premier ministre faisait les cent pas devant lui. Au pied de l'estrade, agenouillé dans la poussière, se trouvait Guo le Petit. Ses cheveux et son armure étaient encore intacts. Quoique Zhu sache que ce n'était pas le cas, elle fut traversée de l'illusion fugace qu'il était en train de recevoir les honneurs.

Le premier ministre cessa de marcher. Contenue, son agitation était plus effroyable encore : elle ressemblait au frémissement d'un nid de frelons, ou d'un serpent sur le point de frapper. Baissant les yeux sur Guo le Petit, il dit d'une voix terrible :

— Dites-moi pourquoi vous avez pris Jiankang, Guo Tianxu !

Guo le Petit parut stupéfait.

— Nous étions tous d'accord pour dire que Jiankang était la meilleure…

— Je vais vous dire pourquoi ! l'interrompit le premier ministre.

Sa voix résonnait jusqu'à l'endroit où Zhu, Xu Da et Sun s'étaient arrêtés, assis sur leurs montures. Un frisson parcourut la foule.

— Jiankang, l'endroit où siègent les rois et les empereurs, c'est bien cela ? Vous l'avez répété bien des fois… Guo Tianxu, je connais vos intentions ! Croyiez-vous vraiment que vous pouviez prendre cette cité et vous l'approprier… puis revenir ici et me faire croire que vous ne vous étiez pas assis sur le trône ? Que vous ne vous étiez pas donné le nom de « roi » ?

— Non, je…

— N'essayez pas de vous faire passer pour un loyal sujet du Prince de Lumière, cracha le premier ministre. Vous avez toujours été habité de vos propres ambitions. Vous êtes prêt à trahir égoïstement la volonté du Ciel, afin de satisfaire vos intérêts personnels !

Près de Yi, en bas de l'estrade, se tenait une grande silhouette noire. Même à cette distance, Zhu vit que Chen souriait. Bien sûr, Guo le Petit avait été assez bête pour claironner ses désirs sur tous les toits ; et Yi les avait rapportés à Chen. Et ce dernier n'était-il pas rompu à l'art d'entretenir la paranoïa du premier ministre, mieux qu'aucun autre Turban Rouge ?

— Non, protesta Guo le Petit, alarmé. (À l'entendre, on devinait qu'il comprenait progressivement la gravité de sa situation.) Ce n'est pas ce que…

— Vous avez osé vous emparer de cette cité et l'appeler « Yingtian » ? Vous avez osé demander au Ciel le droit de gouverner ? Alors que le Prince de Lumière est notre souverain, et que lui seul possède le Mandat du Ciel ?

Penché par-dessus le rebord de l'estrade, le premier ministre avait le visage empourpré de fureur.

— Traître ! Oh, je sais tout. Vous aviez prévu de revenir ici pour nous tuer tous les deux, afin de vous approprier le trône. Traître ! Usurpateur !

Comprenant enfin, Guo le Petit cria, horrifié :

— Votre Excellence !

Le premier ministre siffla :

— Ah... Ce n'est qu'à présent que vous m'appelez ainsi ; alors que, depuis le début, vous complotiez en ricanant derrière notre dos !

Il y eut un remue-ménage non loin de là : le ministre droit Guo jouait des coudes pour traverser la foule. Sa robe était en désordre, son visage flasque figé de stupeur. Il s'exclama :

— Votre Excellence, arrêtez ! Ce serviteur vous en supplie !

Le premier ministre se tourna brusquement vers lui.

— Ah... Voici venir le père du traître. Vous feriez mieux de vous souvenir que, selon les anciennes lois, la famille d'un traître devait être exécutée jusqu'au neuvième degré. Est-ce là ce que vous souhaitez, Guo Zixing ? (Il foudroya l'autre vieil homme du regard, comme pour l'inciter à le défier.) Dans le cas contraire, vous devriez vous prosterner et me remercier de vous épargner.

Le ministre droit Guo s'élança vers son fils, mais on l'attrapa et le retint. Quoique ses efforts soient vains, l'homme ne cessa pas de se débattre. Il cria :

— Votre Excellence, j'implore votre pitié !

Manifestement, Guo le Petit avait cru jusque-là que l'arrivée de son père dissiperait le malentendu. Désormais paniqué, il balbutia :

— Votre Excellence, je pourrais m'occuper de Jiankang pour vous...

— Jiankang peut aller aux loups ! Qu'ai-je à faire de Jiankang ? Le trône légitime du Prince de Lumière, et de notre dynastie Song retrouvée, est Bianliang ! Jiankang ne signifie rien. Vous n'avez jamais été qu'un imposteur, Guo Tianxu. Un imposteur sur un trône imaginaire.

Le ministre droit Guo, se libérant par la force surnaturelle d'un parent voyant son enfant en danger, se plaqua dans la poussière face au premier ministre.

— Votre Excellence, pardonnez-lui ! Pardonnez-nous, Excellence !

Zhu imagina la lueur sadique qui devait briller dans les yeux du premier ministre, tandis qu'il observait l'homme plaqué au sol. Puis il fit un pas en arrière.

— Au nom du Prince de Lumière, le traître et imposteur Guo Tianxu est condamné à mort.

Le sourire gracieux du Prince de Lumière, perché sur son trône, n'avait pas faibli. Sa clarté, reflétée par son parasol, se déversa de l'estrade jusqu'à les noyer tous dans une mer d'incarnat. À présent, l'enfant lui-même semblait avoir été entièrement consumé. Il était devenu un être inhumain : l'émanation de la volonté du Ciel, dans toute sa clarté ténébreuse.

En entendant sa sentence, Guo le Petit bondit sur ses pieds et se mit à courir. Il ne put faire que quelques pas avant d'être frappé et traîné en arrière, saignant d'une coupure au front.

— Père ! gémit-il, de peur et d'incompréhension.

Mais loin de le rassurer, le ministre droit Guo était comme pétrifié. Les yeux vitreux, il regarda le premier ministre faire un signe ; et les hommes s'avancer avec les chevaux. Ils attendaient sur le côté, depuis le début. *C'était le destin de Guo le Petit*, pensa Zhu. *Il n'aurait jamais pu y échapper.*

Dès son arrivée, Zhu avait senti la présence de Ma Xiuying. Elle la repéra subitement dans la foule. Un espace vide l'entourait, comme si sa relation avec le traître suffisait à convaincre les gens de l'éviter. Elle avait le visage cireux, figé. Quoique Ma ait envisagé le pire, Zhu devina qu'elle n'avait eu aucune idée de ce à quoi la scène ressemblerait si ses craintes se concrétisaient. Avec un pincement de cette nouvelle et mystérieuse tendresse, Zhu pensa : *Elle n'a jamais vu quelqu'un prendre une vie délibérément.* Tout inévitable qu'ait été le drame, Zhu se surprit à pleurer amèrement la perte de l'innocence de Ma.

Guo le Petit hurla et se débattit lorsque les hommes l'attachèrent aux cinq chevaux, puis reculèrent. Le premier ministre – observant la scène avec l'exultation d'un paranoïaque savourant le redressement du monde – vit qu'ils étaient prêts. Il leva un bras, puis l'abaissa. Les fouets claquèrent.

Zhu, qui regardait Ma, la vit tourner la tête au dernier moment. Elle n'avait personne pour la réconforter. Elle se recroquevilla simplement au milieu de la bulle vide formée par la foule, pleurant. Zhu sentit un puissant instinct protecteur monter en elle. Elle s'aperçut avec inquiétude que c'était un nouveau désir. Il avait déjà pris racine auprès du premier, celui qui régissait tout ce qu'elle était, tout ce qu'elle faisait. Le nouveau désir lui paraissait aussi dangereux qu'une flèche logée dans son corps ; il lui semblait qu'à tout moment, il risquait de s'enfoncer davantage, provoquant une blessure fatale.

Le premier ministre balaya l'assemblée du regard, un frémissement agitant son corps mince. Le ministre gauche Chen, souriant, monta les marches jusqu'à la scène. S'inclinant profondément face au premier ministre, il dit :

— Votre Excellence, je vous félicite.

En s'engouffrant dans le temple, Ma trouva Zhu assis sur sa paillasse dans la petite pièce annexe, dont le toit avait été réparé. Il lisait. Par une journée ordinaire, elle aurait considéré qu'il ne devait pas être dérangé. Il semblait pensif ; et, lorsqu'elle entra en trombe, surpris. L'apparence de Ma devait être effroyable : elle avait les cheveux lâchés, comme un fantôme ; le visage pâle, la robe tachée et déchirée. Tout cela était très inconvenant. Elle s'en fichait.

— Je vous avais demandé de le protéger !

Zhu ferma son livre. Ma remarqua, un peu tard, qu'il ne portait que son maillot de corps et son pantalon. Il répondit, d'un ton fatigué qui ne lui ressemblait pas :

— Peut-être aurais-je pu le faire, si Chen Youliang s'y était pris autrement.

Les bougies posées près de sa paillasse crépitaient légèrement, chaque fois que des grains de poussière ou de petits insectes s'approchaient trop près.

— Il a dû se dire qu'il était bien trop risqué d'affronter directement le ministre droit Guo. Alors, il a utilisé la paranoïa du premier ministre comme une arme. N'aviez-vous pas recommandé à Guo le Petit de ne jamais dire quoi que ce soit qui puisse offenser le premier ministre ? Mais il a parlé de Jiankang comme si elle lui appartenait. C'était tout ce dont Chen Youliang avait besoin pour l'éliminer.

— Saviez-vous ce qui allait se passer ? (Sa voix, de plus en plus sonore, se brisa.) Vous êtes dans le camp de Chen Youliang... Vous deviez bien le savoir !

— Je l'ignorais.

— Et vous pensez que je vais vous croire ?

— Croyez ce que vous voulez. (Zhu haussa les épaules avec lassitude.) Est-ce que Chen Youliang me fait confiance ? Pas entièrement, à mon avis. Mais de toute façon, il n'avait pas besoin de moi. Il avait déjà un homme infiltré, en la personne de Yi Jinkai.

Ma s'était mise à pleurer, à gros sanglots saccadés. Elle avait l'impression de pleurer depuis des jours.

— Pourquoi devons-nous jouer à ces jeux ignobles ? À quoi bon ?

Pendant un moment, la lueur vacillante des bougies parut faire osciller le corps de Zhu, comme s'il n'était qu'un contenant abritant un être bien plus redoutable.

— Que désirent les gens, sinon s'élever jusqu'au sommet pour devenir intouchables ? répliqua-t-il.

— Ce n'est pas ce que je veux, moi !

—Non, dit-il. (Ses yeux noirs s'étaient emplis de tristesse.) Vous, non. Mais c'est ce que veulent les autres ; et c'est à cause d'eux que ce jeu continuera jusqu'à son terme. Qui est le prochain, sur la route qui sépare Chen Youliang du sommet ? Le ministre droit Guo. Donc, c'est à lui qu'il va s'attaquer ensuite.

Après un bref silence, Zhu ajouta gravement :

—Vous devriez penser à vous, Ma Xiuying. Si Chen Youliang détruit la famille Guo, il verra en vous une belle récompense pour le commandant qui l'aura le mieux servi.

Peut-être aurait-elle été horrifiée, si cette idée l'avait prise au dépourvu. Mais avant même qu'il ait fini de parler, Ma avait compris : cela aussi constituait l'essence de la vie d'une femme. Cela la faisait souffrir, bien sûr ; mais ce n'était pas une douleur nouvelle. C'était toujours ce poids insupportable, qu'elle avait senti en apprenant qu'elle épouserait bientôt Guo le Petit. Elle avait eu beau souffrir en le regardant mourir, cela n'avait absolument rien changé.

L'expression de Zhu était solennelle, comme s'il lisait dans ses pensées.

—Allez-vous vous laisser faire, ou allez-vous enfin vous autoriser à désirer autre chose ?

—Je ne peux pas ! cria-t-elle. (Son propre cri la surprit.) Pour qui me prenez-vous, pour me prêter la faculté de changer ma propre vie ? Je suis une *femme*. Ma vie était entre les mains de mon père, puis elle est passée dans celles de Guo le Petit ; et maintenant, entre celles de quelqu'un d'autre. Cessez d'essayer de me faire croire que je peux désirer autre chose ! C'est impossible…

Pourquoi, alors qu'il paraissait la comprendre, n'arrivait-il pas à intégrer cette vérité-là ? Elle laissa échapper un sanglot qui la mortifia.

Après quelques instants, il dit :

—Je sais que vous ne voulez pas de cette vie. Une autre est possible.

—Comment ? cria-t-elle.

—Joignez-vous à moi.

Elle parvint à lui assener un regard furieux.

—Vous voulez que je passe dans votre camp ? Celui de Chen Youliang, vous voulez dire !

—Je ne vous demande pas de le rejoindre, dit-il d'un ton ferme. Mais de vous joindre à *moi*.

Il lui fallut un moment pour comprendre de quoi il parlait. Lorsque la réalité lui apparut enfin, sa trahison lui fit l'effet d'une gifle.

—Que je me joigne à vous…, articula-t-elle entre ses dents serrées. Vous voulez que je vous épouse.

Elle eut une vision de ce modèle qui était l'essence du monde, aussi exigu qu'un cercueil : le mariage, les enfants, le devoir. Quelle place y avait-il, dans tout cela, pour ses propres désirs ? Elle avait cru que Zhu était différent ; elle avait voulu le croire. Mais il était comme tous les autres. La mort de Guo le Petit lui avait simplement offert l'opportunité de prendre quelque chose qu'il désirait. Écœurée, elle entendit les paroles de Sun Meng : *« Le regard qu'il pose sur toi est celui d'un homme. »* La cruauté de cette révélation lui coupa le souffle. Zhu était capable de désirer, et il lui avait donné l'impression de croire qu'elle le pouvait aussi ; mais il ne le pensait pas une seconde.

Et… oui : à cet instant, elle désirait bel et bien. Elle désirait lui faire du mal.

Il surprit son regard plein de rage. Mais à la surprise de Ma, il n'y répondit pas par un accès de fureur masculine ; au contraire, son expression se radoucit.

— Oui. Épousez-moi. Mais ce ne sera pas la même chose qu'avec Guo le Petit. Je veux vous écouter, Ma Xiuying. Vous avez quelque chose que je n'ai pas : de la compassion envers les autres, même ceux que vous n'aimez pas.

L'espace d'un instant, il parut habité d'une profonde réprobation envers lui-même. Cette expression disparut en un éclair.

— Les gens qui jouent à ce jeu-là sont prêts à tout pour s'élever jusqu'au sommet, même à piétiner les autres. Toute ma vie, j'ai cru que je devais être comme eux pour obtenir ce que je voulais. Et je veux mon destin, c'est vrai, plus que tout au monde. Mais dans quel monde vivrons-nous, s'il n'est habité que de gens comme Chen Youliang ? Un monde de terreur, de cruauté ? Ce n'est pas non plus ce que je veux. Pas s'il y a une autre solution. Mais… seul, je n'arriverai pas à la trouver. Alors rejoignez-moi, Ma Xiuying. Montrez-moi le chemin.

La colère de Ma retomba, anéantie par sa franchise inattendue. *Du moins, cela ressemble à de la franchise.* Avec une peine fugace, elle s'aperçut qu'elle avait très envie de le croire. Elle voulait croire qu'il était différent ; qu'il était un homme capable de voir ses propres défauts, et qui aurait besoin d'elle autant qu'elle aurait besoin de lui.

— Vous voulez me convaincre que vous êtes différent, dit-elle. (Elle eut honte de sa voix étranglée.) Que vous avez autre chose à m'offrir. Mais comment puis-je vous faire confiance ? C'est impossible.

Étonnée, elle vit la détresse se peindre brièvement sur les traits de Zhu. Elle y lisait sa vulnérabilité et même une trace de crainte ; une émotion qu'elle ne lui connaissait pas. De tout leur échange, ce fut ce moment qui l'ébranla le plus.

— Je comprends bien qu'il soit difficile de me croire, dit-il.

De nouveau, elle entendit un étrange accent de compassion dans sa voix, qu'elle ne parvenait pas à élucider.

Il posa son livre, se leva et se mit à défaire le nœud de sa mince chemise. C'était un geste si incongru que Ma resta interdite, l'observant avec une sensation de flottement : mi-paralysie, mi-résignation. Il lui semblait être en train de rêver, et se laisser porter par le cours étrange de son rêve. Ce n'est que lorsque les épaules nues de Zhu lui apparurent qu'elle revint à elle, dans un choc teinté de gêne. Elle détourna brusquement le regard. Ce n'était pas la première fois qu'elle voyait la peau nue d'un homme, loin de là ; mais sans qu'elle sache pourquoi, ses joues étaient devenues brûlantes. Elle entendit les vêtements de Zhu tomber au sol.

Puis ses doigts froids se posèrent sur le visage de Ma et le tournèrent vers lui. Il dit :

— Regardez.

Leurs corps étaient tout proches ; l'un vêtu, l'autre non. De nouveau happée par le flottement du rêve, Ma vit dans l'autre corps son propre reflet frémissant, comme à la surface d'un bol rempli d'eau.

Zhu l'observa la regarder. Son visage était empreint d'une fragilité à fleur de peau ; elle semblait presque écorchée vive, et c'était une vision si terrible que Ma tressaillit. Cela la fit penser à quelqu'un qui, affligé d'une blessure mortelle, n'oserait pas baisser les yeux sur son propre corps, de peur que la réalité ne tue en un instant.

Zhu s'exprima calmement ; mais sous la surface, Ma percevait les secousses d'un tremblement terrifié.

— Ma Xiuying. Est-ce que vous désirez ce que vous voyez ?

« Je suis une femme », avait-elle crié à Zhu, dans un accès de désespoir. À présent qu'elle contemplait cette personne face à elle, dans un corps qui ressemblait au sien, elle voyait un être qui ne semblait ni mâle ni femelle, mais fait d'une tout autre substance : un être qui était entièrement et puissamment singulier. La promesse de la différence, soudain incarnée. Envahie d'une peur vertigineuse, Ma sentit le modèle rigide qui régissait son avenir tomber en morceaux, ne laissant bientôt derrière lui que le champ dénudé des possibles.

Prenant la main calleuse de Zhu dans la sienne, elle perçut sa chaleur qui se déversait en elle et emplissait l'espace vide de sa poitrine. Bientôt, celle-ci regorgea du feu de tout ce qu'elle ne s'était jamais autorisée à ressentir. Elle s’abandonna à cette sensation, se laissa consumer ; elle n’avait jamais rien ressenti d’aussi beau ni d’aussi terrifiant. Elle *désirait.* Elle désirait tout ce que lui proposait Zhu, avec cette promesse de différence. La liberté, le désir ; une vie qui lui appartiendrait. Et si le prix à payer était la souffrance… pourquoi pas ? Elle souffrirait tout de même, quoi qu’elle fasse.

Elle dit :

— Oui.

15

Anyang, été

Anyang était grise et immobile lorsqu'ils revinrent de Hichetu. Ses longs corridors étaient vides ; ses cours nues. En parcourant ces espaces peuplés d'échos, Esen eut l'impression d'être le dernier être vivant au monde. Même Ouyang ne le suivait que d'un peu trop loin, comme une ombre soudain détachée. Esen gagna la demeure de son père et s'arrêta à l'entrée de la cour ; alors, il les vit. Tous les membres de ses maisonnées, ses épouses et ses filles, les conseillers, les serviteurs ; tous vêtus de blanc, et s'inclinant à l'unisson. Lorsqu'il traversa l'assemblée, leurs vagues de prosternation successives lui firent l'effet d'un champ d'orchidées neigeuses qui s'ouvraient et se refermaient sur son passage. Esen entendait les soupirs de leurs vêtements de deuil. Il eut envie de leur hurler d'arrêter, de partir, qu'ils n'auraient pas dû se trouver là, que lui non plus ; que son père n'était pas mort. Mais il n'en fit rien. Il n'avait pas le choix. Il gravit les marches de la demeure de son père et se tourna vers l'assemblée ; et au même moment, une voix s'éleva :

— Gloire au prince du Henan !

— Gloire au prince du Henan !

Et Esen sut que tout avait changé, que plus rien ne serait jamais comme avant.

Les jours qui suivirent, longs et chauds, furent passés en cérémonies. Vêtu de sa robe de deuil en chanvre, Esen entra dans la fraîcheur du temple familial. Ses salles de bois foncé étaient imprégnées de cendre et d'encens. Des statues s'élevaient dans la pénombre. Il eut soudain la vision dérangeante de ses enfants, faisant un jour la même chose pour lui ; puis ses petits-enfants, accomplissant les mêmes rites pour ses enfants.

Sa lignée ancestrale, avec ses morts qui ne cessaient de s'accumuler. Les défunts étaient toujours plus nombreux que ceux qui restaient en vie pour les pleurer.

Il s'agenouilla face au Bouddha et posa les mains sur le coffret à sutras doré. Il tenta de garder son père à l'esprit tout en priant. Un guerrier, un vrai Mongol, le plus loyal sujet du grand khan. Mais l'odeur de renfermé le perturbait. Il ne parvenait pas à se concentrer sur les prières, à les investir réellement, à leur donner du sens. Dans sa bouche, elles n'étaient que des mots creux ; elles n'aidaient pas l'esprit de son père, qui attendait dans les profondeurs de la terre l'heure de sa réincarnation.

Derrière lui, une porte s'ouvrit ; le rectangle de lumière qu'elle projetait était barré d'une ombre. Esen sentit la présence de son frère comme un tison ardent. Son hypocrisie flagrante ; sa représentation affectée. L'insulte que représentait son existence. Au fil des jours – depuis que Baoxiang avait lâché Chaghan, l'abandonnant à sa chute mortelle – les sentiments d'Esen vis-à-vis de son frère avaient pris des contours plus aiguisés. À présent, il lui semblait que c'était la seule chose qui ait encore un sens : l'intensité de sa haine.

Il lança sèchement au serviteur chargé du temple :

— Je vous ai dit de ne laisser entrer personne.

L'homme répondit d'un ton hésitant :

— Seigneur… je veux dire, Vénérable Prince, il s'agit de…

— Je sais de qui il s'agit ! Faites-le sortir.

Il tenta de se concentrer sur les prosternations rituelles, sur le craquement des sutras ornés d'or qu'on déroulait. Mais son esprit restait fixé sur le murmure du domestique, l'ombre qui reculait et la clarté qui disparut lorsque la porte se referma. Ses prières étaient plus vaines et creuses que jamais. Il ne s'agissait que de mots inutiles, gâchés ; rien d'autre que le discours artificiel des traîtres, qui bougeaient les lèvres sans rien dans le cœur.

Il se leva brusquement, jetant les sutras au sol. Leur tintement sacrilège fit cesser la psalmodie du moine présidant à la cérémonie. La stupeur des serviteurs lui fit l'effet d'une pression qui l'écrasait ; tous le suppliaient de se soumettre au rituel, de l'achever.

— Rien de tout cela ne célèbre véritablement la mémoire de mon père, dit-il. Ces *mots*…

Son cœur cognait dans sa poitrine. Il sentait la vérité de ses sentiments parcourir son corps, aussi torrentielle que son sang.

— Je vais me souvenir de lui et l'honorer comme il l'aurait voulu. Comme il le mérite.

D'un pas décidé, il marcha vers les portes et les ouvrit en grand ; puis il sortit sous la clarté diffuse du ciel, chaude, nacrée et aveuglante. La cour désolée portait encore le souvenir des centaines d'endeuillés vêtus de blanc. Mais ce jour-là, seule une personne s'y trouvait. Wang Baoxiang était élégamment drapé de soie immaculée, le visage blême. Vu de loin, il avait toute l'humanité d'une statue de jade sculpté.

Ouyang quitta l'endroit où il attendait Esen pour le rejoindre ; et Esen parvint à arracher son regard à son frère. La présence de Baoxiang lui était aussi insupportable que celle d'Ouyang était réconfortante ; celle-ci représentait tout ce qu'il y avait de droit et de juste au monde.

Esen sentit son agitation refluer. Il dit :

— Je regrette que tu n'aies pas pu entrer avec moi. Je n'aurais pas dû avoir à faire cela seul.

Une ombre passa sur le visage d'Ouyang. D'une voix étrangement distante, il répliqua :

— Il appartient à un fils d'honorer son père et ses ancêtres. Votre recueillement est le seul dont l'esprit de votre père a besoin.

— Laisse-moi lui faire une offrande en ton honneur.

— Vous confondez l'opinion que vous avez de moi avec celle de votre père. Je ne crois pas que son esprit ait particulièrement envie d'entendre parler de moi.

— Il te tenait en haute estime, s'obstina Esen. Mon père ne supportait pas les imbéciles. M'aurait-il autorisé à te prendre pour général, s'il ne croyait pas en tes facultés ? Sans toi, la réputation des armées du Henan ne serait pas ce qu'elle est, loin de là. Bien sûr que ton respect lui serait agréable.

Comprenant soudain quelque chose, il dit :

— Mon père était un guerrier. Si nous voulons l'honorer et glorifier son esprit… ce n'est pas dans un temple que nous le ferons. (Ouyang arqua un sourcil.) Nous allons gagner la guerre. Toi et moi, mon général. Nos armées du Henan rendront au Grand Yuan toute sa puissance ; ce sera le règne le plus long qu'ait jamais connu la terre entre les quatre mers. On se souviendra de notre maison comme de celle qui a défendu l'empire. N'est-ce pas le plus grand honneur que mon père puisse souhaiter ?

La bouche d'Ouyang s'étira en une expression plus crispée qu'un sourire. L'ombre qui recouvrait son visage ne suffisait pas à masquer sa douleur. Esen pensa : *Il le pleure, lui aussi.*

Ouyang répondit :

— Ce qui lui importait le plus au monde était votre réussite, et l'honneur que vous apportez à la lignée de vos ancêtres.

Esen pensa à son père ; et pour la première fois, un sentiment plus lumineux vint percer la douleur. Ce n'était pas encore suffisant pour l'apaiser ; mais c'était une graine qui ne demandait qu'à pousser. *Je suis le prince du Henan, le défenseur du Grand Yuan, comme l'était mon père, et son père avant lui.* C'était un objectif, un sens, une destinée, résonnant en lui aussi clairement que la plus haute note d'un qin. Esen lut sur le visage d'Ouyang qu'il le ressentait aussi puissamment que lui. Cette pensée lui réchauffa le cœur : quoi qu'il arrive, il pourrait toujours compter sur lui.

La flèche d'Ouyang se ficha dans la cible avec un bruit mat. Après sa trahison à Hichetu, il avait prévu de se maintenir à distance d'Esen. Le chagrin et la colère de celui-ci lui étaient insupportables : ils lui procuraient une douleur obsédante, comme si l'on frottait avec une peau de requin tous les recoins sensibles de son corps. Mais il n'avait pas prévu qu'Esen chercherait au contraire à le maintenir auprès de lui, plus intimement encore que lorsqu'il était son esclave. C'était compréhensible : sans doute Ouyang aurait-il dû s'en douter. *Il est soudain orphelin. Il maudit le nom de son frère. Il ne lui reste que moi…*

Il tira de nouveau, manquant de loin sa cible.

Près de lui, Esen décocha sa propre flèche.

— Prendre Jiankang pour l'abandonner aussitôt…

Esen toucha la cible en plein cœur. En dépit de ses nouvelles responsabilités en tant que prince du Henan, il avait pris l'habitude de tirer à l'arc de bon matin, avant de s'atteler à son bureau… et Ouyang n'avait pas d'autre choix que de l'accompagner.

— Cela est dû à leurs querelles intestines, répondit Ouyang en s'efforçant de reprendre son calme.

Sa flèche suivante se planta à un doigt de celle d'Esen.

— D'après nos renseignements, deux factions se disputent le contrôle du mouvement, poursuivit-il. Les derniers rapports suggèrent que Liu Futong aurait mis à mort le jeune général Guo. Nous devrions en avoir confirmation dans les jours qui viennent.

— Ha ! Lorsque nous ne sommes pas là pour tuer leurs généraux, ils se croient donc obligés de le faire eux-mêmes ?

De hauts cyprès projetaient leurs ombres bleues, délicatement parfumées, sur ce parc soigneusement entretenu. Dans les jardins adjacents, des lotus rosés fardaient les bassins. Des glycines mauves cascadaient au-dessus des sentiers croisés, et le long des murs de pierre qui entouraient l'endroit. La chaleur naissante du jour avait déjà fait taire les oiseaux ; et même les abeilles paraissaient indolentes. Quoiqu'ils ne déploient pas d'efforts particuliers, Esen et Ouyang transpiraient tous les deux ; l'un parce que sa constitution le rendait particulièrement sensible à la chaleur, et l'autre parce qu'il portait trop de vêtements superposés. Ouyang avait l'impression d'étouffer. En d'autres circonstances, les mouvements rythmés du tir à l'arc auraient eu quelque chose de relaxant ; mais pour l'heure, ils ne faisaient que le crisper davantage.

Un serviteur apporta des tasses de thé d'orge froid, humides de condensation, ainsi que des serviettes fraîches et parfumées pour le visage et les mains. Ouyang but avec reconnaissance et pressa une serviette contre sa nuque.

— Mon seigneur, nous pourrions envisager d'avancer notre départ de quelques semaines, afin de les attaquer avant qu'ils résolvent leurs différends. Puisqu'ils ont l'esprit ailleurs, autant en profiter.

— Cela te paraît possible ?

— Sur le plan logistique, oui. Nous aurons simplement besoin de fonds supplémentaires…

Ouyang s'abstint de prononcer le nom de l'homme auquel ils devaient en faire la requête. Depuis Hichetu, le seigneur Wang passait le plus clair de son temps dans son bureau et ses appartements ; il était rare de l'apercevoir. Ouyang ne l'avait rencontré qu'une fois, dans une cour. Le seigneur Wang lui avait lancé un regard perçant et plein d'amertume ; Ouyang s'était raidi sur place, comme s'il subissait une inspection. La pensée de ce regard fit monter en lui une bouffée d'inquiétude.

Esen pinça les lèvres.

— Commence les préparatifs. Je ferai en sorte que tu obtiennes ces fonds. As-tu la moindre idée de l'endroit où les rebelles prévoient de frapper, à présent ?

Ces mots firent à Ouyang l'effet d'un coup de poignard. Il n'avait jamais fait l'expérience d'un tel amoncellement de souffrances différentes. La plaie ouverte par sa première trahison n'était pas encore refermée que, déjà, il anticipait la blessure que provoquerait la suivante. Oh… Il savait bien où les rebelles avaient l'intention de se rendre. Ayant abandonné le point stratégique que représentait Jiankang, ils voudraient remporter une victoire symbolique. Et si leur but était de remettre en question le droit du Grand Yuan à gouverner, ils chercheraient à reprendre une ancienne capitale, située au centre du Henan… au cœur même de l'empire. Ils voudraient récupérer le dernier trône de la dernière grande dynastie, précédant l'arrivée des barbares.

N'importe quel Nanren l'aurait deviné. Et même si les Mongols avaient fait de lui l'un des leurs, Ouyang demeurait un Nanren. Il pensa : *Bianliang.*

À voix haute, il dit :

— Non, mon seigneur.

— Peu importe, déclara Esen. Quel que soit l'endroit, je ne pense pas qu'ils aient la moindre chance de nous vaincre. (Il leva de nouveau son arc et le banda.) Même si, cette fois… nous éviterons de traverser un cours d'eau.

Ouyang eut l'impression qu'une éternité s'était écoulée depuis ce jour-là, lorsque le moine rebelle avait noyé dix mille de ses hommes sous une avalanche d'eau. Cela avait été l'élément déclencheur. Il avait été humilié, forcé de se prosterner ; il avait regardé son destin dans les yeux ; il avait trahi et tué. Et à présent, la souffrance était tout ce qui lui restait. Il ressentit une bouffée de haine envers le moine. Peut-être son destin était-il décidé à l'avance ; mais c'était ce maudit moine qui avait provoqué son accomplissement, qui l'avait mis en branle à cet instant précis. Sans lui, combien de temps Ouyang aurait-il pu encore passer auprès d'Esen ? Le regret le transperça alors, si intense qu'il en eut le souffle coupé. Le plaisir simple de leur camaraderie, durant les campagnes ; la douceur des combats à son côté : tout cela appartenait désormais au passé, à l'époque où Ouyang méritait encore la confiance d'Esen.

Comme s'il avait lu dans ses pensées, Esen se plaignit :

— Je ne sais pas comment je vais réussir à supporter de rester ici. Simplement parce que je suis le prince, à présent, et que je n'ai pas encore d'héritier…

Sa flèche se ficha au centre de la cible. Ouyang était d'ordinaire le plus doué des deux, lorsqu'il s'agissait de tirer sur des cibles immobiles ; mais depuis Hichetu, une agressivité nouvelle s'était emparée d'Esen. Sur le champ d'entraînement, en tout cas, il était plus impressionnant que jamais.

— S'il vous arrivait quoi que ce soit…, commença Ouyang.

— Je sais, rétorqua amèrement Esen. La lignée s'arrêterait avec moi. Ah ! Comme je maudis mes femmes ! Ne peuvent-elles pas au moins accomplir leur unique fonction ?

Ils partirent récupérer leurs flèches. Celles d'Esen étaient enfouies si profondément qu'il eut besoin de son couteau pour les extraire de la cible. D'un ton dur, il lança :

— Vaincs-les pour moi, Ouyang. Pour mon père.

Ouyang le regarda attaquer le bois de sa lame. Les émotions ténébreuses ne semblaient pas à leur place sur les traits lisses et réguliers d'Esen. Voyant cela, Ouyang avait l'impression d'avoir brisé quelque chose de beau, de parfait. La mort de Chaghan était inévitable : elle avait été écrite à l'avance, depuis le jour où Chaghan avait exécuté la famille d'Ouyang. De ce point de vue, tuer Chaghan n'était pas un crime.

Mais aux yeux d'Ouyang, briser Esen en était un.

Esen était assis au bureau de son père, furieux d'être là. Lorsqu'il avait hérité du titre, lui, ses épouses et toutes leurs maisonnées s'étaient installées dans la résidence de Chaghan, conformément à la tradition. Peut-être quelqu'un d'autre aurait-il apprécié cette proximité, propice aux souvenirs : mais ces derniers étaient tous désagréables à Esen. Ils avaient pour habitude de l'assaillir inopinément, comme des gifles en plein visage. Sa seule consolation était qu'il avait réussi à forcer Ouyang à s'installer dans ses propres appartements, désormais libres. L'insistance du général à vivre isolé, dans des circonstances indignes de sa condition, avait toujours été une source de perplexité et de rancœur pour Esen. Il lui semblait injuste que la personne qui lui était la plus chère au monde s'obstine à *choisir* la solitude ; et, ce faisant, oblige Esen à la ressentir également. Mais Ouyang avait toujours eu quelque chose d'insaisissable. Il s'éloignait constamment, alors même qu'Esen luttait pour l'attirer plus près.

La porte s'ouvrit, laissant entrer un fonctionnaire semu suivi d'un serviteur chargé de documents. Les fonctionnaires se ressemblaient tous, aux yeux d'Esen ; cependant celui-ci avait des yeux pâles comme la glace, troublants et très reconnaissables. Son humeur s'assombrit aussitôt : c'était le secrétaire de son frère.

Le Semu s'avança hardiment et fit la révérence. Montrant la pile de papiers, il déclara :

— Cet indigne secrétaire se permet de déranger le vénérable prince du Henan afin qu'il appose son sceau sur ces…

Esen ravala son irritation et sortit le sceau de son père de son coffret en paulownia. Le tampon était imprégné d'une encre cinabre, couleur sang. Cette vue emplit Esen de désespoir. Il ne pouvait s'imaginer passer sa vie assis, à tamponner des documents. Il saisit la première feuille de la pile et se figea. Elle était intégralement rédigée en caractères autochtones. Avec une fureur grandissante, il arracha les documents au domestique et vit que tous les autres l'étaient également. Esen avait toujours été fier de ses compétences. Mais contrairement à son frère, et même à son père, il ne savait lire que le mongol. Cela ne l'avait jamais dérangé par le passé.

À présent, son illettrisme l'emplissait d'une honte cuisante. Se tournant vers le Semu, il dit sèchement :

— Pourquoi écrivez-vous dans cette langue inutile ?

Le secrétaire de son frère se permit de hausser un sourcil.

— Vénérable Prince, votre père…

Sous son impertinence, Esen crut voir le visage arrogant de son frère ; il fut traversé d'un éclair de rage pure.

— Vous osez répondre ! aboya-t-il. À terre !

L'homme hésita, puis se prosterna, posant le front contre le sol. Les manches et les jupes éclatantes de sa robe s'étalèrent autour de lui, sur les lattes sombres du plancher. Sa tenue était violette ; et l'espace d'une seconde, Esen crut voir le corps de son père après sa chute.

Le secrétaire de son frère murmura, d'un ton qui n'exprimait pas que la repentance :

— Cet indigne serviteur supplie le prince de lui accorder son pardon.

Esen écrasa la liasse de papiers dans son poing.

— Un simple fonctionnaire peut-il se permettre de telles marques d'insolence, simplement parce qu'il a mon chien de frère derrière lui ? Me prenez-vous pour son pantin, prêt à signer tout ce qu'il m'envoie, même si je ne suis pas en mesure de le lire ? Nous sommes dans le Grand Yuan. *Nous sommes* le Grand Yuan, et notre langue est le mongol. Changez ces documents !

— Vénérable Prince, il n'y a pas assez de…

Le secrétaire de son frère émit un glapissement satisfaisant lorsque Esen contourna son bureau, enragé, et lui assena un coup de pied.

— Ah ! Prince ! Pitié…

Esen cria :

— Dites-le à mon frère ! Dites-lui que cela m'est égal qu'il soit forcé de vous remplacer, vous et tous ses sbires, par des employés capables de travailler en mongol. Dites-lui !

Il laissa les documents froissés tomber sur le fonctionnaire. L'homme tressaillit, rassembla ses jupes et s'éloigna à la hâte.

Esen resta immobile un moment, pantelant. *Baoxiang cherche à me ridiculiser au sein de ma propre maison.* Cette pensée était omniprésente. Il sentait qu'il ne cessait d'en faire le tour, encore et encore ; et qu'il resserrait chaque fois le mécanisme de la rage et de la haine. Depuis son retour à Anyang, il avait fait de son mieux pour se convaincre que son frère n'existait plus. Il avait espéré que supprimer Wang Baoxiang de son esprit suffirait à soulager la douleur de la trahison et du deuil. Mais, pensa Esen avec hargne, cela n'avait pas fonctionné.

Il lança au serviteur le plus proche :

— Convoquez le seigneur Wang !

Il s'écoula plus d'une heure avant qu'on lui annonce l'arrivée de Baoxiang. Ses traits fins de Manji semblaient s'être faits plus saillants, et des ombres s'étaient peintes sous ses yeux. Derrière le rictus pincé qui lui était coutumier couvait une expression étrange, aussi pâle et secrète qu'un champignon. Baoxiang adopta la place normalement réservée à Esen, face au bureau de leur père. Esen, assis derrière le meuble là où aurait dû se trouver Chaghan, éprouva une sensation pénible de désorientation.

D'un ton dur, il dit :

— Tu m'as fait attendre.

— Mes plus plates excuses, *Vénérable Prince*. On me rapporte que mon secrétaire vous a offensé.

Baoxiang portait une robe assez ordinaire, d'un gris de bois flotté ; mais lorsqu'il s'inclina, les fils d'argent dont elle était brodée accrochèrent la lueur des lampes, et scintillèrent comme les veines cachées d'un rocher.

— J'en endosse l'entière responsabilité. Je lui ferai administrer vingt coups de tige de bambou.

Tout cela n'était que représentation, qu'hypocrisie. Avec une bouffée de colère, Esen vit que son frère ne ressentait pas le moindre remords.

— Et le problème de la langue ?

Baoxiang répondit d'une voix suave :

— Si le prince me l'ordonne, je ferai changer la langue des documents.

La douceur dont il faisait preuve donnait à Esen l'envie de lui faire du mal, de le tordre entre ses mains jusqu'à provoquer l'apparition d'une franchise rêche et acérée.

— Dans ce cas, changez-la. Et il y a autre chose, seigneur Wang. Comme vous le savez peut-être, je viens d'ordonner au général Ouyang d'avancer la date de la prochaine campagne dans le Sud. Il semble que, pour cela, des fonds supplémentaires doivent être accordés par votre bureau. J'aimerais que vous nous les fassiez parvenir au plus tôt.

Les yeux félins de Baoxiang se plissèrent.

— Le moment est assez mal choisi.

— À vous entendre, on croirait que je vous demande votre avis.

— J'ai entrepris un certain nombre de grands projets, qui seront compromis si nous sommes contraints de leur retirer les fonds nécessaires au moment crucial.

— Quels grands projets ? répliqua Esen avec dédain. De nouvelles routes ? Des fossés, peut-être ?

Il ressentit un frisson de plaisir pervers à l'idée de détruire ce qui avait de l'importance pour son frère, de lui rendre la douleur que celui-ci lui avait infligée.

— Qu'est-ce qui vous semble le plus important : une route, ou cette guerre ? Peu m'importe où vous trouvez ces fonds ; contentez-vous de nous les fournir.

Baoxiang émit un ricanement.

— Êtes-vous donc si impatient d'anéantir tous mes efforts et de ruiner notre famille, rien que pour mener une seule et unique bataille contre les rebelles ?

Derrière lui, sur le mur, pendaient les bannières funéraires : une pour leur arrière-grand-père, une pour leur grand-père, et une pour Chaghan. Le ton entre les deux hommes changea alors.

— As-tu déjà réfléchi à ce qui se passera si tu ne gagnes pas, cher frère ? Te rendras-tu à la cour pour leur annoncer, piteux, que tu n'as plus les moyens de continuer à défendre le Grand Yuan ? Notre seule valeur à leurs yeux est notre capacité à entretenir une armée. Es-tu prêt à abandonner cet atout dans l'espoir de te couvrir de gloire ?

— Dans l'espoir… ! répéta Esen d'un ton incrédule. Tu n'envisages tout de même pas que nous puissions perdre !

— Ah… parce qu'à la saison dernière, tu n'as pas perdu dix mille hommes ? Cela pourrait se reproduire, Esen ! Ou bien es-tu assez sot pour croire que l'avenir se déroulera exactement comme tu l'as rêvé, sans te préoccuper des réalités qui t'entourent ? Si oui, tu es pire encore que notre père.

D'un mouvement violent, Esen fit reculer son fauteuil.

— Tu oses me parler de lui !

— Pourquoi pas ? rétorqua Baoxiang en s'avançant. (Il haussa le ton.) Pourquoi ne pourrais-je pas évoquer notre père ? Dis-moi : me reprocherais-tu quelque chose, par hasard ?

Les mots quittèrent la bouche d'Esen avant même qu'il l'ait décidé.

— Tu sais très bien ce que tu as fait !

— Vraiment ?

Baoxiang n'avait pas quitté son masque de froideur et d'arrogance ; mais sa poitrine se soulevait au rythme d'une respiration haletante.

— Je te suggère d'être plus clair, afin que nous soyons sûrs de nous comprendre. Dis-moi exactement ce que tu penses. (Baoxiang se pencha sur le bureau.) Dis-le ! l'exhorta-t-il d'un ton dur.

— Pourquoi devrais-je le dire ? tonna Esen.

Son cœur tambourinait aussi fort qu'au début d'une bataille, et une sueur froide avait envahi tout son corps.

—N'est-ce pas plutôt à toi d'implorer mon pardon ?

Baoxiang éclata d'un rire mauvais.

—Ton pardon… Pourras-tu un jour me l'accorder ? Tu veux que je m'agenouille et que j'accepte de bon gré ta punition, que je t'implore et que je rampe à tes pieds, tout cela pour t'entendre me rejeter ? Pourquoi donc ?

—Avoue seulement que…

—Je n'avouerai rien du tout ! Je n'ai pas besoin de le faire ! *Tu t'es déjà fait ton opinion.*

Baoxiang empoigna le bureau et le serra comme s'il s'agissait du pont glissant d'un bateau ; ses doigts pâles blêmirent encore sous la pression. Ses yeux étincelèrent avec une intensité qui donna à Esen l'impression d'avoir reçu un coup.

—Il est inutile de discuter avec un imbécile qui refuse d'être raisonné. Notre père était un imbécile, et tu es encore pire que lui, Esen ! Quoi que je dise, quoi que je fasse, vous étiez toujours prompts à m'attribuer les pires méfaits. Tu me calomnies en me prêtant des pensées ignobles, qui ne m'ont jamais traversé l'esprit… non, pas même lorsqu'il m'avait fait m'agenouiller devant lui, et qu'il me maudissait d'avoir l'outrecuidance d'exister. Tu crois que je l'ai assassiné !

Esen sentit la pression monter en lui, faisant palpiter tout son corps.

—Tais-toi.

—Et ensuite ? Tu veux que je disparaisse ? Que je me taise à jamais ? Ah, cela te plairait d'être débarrassé de moi, n'est-ce pas ? Tu aimerais ne plus jamais avoir à poser les yeux sur moi. Quel dommage que *notre père* ait décidé de m'adopter officiellement, et que seul le grand khan ait le pouvoir de priver un noble de ses titres. (Sa voix se fit aiguë, moqueuse.) Alors, que vas-tu faire de moi, *mon frère ?*

Esen abattit ses deux mains sur le bureau avec une telle brutalité que le meuble heurta Baoxiang, l'envoyant chanceler en arrière. Il se redressa et foudroya Esen d'un regard aussi furieux que le sien. Ce regard, empli de la franchise désirée par Esen, les sépara aussi proprement et irrévocablement qu'un coup de hache.

Esen entendit une laideur dans sa voix : c'était la voix de son père.

—Il avait raison à ton sujet. Tu ne vaux rien. Pire : tu es une vraie malédiction. Quel jour funeste que celui où cette maison t'a accueilli en son sein ! Même si je n'ai pas l'autorité du grand khan, au moins mes ancêtres seront-ils témoins de mes paroles, par lesquelles je renie ton nom. Sors d'ici !

Deux points pourpres étaient apparus sur les joues livides de Baoxiang. Son corps tremblait sous sa robe empesée ; il avait serré les poings. Il contempla Esen un long moment ; puis, sans un mot de plus, il partit.

— Général ?

L'un des serviteurs appelait Ouyang à travers la porte, voulant l'aider à terminer son bain.

— Attendez, lança-t-il sèchement avant de sortir de l'eau et de revêtir ses sous-vêtements.

Cette marque d'autonomie provoqua un silence perplexe ; les domestiques n'étaient pas encore accoutumés à avoir un eunuque pour maître. Ils avaient été laissés au sein de la résidence suite au départ d'Esen, qui avait insisté pour qu'Ouyang conserve un nombre de domestiques adapté à une demeure de cette envergure. Sa générosité s'était révélée gênante ; en effet, Ouyang avait connu plusieurs d'entre eux à l'époque où il était esclave, et il avait été forcé de les congédier.

Après avoir émergé de la salle de bains et consenti à ce qu'on lui peigne les cheveux, il ordonna :

— Retirez les miroirs accrochés dans la salle de bains.

— Oui, général.

Il regarda droit devant lui tandis que les serviteurs s'affairaient. Autour d'eux, on pouvait voir sur le sol délavé les marques plus sombres des anciens meubles. On se serait cru dans une maison désertée suite au décès de son propriétaire, et vidée par sa famille. Il était désagréable d'occuper un espace qui avait si longtemps appartenu à quelqu'un d'autre. Il remarquait sans cesse les traces de cette présence disparue : l'huile qu'Esen préférait pour l'entretien de ses brides en cuir de chèvre, le mélange bien particulier de savon et de parfums avec lequel on lavait ses vêtements.

À l'extérieur, un serviteur annonça :

— Le prince du Henan.

Ouyang leva les yeux, surpris, lorsque Esen entra. C'était normalement lui qui lui rendait visite, et non l'inverse.

Balayant les appartements vides du regard, Esen s'esclaffa. Sa voix était pâteuse : il avait bu.

— Je t'ai donné une demeure digne d'un seigneur ; et te voilà qui continues à vivre comme un soldat sans le sou. Pourquoi n'as-tu jamais besoin de rien ? Je pourrais t'offrir tout ce que tu veux.

— Je ne doute pas de votre générosité, mon prince. Mais je n'ai besoin que de très peu de choses.

Tout en guidant Esen jusqu'à la table, Ouyang rencontra le regard d'un serviteur et lui fit signe d'apporter du vin. Esen avait l'alcool plutôt gai, en général. Mais ce jour-là, la boisson semblait plutôt avoir fait éclater les liens qui retenaient son chagrin ; et celui-ci s'élevait en volutes autour de lui, instable et dangereux. Ouyang regretta de ne pas avoir pu s'y préparer. Sans ses nombreuses couches de vêtements pour le protéger, les cheveux lâchés sur les épaules, il se sentait douloureusement vulnérable. Il était trop proche de la surface ; trop ouvert à la peine d'Esen.

Esen s'assit à table sans rien dire, tandis qu'ils attendaient que le vin soit réchauffé. Le soir, il gardait toujours son manteau blanc de deuil par-dessus ses vêtements. Ouyang distingua l'éclat d'une couleur vive par la fente de la jupe, comme une plaie. L'odeur du vin flottait autour d'Esen, mêlée du parfum fleuri des femmes. Esen avait dû venir directement des appartements d'une de ses épouses. L'heure était déjà au deuxième tour de garde ; sans doute Esen avait-il bu et mangé avec cette femme depuis l'après-midi. Cette pensée procura à Ouyang un sentiment d'intense révulsion.

— Donnez-moi ça.

Esen prit le vin aux domestiques et les congédia. Ouyang, préférant ne pas se fier à lui, s'empara du breuvage et le servit. Esen prit la coupe qu'il lui offrait et en scruta le contenu, secouant lentement la tête. Les perles de jade tressées dans ses cheveux cliquetèrent. Après un long moment, il dit :

— Tout le monde m'avait averti. Toi-même, tu l'avais fait. Et pourtant… je n'aurais jamais cru qu'une telle chose se produirait. (Sa voix était empreinte d'incrédulité.) Mon propre frère…

Ouyang réprima ses émotions autant qu'il le put.

— Ce n'est pas votre frère. Le sang de votre père ne coule pas dans ses veines.

— Quelle différence cela fait-il ? Mon père l'a recueilli ; je le considérais comme mon frère, et nous avons été élevés ensemble. Pour moi, il était mon égal, même s'il n'était pas un guerrier. Nous avions nos différends, bien sûr, mais…

Il resta une minute perdu dans ses souvenirs, puis soupira avec un frisson.

En détruisant ce qu'un autre chérissait, on ne retrouvait jamais ce qu'on avait perdu. On ne parvenait qu'à répandre le malheur autour de soi, comme une maladie contagieuse. En contemplant Esen, Ouyang sentit leur douleur se mélanger. Elle ne semblait avoir ni commencement ni fin ; comme s'ils ne connaîtraient rien d'autre, pour le restant de leurs jours. Il dit :

— Certains disent que les deuils font souffrir à la mesure de leur importance. Et il n'est rien de plus important qu'un père.

— Combien de temps cela va-t-il durer ?

Ouyang se souvint d'avoir cru un jour que le chagrin du deuil finissait par s'apaiser, à l'instar de toutes les autres émotions. Entre eux, sur la table, la flamme de la lampe vacilla et s'étiola comme si sa peine était un nuage enflant sans cesse, éteignant tout ce qu'il touchait. Il répondit :

— Je l'ignore.

Esen grogna.

— Ah… Que la vie doit être facile, sans famille. Propre, dénuée de ces soucis… ces tracas… ces contrariétés.

Ivre, Esen devenait bavard et articulait exagérément chaque syllabe. Ouyang, étreint par la peine, se rappela en l'observant ce qu'il avait toujours su : Esen avait oublié qu'Ouyang était issu d'une famille. Qu'il avait été un fils ; un frère, aussi.

— Je ferais mieux d'être comme toi, de n'aimer que mon sabre, sans me soucier de… de…

Esen vida sa coupe.

Une couronne de petits insectes entourait la lampe agonisante ; de leurs corps émanait une odeur roussie de nuits d'été. Esen regardait fixement sa coupe, sans remarquer qu'Ouyang ne s'était toujours pas mis à boire avec lui. Un soldat de la garde de nuit passa à l'extérieur.

Ouyang resservit Esen ; mais lorsqu'il lui rendit sa coupe, Esen lui attrapa le bras et dit dans un marmonnement véhément :

— Toi. C'est à toi que je fais confiance, alors que je ne peux même pas faire confiance à mon propre frère.

Ce contact assaillit le sang-froid péniblement acquis d'Ouyang. La chaleur et la pression de la main d'Esen n'étaient tempérées que par la mince étoffe de son maillot de corps. Le sentant tendu, Esen secoua la tête et lança, irrité :

— Pourquoi faut-il que tu adhères si strictement aux convenances ? N'avons-nous pas traversé assez de choses pour faire preuve de familiarité, tous les deux ?

Avec une intensité brutale, Ouyang se retrouva confronté au magnétisme d'Esen ; à sa force, à sa virilité. Même ivre et fatigué, il possédait un charisme hors du commun. Ouyang sentit ses doigts se desserrer de son poignet. Il aurait pu se libérer en un instant. Il n'en fit rien. Il contempla le visage familier d'Esen, néanmoins marqué de plis étrangers : ceux du chagrin qu'Ouyang avait lui-même causé. Il vit la peau lisse de ses joues au-dessus de sa barbe ; son cou puissant où palpitait vivement son pouls. Ses lèvres généreuses et harmonieusement formées. Son corps, ce corps de chair et de sang, bien plus imposant que celui d'Ouyang. Malgré son chagrin et son ébriété, tout en lui semblait incarner une sorte d'idéal. Beauté, force, honneur. Confusément, Ouyang perçut une sorte de vibration, un lointain fourmillement : c'était la garde de nuit qui annonçait l'heure. Il ne parvenait pas à détourner le regard.

Esen lança d'un ton farouche et aviné :

— Jamais Baoxiang ne se mettrait en danger pour moi, ni pour personne. Mais toi, tu ferais n'importe quoi pour moi, n'est-ce pas ?

Quelque chose au fond d'Ouyang se crispa face à cette image : celle de la domination d'Esen, et de son propre avilissement. Comme s'il n'était qu'un chien haletant à ses pieds, avide de son approbation et de son affection. *Pas un homme : un objet.* Et cependant… Esen fixait sur lui un regard intense, hardi, empli d'un appétit qui confinait à l'indécence ; et Ouyang ne se détourna pas. Sans changer de regard, Esen leva lentement la main et repoussa la mèche de cheveux tombant sur le visage d'Ouyang. Celui-ci sentit les doigts calleux glisser, longuement, de son front à sa joue. Ouyang n'y pressa pas son visage ; il le laissa faire. Esen avait une main sur son bras, et l'autre flottant tout près de lui, en une caresse inachevée. L'air qui les séparait semblait s'être alourdi, se transformant en pression qui maintenait Ouyang en place. La proximité du corps d'Esen faisait naître en lui une pulsion profondément troublante. Il savait que son visage demeurait impassible, comme toujours ; mais il était aussi conscient que sa respiration s'était faite plus saccadée, et que son pouls s'était emballé, comme s'il était en proie à l'épuisement ou à la crainte.

La voix d'Esen prit une intonation qu'Ouyang n'avait jamais entendue auparavant – grave et rauque, emplie de promesses – lorsqu'il dit :

— C'est vrai que tu es aussi beau qu'une femme.

Plus tard, Ouyang songea qu'Esen n'avait sans doute rien remarqué. Qu'il n'avait pas vu qu'Ouyang n'était soudain plus figé par la fébrilité, mais par la honte, en moins de temps qu'il n'en faut pour moucher une bougie. Son sang était froid ; son corps était brûlant. Il avait la sensation qu'une lame s'était glissée très doucement dans son cœur.

Il s'écarta. Esen demeura penché en avant quelques instants ; puis il se redressa lentement et porta sa coupe à ses lèvres.

Ouyang se servit d'une main tremblante et vida la coupe d'un trait. Ses émotions comprimées avaient explosé en un essaim de frelons furieux. Il avait trahi Esen ; mais à présent, c'était Esen qui l'avait trahi. Il était inconcevable qu'en dépit de tout ce qu'ils avaient traversé ensemble, Esen croie encore qu'Ouyang serait *flatté* de cette comparaison. Comment pouvait-il ignorer si totalement cette honte qui était au cœur même de son être ? Brûlant d'une émotion qui semblait réunir les souffrances de l'amour et de la haine, Ouyang pensa avec fureur : *Il choisit de l'ignorer.*

Face à lui, le regard d'Esen s'était déjà brouillé. On aurait dit que rien ne s'était passé. Ouyang songea avec amertume que, pour Esen, c'était peut-être le cas. Tout ce sur quoi il posait les yeux lui appartenait, Ouyang y compris. Il avait simplement tendu la main vers une belle chose, la confondant avec un autre de ses précieux trophées ; et à présent que l'objet de ce vague désir lui avait échappé, il ne se souvenait même plus de l'avoir pris dans sa main.

—Alors, vous l'avez fait, lança Shao.

Il parlait de Chaghan. Ils étaient assis dans les appartements privés d'Ouyang. Ce dernier vit Shao observer les rares tables et chaises dispersées dans l'espace vide, comme des barques abandonnées sur un lac. Shao lui avait toujours fait l'effet d'un être cupide et peu honorable. Ouyang détestait que Shao soit informé de ses affaires personnelles, et qu'il les exploite pour servir ses propres intérêts misérables.

—Oui, répliqua Ouyang d'un ton acerbe. Vous en doutiez ?

Shao haussa les épaules, comme pour signifier que ses doutes ne regardaient que lui.

—Le prince du Henan nous ordonne d'avancer notre départ, reprit Ouyang.

Le tas de papiers couverts d'encre, sur la table qui les séparait, renfermait les comptes concernant leur armée : les hommes, l'équipement et les ressources colossales nécessaires pour les emmener là où ils devaient se rendre.

—À présent que les fonds ont été débloqués, il faut procéder sans délai aux préparatifs logistiques.

—Qu'en est-il du remplacement d'Altan ? Son bataillon a besoin d'un chef. Jurgaghan s'attend à ce qu'on lui confie ce poste.

Jurgaghan était un jeune Mongol, de la famille de la troisième épouse d'Esen. Aux yeux d'Ouyang, il n'y avait aucune différence réelle entre lui et le commandant exilé. Jurgaghan, Altan et tous leurs semblables étaient tous des jeunes hommes privilégiés qui n'avaient jamais essuyé la moindre déception de leur vie.

— Donnez-le à Zhao Man.

Ils s'exprimaient à voix basse, car le papier des fenêtres n'assourdissait que modérément le son des voix. En revanche, il conservait fort bien la chaleur ; et les ouvertures fermées rendaient l'atmosphère oppressante. Shao s'éventa avec un éventail de papier circulaire, qu'il semblait avoir emprunté à une femme. Une paire de canards mandarins, vantant les mérites de l'amour et du mariage, observaient malicieusement Ouyang depuis le dos de l'éventail. Il supposa que même Shao devait être marié. Il ne lui avait jamais posé la question.

— Vous ne croyez pas que le prince sera réticent à confier un autre poste de commandement à un Nanren ?

— Laissez-moi m'occuper du prince, dit Ouyang.

Il sentit une pression sourde s'exercer sur lui : le courant irrépressible qui le propulserait vers sa fin.

Shao leva les sourcils d'un air qui fit bouillir Ouyang, mais se contenta de demander :

— Et où se rendront les rebelles, cette saison ?

— Vous l'ignorez ? répliqua Ouyang. Devinez.

Shao lui adressa un regard sombre et indéchiffrable.

— Bianliang.

— Exactement, répondit Ouyang avec un sourire sans joie.

— La question, c'est… Allez-vous le dire aux Mongols ?

Ouyang répondit durement :

— Vous savez ce que je veux.

— Ah… Le destin dont personne d'autre ne voudrait.

La cruauté perçait dans la voix de Shao. Les bouffées d'air créées par son éventail étaient comme une série de petits contacts déplacés, qu'Ouyang commençait à trouver proprement insupportables.

— J'espère que vous aurez la force de l'endurer, conclut Shao.

Ouyang caressa un instant l'idée d'attraper l'éventail pour le broyer entre ses doigts.

— Votre sollicitude est touchante. Mais si nos destins sont fixés à l'avance, alors ma force n'a pas d'importance. On peut en accuser le Ciel ; mes ancêtres ; ou moi-même, dans mes vies antérieures. En tout cas, je ne peux espérer y échapper.

Ne souhaitant pas s'ouvrir davantage, encore moins à Shao qu'à un autre, Ouyang reprit d'un ton abrupt :

— Préparez les ordres d'armurerie, et dites aux commandants de la logistique et de la communication de venir me voir.

Shao coinça l'éventail à sa ceinture, se leva et salua. Il y avait quelque chose de répugnant dans son expression ; celle-ci oscillait quelque part entre l'amusement et le mépris.

— Oui, général.

Ouyang n'avait d'autre choix que de laisser couler. Ils avaient besoin l'un de l'autre ; et même s'il devait supporter quelques offenses… une fois qu'ils auraient atteint leur but, plus rien de tout cela n'aurait d'importance.

16

Anfeng, huitième mois

Ni Ma, ni personne d'autre à Anfeng n'osa porter le deuil de Guo le Petit en se vêtant de blanc. Le seul hommage à son existence était la tablette mortuaire que Zhu avait installée dans le temple, à la demande de Ma ; et même cette tablette était cachée derrière les noms de tous les autres défunts. Les hommes de Guo le Petit avaient été confiés au nouveau commandant Yi. Sun Meng était le seul commandant qui appartenait encore au camp du ministre droit Guo ; et Ma ne les avait pas vus reparaître en public, ni l'un ni l'autre, depuis la mort de Guo le Petit.

Il était évident que Chen attendait le bon moment pour porter le coup de grâce à la faction des Guo ; et les seules personnes qui survivraient étaient celles qui se rangeraient sans ambiguïté du côté de Chen. Il ne resterait alors plus personne pour juguler sa volonté, sinon un paranoïaque et malléable premier ministre. Et contrairement au premier ministre Liu, Chen ne désirait pas vaincre les Yuan pour le bien du peuple nanren, qui avait confié son sort aux Turbans Rouges et au Prince de Lumière ; mais pour créer son propre monde de terreur et de cruauté.

Cette pensée aurait dû emplir Ma d'angoisse. La plupart du temps, c'était le cas. Mais ce soir-là, alors qu'elle descendait les marches du temple dans sa robe de mariée et son voile rouges, une légèreté nouvelle vint balayer ses soucis. Sa vie entière, elle avait considéré le mariage comme un devoir ; jamais elle n'avait imaginé qu'il puisse constituer une évasion. Mais quelqu'un d'impossible lui avait offert un avenir inconcevable. Son voile teintait le monde de rouge ; et pour une fois, cette couleur la faisait penser à la bonne fortune plutôt qu'au sang. À travers ce rideau diaphane, elle contempla avec émotion la petite silhouette en robe rouge qui lui faisait descendre l'escalier, grâce au foulard noué qui les reliait. Elle n'avait aucune idée de ce que l'avenir lui réservait ; seulement que, dans cette vie, il pouvait être différent.

Zhu atteignit la foule qui, assemblée au bas des marches, attendait de leur présenter ses vœux. Soudain, elle s'arrêta et s'inclina. Ma, qui distinguait peu de détails à travers son voile, s'avança près d'elle et fit halte tout aussi brusquement.

— Maître Zhu, salua Chen en s'approchant. (De tous les côtés, les gens se penchaient vers lui comme des roseaux sous la brise.) Ou peut-être dois-je vous appeler « commandant Zhu », puisque vous êtes désormais marié. Je vous reconnais à peine, sans votre robe grise ! Félicitations. (En souriant, il tendit son cadeau à Zhu.) Et je vois que votre épouse est la ravissante Ma Xiuying.

Même protégée par son voile, Ma se recroquevilla face à ces yeux de tigre qui la scrutaient. Poliment, il lui dit :

— Je me demandais si ce serait au tour du commandant Sun de se faire asperger de thé brûlant ; c'est un très beau garçon, après tout. Mais je savais que vous étiez une jeune fille intelligente. Vous avez fait le bon choix. (Il se retourna vers Zhu.) Le premier ministre vous transmet ses félicitations. Il vous tient en haute estime, commandant Zhu. Il regrette souvent que les troupes des autres commandants ne fassent pas montre de la même discipline et de la même humilité que la vôtre. Le commandant Yi, par exemple, a hérité d'un régiment particulièrement médiocre, en raison des lacunes de son prédécesseur.

Chen s'exprimait du ton de la conversation ; mais son attention, rivée sur Zhu, évoquait à Ma l'épingle d'un collectionneur dressée au-dessus d'un insecte. Il reprit :

— Votre second… Le grand, avec les cheveux courts… Était-il moine, lui aussi ?

Si Zhu était aussi inquiète que Ma, elle le cacha bien.

— Ministre, le commandant en second Xu était aussi un moine du monastère de Wuhuang.

— Parfait, déclara Chen. Pourquoi ne pas le prêter au commandant Yi, pour le mois à venir ? Cela devrait lui donner le temps d'exercer une influence positive sur la troupe. Leur apprendre quelques sutras, et les mérites de l'humilité. Qu'en dites-vous ?

L'angoisse de Ma refit son apparition, effaçant toute trace de la légèreté qu'elle avait éprouvée quelques instants plus tôt. En prenant en otage le meilleur ami de Zhu, Chen s'assurait que celle-ci n'aurait d'autre choix que de lui obéir, lorsqu'il mettrait en œuvre son plan contre la faction des Guo.

Zhu l'avait forcément compris, elle aussi ; mais elle se contenta de s'incliner. Le chapeau noir de lettré dont elle s'était coiffée pour le mariage était parfaitement assorti à celui de Chen, ce qui leur donnait l'allure d'un maître et de son disciple.

— Cet indigne commandant est honoré de se plier à vos désirs. Si le ministre est assez généreux pour le lui permettre, ce serviteur enverra l'homme ce soir, après le banquet nuptial.

Chen sourit ; les rides verticales de ses joues se creusèrent jusqu'à ressembler à des entailles faites au couteau.

— Bien entendu.

La nouvelle demeure de Zhu et Ma, en tant que couple marié, était une simple chambre au sein de la caserne. Elle avait cependant été décorée tant bien que mal à l'aide de rubans rouges qui, dans une vie antérieure, avaient dû former une bannière militaire. Le jour filtrait, vacillant, par les fissures des murs de bois grossièrement assemblés ; il conférait à l'endroit l'atmosphère secrète d'une cachette d'enfant dans une bambouseraie.

Ma retira son voile. Les bijoux pendant de ses épingles de coiffure tintèrent doucement lorsqu'elle s'assit près de Zhu sur le lit. Zhu remarqua qu'elle s'était placée plus loin qu'une femme s'asseyant près d'une autre femme ; mais plus près que si Zhu avait été un homme. Comme si, au lieu d'être Zhu Chongba, Zhu était comme le général eunuque ; ni l'un ni l'autre. Un malaise la parcourut à cette pensée. Elle savait que révéler son secret à Ma avait accru, dans une proportion inconnue, le risque que le Ciel découvre qu'elle avait usurpé cette grande destinée. C'était cette part de mystère qui l'inquiétait le plus. *Un risque n'est qu'un risque*, se répéta-t-elle. S'il s'était agi d'une certitude, elle n'aurait pas fait le même choix. Elle tenta de ne pas penser à cette sensation de glissement qui l'avait troublée, après Jiankang ; l'impression de perdre un à un des fragments de Zhu Chongba. *Un risque peut être maîtrisé.*

Elle s'obligea à écarter ces réflexions de son esprit, adoptant une attitude enjouée.

— Eh bien ! Grâce à Chen Youliang, ce n'est pas l'atmosphère romantique dont je rêvais pour le jour de mes noces.

Ma lui donna une tape sur le bras. Son épais maquillage blanc ne lui allait pas ; Zhu regrettait l'éclat de son visage nu.

— De quoi parles-tu ? Les moines ne rêvent pas de mariage.

— Tu as raison, répondit Zhu d'un air faussement pensif. Regarde Xu Da : je suis sûre qu'il ne lui est jamais venu à l'esprit d'attendre le mariage… Il fait ce qu'il veut, quand il veut.

La bande de peau non poudrée, à la racine des cheveux de Ma, vira à l'écarlate.

— Toi et lui… ?

Il fallut un moment à Zhu pour comprendre son allusion.

— Bouddha nous préserve ! s'exclama-t-elle, sincèrement horrifiée. Avec les femmes ! *Pas avec moi.*

— Je ne parlais pas des… des jeux de la pluie et des nuages ! rétorqua Ma d'un air piqué. (C'était pourtant exactement ce qu'elle sous-entendait.) Mais il doit savoir, non ?

— Eh bien… je ne lui ai jamais *dit*, reprit Zhu. (Elle refoula l'impression de violer un tabou en évoquant le sujet à voix haute.) Mais il sait plus de choses que quiconque à mon sujet. C'est mon frère.

Voyant un éclair de culpabilité luire dans les yeux de Ma, elle ajouta :

— Ce n'est pas à cause de toi que Chen Youliang l'a pris en otage. Certes, tu faisais partie de la maison des Guo, mais Chen Youliang ne pensera pas que cela suffira à me faire changer de camp. Il prend ses précautions, voilà tout. C'est un homme intelligent, et il veut éviter toute surprise au moment crucial.

L'expression de Ma se figea sous son maquillage.

— Te faire « changer de camp »… Tu avais l'intention de l'aider, de toute façon ?

Zhu se souvint de l'affection que Ma portait à Sun. Elle dit doucement :

— Je sais ce que tu ressens, Ma Xiuying. Je n'aime pas Chen Youliang, moi non plus.

Cependant, son côté froid et pragmatique ne pouvait que constater la solidité de sa position.

Des groupes d'hommes passèrent bruyamment à l'extérieur, leurs ombres traversant le mur fissuré pour zébrer le sol de terre battue. Elles entendirent quelque chose mijoter dans la pièce voisine, et sentirent l'odeur puissante des abats de porc bouillis. Ma lâcha soudain, dans un murmure plein d'émotion :

— Ne le fais pas. Ne l'aide pas. Jure loyauté au ministre droit Guo et à Sun Meng ; convaincs-les d'agir avant que tu ne te sois séparée de Xu Da…

Zhu eut l'impression que l'espoir de Ma lui faisait voir le monde à travers l'aile irisée d'un insecte : ses contours se faisaient alors plus flous, plus tamisés, et l'on pouvait encore croire que le cours de l'histoire les mènerait vers plus de bonté, plus d'honnêteté. Ma ressentait si fort, et avec une intensité si belle et si naïve, que l'esprit de Zhu lui semblait tout à coup craquelé comme un lac desséché. Avec regret, elle secoua la tête.

— Réfléchis. Même si j'avais tout le temps nécessaire, combien d'hommes ai-je à ma disposition ? Pas assez, loin de là. Sun Meng en a peut-être plus que les autres commandants, pris individuellement. Mais contre leurs troupes combinées…

Les yeux de Ma se remplirent de larmes. Sans doute se remémorait-elle la mort de Guo le Petit, et imaginait Sun Meng subissant le même sort. Pourtant, elle surprit Zhu en lui lançant d'un ton farouche :

— Non : *toi*, réfléchis. Si tu choisis de t'allier à Chen Youliang et que tu l'aides à éliminer le ministre droit Guo et ses partisans, tu obligeras tes hommes à affronter d'autres Turbans Rouges. Penses-tu que ta troupe sera la même, après avoir vécu cela ? C'est une chose de tuer un soldat yuan ; c'en est une autre de tuer un autre rebelle. Tu as pensé à cela ?

Ses larmes n'étaient pas tombées.

Zhu resta muette un moment. L'idée que Chen finirait par triompher des Guo lui avait semblé si évidente qu'elle n'avait jamais eu l'impression de « choisir » de s'allier à lui. Elle avait cru emprunter le seul chemin à sa disposition. Et parce qu'il n'en existait pas d'autre, elle avait toujours considéré ses funestes conséquences comme une réalité avec laquelle elle composerait de son mieux, le moment venu. Elle n'avait pas songé un seul instant que ce puisse être impossible. Elle fronça les sourcils.

— Mieux vaut une troupe démoralisée que pas de troupe du tout.

— Ils te suivent parce que tu as fait d'eux ce qu'ils sont ; parce que tu as mérité leur confiance et leur loyauté. Mais si tu les forces à se retourner contre leurs frères… tout cela sera perdu à jamais ! Ils te verront comme tu es : quelqu'un qui a décidé de se servir d'eux, et non leur chef. À partir de ce moment, ils ne te suivront plus que par intérêt personnel, rien d'autre. Combien de temps faudra-t-il ensuite pour que Chen Youliang te les vole ? Ce ne sera pas difficile : il lui suffira de leur faire une offre. C'est exactement ce qu'il a fait à Guo le Petit, ajouta Ma d'un ton amer.

Déconcertée, Zhu se remémora le plaisir avec lequel le commandant Yi s'était emparé du pouvoir qu'on lui offrait. Personne, pas même Zhu elle-même, n'avait jamais remarqué son ambition dévorante. Personne, sauf Chen.

— Je…

Ma s'écria :

— Écoute-moi donc. N'est-ce pas pour cela que tu as voulu m'épouser ? Pour que je puisse te montrer ce que tu ne vois pas ? Si tu ne veux pas devenir témoin d'un monde qui n'est que cruauté, soupçons et paranoïa, alors… *trouve une autre solution.*

Zhu referma la bouche. Les moines lui avaient appris que l'empathie et la compassion étaient des émotions empreintes de douceur. Cependant, le blanc fendillé du maquillage nuptial de Ma ne lui rappelait qu'une chose : les visages implacables des Rois Gardiens du monastère, qui voyaient tout de leurs yeux pénétrants. Le jugement si sévère que Ma portait sur elle lui noua l'estomac. Elle se sentait retournée sens dessus dessous : elle était à la fois transpercée par la pitié la plus intense qu'elle ait jamais éprouvée, envahie de tendresse et parcourue d'un étrange et douloureux désir. Elle contempla le visage plissé et obstiné de Ma, et la douleur décupla, si bien qu'elle eut envie de presser son poing sur sa poitrine pour apaiser sa souffrance.

Tant que je serai prête à la chercher, il y aura toujours une autre solution. N'avait-elle pas trouvé le moyen de l'emporter à la rivière Yao et à Lu, lorsque les problèmes posés étaient beaucoup plus grands ? Déjà, l'odeur de cuisine émanant de la pièce voisine lui donnait une idée si invraisemblable qu'elle fit se hérisser les poils de sa nuque. Et cependant, elle sentait qu'elle était sur la bonne voie. Depuis qu'elle était devenue Zhu Chongba, il y avait une facette du monde qu'elle était la seule à voir ; et depuis le début, elle n'avait considéré ce phénomène que comme une bizarrerie sans importance. S'apercevoir tout à coup que ces informations pouvaient lui être utiles était aussi satisfaisant que de ramasser une feuille qui se révélait parfaitement symétrique. Comme si c'était le destin qui l'avait voulu.

Se déplaçant un peu sur le matelas bosselé, elle pressa son genou couvert d'étoffe rouge contre celui de Ma.

— Je ne peux pas aider Sun Meng directement. Tout ce que je peux faire, c'est éviter de m'en mêler, d'une manière qui n'éveillera pas la méfiance de Chen Youliang. Mais même de cette façon… il faut que tu saches que Sun Meng n'a presque aucune chance de l'emporter.

Ma lui adressa un regard perçant et presque entièrement dénué de gratitude ; à la voir, on aurait cru qu'elle avait simplement contraint Zhu à la droiture la plus élémentaire, indépendamment de ses souhaits personnels.

— Au moins, il aura *une* chance.

Les entrailles de Zhu se tordirent: Ma allait être déçue en découvrant ce qui, aux yeux de Zhu, faisait office de droiture. Elle l'avertit:

—Cela pourrait arranger un peu les choses, mais, Yingzi... Une situation cruelle n'a pas de belle solution.

Une bourrasque humide et glacée s'engouffra dans le temple, apportant le son incongru des rires: malgré la pluie, les hommes de Zhu s'étaient déjà réunis en vue du banquet nuptial. À l'intérieur, Zhu était agenouillée dans la clarté rougeâtre d'immenses bougies cylindriques. Leurs mèches, en brûlant, s'étaient enfoncées profondément dans la cire; elles projetaient à présent des formes dansantes sur la croûte translucide, comme des soleils qu'on regarderait à travers ses paupières closes. À la demande de Zhu, les cuisiniers avaient déjà apporté les marmites et les paniers contenant la nourriture à l'intérieur du temple. Officiellement, Zhu avait voulu protéger le festin de la pluie. Depuis, elle avait déplacé des mets soigneusement choisis jusqu'à l'entrée du temple; et elle les y avait laissés, découverts, face à une longue rangée de bâtonnets d'encens.

Elle se saisit d'un bâtonnet et l'alluma à la flamme d'une bougie, puis l'approcha des autres, un par un. Lorsqu'ils furent tous allumés, Zhu les éteignit d'un souffle, faisant s'élever des volutes de fumée de leurs extrémités incandescentes. Puis elle recula et attendit.

Ce souvenir appartenait à quelqu'un qui n'existait plus. Zhu se revit dans la cabane de bois à demi démolie de sa famille, le sang séché de son père à ses pieds, les yeux rivés sur les deux graines de courge de l'autel des ancêtres. La dernière nourriture qui restait au monde. Elle se souvint avec quel désespoir elle avait médité les paroles des villageois, affirmant que celui qui mangeait les offrandes aux spectres tomberait malade et mourrait. Finalement, elle n'avait pas mangé les graines; mais c'était la peur qui l'en avait dissuadée. Elle ne savait pas, à l'époque, à quoi ressemblaient les fantômes affamés qui venaient chercher leur nourriture. La personne qu'elle était maintenant, Zhu Chongba, le savait. Elle repensa à toutes les fois où elle était passée devant les offrandes du monastère –fruits empilés, bols de céréales cuites– et vu les fantômes voûtés qui les dévoraient. Les moines jetaient toujours la nourriture, ensuite. Ils ne connaissaient sans doute pas les fantômes aussi intimement que Zhu, mais... ils savaient.

Il y eut un murmure, qui aurait pu n'être qu'une rafale de vent mêlée de pluie. Puis les rubans de fumée d'encens se penchèrent tous brusquement, et les flammes cachées des bougies s'inclinèrent dans leurs colonnes translucides, jusqu'à ce que la cire se mette à luire et à perler sous la chaleur. Une brise glacée souffla par la porte ouverte ; et les fantômes entrèrent avec elle. Un flot d'esprits oubliés, leurs visages crayeux tournés vers l'intérieur du temple. Leurs cheveux lâchés et leurs haillons restaient parfaitement immobiles, malgré leurs mouvements. Quoique accoutumée aux fantômes, Zhu frissonna. Elle se demanda ce que ressentait le général eunuque, qui vivait sa vie entière en leur compagnie. Peut-être n'avait-il jamais senti le monde autrement qu'à travers leur froidure.

Les esprits penchèrent la tête sur les offrandes, comme des bêtes affamées. Leur murmure évoquait le bourdonnement lointain d'une ruche. En les observant, Zhu eut l'impression que ce qui était devenu ordinaire reprenait son étrangeté magique. Son cœur se gonfla d'excitation. Elle voyait le monde des esprits… Elle voyait la réalité cachée, la facette du monde qui en expliquait toutes les autres facettes ; et elle était la seule à pouvoir le faire. Elle se servait du monde des esprits, comme d'autres se servaient du monde matériel, pour obtenir ce qu'elle désirait. Elle jubilait de s'apercevoir que sa bizarrerie était un pouvoir qui la rendait plus forte ; meilleure ; plus à même d'atteindre ses objectifs.

Emplie d'une tiédeur satisfaite, elle remarqua à peine que ses genoux commençaient à la faire souffrir. Elle pouvait rester agenouillée des heures, d'ordinaire, sans avoir besoin de se lever. Mais peut-être, cette fois, tressauta-t-elle sans s'en apercevoir. Ou peut-être se contenta-t-elle de respirer.

Les fantômes se retournèrent, plus subitement que n'auraient pu le faire des êtres humains. Leur murmure se tut si soudainement que Zhu vacilla dans le silence. Leurs visages inhumains se tournèrent vers elle ; ils la regardèrent ; et le contact de leurs affreux yeux noirs fit voler en éclats sa joie et sa satisfaction, dans un choc qui lui donna l'impression que des mains glacées lui enserraient la gorge. Horrifiée, elle se remémora le sentiment de glissement qui n'avait fait que croître en elle, depuis Jiankang. L'impression qu'une pression mystérieuse s'intensifiait chaque fois qu'elle déviait de la trajectoire de Zhu Chongba… et qu'elle ne cesserait pas d'augmenter, jusqu'à ce que quelque chose la fasse éclater. *Que le monde redevienne tel qu'il aurait dû être.* Tout à coup, elle se mit à trembler irrépressiblement.

Les fantômes, les yeux toujours fixés sur elle, recommencèrent leur murmure. Zhu crut d'abord qu'il ne s'agissait que de leur bourdonnement habituel, inintelligible ; mais elle s'aperçut alors qu'ils parlaient. Elle se crispa et plaqua les mains sur ses oreilles ; sa chair, cependant, ne suffisait pas à arrêter le son surgissant de leurs bouches mortes :

Qui es-tu ?

Les voix des spectres enflèrent, se firent plus nettes. Zhu s'était transformée en glace, et leurs paroles terribles, accusatrices, étaient la note de gong qui la ferait s'effondrer en mille morceaux. Les fantômes savaient qu'elle n'était pas celui qu'elle prétendait être ; celui qu'elle était aux yeux du monde. Sa conviction qu'elle était bel et bien Zhu Chongba avait toujours été son armure ; mais ces mots l'avaient ouverte en deux. Ils l'avaient dépouillée jusqu'à révéler sa substance intime ; jusqu'à dénuder la personne qu'elle ne pouvait pas être ; et ils l'avaient exhibée ainsi aux yeux du Ciel.

Qui es-tu ? Elle savait qu'elle entendrait cette question dans ses rêves. Une pression insoutenable avait empli son crâne. Les fantômes se dirigèrent vers elle ; et peut-être était-ce simplement parce que Zhu se tenait entre eux et la porte, mais soudain, la vue de leurs chevelures inertes et de leurs visages vierges lui fut insupportable. Elle s'entendit émettre un affreux croassement. Si elle avait pris des risques, par le passé, en se comportant de façon différente de Zhu Chongba, cette erreur-ci – grossière, impardonnable – les avait multipliés à un degré colossal. Les risques s'étaient superposés, jusqu'à ce que la route qui devait la conduire au triomphe se fasse aussi étroite qu'une aiguille.

Elle se leva tant bien que mal et s'enfuit.

Le moine… non, le commandant Zhu avait organisé un banquet nuptial tout à fait honorable, pensa Chang Yuchun en regardant les tentes pourvues de lanternes qui abritaient les hommes de la pluie. La troupe de Zhu était présente au grand complet. Yuchun se dit que, s'il épousait une femme aussi jolie que Ma Xiuying, lui aussi aurait sans doute voulu faire profiter les autres de sa bonne fortune. Mais malgré la viande, les lanternes et les danses, l'événement ne ressemblait pas à une fête. La rumeur s'était répandue que le commandant en second Xu allait quitter le bataillon afin de servir d'otage ; et cela constituait le dernier d'une série de signes augurant que quelque chose de terrible ne tarderait pas à se produire. Anfeng paraissait aussi dangereuse qu'un panier à vapeur dont on aurait scellé le couvercle. Heureusement, en plus de la nourriture, Zhu avait fait apporter une réserve inépuisable de vin pour calmer leur nervosité. Yuchun et les autres burent jusqu'à l'inconscience sous le regard bienveillant de Zhu et Ma Xiuying, assis à une table surélevée. Tout du long, la pluie s'abattit sans relâche sur les auvents et voila la face pâle de la lune.

Le jour suivant, tout le monde eut la gueule de bois et l'humeur maussade. L'absence du commandant en second Xu perturbait toutes leurs habitudes ; et curieusement, Zhu n'avait nommé personne pour le remplacer. Même le lendemain, Zhu les laissa livrés à eux-mêmes. En temps normal, ils auraient été ravis de ces petites vacances ; mais leurs gueules de bois étaient étrangement tenaces. Ils restèrent donc assis à ne rien faire, sinon tenir à deux mains leurs têtes douloureuses et se plaindre de la pluie ; celle-ci paraissait décidée à transformer Anfeng en un gigantesque bourbier. Certains des hommes se mirent à tousser. Yuchun se dit qu'ils avaient dû prendre froid.

Le premier signe que quelque chose n'allait pas fut qu'il se réveilla, au beau milieu de la nuit, avec une crispation douloureuse à l'estomac. Piétinant dans sa hâte ses camarades de chambrée, il parvint à sortir juste à temps pour vomir. Cependant, loin de se sentir soulagé, il eut soudain l'envie irrépressible de chier. Après cela, il resta pantelant, aussi flasque qu'une nouille trop cuite. Alors qu'il rentrait en titubant dans la caserne, il heurta quelqu'un d'autre qui sortait en courant des latrines. Une puanteur collante de maladie s'échappait de la pièce. Il songea qu'il devrait sans doute s'inquiéter davantage ; mais ce n'est qu'au prix de ses dernières forces qu'il parvint à retrouver sa paillasse. Il s'y écroula et perdit connaissance.

Lorsqu'il revint à lui, quelqu'un était accroupi près de sa tête, une louche d'eau à la main. L'atmosphère était pestilentielle ; il en eut un haut-le-cœur. Après l'avoir fait boire, Zhu lui administra quelques cuillerées de bouillie salée, lui tapota la main et se dirigea vers quelqu'un d'autre. Le temps passa. Confusément, il entendit les autres hommes grogner autour de lui, sentit sa couverture trempée de sueur entortillée sur son corps ; et enfin, il fut assailli d'une soif démesurée, qui le fit sortir à quatre pattes de la caserne. Il s'aperçut, surpris, qu'il faisait jour. Quelqu'un avait eu la prévenance de placer un seau d'eau propre près de la sortie. Il but, en s'étouffant de hâte et de faiblesse ; puis il s'affaissa, haletant, contre l'encadrement de la porte. Il se sentait… eh bien, pas véritablement « mieux », mais au moins éveillé, ce qui constituait un réel progrès. Quelque temps plus tard, il but de nouveau et regarda autour de lui. Sous le soleil de midi, la rue était entièrement déserte. Des drapeaux volaient au-dessus de sa tête. Il ne s'agissait pas des étendards habituels de leur rébellion, mais d'un assemblage de cinq étranges bannières : une verte, une rouge, une jaune, une noire et une blanche, dont chacune portait en son centre un talisman de protection, peint en rouge. Yuchun les observa longuement, réfléchissant de son mieux, jusqu'à ce que leur signification lui apparaisse enfin.

La peste.

Il s'avéra que Yuchun avait été parmi les premiers touchés, et le premier à se remettre. Il ne savait pas si c'était parce qu'il était plus jeune et plus vigoureux que la moyenne, ou si ses ancêtres avaient enfin décidé de veiller sur lui. Ayant d'abord infecté un groupe relativement restreint, la mystérieuse épidémie se répandit ensuite comme une traînée de poudre : elle gagna toute la troupe de Zhu, faisant s'effondrer tous ceux qu'elle touchait. La maladie – qui, d'après Jiao Yu, était due à un excès de yin dans les organes vitaux – faisait d'abord tousser, puis vomir et chier de façon incontrôlable ; et provoquait enfin une terrible fièvre, qui faisait fondre toute la graisse du corps en l'espace de quelques jours. Après cela, seule la chance décidait si l'énergie yang du patient commençait à se reconstituer, ou s'il faisait partie des malheureux dont l'équilibre continuait d'empirer jusqu'à ce que leur qi cesse de circuler… et qu'ils meurent.

Le commandant Yi, craignant de voir la peste s'attaquer à ses propres soldats, s'empressa de leur renvoyer le commandant en second Xu. Le premier ministre ordonna que tout le domaine de Zhu, entourant le temple, soit placé en quarantaine. Des portes furent dressées et fermées à l'aide de chaînes ; et des hommes de Yi vinrent à contrecœur y monter la garde, les pouces pressés sur les points qi de leurs paumes dans l'espoir d'éviter la contagion. Les portes n'étaient ouvertes que pour ravitailler le domaine en nourriture. Même les morts devaient rester à l'intérieur, inhumés dans de honteuses fosses communes.

Environ un homme sur dix – parmi lesquels le commandant Zhu – eut la chance de ne pas tomber malade du tout. (Yuchun pensa que ces rescapés devaient être ceux qui abritaient un excès de yang ; mais lorsqu'il exposa sa théorie à Jiao, l'ingénieur ricana et lui fit remarquer que le corps de Zhu, aussi maigre qu'un poulet plumé, semblait peu susceptible de contenir trop d'énergie masculine.) Zhu, arborant l'air coupable de quelqu'un qui savait n'avoir rien fait pour mériter sa santé, supervisait les efforts des autres survivants qui cuisinaient et nettoyaient l'endroit. Pendant deux semaines, il s'employa même à rassurer et soigner personnellement les victimes. Puis un jour, il disparut ; son épouse, Ma, était tombée malade. Après cela, le commandant en second Xu prit les commandes. Il s'était rasé la tête avant d'être confié au commandant Yi, espérant apparemment que ressembler le plus possible à un moine le protégerait des « accidents ». Son crâne nu, associé à ses joues creusées par la peste, évoquait dans l'esprit de Yuchun l'image terrifiante de ces spectres affamés qui rôdaient dans les campagnes, cherchant à dévorer le foie des vivants.

Depuis l'intérieur du domaine barricadé, il semblait que la vie se déroulait comme à l'accoutumée dans le reste d'Anfeng. De temps en temps, Yuchun voyait les troupes des autres commandants partir à l'entraînement ; et il entendait les tambours des cérémonies en l'honneur du Prince de Lumière, que le premier ministre organisait de plus en plus souvent. Cependant, il vivait là depuis assez longtemps pour deviner que ce qu'il voyait – une Anfeng ordonnée, calme et disciplinée – n'était qu'une façade.

Zhu était assise au chevet de Ma. Son impuissance, face aux souffrances de la jeune femme, provoquait en elle des remords insoutenables. Le matin, la jeune fille dormait ; l'après-midi et tout au long de la nuit, elle s'agitait dans un délire fiévreux, criant qu'elle voyait des fantômes. Zhu ne pouvait rien faire, sinon lui apporter de l'eau et de la bouillie, et remplacer ses draps trempés de sueur. Parfois, pendant que Zhu s'occupait d'elle, Ma se redressait et cherchait à la repousser, les yeux empreints de terreur. Cette expression faisait à Zhu l'effet d'un coup de poignard dans le ventre ; car c'était pour *Zhu* que Ma avait peur. Elle craignait qu'elle tombe malade en la touchant. Tout cela était la faute de Zhu ; elle n'avait jamais imaginé que la maladie puisse se transmettre à ceux qui n'avaient pas mangé les offrandes aux fantômes. Par négligence, elle avait provoqué une catastrophe bien plus importante qu'elle ne l'avait prévu ; et Ma était sa victime. Mais même dans les affres de la maladie, Ma s'inquiétait de voir souffrir Zhu.

Le cœur serré, Zhu attrapa la main agitée de Ma et la pressa dans la sienne, cherchant à la réconforter autant que possible. Zhu avait bien des soucis en tête ; mais succomber au contact des fantômes n'en faisait pas partie.

— Ne t'inquiète pas, Yingzi, lui dit-elle sombrement. Les esprits ne m'attraperont pas. Je les vois arriver.

Peut-être était-il vrai que les fantômes ne l'attraperaient pas ; mais les morts hantaient ses cauchemars. Même lorsqu'elle évitait de songer que les fantômes l'avaient remarquée, ce qui était abominable en soi, Zhu n'était pas sûre d'avoir opté pour la meilleure solution. Elle avait perdu presque autant d'hommes que si elle avait aidé Chen à affronter l'autre faction. Elle se dit qu'au moins, ils étaient morts la conscience tranquille, ce qui était préférable pour leurs vies à venir. Seule Zhu elle-même avait du sang sur les mains. Et la bataille des factions n'avait même pas encore eu lieu… Elle tremblait à l'idée que ses hommes guérissent, et que la quarantaine soit levée, avant même que Guo et Sun se décident à agir contre Chen. Et si elle avait fait tout cela pour rien ?

Toute sa vie, Zhu avait cru avoir la force de supporter n'importe quelle souffrance. Les souffrances qu'elle s'imaginait, cependant, touchaient toujours son propre corps : la faim, la douleur physique. Mais assise là, la main brûlante de Ma dans la sienne, elle devait admettre l'existence d'une douleur dont elle n'avait jamais soupçonné l'existence. *Perdre les gens que j'aime.* Cette menace, à peine entrevue, lui donnait l'impression qu'on lui avait arraché les entrailles. Xu Da s'était remis ; mais si Ma perdait la vie, en conséquence de l'erreur de Zhu ?

Zhu lutta contre elle-même. Son estomac se crispa lorsqu'elle sentit ressurgir sa plus ancienne crainte : celle que, si elle priait, le Ciel entendrait sa voix, et qu'il saurait que celle-ci n'était pas la bonne.

Elle réunit toutes ses forces pour saisir cette peur et la refouler tout au fond d'elle-même. *Je suis Zhu Chongba.*

Elle s'agenouilla et pria le Ciel et ses ancêtres, avec plus de ferveur qu'elle ne l'avait fait depuis bien longtemps. Lorsqu'elle se releva enfin, elle fut surprise et heureuse de constater que le front de Ma s'était déjà rafraîchi. Son cœur se gonfla de soulagement. *Elle ne va pas mourir…*

Mais alors qu'elle se tenait là, la main sur le front de Ma, elle entendit un rugissement familier dans le lointain : le son d'une bataille.

L'offensive de Guo et Sun ne dura qu'une journée ; elle fut écrasée aussi vite qu'elle avait commencé. La ville fumait encore lorsque les hommes de Chen rouvrirent les portes du temple et convoquèrent ses occupants. Zhu, observant l'ampleur de la destruction tandis qu'ils arpentaient les rues, songea que Guo et Sun étaient passés étonnamment près de réussir. Mais bien sûr, une défaite, même âprement concédée, était toujours une défaite. Partout, le sang se mélangeait à la boue jaune d'Anfeng. Des quartiers entiers avaient été carbonisés. Anfeng étant une cité de bois, certains auraient hésité à incendier les barricades dressées par Sun. Cependant, Chen n'était pas le genre d'homme à s'embarrasser de tels scrupules.

Au centre de la ville, les cadavres avaient été entassés en une pile énorme au pied de l'estrade. Cette fois, le premier ministre et le Prince de Lumière étaient tous deux absents. C'était Chen qui dirigeait le spectacle. Les Turbans Rouges restants, parmi lesquels Zhu et ses hommes, s'assemblèrent en silence face à la scène. Zhu remarqua que, si la troupe de Yi était présente, le commandant lui-même n'était nulle part en vue. Sans doute avait-il été tué. Elle espéra que l'esprit de Guo le Petit appréciait sa revanche.

Après avoir laissé à la foule le temps de contempler les cadavres, les hommes de Chen amenèrent sur l'estrade les chefs survivants de l'insurrection : Zhu vit apparaître Sun, le ministre droit Guo et trois des capitaines de Sun. On leur avait fait revêtir des vêtements blancs, que leur sang maculait déjà. Sun avait un œil en moins ; son joli visage était presque méconnaissable. Sans rien dire, il balaya l'assemblée d'un regard furieux, pressant ses lèvres noircies de sang l'une contre l'autre. Zhu eut l'intuition écœurante que Chen avait fait quelque chose à sa langue, pour empêcher tout discours inopiné.

Les capitaines furent les premiers à mourir. Leurs exécutions furent relativement clémentes ; Zhu trouva cela surprenant, sachant que Chen supervisait l'opération. L'homme en question observait tout depuis la scène, de l'œil aiguisé d'un expert en barbarie. La foule était silencieuse. Face à la montagne de corps qui les regardaient dans les yeux, même les hommes du commandant Wu ne parvenaient pas à faire montre du moindre enthousiasme. Sun restait immobile, stoïque ; il regardait son destin en face, sachant que son seul espoir était de croire que sa prochaine vie lui serait plus favorable. Sa propre mort, lorsqu'elle survint, fut aussi prompte qu'on est en droit de l'espérer dans sa situation. Zhu se félicita néanmoins que Ma n'ait pas eu à y assister.

Elle comprit alors qu'elle n'avait pas besoin de remettre en doute ses opinions quant à la clémence de Chen : il avait simplement réservé son talent dramatique à la mort du ministre droit Guo. Sous les yeux des Turbans Rouges assemblés, Guo le Vieux fut écorché vif. Chen s'était manifestement inspiré de toutes les années durant lesquelles il avait attendu, patiemment, de voir tomber son collègue. Cette mort-là fut extrêmement lente.

Chen, jugeant sans doute que ses actes avaient été assez éloquents pour le dispenser de s'adresser à la foule, quitta la scène dès que ce fut terminé. En passant devant Zhu, il s'arrêta.

— Mes salutations au ministre gauche, dit Zhu d'un air docile.

Elle prit soin de s'incliner à angle droit, et refoula la nausée qui menaçait de vider d'un coup son estomac. Si elle avait anticipé le sort qui menaçait le ministre droit Guo, elle n'avait pas été pour autant préparée à être témoin d'une telle scène. Elle pensa, tristement, qu'elle avait sous-estimé la cruauté de Chen.

— Commandant Zhu.

Regardant les visages livides des hommes de Zhu, dont certains s'étaient mis à vomir, Chen lui adressa un sourire ambigu.

— J'ai été navré d'apprendre le décès d'une partie de votre troupe, lui lança-t-il. C'est véritablement regrettable.

Zhu s'obligea à se concentrer sur lui, plutôt que sur les odeurs et les bruits qui l'entouraient.

— Cet indigne serviteur reçoit avec reconnaissance les condoléances du ministre.

— Je vous ai déjà dit que le premier ministre et moi admirions la compétence et le dévouement de vos hommes. (Derrière lui, les cadavres entassés scrutèrent de leurs yeux fixes l'arrière de son crâne.) Eh bien, commandant… puisque Yi n'est plus, c'est l'occasion de vous illustrer. Prenez ses hommes et faites-en la troupe dont nous avons besoin pour prendre Bianliang. (Ses yeux noirs la transpercèrent comme des lames.) Je suis certain que vous vous en tirerez admirablement.

— Ce serviteur remercie le ministre de lui faire l'honneur de cette proposition !

Zhu s'inclina, et resta penchée jusqu'à être absolument sûre que Chen était parti. Même si ce n'était pas ce que Zhu elle-même avait voulu, ni – à plus forte raison – ce qu'avait espéré Ma, elle songea avec ironie qu'elle avait bien opté pour la meilleure solution. Seuls deux des commandants des Turbans Rouges étaient encore en vie, et Zhu était l'un d'eux ; elle dirigeait à présent presque la moitié de l'armée des Turbans Rouges. Chen n'avait aucune preuve que Zhu ait jamais failli à sa loyauté, même s'il réservait sans doute son jugement final ; et les hommes de Zhu ne soupçonnaient rien.

Mais là, face à l'estrade sanglante, les hurlements du ministre droit Guo résonnant encore à ses oreilles, elle frémit en se remémorant les voix inhumaines. *« Qui es-tu ? »*

Elle se mit à chercher en elle, avec l'énergie du désespoir, toute sensation étrangère susceptible d'abriter cette étincelle rouge : la graine de la grandeur, posée dans son esprit par la main du Ciel en personne. Mais à son grand désarroi, elle ne décela rien de nouveau. Rien d'autre que ce qui se trouvait en elle depuis le début : le cœur blanc de sa détermination, qui l'avait maintenue en vie toutes ces années. Qui lui donnait la force de continuer à croire qu'elle était celui qu'elle disait être. Ce n'était pas ce qu'elle voulait ; mais c'était tout ce qu'elle avait.

L'espace de quelques instants, elle ressentit une vieille sensation : la traction vertigineuse du destin. Mais elle s'était déjà lancée à sa poursuite ; il n'était plus temps de reculer. *Lorsque tu voles, ne regarde pas en bas ; car tu tomberais en comprenant que c'est impossible.*

17

Anfeng, dixième mois

Il pleuvait, à l'extérieur ; et la salle du trône fuyait. Silencieuse, Zhu était agenouillée au côté du commandant Wu sur le plancher spongieux, sa robe absorbant l'humidité aussi efficacement qu'une serpillière. Wu, qui n'avait pas passé l'essentiel de sa jeunesse à genoux, se trémoussait avec l'impatience d'un cheval infesté de vers. Le Prince de Lumière souriait, immobile, sur l'estrade ; le premier ministre était assis près de lui. Mais un troisième homme les avait rejoints, désormais. Après la mort de Guo, Chen s'était attribué le titre de chancelier d'État, et les honneurs auxquels il pensait avoir droit en conséquence. S'il parvenait à s'élever encore davantage, il emmènerait ceux à qui il avait accordé sa confiance. *Ce n'est pas encore mon cas*, pensa Zhu. *Je n'ai pas participé à sa guerre contre les Guo. Il ne nourrit peut-être pas de soupçons particuliers envers moi, mais je ne lui ai pas non plus donné les preuves de…*

Chen interrompit ses pensées :

— Nous devons nous montrer prudents, en ce qui concerne Bianliang. Son gouverneur ne commande pas une troupe très conséquente, mais d'un point de vue stratégique, il a l'avantage. Même si le mur extérieur est en ruine, le mur intérieur est encore debout. Si nous permettons au gouverneur de sécuriser ce mur d'enceinte, je suis certain qu'il parviendra à tenir le siège jusqu'à recevoir des renforts du prince du Henan. L'armée du prince n'est plus aussi puissante qu'elle l'était la saison dernière, suite à la bataille de la Yao, et maintenant qu'Esen-Temur ne se bat plus à son côté…

Ils avaient appris, non sans un certain retard, que le vieux Chaghan-Temur à la barbe de fer avait succombé à un accident de chasse le printemps précédent.

— Mais s'ils viennent au secours de Bianliang, nos chances de succès se feront extrêmement minces.

Le premier ministre déclara d'un ton sec :

— Dans ce cas, nous devons nous empresser de prendre Bianliang… assez vite pour empêcher le gouverneur de transformer notre assaut en siège.

À la différence des Mongols, dont les sièges étaient la spécialité, les Turbans Rouges ne possédaient pas l'équipement nécessaire.

— Dans ce cas, nous devons le surprendre. Il ne doit pas avoir le temps de se préparer, ni de recevoir les renforts du général eunuque. Nous aurons besoin d'une diversion… Une attaque dont la cible sera si importante, aux yeux des Yuan, qu'ils n'auront pas d'autre choix que d'envoyer l'eunuque pour la protéger. Le Grand Canal me paraît tout désigné.

Ce canal, reliant le Nord au sel et au grain de la famille Zhang, était d'une importance vitale pour la capitale, Dadu.

— Pendant qu'il y sera occupé, nous lancerons une attaque-surprise sur Bianliang et la capturerons sur-le-champ.

Entendant ces mots, Zhu se raidit. Elle sentit que Wu avait la même réaction. Quoiqu'une mission de diversion puisse être effectuée en toute sécurité, cela exigerait une coordination parfaite. La troupe chargée de duper le Yuan devrait affronter le général eunuque au Grand Canal jusqu'à ce que Bianliang lui réclame son aide ; et dans l'idéal, la cité tomberait avant même que son armée y parvienne. Mais si le début de l'attaque sur Bianliang se voyait retardée, même légèrement… alors le commandant de la troupe de diversion tomberait vite à court de manœuvres d'évitement, et serait forcé d'affronter l'ennemi de front. Cette stratégie, comprit Zhu, mettrait à l'épreuve la confiance que se portaient mutuellement les Turbans Rouges.

Son estomac gargouilla, crispé par l'évocation de cette mission hautement périlleuse ; mais ensuite, son malaise se mua en un trouble plus profond. Elle sentit avec angoisse des regards inhumains se poser dans son dos. Pendant un instant, son envie de s'enfuir fut si pressante qu'elle faillit la submerger. Zhu garda les yeux résolument fixés sur l'estrade, et compta ses respirations saccadées. L'effort qu'elle fournissait pour se maintenir immobile était si intense que ses tendons la brûlaient. Peu à peu, ce sentiment reflua, jusqu'à ce qu'elle ne fût plus sûre de ce qu'elle avait senti : de véritables fantômes, ou le souvenir terrifié qu'elle gardait d'eux. Elle se détendit ; mais sa peau était encore couverte de chair de poule.

Chen lui adressa un regard compatissant, indiquant qu'il avait surpris cet instant de crainte. Au premier ministre, il dit :

— Votre Excellence, la capture et la défense de Bianliang ne seront pas des tâches aisées. Je vous en prie, confiez à cet indigne fonctionnaire la mission de mener personnellement nos troupes lors de l'assaut.

Baissant les yeux sur Zhu et Wu, il prit un air de profonde réflexion. Enfin, il dit d'un ton aimable :

— Le commandant Wu m'accompagnera à Bianliang.

Ses yeux noirs se braquèrent de nouveau vers Zhu. En dépit des cruautés dont Zhu le savait capable, ce ne fut pas le sadisme qu'elle lut sur ses traits, mais une curiosité amusée.

— Et le commandant Zhu dirigera la mission de diversion, au Grand Canal.

Rien de tout cela ne la surprenait. Chen voulait lui faire confiance, car il était conscient de ses talents. Mais parce qu'il était l'homme qu'il était, il allait l'obliger à prouver sa loyauté. Zhu ignorait si avancer dans le sillage de Chen, à mesure qu'il s'élevait vers le pouvoir, la hisserait elle-même vers la grandeur ; ou si cela ne constituait qu'une étape intermédiaire. Mais dans un cas comme dans l'autre, c'était la voie qu'elle devait suivre. Elle garda la tête haute, au lieu de s'incliner avec sa déférence habituelle, et le laissa lire ses intentions sur son visage. *Je gagnerai votre confiance.*

Chen sourit, approbateur. Ses petites dents droites, cependant, demeuraient celles d'un prédateur.

— Ne vous inquiétez pas, commandant. Vous êtes un officier loyal et efficace, qui a prouvé sa valeur aux Turbans Rouges à de nombreuses reprises. Je suis certain que vous réussirez.

Il sortit d'un pas majestueux ; les autres le suivirent. Wu ne cherchait pas à masquer son soulagement : lui n'avait pas été jeté sur les charbons ardents. Zhu ferma la marche, plongée dans ses pensées ; mais tout à coup, elle sursauta et s'arrêta. Le Prince de Lumière se trouvait devant la porte.

L'enfant l'observa. Derrière son rideau immobile de perles de jade, ses joues rondes étaient aussi roses et veloutées qu'une pêche bien mûre. Il lui demanda :

— Qu'avez-vous fait ?

C'était la première fois que Zhu l'entendait parler, sinon pour effectuer une déclaration publique. De près, elle entendait percer dans sa voix le tintement frémissant d'un carillon à vent. Brusquement assaillie par l'image de ses hommes agonisants, mourant de la maladie qu'elle leur avait donnée, Zhu répliqua d'un ton sec :

— Que voulez-vous dire ?

Avec l'air de considérer ce sujet comme parfaitement ordinaire, il répondit :

— Pour que les morts vous regardent.

Zhu le dévisagea un moment, stupéfaite, avant de parvenir à reprendre son sang-froid. Le malaise qu'elle avait ressenti était bien réel : des fantômes l'avaient observée, lorsqu'elle se trouvait à genoux. *Et il les a vus.* Depuis dix ans qu'elle possédait ce don étrange, elle n'avait jamais vu quiconque donner le moindre signe qu'il décelait la même chose qu'elle. Pas un regard en biais, pas un sursaut dans la pénombre. Personne, de toutes ces années ; sauf cet enfant.

Le pire était que c'était assez logique, dans son cas, contrairement à celui de Zhu. Le Prince de Lumière était un être divin réincarné, qui se souvenait de ses vies antérieures et qui brûlait du pouvoir du Mandat du Ciel. Le fait qu'il perçoive le monde des esprits n'avait rien de surprenant. Zhu, en revanche… La seule fois où elle s'était réjouie de posséder ce pouvoir, les fantômes s'étaient tournés vers elle, furieux ; et ils avaient su qu'elle était un imposteur.

Un frisson glacé courut sur sa peau, pareil à la caresse d'un millier de doigts spectraux. Elle ne prit pas la peine de masquer son trouble. Celui-ci était sans doute assez similaire à celui d'une personne ordinaire à qui une divinité enfantine annoncerait qu'elle est observée par les esprits. Malgré l'émotion, cependant, ses pensées s'enchaînaient à vive allure. Quels autres savoirs mystérieux le Prince de Lumière recélait-il ? Avait-il découvert, d'une façon ou d'une autre, qu'elle possédait la même faculté que lui ?

Soudain, elle fut envahie d'une certitude affreuse : celle qu'il s'apprêtait à dire : « Qui êtes-vous ? » La sueur naquit sur ses paumes et la plante de ses pieds. Son corps se fit glacé, puis brûlant, au fil des vagues successives de l'inquiétude et de l'angoisse.

Mais il se contenta d'attendre, comme s'il souhaitait sincèrement connaître la réponse à sa question. Enfin, deux des assistants du premier ministre apparurent dans l'embrasure ; et, tout en effectuant un grand nombre de courbettes déférentes, parvinrent à communiquer une réprimande muette à l'enfant. Le Prince de Lumière adressa à Zhu un sourire plein de douceur, puis partit.

— Quoi ?

Bien que leur chambre ne soit que faiblement éclairée par une unique chandelle, Zhu distingua l'expression effarée de Ma.

— Tu pars effectuer une mission… durant laquelle la seule chose qui te maintiendra en vie sera *Chen Youliang* ?

— Diriger la diversion est probablement moins dangereux que participer à l'assaut sur Bianliang… tant qu'il ne lui prend pas l'envie de m'abandonner délibérément, argua Zhu. (Elle n'était que trop consciente de l'ironie de la situation.) Je suis presque sûre qu'il ne le fera pas. Il sait que je lui serai utile à l'avenir, tant qu'il pourra me faire confiance.

Sur le visage de Ma, Zhu vit se peindre le souvenir douloureux de Guo le Petit et de Sun Meng, ainsi que de tous les autres dont les vies étaient tombées entre les mains de Chen.

— Et si quelque chose le fait changer d'avis, alors qu'il se trouve à mi-chemin de Bianliang ? argua Ma. Même s'il décidait simplement de retarder l'attaque d'un jour ou deux, tu l'ignorerais ! Il n'en faudrait pas plus pour faire massacrer toute ta troupe. C'est trop risqué. Tu ne peux pas faire cela !

Zhu soupira.

— Que veux-tu que je fasse ? Que je m'enfuie ? Où cela me mènerait-il, ensuite ? Notre mouvement doit sa crédibilité à la présence du Prince de Lumière. Les gens voient en lui notre chef légitime : celui qui provoquera l'avènement d'une ère nouvelle. Sans lui, sans le soutien du peuple, je pourrais éventuellement m'emparer de quelques fragments du Sud par la force ; mais je ne serais jamais qu'un chef de guerre, rien de plus.

— Pourquoi est-ce que cela ne te suffit pas ? s'exclama Ma. Que veux-tu d'autre, qui justifie de risquer ta vie ?

Ses yeux magnifiques, rappelant les feuilles d'un saule, étaient écarquillés par la peur de ce qui pourrait advenir de Zhu. Celle-ci fut envahie d'un accès de tendresse si brut qu'il en devenait presque douloureux.

Elle saisit la main de Ma et mêla ses doigts aux siens. L'espace d'un instant, elle eut l'impression de les voir par les yeux du Ciel : deux esprits humains, fugacement incarnés, qui s'effleuraient un moment au fil de leur long et sombre voyage ; ce voyage qui les menait de la vie à la mort, puis de nouveau à la vie, inlassablement.

— Un jour, tu m'as demandé ce que je désirais. J'ai dit que je désirais ma destinée, tu te souviens ? Je la désire, parce que je la connais. Je la sens, devant moi ; il ne me reste qu'à l'atteindre. Je vais connaître la grandeur. Et ce ne sera pas une grandeur dérisoire, mais la sorte de grandeur dont les gens se souviennent durant cent générations. Une grandeur que le Ciel lui-même aura voulue.

Avec effort, elle ignora la bourrasque qui s'infiltra entre les planches du mur, faisant siffler la bougie à la manière d'un chat furieux. Les fantômes étaient la dernière chose qu'elle souhaitait voir, à cet instant précis.

— Je l'ai désiré toute ma vie ; j'ai lutté et j'ai souffert pour cela. Je n'ai pas l'intention de m'arrêter maintenant.

Ma l'observa, l'expression figée.

— Alors, ce n'est pas en Chen que tu as confiance. Tu as l'intention d'aller affronter le général eunuque… et de compter sur le *destin* pour te maintenir en vie ?

Zhu fut soudain frappée par l'image, particulièrement détaillée, du visage de l'eunuque à la rivière Yao, lorsqu'il avait compris ce qu'elle venait de faire à son armée. Elle avait triomphé au prix de sa défaite et de son humiliation. Et elle savait – aussi clairement que si cette pensée résonnait dans son propre crâne – qu'il devait brûler de se venger.

Réprimant cette idée, elle s'écria :

— Ah, Yingzi, ne va pas te donner la migraine ! Je ne vais même pas l'affronter. Je vais l'aiguillonner, le taquiner… et l'exaspérer à tel point qu'il sera enchanté d'être appelé ailleurs, pour s'y battre pour de bon. N'as-tu pas dit, la première fois que nous nous sommes rencontrées, que j'étais un fauteur de troubles ? Ne fais pas confiance à Chen ou au destin, si cela t'est trop difficile. Contente-toi de te rappeler ta première impression de moi.

Ma eut un rire mouillé, qui se mua en sanglot.

— Tu es un fauteur de troubles, c'est vrai. Je n'ai jamais rencontré quiconque à qui cette expression convenait mieux qu'à toi.

Lorsqu'elle baissa les yeux sur leurs mains entrelacées, ses cheveux tombèrent en rideaux lustrés de part et d'autre de son visage. À travers eux, Zhu distinguait ses hautes pommettes de nomade ; et ses sourcils dessinés, annonciateurs de bonheur futur, que toutes les mères espéraient voir sur le visage de leurs enfants. Ma était toujours d'une fragilité exquise lorsqu'elle s'inquiétait. Zhu ressentit une tristesse sous-jacente, qui était comme l'ombre d'un regret à venir ; le sentiment douloureux qu'en cherchant à obtenir ce qu'elle désirait, elle ferait souffrir Ma. Plus encore qu'elle ne l'avait déjà fait. Doucement, elle dit :

— J'aime que tu te fasses du souci pour moi.

Ma releva brusquement la tête, les yeux débordants de larmes.

— Bien sûr que je me fais du souci ! Je n'arrive pas à m'en empêcher. J'aimerais bien, pourtant. Mais je me suis fait du souci pour vous tous. Guo le Petit. Sun Meng. Toi.

— Alors, tu m'aimes exactement autant qu'eux ? Autant que *Guo le Petit* ? la taquina Zhu. Être ton époux ne me donne pas le droit à un traitement de faveur ?

Les larmes de Ma firent naître de nouveau cette étrange douleur sourde dans sa poitrine. Zhu les essuya du dos de la main. Puis, avec une précaution infinie, elle cueillit la joue de la jeune fille dans sa paume, se pencha et l'embrassa. Leurs bouches s'attardèrent l'une contre l'autre, doucement ; et cet instant de tiédeur fit naître quelque chose d'infiniment tendre et précieux, et aussi fragile qu'une aile de papillon. Cela ne ressemblait pas aux passions déchaînées, presque violentes, que décrivait Xu Da. Il semblait plutôt s'agir d'une chose nouvelle, une chose qu'elles avaient inventée elles-mêmes ; qui n'existait que pour elles, dans la pénombre de leur petite chambre, et seulement le temps d'un baiser.

Zhu s'écarta.

— Est-ce qu'il a déjà fait ça, Guo le Petit ?

La bouche de Ma s'ouvrit et se referma. La douceur pulpeuse de ses lèvres semblait appeler de nouveaux baisers. Ses joues étaient devenues roses, et elle regardait la bouche de Zhu à travers ses cils baissés. Éprouvait-elle cette douleur sourde, elle aussi ?

— Non, répondit-elle.

— Qui l'a fait ?

— Toi, répondit Ma, d'une voix qui ressemblait à un soupir. Mon époux. Zhu Chongba…

Zhu sourit et serra sa main dans la sienne.

— Exactement. Zhu Chongba, dont la grandeur est écrite dans le livre du Ciel. J'y arriverai, Yingzi. Crois-moi.

Mais tout en prononçant ces mots, elle se remémora la voix accusatrice des fantômes ; et ce sentiment de glissement, terrible, incontrôlable. L'idée qu'à chaque choix, chaque décision, elle s'éloignait un peu plus de la personne à qui appartenait cette destinée.

Jining, leur fausse cible à proximité du Grand Canal, se trouvait à six cents li au nord d'Anfeng, à la pointe septentrionale d'un vaste lac. Ce dernier s'étendait entre Jining et le bief sud du canal. Zhu les faisait voyager lentement, prenant son temps pour longer le marais bordant l'ouest du lac ; elle voulait donner aux Yuan tout le temps nécessaire pour comprendre où ils se rendaient. La population fuyait au-devant d'eux, si bien qu'il leur semblait traverser une région désertée, dont les habitants avaient été escamotés du jour au lendemain. Les mines de charbon – principale source d'activité de la région – étaient vides, leurs entrées jonchées de pelles abandonnées. Dans les villes dépeuplées résonnait le claquement lugubre des moulins : ceux-ci tournaient encore sous l'effet de l'eau et du vent, actionnant les soufflets des forges refroidies. Une poussière noirâtre recouvrait les maisons et les arbres, et leur poudrait le visage. De l'autre côté de la plaine marécageuse, à l'ouest, cachées dans l'ombre vespérale à la base des montagnes, se trouvaient les garnisons du Yuan au Henan. Et quelque part, entre ici et là-bas, le général eunuque et son armée.

Un soir, Zhu terminait son inspection du camp lorsque Yuchun s'approcha à cheval. L'enfant avait bien changé depuis que Zhu l'avait rencontré, petit voleur, dans les rues d'Anfeng. Il montrait un talent extraordinaire pour les arts martiaux ; et, guidé par Xu Da, était devenu l'un des meilleurs capitaines de Zhu. Yuchun lui annonça :

— Il y a eu un accident.

Contrairement à ce que pensa d'abord Zhu, c'était bien d'un accident qu'il s'agissait, et non des conséquences d'une de ces disputes qui opposaient souvent les hommes. La victime était dans sa tente, confiée aux soins de l'ingénieur Jiao Yu, qui avait acquis quelques connaissances médicales au fil de ses lectures. Le patient n'était pas beau à voir, même pour quelqu'un qui avait déjà vu nombre de blessures de guerre. Son visage, rose vif et surmonté d'une croûte luisante, ressemblait au porc haché qui servait à faire des boulettes en gueule de tigre.

Lorsque Jiao eut terminé son travail, ils sortirent ensemble de la tente.

— Que s'est-il passé ? interrogea Zhu.

Jiao essuya le sang qui recouvrait ses mains et se mit à marcher.

— C'est assez intéressant. Venez voir.

Ils se rendirent à une courte distance du camp, en évitant soigneusement l'une des nombreuses fosses naturelles qui émaillaient la région. Lorsqu'ils parvinrent à un affleurement rocheux, Zhu vit de quoi il était question : une flamme brûlant à l'intérieur d'une petite grotte, où elle dépassait d'une fente dans la pierre.

— Cet imbécile, avec son crâne plein d'eau, a voulu savoir ce qui se passerait s'il éteignait la flamme et qu'il la rallumait, expliqua Jiao d'un ton las. Elle a explosé. Vous voyez ces cailloux ? Ils sont tombés suite à la déflagration. Il a de la chance d'être encore en vie. Il va perdre son œil, en revanche.

— Comment cela fonctionne-t-il ? demanda Zhu, curieuse.

— J'imagine que vous n'êtes jamais entré dans une mine de charbon… Cela ne vous plairait pas. Ce sont des endroits chauds, poussiéreux et humides ; et l'air y est toxique. Descendez-y avec une torche, et… l'endroit tout entier explosera.

— Ce qui explose est donc la poussière de charbon ?

Le projet qu'elle avait confié à Jiao – celui d'améliorer la fiabilité des canons à main – avait engendré chez Zhu un intérêt particulier pour les matières explosives. Aucune troupe nanren ne tirerait jamais à l'arc mieux que ne le faisaient les Mongols ; mais elle aimait l'idée d'une arme qu'un individu aussi malhabile qu'un ancien moine puisse prendre en main immédiatement.

— Non. Ce n'est pas de la poussière qui monte de ces rochers, mais de l'air toxique. Si on le laisse remplir un espace clos, comme une mine – ou même s'il se trouve quelque part en assez grande quantité pour qu'on sente son odeur –, il explosera au contact d'une flamme, comme la poudre à feu. En revanche, s'il s'échappe doucement comme de l'eau gouttant d'un seau, il ressemble davantage à des charbons ardents : il produit simplement une petite flamme, comme celle-ci.

Tout cela ne semblait pas particulièrement utile, mais Zhu rangea l'information dans un coin de son esprit. Alors qu'ils regagnaient le camp, elle dit :

— Je sais que vous avez travaillé dur sur les canons à main. Êtes-vous prêt à les essayer, contre le général eunuque ? Ou avez-vous besoin de plus de temps ?

Jiao l'observa longuement. Zhu avait toujours eu l'impression que l'homme ne lui faisait pas entièrement confiance. Elle se souvint qu'il avait quitté la troupe du commandant Sun pour se joindre à la sienne. Il était de ces individus faisant toujours en sorte de s'associer à celui qu'ils pensaient être le futur vainqueur. Des gens parfaitement loyaux… jusqu'au jour où ce n'était plus le cas. *C'est vrai qu'il a eu raison de me choisir plutôt que Sun Meng*, pensa Zhu, non sans une pointe de malaise. Elle se dit que, s'il était encore à son côté, cela signifiait au moins qu'il croyait en elle.

Finalement, il se contenta de lui répondre :

— Vous aurez votre unité d'artillerie. Nous serons prêts.

— Si nous tardons trop à commencer l'assaut, il se doutera que nous ne sommes qu'un appât, avança Xu Da. Mais plus nous nous y prendrons tôt, plus nous devrons tenir longtemps avant qu'il reçoive le message de Bianliang, et qu'il se retire.

Ils se trouvaient dans la maison où Zhu avait établi leur quartier général, dans une petite ville à une dizaine de li à l'est de Jining. Lorsque Zhu avait grimpé sur le toit, un peu plus tôt, elle avait été surprise et passablement décontenancée de découvrir que Jining était entourée d'une étendue blanchâtre, comme une grande moisissure : l'armée du général eunuque. La veille, les alentours étaient encore déserts. La vibration qui l'unissait à ce lointain adversaire lui nouait l'estomac, comme une intense nervosité.

Lentement, en tâtonnant le long de leur lien, elle dit :

— Ce n'est pas nous qui déclencherons les hostilités.

Xu Da haussa les sourcils.

— C'est lui qui va venir ?

— Son dernier contact avec les Turbans Rouges l'a humilié. Il est toujours en colère, c'est une certitude. Il ne voudra pas rester en place et attendre que nous venions à lui, simplement pour garder sa position défensive.

La vérité de ses paroles résonnait dans son être, comme le son d'un ongle frappant une lame.

— D'accord, reprit Xu Da d'un ton jovial. Ça limite un peu nos possibilités, mais ça devrait aller tout de même.

À l'instar des autres villes des environs, celle qu'ils occupaient n'était pas fortifiée. Il n'y avait même pas assez d'arbres aux alentours pour leur permettre d'ériger une palissade.

— On restera retranchés ici aussi longtemps que possible ; et ensuite, on se retirera et on l'emmènera faire un petit tour dans la campagne, conclut Xu Da.

Une carte était étalée sur la table qui les séparait. À l'aide de son doigt, Zhu traça une ligne vers l'est de leur position, jusqu'à une longue vallée entre deux crêtes montagneuses.

— Voici notre trajectoire.

L'étroitesse de la vallée obligerait l'armée qui les poursuivait à former une unique colonne. Cette formation permettrait à Zhu de ne combattre qu'un petit nombre d'ennemis à la fois, et de battre en retraite dès l'instant où ses hommes commenceraient à tomber.

— Il verra où nous allons, cela dit ; donc, il séparera ses troupes. Il fera entrer son infanterie dans la vallée, à nos trousses, et il enverra sa cavalerie contourner les montagnes pour nous attendre de l'autre côté du défilé. Mais ceci… (Zhu tapota le lac au pied de la crête montagneuse la plus proche)… devrait les ralentir un moment.

Pour atteindre l'autre extrémité de la vallée, la troupe du général devrait faire un détour de plusieurs jours le long de la rive opposée du lac.

— L'assaut de Chen Youliang ne commencera pas avant au moins trois jours ; et il faudra encore deux bonnes journées de plus pour que le général eunuque reçoive le message de Bianliang, lui demandant son aide. Donc, s'il attaque demain, nous devrons l'occuper pendant quatre jours. Cela me paraît faisable. Nous pouvons tenir ici au moins une journée ; deux, avec un peu de chance. Ensuite, nous nous retirerons dans la vallée. Il recevra le message et fera demi-tour avant même que sa cavalerie ait fini de contourner le lac ; donc, inutile de nous en préoccuper.

Zhu observa fixement la carte. La logique lui dictait de faire confiance à Chen ; mais un profond malaise la tourmentait. Parlant du général eunuque, elle reprit :

— Il ignore que tout ça n'est qu'une mascarade. Il va donner tout ce qu'il a. Il voudra nous faire souffrir.

— Qu'il essaie ! rétorqua Xu Da, et le sourire qu'elle connaissait si bien emplit Zhu d'une immense tendresse.

Sous le trait incliné de ses sourcils, sa paupière droite s'affaissait un peu plus que la gauche. Ses cheveux, opérant cette transition difficile entre le crâne rasé et une longueur suffisant à les attacher, lui donnaient une allure peu recommandable.

— Je n'ai pas peur de souffrir un peu, affirma-t-il. Dix mille ans de vies antérieures nous ont amenés vers toi, pour qu'on se batte à tes côtés. Fais-moi confiance : je suis assez fort. Nous sommes tous assez forts.

Sa confiance réchauffa le cœur de Zhu, malgré la pointe de douleur future qui l'assaillait. C'était le prix de son désir : elle devait demander à ceux qu'elle aimait de souffrir pour elle, encore et encore, pour obtenir ce qu'elle voulait. Et pourtant, elle savait qu'elle ne s'arrêterait pas. Elle ne pouvait s'arrêter. Si elle cessait un seul instant de chercher à accomplir cette grande destinée…

Zhu se reprit et dit :

— Merci.

Xu Da sourit de nouveau, comme s'il savait exactement ce qui venait de se passer dans son esprit. Peut-être était-ce vrai. Il contourna la table et lui tapa sur l'épaule.

— Allez… Reposons-nous un peu. S'il est toujours aussi beau que dans mes souvenirs… je vais avoir besoin d'une bonne nuit de sommeil pour que ma magnificence lui coupe le souffle, à lui aussi.

— Les voilà qui détalent, commenta Shao en venant se placer à côté d'Ouyang.

Son cheval piétina négligemment les doigts d'un Turban Rouge mort, étendu en travers de la route. L'armée d'Ouyang avait quitté Jining à l'aube ; et la bataille contre les rebelles – à supposer qu'elle mérite cette appellation – avait duré moins de deux heures. Certes, la première fois qu'Ouyang avait vu une dizaine de ses hommes s'effondrer simultanément sous le feu des canons à main, il avait été surpris. Mais puisqu'il avait l'avantage du nombre, et que la plupart de ses hommes étaient des conscrits, quelle importance ? Il lui suffisait d'envoyer d'autres hommes, puis d'autres encore. Au bout du compte, les rebelles ne parvenaient pas à recharger à temps, ou bien ils manquaient de munitions ; et c'était fini.

À l'est, les rebelles fuyaient vers les collines, avec une vitesse et une discipline suggérant que cette retraite était planifiée. Bien entendu. *Un bien beau spectacle, vraiment*, pensa aigrement Ouyang. Les rebelles cherchaient manifestement à détourner son attention de Bianliang, sur laquelle ils ne tarderaient pas à donner l'assaut. Et s'il ne s'était pas prêté, lui aussi, à cette comédie, il lui aurait fallu moins de deux heures pour finir le travail. Mais la représentation n'aurait pas été si convaincante. Il savait que tout cela était nécessaire ; et pourtant, ce petit jeu l'horripilait. Il lui donnait l'air d'un imbécile. Et maintenant, pour couronner le tout, il devait se lancer à la poursuite des rebelles... une perspective qui le séduisait autant que fourrer la main dans une bûche pourrie, avec l'intention avouée d'être piqué par un scorpion.

Plus que quelques jours. Il tenta de ne pas penser à ce qui se passerait ensuite.

— Envoyez les bataillons de cavalerie les attendre de l'autre côté, ordonna-t-il. Nous allons les suivre avec l'infanterie.

Son humeur ne fit qu'empirer lorsqu'ils entrèrent dans la vallée. Celle-ci, une mince bande de terrain plat entre deux immenses falaises, était l'endroit le plus étrange qu'il ait jamais vu. Après le froid glacé de Jining, on aurait cru entrer dans un autre monde. Le sol était chaud au toucher, comme autour d'une source chaude ; mais il n'y avait pas d'eau liquide en vue. Au lieu de cela, ils traversaient un étrange désert, jonché de cailloux et de souches blanchies. Des volutes de vapeur s'élevaient du sol crevassé. Les hommes d'Ouyang ne cessaient de jeter des regards inquiets autour d'eux. L'air chargé d'humidité étouffait le bruit de leur passage ; même le claquement des fouets des sous-commandants, frappant les conscrits, était comme étouffé.

La nuit était plus étrange encore. Le paysage se constellait de centaines de petites lueurs diffuses qui palpitaient, rougeâtres, telles des braises sous l'impulsion poussive d'un soufflet. Les hommes qui partirent les examiner lui rapportèrent qu'elles émanaient de fissures dans la roche tapissant la vallée, comme si l'intérieur de la terre était en feu. Ils dormirent mal, la vallée grinçant et grognant sous leurs tentes.

Au matin, une épaisse couche de brume chaude vint ralentir encore leur progression. La chaleur commençait à devenir insoutenable ; et la seule eau qu'ils trouvèrent était trop infecte pour les soulager. Shao s'approcha d'Ouyang à cheval, l'air de cuire dans son armure comme un homard dans un panier à vapeur.

— Où sont-ils ? Est-ce qu'ils espèrent nous faire mourir d'agacement ?

Depuis une heure, Ouyang avait la sensation que les rebelles les attendaient un peu plus loin, se maintenant juste hors de leur vue. Luttant pour ignorer sa migraine lancinante, il répondit d'un ton abrupt :

— Je suppose qu'ils préparent une embuscade.

— Avec les canons à main, encore ? s'étonna Shao avec dédain. Simplement pour éliminer la première rangée de nos hommes ? Ils feraient mieux de s'appliquer un peu plus, s'ils ne veulent pas que tout soit fini en moins d'une journée.

Ouyang non plus ne voulait pas que l'affrontement se termine si rapidement : c'était trop tôt. Il fronça les sourcils et pressa le pouce entre ses sourcils, ce qui ne soulagea en rien son mal de tête. L'odeur ne l'aidait pas non plus. Ils traversaient une dépression, dont la forme semblait y faire stagner l'air ; elle était emplie d'une puanteur marécageuse, aussi puissante que celle des feuilles de moutarde de l'an passé.

Il y eut un cri d'avertissement. Ouyang plissa les yeux pour scruter le voile de vapeur, s'attendant à découvrir la première ligne des rebelles. Il ne vit d'abord que quelques rochers ; car la petite silhouette en armure simple, portée sur une robe grise de moine, se camouflait à la perfection dans le paysage.

Le moine. Le corps entier d'Ouyang se crispa en le reconnaissant. La pulsation douloureuse de sa migraine s'accéléra. Depuis tout ce temps, il ne s'était jamais douté que le commandant rebelle qu'il affrontait n'était autre que le moine. Le souvenir de la rivière Yao jaillit en lui et déferla en une vague de colère. La dernière fois qu'il avait vu cet homme, ses actes avaient placé Ouyang sur le chemin de sa destinée. Tous les jours, depuis, Ouyang avait ressenti la douleur de ce destin comme une blessure mortelle. Certes, nul ne pouvait échapper à son destin… mais c'était ce moine qui avait tout déclenché.

Il fut presque surpris que sa fureur ne suffise pas à incinérer sur place cette silhouette mince. Se venger du moine ne changerait rien à l'avenir d'Ouyang ; mais au moins l'homme paierait-il pour tout ce que le général avait enduré depuis la rivière Yao. L'idée de faire souffrir ce moine autant qu'il avait lui-même souffert l'emplissait d'un plaisir sourd, comme la brûlure d'un muscle qu'on a trop sollicité. Cela lui offrirait une dernière raison de se réjouir, avant que tout le reste commence.

Il venait d'ouvrir la bouche pour ordonner aux hommes de se remettre en marche, quand le moine lança quelque chose sur la ligne de front d'Ouyang. L'objet heurta le sol avec un bruit mat. Dans l'instant de silence perplexe qui s'ensuivit, Ouyang l'entendit rouler le long de la pente dans leur direction.

Puis le monde explosa.

La déflagration jeta Ouyang à bas de son cheval. Des corps et des rochers enflammés s'écrasèrent autour de lui. Un bourdonnement lui emplissait les oreilles, si fort qu'il voyait sans les entendre les hurlements des hommes. La bouche béante, couverts de cendre et étrangement déformés, ils ressemblaient à des démons titubant dans la fumée. En toussant, Ouyang se traîna en direction de sa première ligne. Celle-ci avait disparu. Il ne trouva qu'une immense fosse enflammée, aussi profonde qu'une pagode de dix étages. Et tout autour, en une étoile noircie et cauchemardesque, se dessinait une dévastation telle qu'Ouyang n'en avait jamais vue de toutes ses années de guerre. Les humains et les animaux avaient été déchiquetés et mêlés les uns aux autres. Le sol était jonché d'os calcinés, de morceaux d'armures, de sabres déformés et de casques ouverts, épanouis comme des fleurs de métal. Il resta figé sur place, une main pressée sur ses côtes et les yeux ruisselants, à regarder les restes disloqués de son armée.

Quelqu'un s'approcha en boitant. C'était Shao. Ouyang eut la pensée peu charitable que Shao aurait survécu même à l'apocalypse, comme un cafard. Il se dit aussi qu'il aurait dû en être reconnaissant.

— Qu'est-ce qui s'est passé, bordel ? s'exclama Shao.

Et pour une fois, Ouyang ne se formalisa pas de son ton, du fait qu'il emploie la langue han'er, ou qu'il lui parle avec la familiarité d'un soldat s'adressant à un autre.

— Ce n'était pas une simple grenade à main. L'air tout entier a pris feu !

— Cela n'a pas d'importance, déclara Ouyang.

Sa voix lui semblait étouffée, comme si elle lui parvenait par la vibration des os de son crâne plutôt que par ses oreilles. La colère qu'il éprouvait envers le moine s'était transformée, acquérant une netteté parfaite ; il s'agissait désormais d'une pulsion meurtrière. Il espéra que le moine sentait le mal qu'il souhaitait lui infliger, même de loin ; et qu'il en serait tourmenté à chaque instant, jusqu'à ce qu'Ouyang vienne l'éliminer.

— Comptez les morts, envoyez les blessés à l'arrière et recommencez à avancer.

Absolument personne ne fut surpris de constater que les rebelles les attendaient, de l'autre côté de la fosse embrasée. Ouyang mena lui-même la charge. Les canons à main crachèrent leur mitraille, abattant la première vague de ses hommes ; mais ils parvinrent ensuite au contact des rebelles. L'apocalypse que leur avait fait subir le moine avait infligé de nombreuses pertes à Ouyang ; mais ce dernier était un général yuan. Il savait qu'une armée décimée ne perdait pas aussitôt ses réflexes de colosse. Ses soldats, alignés par dix avec Ouyang en leur centre, s'élancèrent avec la même assurance que s'ils faisaient encore partie d'un rang de mille hommes. Et puis vint le chaos de la mêlée. Les hommes trébuchaient, abattaient leur sabre en gestes incontrôlés ; les blessés convulsaient en hurlant ; les chevaux se brisaient les jambes dans les ornières. Le sang et les foulards rouges tranchaient sur le paysage monochrome.

Ils se battirent jusqu'à la tombée de la nuit. Le lendemain, lorsqu'ils s'éveillèrent, les rebelles avaient déjà reculé hors de leur vue. Ouyang avança jusqu'à les retrouver, perdant au passage une nouvelle ligne de front ; et il recommença. Jour après jour, il repoussait les rebelles vers la mort qui les attendait, inéluctable : la plaine sur laquelle débouchait le défilé… où la cavalerie d'Ouyang se tiendrait prête à les écraser, dès qu'ils quitteraient l'irrégularité protectrice de la vallée. Ouyang avait beau savoir que cette poursuite n'était pour lui qu'une vaste perte de temps, la détresse grandissante des rebelles lui procurait un plaisir sincère. Leurs souffrances lui ouvraient l'appétit, comme un délicieux amuse-bouche précédant la torture bien plus immense qu'il infligerait à leur chien de commandant.

La pensée de cette vengeance-là – contrairement à l'autre – l'emplissait d'une impatience exquise, dénuée de complications. *Rien ne m'oblige à t'anéantir,* pensa-t-il à l'attention du moine, *mais… je ne vais certainement pas m'en priver.*

— Quelque chose ne va pas, dit Xu Da. Il aurait déjà dû recevoir le message l'appelant à Bianliang. Pourquoi est-ce qu'il ne se retire pas ?

Par réflexe, Zhu regarda la lune décroissante, quoiqu'elle eût l'impression que la date avait été gravée dans ses os endoloris. Ils se trouvaient dans la vallée depuis quatre jours, bien plus longtemps qu'ils n'auraient dû y rester ; et deux jours s'étaient déjà écoulés depuis le moment où l'assaut de Chen était censé commencer. Xu Da et Zhu avaient quitté le camp pour grimper en haut de la crête à droite de la vallée ; si près de la fin du défilé, le relief n'était pas plus haut qu'une petite colline. Devant eux s'étendait la plaine, plongée dans l'obscurité. Sur la droite scintillait une grappe de lumière, comme une nouvelle constellation : les feux des bataillons de cavalerie du général eunuque. Le lendemain, ces bataillons se trouveraient juste devant eux, prêts à les accueillir.

— Ce doit être un coup de Chen Youliang, reprit Xu Da.

Quoiqu'il ne se soit écoulé que quelques jours, son visage s'était émacié face à leurs pertes de plus en plus conséquentes.

— Tu ne crois pas qu'il voulait notre mort depuis le début ?

Malgré sa conviction initiale, Zhu avait commencé à se poser la même question. Elle se sentait presque malade d'épuisement.

— Même s'il voulait se débarrasser de moi, il y avait tant de manières de le faire sans perdre aussi mes hommes... (Elle soupira.) Aussi étrange que ça puisse paraître, je crois en son inventivité dans le domaine de l'assassinat.

Derrière eux, ils entendirent quelqu'un grimper sur les rochers. Yuchun, presque invisible dans son armure sombre, apparut au sommet et se laissa tomber à côté d'eux.

— Alors, c'est comme ça que ça se termine, déclara-t-il.

Il avait sans doute fait de son mieux pour paraître désinvolte ; mais Zhu, au contraire, eut l'impression d'entendre la voix d'un petit être terrifié qui ne lui ressemblait pas.

Pendant quelques instants, aucun d'entre eux ne parla. Zhu plongea en elle-même pour toucher l'étrange résonance qui l'unissait à l'eunuque. Elle se revit, à douze ans, l'observer depuis le toit du Pavillon du Dharma. Elle se rappela ce sentiment mystérieux, sa nature qui s'assemblait à une substance qui lui ressemblait. Et à présent, à cause de ce lien, la présence de l'eunuque semblait devoir accompagner chaque étape critique qui la rapprochait de son destin. Il avait détruit le monastère, l'envoyant rejoindre les Turbans Rouges. Il lui avait offert sa première victoire. Et maintenant...

Dans son esprit, elle vit son beau visage, qu'elle n'avait jamais contemplé que de loin. Et brusquement, elle sut ce qu'elle devait faire afin de continuer à s'approcher de sa destinée.

— Ce n'est pas la fin, dit-elle. Pas encore. Il nous reste une dernière chose à faire.

Xu Da et Yuchun tournèrent brusquement la tête vers elle, chacun d'une direction opposée. Xu Da s'exclama :

— *Non.*

— Je ne crois pas qu'il ait reçu le message. C'est pour cela qu'il ne s'est pas retiré ; il ne sait même pas que Bianliang a besoin de son aide.

— Même si c'était le cas ! Même s'il te croyait...

— Il risquerait de me tuer, oui, acheva Zhu.

Mais si elle s'arrêtait de croire en son destin, que lui resterait-il ?

Le visage empreint de détresse, Xu Da dit :

— Pas toi. C'est plutôt moi qui devrais le faire.

— Qui devrait faire quoi ? s'énerva Yuchun, criant presque.

Zhu lui sourit.

— Défier le général eunuque en duel. Il a l'air du genre traditionnel ; il respectera les termes de l'affrontement. Cela me donnera au moins l'occasion de lui parler face à face. Je lui dirai ce qui se passe à Bianliang. Alors, il aura le loisir de me croire ou non.

Après un long silence, Yuchun affirma :

— C'est moi qui devrais le faire. Si c'est un duel, alors je suis le meilleur homme dont tu disposes. Cet eunuque manie le sabre mieux qu'aucun de vous deux, et moi aussi. Tu le sais !

Sa loyauté réchauffa le cœur de Zhu. *« Fais-nous confiance, nous sommes assez forts. »* Avec douceur, elle dit :

— Je sais. Chang-dix-mille-hommes.

C'était le surnom dont Yuchun avait hérité récemment, lorsque les hommes s'étaient aperçus qu'il était aussi fort que dix mille hommes… ou presque. Elle tapota son épaule.

— Si le but était de gagner, c'est à toi que je demanderais de le faire, en effet. (Elle s'adressa aussi à Xu Da.) Mais l'important n'est pas le duel. C'est de le convaincre. Donc, il faut que ce soit moi.

Un gémissement blessé s'échappa de la bouche de Xu Da. Zhu tendit la main et l'attrapa par la nuque, cette zone vulnérable au-dessus du col de son armure, et le secoua doucement. Cela suscita en elle un sentiment possessif et protecteur, comme si elle était un léopard tenant son petit dans la gueule. Elle ignorait si Zhu Chongba aurait pu ressentir la même chose à l'égard de Xu Da.

— Grand frère. Je compte sur toi pour diriger notre fuite, dès l'instant où ses hommes amorceront la retraite.

Xu Da laissa sa tête s'affaisser contre la main de Zhu.

— Et s'ils ne le font pas ?

Il était inutile d'alimenter leur peur et leurs doutes en imaginant des choses qui n'allaient pas se produire. Qui ne *pouvaient pas* se produire, en raison de la force de sa foi et de son désir. Zhu préféra se redresser, aussi droite que possible, et passer les bras autour de leurs épaules. Ensemble, ils regardèrent la lune se coucher sur les lueurs innombrables du camp des Yuan.

Les armées s'amassèrent à l'aube sur la plaine. Le Ciel les observait depuis sa pâleur hivernale, qui semblait aussi fragile que le givre. Zhu balaya du regard sa petite troupe de Turbans Rouges face à l'étendue énorme de l'armée du général eunuque. En tête de cette dernière s'alignait la rangée, étrange et inquiétante, des spectres. Zhu avait si bien réprimé sa peur et son incertitude qu'ils n'étaient plus qu'un frémissement à peine perceptible, sous la surface immobile d'un grand lac. Elle inspira profondément et plongea en elle-même, touchant l'endroit – au creux de son ventre – où s'ancrait le destin ; et elle le laissa la tirer en avant.

L'autre chevaucha vers elle, sous sa propre bannière. Zhu sentit l'univers frissonner autour d'eux lorsqu'ils pénétrèrent l'espace vide entre les deux armées. Ils étaient deux êtres de la même substance, leurs qi résonnant harmonieusement comme des cordes jumelles ; ils étaient liés, par leurs actions et leurs réactions, si bien qu'ils ne cessaient de se pousser et de se tirer l'un l'autre sur le chemin de leurs vies, et vers leurs destinées individuelles. Elle savait que, quoi qu'il doive se passer, ce ne serait pas lui qui agirait sur elle, mais chacun d'eux qui agirait sur l'autre.

Arrivés à mi-chemin, ils mirent pied à terre et s'approchèrent l'un de l'autre, tenant de la main gauche leurs sabres dans leurs fourreaux. Zhu fut frappée, une fois de plus, par la beauté cristalline du général eunuque. *Chair de glace et os de jade*, pensa Zhu : il incarnait la beauté féminine sous sa forme la plus pure et la plus exquise. Et cependant, on n'aurait pu le confondre avec une femme. Là où les lignes auraient dû être douces et souples, il n'était que dureté : dans le trait droit de sa mâchoire, l'inclinaison arrogante de son menton. Sa démarche et sa posture étaient celles de quelqu'un qui sait, avec un orgueil teinté d'amertume, qu'il n'est pas seulement séparé des autres, mais au-dessus d'eux.

La clarté froide du matin privait le paysage de toutes ses couleurs. Leurs souffles formaient des panaches de fumée.

— Ainsi, nous nous rencontrons enfin, dit-il.

Sa voix rauque lui fut aussitôt familière. Elle avait été gravée dans l'esprit de Zhu par le feu et la violence. *La dernière fois que je l'ai entendu parler, il a détruit tout ce que j'avais.*

— J'avoue que votre défi m'a surpris, en bien. Après toute cette poursuite, ces embuscades, j'ai cru que vous aviez décidé de faire durer le plaisir. Y a-t-il une raison particulière pour que vous souhaitiez faire de votre mort un spectacle ?

Zhu répondit calmement :

— Je serais un piètre commandant si, en récompense de la loyauté dont mes hommes ont fait preuve ces derniers jours, je refusais de faire ce qui est en mon pouvoir pour changer l'issue de cette situation.

— Êtes-vous si sûr de pouvoir la changer ? À mon sens, elle est inévitable.

— Peut-être. Mais êtes-vous sûr que c'est celle que vous attendez ? répliqua-t-elle. Peut-être, pour y voir plus clair, avez-vous besoin de plus d'informations.

Au fond d'elle-même, sous son attitude sereine, elle sentit son incertitude atteindre discrètement son paroxysme.

— Par exemple, peut-être aimeriez-vous savoir que tout ceci n'est qu'une diversion. Pensiez-vous vraiment que les Turbans Rouges étaient si peu nombreux ? Nos troupes ont grandi, plus que vous ne l'imaginez. En ce moment même, le gros de notre armée lance un assaut sur Bianliang. Je ne crois pas me tromper en affirmant que la perte de Bianliang représenterait un revers désastreux pour le Grand Yuan.

Elle scruta son visage avec une ferveur presque amoureuse ; mais il ne laissait rien transparaître.

— Intéressant. Mais un homme peut affirmer n'importe quoi, lorsqu'il s'agit de sauver sa peau. D'ailleurs, si ce que vous dites est vrai, n'êtes-vous pas en train de trahir votre propre camp dans l'espoir que je me retire pour porter secours à Bianliang ? Donc, vous êtes soit un menteur, soit un lâche. (Il haussa les sourcils.) Je me demande quel est le plus probable des deux.

— Que vous me croyiez ou non, pouvez-vous vous permettre de ne pas réagir ? Les messages se perdent, parfois. Si Bianliang vous a appelé à l'aide, et qu'elle tombe parce que vous n'avez pas répondu… à qui attribuera-t-on cette défaite, selon vous ?

Cette fois, une ombre passa bel et bien sur son visage. Il répondit, sardonique :

— Il serait injuste d'accuser le destinataire d'un message qui n'est pas arrivé.

Zhu l'entendit ajouter, implicitement : *Mais ils le feront tout de même.* Le frémissement au fond d'elle s'apaisa, soulagé : son plan fonctionnait.

— Mais maintenant, vous le savez. La question est donc… qu'allez-vous faire de cette information, général Ouyang ?

C'était la première fois qu'elle prononçait son nom. À ce mot, elle ressentit la traction déconcertante du destin plus intensément qu'auparavant ; comme s'il était une pierre de magnétite, et elle une aiguille. Un goût âcre lui piqua la langue, lui rappelant l'atmosphère précédant un orage.

— Allez-vous refuser d'y aller, et devoir ensuite expliquer pourquoi vous n'avez pas cherché à éviter que le plus grand symbole de la puissance nanren tombe aux mains des rebelles ? Je ne peux qu'imaginer quelle a été la colère de vos maîtres à votre égard, après la rivière Yao. Que vous feront-ils, lorsque vous aurez perdu Bianliang ?

Tandis qu'il réfléchissait à sa question, une blancheur dense se déversa de son armée, aussi douce qu'une brume cascadant d'une montagne. Elle envahit le sol et les encercla. Avant ce moment, ses fantômes n'avaient pas accordé à Zhu plus d'intérêt que ne le faisaient leurs semblables. Mais à présent, leurs yeux vides et noirs l'observaient par-dessus l'épaule du général ; et elle sentit les poils de sa nuque se dresser, car d'autres regards invisibles la touchaient par-derrière. Leur murmure l'emplit d'une terreur hébétée. Loin au-dessus d'elle, les bannières claquèrent.

Finalement, le général eunuque répondit :

— Mon retour au foyer n'a pas été plaisant, c'est certain. Il semble que vous soyez bien informé de la situation. Mais peut-être est-ce à moi de vous prodiguer quelques informations supplémentaires. Afin que l'issue vous apparaisse un peu plus clairement.

Les Mongols étant des archers, ils ne portaient pas de gants. La main fermée qu'il tendit entre eux était nue. Comme tout le reste de sa personne, ses mains exprimaient la tension de son être qui était à la fois les deux, et ni l'un ni l'autre. Leurs os étaient fins, comme ceux d'une femme ; mais leurs mille petites balafres étaient celles d'un guerrier. Il ouvrit lentement le poing. Zhu ne comprit pas aussitôt ce qu'elle avait sous les yeux. Puis, scrutant ce papier plié tracé d'un petit caractère mongol, elle ressentit une intense secousse intérieure. Toutes ses émotions réprimées semblaient s'être soulevées d'un coup, se révoltant contre la barrière de sa volonté. Elle fournit un effort intense pour en garder le contrôle, à tel point qu'elle faillit haleter.

« Bianliang ».

Elle avait tout misé sur l'espoir qu'il se retirerait ; mais à présent, tout lui semblait plus clair, comme il l'avait promis. Cet espoir avait toujours été vain.

D'instinct, elle refoula de toutes ses forces cette masse croissante d'incrédulité, d'horreur et d'effroi. Elle la repoussa au fond d'elle-même, jusqu'à ne plus laisser voir à l'eunuque qu'une immobilité glaciale, identique à la sienne. Elle s'était trompée ; mais cela ne signifiait pas qu'elle avait échoué. Pas encore. *Et je n'échouerai pas.* Il y avait toujours une autre solution.

Il la dévisagea avec une joie vindicative, comme s'il sentait combien elle devait lutter pour se maîtriser.

— Je vous remercie de votre sollicitude ; mais je sais que Bianliang est attaquée, reprit-il. Ce message de son gouverneur est arrivé hier. Et il me supplie bel et bien de lui porter secours.

Il savait, et il a choisi de ne pas y aller. Elle n'avait même pas envisagé cette possibilité.

— Mais si vous étiez parti dès que vous l'avez reçu, vous auriez pu y arriver à temps…

— Oh, taisez-vous, rétorqua-t-il. Nous savons tous les deux que votre plan reposait, justement, sur le fait que je n'arrive pas à temps pour empêcher la chute de Bianliang. Ce qui montre que vous n'avez pas la moindre idée de mes capacités. Faites-moi confiance : si j'avais voulu gagner Bianliang avant qu'elle succombe, je l'aurais pu.

Puis, en réponse à l'émotion qui avait dû se peindre sur son visage sans qu'elle parvienne à l'en empêcher, il ajouta :

— Pourquoi ne l'ai-je pas fait ? Mais, vénérable moine… comment aurais-je pu renoncer à l'opportunité de régler nos comptes ?

Zhu repensa, effarée, aux dix mille hommes noyés. Quoiqu'elle ait deviné qu'il souhaiterait se venger, elle n'avait pas su estimer la profondeur de sa haine. Cette vérité vibra le long du lien qui les unissait. Il souffrait, et c'était cette souffrance qui l'animait ; c'était le motif du moindre de ses actes, et sa raison d'être. *Cette souffrance le hante.* Comme saisie de froid, elle dit :

— Vous êtes allé jusqu'à laisser prendre Bianliang… rien que pour vous venger de moi ?

— Ne surestimez pas votre importance, répliqua-t-il d'un ton amer. Bianliang devait tomber. Mais ayant l'opportunité d'en finir avec vous, c'est avec plaisir que je m'en suis saisi.

Ses yeux, noirs et droits comme des traits de pinceau, dardèrent sur elle un regard qui était une promesse de mort.

— Vous avez provoqué ma défaite à la rivière Yao, et vous avez mis en branle quelque chose que je vais être forcé d'achever. Au mépris de mes propres désirs, vous avez pris la liberté de me pousser sur le chemin de mon destin. (Son visage délicat flamboyait de haine et de rancœur.) Permettez-moi donc de vous rendre la politesse, et de vous faire rencontrer le vôtre.

Il dégaina son sabre. Celui-ci chanta en quittant son fourreau, et la lumière glacée caressa sa lame rectiligne.

Quelque part dans les profondeurs refoulées de ses émotions, Zhu sentit un éclair de panique. Mais si tout ceci ne ressemblait pas au chemin de la victoire et de sa destinée… ce devait pourtant l'être. Elle se redressa bien droite et le laissa l'observer, sans se dérober, sans s'incliner.

— Que croyez-vous connaître de mon destin ? lança-t-elle.

Elle s'adressait au Ciel autant qu'au général : elle propulsait sa foi, maintenue de toute la force de sa volonté, vers ce firmament lointain et glacé comme le jade.

— Laissez-moi vous dire mon nom : Zhu Chongba.

— Devrais-je le connaître ? répondit-il froidement.

— Vous le connaîtrez un jour, dit-elle avant de tirer son sabre de son fourreau.

À cet instant, avant même que l'un d'eux esquisse un mouvement, Zhu eut l'impression inexplicable que leur chair et leur sang étaient devenus immatériels. Comme si ce moment, intense et étincelant, n'était constitué que de pur désir.

Puis Ouyang frappa.

Zhu se jeta sur le côté avec un hoquet de surprise. Il était plus rapide qu'elle ne l'avait imaginé ; plus qu'elle ne l'aurait cru possible. Elle sentit la stupeur attaquer cette partie d'elle qui s'accrochait – désespérée, épuisée – à l'identité de Zhu Chongba. Cette identité avait déjà glissé ; et elle la sentait lui échapper, lentement ; mais elle ne pouvait rien faire d'autre que tenir bon. *Je dois continuer à y croire…*

Se tournant pour éviter un coup de sabre, elle l'entendit fendre l'air à l'endroit qu'elle venait de quitter, dans un gémissement. Zhu s'accroupit, brandissant son fourreau dans sa main gauche pour ne pas perdre l'équilibre ; puis elle s'élança pour frapper à son tour. Il dévia aisément son coup, puis arrêta le suivant et tint bon. Leurs lames croisées glissèrent l'une contre l'autre, sous la pression qu'ils exerçaient tous les deux ; leur vibration plaintive lui fit grincer des dents. Son poignet la brûlait. Elle observa le magnifique visage de porcelaine d'Ouyang, et le vit retrousser les lèvres. Elle luttait pour survivre ; mais lui… il jouait. Aussi terrifiante que soit cette idée, elle recélait aussi une lueur d'espoir. *Il aurait pu me tuer depuis longtemps, mais il ne l'a pas fait. Cela me laisse peut-être une chance…*

Mais malgré ses efforts, elle ne parvint pas à imaginer en quoi pourrait consister cette chance. S'il avait été aussi vaniteux et fragile que Guo le Petit, elle aurait pu le troubler par des paroles blessantes. Mais comment blesser quelqu'un qui n'était fait que de souffrance ? Elle mobilisa toutes ses forces pour le repousser en arrière, pantelante.

— Vous êtes un Nanren, non ? lança-t-elle, luttant contre son désarroi croissant. Comment pouvez-vous vous battre pour les Hu, sachant que tout ce que vous faites contre votre peuple fait pleurer vos ancêtres dans les Sources Jaunes ? Peut-être que, si vous avez laissé

Bianliang tomber, c'est parce qu'au fond de vous, vous savez que la cause des Nanren est légitime…

Elle s'interrompit lorsqu'il bondit vers elle et l'assaillit d'une série de petites frappes rapides. Elle para les coups, entendant tour à tour la note claire de l'acier contre l'acier et le bruit mat de sa lame heurtant le fourreau de Zhu. Ils volèrent au-dessus du sol ; Zhu se tournait et sautait en arrière, le cœur plus frénétique encore que ses pieds. Elle para haut, puis bas, et haut de nouveau ; mais avant qu'elle ait pu se remettre de son dernier coup, il se servit de son fourreau pour lui assener une frappe cruelle en travers des côtes. Enfin, il la poussa violemment d'un coup d'épaule. Tournant sans le vouloir sur elle-même, Zhu s'écrasa au sol de tout son long ; elle roula sur le côté pour éviter le sabre qui s'enfonçait déjà dans la terre. Elle n'eut que le temps de se relever avant qu'il charge de nouveau.

Cette fois, elle eut plus de mal à parer. Tout finirait bien, parce que l'inverse était impossible ; mais ses poumons étaient en feu, et elle trébuchait au lieu de voleter habilement sur ses pieds. Il lui sembla que son cœur était sur le point d'exploser. Un trait de feu naquit le long de son bras gauche ; ils se séparèrent un bref instant, puis s'élancèrent de nouveau l'un sur l'autre. Les coups du général étaient vifs et puissants ; elle entendait un râle rauque s'échapper de sa propre gorge à mesure qu'elle parait, esquivait, parait encore…

Puis elle se tourna du mauvais côté, et un choc sourd lui coupa brusquement le souffle.

Pourquoi est-ce qu'il ne bouge plus ? pensa-t-elle. Au début, elle ne sentit rien. Ses mains, tout à coup, étaient vides. Elle dévisagea l'eunuque, distinguant les petits points ambrés qui rendaient ses yeux plus bruns que noirs, et tâtonna aveuglément devant elle. Elle referma les mains sur le sabre enfoncé dans son ventre, et sentit la lame lui mordre les doigts et la paume ; et bizarrement, elle perçut cette douleur-là. Elle aurait hoqueté, si elle avait eu assez de souffle pour le faire.

Alors que s'élevait entre eux l'odeur du sang, il se pencha vers elle. Ses lèvres frôlèrent presque sa joue lorsqu'il dit :

— Je suis nanren, c'est vrai. Et je me bats dans le camp mongol. Mais je vais te dire la vérité, petit moine… Peu m'importe que la victoire revienne à l'un ou l'autre camp. *Ce que je veux n'a rien à voir avec cela.*

Il arracha son sabre au corps de Zhu, et le monde se transforma en un hurlement de douleur blanche. Zhu sentit toute sa force la quitter, comme l'eau coulant d'un seau de cuir percé. Elle tituba. Il l'observa, le visage dénué d'expression, le sabre baissé. Celui-ci était laqué de sang. Elle regarda son ventre, avec un étrange sentiment de distance. *C'est un tout petit trou*, pensa-t-elle alors que la tache sombre s'élargissait sous sa cuirasse. Brusquement, elle eut très froid. La souffrance irradiant de ce point terrible, ce nouveau centre d'elle-même, ressemblait à la traction du destin… multipliée par cent, par mille. Horrifiée, elle comprit alors quelle destinée elle ressentait. Pas celle après laquelle elle avait tant couru, celle qu'elle avait cru atteindre un jour. *Le néant.* Sa douleur physique se doubla d'une souffrance plus profonde encore, une peine plus intense que tout ce qu'elle avait connu jusque-là. Avait-elle jamais eu la moindre chance de connaître la grandeur ? Ou se berçait-elle d'illusions depuis le début, croyant qu'elle pouvait être Zhu Chongba, et posséder ce qui ne lui avait pas été donné ?

Elle n'avait jamais eu si froid de toute sa vie ; ses dents s'entrechoquaient, ses jambes se dérobaient sous elle. Le monde se mit à tourner. Derrière la tête d'Ouyang, elle vit les drapeaux qui ressemblaient à des flammes rouges et bleues, ainsi que le visage vierge du Ciel. Elle scruta l'abîme, et vit s'y refléter le néant de son être.

Le sabre du général fit un éclair.

Elle vacilla sous l'impact. Le froid l'avait prise à la gorge. Elle n'avait jamais imaginé que le froid puisse être si douloureux. Avec un intérêt confus, abstrait, elle baissa les yeux sur l'endroit du choc et vit le sang jaillir de l'emplacement où elle n'avait plus de main droite. La coupe avait été franche, juste au-dessus de son brassard. Le sang coulait, coulait, aussi rouge que le Mandat du Ciel, et s'accumulait en flaque sur la poussière au lieu d'y pénétrer. Les battements de son cœur résonnaient dans son crâne. Elle tenta de rassembler ces battements, pour les compter ; mais plus elle s'y évertuait, plus ils se dispersaient. Enfin, une lassitude tranquille se faufila en elle, apaisante, chassant doucement le froid qui l'assaillait. Le néant était en train de s'emparer d'elle, et elle se sentait immensément soulagée.

Elle leva les yeux vers Ouyang. Elle vit sa silhouette se découper – cheveux noirs et armure noire – sur un ciel ténébreux. Derrière lui, elle distinguait les formes sombres de ses fantômes ; et plus loin, les étoiles.

— Zhu Chongba, l'entendit-elle dire de sa voix lointaine. Tes hommes te vouaient une grande loyauté, auparavant. Voyons s'ils te restent fidèles, à présent que tu ne suscites en eux que le dégoût et le mépris. Que tu n'es plus qu'une chose grotesque, qu'on évite et qu'on craint. Tu vas regretter que je ne t'aie pas offert une mort honorable.

L'ombre l'avait engloutie, et elle tombait. Il lui semblait qu'un chœur de voix inhumaines s'était mis à parler ; mais elle savait aussi que ce n'était que lui. Celui qui lui avait fait rencontrer son destin. Il dit :

— Chaque fois que le monde détournera son regard de toi, tu sauras que c'est à cause de moi.

Troisième partie

1355-1356

18

Anyang, onzième mois

C'est par une soirée grise et froide qu'Ouyang revint de Bianliang, qu'il avait commodément atteinte un ou deux jours trop tard pour l'empêcher de tomber aux mains des rebelles. Il n'avait prévenu personne de son arrivée imminente à Anyang, aussi entra-t-il seul dans la cour de sa résidence. Une neige tombait en flocons légers, fondant aussitôt sur les dalles mouillées. Ouyang resta un moment immobile, observant la grappe de bâtiments qu'il connaissait si bien. Il lui semblait qu'il s'agissait encore de la demeure d'Esen, et non de la sienne ; et la voir ainsi, anormalement vide, le transperça d'une douleur aiguë. Comme si Esen ne s'était pas contenté de déménager de l'autre côté du palais, mais qu'il était parti pour toujours.

Une servante passant sous les avant-toits remarqua Ouyang, et émit un hoquet assez sonore pour qu'il l'entende depuis le milieu de la cour. Un instant plus tard, il était encerclé de serviteurs qui se bousculaient pour le saluer. Comme si sa disgrâce serait en quelque sorte allégée, s'ils parvenaient à s'abaisser encore plus que lui. Ce n'était pas tout à fait un acte de bienveillance. Il avait perdu Bianliang ; et s'ils avaient pitié de lui, en raison des châtiments qui l'attendaient, ils craignaient sans doute plus encore pour eux-mêmes.

L'un d'eux dit :

— Général, voulez-vous qu'un message soit envoyé au prince pour l'aviser de votre retour ? Il a demandé à en être prévenu immédiatement.

Bien sûr, Esen avait deviné qu'Ouyang ne se ferait pas annoncer à l'avance.

— C'est inutile, déclara-t-il sèchement. Je vais lui présenter mes respects en personne. Où est-il ?

— Général, il est auprès de dame Borte. Si vous voulez bien nous laisser lui transmettre un message…

La pensée d'Esen dans les appartements de son épouse emplit Ouyang d'une révulsion familière.

— Non, je vais y aller moi-même.

Ses domestiques n'auraient pas été aussi choqués s'il leur avait donné des gifles. *C'est plutôt moi qui me suis giflé devant eux*, pensa-t-il rageusement. Ils connaissaient tous la règle : aucun homme, à l'exception du prince du Henan lui-même, n'était autorisé à pénétrer dans l'aile réservée à ses épouses. Leur réaction était presque flatteuse : il leur avait fallu un instant pour se souvenir qu'Ouyang, n'étant pas un homme, était libre d'aller où bon lui semblait. *Un privilège dont je n'ai jamais voulu.* Il n'en avait jamais fait usage jusqu'à présent ; il n'avait absolument aucune envie de voir Esen tel un étalon au milieu de ses juments. Ce jour-là, cependant, Ouyang se saisit de son dégoût et le tordit jusqu'à se faire mal. Il ne pouvait éviter cet entretien. Plus il serait furieux, plus il lui serait facile de passer à l'étape suivante. Tout au fond de lui, il savait que, si la tâche lui semblait si ardue, c'était parce qu'il s'agissait du point de non-retour. Et l'idée même qu'il y *ait* un point de non-retour – que, s'il avait été n'importe qui d'autre que lui-même, il aurait pu choisir de ne pas continuer – était la plus insupportable de toutes.

Les appartements des femmes lui firent l'effet d'un pays étranger. Les couleurs, les odeurs et même la texture de l'air lui donnaient la chair de poule. Tandis qu'il arpentait le couloir, les servantes sursautaient en découvrant son armure, puis se détendaient en voyant son visage. Chaque fois que la scène se répétait, sa rage augmentait. Les femmes : ces choses inutiles, parfumées, babillardes. Il aurait aimé que son armure, avec toutes ses arêtes tranchantes et l'odeur de sang et de métal qui l'imprégnait, puisse les blesser littéralement. Mais non : c'étaient elles qui lui faisaient du mal, de leurs regards compréhensifs qui voulaient dire qu'il était à sa place, ici, dans cet espace éminemment féminin. Il brûlait d'humiliation, de colère et de honte.

Il fut mené jusqu'à une antichambre, dont les parchemins suspendus – où l'on pouvait lire des pensées bouddhistes – juraient avec son assortiment oppressant de chaises, de petites tables et de vases bleu et blanc de style moderne. Deux servantes ouvrirent les portes laquées de noir de la chambre à coucher de dame Borte ; et Esen en sortit.

Il était entièrement habillé, mais il se mouvait avec indolence, et ses nattes avaient été défaites. L'armure d'Ouyang ne fit rien pour le protéger de ce spectacle. Savoir qu'Esen avait des épouses était déjà douloureux ; se trouver face à la preuve manifeste de cette vie-là l'était bien davantage. Constater qu'il venait tout juste de toucher quelqu'un d'autre, et d'être touché par elle. Dans ce domaine des femmes et des enfants, qui resterait à jamais étranger à Ouyang, Esen connaissait une vie entière de plaisirs, d'intimité et de petits chagrins. Les émotions d'Ouyang menacèrent de l'étouffer : le rejet se mêlait au mépris et à la jalousie, si inextricablement qu'il ignorait où finissait l'un et où commençaient les autres. Et sous ce chaos-là, il y avait un désir lancinant. Il n'aurait su dire s'il désirait *quelque chose* ou *être quelque chose* ; mais dans les deux cas, c'était impossible, ce qui lui procurait une souffrance inconcevable.

Très bien, pensa-t-il avec hargne. *Que je souffre donc.*

Il s'agenouilla.

— Vénérable Prince, Bianliang est perdue. Cet indigne serviteur a échoué à vous servir comme il l'aurait dû. De grâce, prononcez votre châtiment !

Esen baissa les yeux sur lui. Sur son visage se peignait la déception, ainsi qu'une foule d'autres émotions qu'Ouyang ne put identifier. Si Ouyang abritait en lui un grand chaos, c'était aussi le cas d'Esen. C'était nouveau, chez lui ; et Ouyang détestait savoir que c'était lui qui l'avait provoqué.

— Inutile de te mettre à genoux, dit enfin Esen. Je ne suis pas mon père. Je n'attends pas de toi que tu t'avilisses devant moi, à la suite d'une défaite que je n'aurais moi-même pas su éviter. N'as-tu pas au moins vaincu leur troupe de diversion ? Tu as fait de ton mieux.

Mais Ouyang n'avait pas fait de son mieux. Il n'avait même pas essayé. Il lui aurait été si facile de contenter Esen ; mais il avait choisi de n'en rien faire. Pour se protéger du remords, il plongea en lui pour en ressortir sa colère. *« Tu as fait de ton mieux. »* La compassion d'Esen blessait cruellement son orgueil. Esen le connaissait mieux que quiconque. Comment pouvait-il croire qu'il ait fourni le moindre effort, au vu d'un tel résultat ? Cela montrait simplement qu'Esen avait oublié la part la plus fondamentale de son identité : qu'il était un Nanren.

Ouyang reprit :

— Khanbalyk ne tolérera pas que Bianliang demeure aux mains des Turbans Rouges. Nous n'avons d'autre choix que de la reconquérir. Vénérable Prince, j'aimerais votre permission de rendre visite à la famille Zhang de Yangzhou, pour leur demander leur aide.

— Nous devons reprendre Bianliang, c'est vrai. Mais peut-être ma foi en tes compétences est-elle plus grande que la tienne. Il n'est pas nécessaire d'aller implorer ces misérables marchands, assura Esen.

Baissant le ton, il ajouta :

— Je sais ce que tu fais ; tu essaies de me fuir, parce que tu as honte. C'est inutile. Je n'ai aucun reproche à te faire.

Mais vous devriez pourtant m'en faire. En dépit des efforts d'Ouyang pour entretenir sa colère, la douleur et la culpabilité menaçaient de le submerger. Il dut se forcer à reprendre la parole.

— J'ai eu l'opportunité de faire la connaissance de leur général Zhang à Hichetu, au printemps. Quelle que puisse être la réputation de son frère, le général Zhang lui-même est plus que compétent. Avec son aide, notre victoire sera assurée.

— Par pitié, lève-toi donc ! Nous ne devrions pas discuter dans ces conditions, protesta Esen d'un air malheureux.

Le cœur d'Ouyang se serra. *Pourquoi refusez-vous de m'aider à vous haïr ?*

— Mon prince, vous devez me traiter comme je le mérite.

— Et ce serait le cas, si tu m'avais effectivement donné des raisons d'avoir honte de toi, répliqua Esen. Pendant des années, les gens m'ont dit que le simple fait de t'avoir pour général devrait me faire honte. Je n'étais pas d'accord ; et je ne le suis toujours pas. Je refuse de me priver de mon général, mon meilleur ami, suite à une défaite à laquelle nous pouvons remédier. Alors, lève-toi !

Puisque Ouyang ne bougeait pas, il reprit, plus bas :

— Vas-tu m'obliger à te l'ordonner ?

La pièce était trop chargée de parfum. Ouyang avait la tête qui tournait. Il était piégé dans cet abominable lieu de féminité, où Esen était seigneur et roi. Et, comme toutes les habitantes de ce domaine, Ouyang appartenait à Esen, lui aussi ; il était apprivoisé.

Ouyang ne bougeant toujours pas, Esen dit, dans un murmure :

— Général Ouyang, lève-toi. Je te l'ordonne.

Ses paroles ne revenaient pas à tirer sur sa laisse, mais plutôt à lui flatter la nuque : il avait parlé comme quelqu'un pour qui le refus était inenvisageable. Et Ouyang obéit. Il se leva, et sentit un profond frisson de plaisir sous sa colère. C'était le plaisir d'un esclave qui voulait plaire à son maître ; le réconfort d'un monde chaotique dont l'ordre est restauré. Et à l'instant même où Ouyang s'aperçut qu'il ressentait ce plaisir, celui-ci noircit tel le cœur coupé d'un fruit ; il se transforma en dégoût. Il ne supportait pas de découvrir qu'il était bien ce chien servile auquel il avait toujours été comparé. Cependant, même englué dans sa haine de soi, il savait que, s'il avait eu la possibilité de demeurer ainsi auprès d'Esen… il l'aurait fait.

Esen dit :

— Viens ici.

Ouyang s'exécuta. Il sentait les regards des domestiques posés sur eux, et avait également remarqué l'entrebâillement éloquent des portes de la chambre. La pensée de ce qu'ils voyaient, tous, rendait son humiliation plus prégnante. Il s'arrêta face à Esen. Assez près pour le toucher. Le souvenir de ses doigts sur son visage le torturait. Une partie de lui brûlait de sentir de nouveau cette caresse avilissante. L'autre partie, tout aussi véhémente, détestait Esen d'avoir fait naître en lui ce plaisir, et ce désir de soumission, sans même s'en apercevoir. Les deux parties lui faisaient mal, et cette douleur combinée le détruisait.

Esen l'observa avec une intensité étrange.

— Va à Yangzhou, si tu penses devoir le faire. Mais cesse de te faire du souci pour Bianliang. Tu la récupéreras. Et lorsque ce sera fait, lorsque tu auras gagné pour moi cette guerre contre les rebelles, le grand khan nous récompensera. Je lui demanderai de t'offrir des terres, et un fils que tu adopteras pour lui transmettre ton nom de famille. C'est là notre avenir, tu comprends ? Nos fils, commandant ensemble les armées du Grand Yuan. Ils prendront le Japon, le Champa et Java pour la gloire de l'empire, et les hommes se souviendront de leurs noms comme ils se souviennent des grands khans. (Sa voix se fit plus forte.) N'est-ce pas ce que tu veux ? Alors, cesse de laisser le remords te torturer, et permets-toi ce désir. *Je t'offrirai tout cela.*

Regardant Esen avec stupeur, Ouyang s'aperçut que ce dernier croyait dur comme fer à cette vision de l'avenir. Après un long moment, il lâcha d'une voix rauque :

— Dans ce cas, venez avec moi à Bianliang, Esen. Chevauchez à mon côté, comme avant. Reprenons-la ensemble et mettons un terme à tout cela, afin de nous mettre en route vers l'avenir.

Il entendit le murmure scandalisé des serviteurs. Qu'il ose s'adresser ainsi au prince du Henan ! Qu'il ose réclamer des choses auxquelles il n'avait pas le droit d'aspirer ! Comme si le prince du Henan pouvait abandonner ses responsabilités envers son domaine, envers ses épouses qui s'efforçaient toujours de mettre au monde ce fameux fils… Ouyang sentait irradier la rancœur de dame Borte à travers les portes de la chambre. *Choisissez-moi*, pensa-t-il, les yeux rivés sur le visage d'Esen. Une nausée l'envahit.

Esen ne répondit pas aussitôt. Un tressautement agita sa main, et le souffle d'Ouyang se bloqua dans sa gorge ; mais alors, Esen se reprit et joignit les mains derrière le dos.

— Il neige ? demanda-t-il abruptement.

Le changement de sujet était si brutal qu'Ouyang mit un moment à le comprendre : il devait encore avoir quelques flocons de neige dans les cheveux. Esen l'observait d'un air pensif et torturé, comme aux prises avec une douleur qu'il n'avait pas anticipée.

— Tu ne dois pas le savoir, puisque tu étais en voyage : c'est la première neige. Elle arrive plus tard que d'habitude, cette année.

La première chute de neige, que les amants aimaient à admirer ensemble. Toutes les choses qu'Ouyang ne posséderait jamais s'étaient faites trop présentes, comme des fantômes résolus à le hanter. C'est pour cela qu'il avait souhaité être en colère : pour que la rage emporte tout autre sentiment sur son passage. Mais finalement, c'est sa colère qui n'avait pas été assez forte, et le reste qui l'avait noyée.

Esen ajouta, le visage toujours empreint de cette étrange douleur :

— Si tu veux que je vienne, je viendrai.

Il avait toujours donné à Ouyang tout ce qu'il lui demandait. Celui-ci imagina la neige qui tombait à l'extérieur, recouvrant tout de son immobilité froide et feutrée. Il aurait voulu prendre cette blancheur pour s'en envelopper le cœur, afin que rien ne puisse jamais lui faire de mal.

Le bureau du seigneur Wang paraissait austère, bien plus que dans les souvenirs d'Ouyang. Esen n'avait peut-être pas pu priver le seigneur Wang de ses titres ; mais il l'avait malgré tout frappé de sa disgrâce. En dépit de ce changement, le seigneur Wang demeurait à son bureau, toujours dévoué à son travail. Ou peut-être était-il seulement déterminé à exercer le peu de pouvoir qu'il lui restait.

— Salutations, mon seigneur.

Ouyang s'inclina et lui tendit un document ; il s'agissait d'une requête de ressources en vue du siège de Bianliang. Il avait déjà chargé Shao de commencer les préparatifs, de façon qu'ils soient prêts à partir dès qu'Ouyang reviendrait de Yangzhou.

Le seigneur Wang parcourut la liste d'un air sardonique : Ouyang n'avait pas fait d'effort pour se montrer économe.

— Vous vous êtes surpassé, général. D'abord, vous perdez dix mille hommes lors d'une bataille qui aurait dû n'être qu'une formalité. À présent, par votre faute, les rebelles ont placé le Prince de Lumière sur le trône ancestral de la dernière dynastie autochtone à avoir exercé son pouvoir ici, dans le Nord. (Ses yeux noirs se relevèrent brusquement vers lui, impénétrables.) En tant que descendant de traître, vous devriez vous assurer que votre prochaine mission soit un triomphe… sinon, les gens pourraient se demander si l'incompétence est bien la seule explication à vos bévues.

Le seigneur Wang nourrissait le même sentiment de nostalgie que n'importe quel Nanren de souche, comprit brusquement Ouyang. S'il savait qu'Ouyang avait laissé prendre Bianliang…

Il écarta cette idée. Les paroles du seigneur Wang n'étaient motivées que par sa jalousie habituelle.

— Pour vous assurer de mon succès, mon seigneur, vous n'avez qu'à accéder à mes requêtes sans discuter. Ou bien préférez-vous que je demande au prince du Henan de s'en mêler ? Connaissant ses sentiments à votre égard, vous ne devriez peut-être pas prendre ce risque. Combien de terres vous reste-t-il ? Ce serait dommage qu'il décide brusquement de toutes les reprendre…

Le seigneur Wang se leva, contourna son bureau et frappa Ouyang en plein visage. La gifle n'était pas plus violente qu'on ne pouvait l'attendre d'un lettré ; mais elle suffit néanmoins à lui rejeter la tête de côté. Lorsque Ouyang se retourna vers lui, le seigneur Wang lui lança froidement :

— Je sais que tu te crois supérieur à moi. Aux yeux de mon frère, c'est certainement vrai. Mais je suis encore un seigneur, et j'ai encore le droit de faire cela.

La sentence attendant tout Nanren qui frapperait un Mongol était la mort par strangulation. Mais même si ce n'avait pas été le cas, Ouyang n'aurait pas répliqué ; le malheur du seigneur Wang était trop manifeste. Sa vie entière n'était qu'humiliation, et conscience de sa propre inutilité. Ouyang revit, fugacement, l'image d'un autre visage blême et empreint de douleur : celui du moine rebelle, regardant avec incrédulité le moignon sanglant du bras dont il maniait le sabre. Ce qui attendait le moine était une vie de honte et d'impuissance, tout comme celle du seigneur Wang. C'était un avenir qu'Ouyang connaissait mieux que quiconque. *Il n'y a pas de pire châtiment que d'être laissé en vie.*

Il dit :

— C'est ainsi que vous me remerciez de vous avoir sauvé la vie, mon seigneur ?

— Te remercier ? Peuh ! rétorqua le seigneur Wang d'un ton amer. Tu ne m'as sauvé que pour que mon frère puisse me reprocher d'avoir laissé tomber notre père dans un précipice.

Ouyang ne put résister à l'envie de se venger de la gifle. Il riposta, cruel :

— Si seulement vous aviez été plus fort... (*Si vous n'aviez pas été un lettré inutile...*)... vous auriez pu le sauver.

Le seigneur Wang blêmit.

— Et on ne me l'a jamais pardonné, répondit-il.

Il alla se rasseoir derrière son bureau. Sans relever les yeux, il lança durement :

— Prenez ce que vous voulez. Faites-en ce qu'il vous plaira.

Ouyang partit, songeant que l'entretien s'était étonnamment bien passé. Si la revanche du seigneur Wang – pour le rôle joué par Ouyang dans son humiliation – se bornait à le gifler, il n'avait aucune raison de s'inquiéter.

Mais l'espace d'un instant, troublé, il repensa à Altan.

Anyang et Yangzhou étaient séparées de plus d'un millier de li. Ouyang, filant le long du Grand Canal dans un bateau de marchand exigu, regarda le paysage changer. Les plaines sujettes aux inondations hivernales, sous leurs étendues jaunes et miroitantes, laissèrent place à un remue-ménage affairé : paysans dans les champs, étals sous les arches des ponts, artisans. Et enfin, des montagnes scintillantes de sel blanc, s'étendant aussi loin que porte le regard. Il s'agissait du vaste empire mercantile des Zhang, dont la capitale était la grande cité fortifiée de Yangzhou. Sans quitter le cours d'eau, ils entrèrent dans la ville. Les larges canaux transportèrent Ouyang le long de jardins entourés de hautes palissades, sous des ponts de pierre, entre les célèbres manoirs vert et noir du quartier de plaisir. Chaque rue offrait un spectacle d'une opulence stupéfiante. Les citoyens ordinaires portaient des tenues éclatantes en brocart de soie, fabriqué non loin de là ; leurs chevelures étaient superbement relevées, épinglées et ornées de bijoux ; ils descendaient de palanquins qu'on aurait dits trempés dans l'or. C'était une véritable splendeur.

Ayant pu admirer Yangzhou, Ouyang se crut prêt à découvrir la résidence de la famille Zhang. Mais même lui, qui avait été élevé dans la noblesse, en resta pantois. Les chasses du grand khan permettaient d'admirer des trésors venus des quatre khanats ; cependant, la simplicité mongole l'emportait malgré tout. Zhang-seau-à-riz, au contraire, s'était bâti un véritable palais impérial ; celui-ci incarnait toute la vulgarité d'un homme à la fortune incommensurable, tirant parti de cette région qui produisait et consommait depuis des siècles les marchandises les plus luxueuses de l'empire.

Dans sa grande salle laquée de noir et d'or, l'homme en question était assis sur un fauteuil arborant tous les attributs d'un trône. Il faisait plus chaud à Yangzhou qu'à Anyang ; mais cela ne suffisait pas à justifier le nombre des servantes employées à l'éventer. Ses yeux, en se posant sur Ouyang, luisaient d'une curiosité avide.

Lorsque Ouyang eut terminé ses salutations, Zhang-seau-à-riz éclata d'un rire grossier.

— Alors, voici donc l'eunuque dont mon frère m'a dit tant de bien ! Je vois qu'il a négligé de mentionner quelques détails importants. Je m'attendais à voir arriver un vieil homme flasque.

Son regard balaya Ouyang des pieds à la tête, l'examinant comme s'il estimait la valeur d'une concubine potentielle en fonction de la douceur de sa peau et de la taille de ses pieds.

— Et moi qui croyais que les Mongols n'avaient aucun sens de l'esthétique. Mes préjugés sont rectifiés : ils placent apparemment leurs plus splendides trophées à la tête de leurs armées. Quelle troupe ne serait pas galvanisée par le désir de vous protéger ?

— Grand frère, j'ai entendu dire que le général Ouyang du Henan était là..., commença le général Zhang en entrant. Ah ! Vous êtes donc arrivé sans encombre, dit-il en découvrant Ouyang, avec un sourire chaleureux. À présent que vous avez salué mon frère, voulez-vous m'accompagner à la salle de réception ? Nous vous avons préparé une collation de bienvenue.

— J'ai déjà été accueilli avec les honneurs, répondit Ouyang avec raideur.

Alors qu'ils se retiraient, le général Zhang soupira :

— Je n'en doute pas. Pourquoi croyez-vous que je sois venu vous trouver ?

— Votre frère avait donc raison d'affirmer que je faisais naître chez les hommes un instinct protecteur.

Ouyang avait cru pouvoir répéter l'insulte par plaisanterie ; mais il avait surestimé sa faculté à se détacher de sa colère.

— Croyez-le ou non, il n'a pas que des défauts. Mais je comprends que vous n'ayez pas très envie de lui accorder le bénéfice du doute, pour le moment.

— Je me fie au jugement des personnes que je respecte, dit Ouyang.

Zhang sourit et répondit :

— Ne me respectez pas trop. Je n'étais pas encore un homme lorsqu'il a connu ses premiers succès. En tant que frère cadet, je lui dois beaucoup.

— Je pense que vous avez largement remboursé votre dette, depuis.

— Si seulement la famille et le destin répondaient aux mêmes règles que la comptabilité, dit Zhang.

Sur son visage expressif, avec son front élégant et tragique, se peignirent différentes émotions qu'Ouyang ne put interpréter.

— Mais venez : détendons-nous un peu. Ne venez-vous pas d'entrer dans la capitale mondiale du plaisir ? Lorsque je voyage, ses charmes me manquent toujours. La musique, la poésie, la beauté des lanternes se reflétant le soir sur le lac... Croyez-moi : la danse des rubans de Goryeo, qu'on peut voir à Dadu, n'est rien en comparaison.

— Je vous avoue ne pas posséder l'éducation nécessaire pour apprécier les divertissements raffinés de ce genre, dit Ouyang.

En vérité, il estimait que le charme de la plupart des arts se fondait sur les attraits bien particuliers des artistes. Puisque ces attraits le laissaient froid, il les trouvait tous aussi ennuyeux les uns que les autres.

— Ah, nos habitudes sont bien différentes, c'est vrai. Mais je me souviens que nous avons la boisson en commun. Les Mongols nous surpassent sans doute par l'attention passionnée qu'ils accordent au vin ; mais je crois que nous saurons néanmoins vous satisfaire.

Il fit entrer Ouyang dans une pièce intime. La table y avait été garnie d'un incroyable banquet, disposé sur des plats en fragile porcelaine blanche. Même un soldat comme Ouyang devina qu'une seule de ces assiettes, par la qualité de sa porcelaine, possédait plus de valeur que tous ses biens réunis.

— Attendons que... Ah ! Le voici.

Zhang-seau-à-riz entra d'un pas pompeux et s'installa à la place d'honneur. Quelques instants plus tard, une femme apparut à son tour, portant un plateau de coupes et une cruche de vin. Faisant bruire les nombreuses couches de ses vêtements, elle se baissa pour les servir. Elle garda la tête inclinée tout en versant le vin. Ouyang ne voyait d'elle que son énorme coiffure sophistiquée, ornée d'épingles d'or et de corail ; ainsi que la peau laiteuse de son poignet, lorsqu'elle retint sa manche pour lui tendre sa coupe.

Zhang-seau-à-riz l'observait avec une fierté de propriétaire.

— Mon épouse, dit-il d'un ton désinvolte. La plus belle femme que compte cette cité de beautés.

— Mon époux flatte bien trop cette femme, murmura-t-elle.

Sur son visage baissé, que la poudre rendait aussi blanc qu'un vase au clair de lune, on distinguait tout juste le trait incurvé de ses lèvres écarlates.

— De grâce, honorable invité, buvez et détendez-vous à votre aise.

Elle prit place auprès de Zhang-seau-à-riz, qui se mit à pérorer sans ressentir le besoin d'entendre d'autres opinions que la sienne. Ouyang et le général Zhang concentrèrent leur attention sur la nourriture et le vin. Ouyang remarqua que les yeux de l'autre général erraient de temps en temps en direction de la femme, qui servait son époux. Lorsqu'ils eurent terminé, Zhang-seau-à-riz éructa et dit :

— Épouse, voudrais-tu nous divertir ? Par un poème, ou une chanson ?

La femme eut un petit rire, se couvrant pudiquement la bouche de sa manche.

— J'ai fait d'autres préparatifs pour le divertissement de mon époux. J'espère le satisfaire.

Elle frappa un coup à la porte ; celle-ci s'ouvrit. Un flot de jeunes filles entrèrent en se bousculant, vêtues de robes diaphanes dont les teintes pâles rappelaient les coquilles d'œuf et les ailes de papillon. Leurs visages étaient fardés, leur parfum écœurant.

Zhang-seau-à-riz s'exclama d'un air lubrique :

— Ah, vous connaissez si bien mes goûts ! Ces filles viennent de votre propre maison, n'est-ce pas ? Je vois que la qualité des marchandises n'a pas faibli. (Il regarda Ouyang et gloussa.) Quel dommage, général, que vous ne puissiez goûter à la richesse et aux talents véritables de cette cité. Quoique j'aie entendu dire que les femmes des palais aiment à prendre des amants eunuques… N'ayant aucun besoin personnel, ils sont dotés d'une patience infinie. J'ai moi-même bien du mal à l'imaginer !

Ouyang songea que le général Zhang avait été sage de faire emporter son sabre par les domestiques, en même temps que ses autres effets. Il dit, avec toute la froideur dont il était capable :

— La patience est une vertu dont je suis malheureusement dépourvu.

— Bien : pour ma part, je n'ai jamais eu de patience pour la vertu, répondit Zhang-seau-à-riz. Pour celle des femmes, s'entend.

— Je suis sûre qu'il est possible de ravir ses yeux et ses oreilles, comme celles de n'importe quel homme, dit la femme. J'espère que notre invité trouvera ce divertissement à son goût.

Ouyang lui lança un regard acéré ; mais déjà, elle se levait pour se retirer, à petits pas pressés qui faisaient voleter l'étoffe de ses manches.

Les filles chantèrent durant une heure, ce qui lui parut interminable. Enfin, Zhang-seau-à-riz dit :

— Alors, le Grand Yuan désire que je l'aide à reprendre Bianliang.

Le général Zhang prit congé, en disant :

— Je vais vous laisser en discuter à votre aise.

— L'objectif ne sera pas seulement de reprendre Bianliang, mais d'écraser définitivement le mouvement rebelle, expliqua Ouyang.

— Ah.

L'attention de Zhang-seau-à-riz, qui ne s'était jamais posée qu'à demi sur Ouyang, se reporta vers les filles.

— Dans ce cas, je vous accorde mon aide. J'espère que le Grand Yuan sera reconnaissant de ma loyauté. M'est avis que, sans elle, il pourrait bien se retrouver en fâcheuse posture.

— Bien sûr, vos contributions au Grand Yuan sont proprement inestimables.

— Oui ! s'esclaffa Zhang-seau-à-riz. Oui, en effet.

Aux filles, il lança :

— Plus de vin !

Plusieurs d'entre elles vinrent se presser autour de lui comme des papillons sur une fleur, et lui versèrent du vin en gloussant.

Ouyang fut forcé de rester là, dans un état de profonde aversion, tandis que Zhang-seau-à-riz lutinait et lorgnait les jeunes filles. Celles-ci chantèrent, récitèrent des poèmes et servirent le vin, encore et encore. Après ce qui sembla une éternité à Ouyang, Zhang-seau-à-riz finit par prendre congé. Il se leva, chancelant ; puis il s'éloigna en s'appuyant sur les filles, qui gloussaient de plus belle.

Ouyang, regagnant ses appartements bien après l'heure du troisième tour de garde, trouva le palais plongé dans la pénombre. Tout au long des corridors, les serviteurs dormaient sur des tabourets devant la chambre de leur maître, leurs bougies entièrement consumées.

Ayant presque atteint sa chambre, Ouyang remarqua une porte entrouverte d'où filtrait une douce lumière. Dans le couloir, le tabouret était vide. Alors qu'il passait, un mouvement happa son regard à l'intérieur ; sans réfléchir, il jeta un coup d'œil par l'embrasure. Et il se figea.

Sur le lit, un homme nu était étendu au-dessus d'une femme. La chevelure du général Zhang, dont la grâce virile n'avait pas diminué depuis Hichetu, était encore retenue par sa barrette d'or et ses épingles. Son dos ondulait à chacun de ses mouvements, et la lumière se glissait à intervalles réguliers dans les creux de ses flancs bruns et musclés.

Sous son corps, Ouyang vit l'épouse de Zhang-seau-à-riz. Son visage encadré de pendeloques étincelantes, qui faisaient papilloter sur ses joues des reflets de nacre, exprimait une extase paresseusement feinte. L'homme qui venait chercher son plaisir en elle aurait pu être n'importe qui. Ouyang observa ses sourires affectés, et la façon dont elle murmurait à l'oreille de son amant aux moments propices ; ils lui évoquèrent le visage des putains que baisaient ses soldats. Contemplant les sursauts réguliers de sa chair et la sueur de plus en plus abondante sur le dos du général Zhang, Ouyang ressentit une bouffée de mépris.

Le général Zhang jouit et roula sur le côté. Il se dressa ensuite sur un coude et contempla son amante avec une tendresse dénuée d'artifice. Le corps dénudé de la femme était aussi délicat qu'une draperie de soie blanche ; son extrémité était parée de minuscules chaussons écarlates, qui heurtèrent le regard d'Ouyang avec la violence d'une plaie ouverte. Coulant vers le général Zhang un regard faussement pudique, elle se saisit de sa main libre. Avec un petit rire, elle dit quelque chose et tapota de l'ongle le milieu de sa paume. Le regard du général Zhang se fit plus doux encore. Alors, à la stupéfaction d'Ouyang, une lumière naquit entre leurs deux corps ; le général Zhang tenait une flamme orange au creux de sa main. On aurait cru assister au tour d'un magicien de rue. La flamme était intense et régulière ; son étrange clarté orange priva la pièce de ses autres couleurs, si bien que la peau nue des amants vira au gris, et que les lèvres peintes de la femme se firent noires comme le charbon.

Ouyang se remémora les faibles flammes bleues qu'il avait vues perler des phalanges du grand khan. *Le Mandat du Ciel.* Tout cela n'était pas dénué de sens. Les Mongols étaient en train de perdre le Mandat, si bien que quelqu'un d'autre l'avait reçu. Cela ne laissait guère de doute quant à l'avenir du Grand Yuan. Mais cet avenir n'était pas celui d'Ouyang, si bien que sa tristesse était abstraite et impersonnelle : il regardait quelque chose prendre fin, rien de plus.

Il y eut un bruit, et une femme de chambre tourna au coin du couloir. Elle s'approchait avec une petite bassine et une lanterne sur un plateau. Ouyang s'empressa de reprendre son chemin. Ses pas étaient silencieux ; mais les flammes des bougies, le long du couloir, se penchaient légèrement sur son passage.

Quoiqu'ils se trouvent en plein cœur de l'hiver, les lambeaux ternes du feuillage de l'année passée pendaient encore des branches dans le verger de Zhang-seau-à-riz. Ils donnaient aux arbres une allure disgracieuse d'entre-deux, qui rappela à Ouyang un animal en train de muer. Il la vit apparaître peu après l'heure du rendez-vous : elle s'approchait lentement dans l'allée, vacillant sur ses inutiles petits pieds, ses manches de soie flottant de son corps comme des oiseaux en vol. Ouyang ne parvenait toujours pas à concilier cette image avec l'idée qu'elle dirigeait en sous-main un empire, quoique celui-ci ne soit que commercial. Il aurait pu enserrer sa gorge de ses mains et l'anéantir en un instant.

— Général Ouyang.

Madame Zhang inclina la tête pour le saluer. Voyant son visage de près pour la première fois, il remarqua que ses pommettes basses lui donnaient l'air très légèrement adipeux. Sa poudre blanche ne masquait pas entièrement les irrégularités de sa peau ; son parfum était excessivement capiteux. Sur ses lèvres laquées de rouge, il vit se refléter le soleil.

Elle dit :

— Votre réputation vous dit aussi beau que le prince de Lanling, et plus terrible encore au combat. À la lumière du jour, je constate plus clairement encore que cette première affirmation est vraie.

La légende disait que le prince de Lanling possédait le visage magnifique d'une femme ; si bien qu'il portait au combat un masque démoniaque, afin d'insuffler la peur au cœur de ses ennemis. Ouyang répondit :

— Vous doutez donc de la seconde ?

L'expression hautaine et narquoise de madame Zhang l'emplit d'inimitié.

— Le général le plus compétent est-il celui qui se bat le mieux ? répliqua-t-elle.

— Peut-être choisissez-vous vos généraux pour leurs talents dans d'autres domaines.

Elle haussa ses sourcils peints.

— J'avoue que je ne suis pas déçue ! Les eunuques se montrent rarement aussi mesquins qu'on le dit. Il serait triste de vous entendre parler ainsi ; il nourrit un certain respect pour vous.

— Si je n'en avais pas pour lui, je ne m'entretiendrais pas avec vous.

— Vous n'êtes pas doué pour ces petits jeux, général. J'imagine que je ne suis pas la première à vous le dire. Un homme plus rusé prendrait soin de dissimuler son dégoût des femmes.

— Si vous croyez me connaître, vous vous fourvoyez.

— Dites-moi : qui avez-vous désiré, lorsque vous nous regardiez ? Lui, ou moi ?

La honte parcourut Ouyang. Furieux, il cracha :

— Espèce de traînée.

Elle le balaya d'un œil critique, comme un cheval qu'elle envisagerait d'acquérir.

— Il est vrai qu'il existe des amateurs de pêches mordues, qui préfèrent naturellement les autres hommes. Je me demandais si c'était votre cas. Mais non… je crois que vous désirez les hommes parce que les femmes vous rappellent tout ce que vous détestez en vous-même. Le fait que, quoi que vous fassiez, quelles que soient vos prouesses, vous serez toujours considéré comme plus proche d'une femme que d'un homme. Faible. Médiocre. (Elle eut un rire léger.) J'ai raison, n'est-ce pas ? Comme c'est tragique…

La vérité intime de son cœur, sur les lèvres de cette femme… L'espace d'un instant, Ouyang en resta sidéré. Lorsque la douleur s'épanouit enfin en lui, elle devint l'épicentre de sa colère, comme l'imperfection au fond d'une coupe y fait naître les bulles. Il siffla :

— Le plus tragique n'est-il pas de savoir que même un enfant mâle à demi étranglé à la naissance est plus qualifié que vous pour régner ? Que, quoi que vous fassiez, quelles que soient vos prouesses, vous ne recevrez jamais le Mandat du Ciel, parce que vous êtes une femme ?

Elle conserva un calme aussi parfait que la glaçure d'un vase tout juste sorti du four.

— Le Mandat. Saviez-vous que l'orange est la couleur du sel en fusion ? C'est pour cela que la véritable couleur du feu est l'orange. Pas le bleu, ni le rouge. Le sel est le feu ; le sel est la vie ; et sans lui, même un empire sombrerait dans le néant.

Le fait d'avoir échoué à fissurer sa façade glacée emplissait Ouyang d'une rage impuissante.

— Je ne suis peut-être pas qualifiée pour régner. Mais je n'ai besoin que d'une chose : un homme qui l'est. Et comme vous l'avez vu, je l'ai déjà trouvé. (Elle sourit de l'air rusé d'un renard en chasse.) J'ai tout ce qu'il me faut. Tandis que vous, général… vous avez encore besoin de moi.

19

Anfeng, onzième mois

Zhu reprit connaissance. Ce fut si lent et si pénible qu'elle eut l'impression de partir du néant pour se reconstituer entièrement. Même avant de s'apercevoir qu'elle était à Anfeng, dans son propre lit, elle fut frappée du miracle qu'était son existence. Elle souffla, d'une voix rauque de douleur et de stupéfaction :

— Je suis en vie.

Aussitôt, Ma se pencha sur elle ; à voir ses traits tirés, on aurait cru qu'elle n'avait pas dormi depuis un mois. Zhu n'aurait su dire si c'était le temps qui s'était écoulé depuis le Grand Canal ; plus, peut-être.

— Ma Xiuying ! s'exclama Zhu, radieuse. Je suis en vie.

Ma lui répondit d'un regard furibond. Elle semblait tentée de l'étrangler pour la tuer de nouveau.

— Ces mots te viennent bien facilement ! Sais-tu que tu es passée tout près de ne plus l'être, en vie ? Ce que nous avons dû faire… combien de fois nous avons cru que…

Ma s'interrompit, le regard noir. Puis, à la surprise de Zhu, elle fondit en larmes. En pleurant, elle dit :

— Je suis désolée. Je suis tellement fatiguée. Nous étions si angoissés… Nous pensions que tu allais mourir ! Il a peut-être épargné ton armée, mais il s'est défoulé sur toi…

Elle avait le visage pâle et creusé de ceux dont le cœur saigne face aux souffrances d'autrui. Malgré les douleurs qui assaillaient son corps, Zhu pensa confusément : *Mais je ne souffre pas.*

Les souvenirs se dévidèrent en elle comme des rubans. Ils n'étaient constitués que de brefs instants, qui s'enchaînèrent de plus en plus vite jusqu'à former une vision cauchemardesque de la réalité. Elle vit la plaine, et la forêt obscure des lances de l'armée yuan. Le général Ouyang devant elle, aussi implacable que le jade et la glace. L'éclair de sa lame ; les bannières figées contre le dôme du ciel hivernal, couleur d'œuf de canard. L'impact, silencieux et indolore ; puis l'horreur, lorsqu'elle avait posé la main à l'endroit visé. Le moment où elle avait refermé les doigts sur sa lame, comme si ce geste avait une chance de la faire disparaître de son ventre. Sa main…

« Chaque fois que le monde détournera son regard de toi, tu sauras que c'est à cause de moi. »

Durant les quelques moments écoulés depuis son réveil, Zhu s'était simplement réjouie d'être en vie. À présent, lentement, délibérément, elle dirigea sa conscience vers son bras droit. Elle se dit d'abord qu'elle avait dû rêver, car il était encore là. Elle avait mal, et toute cette douleur était concentrée dans son bras. Elle portait un gant de feu liquide. Celui-ci dévora sa peau, sa chair, jusqu'à ce qu'il ne reste plus que ses os, soulignés par une souffrance incandescente.

Son bras droit était caché dans le lit. Elle fit passer sa main gauche par-dessus son abdomen.

— Ne regarde pas ! s'écria Ma en se penchant vers elle.

Mais Zhu avait déjà repoussé la couverture. Elle regarda, avec toute l'indifférence dont elle était capable, le moignon bandé qui se terminait à une largeur de main sous son coude droit. Cette vue lui parut étrangement familière. Elle se revit en train de se déshabiller dans son cellier, au monastère ; ce corps qu'elle découvrait, changé, menaçant, lui avait toujours semblé appartenir à quelqu'un d'autre. Mais cette main de douleur invisible lui appartenait, indéniablement ; et le moignon aussi. Le général eunuque avait pris sa revanche. Il l'avait mutilée.

La tête lui tourna. Depuis toutes ces années qu'elle vivait la vie de quelqu'un d'autre, elle avait cru que la difficulté de son existence était la plus intense qui soit ; qu'elle travaillait aussi dur qu'il était humainement possible de le faire, pour survivre. Jamais elle n'avait soupçonné que cette difficulté puisse augmenter. Elle avait l'impression d'avoir gravi une montagne, pour s'apercevoir que le sommet qu'elle avait atteint n'était qu'un contrefort, et que la véritable cime était infiniment plus élevée. Cette pensée l'emplit d'un épuisement si intense qu'il s'apparenta, brièvement, au désespoir.

Mais alors qu'elle observait ses bandages, dont les taches avaient la couleur de la rouille, une pensée se faufila jusqu'à la surface de son esprit. *Peu importe la fatigue, peu importe que ce soit dur : je sais que je peux continuer, parce que je suis en vie.*

En vie. Elle s'accrocha à cette vérité, la plus importante du monde, et en sentit la tiédeur l'arracher à son désarroi. *Il m'a laissée en vie.*

Qu'avait-il dit, dans ce dernier et terrible instant ? *« Tu vas regretter que je ne t'aie pas offert une mort honorable. »* Il lui avait infligé le pire châtiment qu'il parvenait à concevoir. La mutilation de ce corps infiniment précieux, cadeau de ses ancêtres ; et l'idée qu'elle ne pourrait plus jamais tenir un sabre, ni se battre à la tête de ses hommes. Cela revenait à annihiler purement et simplement la vie d'un homme, en lui retirant son orgueil et son honneur. Le général eunuque avait infligé à Zhu Chongba le sort qui l'aurait détruit, lui, plus sûrement encore que la mort. Celui qui l'aurait anéanti.

Zhu pensa lentement : *Mais je suis toujours là.*

Le général eunuque ne savait pas à qui appartenait ce corps-là ; il ignorait que nul n'avait demandé à cette personne de faire la fierté et l'honneur de ses ancêtres. Zhu se remémora le terrible glissement intérieur : l'impression qu'elle s'éloignait inexorablement de Zhu Chongba, la personne qu'elle était forcée d'être. Elle avait eu si peur de ce que cela signifiait : qu'elle n'était pas Zhu Chongba, qu'elle ne le serait jamais, et qu'à l'instant même où le Ciel l'apprendrait, elle retournerait au néant.

Mais à présent, elle était frappée d'une pensée qui faisait basculer toute sa vision du monde.

J'ai survécu… parce que je ne suis pas *Zhu Chongba.*

— Pourquoi souris-tu ? s'enquit Ma, ébahie.

Pendant la moitié de sa vie, Zhu avait cru être en quête d'un destin appartenant à Zhu Chongba. Ses réussites représentaient les jalons d'une route que lui seul pouvait parcourir, vers un dénouement de grandeur et de survie que lui seul pouvait obtenir. Mais tout à coup, elle remportait une victoire qui, pour la première fois de sa vie, n'avait rien à voir avec Zhu Chongba.

Elle pensa à la mystérieuse faculté qui lui permettait de voir les esprits ; cette faculté qu'elle possédait depuis l'instant où, debout près de la tombe de sa famille, elle avait été saisie du désir de survivre. Cette faculté qu'elle ne partageait avec personne au monde, sinon cet enfant surnaturel, le Prince de Lumière. Ce qui signifiait qu'ils étaient – d'une façon ou d'une autre – semblables.

Comme elle l'avait fait de nombreuses fois par le passé, elle tourna son attention vers l'intérieur d'elle-même. Elle plongea vers les profondeurs du corps mutilé qui n'était pas celui de Zhu Chongba, mais celui de quelqu'un d'autre. Quelqu'un qui était fait d'une autre substance.

Auparavant, elle y avait toujours cherché quelque chose qui lui serait fondamentalement étranger : cette graine de grandeur qu'on avait transplantée en elle par erreur, parce qu'elle avait endossé l'identité de quelqu'un d'autre. Mais cette fois, lorsqu'elle regarda en elle, elle vit ce qui s'y trouvait depuis le début. Ce n'était pas l'étincelle rouge des anciens empereurs Song, mais sa propre détermination ; son désir. Un désir si puissant qu'il dépassait les limites de sa forme physique, et se mêlait au pouls et à la vibration de tout ce qui l'entourait : le monde des humains et le monde des esprits réunis. Un désir d'un blanc incandescent. *Brillant.* Ce désir brillait de sa propre clarté, pure et perpétuelle ; et quoiqu'elle le connaisse aussi intimement que toutes les autres parties d'elle-même, le bonheur de comprendre de quoi il s'agissait lui coupa le souffle. Une étincelle blanche, qui deviendrait une flamme…

Et elle m'appartient.

Zhu, assise dans son lit, buvait l'une des soupes médicinales de Ma ; elle avait laissé la cuillère de côté et levé directement le bol, posé dans sa paume gauche, jusqu'à ses lèvres. On frappa à la porte, et Xu Da entra. Il s'assit sur le tabouret près du lit de Zhu et la regarda, un soulagement manifeste adoucissant ses traits.

— Petit frère, tu as l'air en forme. Je m'inquiétais.

Zhu écarta le bol de son visage et le posa, ce qui était d'une difficulté exaspérante lorsqu'on voulait éviter d'en renverser. Elle sourit à Xu Da. Elle lui devait la vie ; mais cela allait sans dire. Elle se contenta de lancer :

— Ma Xiuying m'a dit qu'après la retraite du général eunuque, tu m'avais porté tout seul jusqu'à Anfeng.

— « Porté » ? Dans mes bras ? Ç'aurait été très romantique. Non, ce que j'ai fait, c'est que je suis resté assis dans un chariot près de ton corps – qui ressemblait plutôt à un cadavre – pendant les six cents li du voyage, à prier pour que tu continues à respirer. Tu as de la chance que j'aie passé toute ma jeunesse à apprendre à prier.

Il s'exprimait d'un ton léger, mais le chagrin s'était peint sur son visage : il avait été transporté dans ses souvenirs. Zhu comprit à quel point cela avait dû être difficile pour lui. Pour lui et Ma Xiuying : les deux personnes qui l'aimaient.

— Tu n'étudiais presque jamais, rétorqua-t-elle d'un ton sévère. C'est un miracle que le maître du dharma t'ait permis d'être ordonné. Cependant, j'imagine que tu ne t'en es pas mal sorti, puisque le Ciel t'a écouté.

— Ce ne sont pas seulement les prières qui t'ont sauvé.

D'un ton de confession, il ajouta :

— Je croyais que tu allais mourir.

— C'était une hypothèse raisonnable, à ce qu'on m'a dit.

— J'ai cru que j'arriverais à m'occuper de toi tout seul, mais ensuite, la fièvre est arrivée. J'avais besoin d'aide…

Calmement, Zhu demanda :

— Qui ?

— Jiao Yu. Et il m'a aidé, en effet : il t'a piqué des aiguilles un peu partout, il t'a donné des médicaments, et tu t'en es sorti. (Xu Da marqua une pause.) Mais maintenant, il sait. Pour toi.

Zhu se rallongea avec précaution. Sa douleur enfla, lancinante.

— Aiya… D'abord toi, puis Ma Xiuying, et maintenant Jiao Yu. Tu n'as jamais entendu dire qu'il suffit que trois personnes parlent d'un tigre pour que tout le monde les croie ?

Xu Da avait pâli.

— Je le tuerai, si tu me le demandes, souffla-t-il.

Zhu savait que c'était vrai, tout comme elle savait que ce serait le pire crime qu'il ait jamais commis. Il avait déjà tué, ce qui ne serait pas sans conséquences pour ses vies futures ; mais la trahison et le meurtre d'un camarade n'attendraient pas si longtemps pour le hanter. La pensée de cette souffrance fit naître en Zhu une bouffée de colère protectrice.

— Il est toujours là ? demanda-t-elle.

— Il l'était ce matin, oui.

— Donc, il n'a pas fui, même s'il sait que connaître mon secret met sa vie en danger. Il a dû comprendre que j'avais besoin de lui pour accomplir mes projets. Il pense que cela suffira à le protéger.

Certes, Jiao était un atout de taille ; mais le premier instinct de Zhu était tout de même de le supprimer. Des années plus tôt, elle avait hésité à faire subir ce sort-là au préfet Fang ; mais c'était avant d'avoir du sang sur les mains. Il ne lui serait pas très difficile de tuer Jiao, et elle ne pensait pas que cet acte la tourmenterait outre mesure.

Mais la situation était différente de celle qui l'avait opposée au préfet Fang. Bien sûr, le fait que Jiao ait appris son secret lui donnait la chair de poule ; elle se sentait touchée dans son intimité. Et il était vrai que si cette information se répandait, elle changerait sa vie de façon incontrôlable. Mais cela ne représentait plus le même danger, celui qui l'avait terrifiée plus que tout au monde : l'idée que le Ciel, comprenant qu'elle n'était pas Zhu Chongba, la condamnerait au néant. Cette peur-là avait disparu. Elle avait affronté le néant ; elle avait vécu, tandis que Zhu Chongba avait péri ; et le Ciel l'avait vue, elle, et personne d'autre.

Cela signifiait que son problème avec Jiao relevait du domaine des personnes, pas de celui du destin et du Ciel ; et par conséquent, qu'elle maîtrisait la situation.

Sombrement, elle dit :

— Laisse-le-moi.

Quoique Zhu n'ait que deux blessures – trois, si l'on comptait le trou par lequel était ressorti le sabre dans son dos –, la douleur lui semblait provenir de tout son corps à la fois. Pire : la douleur n'était jamais la même. Parfois, elle la rongeait ; d'autres jours, elle se faisait lancinante ou mordante. La seule constante était son bras : il la brûlait en permanence. Dans son esprit, elle traça le contour embrasé de ce membre fantôme. Sans savoir pourquoi, elle avait l'impression que ses doigts immatériels étaient encore serrés sur le sabre d'Ouyang. *Vis ta vie comme si ta main était en feu*, pensa-t-elle, grinçante.

Ma entra dans sa chambre avec un bol de pâte médicinale et défit le bandage enroulant son moignon. Ses gestes étaient doux, mais la pâte…

— Quelle odeur ! s'exclama Zhu, outragée.

Elle s'amusait de voir que Ma sublimait sa colère et son inquiétude en rendant le processus de guérison aussi désagréable que possible. Cette punition passait par l'administration de pâtes de plus en plus pestilentielles, de soupes abominables et de pilules qui s'étaient faites aussi grosses que des billes. Puisque cela réconfortait Ma, Zhu jouait son rôle en s'en plaignant autant que possible.

— Tu essaies de me tuer, ou de me soigner ?

— Tu devrais te réjouir de recevoir un traitement, quel qu'il soit, rétorqua Ma d'un air satisfait.

Lorsqu'elle eut terminé de s'occuper de son moignon, elle changea les pansements en papier de riz sur le ventre et le dos de Zhu. Miraculeusement, celle-ci avait été empalée sans que ses organes vitaux subissent le moindre dommage. Ou peut-être n'était-ce pas un miracle : le général Ouyang avait souhaité qu'elle survive, après tout.

Ma prit le pouls au poignet gauche de Zhu.

— C'est incroyable que Jiao Yu soit le seul à savoir, maugréa-t-elle. Toute personne qui sait analyser un pouls comprendrait aussitôt que ton corps est celui d'une femme.

C'était drôle, pensa Zhu, de devoir sa survie à ce même corps qui lui avait infligé de telles terreurs. Elle se remémora les changements inexorables de l'adolescence, et cette affreuse sensation d'être traînée vers un destin qui la détruirait. Elle avait tant désiré un autre corps, mâle et parfait, qu'elle en avait rêvé la nuit; et qu'elle s'était réveillée accablée de déception. Et pourtant... finalement, elle n'avait survécu à l'anéantissement que parce que son corps n'était pas mâle et parfait; et que, par conséquent, il ne lui avait pas paru perdre sa valeur dès l'instant où sa perfection s'effritait.

Le corps de Zhu n'était pas mâle... mais elle n'était pas convaincue que Ma avait raison. Comment son corps pouvait-il être celui d'une femme, puisque ce n'était pas une femme qui l'habitait? Zhu n'était pas la version adulte de cette fille dont le destin n'était rien. Elles s'étaient séparées dès l'instant où Zhu était devenue Zhu Chongba, et elle ne pouvait revenir en arrière. Mais soudain, Zhu n'était plus Zhu Chongba non plus. *Je suis moi*, pensa-t-elle, songeuse. *Mais qui suis-je?*

Penché sur le poignet de Zhu, le visage de Ma exprimait une concentration et une sollicitude intenses. En dépit de tout ce qui s'était passé, ses joues n'avaient pas perdu toute leur rondeur enfantine. Ses sourcils étaient parfaits, comme tracés d'un doigt amoureux; ses lèvres étaient pulpeuses, si pleines qu'elles formaient presque un cercle. Zhu se souvint d'avoir embrassé cette bouche. Ce souvenir s'accompagna d'une salve d'échos sensoriels: tendresse, douceur, délicatesse déférente; c'était comme toucher la courbe tiède d'un œuf d'oiseau dans son nid. Elle fut soudain assaillie du désir inattendu de sentir tout cela de nouveau, dans la réalité.

—Mais Yingzi..., répliqua-t-elle d'un ton faussement sérieux. Il existe bien d'autres manières de l'apprendre qu'en tâtant secrètement mon pouls.

Zhu ne le vit que parce qu'elle observait sa réaction: les yeux de Ma tombèrent sur la courbe légère de sa poitrine, non bandée. Cela n'aurait rien voulu dire, si Ma n'avait pas rougi violemment au même moment. *Elle aime ce corps*, pensa Zhu avec un amusement mêlé d'incertitude. Elle avait des seins; elle le savait; et pourtant, ils n'avaient en quelque sorte jamais existé à ses yeux, car ils ne devaient surtout pas exister. C'était étrange de voir quelqu'un les regarder – de *laisser* quelqu'un les regarder – et de constater qu'ils ne suscitaient pas le dégoût, mais l'attirance. Le désir. Cela donnait à Zhu l'impression d'être clouée à l'intérieur de son corps, une sensation qu'elle n'avait jamais ressentie auparavant. Ce n'était pas très agréable; mais ce n'était pas non plus insoutenable, comme ç'aurait été le cas avant l'intervention du général Ouyang. Elle avait l'impression qu'elle pourrait s'y habituer, même si elle n'était pas sûre de vouloir le faire.

Comme remarquant d'un coup sa propre concupiscence, Ma lâcha le poignet de Zhu et attrapa le livre le plus proche.

— Encore un classique ? gémit Zhu. En général, lorsque la personne qu'on aime est alitée, est-ce qu'on n'est pas censé lui lire des poèmes d'amour plutôt que des leçons de morale ?

— Un peu de morale ne te ferait pas de mal, déclara Ma.

Son rosissement s'était fait plus charmant que jamais au son du mot « aime ». Abstraction faite de tout émoi physique, Zhu eut du mal à s'empêcher de l'embrasser pour voir jusqu'à quelle nuance de rose elle était capable d'aller.

— Et où voudrais-tu que je trouve des poèmes d'amour, à Anfeng ? Je pense que, s'il y en a eu un jour, ils ont tous été cousus à l'intérieur d'une armure, à présent. Et qu'est-ce qui te semble le plus utile : des armures résistantes aux flèches, ou des mots doux murmurés à ton oreille ?

— Sans mots doux pour se galvaniser, qui irait courir sous une pluie de flèches ? riposta Zhu. De toute façon, tout le papier du monde n'aurait pas suffi à me sauver de notre ami le général Ouyang.

Elle s'aperçut trop tard qu'elle venait d'assombrir l'atmosphère. Ma dit d'un air malheureux :

— Au moins, il t'a laissé la vie.

— Pas par clémence, répondit Zhu. (Elle haleta légèrement lorsque la douleur de son bras l'assaillit brutalement.) Il considère la honte d'être mutilé comme un sort pire que la mort. Je suppose qu'il était chéri de sa famille, qu'il a grandi en sachant qu'il apporterait l'honneur à sa lignée. Mais ensuite, il a été châtré et obligé à servir ses bourreaux ; et il sait que ses ancêtres lui cracheraient au visage, plutôt que d'accepter ses offrandes.

Puis – lentement, car parler de son enfance de jeune fille lui donnait encore l'impression de commettre une erreur – elle ajouta :

— Mais c'est ce qui nous rend différents, lui et moi. Personne n'attendait quoi que ce soit de moi. Et je n'ai jamais été chérie.

Zhu s'aperçut avec surprise qu'elle se sentait plus légère, après cet aveu. Elle ne s'était jamais aperçue qu'elle dépensait une énergie phénoménale pour se convaincre qu'elle était quelqu'un d'autre. Elle pensa : *Il m'a rendu le chemin plus difficile, mais, sans le savoir, il m'a aussi rendue plus forte…*

Après un long silence, Ma dit à voix basse :

— Moi, je te chéris.

Zhu lui sourit.

— Je ne sais même pas qui je suis. Le général Ouyang a tué Zhu Chongba, mais je ne suis plus celle que j'étais à la naissance, non plus. Comment peux-tu savoir qui tu chéris ?

La pluie tambourina sur le toit de chaume. L'odeur de champignon qui émanait de la paille mouillée vint se presser contre elles avec la même tendresse qu'un corps tiède qu'on touche, la nuit, sous la couverture.

— Je ne connais peut-être pas ton nom, dit Ma en lui prenant la main. Mais je sais qui tu es.

Anfeng, Nouvel An, 1356

— Ouah... Il fait si chaud, se plaignit Zhu en se redressant pour s'asseoir au bord du lit.

Elle était nue, à l'exception de ses bandages, et sa sueur la picotait en coulant de ses aisselles et de sa poitrine.

— Dans toute l'histoire de notre peuple, crois-tu qu'il y a déjà eu un guerrier blessé qui est mort parce qu'il avait fait sa toilette sans s'entourer d'assez de braises pour rôtir un cochon ? Dis-moi la vérité, Yingzi. Est-ce que c'est simplement un prétexte pour me voir sans mes vêtements ?

Ma, qui retirait les pansements en papier de riz de son ventre et de son dos, leva les yeux d'un air agacé.

— Ah... c'est donc pour *moi* que je fais tout cela, à ton avis ?

— Je me demandais pourquoi ton choix s'était porté sur moi plutôt que sur Sun Meng, bien que je sois si laide et lui si beau. Mais j'ai compris la vérité, à présent : c'est parce que j'ai des seins.

Elle s'était aperçue que plus elle prononçait ce genre de choses à voix haute, plus cet exercice devenait facile.

— Il t'a suffi d'un seul regard, et... tu as su que j'étais l'homme de ta vie, conclut-elle.

— Maintenant, ça te fait rire ! Il t'a donc suffi de perdre une partie de ton corps pour avoir envie d'exhiber celles qui sont superflues ? rétorqua Ma en rougissant.

Elle retira brutalement le dernier pansement. Zhu glapit obligeamment, mais ce n'était que par comédie. Après presque deux mois de convalescence, il ne restait sous les pansements que de vilaines cicatrices roses, dont celle du devant était un peu plus grande que l'autre. Elle avait guéri du mieux possible. Même son moignon montrait des signes d'amélioration. Il n'aurait pourtant pas le temps de se refermer entièrement, regretta Zhu intérieurement. Le Nouvel An et la fête des lanternes étaient passés tous les deux, et elle ne pensait pas que les Yuan tardent encore bien longtemps à lancer l'assaut sur Bianliang.

Tandis que Ma rangeait la chambre, Zhu s'assit pour se laver sur le tabouret près de la bassine d'eau. Cette routine, naguère familière, lui semblait désormais étrange. Ce n'était pas seulement qu'elle devait utiliser sa main gauche pour faire ce qu'elle avait fait mille fois de la droite ; mais aussi qu'elle commençait tout juste à se regarder. Sa peau, sa silhouette. Pour la première fois depuis l'adolescence, elle baissait les yeux sur son corps et n'éprouvait pas de l'aversion, mais une simple conscience objective d'elle-même.

Elle n'était pas la seule personne à regarder son corps, d'ailleurs. Les regards de biais de Ma, emplis d'un timide intérêt pour sa nudité, lui semblaient aussi intimes que des caresses. Zhu ne s'était jamais beaucoup intéressée aux jeux de la pluie et des nuages ; mais elle aimait le frisson de puissance qui l'emplissait, en décelant le désir secret de quelqu'un d'autre. Cela réveillait son instinct protecteur, et la rendait espiègle.

Elle lança, de son ton le plus pitoyable :

— Yingzi ?

— Quoi ?

— Tu peux me laver le coude gauche ?

— Comme si un coude avait besoin d'un nettoyage spécial ! rétorqua Ma d'un air faussement courroucé.

Mais elle s'approcha et s'empara du linge de toilette. Zhu se positionna de façon délibérément peu pratique, afin que Ma soit obligée de se placer entre ses jambes pour atteindre son bras. Ma avait les joues rouges : elle était éminemment consciente de l'endroit où elle se trouvait et de ce qu'elle faisait. Ses cils baissés papillonnaient de temps en temps, lorsqu'elle relâchait le souffle qui restait bloqué dans sa gorge.

La tendresse de Zhu s'intensifia. Sans vraiment réfléchir, elle prit le linge des mains de Ma et le laissa tomber. Puis elle lui saisit les doigts pour les poser sur sa propre poitrine.

Ma ouvrit la bouche en silence. Si ses yeux n'avaient pas été si vifs, elle aurait pu paraître stupéfaite. Zhu suivit son regard et vit la main de Ma sur son petit sein gauche, le pouce posé juste sous son mamelon brun. Étonnamment, elle ressentit quelque chose à cette vue. Cette sensation n'était pas la sienne, mais une vibration ; c'était le frisson de l'excitation de Ma qui se répercutait en elle. Mais après tout, il était normal qu'elle ressente le plaisir de Ma aussi puissamment que sa peine, car leurs cœurs battaient à l'unisson.

En souriant, elle fit passer sa main gauche derrière la nuque de Ma et l'attira jusqu'à l'asseoir sur ses cuisses nues et humides ; et elle l'embrassa. Sous la douceur de ses lèvres contre les siennes et la caresse timide de sa langue, Zhu sentit le frisson répercuté décupler. Bientôt, elle ne fut plus tout à fait sûre que ce ne soit pas ce qu'elle voulait, elle. C'était un désir ; mais le désir de quelqu'un d'autre qui parcourait son corps, jusqu'à la faire haleter comme s'il s'agissait du sien.

Après un moment, elle s'écarta, avec une légère impression de vertige. Ma la regarda, hébétée. Ses lèvres fascinèrent Zhu, plus encore qu'à l'accoutumée ; elles étaient légèrement entrouvertes, et parées d'une brillance humide qui devait provenir de la bouche de Zhu. En dépit de toute la souffrance qu'elle avait infligée à d'autres corps, il lui semblait qu'elle n'avait jamais rien fait d'aussi intime.

Elle fit courir sa main sur la taille de Ma, en quête du lien qui fermait sa robe. Il lui suffirait de tirer légèrement pour le dénouer, même d'une seule main malhabile.

— Tu sais, Yingzi…, dit-elle dans un murmure voilé. Je crois savoir en quoi consistent les jeux de la pluie et des nuages, mais je n'ai jamais essayé. J'imagine que nous pourrions nous y attaquer ensemble, si tu en as envie.

En réponse, Ma posa la main sur celle de Zhu et tira ; sa robe s'ouvrit. En dessous, elle était belle, moite et radieuse ; et en aidant Zhu à faire passer la robe par-dessus ses épaules, elle dit dans un sourire :

— J'en ai envie.

— C'est impossible qu'il ait vraiment voulu laisser prendre Bianliang, déclara Xu Da.

Un serveur apparut à l'étage de la taverne et posa des bols de nourriture devant Zhu et ses capitaines assemblés.

— Comment les Yuan ont-ils pu nous laisser faire de Bianliang notre capitale permanente ? Cela revient presque à avouer que leur empire est condamné à tomber. Après en avoir fini avec vous, il s'est tout de suite retiré pour se rendre à Bianliang, même s'il est arrivé trop tard pour arrêter Chen Youliang. Vous ne pensez pas qu'il a dit cela parce qu'il était gêné de s'être laissé berner ?

C'était la première fois qu'ils se réunissaient en public, et non dans l'enceinte du temple. Puisqu'il n'y avait plus d'autres chefs des Turbans Rouges à Anfeng, Zhu ne pensait pas devoir continuer à se faire passer pour un moine sans ambition ; et cela lui donnait l'impression commode qu'Anfeng lui appartenait. Au fil des jours qui s'étaient écoulés depuis qu'elle avait repris son poste de commandant, elle avait remarqué une tension nouvelle entre elle et ses capitaines. Ils l'aimaient, sachant qu'elle s'était sacrifiée pour eux… mais ils éprouvaient aussi du dégoût et de la crainte vis-à-vis de son infirmité. Pour le moment, la confiance qu'ils lui portaient était plus forte. Ils la suivraient encore une fois. Si elle gagnait, ils lui resteraient peut-être loyaux. Mais si elle perdait…

Ils détourneront le regard de moi.

Et tout cela en supposant que Jiao, qui connaissait désormais *l'autre* différence de Zhu, ne viendrait pas perturber ce délicat équilibre avant même qu'elle ait gagné le lieu de sa prochaine bataille. Elle lui lança un bref regard ; mais son visage était impénétrable. Il laissa ses baguettes flotter un instant au-dessus d'un plat, avant d'y sélectionner soigneusement un cube de porc rouge caramélisé. *Et moi, je ne peux pas même manger en public, parce que je ne peux pas tenir à la fois mon bol et mes baguettes*, rumina Zhu.

— Il a dit que ce qu'il désirait n'avait rien à voir avec la victoire de l'un ou l'autre camp, rappela-t-elle à Xu Da. Mais quant à savoir ce que cela signifie pour Bianliang… Les paris sont ouverts. Il a pu la laisser prendre pour toutes sortes de raisons différentes. Peut-être voulait-il accuser un ennemi politique de cette défaite ; peut-être a-t-il prévu de la reprendre et de se couvrir de gloire.

Mais tout en parlant, elle se remémora la façon dont il avait parlé de son destin. *« Vous avez mis en branle quelque chose que je vais être forcé d'achever. »* Sa colère était d'une intensité sidérante. Quel que soit son destin, celui-ci était loin de le réjouir.

— Commandant Zhu !

Un homme monta à la hâte l'escalier, salua et lui tendit l'un de ces petits messages enroulés que transportaient les pigeons voyageurs.

— Ceci vient d'arriver du chancelier d'État.

Zhu faillit tendre la main vers le message de Chen, avant de se souvenir qu'elle n'avait aucun moyen de tenir un rouleau de papier à plat pour le lire. Sentant les regards de ses capitaines posés sur elle, elle dit d'un ton égal :

— Commandant en second Xu, lisez-le, s'il vous plaît.

Xu Da parcourut le message et se figea. Un instant plus tard, il dit :

— Le chancelier d'État nous dit qu'il craint que le général eunuque tente de reprendre Bianliang avant l'été. Il demande au commandant Zhu de l'aider à défendre la ville jusqu'à ce que les Yuan se retirent à la fin de la saison.

— Et ? insista Zhu.

— Et s'il parvient à tenir Bianliang jusqu'à l'été… (Xu Da leva les yeux vers elle.) Il se retournera contre le premier ministre, s'emparera du Prince de Lumière et prendra la tête de Bianliang. Il vous invite à l'y aider.

Il y eut un hoquet de surprise autour de la table.

—Ah, fit Zhu.

C'était un instant particulièrement excitant; il lui évoqua celui où, finissant de dérouler une carte, on voit s'étaler avec un luxe de détails exquis les régions jusque-là dissimulées. Elle sourit.

—Alors, les souffrances que nous avons endurées au Grand Canal nous ont bien valu sa confiance. Un cadeau pour le moins rare et précieux!

C'était pour cette raison que Chen avait mené lui-même l'assaut sur Bianliang, au lieu de demeurer à Anfeng. Il avait voulu garder le Prince de Lumière à portée de main. Tout ce qu'il avait fait jusque-là faisait partie de son plan; et Chen venait d'en amorcer la conclusion. Zhu sentit l'étincelle blanche crépiter en elle: elle finirait par connaître cette grandeur future, à condition que son désir ne faiblisse jamais.

Xu Da observa:

—Avec Bianliang derrière nous, et toutes les troupes des Turbans Rouges réunies, nous pourrions représenter un vrai défi pour le général eunuque… s'il vient. Et si nous arrivons à le battre de façon décisive, qu'est-ce qui nous empêcherait de prendre tout le Henan durant l'été? Nous contrôlerions le centre et tout ce qui se trouve au sud du fleuve Jaune. Si Chen Youliang a Bianliang pour capitale, et le Prince de Lumière pour assurer sa légitimité aux yeux du peuple… il ne sera plus seulement le chef d'un mouvement rebelle.

Dans son esprit, Zhu vit le Mandat du Prince de Lumière auréoler Chen de sa clarté sanglante. Elle dit:

—Il veut que nous l'aidions à devenir roi.

Tous les regards étaient fixés sur elle. Xu Da demanda:

—Et allez-vous le faire?

La nécessité de se rendre à Bianliang n'était pas discutable. C'était là que se trouvait le Prince de Lumière, et il demeurait la clé de la légitimité des rebelles aux yeux du peuple. Cela étant établi, la question de la personne à soutenir dépendait de qui semblait plus susceptible de garder le Prince de Lumière: Chen, ou le premier ministre. Et Chen avait déjà avancé ses pions.

Viscéralement, elle sentait Jiao de l'autre côté de la table, armé de sa grenade de savoir interdit. Elle était face à l'opportunité pour laquelle elle avait tout risqué; mais celle-ci recélait bien des inconnues. La dernière chose dont elle avait besoin était un capitaine déloyal et volage. Si elle prenait une décision qui ne lui convenait pas, ou même qu'elle hésitait un peu trop longtemps, il passerait dans le camp de celui qui lui paraissait le plus à même de gagner. Elle se demanda si ce qu'il savait avait déjà endommagé l'opinion qu'il avait d'elle. La pensait-il plus faible qu'avant, en raison de sa nature ? Si oui, alors le seuil à franchir avant qu'il décide de la trahir serait encore plus bas. Si elle voulait remporter la partie, et connaître la grandeur, elle allait devoir régler ce problème avant leur départ.

Elle balaya la table du regard, rencontrant les yeux de chacun de ses capitaines et leur montrant sa détermination. *Suivez-moi encore une fois.* Elle s'attarda un peu plus longtemps sur Jiao, qui lui rendit froidement son regard. Elle fut troublée de s'apercevoir qu'il semblait la toiser, comme s'il lui ôtait mentalement ses vêtements et que la vue de son corps suscitait sa désapprobation. Elle n'avait encore jamais été la cible d'un tel regard, et le choc qu'elle ressentit l'emplit d'une rage inattendue. Elle se remémora soudain la femme, à Jiankang, qui s'était jetée sur Guo le Petit avec l'intention justifiable de le tuer. Zhu pensa, avec une amertume teintée d'ironie : *Grande sœur, j'aurais dû te laisser faire.*

Détachant ses yeux de ceux de Jiao, elle ordonna :

— Faites vos préparatifs. Dès que nous serons prêts, nous partons pour Bianliang.

20

Anyang, premier mois

Bien qu'objectivement très grand, le palais du prince du Henan paraissait parfois minuscule, dans le sens où l'on ne cessait de rencontrer les gens dans les cours ou les corridors. Le pire, songea Ouyang, était de voir quelqu'un qu'on aurait préféré éviter de l'autre côté d'un pont en arc-en-ciel, et de savoir qu'on n'aurait pas d'autre choix que de le croiser. Il monta sur le pont en grimaçant intérieurement ; le seigneur Wang en fit autant de l'autre côté. Ils se rencontrèrent au point le plus élevé, sous les branches fleuries d'un abricotier en avance sur la saison.

— Mes salutations au seigneur Wang, dit Ouyang en effectuant une infime génuflexion.

Le seigneur l'observa. Son air malheureux n'avait pas disparu, mais il avait acquis une dureté supplémentaire ; il sembla à Ouyang qu'elle était dirigée spécifiquement vers lui, ce qui le troubla.

— Alors, tu es revenu de Yangzhou, dit le seigneur Wang. J'ai entendu dire que tu avais obtenu la promesse de leur soutien. C'est une prouesse remarquable, de la part de quelqu'un qui n'a pas en lui une once de diplomatie.

— Je vous remercie de me flatter, mon seigneur, mais je n'ai pas eu besoin de me montrer particulièrement persuasif. Ce sont des sujets du Grand Yuan ; ils ne demandent qu'à participer à sa défense.

— Quel joli fantasme ! Je suis sûr que mon pauvre ignorant de frère y a cru, mais n'attends pas la même chose de moi. À force de te répéter que j'étais inutile, aurais-tu oublié quel est mon domaine ? Je suis *administrateur*. Je connais bien mieux que toi le monde des affaires et des marchands. Et je sais que leur promettre des éloges ne suffit pas à les convaincre d'agir. Satisfais donc ma curiosité, général : que leur as-tu proposé, en échange de leur aide ?

Quelques pétales se détachèrent des branches et tombèrent en tourbillonnant sous le pont. Si Ouyang n'avait pas su comment tout cela se terminerait, comment cela *devait* se terminer… les questions du seigneur Wang auraient été préoccupantes.

— Si mon seigneur est intéressé, il peut demander au prince de lui révéler le détail des négociations.

Le seigneur Wang soutint son regard.

— Je le ferai peut-être.

— Dans ce cas, mon seigneur…, dit Ouyang en s'inclinant.

Mais avant qu'il ait pu dépasser le seigneur Wang, celui-ci dit à voix basse :

— Tu crois me comprendre, général. Mais n'oublie pas que c'est réciproque. Les choses semblables se comprennent ; elles se reconnaissent. Nous avons tous les deux été témoins des humiliations de l'autre. Je te comprends, moi aussi.

Ouyang se figea. S'il en voulait à Esen de ne pas le voir ni le comprendre, l'idée d'être vu et compris par le seigneur Wang lui faisait l'effet d'une atteinte à son intimité. Il dit, avec un peu trop de hargne :

— Nous ne nous ressemblons pas.

— J'imagine que, par certains côtés, tu ressembles un peu à mon frère, reprit le seigneur Wang d'un ton pensif. Tu crois que les choses n'ont de valeur que si elles t'intéressent personnellement. Le monde existe-t-il en dehors de tes propres préoccupations, général ?

— J'ai passé ma vie à me battre pour le Grand Yuan ! rétorqua Ouyang.

Malgré ses efforts, il ne parvenait pas à réprimer sa rancœur.

— Et cependant, je pense qu'il m'importe davantage qu'à toi, au bout du compte.

Sous les fleurs d'abricotier, le seigneur Wang ressemblait à un être venu d'un autre temps : l'un des élégants aristocrates de la Lin'an impériale. Un lettré surgi d'un monde qui n'existait plus. Avec un frisson glacé, Ouyang s'aperçut que le seigneur Wang venait de formuler une accusation.

Ouyang s'avança, frôlant le seigneur Wang, et reprit sa route. Le seigneur lança derrière lui :

— Oh, général ! Il faut que je te dise… J'ai décidé de me joindre à votre petite expédition. Je vous accompagne à Bianliang. Puisque ce sont mes hommes et mon argent qui sont utilisés, je trouverais dommage qu'ils ne soient pas correctement mis à profit.

L'amertume perçant dans sa voix était la même que ressentait Ouyang. *Les choses semblables se comprennent.*

Ouyang n'avait pas vraiment pris les menaces du seigneur Wang au sérieux, mais elles furent confirmées lorsqu'il entra dans la demeure d'Esen et trouva ce dernier ivre et maussade.

— Le seigneur Wang est venu vous voir, conclut Ouyang.

Il avait commencé à associer la nouvelle façon de boire d'Esen – amère, malheureuse – avec les entretiens des deux frères. Il réprima la pensée de ce qui s'était passé la dernière fois qu'Esen était venu le voir, ivre, après s'être querellé avec le seigneur Wang.

Esen dit :

— Il veut venir à Bianliang.

— Ne le laissez pas faire, dit aussitôt Ouyang en prenant place en face de lui. Vous savez que son seul but est de vous causer des ennuis.

Il n'eut pas besoin d'ajouter : « Souvenez-vous de Hichetu. »

Esen fit tourner son vin dans sa coupe.

— S'il doit causer des ennuis, peut-être vaut-il mieux l'avoir sous les yeux que le laisser au domaine sans surveillance.

— À vous entendre, on croirait qu'il n'est capable que de petites farces puériles.

— Nous pourrions découvrir en revenant qu'il a vendu le domaine, et qu'il est parti jouer les bureaucrates à la capitale.

— Ce ne serait pas la pire des éventualités. Mais il ne peut pas faire cela : la famille de Bolud le détruirait, dit Ouyang avec mépris. Ils n'ont pas besoin qu'on leur prouve qu'il est à l'origine de l'exil d'Altan. Leurs soupçons suffiraient à les convaincre d'agir contre lui.

— Je croirais plus volontiers en la survie de Wang Baoxiang qu'en celle de Bolud-Temur, au sein de ce nid de serpents, argua Esen. Non, je ne lui fais pas confiance. Qui s'y risquerait, après ce qu'il a fait à mon père ? Mais c'est encore mon frère. J'aurai beau souhaiter le contraire, cela ne changera jamais. (Il se renfrogna et lâcha un rire bref.) Je le déteste ! Et pourtant, je l'aime encore. Si seulement je pouvais simplement le haïr... Cela serait bien plus facile.

— Les émotions pures sont l'apanage des enfants et des animaux, déclara Ouyang.

Il sentit peser sur lui l'entrelacs compliqué de ses propres sentiments.

— Mais peut-être est-ce une opportunité à saisir, reprit Esen d'un ton méditatif. Il pourrait se racheter, me demander pardon. Quel meilleur endroit qu'en campagne, comme quand nous étions enfants ? Je voudrais lui pardonner ! Pourquoi rend-il cela si difficile ?

— Wang Baoxiang a tué votre père. Quel pardon peut-il y avoir, dans ces conditions ?

Ouyang s'était exprimé avec plus de dureté qu'il ne l'avait voulu.

— Oh, va te faire foutre ! (Pris d'une rage soudaine, Esen lança la cruche de vin à travers la pièce ; elle vola en éclats.) Tu crois que je l'ignore ? Maudite façon que tu as de me prendre au mot… Pourquoi ne pas me permettre de rêver un peu ? Je sais qu'on ne peut revenir en arrière. Je sais que cela ne sera jamais comme avant. Je sais que je ne lui pardonnerai jamais. Je le sais !

Puisque Ouyang restait silencieux, Esen commenta :

— Tu ne te mets pas à genoux, à ce que je vois.

Il tâtonna devant lui et trouva une cruche contenant encore du vin, dont il remplit de nouveau sa coupe.

Ouyang fut frappé par le souvenir de son retour de Bianliang. S'il s'était mis à genoux, ce jour-là, c'était parce qu'il savait que cela provoquerait la colère dont il avait besoin. Mais à présent, la rage d'Esen n'était plus nécessaire ; tout s'était déjà mis en branle, et les événements se succéderaient indépendamment des actes ou des sentiments d'Ouyang. S'il s'agenouillait maintenant, ce serait parce qu'il en avait envie. Cette pensée l'emplit d'une honte brûlante.

Dans un murmure, il dit :

— Vous êtes déçu ?

Esen abattit sa coupe sur la table dans un clapotis. Lorsqu'il releva la tête vers Ouyang, il y avait une faim tourmentée dans son regard, qui les relia l'un à l'autre comme un contact physique. Ouyang entendit la voix du seigneur Wang. *« Toi et Esen, vous n'êtes pas pareils. »* La ressemblance et la différence : le bois et l'étincelle.

Mais le regard d'Esen se ternit, et il baissa les yeux sur sa coupe.

— Je suis désolé. Cela fait bien longtemps que je t'ai autorisé à te montrer honnête avec moi.

Les émotions torturées d'Ouyang lui donnaient l'impression d'être un marin sur un vaisseau ballotté par un typhon, s'accrochant à chaque instant de sa vie, tout en sachant qu'il n'y avait rien, pour lui, que la noirceur des abysses. D'une voix monocorde, il répliqua :

— Vous êtes le prince du Henan. Ne vous excusez pas.

Esen pinça les lèvres.

— Je suis le prince du Henan, en effet. (Une flaque de vin renversé s'étalait entre eux sur la table.) Va. Dors bien. Prépare-toi pour le départ.

Ouyang se retira et gagna sa propre résidence. Absorbé par ses douloureuses réflexions, il eut la mauvaise surprise de découvrir Shao, ainsi qu'une poignée de ses commandants de bataillon, qui l'attendaient dans son salon.

— Qu'y a-t-il ?

Il s'était exprimé en han'er, puisque les hommes présents étaient tous nanren. Parler cette langue ne lui avait jamais semblé naturel. C'était une autre des nombreuses choses qui lui avaient été volées.

Le commandant Zhao Man – auquel ses boucles d'oreilles pendantes conféraient une certaine délicatesse, en dépit de son apparence brutale – lui dit :

— Général. Est-il vrai que le seigneur Wang a l'intention de nous accompagner ?

— Je n'ai pas pu dissuader le prince de l'y autoriser.

— Il n'est jamais venu en campagne. Pourquoi le faire maintenant ?

— Qui sait ce qui se passe dans l'esprit du seigneur Wang ? rétorqua Ouyang d'un ton impatient. Nous n'y pouvons rien ; il faudra nous en accommoder.

Shao déclara :

— Le seigneur Wang est dangereux. Ce qui est arrivé à Altan…

— Peu importe, insista Ouyang. (Il soutint le regard de Shao jusqu'à ce que l'autre se détourne.) Le prince lui a retiré l'essentiel de son pouvoir, même ici, à Anyang. Sur le plan militaire, il n'en a aucun. Quelle menace représente-t-il à mon égard ?

— Le seigneur Wang est loin d'être un imbécile, murmura quelqu'un d'autre.

— Assez ! Qu'il soit là ou non, cela ne changera rien, affirma Ouyang avec irritation.

Il les laissa maugréer entre eux. Il ne parvenait pas à se convaincre que la présence du seigneur Wang devait le préoccuper. Il ne pouvait que continuer à avancer en considérant que son succès était inévitable. En imaginant ce qui risquait de se produire, ou ce qui aurait pu se passer si les choses étaient différentes, il ne parviendrait qu'à se rendre fou. Il fut soudain traversé d'un souvenir sensoriel d'Esen ; ce n'était pas un moment en particulier, mais une sorte d'assemblage de tous les instants qu'ils avaient passés ensemble. Le contact de sa peau, son odeur particulière, sa présence. C'était intime et totalement faux, et c'était tout ce qu'Ouyang posséderait jamais.

Bianliang, aux portes de la région nord du Yuan, ne se trouvait qu'à trois cents li au sud d'Anyang. Il n'y avait pas de montagnes sur le trajet, ni de dangereuses rivières à traverser. Un Mongol déterminé, avec plusieurs chevaux de rechange, aurait pu s'y rendre en une journée. Même pour une armée, le voyage aurait dû être d'une simplicité enfantine. Ouyang examina les chariots de ravitaillement – l'équivalent des ressources nécessaires à un bataillon – englués jusqu'aux essieux dans la boue, et pensa : *Je vais le tuer.*

— Cela a assez duré ! s'irrita Esen lorsque Ouyang lui relata l'incident lors de son rapport du soir.

Esen cracha la coque d'une graine de courge grillée, comme s'il s'agissait d'un projectile visant la tête du seigneur Wang.

— Oh ! Je sais que tu m'avais prévenu, reprit-il. J'ai été bien bête d'espérer qu'il avait changé ; qu'il pourrait essayer de se rendre utile. J'aurais mieux fait de souhaiter que des chevaux se mettent à tomber du ciel ! Ce qui se passe est ce à quoi j'aurais dû m'attendre depuis le début : qu'il chercherait à me faire mourir d'exaspération.

Il bondit sur ses pieds et se plaça face au sabre de son père, monté sur son socle, qu'il faisait installer chaque soir par les serviteurs lorsqu'ils dressaient son ger.

— Que dois-je faire ?

Il était difficile de dire si sa question s'adressait à Ouyang ou à l'esprit de son père. Ouyang, qui n'avait aucune envie que l'esprit de Chaghan se mette à donner son avis, répliqua simplement :

— Punissez-le.

Au même moment, il fut assailli d'une sensation au fond de lui-même ; celle d'une cloche qui sonnait en réponse à la vibration d'une cloche semblable. Il se revit s'agenouillant devant Esen, le provoquant pour qu'il l'humilie, afin que sa propre haine lui donne la force de faire ce qui s'imposait. Les méfaits du seigneur Wang n'avaient qu'un seul objectif : provoquer sa propre humiliation par Esen. Soucieux, Ouyang se demanda : *Mais si c'est le cas… pourquoi en a-t-il besoin ?*

Esen se dirigea d'un pas vif vers les gardes postés à sa porte et leur transmit sèchement ses instructions. Ouyang mit de côté son bol de soupe aux nouilles et au mouton, puis se leva, pensant partir ; mais Esen revint et lui appuya sur l'épaule pour le faire rasseoir.

— Reste.

Sur son visage s'était peinte une expression cruelle qui ne lui ressemblait pas. Un autre aurait imaginé qu'il se préparait seulement à combattre ; mais Ouyang, qui avait vu Esen dans les instants précédant les batailles, savait que cette expression-ci était pire. Quelque chose en elle lui rappelait Chaghan, comme si Esen avait bel et bien réussi à invoquer ce vieil esprit plein de rage.

— Qu'il te voie donc être témoin de sa honte. Ne s'agit-il pas de ton armée, à toi aussi ?

— Il ne me remerciera pas pour cela.

« Nous avons tous les deux été témoins des humiliations de l'autre. »

— Il ne me remerciera pas non plus, après ce que je m'apprête à faire.

Le seigneur Wang entra quelques instants plus tard. Après deux semaines sur les routes, son teint laiteux – qui voyait rarement le soleil – avait pris la couleur d'une pousse de bambou défraîchie. Il se laissa tomber sur le tapis en peau de tigre, adressant au passage un regard venimeux à Ouyang, puis dit d'un ton maniéré destiné à attiser la fureur d'Esen :

— Oh, donne-moi donc à boire, mon cher frère. Cela adoucira un peu la fabuleuse réprimande que tu es sur le point de m'administrer. À moins que toi et ton petit chien ayez déjà tout bu ?

— Wang Baoxiang, siffla Esen.

— Mon frère ! (Le seigneur Wang battit des mains.) Félicitations ! Tu as su reproduire son ton à la perfection. Ah… J'ai l'impression d'entendre l'esprit de notre père. Pourquoi donc portons-nous son deuil, alors qu'il est là, parmi nous ? Regarde : tu m'as donné la chair de poule.

— Est-ce donc pour cela que tu as souhaité nous accompagner ? Pour pouvoir m'aiguillonner de tes perfidies mesquines ?

Le seigneur Wang eut un rictus sardonique.

— Je ne voudrais surtout pas manquer de faire ce que tu attends de moi.

— Je ne… Tu as déjà largement mérité mon manque de confiance à ton égard !

— Ah, bien sûr, j'avais oublié… Puisque tu as réussi à être le fils idéal, il n'y avait aucune raison que je n'y parvienne pas, moi aussi. Que j'ai été égoïste et têtu, de refuser ce bonheur à mon père… N'ai-je pas commis tous mes méfaits délibérément, par désir de le blesser ? Comme j'ai dû appeler sa mort de mes vœux !

Esen le dévisagea froidement.

— Wang Baoxiang, je ne tolérerai pas que tu interfères avec le fonctionnement de cette armée. Que ceci te serve d'avertissement. Allez-y ! lança-t-il.

Les deux jeunes gardes entrèrent, les bras chargés de livres.

Sans changer d'expression, Esen prit un ouvrage au garde le plus proche et le jeta dans le feu. Les deux soldats se mirent à faire de même, livre après livre. Les flammes du foyer sacré montèrent, faisant tourbillonner la cendre, et le ger s'emplit de l'odeur du papier brûlé. Ouyang vit que tout le sang avait reflué du visage du seigneur Wang. C'était une réaction si impressionnante qu'elle rappela à Ouyang le visage horrifié du premier homme qu'il ait jamais tué.

Le seigneur Wang dit, d'un ton effroyable :

— Je vois que tu recèles en toi la cruauté de notre père.

Un remue-ménage à l'extérieur les fit tressaillir ; et un serviteur entra en courant. Il effectua une révérence anxieuse et balbutia :

— Prince ! Venez, je vous en prie ! Votre cheval préféré... Il est...

Les lèvres encore blêmes, le seigneur Wang eut un rire affreux.

— Son cheval ! Oh, comme c'est triste...

— Si tu as osé... ! cracha Esen.

Attrapant déjà sa cape, il riva un regard plein de soupçon sur le seigneur Wang.

— Osé quoi, mon frère ? Me montrer aussi cruel que toi ? Non, sois sans crainte : si j'avais voulu te blesser, tu l'aurais su.

Le visage crispé de fureur, Esen se retourna et quitta le ger. Les gardes le suivirent. Ouyang et le seigneur Wang restèrent seuls, les livres s'affaissant doucement dans le feu, le cheval hurlant au loin.

Ouyang regarda les flammes jouer sur le visage baissé du seigneur Wang. Il y lut une trace de satisfaction malsaine, comme si Esen lui avait offert la preuve qu'il attendait... mais que, ce faisant, il avait tué l'espoir qui subsistait encore dans son esprit.

Le seigneur Wang siffla :

— Sors d'ici.

Ouyang l'abandonna à la contemplation de ses livres qui se consumaient. C'était une scène pitoyable ; mais si Ouyang se sentait coupable, cela n'avait rien à voir avec le seigneur Wang. C'était la trahison d'Ouyang qui avait fait d'Esen, au cœur pur et bienveillant, un être capable de cruauté et de suspicion. Durant des années, Ouyang avait observé sa simple joie de vivre avec jalousie, admiration, mépris et tendresse ; et à présent, elle avait disparu.

La matinée avait été maussade, et tous savaient que la halte se poursuivrait certainement pour le reste de la journée, en raison de la mauvaise humeur du prince du Henan. Le cheval était mort – d'une torsion intestinale – et Esen avait passé les heures qui suivaient en chagrin et en fureur. Malgré les soupçons qu'il nourrissait à l'égard du seigneur Wang, la maladie avait été vérifiée par l'autopsie : c'était tout simplement le fruit du hasard.

— Qu'est-ce qui peut pousser un homme à pleurer autant pour un cheval ? s'enquit Shao, faisant jouer une pièce noire de weiqi entre ses doigts.

Ils se trouvaient dans le ger d'Ouyang. À l'extérieur, conformément à l'humeur générale, il pleuvait.

— C'est son père qui le lui avait donné, répondit Ouyang en plaçant lui-même une pièce blanche.

Il détestait parler d'Esen avec Shao, comme si Esen n'était qu'un ennemi. Il s'obligeait néanmoins à le faire. Il voyait parfois sa relation avec Esen sous la forme d'une fine bande de métal qu'il pliait délibérément d'un côté et de l'autre. Chaque fois qu'elle se pliait, il souffrait. Peut-être ne souffrirait-il plus lorsqu'elle se casserait enfin, pourtant Ouyang ne parvenait pas à s'en convaincre.

Shao demanda :

— Où sont les autres ? Ils sont en retard.

Comme en réponse, le pan de la tente se souleva, laissant passer une bourrasque chargée de pluie. Le commandant Chu se baissa et entra. Sans préambule, il annonça :

— Général, Zhao Man a disparu.

Ouyang leva brusquement les yeux.

— Les détails.

— Aucun de ses hommes ne l'a vu depuis la nuit dernière. Il n'a apparemment pas dormi dans son ger.

— Il aurait déserté ? suggéra Shao.

— C'est possible, monsieur.

Chu sursauta lorsque le pan s'ouvrit de nouveau pour laisser entrer les autres commandants de bataillon. Ils vinrent s'agenouiller autour du plateau de weiqi ; la partie, que Shao était en train de gagner, était soudain oubliée.

Le commandant Yan dit :

— Général. Est-il possible qu'il ait parlé ?

— À qui, et pourquoi ? répondit sèchement Shao. C'est peu probable.

— Malgré tout, nous devons envisager le pire.

— De toute évidence, le pire ne s'est pas produit, puisque nous sommes ici à en discuter, intervint Ouyang. (Il parlait vite, cherchant à se convaincre autant que les autres.) Si quelqu'un parle, ne serait-ce pas pour être récompensé ? Pourquoi déserterait-il ensuite, sans rien emporter que ce qu'il a sur le dos ? Non. Demain, nous le trouverons quelque part où il sera tombé de cheval ; c'est tout ce qu'il y a à dire à ce sujet.

Shao dit :

— Nous continuons.

Les commandants Chu et Geng hochèrent la tête, mais Yan et Bai échangèrent un regard. Quelques instants plus tard, Yan dit :

— Avec tout le respect que je vous dois, général, je ne suis pas convaincu. Vous avez peut-être raison ; mais l'incertitude m'inquiète. Il y a de plus en plus d'éléments qui nous échappent dans cette situation. Comment pourrions-nous continuer à mettre en œuvre notre plan en toute confiance ?

Le commandant Bai ajouta, de sa voix éraillée :

— Je suis d'accord avec Yan. Il faut attendre.

— Non ; il est trop tard pour cela, déclara Ouyang.

Il remarqua les regards que se lançaient les autres à ces mots. Ils avaient cette attitude prudente qu'on adopte avec quelqu'un qui s'accroche obstinément à une idée, au mépris de la logique.

— S'il y en a parmi vous qui ne sont pas sincèrement convaincus du succès de cette entreprise, vous pouvez vous en dissocier. En cas d'échec, votre nom ne sera pas évoqué. Je ne vous demande que votre silence.

Yan et Bai se regardèrent de nouveau, puis Yan dit :

— Je ne vois pas ce que nous gagnerions à en parler.

— Dans ce cas, c'est ici que nos chemins se séparent, déclara Ouyang en se retournant vers le plateau de jeu.

— Portez-vous bien ; je vous souhaite de réussir, général, dit Yan. (Il se leva et s'inclina.) J'espère pour vous que j'ai tort d'en douter.

Ouyang posa une autre pièce sans vraiment la voir. Il remarqua du coin de l'œil que Shao pinçait les lèvres, mécontent. Il crut que Shao allait lui chercher querelle ; mais après quelques instants, l'homme posa une pièce sans rien dire. Ouyang, en observant le plateau, se sentit peu à peu oppressé. Les pièces noires de Shao s'amassaient autour des blanches, les poussant vers l'intérieur en une spirale qui ne laissait aucune possibilité d'évasion.

Ouyang observa les corps, furieux. Yan et Bai avaient été découverts peu après dans le ger de Yan, gisant dans des flaques de leurs propres vomissures. Malgré sa colère, il prit soin de conserver un visage impassible. Il savait que Shao rôdait en périphérie de son champ de vision.

— Que s'est-il passé ? voulut savoir Esen, tout aussi furieux qu'Ouyang.

La mort de ses hommes au champ de bataille ne l'affectait jamais. Celles-ci, survenues au sein de son propre camp – après une nuit passée à regarder son cheval adoré mourir dans d'atroces souffrances – l'avaient bouleversé. Il braqua un regard mauvais sur le seigneur Wang, qui avait été attiré sur les lieux comme un faucon gerfaut par la vue d'une proie.

D'un air aussi indifférent que possible, Ouyang répondit :

— Nous avons perdu quelques hommes, dernièrement, d'une maladie particulièrement virulente provoquée par des rations périmées. Nous croyons en avoir identifié la source, mais il est possible que des produits contaminés subsistent encore parmi nos réserves. Le fait que Yan et Bai soient morts ensemble, après avoir bu et mangé, suggère que la cause soit commune.

Esen secoua la tête, impatient.

— Aussitôt après la disparition du commandant Zhao ? Il ne peut s'agir d'une coïncidence. Appelez le médecin !

Le médecin, une fois arrivé, s'agenouilla près des corps. Il avait récemment remplacé un homme plus âgé à ce poste et Ouyang ne le connaissait que de vue. De plus en plus soucieux, Ouyang vit qu'il travaillait de façon méthodique, indiquant qu'il était expérimenté. Shao, qui n'était pas un idiot, avait dû utiliser un poison rare ; il savait que seuls les médecins de cour se spécialisaient dans ce domaine. Mais c'était un pari qu'Ouyang n'aurait pas osé faire lui-même. Sombrement, il pensa que Shao n'avait fait qu'échanger une incertitude contre une autre : ils n'avaient pas pu être sûrs du silence de Yan et Bai… mais ils ne pouvaient non plus savoir si leurs cadavres parleraient à leur place.

Lorsque le médecin se leva après avoir terminé son examen, Ouyang eut un frisson glacé à la vue du seigneur Wang. Celui-ci l'observait, un rictus ironique sur sa bouche mince. On aurait dit qu'il venait d'avoir une confirmation qu'il attendait, sans pour autant l'espérer.

— Vénérable Prince. (Le médecin s'inclina devant Esen.) Après avoir examiné les corps, je pense qu'ils sont morts de mort naturelle.

Esen fronça les sourcils. Sous son masque impassible, Ouyang ressentit un soulagement mêlé de surprise. Shao, à côté de lui, lâcha un soupir ; mais lui n'était pas soulagé. Non, pensa Ouyang, il s'agissait de la satisfaction d'un fou qui voit sa témérité récompensée. Shao n'avait pas douté un instant que ce serait le cas.

Le médecin poursuivit :

— Je ne décèle aucun signe suspect, aucune trace de violence ni de poison. Il est possible que l'hypothèse du général soit la bonne.

Les symptômes correspondent à ceux d'une maladie fulgurante, de celles que provoque la nourriture avariée.

— En êtes-vous sûr ?

— En surface, c'est assez similaire au poison, puisque la nourriture dont il est question constitue en elle-même une sorte de poison. Mais l'examen permet de distinguer clairement les deux types de décès. (Le médecin se leva.) Vénérable Prince, veuillez considérer que je vous ai communiqué mon opinion informée à ce sujet.

L'expression d'Esen demeura sombre. Après un moment, il reprit :

— Très bien. Procédez à l'enterrement. Cette affaire ne doit pas gêner le bon déroulement de nos préparatifs. Demain, nous parcourrons la même distance qu'à l'accoutumée. Soyez prêts !

Il partit ensuite abruptement.

Le seigneur Wang se rapprocha doucement d'Ouyang. Son visage de chat satisfait était néanmoins ourlé de rouge. Malgré sa coiffure et sa tenue immaculées, il semblait tourmenté… comme s'il n'avait pas fermé l'œil depuis la punition infligée par Esen, deux jours plus tôt.

— Quelle négligence. Tu as réussi à perdre tous ces commandants juste avant une bataille cruciale ? Si j'étais toi, je m'inquiéterais du moral des troupes.

D'un ton acerbe, Ouyang lui répondit :

— Inquiétez-vous surtout du vôtre, mon seigneur. Les blessures causées par la selle vous empêchent de dormir, peut-être ?

Le seigneur Wang le gratifia d'un regard acéré.

— J'aurais pu te dire que j'étais hanté par mes péchés. Mais je viens de me souvenir de tous ceux que tu as commis, toi, et je n'ai pas l'impression que cela t'ait ôté le sommeil.

Puis, à la stupéfaction d'Ouyang, les yeux du seigneur Wang glissèrent par-dessus son épaule, tandis qu'il serrait les lèvres, amer et incrédule. Ce regard familier glaça le sang d'Ouyang. La chose que voyaient les animaux, qui faisait s'élever les flammes des bougies en sa présence… Cette chose était derrière lui et, pour une raison mystérieuse, le seigneur Wang la voyait. Ouyang sentit sa peau se flétrir d'horreur. Il savait que ce ne pouvait être une caractéristique du seigneur Wang qu'il aurait omis de remarquer, depuis toutes ces années qu'il le connaissait. Non, c'était nouveau. Quelque chose avait changé chez Wang Baoxiang, depuis ce soir-là, dans le ger d'Esen. Et Ouyang n'avait aucune idée de ce que cela signifiait.

Sa réaction dut être visible, car le seigneur Wang pinça les lèvres de plus belle.

— C'est dommage, général, que les bons commandants soient si rares et précieux. Ces trois-là étaient parmi tes meilleurs officiers, n'est-ce pas ? Et dans un délai si court, je pense qu'il sera difficile de cultiver la confiance nécessaire à un affrontement si capital.

— J'ai suffisamment d'hommes en qui j'ai confiance, rétorqua brusquement Ouyang.

Une sueur froide coulait, piquante, sous son armure.

— Vraiment ? Je l'espère pour toi, général. Bianliang est un enjeu important. Puisque je n'arrive de toute façon pas à dormir, peut-être devrais-je passer quelques-unes de ces heures à prier pour notre victoire.

— Priez tant que vous voulez, répliqua Ouyang. Cela ne fera aucune différence.

— Eh bien… Tes prières, bien sûr, n'en feraient pas. Quelle divinité, quel ancêtre écouterait un misérable eunuque ? Moi, peut-être m'écouteraient-ils. Mais tu n'as pas tort : je préfère effectivement croire en l'efficacité de mes propres actes.

Le sourire sans joie du seigneur Wang était aussi coupant qu'une lame. Ouyang fut troublé de ne pas réussir à déterminer vers qui cette lame se tournait.

— Sois prévoyant, général. Je détesterais te voir échouer.

21

Anfeng, deuxième mois

Ma était étendue dans la lueur de la lampe, la tête de Zhu entre les jambes. Elles étaient à l'œuvre depuis si longtemps que toute friction avait disparu ; les doigts de Zhu glissaient en elle avec une telle facilité que leur mouvement était presque invisible.

— Plus fort, gémit Ma en s'arc-boutant. Plus fort…

Elle sut sans le voir que Zhu souriait. Celle-ci joignit son cinquième doigt aux précédents, formant un triangle qu'elle pressa petit à petit vers l'intérieur, en une lente pénétration. Ma le sentait… Elle le sentait très bien. Cela faisait mal ; c'était un plaisir dévorant qui semblait familier et nouveau en même temps ; c'était tout ce qu'il y avait au monde. Elle entendit crier sa propre voix.

— Tu veux que je m'arrête ?

— Non !

Ma imagina le sourire de Zhu, espiègle et concentré, avec cette pointe de curiosité détachée qui ne la quittait jamais, même dans les moments d'intense vulnérabilité qu'elles partageaient. Zhu enfouit sa main plus profondément encore, jusqu'à sa partie la plus large. Elle entra avec assurance, petit à petit, tandis que Ma haletait et gémissait autour de ses phalanges. Lorsque Zhu s'immobilisa, Ma s'aperçut qu'elle avait perdu la faculté à concevoir des pensées cohérentes. Elle n'était plus que sensation. Douleur et plaisir, plaisir et douleur. Elle ne sut pas combien de temps avait duré cette pause, lorsque Zhu se remit à bouger. Vers l'avant, ou peut-être vers l'arrière ; alors, Ma s'agita en spasmes incontrôlables contre la main de Zhu. Elle était si déployée que ses muscles vibraient, au lieu de se crisper. Elle hoqueta et frémit, sentant la dureté rocheuse de Zhu dans son corps.

— Ça va toujours ?

La voix de Zhu avait flotté jusqu'à elle. D'une langue légère, Zhu caressa son point le plus sensible, lui tirant un autre hoquet et une nouvelle série de légères vibrations. Lorsque celles-ci s'apaisèrent, Zhu la pénétra de nouveau, et Ma cria en éprouvant une sensation trop grande pour être contenue en elle ; alors, Zhu avança une dernière fois et s'enfonça en elle jusqu'au poignet. Ma frissonna autour d'elle, immobile, soulevée de sa propre chair par cette douleur exquise. Partout le long de son corps, ses muscles tressautaient selon des rythmes contradictoires, comme le métal grince en refroidissant.

— J'ai l'impression que je pourrai te prendre en entier, prendre tout ce que tu as à me donner, souffla Ma.

Elle reconnaissait à peine sa propre voix. Zhu rit doucement.

— Tu as déjà tout pris.

Elle baissa la tête, et Ma sentit de nouveau sa langue entre ses cuisses. La caresse de Zhu, douce et répétitive, se poursuivit encore et encore, jusqu'à ce que les frissons fébriles de Ma se muent en nouvelles vibrations. Épuisée, elle recommençait l'ascension. Elle ne parvenait qu'à onduler faiblement contre la bouche de Zhu, sentant son cœur battre dans la peau sensible qui entourait sa main. Tout cela lui procurait une excitation mystérieuse : elle pouvait accueillir Zhu en elle et la retenir dans son corps, et il lui semblait qu'elle était la seule personne au monde à posséder ce pouvoir.

Je voudrais la prendre pour toujours, pensa Ma, terrifiée. De quoi pouvait-il s'agir – cet abandon infini de son cœur battant autour de Zhu – sinon de l'amour ? Elle, qui aurait pu lui faire du mal, mais choisissait de ne pas le faire. Qui, en remplissant le corps de Ma, lui était aussi intime qu'il était possible de l'être ; et qui, cependant, ne cessait jamais de s'éloigner d'elle, en quête de sa propre grandeur.

Zhu retira sa main en un long glissement torsadé. Ma gémit ; les mouvements de la langue de Zhu s'accélérèrent. Ma flotta au-dessus d'un lointain sentiment d'excitation et, soudain, sans même s'apercevoir qu'elle s'en était approchée, atteignit un dernier sommet dans un sanglot étranglé.

Zhu remonta en se trémoussant vers la tête du lit, avec l'aide malhabile de son bras-et-demi. Elle s'étendit près de Ma, un petit air suffisant sur le visage. Elle n'avait jamais besoin que Ma lui rende la pareille, ce qui l'attristait un peu. Mais cette fois, même si Zhu l'avait souhaité, Ma n'aurait été bonne à rien : elle n'avait même plus la force de tourner la tête pour l'embrasser.

Plus tard, elle sentit confusément que Zhu se levait – délaissant son pantalon en faveur d'une robe qu'elle pouvait enfiler sans avoir à serrer un nœud – et allait s'asseoir à son bureau, où elle s'entraînait à effectuer des tâches simples de la main gauche. La clarté de la lampe, derrière la tête penchée de Zhu, lui fit mal aux yeux. Soudain, la voir ainsi – avec sa silhouette qui se découpait sur fond de clarté – emplit Ma d'un insupportable sentiment de distance. Elle eut envie de courir à elle pour la prendre dans ses bras, pour transformer de nouveau la silhouette en vraie personne. Mais sous ses yeux, les détails de Zhu se firent de plus en plus flous. Elle la regarda se fondre dans cette lumière terrible, de plus en plus brillante…

Puis elle découvrit Zhu assise au bord du lit, et la lumière ne fut plus que la lumière du jour. Ma sentit la tiédeur de sa main gauche sur son épaule.

— Salut, Yingzi.

Zhu lui adressa un sourire, tendre et sincère, teinté d'une surprise qui – comme toujours – enchanta Ma. Elle adorait savoir que Zhu, malgré son sang-froid légendaire, était toujours un peu ébahie par son propre bonheur de trouver Ma dans son lit.

— Tu veux bien m'aider à mettre mon armure ? J'ai quelque chose à faire.

La porte de l'atelier de Jiao était grande ouverte, en dépit de la bise qui balayait les rues. Zhu entra. Elle fut immédiatement plongée dans la pénombre : l'espace caverneux n'était pas éclairé d'une seule bougie, quoiqu'il soit agréablement chauffé par la fonderie voisine. Une odeur prégnante de fer forgé et de vieille graisse collante flottait dans l'air, additionnée des arômes plus piquants de mystérieux mélanges alchimiques. Zhu réprima un éternuement.

Jiao était assis, voûté au-dessus d'une table, où il pesait des poudres à l'aide d'une minuscule balance. Lorsqu'elle bloqua la lumière venue de la porte, il la regarda en plissant les yeux comme un rat des bambous mal luné.

Zhu lui dit :

— Vous allez vous rendre aveugle, si vous continuez à travailler dans le noir. Vous avez peur d'exploser si vous allumez une lanterne ?

Elle était vêtue comme d'habitude, de son armure par-dessus sa vieille robe grise ; à présent, elle portait le bras en écharpe en travers du torse. Elle songea, pensive, qu'elle devait former une étrange silhouette. Ni guerrier ni moine ; ni entière ni infirme. Et Jiao, que voyait-il d'autre ? Un homme, une femme, ou quelque chose d'autre encore ?

Jiao s'écarta de la table et essuya ses mains noircies d'un chiffon plus noir encore.

— Je me demandais quand j'allais vous voir arriver.

Ses yeux se posèrent brièvement sur le sabre incurvé qu'elle s'était mise à porter, à la place de son ancienne arme rectiligne. Ce n'était qu'une décoration, dans tous les cas. Elle n'avait ni la force, ni la dextérité nécessaire pour manier la lame de la main gauche ; et elle jugea que Jiao le savait aussi bien qu'elle. Jusqu'à présent, son attitude de supériorité bourrue l'avait toujours amusée. Désormais, elle y discernait quelque chose qu'elle n'aimait pas. L'idée qu'il ne lui était pas supérieur par son instruction, pour laquelle elle éprouvait le plus grand respect, mais par sa nature. Parce qu'il était un homme.

Il poursuivit :

— Je présume que vous n'êtes pas là pour me tuer.

Elle perçut son assurance. Il savait que, si elle avait effectivement choisi de le tuer, elle l'aurait fait depuis longtemps. Et, parce que ce n'était pas le cas, il pensait qu'elle avait peur. Il se croyait plus fort qu'elle.

— Pensez-vous que ce soit parce que j'en suis incapable ? l'interrogea Zhu. À cause du bras, ou à cause de ce que vous savez ?

— À vous de me le dire.

Son regard était froidement calculateur. Il la comparait aux autres : à Chen, au premier ministre, au général Ouyang. Et Zhu était déjà diminuée, à ses yeux. S'il choisissait de ne pas la suivre, elle savait qu'il chercherait à lui infliger autant de dégâts que possible avant de partir. *C'est ce que je ferais, moi.*

Le moignon de Zhu la lançait au rythme des battements de son cœur, aussi régulier qu'une horloge à eau.

— Vous pensez avoir du pouvoir sur moi, parce que vous connaissez un secret. Mais c'est faux.

— Ce n'est pas un secret ? répliqua Jiao en haussant les sourcils.

— C'est un secret sans valeur. Vous pouvez le dire à qui veut l'entendre ; je ferai tout de même exactement ce que j'ai prévu de faire, et j'obtiendrai ce que je désire. Vous me pensez incapable de surmonter cette révélation, alors que j'ai surmonté tous les autres obstacles dressés sur mon passage ?

Le général eunuque avait fait d'elle la personne qu'elle avait besoin de devenir. À présent, sa destinée ne pouvait lui être refusée en raison de ce qu'elle était, car tout ce dont elle avait besoin pour l'accomplir se trouvait en elle.

— Je n'ai pas peur de ce que vous savez, affirma-t-elle. Comment est-ce qu'une telle chose pourrait m'arrêter, me détruire, alors que tout le reste n'y est pas parvenu ?

Elle inspira profondément et chercha l'étincelle blanche, la graine de sa grandeur.

— Regardez-moi, ordonna-t-elle. (Le menton de Jiao se releva légèrement, sous l'effet d'une obéissance réflexe.) Regardez-moi, et voyez celle qui va gagner. *Celle qui va régner.*

Elle tendit le poing gauche devant elle… et désira. Elle ressentit une sensation déconcertante d'ouverture, comme si elle se reliait au monde et à tout ce qu'il contenait, vivant ou mort. Tout ce qui se trouvait sous le Ciel. Elle hoqueta en sentant le pouvoir courir en elle. En un instant, la graine de lumière se mit à flamboyer, consumant de sa flamme purifiante le reste de ses pensées et de ses sentiments, jusqu'à ne laisser derrière elle qu'une douleur aveuglante : l'extase qu'on ressentait lorsqu'on regardait le soleil. Elle en brûlait ; elle était enflammée de sa croyance en son propre avenir resplendissant. C'était insoutenable. C'était superbe. Elle ouvrit la main.

La lumière jaillit, plus rapide qu'une pensée. La clarté blanche, implacable, souffla toutes les ombres ; elle balaya les recoins poussiéreux de l'atelier de Jiao, chassant leurs secrets grisâtres ; et elle fit reculer Jiao, dans un cri. La lumière inflexible qui débordait de la paume de Zhu retira toutes ses couleurs à Jiao, jusqu'à ce qu'il devienne aussi livide qu'un fantôme. Sa première réaction fut la terreur : il voyait une vraie flamme, qui allait exploser et les propulser tous les deux vers leurs prochaines vies. Avec satisfaction, Zhu regarda sa deuxième réaction se peindre sur ses traits : il comprenait que ce n'était pas une véritable flamme… et se mettait à lutter contre l'impossibilité que cela engendrait, et qui était pourtant la seule réponse.

Au bout d'un moment, haletant toujours, Jiao se pencha en avant – au prix d'un effort manifeste – et saisit sa balance. Ce fut toute la reddition qu'elle obtint de lui. Il était trop arrogant pour s'incliner, même vaincu. La tête penchée sur ses poudres, il lança d'un ton de banale curiosité :

— Parmi les Mandats du Ciel dynastiques consignés dans les registres, aucun n'avait cette couleur.

Zhu referma la main sur la flamme blanche. Des images résiduelles dansèrent devant ses yeux, dans la pénombre revenue. Son corps était parcouru d'énergie vrombissante.

— Ce n'est pas une couleur, dit-elle. (Elle sentit cette vérité résonner autour d'elle comme une promesse d'avenir.) C'est la lumière.

La troupe de Zhu quitta Anfeng deux jours plus tard, et atteignit Bianliang dans la clarté déclinante d'une fin d'après-midi. Même Jiankang, ce trône royal, n'était pas aussi vaste : la masse immense de Bianliang, noire comme de l'encre, se dressait devant eux comme un orage en approche. Et il ne s'agissait là que de son mur intérieur. Zhu avait établi son camp à cinq li au sud ; pourtant, il se trouvait encore derrière l'enceinte en ruine du mur extérieur. La vaste zone séparant les deux murs – et même les alentours du mur extérieur, jusqu'à dix li de distance – avait autrefois accueilli les manoirs de cette gigantesque capitale impériale. Mais depuis lors, on avait laissé le fleuve Jaune inonder la région si souvent que les édifices de bois étaient allés se dissoudre dans la terre, comme s'ils n'avaient jamais existé. À présent, on n'y trouvait plus qu'un marais stérile, des fantômes et les cris des hérons.

Si le paysage évoquait la solitude, ils n'étaient pourtant pas seuls. La course avait été plus serrée que Zhu ne l'avait imaginé, puisque elle-même avait eu une distance bien plus importante à parcourir. Néanmoins, le général Ouyang l'avait tout de même emporté. À l'est du mur intérieur, l'étendue de son camp ressemblait, elle aussi, à une ville. Ses torches projetaient une lueur dorée sur les remparts de pierre de Bianliang. Des trébuchets alignés levaient leurs grandes têtes, saluant silencieusement le mur devant eux.

Xu Da dit :

— D'après Chen, il est arrivé le sixième jour de ce mois.

— Il y a quatre jours, donc.

Zhu s'était crue suffisamment remise ; mais au terme du voyage, elle se sentait écrasée par l'épuisement. Son bras droit lui faisait mal, à force de rester plaqué contre son torse ; et son dos, parce qu'elle avait chevauché penchée sur un côté. Sans doute son bras serait-il de nouveau utile un jour ; mais pour le moment, elle aurait aussi bien pu perdre son membre tout entier. Son absence lui procurait le sentiment troublant d'être aveugle du côté droit. Elle se surprenait souvent à se tourner légèrement vers la droite, comme pour mieux voir.

— Mais il n'a toujours pas utilisé ses engins de siège, bien qu'il ne dispose que d'un temps très limité pour le faire. Pourquoi ?

— Il a fallu qu'il amène les trébuchets en pièces détachées depuis Anyang. Peut-être qu'ils n'ont pas fini de tous les assembler, suggéra Xu Da.

— Peut-être, acquiesça Zhu sans conviction.

Se tournant vers l'intérieur de son être, elle traversa sa fatigue pour toucher la légère vibration, cette présence lointaine d'une autre version d'elle-même. L'entrelacs frémissant de leur qi lui paraissait aussi intime que le souffle partagé de deux amants. Et à présent qu'il l'avait aidée à devenir celle qu'elle devait être, ils étaient plus entremêlés que jamais.

S'il attendait, ce n'était pas par incompétence, pensa-t-elle. Non : c'était autre chose. Elle se souvint du cercle de ses spectres, qui les avaient regardés se battre. De toutes les personnes qu'elle ait jamais vues, lui seul était hanté par les fantômes. Qui étaient-ils, et que lui voulaient-ils ? Et pourquoi étaient-ils si nombreux ? À les voir, on aurait cru qu'un village entier avait été exterminé en un instant...

Elle entendit la voix lointaine du premier ministre qui disait : *« Selon les anciennes lois, la famille d'un traître devait être exécutée jusqu'au neuvième degré. »*

Le général Ouyang : un esclave nanren de maîtres mongols, dont le seul plaisir semblait être la vengeance. Il lui avait révélé une vérité sur lui-même, alors que son sabre était enfoui dans son ventre : *« Peu m'importe que la victoire revienne à l'un ou l'autre camp. Ce que je veux n'a rien à voir avec cela. »*

Tout à coup, elle sut pourquoi il attendait.

Xu Da l'observait patiemment, les sourcils froncés.

— Tu as une idée, dit-il.

— En effet. Et elle ne va pas te plaire.

Zhu s'aperçut avec surprise qu'elle était trempée de sueur glacée. Elle n'avait pas peur ; mais son corps, si. Il se souvenait de la souffrance. Elle serra les dents pour retenir un hoquet. Une douleur intense avait embrasé son bras fantôme.

— Il faut que je revoie le général Ouyang.

Après un instant de silence, Xu Da dit d'un ton mesuré :

— Que tu le... revoies.

— Juste pour lui parler ! En espérant ne pas me faire embrocher, cette fois.

Sous sa douleur, elle sentait la présence du général Ouyang dans le lointain camp des Yuan, comme une braise au cœur d'un foyer. *Comprendre le feu n'empêche pas de s'y brûler.*

— Et il faut que ce soit maintenant, précisa-t-elle.

— La dernière fois, tu étais obligée de l'affronter, protesta Xu Da. (Son visage était empreint de peur, et de souffrance remémorée.) Cette fois, il y a d'autres solutions.

Zhu sourit, non sans effort.

— Tu te souviens de ce qu'a dit le Bouddha ? « Vis ta vie comme si ta tête était en feu. »

Instinctivement, elle savait que son désir ne serait pas satisfait si elle se contentait de s'accrocher aux chevilles de Chen tandis qu'il s'élevait. Si elle voulait davantage que les lambeaux de pouvoir qu'il daignerait peut-être lui jeter, elle allait devoir s'élancer dans les flammes.

De sa main gauche, elle pressa l'épaule de Xu Da.

— Il ne m'a pas anéantie la dernière fois, c'est tout ce qui compte. Alors, quoi qu'il arrive, cette fois…

Elle frissonna du plaisir de se sentir sur la bonne voie. C'était une sensation plus plaisante encore que l'impatience.

— … cela vaudra la peine.

Le problème du général Ouyang, pensa Zhu en se faufilant dans l'obscurité entre leurs deux armées, était qu'il n'avait pas l'imagination de Chen. *Si vous vouliez vraiment me rendre inutile, vous auriez dû me couper tous les membres et me garder dans un tonneau, comme le faisait l'impératrice Wu avec ses ennemis.* Une fois à l'intérieur du camp yuan, elle n'eut aucun mal à trouver sa tente couronnée de drapeaux, isolée en marge de la zone réservée à l'état-major. Cela lui ressemblait bien, songea-t-elle, de se placer ainsi à l'écart, sans se soucier des désagréments engendrés. *Ni du fait que sa tente soit moins bien gardée.*

Ces tentes mongoles rondes semblaient grandes vues de l'extérieur ; mais de l'intérieur, elles étaient gigantesques. Ou peut-être celle-là paraissait-elle plus grande, simplement parce qu'elle était presque vide. Abstraction faite de tous les braseros – qui, combinés au foyer central, rendaient l'atmosphère étouffante – et des multiples peaux de bête tapissant le sol de laine souple, la tente du général Ouyang était aussi sobre que la chambre de Zhu à Anfeng. Deux armures avaient été placées sur des supports, près d'un portant vide qui devait être destiné à celle qu'il avait sur lui. Des arcs et des flèches étaient disposés dans des caisses rectangulaires. Il y avait un coffre à vêtements, et un autre pour les petits outils et les morceaux de cuir servant aux réparations. Sur une petite table basse aux pieds arqués, on trouvait des papiers où couraient des lignes d'écriture mongole ; un casque surmontait le tout, comme un énorme presse-papiers. Il y avait enfin une bassine pour la toilette, et une simple paillasse recouverte d'une couverture en feutre. Aussi dépouillé que soit l'endroit, il en émanait malgré tout quelque chose qui n'appartenait qu'à lui. Zhu en fut surprise, à tort sans doute. Elle avait beau le comprendre, elle n'avait jamais vraiment imaginé qu'il puisse être un individu comme les autres, quelqu'un qui dormait, qui mangeait et qui préférait tel vêtement plutôt que tel autre.

Zhu entendit le murmure des fantômes à l'extérieur. Elle se tendit d'appréhension lorsque le pan de la tente s'ouvrit. Le général Ouyang franchit le seuil, tête nue. D'une main lâche, il tenait son sabre dans son fourreau. En la voyant, il s'arrêta et demeura parfaitement immobile. Le lien qui les unissait résonna, assourdissant, dans la tête de Zhu. Elle avait retiré son écharpe au bras, avant de venir. À présent, lentement et délibérément, elle étendit les bras de chaque côté de son corps. Sa main gauche, ouverte et vide. Son bras droit, terminé par un moignon bandé. Elle le laissa la regarder. Regarder ce qu'il avait fait.

Ils restèrent un moment ainsi, sans bouger. Puis, en une fraction de seconde, elle se retrouva plaquée contre la paroi de la tente, le brassard de cuir clouté du général Ouyang lui écrasant la gorge. Elle toussa et battit des pieds. Malgré le gabarit fin du général, elle ne pouvait davantage se libérer que si elle avait été étreinte par une statue. Le tissu rêche de la tente s'incurvait vers l'extérieur sous leurs poids combinés. Il s'approcha et lui murmura à l'oreille :

— Perdre une main ne vous a donc pas suffi ?

Il la lâcha. Elle s'effondra au sol et, par réflexe, tendit la main pour se rattraper… une main qui n'existait plus. Le monde s'emplit d'un éclair rouge lorsqu'elle s'écrasa sur le menton, avec un cri étranglé. Après cela, elle ne put d'abord que se tordre en haletant de douleur. La souffrance ayant cette faculté à rendre tout le reste insignifiant, elle n'était plus que vaguement consciente de la présence du général Ouyang, debout au-dessus d'elle. Elle sentit la pointe de son sabre lui piquer la joue.

— Prenez ce que vous voulez, grogna-t-elle entre ses dents serrées. Il en faut plus que cela pour me détruire.

Il s'accroupit près de sa tête, faisant craquer son armure.

— J'avoue être un peu surpris que tu sois encore dans les parages. Tes hommes doivent être bien pitoyables, pour en être réduits à suivre un infirme dans la mêlée.

Quelque chose d'autre couvait sous sa cruauté. L'envie. Zhu se souvint des fouets, et de la facilité barbare avec laquelle il sacrifiait ses conscrits. Ses hommes le méprisaient, et lui, les haïssait. Il ne les avait sans doute jamais gouvernés que par la peur, car il n'avait pas d'autre choix.

Il saisit le rebord du casque de Zhu et lui leva la tête pour la regarder dans les yeux. Malgré sa douleur, elle s'émerveilla de la frange sombre de ses cils, et de la ligne pure de ses sourcils en coups de pinceau. Comme s'il avait deviné la teneur de ses pensées, il lança :

— Manifestement, être aussi laid qu'un cafard vous en confère aussi la résilience. Mais il est des choses dont personne ne revient. Voulez-vous que nous les essayions, une à une ?

Zhu articula entre deux inspirations saccadées :

— Vous ne voulez pas entendre mon offre, d'abord ? Vous devez bien vous demander ce qui m'amène, après tout.

— Qu'avez-vous donc qui ait la moindre chance de me tenter ? Surtout que vous m'avez déjà donné l'opportunité de vous tuer ?

Une opportunité contre une opportunité. Une douleur plus précise irradia soudain de son bras droit ; celle de sa main fantôme, qui se coupait toujours jusqu'à l'os sur la lame de son sabre. Elle se demanda si elle parviendrait, un jour, à la lâcher.

— Vous n'avez pas encore attaqué parce que vous attendez des renforts. Mais puisque vous aviez délibérément laissé prendre Bianliang, vos renforts ne sont pas destinés à reconquérir la ville.

Elle leva les yeux, par-dessus l'épaule d'Ouyang, sur les fantômes amassés. Ils la regardaient toujours, mais leur vue ne la terrifiait plus. Ils emplissaient la tente, pressés les uns contre les autres en murmurant, telle l'assemblée des spectateurs juste avant le début d'une pièce. Le général Ouyang ne savait pas qu'ils étaient là. Mais simultanément, il le savait. Ce savoir était contenu dans l'essence de son être, car tout ce qu'il faisait était pour eux. C'était un homme enfermé dans une prison invisible, emmuré par les morts. Elle dit :

— Vous avez un autre objectif, qui n'a absolument rien à voir avec les Turbans Rouges.

Il tourna la tête comme s'il ne pouvait s'empêcher de suivre son regard. Il eut un rire horrifié lorsque ses yeux ne rencontrèrent que le vide.

— Que voyez-vous là, qui vous parle de moi ? (Il lâcha son casque et se laissa retomber sur les talons, une expression incrédule au visage.) C'est vrai, cela dit. J'attends effectivement des renforts. Ils seront là demain matin. Et même s'ils ne sont pas là *pour* vous… Ils n'auront tout de même aucun mal à vous éliminer. Puisque vous et votre ridicule petite armée êtes arrivés juste à temps pour vous mettre en travers de mon chemin.

— Et si je vous disais que nos objectifs sont compatibles ? Aidez-moi à faire sortir le premier ministre et le Prince de Lumière de la ville. Alors, j'emmènerai mon armée et je vous laisserai mettre vos plans à exécution, sans vous déranger.

Il l'observa.

— J'imagine que vous savez à quel point vous m'êtes désagréable. N'ai-je pas été assez clair, quand je vous ai dit que je voulais vous tuer ?

— Mais il y a autre chose, quelque chose qui est plus important pour vous que vos sentiments à mon égard. N'est-ce pas ?

Zhu se leva avec un grognement de douleur étouffé, tira le petit message enroulé de son armure et le lui tendit. Puisqu'il ne faisait aucun geste pour l'attraper, elle demanda :

— Vous pouvez le lire ? C'est écrit en caractères autochtones.

— Bien sûr que je sais lire ces caractères, rétorqua-t-il avec une indignation de chat mouillé.

— Je ne suis pas sûr que vous puissiez tenir un rouleau de papier ouvert tout en continuant à me menacer de votre sabre, fit remarquer Zhu. Faites-moi confiance : je commence à savoir ce qui est difficile à faire d'une seule main.

Tandis qu'elle se relevait, il la foudroya du regard, rengaina son sabre et s'empara du message.

— Il vient de notre chancelier d'État, Chen Youliang, expliqua-t-elle. Si je pouvais le faire parvenir au premier ministre, il saurait que Chen Youliang s'apprête à le trahir. Alors, il sortira de Bianliang pour venir à ma rencontre de son propre gré. Dès que je l'aurai, ainsi que le Prince de Lumière, je me retirerai du champ de bataille. Vous n'aurez pas à gaspiller votre énergie et vos hommes en m'attaquant.

— Et si votre premier ministre, recevant la lettre, décide de régler le problème lui-même ? Une fois que mes renforts seront arrivés, je n'aurai plus le choix. Que vous obteniez ou non ce que vous souhaitez, si vous ne vous retirez pas, je serai forcé d'attaquer.

— C'est un risque que je suis prêt à prendre.

— Que votre premier ministre a de la chance de susciter une telle loyauté !

L'aigreur s'était peinte sur son beau visage.

— Loyauté ? répéta Zhu. (Elle soutint son regard et sourit.) Je ne dirais pas cela, général.

La bouche de l'eunuque prit un pli amer.

— Je vois. Eh bien, je n'ai pas de loyauté non plus. Et comparé aux autres accords que j'ai conclus dernièrement, celui-là est dérisoire. (Il lui fit signe de se lever.) Si vous voulez envoyer ce message à Liu Futong, j'ai une méthode à vous proposer. Elle risque de ne pas vous plaire.

— Je vous écoute.

— Ce point que vous voyez, au-dessus des murs de la cité, est le sommet de la tour d'astronomie. Cela fait trois matins de suite que votre premier ministre s'y rend pour surveiller mon camp. Lorsqu'il montera en haut de la tour demain matin, une flèche l'y attendra, portant la lettre de Chen. Cela vous convient-il ?

Zhu le dévisagea.

— Donc, il faut que quelqu'un tire une flèche jusqu'en haut de la tour d'astronomie. Dans le noir. Depuis l'extérieur de la ville. Je n'ai qu'une lettre, vous savez.

— Faites-moi confiance : je suis assez mongol pour le faire, répliqua le général Ouyang d'un ton sardonique.

S'il échouait, la flèche tomberait ailleurs dans la cité. Elle serait trouvée et rapportée à Chen, qui saurait quel camp Zhu avait choisi. Mais Zhu, elle, ne saurait pas que Chen était au courant. Elle attendrait sur le champ de bataille, face au général Ouyang. Le premier ministre ne viendrait pas et Ouyang la tuerait. Elle allait mettre en jeu le potentiel que renfermait la lumière blanche, dans l'espoir de le réaliser tout entier. Tout ou rien, pour avoir une chance de vaincre Chen.

Elle n'avait plus peur du néant, comme auparavant. Mais elle n'avait pas non plus l'intention d'aller se jeter dans ses bras. L'appréhension monta en elle et sa peau se couvrit de chair de poule.

— Faites-le, dit-elle.

— Je savais déjà que vous étiez téméraire, mais… allez-vous vraiment mettre votre vie entre les mains de quelqu'un qui a failli vous tuer ?

— Vous n'avez pas failli me tuer, corrigea Zhu. Vous m'avez délivré.

Elle s'approcha de lui, l'obligeant à la regarder. En dépit de toutes les souffrances qu'il lui avait infligées, elle ne le haïssait pas. Elle n'avait pas non plus pitié de lui. Elle le comprenait, voilà tout.

— La dernière fois, vous avez dit que je vous avais poussé sur le chemin de votre destin, et vous avez promis de me faire rencontrer le mien. Mais tout comme vous connaissez votre destin, je connais aussi le mien. Vous ne me l'avez pas offert ce jour-là, parce que ce n'était pas le moment. *Maintenant*, c'est le moment. Alors… faites-le.

Le destin. Les traits du général se tordirent, comme si ce mot l'avait frappé. Zhu avait toujours pensé que, quel que puisse être son destin, Ouyang n'en voulait pas. Mais à présent, elle comprenait avec stupéfaction la vérité : il avait beau ne pas vouloir de son destin, le craindre et le haïr désespérément… il le désirait tout autant.

Zhu pensa au « Zhu Chongba » original, inanimé dans son lit, ayant perdu l'envie de vivre. Il n'avait pas voulu de son destin, lui non plus. Il l'avait abandonné. Les yeux de Zhu glissèrent sur l'épaule du général Ouyang et rencontrèrent ceux de ses fantômes. Elle s'était demandé, par le passé, ce qui les liait à lui. Mais c'était l'inverse, en réalité : c'était lui qui s'était lié à eux. C'était sa tragédie. Un destin terrible qu'il n'avait pas reçu en naissant, mais dont il était incapable de se défaire.

Alors, l'espace d'un instant, elle eut pitié de lui.

Comme conscient de ce sentiment, il détourna vivement la tête. Il s'approcha des boîtes rectangulaires et y choisit un arc, ainsi qu'une unique flèche. En partant, il lui lança avec une sécheresse cuisante :

— Si vous voulez votre destin, restez ici.

Il fut absent un long moment. Assez longtemps pour aller voir le prince du Henan et lui montrer le message de Chen ; ou pour faire quoi que ce soit d'autre. Peut-être n'avait-il jamais eu l'intention de tirer la flèche. Plus Zhu y réfléchissait, plus cela lui paraissait impossible. Un garde annonça l'heure et, malgré elle, elle sentit son estomac se nouer.

Puis le pan de la tente se souleva, la faisant tressaillir.

— C'est fait, dit simplement le général Ouyang.

À son regard assassin, elle devina qu'il la rendait encore partiellement responsable de son destin, avec toutes les horreurs intimes qui y rôdaient.

— Je vous donne jusqu'à midi, demain, pour prendre vos hommes et partir. Avec ou sans votre premier ministre. Si après cela, vous êtes encore là, le marché ne tient plus. Maintenant, fichez le camp de mon ger.

Zhu attendit, sur son cheval, à la tête de son armée. Pour entretenir l'illusion, elle portait son sabre ; pourtant, même après des heures d'entraînement diligent, elle parvenait à peine à le dégainer d'un seul geste. *Comme si j'étais redevenue un moine incapable.* Elle se demanda si ses hommes avaient compris à quel point elle était malhabile. Cet affrontement tout entier ne reposait que sur les apparences. Exactement comme le Mandat lui-même. Le Mandat du Ciel du Prince de Lumière était capable de lever une armée pour le suivre ; mais c'était parce qu'il s'accompagnait de l'idée d'une ère nouvelle. Le Mandat de Zhu, qui ne s'appuyait pas sur de telles croyances, n'était rien d'autre qu'une lumière.

Pour le moment.

Pour qu'il devienne autre chose, elle allait devoir survivre à cette situation. Et si celle-ci ne reposait que sur les apparences… c'était aussi, simultanément, une question de vie ou de mort.

La brume flottait en volutes sur la plaine. Au fil de ses mouvements, Zhu distinguait des formes géométriques, très loin en hauteur, comme des images entrevues du royaume céleste de l'Empereur de Jade. Le bord droit des remparts ; les toits de la célèbre Pagode de Fer de Bianliang et de la tour d'astronomie. Le monde d'en haut comme le monde d'en bas étaient plongés dans un silence absolu.

Une brise monta du fleuve Jaune. La brume bougea, se fit plus transparente. Zhu contempla les visages pâles et déterminés de ses capitaines, tournés vers l'est, scrutant le camp des Yuan à travers le brouillard. L'issue de ce moment dépendait de la confiance qu'ils accordaient à Zhu. Et la conviction de Zhu, elle, était constituée d'un entassement précaire d'inconnues. Il fallait que le général Ouyang ait fait ce qu'il lui avait promis, et qu'il ait réussi ce tir impossible. Il fallait que le premier ministre ait trouvé la lettre, et qu'il y réponde de la manière espérée.

J'ai besoin qu'ils continuent à me faire confiance. Encore un peu seulement.

Il y eut un cri, rauque et étouffé.

— Commandant Zhu !

Les brumes s'étaient levées, assez pour leur permettre de distinguer ce qui les entourait. À l'est, le spectacle attendu du camp des Yuan, grouillant d'activité. Et à l'ouest…

Au premier regard, on aurait pu prendre cette masse hérissée de lignes verticales pour une forêt en plein hiver. Mais pas une forêt d'arbres… Une forêt de mâts. Au milieu de la nuit, une flotte était arrivée sur le fleuve Jaune ; et en ce moment même, une armée en débarquait.

— Oui, dit Zhu. Les Yuan ont appelé la famille Zhang, de Yangzhou, à leur secours.

Elle regarda la consternation se peindre sur leurs visages. Ils savaient ce que cela signifiait : ils étaient coincés entre le général eunuque, à l'est, et les troupes des Zhang, à l'ouest. Ils savaient que Chen ne ferait pas sortir ses troupes, à présent. Lui et le premier ministre allaient se terrer à l'intérieur, espérant tenir le siège jusqu'à l'été. Ils laisseraient Zhu à l'extérieur, où elle serait massacrée.

Elle pensa avec ferveur : *Faites-moi confiance.*

À cet instant, il y eut un spasme mécanique du côté du camp yuan ; et un projectile s'abattit contre le mur oriental. Après quelques instants, ils entendirent un grondement sourd, comme un coup de tonnerre au loin ; et une épaisse colonne de fumée noire s'éleva du rempart. Ce n'était pas un rocher : c'était une bombe. Un deuxième trébuchet se releva, puis un troisième. Leurs bras fendaient l'air et gravaient des arcs de cercle sur le ciel, comme des étoiles tournoyantes. Zhu ressentait chaque explosion tout au fond de son ventre. Elle tenta d'imaginer ce qui se passait dans la ville, entre Chen et le premier ministre. Qui finirait par trahir qui, à présent que tout avait changé ?

La lueur des explosions se refléta, mouvante, sur le visage de ses capitaines.

—Attendez, ordonna-t-elle.

Elle avait l'impression de retenir des chevaux rétifs ; elle sentait que le contrôle qu'elle exerçait sur eux ne cessait de faiblir. Si un seul d'entre eux décidait de se mettre à courir, les autres le suivraient…

Il n'y avait pas d'ombres, sous ce ciel plat. Les brumes matinales s'évaporèrent tandis que l'armée du général Ouyang émergeait de son camp, et commençait à se rassembler de l'autre côté de la plaine. Des unités montées décrivirent des courbes pour se mettre en position sur ses flancs. *« Je vous donne jusqu'à midi »*, avait-il dit. Midi approchait, et cependant, personne n'était encore sorti de Bianliang. Impuissante, Zhu regarda les différentes parties de l'armée d'Ouyang se rejoindre gracieusement pour ne former qu'un seul bloc, uni et immobile. *Il attend.* Seules les bannières en forme de flamme bleue se mouvaient encore, au-dessus de leurs têtes. Dans l'instant affreux qui s'éternisa alors, Zhu eut l'impression d'entendre suinter une horloge à eau : les gouttes se faisaient de plus en plus espacées, jusqu'à ce qu'enfin, la dernière tombe. Alors, il n'y eut plus qu'un immense silence en suspension.

Dans le silence, on entendit un son. Un tambour, qui battait comme un cœur. Puis un deuxième reprit le rythme qu'il frappait, suivi d'un autre. À l'ouest, une cadence jumelle leur répondit. Les armées du Yuan et des Zhang s'interpellaient. Elles se préparaient.

Xu Da chevaucha jusqu'à Zhu. Les autres capitaines tournèrent aussitôt la tête pour les observer ; le mouvement le plus vif était celui de Jiao. En lui montrant le Mandat, elle l'avait convaincu de la suivre… sur le moment. Mais ils se trouvaient alors en sécurité, à Anfeng. Elle se remémora la façon dont il les avait abandonnés à la rivière Yao. Lorsqu'il s'agissait de vie et de mort, il privilégiait toujours un bon général et l'avantage du nombre. Elle sentait que la confiance qu'il lui portait ne tenait plus qu'à un fil.

Xu Da lui dit, d'une voix basse et pressante :

—Il est déjà midi. Il faut partir.

Elle s'aperçut alors, avec un choc douloureux qui l'atteignit en plein cœur, qu'il doutait d'elle, lui aussi.

Elle regarda, par-dessus son épaule, la lointaine armée mongole. Elle était trop éloignée pour lui permettre d'en repérer les individus. Ce petit point brillant, au milieu de la première ligne, était-ce le général Ouyang ?

Et toujours rien n'arrivait de Bianliang.

Le battement des tambours se fit frénétique. Leur rythme croissant générait une pression qui les fit grincer des dents. À tout moment, cette pression pouvait éclater et déverser sur Zhu la puissance de deux armées. Elle serait alors annihilée… Cependant, Zhu avait déjà connu l'annihilation. Elle l'avait crainte toute sa vie… jusqu'à devenir *rien*, le néant, et en revenir.

Elle regarda Xu Da et s'obligea à sourire.

— Aie confiance en ma destinée, grand frère. Comment pourrais-je mourir ici, avant que tout le monde connaisse mon nom ? Je n'ai pas peur.

Mais Xu Da, lui, avait peur. Elle vit quel poids elle faisait peser sur l'amour et la confiance qu'il lui portait, en lui demandant de rester alors que tout semblait perdu. En dépit de leur enfance partagée et de leurs longues années d'amitié, elle s'aperçut qu'elle ne savait pas ce qu'il choisirait. Elle vit les tendons saillir de son cou, et son propre cœur s'affola. Puis, au terme d'un silence interminable, il dit doucement :

— C'est trop demander à un homme ordinaire, que de lui faire croire aveuglément au destin. En revanche, je crois en toi.

Il la suivit lorsqu'elle chevaucha le long de ses troupes. À mesure que ses hommes tournaient vers elle leurs visages blêmes, elle regardait chacun d'eux dans les yeux. Elle leur laissa voir son assurance : sa foi brillante et inébranlable en elle-même, sa destinée et la splendeur de son avenir. Et lorsqu'elle parla, elle sentit cette assurance les toucher et les étreindre, jusqu'à ce qu'ils deviennent ce dont elle avait besoin. Ce qu'elle désirait.

Elle dit :

— Tenez bon. Tenez bon !

Le rugissement des tambours était continu, à présent, et insoutenable. Et puis cela arriva enfin : un mouvement. Les deux armées convergèrent l'une vers l'autre, l'infanterie menant à l'ouest, la cavalerie à l'est. À cette vue, Zhu sentit une étrange immobilité s'abattre sur elle. C'était un mur qui n'était fait que de croyance. Au fond d'elle, elle savait qu'il lui fallait mobiliser jusqu'à ses dernières forces pour le maintenir entre elle-même et l'horreur qui s'approchait. Les cavaliers du général Ouyang se déployèrent tout en avançant, jusqu'à ce qu'enfin ils paraissent chevaucher côte à côte sur toute la longueur de l'horizon, en direction de Zhu et son armée. Sous un champ de bannières ondulantes, leurs lances et leurs sabres étincelaient ; ils étaient une vague sans cesse renouvelée par la marée qui les poussait ; et ils se transformèrent en un sombre océan, déferlant sur eux. Même à cette distance, la voix de la vague les atteignit: c'était un mugissement immense, fait de bruits humains et animaux mêlés au roulement des tambours.

Zhu ferma les yeux et écouta. À cet instant, elle n'entendit pas seulement le monde, elle le sentit: les vibrations de chaque fibre invisible qui reliait une chose à une autre, et qui tirait chacun d'entre eux vers leur sort. Les destinées qu'ils avaient reçues et acceptées... ou celles qu'ils avaient choisies, mus par le désir.

Elle entendit aussi le moment où le son du monde changea.

Ses yeux s'ouvrirent brusquement. Les tambours de l'est avaient entonné un nouveau rythme, et l'ouest leur répondit. L'armée des Zhang décrivit une large boucle, comme des hirondelles changeant de direction. Ils quittèrent la trajectoire qui les aurait fait entrer en collision avec Zhu, et ils se dirigèrent vers le mur ouest de Bianliang. Là, ils s'engouffrèrent dans une ouverture, avec la célérité d'une fumée montant dans une cheminée.

Alors... ils virent une silhouette à cheval flotter vers eux par-dessus la plaine, sortie d'une porte qui s'était ouverte au sud de la ville. Ses capitaines crièrent, surpris, et une pointe d'émotion, aussi fine qu'une aiguille, traversa le détachement de Zhu. Elle était minuscule, mais douloureuse, car sa nature était d'admettre la possibilité de l'échec:

L'espoir.

Alors même que la silhouette venue de Bianliang s'approchait, l'armée du général Ouyang déferlait encore vers eux. Tandis que la distance s'amenuisait, Zhu parvint tout juste à distinguer le cavalier sur son cheval noir au centre de la ligne de front, une perle luisante dans ce sombre océan. La lumière grise du jour se reflétait sur son armure miroitante. Zhu imagina les nattes volant sous son casque, et l'acier nu dans sa main.

Elle n'aurait su dire qui les atteindrait en premier. Elle avait perdu son détachement sans même s'en apercevoir: maintenant, elle n'était plus qu'une boule frémissante d'appréhension. Le cavalier de Bianliang parut s'approcher un peu plus vite, et Zhu ne put se souvenir quand elle avait respiré pour la dernière fois. Enfin, enfin, il fut assez proche pour permettre à Zhu de voir qui il était. Qui *ils* étaient. Zhu l'avait su... et cependant, tout l'air quitta ses poumons en un immense soupir de soulagement.

Xu Da talonna sa monture pour lui faire prendre le galop, alla se placer à côté du cheval ruisselant du premier ministre et cueillit le Prince de Lumière assis sur son pommeau. Zhu l'entendit crier au premier ministre:

— Je suis juste derrière vous! Continuez, continuez!

L'armée du général Ouyang surgit devant eux comme une vague sur le point de retomber. À l'instant où Zhu tournait la bride à son cheval, elle entrevit son beau visage dur. Le lien qui les unissait émit un chant plaintif. Comme toutes les substances similaires qui s'étaient touchées, le général eunuque et elle étaient entrelacés ; et même s'ils venaient à s'éloigner, elle savait que le monde chercherait toujours à les ramener l'un vers l'autre. *Les choses semblables doivent être ensemble.*

Dans quelles circonstances, elle l'ignorait, mais elle savait que, quel que soit le destin du général Ouyang – ce destin qu'il craignait et désirait à la fois –, il avait encore assez de chemin à parcourir pour qu'ils se rencontrent de nouveau.

Au revoir, lui dit-elle en pensée. Elle se demanda s'il était encore assez vivant, au fond de lui, pour sentir ce bref message. *Au revoir, pour l'instant.*

Se tournant vers ses hommes, elle cria :

— Retirez-vous !

Zhu les obligea à courir pendant deux heures, puis annonça la halte. Le général Ouyang ne les avait pas poursuivis, même s'il n'aurait pas eu grand mal à rattraper les dernières de ses unités d'infanterie. C'était parce qu'il avait mieux à faire, tout simplement, mais elle lui envoya néanmoins une petite pensée reconnaissante.

Elle mit pied à terre tant bien que mal et s'approcha de Xu Da, qui soulevait le Prince de Lumière de son cheval. Xu Da avait une expression amère sur le visage, qu'elle comprenait parfaitement. Cet enfant avait quelque chose qui provoquait le malaise. Le regarder donnait l'impression de voir un genou se plier dans le mauvais sens. Même à cet instant, après tout ce qui s'était passé à l'intérieur et à l'extérieur de Bianliang, le Prince de Lumière arborait toujours son sourire gracieux.

Le premier ministre Liu s'approcha, en boitant de fatigue. Sa robe était tachée et désordonnée, et ses cheveux blancs s'étaient échappés de son chignon. Il semblait avoir vieilli de dix ans depuis la dernière fois que Zhu l'avait vu. Elle pensa, non sans humour : *C'est sans doute mon cas, à moi aussi.*

— Salutations au premier ministre, dit-elle.

— Commandant Zhu ! C'est grâce à vous que j'ai été prêt à échapper à ce traître, Chen Youliang. (Le premier ministre avait craché son nom, plutôt que de le prononcer.) Dès qu'il a vu arriver les vaisseaux, j'ai su quelle était son intention : me trahir sur-le-champ. Il allait prendre le Prince de Lumière, et s'enfuir ! Mais je l'ai coiffé au poteau. (Il eut un rire dur.) J'ai ouvert les portes moi-même, et j'ai abandonné cette fourbe déjection de chien à son sort. Je souhaite que ces salauds de Hu le tuent lentement, pour qu'il puisse manger amer en enfer et dans toutes ses vies futures !

Zhu eut une vision agréable de ce qu'avait dû être l'expression de Chen, lorsqu'il avait compris qu'il était seul dans l'enceinte de Bianliang, et qu'une armée allait se déverser sur lui. Elle observa :

— Il a dû être très surpris.

— Mais vous… vous avez toujours été loyal. (Le regard du premier ministre glissa jusqu'au bras droit de Zhu.) Aucun des autres commandants ne connaissait le sens des mots « loyauté » et « sacrifice ». Mais vous vous êtes sacrifié face au général eunuque, afin que nous puissions prendre Bianliang. Et là, à l'instant, vous m'avez attendu. Ah, Zhu Chongba, quelle récompense peut-on offrir à une personne aussi exceptionnelle que vous ?

Zhu plongea son regard dans les yeux chassieux et aigris du premier ministre, et ressentit l'envie étrange d'absorber jusqu'au moindre détail de sa personne. Elle considéra ses lèvres bleutées, sa peau parcheminée de vieil homme ; les poils blancs sur son menton ; ses ongles jaunes et fendus. Ce n'était pas parce qu'il avait de l'importance à ses yeux, pensa-t-elle. Ce n'était qu'une façon instinctive de saluer un autre être qui avait désiré.

Mais si le désir du premier ministre avait causé bien des souffrances, ce désir, finalement, avait été étonnamment fragile. Il l'avait laissé échapper sans même s'en rendre compte.

Zhu prit le petit couteau à sa ceinture. Sa main gauche ne lui servait à rien sur le champ de bataille, mais elle suffit parfaitement à assener cette petite frappe renversée qui trancha la gorge du premier ministre.

Ce dernier la dévisagea, stupéfait. Sa bouche forma des mots inaudibles. Des bulles de sang écarlate s'y formèrent, jusqu'à déborder et rejoindre le flot jaillissant de son cou.

Zhu lui dit calmement :

— Vous n'avez jamais vu ce que j'étais, Liu Futong. Vous n'avez vu que ce que vous vouliez voir : un petit moine bien commode, prêt à souffrir pour accomplir toutes les missions que vous lui confiiez. Vous n'avez jamais compris que ce n'était pas votre nom qu'on crierait, qu'on exhorterait à régner pendant dix millénaires.

Alors que le premier ministre tombait la tête la première dans la poussière, elle ajouta :

— C'est le mien.

22

Bianliang

Ouyang ramena son armée jusqu'à Bianliang, au pas. Un voile de fumée noire flottait, maussade, au-dessus de la ville. Ses portes pendaient, ouvertes, en une invitation perverse à y entrer. Lorsque midi était passé, Ouyang avait été convaincu de l'échec du jeune moine, et il n'en avait pas vraiment été surpris. Malgré sa propre contribution, comment un tel plan aurait-il pu fonctionner ? Il ne pouvait expliquer ce succès que par une intervention mystérieuse du Ciel, accordant à Zhu Chongba sa destinée.

Un messager vint à leur rencontre à mi-chemin de la cité.

— Général ! Le général Zhang a pris le contrôle de Bianliang, mais le rebelle Chen Youliang s'est échappé par l'une des portes nord, et il fuit à la tête de plusieurs centaines d'hommes. Le général Zhang vous demande s'il doit se lancer à sa poursuite.

Ouyang se sentit soudain las de tout. C'était étrange qu'après avoir combattu les rebelles tout au long de sa vie d'adulte, il lui suffise d'un instant pour ne plus s'en préoccuper le moins du monde.

— C'est inutile. Dites-lui de s'employer plutôt à déblayer et à sécuriser la ville.

Plus tard, lorsqu'il passa devant les gardes de Zhang à la porte centrale du sud et entra dans la cité, le déblaiement avait déjà bien progressé. Il trouva l'autre général en train de superviser ses hommes, examinant les piles de rebelles agonisants, les achevant un par un.

— Cela s'est mieux passé que je ne le pensais, confessa Zhang en le saluant d'un sourire. Saviez-vous qu'ils avaient ouvert la porte ouest de l'intérieur ?

—J'ai eu une petite conversation avec l'un des commandants rebelles, hier soir… mais je n'étais pas sûr que tout se déroulerait comme prévu.

Zhang rit.

—Ce moine à une main, qui dirigeait leurs troupes à l'extérieur? Comment est-il parvenu à agir sur ce qui se passait à l'intérieur?

D'un ton aigre, Ouyang répliqua:

—Le Ciel lui sourit.

—Ah… Eh bien, peut-être a-t-il gagné sa chance par la prière et les actions vertueuses. Quoique… Ce ne peut pas être un vrai moine, si?

—Oh, si. C'est moi qui ai détruit son monastère.

—Ha! Et dire que des années plus tard, vous finiriez par travailler ensemble. On ne sait jamais quand les gens vont se révéler utiles, n'est-ce pas? Je vais devoir dire à madame Zhang de garder un œil sur lui, à l'avenir. Je suppose que, si nous n'avions pas été là, il aurait pu monter une attaque de flanc pendant que vous affrontiez les troupes rebelles de Bianliang. Dans ce cas, il vous aurait sans doute fait transpirer un peu.

—Je vous suis donc d'autant plus redevable. (Ouyang tenta de sourire, mais son visage était comme mort.) Et j'ai encore besoin de vous. (Il talonna légèrement son cheval.) Venez. Ne faisons pas attendre le prince.

Le gouverneur yuan de Bianliang avait très peu investi l'ancien palais, qui était niché, entouré de son propre mur, au cœur de la cité. Obsédés par la valeur symbolique de leur trône ancestral, les rebelles n'avaient finalement occupé que des ruines. Il était impossible de retrouver le passé, pensa amèrement Ouyang. Il le savait mieux que quiconque.

La porte laquée de rouge du palais – qui, pendant des siècles, n'avait laissé passer que des empereurs – pendait de ses gonds comme une paire d'ailes cassées. Ouyang et Zhang la traversèrent et contemplèrent la terre noircie des jardins, autrefois magnifiques. La grande avenue impériale s'étendait devant eux. À son extrémité, flottant en haut d'un escalier de marbre, s'élevait le pavillon de l'empereur. Même un siècle après le départ de ses derniers habitants, la façade laiteuse luisait d'un éclat particulier. La courbe de son toit scintillait comme du jade noir. Sur ses marches blanches, rendu minuscule par l'immensité du lieu, se tenait le prince du Henan. Le triomphe avait rosi les joues d'Esen. La brise tiède du printemps faisait voler ses cheveux détachés à la façon d'un drapeau. Devant lui, sur le vaste terrain de parade, les troupes du

Henan s'étaient alignées, les hommes de Zhang derrière elles. Ensemble, ils formaient une grande masse murmurante et victorieuse, au cœur de cette cité ancestrale.

Dès qu'il vit Ouyang approcher, Esen appela :

— Général !

Ouyang mit pied à terre et monta l'escalier. Lorsqu'il atteignit le sommet, Esen l'attrapa par le bras d'un geste chaleureux, puis le fit tourner sur lui-même afin qu'ils admirent ensemble la foule des soldats.

— Mon général, regarde ce que tu m'as donné. Cette cité… elle est à nous !

Sa joie parut s'étendre au-delà des confins de son corps et se déverser dans celui d'Ouyang. Celui-ci fut happé malgré lui, soumis à une vibration incontrôlable. À cet instant, la beauté d'Esen était véritablement à couper le souffle, à tel point qu'Ouyang fut assailli d'une douloureuse incompréhension. Était-il possible qu'un être si parfait, si vivant et si plein du plaisir de l'instant, existe réellement ? C'était aussi poignant qu'un deuil.

— Viens, lança Esen en l'attirant vers le pavillon. Allons voir pour quoi ils étaient prêts à mourir.

Ensemble, ils franchirent le seuil et entrèrent dans la pénombre caverneuse du Pavillon de Grande Cérémonie. Une ombre les suivit : Shao. Face à l'entrée principale, d'autres doubles portes s'ouvraient sur un ciel d'une blancheur éclatante. En haut d'un petit escalier qui s'élevait au fond de la salle, presque invisible dans l'obscurité, se trouvait le trône.

Esen dit, perplexe :

— C'est tout ?

Ce siège des empereurs, ce symbole que les Turbans Rouges avaient tant voulu s'approprier, n'était guère qu'un fauteuil de bois dont la feuille d'or se détachait en plaques, évoquant la fourrure d'un chien galeux. Contemplant son compagnon avec un coup au cœur, Ouyang prit conscience une fois de plus qu'Esen n'avait jamais été capable de comprendre les valeurs des autres. Ce qui rendait leurs mondes différents du sien. Il regardait, mais il ne voyait pas.

À l'entrée, la lumière faiblit lorsque le seigneur Wang franchit le seuil. Son armure magnifiquement ouvragée était aussi propre que s'il avait passé la journée dans son bureau ; même si, sous son casque, son visage mince était plus tiré encore qu'à l'ordinaire. Comme s'il avait entendu les pensées d'Ouyang, il lança à son frère d'un ton cinglant :

— Tu trahis ton ignorance en une phrase à peine. Es-tu donc incapable de te figurer la place qu'occupe cette cité dans leur imagination ?

Essaie donc! Essaie de l'imaginer au faîte de sa gloire. La capitale de l'empire; la capitale de la civilisation. Une cité d'un million d'hommes, la plus immense qui soit sous le Ciel. Daliang, Bian, Donjing, Bianjing, Bianliang… Quel que soit son nom, c'était une merveille renfermant l'art, la technologie et le commerce du monde entier, derrière ces murs qui ont résisté aux millénaires.

— Ils ne nous ont pas résisté, à nous, fit remarquer Esen.

Par les portes de derrière, loin devant eux et en contrebas, Ouyang eut l'impression de distinguer le côté nord du mur extérieur en ruine. Il était si lointain qu'il rejoignait presque l'horizon, où l'argent des plaines inondées se fondait dans l'argent du ciel. Ouyang ne pouvait imaginer une cité assez grande pour remplir cet espace, l'immensité déserte qu'entouraient ces murs délabrés.

Le seigneur Wang esquissa un rictus.

— Oui, dit-il. Les Jürchen sont venus, puis nous… et à nous tous, nous avons tout dévasté.

— Dans ce cas, ils ne devaient rien avoir qui vaille la peine d'être conservé, déclara Esen.

Tournant le dos à son frère, il sortit par les portes du fond et disparut dans l'escalier.

L'expression du seigneur Wang était figée, amère. Il paraissait perdu dans ses réflexions. Les pensées du seigneur étaient peut-être inaccessibles à Ouyang, mais ses émotions, jamais. C'était sans doute son seul point commun avec son frère. Mais si Esen ne voyait jamais l'utilité de masquer ses sentiments, on aurait presque dit que Wang Baoxiang ressentait avec tant d'intensité que, malgré ses efforts, ses émotions affleuraient toujours à la surface.

Le seigneur Wang leva brusquement les yeux. Pas vers Ouyang, mais vers Shao, qui s'était nonchalamment assis sur le trône.

Shao soutint froidement leur regard, sa dague nue dans la main. Sous leurs yeux, il racla la feuille d'or du trône pour la rassembler dans un carré d'étoffe. Malgré la désinvolture de ses mouvements, il ne détacha pas une seule fois son regard d'eux.

Un éclair de mépris traversa l'expression du seigneur Wang. Après un instant, il se retourna sans autre commentaire, et se mit à descendre les marches sur les pas de son frère.

Dès qu'il fut parti, Ouyang dit sèchement :

— Descendez.

— Vous ne voulez pas savoir ce que ça fait, de s'asseoir là-dessus ?

— Non.

—Ah, j'avais oublié.

Le ton de Shao était si monocorde qu'il confinait à l'impolitesse. Ouyang eut la sensation qu'il entendait à présent sa véritable voix.

—Notre pur général, détaché des désirs avilissants que sont le pouvoir et la richesse. Celui qui n'a aucun des appétits des hommes... sauf un.

Ils se toisèrent froidement jusqu'à ce que Shao range son morceau d'étoffe, se lève sans hâte et sorte par les grandes portes d'entrée, en direction du terrain de parade. Après un long moment, Ouyang l'imita.

À l'extrémité d'une rampe de marbre surélevée, Esen observait le paysage. Il supposa qu'il y avait eu un pavillon à cet endroit, autrefois, suspendu au-dessus du lac. À présent, il n'y avait plus de lac. Il n'y avait même plus d'eau. Devant lui, le sol était d'un rouge brûlant, aussi éclatant qu'une lanterne de fête. Un tapis d'étrange végétation s'étendait à perte de vue. Les murs du palais devaient se trouver au loin, quelque part, cachés par les derniers rubans de brume. Mais Esen ne voyait pas de remparts de pierre. Seulement l'impression de quelque chose de très lumineux et très lointain : la plaine inondée, ou peut-être le ciel.

—C'est une sorte de buisson qui pousse près de la mer, en temps normal, déclara Baoxiang en venant se placer à côté de lui.

Pour la première fois depuis longtemps, Esen ne fut pas envahi de rage à sa vue. Il lui semblait qu'ils flottaient dans cet endroit étrange, leur inimitié emportée par la vague du souvenir. Baoxiang suivit le regard d'Esen vers le paysage.

—Il s'agissait des jardins impériaux, durant le règne des Song du Nord. Les plus beaux jardins de l'histoire. Les princesses impériales et les consorts vivaient ici, dans des pavillons de jade, entourés de perfection. Des lacs surmontés de ponts en arc-en-ciel ; des arbres qui, au printemps, étaient si fleuris qu'on les croyait couverts de neige ; et qui, en automne, étaient aussi chamarrés que la robe d'or de l'empereur. Les Jürchen ont détrôné les Song ; mais au moins, leur dynastie Jin savait reconnaître la beauté et la préserver. Puis le premier khan de notre Grand Yuan a envoyé son général Subotai pour vaincre les Jin. Subotai n'avait que faire des jardins ; aussi a-t-il vidé le lac et coupé les arbres, avec l'intention de transformer l'endroit en pâture. Mais l'herbe n'a jamais poussé. On dit que les larmes des princesses Jin ont salé la terre, si bien que cette plante rouge est la seule qui puisse pousser à cet endroit.

Ils restèrent immobiles un moment, silencieux. Puis Esen entendit les cris.

Il avait déjà son sabre à la main lorsque Baoxiang lui dit :

— C'est trop tard.

Esen se figea. Une terreur glacée lui broya la poitrine.

— Qu'est-ce que tu as fait ? demanda-t-il d'une voix blanche.

Baoxiang lui adressa un sourire sans joie. Esen n'aurait su dire pourquoi, mais il semblait aussi blessé. Son casque et son armure rehaussés d'argent, se découpant sur le paysage rouge sang, se teintaient de reflets cramoisis.

— Les hommes qui t'étaient loyaux sont morts.

La rage d'Esen revint l'assaillir violemment. Il s'élança et poussa Baoxiang contre la balustrade de marbre ; le dos de Baoxiang craqua en la heurtant. Esen pressa l'avant-bras contre sa gorge. Le casque d'argent tomba et roula sur le sol.

Baoxiang toussa, le visage rouge, mais il parvint à ne pas perdre son sang-froid.

— Oh, tu crois que… ? Non, mon frère. Ce n'est pas moi qui ai manigancé dans ton dos.

Esen, s'écartant et se retournant sans comprendre, vit quelque chose bouger derrière les portes du pavillon. Une silhouette descendit les marches, l'armure couverte de sang, le sabre à la main.

— Non, confirma Ouyang. C'est moi.

Ouyang descendit l'escalier, Shao, Zhang et les autres commandants nanren derrière lui. Il les laissa encercler et séparer Esen et le seigneur Wang. Esen regardait Ouyang dans un silence stupéfait, le sabre de Shao contre la gorge. Son torse s'élevait et retombait à vive allure. Ouyang eut l'impression qu'à chacune de ces respirations, on lui enfonçait une pointe dans le cœur à coups de marteau. Lorsqu'il détacha enfin son regard d'Esen, il eut l'impression de s'être arraché un morceau de lui-même.

Zhang avait saisi le seigneur Wang. Celui-ci – qui n'avait pas perdu son calme, bien que ses joues se soient empourprées – soutint le regard d'Ouyang de ses yeux circonspects. Une goutte de sang perlait de son cou, au-dessus de la lame de Zhang. Cette tache, écarlate sur sa peau pâle, happa le regard d'Ouyang : il vit palpiter son pouls dans le creux bleuté de sa gorge, son oreille nue et sa boucle d'oreille pendante…

Le seigneur Wang lui adressa un sourire mordant.

La boucle d'oreille pendante de Zhao Man, scintillant dans la clarté pâle du jour, à l'oreille du seigneur Wang. Le commandant Zhao, qui, le soir où il était entré dans le ger du prince du Henan pour les trahir, y avait trouvé quelqu'un d'autre qu'Esen.

Dans l'atmosphère effroyable d'immobilité, Ouyang dit :

— Vous saviez.

— Bien sûr que je savais.

En dépit de sa posture inconfortable, le seigneur Wang parvint à lui témoigner un dédain aussi dur et tranchant que le diamant.

— N'as-tu pas écouté quand je t'ai dit que les choses semblables se comprenaient ? Tu te cachais derrière ton beau masque, mais je te voyais. J'ai su ce qu'il y avait dans ton cœur bien avant de voir… (Il ravala la fin de sa phrase avant de poursuivre.) Étais-tu vraiment assez naïf pour croire que tu devais ton succès à la chance et à tes propres talents ? Tu n'arrives même pas à contrôler tes propres hommes. Le commandant Zhao est venu voir mon frère pour l'avertir de ta fourberie. S'il ne l'a pas fait, c'est uniquement parce que j'étais là pour l'en empêcher. Et lorsque tu as empoisonné tes propres commandants, sans doute parce qu'ils n'avaient plus confiance en toi, ce médecin aurait dit la vérité si je ne l'avais pas persuadé de tenir sa langue. (Une grimace de haine déforma un instant son visage.) Non, vraiment, général : ce n'était pas de la chance. Toutes tes victoires, c'est à moi que tu les dois.

Près de lui, Esen émit un bruit étranglé, atroce.

Tout le sang reflua des joues du seigneur Wang. Mais il parvint à ajouter sans se troubler :

— Je ne suis pas le vrai fils de Chaghan. Tu n'as pas à me faire payer ta dette de sang.

Ouyang crispa les doigts sur son sabre.

— Peut-être que j'aimerais vous tuer quand même.

— Parce que j'ai eu le tort de te comprendre ? Même si ce ne pouvait pas être *lui*, cracha le seigneur Wang, tu pourrais t'estimer heureux que quelqu'un l'ait fait.

Un éclair de souffrance transperça Ouyang. Il détourna le regard le premier, dégoûté de lui-même. Il ordonna durement :

— Partez.

Le seigneur Wang se dégagea de la main de Zhang et se tourna vers Esen. Une émotion réelle se peignit sur ses traits étranges, mélange de Mongol et de Nanren. Et peut-être le seigneur Wang avait-il dit vrai lorsqu'il affirmait être pareil à Ouyang, car à cet instant, celui-ci comprit parfaitement ce qu'il ressentait. C'était une haine de soi terrible qui le poussait en avant, une détermination à avancer sur le chemin qu'il avait choisi, tout en sachant que sa fin ne recélerait jamais que laideur et destruction.

Esen avait serré les dents, les tendons saillant sur son cou. Mais il ne bougea pas lorsque son frère se pencha vers lui. L'émotion qu'avait surprise Ouyang avait déjà disparu. Du ton de quelqu'un qui se délecte du mépris de son auditoire, Wang Baoxiang lui dit :

— Oh, Esen… Combien de fois as-tu imaginé ma trahison ? Comme tu étais prompt à m'attribuer les pires bassesses ! Pourquoi ne te réjouis-tu pas davantage ? Je me contente d'agir comme celui que tu croyais voir. Je t'offre le dénouement que tu avais imaginé. (Il s'attarda un moment, puis recula.) Au revoir, mon frère.

— Lâchez le prince, ordonna Ouyang dès que le seigneur Wang fut parti.

Il contempla le lac rouge et sec de la végétation, et le mystère argenté qui planait à l'horizon. Il sentit comme une marée qui refluait, l'éloignant de sa douleur. Sans se retourner, il dit d'un ton distant :

— Ils ont été plus nombreux que je le croyais à vous rester loyaux.

Il y eut un long silence. Enfin, Esen demanda d'une voix brisée :

— Pourquoi fais-tu cela ?

Involontairement, comme si l'intonation anormale de cette voix l'y avait contraint, Ouyang tourna son regard vers lui. Et dès qu'il vit l'étendue de sa souffrance, qu'il comprit à quel point la personne qu'il aimait se sentait trahie, il sut qu'il ne survivrait jamais à tout cela. La douleur déferla de nouveau en lui, si immense qu'il se sentit consumé par sa blancheur incandescente. Lorsqu'il tenta de parler, aucun mot ne sortit de ses lèvres.

— Pourquoi ?

Esen fit un pas vers lui, ignorant Shao et Zhang qui se raidissaient à ses côtés ; et soudain, il cria avec une véhémence qui fit frémir Ouyang :

— *Pourquoi ?*

Ouyang força sa voix à produire un son, mais elle se brisa. Enfin, il se mit à parler, et ne put alors plus s'arrêter. C'était ce même glissement effroyable qui avait tout déclenché, et qu'il n'aurait pu retenir, même s'il l'avait voulu.

— Pourquoi ? Vous voulez que je vous dise pourquoi ? J'ai passé presque vingt ans à votre côté, Esen, et pendant tout ce temps, avez-vous cru que j'avais oublié que votre père avait massacré ma famille, que ses hommes m'avaient châtré comme un animal et qu'ils avaient fait de moi votre esclave ? Avez-vous cru un seul instant que je l'avais oublié ? Pensiez-vous que, puisque je n'étais pas vraiment un homme, je n'avais même pas la faculté de m'en préoccuper ? Ou me preniez-vous pour un lâche, prêt à déshonorer sa famille et ses ancêtres pour rester en vie… *comme ça ?* J'ai peut-être perdu tout ce qui importe à un homme, je vis peut-être dans la honte. *Mais je suis encore un fils.* J'accomplirai mon devoir filial ; je vengerai mes frères, mes oncles et mes cousins, morts aux mains de votre famille ; je vengerai la mort de mon père. En me regardant, aujourd'hui, vous voyez un traître. Vous me méprisez comme s'il ne pouvait exister d'être plus misérable que moi. *Mais j'ai choisi le seul chemin qui s'offrait encore à moi.*

Le visage d'Esen était ravagé de chagrin, ouvert comme une plaie.

— C'était toi. Tu as tué mon père. Tu m'as laissé croire que c'était Baoxiang.

— J'ai fait ce que j'avais à faire.

— Et maintenant, tu vas me tuer. Je n'ai pas de fils : la lignée de mon père s'éteindra. Tu auras ta vengeance.

La voix éraillée d'Ouyang résonna à ses oreilles comme si elle appartenait à quelqu'un d'autre.

— Nos destins ont été scellés il y a bien longtemps. Depuis le jour où votre père a massacré ma famille. L'heure et les circonstances de nos morts sont décidées depuis toujours… et la vôtre a lieu maintenant.

— Pourquoi maintenant ?

La souffrance qui se peignait sur les traits d'Esen était la somme de tous leurs souvenirs. C'était un résumé de tous les instants d'intimité qu'ils aient jamais partagés.

— Pourquoi, alors que tu aurais pu le faire tant de fois auparavant ?

— J'ai besoin d'une armée pour m'emmener à Khanbalyk.

Esen se tut. Lorsqu'il parla enfin, ce fut d'une voix empreinte de tristesse.

— Tu vas mourir.

— Oui.

Ouyang tenta de rire. Ce rire resta bloqué dans sa gorge, comme un oursin plein de sel de mer.

— Votre mort est celle-ci. Ma mort sera celle-là. Nous sommes figés par le destin, Esen. (Le sel menaça de l'étrangler.) Nous l'avons toujours été.

Esen se décomposait ; il laissa se déverser son chagrin et sa colère, comme la clarté invisible du soleil.

— Et vas-tu venir me tuer d'un air impassible, sans rien d'autre que ton devoir dans le cœur ? Je t'aimais ! Tu m'étais encore plus proche que mon propre frère. Je t'aurais offert n'importe quoi ! À tes yeux, je n'ai donc pas plus de valeur que les milliers d'hommes que je t'ai vu massacrer en mon nom ?

Un cri échappa à Ouyang. Il crut entendre le gémissement accablé d'un inconnu.

—Alors affronte-moi, Esen. Une dernière fois.

Esen lança un regard vers son arme, qui gisait là où Shao l'avait jetée. D'un ton plein de hargne, Ouyang lui intima :

—Donne-lui son sabre. (Shao la ramassa et hésita.) Donne-lui !

Esen prit son arme à Shao. Son visage baissé était masqué par le rideau de ses cheveux lâchés.

Ouyang insista :

—Affronte-moi !

Esen leva la tête et regarda Ouyang droit dans les yeux. Ses yeux avaient toujours été magnifiques, leurs lignes courbes contrastant avec les angles virils de sa mâchoire. De toute leur longue relation, Ouyang n'avait jamais décelé la moindre trace de peur en lui, et il n'en voyait toujours pas. Ses cheveux s'étaient collés à la peau moite de son visage, comme des algues drapées sur un noyé. Délibérément, Esen leva la main et laissa tomber le sabre.

—Non.

Sans détacher son regard du sien, Esen délaça sa cuirasse. Il la fit ensuite passer au-dessus de sa tête et la jeta au sol sans la regarder tomber. Puis il marcha en direction d'Ouyang.

Ouyang le rejoignit à mi-chemin. Son sabre, entrant d'un mouvement fluide dans le torse d'Esen, les souda l'un à l'autre. Quand Esen chancela, Ouyang enroula son bras libre autour de lui pour le soutenir. Ils restèrent ainsi un instant, poitrine contre poitrine, dans la cruelle parodie d'une étreinte. Esen haletait. Lorsque ses jambes se dérobèrent, Ouyang s'affaissa avec lui, le serrant contre lui, chassant ses cheveux du sang qui coulait de son nez et de sa bouche.

Toute sa vie, Ouyang avait cru souffrir. Mais à cet instant, il sut que tout ce qu'il avait pu éprouver jusque-là n'était que flammèches minuscules, en comparaison de ce brasier flamboyant. C'était un supplice qui brillait sans projeter d'ombre, la chose la plus pure qui puisse exister sous le Ciel. Il n'était plus un être de pensée, capable de maudire l'univers ou imaginer un autre dénouement ; il n'était qu'un point de souffrance aveugle et éternelle. Il avait fait ce qu'il avait à faire, et ainsi, il avait détruit le monde.

Il pressa son front contre celui d'Esen et pleura. Sous leurs corps, le sang forma une flaque, puis traversa le pont de marbre et ruissela, enfin, dans le sol rouge.

Ouyang se tenait sur les marches du palais, au-dessus de son armée. Les corps avaient été emportés, mais la pierre blanche du terrain de parade était encore baignée d'écarlate. Ici, il n'y avait pas de terre pour l'absorber : il se répandait en taches, en coulures, en traînées laissées par les bottes des hommes. Au-dessus d'eux, le ciel couvert avait la même couleur que la pierre.

Ouyang était trempé de sang, qui imbibait lourdement ses manches et gantait ses mains. Il se sentait lui-même exsangue, aussi froid et figé que la glace.

À la foule sombre et silencieuse des Nanren, il dit :

— Nous avons été dominés, asservis dans notre propre pays, forcés de voir des maîtres barbares conduire notre grande civilisation à la ruine. Mais à présent, nous nous battons pour notre propre cause. Que nos vies soient la monnaie qui vengera l'honneur de notre peuple !

C'était ce qu'ils souhaitaient entendre. C'était la seule chose qui puisse les convaincre de suivre quelqu'un comme lui. Alors qu'il s'adressait à eux en han'er, il s'aperçut qu'il ne parlerait peut-être plus jamais mongol. Mais sa langue maternelle ne lui procurait aucun réconfort. Elle était comme un gant de cuir froid, arraché à un cadavre. Le Ouyang mongol était mort, mais il n'y avait personne pour prendre sa place. Rien qu'un fantôme affamé, habité seulement de son désir de vengeance, et de l'inéluctabilité de sa propre mort.

Il dit :

— Faisons route vers Dadu, et allons tuer l'empereur.

23

Anfeng, troisième mois

La nouvelle des événements de Bianliang parvint à Ma sous la forme d'une lettre, dictée par Zhu mais écrite de la main de Xu Da. La lettre évoquait la défaite de Chen (« malheureusement tombé face à la puissance combinée du général Ouyang du Yuan, et des troupes du marchand Zhang Shicheng ») et la mort du premier ministre Liu (« victime d'un regrettable accident alors qu'il fuyait le carnage »). Avant sa mort, Liu avait reçu la bénédiction du Bouddha pour avoir sauvé le Prince de Lumière, et confié celui-ci aux bons soins du commandant Zhu. Celui-ci comptait sur sa loyale et honorable épouse, Ma Xiuying, pour faire les préparatifs nécessaires à l'accueil du Prince de Lumière ; car celui-ci ne tarderait pas à revenir à Anfeng.

C'était la première fois que Ma recevait une lettre de Zhu. Son soulagement, face à son triomphe, se teintait d'un étrange chagrin. La langue guindée des lettres était bien loin de traduire la voix de Zhu ; cette missive aurait tout aussi bien pu provenir d'un inconnu. N'importe quel homme qui transmettrait des instructions à son épouse dévouée. Les phrases à la tournure érudite ne gommaient pas seulement la réalité de ce qui s'était produit à Bianliang, mais aussi la vérité même de Zhu. Ma n'avait jamais regretté, par le passé, que le monde considère Zhu comme un homme ordinaire. Comment aurait-il pu en être autrement ? Mais Zhu avait promis d'être différente, avec Ma, et l'absence de cette différence au sein de leur correspondance privée la blessait, plus qu'elle n'aurait pu l'imaginer. Elle se sentait trahie.

Ma procéda aux préparatifs, fidèlement. Mais elle n'éprouva pas le besoin de se mêler aux foules venues de la campagne pour se presser au centre d'Anfeng, et assister au retour du Prince de Lumière. Elle se plaça face à la fenêtre, à l'étage du manoir du premier ministre – qui était désormais celui de Zhu – et contempla ce champ, qui avait été le théâtre de tant de souffrances. Ce n'est qu'au crépuscule qu'on apporta le palanquin scintillant du Prince de Lumière, flanqué de Zhu et de Xu Da. Ni l'un ni l'autre ne paraissait changé. Zhu portait toujours son armure habituelle, par-dessus sa robe de moine. Ma savait exactement à quoi servait cette apparence modeste : Zhu prenait grand soin de ne pas se donner l'allure d'un usurpateur. En acceptant le pouvoir que lui accordait le Prince de Lumière avec humilité, Zhu pouvait renforcer l'impression du peuple selon laquelle elle était le chef légitime, non seulement des Turbans Rouges… mais aussi de tout le mouvement nanren, contre les Mongols.

Le Prince de Lumière monta sur la scène et prit place sur son trône. Ma regarda Zhu s'agenouiller pour recevoir la bénédiction de sa petite main tendue. La lueur rouge de son Mandat coula de ses doigts jusqu'à Zhu, entourant sa silhouette déférente d'un halo de feu sombre. Ma frissonna. L'espace d'un instant, prise d'angoisse, elle songea que ce que prodiguait le Prince de Lumière n'était peut-être pas l'autorité d'un chef, mais une condamnation à mort. Dans son esprit, elle vit le premier ministre Liu enveloppé de ce même feu rouge. Comme Zhu, il avait désiré et fait preuve d'ambition. Mais malgré tous ses efforts, il n'était pas parvenu à garder le contrôle de ce pouvoir surnaturel, la source de son autorité. Comment Zhu ferait-elle pour éviter de subir le même sort ?

Les feux et les tambours rugirent toute la nuit. C'était la voix de la fin du monde… ou peut-être du nouveau, qui était déjà arrivé.

Un coup frappé à la porte tira Ma de son sommeil agité. Les tambours résonnaient encore. Une lueur rosée, plus vive que le Mandat, se déversait par la fenêtre ouverte : elle provenait de la clarté reflétée du feu sur les nuages, qui flottaient bas au-dessus de la ville.

Xu Da se trouvait dans le couloir, le Prince de Lumière à son côté. Xu Da inclina la tête à l'attention de Ma et lui annonça, d'un ton étrangement protocolaire :

— Le commandant Zhu requiert votre aide.

Derrière lui, Ma aperçut d'autres silhouettes plongées dans la pénombre. Des gardes. Zhu ne s'était jamais embarrassée de gardes, auparavant ; elle était fermement convaincue de n'intéresser personne. Mais détenir le Prince de Lumière changeait tout. Ma vit que les yeux de Xu Da étaient chaleureux, bien qu'il continue d'observer strictement les convenances :

—Je veillerai à votre sécurité ; vous pouvez vous reposer tranquillement. Le commandant vous rejoindra dès que possible.

Le Prince de Lumière entra dans la pièce. Xu Da ferma la porte, et Ma l'entendit lancer des instructions à l'extérieur. Des pieds bottés bougèrent en réponse. Ils gardaient un outil, et non une personne. Pour la première fois, Ma regarda attentivement le Prince de Lumière. Dans la lueur diffuse de la fenêtre, son visage rond évoquait la face surnaturelle d'un bodhisattva, sereine et quelque peu détachée du présent. Ma en eut la chair de poule. C'était le regard de quelqu'un qui se souvenait de toutes ses anciennes vies : dix mille ans ou plus d'histoire ininterrompue. Comment quiconque pouvait-il supporter tant de souffrances ? Même dans cette vie-ci, il avait sûrement été témoin de bien des horreurs, lorsqu'il vivait auprès du premier ministre.

Ma trouva la pince et le pot de charbon destinés à allumer la lampe. Alors qu'elle ramassait un morceau de charbon, le Prince de Lumière regarda par la fenêtre et dit :

—Il y a tant de fantômes, ce soir.

Ma sursauta, laissant tomber le charbon. L'entendre parler lui avait procuré la même sidération que si elle s'était agenouillée devant une statue, et que celle-ci s'était baissée pour la toucher.

—Quoi ?

—Ils sont venus assister à la cérémonie.

Ma sentit la caresse glacée de l'angoisse lui parcourir l'échine. Elle imagina l'espace entre la scène et la foule, rempli de fantômes ; leurs yeux affamés étaient rivés sur la silhouette embrasée de Zhu.

Le regard divin du Prince de Lumière se posa de nouveau sur Ma. Comme s'il savait quelle question lui brûlait les lèvres, il poursuivit :

—Ceux qui possèdent le Mandat du Ciel sont plus sensibles que les autres aux fils qui relient toutes choses, et qui dessinent l'essence de l'univers. (Des mots d'adulte, dans la bouche d'un enfant.) Les morts attendant leur renaissance ne font pas moins partie de cette essence que les vivants. Pour nous, le monde des esprits est aussi visible que le monde des humains.

« Nous ». Sans doute parlait-il de lui-même et de l'empereur… mais Ma fut soudain frappée d'un souvenir qu'elle avait écarté de ses pensées, le prenant pour un rêve. La voix de Zhu, fragmentée et déformée par le prisme de la fièvre : *« Je les vois arriver. »*

Ce que semblait suggérer cette idée était insoutenable, trop colossal. C'était comme essayer de regarder le soleil en face. Plutôt que de s'y attarder, elle mania péniblement la pince et le charbon, et parvint à allumer la lampe. L'odeur de l'huile qui chauffait se mêla au parfum de feu et de soufre émanant des feux d'artifice usagés, à l'extérieur. L'enfant la regarda fermer le pot à charbon et le ranger sous la table. Toujours du ton de la conversation, comme lorsqu'il avait évoqué des choses incompréhensibles pour les humains ordinaires, il dit :

— Liu Futong n'aurait jamais régné.

Ma se figea. Si ce qu'il disait était vrai, et qu'il pouvait lire dans l'essence du monde, pouvait-il connaître leur destin aussi facilement que quelqu'un d'autre lirait un livre ? Nerveuse, elle demanda :

— Alors, qui ? Est-ce que c'est Zhu Chongba ? (Un terrible pressentiment la fit changer d'avis.) Non, ne me le dis pas. Je ne veux pas le savoir.

Le Prince de Lumière l'observa.

— Même le plus resplendissant des avenirs, s'il est désiré, recélera la souffrance en son cœur.

La lampe que Ma venait d'allumer se tassa et vira au bleu, puis se noya dans sa propre huile. La mèche était trop courte, voilà tout. Mais en regardant le ruban de fumée s'élever dans la pénombre, elle frissonna. Elle vit les visages de tous ceux qu'elle avait aimés, et perdus. Combien d'autres souffrances était-il possible d'endurer ?

Ne sachant pas quoi faire d'autre, elle mit l'enfant au lit et s'allongea près de lui. Lorsqu'il lui parut s'être endormi, elle coula un regard vers lui. Elle fut surprise de s'apercevoir que son visage serein s'était transformé, acquérant cette douceur ordinaire que l'on s'attend à trouver chez n'importe quel enfant endormi. Ma, contemplant ses joues rondes et ses petites lèvres entrouvertes, ressentit une bouffée de tendresse inopinée. Elle avait oublié que, tout bodhisattva qu'il était, il demeurait aussi un être humain.

Elle ne pensait pas avoir dormi lorsqu'elle s'aperçut que quelqu'un se penchait sur elle, dans l'obscurité.

— Pousse-toi un peu, souffla Zhu. (Sa voix familière enveloppa Ma, aussi chaude qu'une couverture.) Je peux m'allonger, s'il vous plaît ? Vous prenez toute la place, tous les deux !

Au réveil, Ma vit le jour briller derrière les fenêtres en papier. Le Prince de Lumière, ressemblant à s'y méprendre à un enfant ordinaire, dormait encore, du même côté du lit que Ma. De l'autre côté, Zhu somnolait, la tête sur le bras de Ma. Quelque part le long de la route de Bianliang, elle avait cessé de se raser la tête. Cette repousse dense la faisait paraître étrangement jeune. Les cheveux fléchirent souplement sous les doigts de Ma. Elle les caressa de nouveau ; ce geste avait quelque chose d'apaisant. Dans l'espace entre ces deux corps confiants, les contours du monde semblaient tièdes et arrondis.

— Hmm…, fit Zhu. Je crois que personne ne m'a jamais fait cela, jusqu'à maintenant. (Remuant un peu, elle frotta sa tête contre les doigts caressants de Ma.) C'est agréable. Quand mes cheveux seront plus longs, il faudra que tu me fasses mon chignon.

Son moignon, garni d'un bandage propre, était posé sur le couvre-lit.

— En manque d'affection, peut-être ? la taquina Ma. (C'était inhabituel ; Zhu semblait toujours aussi complète et repliée sur elle-même qu'une géode.) Vas-tu me dire que tu n'as pas trouvé des concubines le long du trajet, pour te donner du plaisir ?

— Je partageais ma tente…

Zhu roula sur le dos et s'étira.

— Avec Xu Da, précisa Ma. Le plus grand amateur de femmes dans cette moitié de la province. Il se serait fait une joie de t'aider… en vous trouvant une fille à partager, sans doute.

Après avoir contemplé amoureusement la courbe des seins de Zhu sous son vêtement, elle les caressa, non sans une pointe de culpabilité. Si Zhu affirmait qu'être touchée ne la dérangeait pas, Ma l'avait toujours soupçonnée de fournir un effort conscient pour ne pas se raidir. Mais pour l'heure, Ma fut surprise de voir que Zhu accueillait sa caresse d'un air de détente absolu. Elle semblait à l'aise dans son corps, pour la première fois depuis que Ma la connaissait. Quelque chose avait changé.

— Même si tout le monde paraît jaloux du fait que j'aie vu Xu Da tout nu, lança Zhu d'un air amusé, je serais ravie de vivre le restant de mes jours sans que cela ne se reproduise. Et puis, de toute façon, je ne ferais pas cela. Cela te dérangerait.

— Tu peux faire ce que tu veux.

Zhu lui adressa un sourire entendu.

— Ne t'inquiète pas, Yingzi. Je te demanderai d'abord ton avis, avant de prendre une concubine.

— Ah ! Donc, c'est bien ton intention ?

— Cela pourrait te plaire. Quelqu'un d'autre avec qui coucher… Pour changer.

— Je ne veux pas coucher avec ta concubine, rétorqua Ma.

Elle refusa de réfléchir aux raisons qui lui rendaient cette idée si désagréable.

— Ah, c'est vrai : elle préférerait sans doute les hommes. Je suppose qu'elle pourrait prendre un amant. (Zhu tourna la tête pour sourire à Ma.) Tu sais, Yingzi, je n'avais pas l'intention de me marier. Tu as été un accident. Mais il se trouve que… j'en suis heureuse.

Zhu tendit la main pour prendre celle de Ma dans la sienne. Elles restèrent ainsi, main gauche dans main gauche ; chastes, à cause de l'enfant.

Après un moment, Zhu lâcha la main de Ma et dit :

— Il faut que tu saches que… je ne vais pas rester ici très longtemps. Je veux reprendre Jiankang.

Il s'était écoulé moins d'une demi-journée. Ma avait été si prompte à s'abandonner de nouveau à l'illusion de l'intimité ! À présent, elle le regrettait.

— Tu ne peux pas rester un peu ?

— Je dois saisir cette opportunité, se justifia Zhu d'un ton de regret sincère. Je suis le chef incontesté des Turbans Rouges, et j'ai le soutien de la population grâce à la bénédiction du Prince de Lumière. Je possède Anfeng. Jiankang doit suivre. Guo le Petit n'avait pas tort : nous allons en avoir besoin, si nous voulons contrôler le Sud. Et si nous ne la prenons pas… C'est madame Zhang qui le fera. (Zhu fit la grimace.) Est-ce que je dois l'appeler « la reine du sel », maintenant ? Quel titre étrange. La reine du sel. J'imagine qu'il faut seulement que je m'y habitue. La reine du sel.

— Arrête de dire « la reine du sel » ! protesta Ma, exaspérée. Qu'est-ce que ça veut dire, « la reine du sel » ?

Zhu rit.

— C'est toi qui le dis, maintenant. Je suppose que tu ne l'as pas su. La famille Zhang – madame Zhang, en d'autres termes – a soutenu l'action du général Ouyang contre le prince du Henan. Elle voulait infliger aux Yuan un coup dévastateur, avant de s'en séparer.

Zhu étendit les bras en un geste dramatique, ce qui fit ressortir son moignon comme l'aile d'un poulet à la vapeur.

— Et le coup a effectivement été dévastateur. Le Henan est totalement anéanti, d'un point de vue militaire. À présent, la famille Zhang se déclare souveraine de tout le littoral est, et Zhang-seau-à-riz s'est déclaré monarque fondateur du « Royaume du Sel ».

— Donc, le Yuan…

— … a perdu l'accès à son sel, son grain, sa soie, et toutes les autres marchandises qui voyagent par le biais du Grand Canal… du jour au lendemain. Ils vont être furieux, déclara Zhu d'un ton jovial. Ils vont devoir envoyer leur armée centrale de Dadu pour la neutraliser. Mais elle leur donnera du fil à retordre – du fil de soie, si je peux me permettre –, surtout avec les ressources dont elle dispose.

— Et le général eunuque ?

— Retranché à Bianliang. Mais quand on sait l'ampleur de sa rancœur vis-à-vis des Yuan, il paraît peu probable qu'il y reste longtemps. Apparemment, il leur en veut énormément pour les circonstances dans lesquelles il a perdu son… eh bien, tu vois. (Une compassion inattendue se peignit sur les traits de Zhu.) Je ne dirais pas que c'est quelqu'un de très agréable, mais il m'a aidée. Je lui suis reconnaissante.

Ma lui donna un coup.

— Il t'a coupé un bras !

Zhu sourit de son indignation.

— Pourquoi est-ce que je lui en tiendrais rigueur, puisque nous avons fini par obtenir ce que nous voulons tous les deux ? Même si cela veut dire que tu vas devoir me coiffer, lacer mes vêtements et me laver le coude gauche jusqu'à la fin de nos jours.

— C'est tout ce que vaut la main que t'ont donnée tes ancêtres, à tes yeux ? Si tu voulais l'échanger contre quelque chose, riposta Ma d'un ton acide, tu aurais au moins dû lui demander de tuer Chen Youliang.

— Ah… On ne peut pas tout avoir, soupira Zhu, philosophe.

Toutes deux avaient entendu raconter ce qu'il était advenu de Chen Youliang. Il s'était retrouvé à Wuchang, en amont le long du Yangzi. Il avait hérité de quelques hommes rassemblés après la débandade à Bianliang, ainsi que d'une haine nouvelle pour les moines comme pour les eunuques. Sans le nom des Turbans Rouges et le soutien du peuple, il n'était guère que le chef d'une troupe de bandits ; cependant, tout le monde savait qu'on ne sous-estimait Chen qu'à ses risques et périls.

De l'autre côté du lit, le Prince de Lumière souriait dans son sommeil. Presque sans le vouloir, Ma tendit la main pour toucher la joue lisse et tiède du garçon. Cela faisait bien longtemps qu'elle n'avait pas dormi dans le même lit qu'un enfant ; elle était surprise de l'intensité avec laquelle elle souhaitait serrer contre elle un petit corps.

Zhu lui lança :

— Tu l'aimes déjà ? Il doit venir avec moi à Jiankang, en revanche.

Ma prit l'enfant dans ses bras, savourant le contact de sa peau douce contre la sienne.

— Après cela, laisse-moi m'occuper de lui de nouveau.

— C'est bien qu'au moins l'une de nous ait l'instinct maternel, conclut Zhu avec un sourire désabusé.

—Jiankang ! s'exclama Xu Da.

Zhu et lui, depuis leurs chevaux, baissèrent les yeux sur la cité de l'autre côté du fleuve Yangzi. La colline où ils avaient grimpé faisait partie d'une plantation de thé, où des pommiers avaient été plantés ici et là entre les rangées. Les buissons exhalaient une odeur qui n'était pas celle du thé, mais qui y ressemblait vaguement : si bien que, tout en étant fondamentalement inconnue, elle parvenait tout de même à évoquer l'image du breuvage.

—« L'endroit où le dragon s'enroule et où le tigre s'accroupit », dit Zhu, se remémorant de lointaines leçons d'histoire. Le siège des rois et des empereurs…

Au-delà de Jiankang, la brume de l'après-midi était percée de collines dont le sommet jaune et chauve faisait penser à des îles. Il s'agissait des vastes terres orientales de madame Zhang. Là, invisibles dans le lointain, s'étendaient ses champs fertiles, les canaux, les rivières et les lacs. Des montagnes scintillantes de sel, des vaisseaux aux voiles dentelées comme des lanternes découpées, et enfin la mer elle-même. N'ayant jamais vu la mer, Zhu l'imaginait comme une rivière qu'on aurait élargie à l'infini ; des eaux lisses et dorées, s'étendant vers l'horizon, surmontées de tempêtes et parcourues de soleil. Au nord, il y avait Goryeo et le Japon. Au sud, les pirates, Champa et Java. Et tout cela n'était jamais que la pointe du monde ; une fraction des continents mystérieux – mais peut-être accessibles, un jour – qui remplissaient l'espace entre les quatre océans.

Xu Da dit :

—Ce ne sera pas fini, si ? Quand on aura pris Jiankang ?

—Tu veux t'arrêter ?

Les pétales des fleurs de pommier voletèrent autour d'eux. Sur le fleuve en contrebas, des voiles passaient aussi paisiblement que des feuilles tombées dans l'eau.

—Non, dit-il. Je te suivrai, aussi loin que tu voudras aller.

Zhu baissa les yeux sur Jiankang, et se revit avec l'Abbé en haut de la terrasse, observant le monde extérieur avec terreur et fascination. Ce qu'elle avait vu lui avait semblé si vaste… il était étrange de penser qu'il ne s'agissait que de la vallée du Huai. Même la personne qui l'avait contemplée était différente : ce n'était pas l'être qu'elle était aujourd'hui, mais quelqu'un qui vivait dans l'ombre de ce fantôme affamé, Zhu Chongba. Regardant ainsi en arrière, elle se faisait l'effet d'un poussin dans un œuf, pas encore éclos.

Quelque part dans le lointain, des drapeaux claquèrent contre leurs hampes. On aurait cru entendre la voix du Ciel lui-même.

—Grand frère, ce n'est que le début.

Elle sentit monter en elle une sensation merveilleuse: celle de l'avenir, gonflé de toutes ses possibilités. Et de la foi qu'elle ressentait à l'idée de sa destinée, qui resplendissait de plus en plus brillamment, jusqu'à ce que les fissures les plus sombres de son être s'ouvrent sous l'effet de la lumière. Jusqu'à ce qu'il n'y ait plus rien en elle que cette lumière, constituée de pur désir.

Elle ne voulait pas seulement la grandeur. Elle voulait le monde.

Lorsqu'elle inspira, elle eut l'impression d'inspirer la joie. En souriant d'exaltation, elle dit:

—Je vais être empereur.

Le soir tomba avant que la troupe de Zhu ait fini de descendre, prudemment, la route escarpée menant au fleuve Yangzi. Zhu était partie en avant sur son cheval. Lorsqu'elle regarda en arrière, elle vit la face sombre de la falaise veinée de lanternes vacillantes. Peut-être était-ce à cela que ressemblaient leurs vies, depuis le Ciel. De petits points lumineux qui ne cessaient de s'éteindre et de réapparaître, au fil du flot obscur et ininterrompu de l'univers.

—Viens, petit frère, dit-elle au Prince de Lumière.

Celui-ci était assis près d'elle, silencieux, sur son poney. Même après des jours de voyage, sa peau paraissait illuminée de l'intérieur. Rien ne le surprenait ni ne l'inquiétait, d'après ce qu'avait pu observer Zhu. On voyait seulement, parfois, une douce contemplation traverser son visage, comme une averse aperçue de loin.

Ils parcoururent un court trajet jusqu'à un bosquet de saules pleureurs, penchés sur l'eau. Zhu mit pied à terre et regarda Jiankang briller sur la rive opposée.

—Ah, petit frère. Après des générations de peines, nous sommes enfin à l'aube du grand changement. Ton arrivée annonçait le commencement d'une nouvelle ère. Là-bas, à Jiankang... C'est là que cela se produira.

L'enfant descendit de son poney et resta immobile à côté de Zhu, silencieux, dans la pénombre.

Zhu dit, du ton de la conversation:

—Tu as dit à ma femme Ma Xiuying que le premier ministre Liu n'aurait jamais régné.

—Oui.

— Liu Futong, lui, croyait qu'il régnerait, simplement parce qu'il t'avait en sa possession, reprit Zhu. Il a emprunté ton pouvoir pour donner foi au peuple, et il a cru que cela le mènerait à la grandeur. Mais au bout du compte… il ne l'avait pas assez désiré. (Des criquets chantèrent dans l'obscurité qui s'épaississait sous les arbres.) Je ne crois pas que Liu Futong soit né avec la grandeur en lui. Mais cela n'aurait pas dû avoir d'importance. Quand on veut un autre destin que celui que le Ciel nous a donné, il faut vouloir cet autre destin. Il faut lutter pour lui. Souffrir pour lui. Liu Futong n'a jamais rien fait lui-même; si bien que, quand je t'ai pris à lui, il n'avait plus rien. Il est devenu *rien*.

L'enfant resta muet.

Zhu dit :

— Je ne suis pas née avec la promesse d'un grand avenir, moi non plus. Mais je l'ai, à présent. Le Ciel me l'a donné parce que je le voulais. Parce que je suis forte, parce que j'ai lutté et souffert pour devenir la personne que je dois être; et parce que je fais ce qu'il faut.

Tout en parlant, elle enroula les doigts sur la poignée de son sabre. Cela devait bel et bien être fait, elle en était sûre. Lorsque deux Mandats du Ciel existaient dans le monde, le destin de l'un d'eux était de se terminer, afin que la nouvelle ère puisse commencer.

Et pourtant…

Là, dans l'obscurité, elle pensa à Ma serrant l'enfant contre elle, le visage empreint de tendresse. Ma, qui lui avait toujours conseillé de trouver une autre solution.

Mais c'est la seule solution. La lueur des torches lointaines de Jiankang dorait les vaguelettes qui roulaient sur le fleuve, et venaient s'écraser contre la berge avec un clapotis régulier. *C'est la seule façon d'obtenir ce que je veux.*

Très longtemps, elle n'avait recherché la grandeur que pour survivre. Mais sans Zhu Chongba, cette raison n'existait plus. Avec l'impression d'exhumer quelque chose qu'elle n'avait pas vraiment envie de regarder, Zhu pensa, lentement : *Je ne suis pas obligée de faire cela. Je peux partir, aller n'importe où, devenir ce que je veux, et survivre tout de même…*

Mais tout en formulant cette pensée, elle sut qu'elle ne renoncerait pas à la grandeur. Pas pour la vie d'un enfant; pas même pour empêcher la souffrance de ceux qu'elle aimait, et qui l'aimaient aussi.

Parce que c'était ce qu'elle désirait.

La lune montante éclaira le profil du Prince de Lumière, qui observait calmement la surface de l'eau. Il souriait. Ce moment était comme une bouffée d'air aspiré ; une immobilité qui recélait l'inéluctabilité de l'expiration.

C'est ce que je choisis.

Les yeux toujours fixés sur l'autre rive, le Prince de Lumière dit de sa voix flûtée et surnaturelle :

— Liu Futong n'aurait jamais régné. Mais Zhu Chongba ne régnera pas non plus.

Il y eut un bruissement dans les saules, et Zhu sut que, si elle tournait la tête, elle verrait le fantôme affamé qui avait été son frère. Personne ne s'était souvenu de lui depuis de longues années, car quelqu'un d'autre s'était emparé de son nom, et avait vécu.

— Non, en effet, acquiesça-t-elle.

Tirant son sabre, elle entendit le son familier de la lame glissant contre le fourreau. Sa main gauche était plus forte, maintenant ; elle ne trembla pas. Lorsque l'enfant commença à se tourner vers elle, elle murmura :

— Continue de regarder la lune, petit frère. Ce sera mieux ainsi. Et quand tu renaîtras, dans des siècles, prends bien soin d'écouter pour entendre mon nom. Le monde entier le connaîtra.

Jiankang, cinquième mois

Presque deux mois après la seconde capture de Jiankang par les Turbans Rouges, moins mouvementée que la première, Ma reçut un message lui disant d'y rejoindre Zhu. Lorsqu'on n'était pas une armée, le voyage à partir d'Anfeng ne prenait que quelques jours à cheval. En traversant le flot calme du Yangzi, que l'été rendait paresseux, Ma s'émerveilla du spectacle de cette cité ornée de feuillage verdoyant, avec ses rues bourdonnantes d'activité. On ne voyait plus que çà et là les bâtiments brûlés lors de la tentative d'occupation de Guo le Petit. Ma eut l'impression qu'il s'était écoulé une éternité, depuis. Sous les rayons cuisants du soleil, Ma et Chang Yuchun – qui lui servait d'escorte – passèrent devant les moulins à huile vrombissants et les fabriques de soie pour entrer au cœur de la ville. Un groupe de modestes bâtiments de bois s'amassaient autour du terrain de parade en pierre, le seul vestige subsistant des anciennes dynasties dont les souverains avaient régné ici. Yuchun balaya les bâtiments d'un air dédaigneux et affirma :

— Le commandant Zhu a dit qu'il allait bâtir un autre palais. Quelque chose qui sera digne de lui, avec un beau mur de pierre, et tout ce qu'il faut.

Ma releva :

— Digne de lui… tu veux dire le Prince de Lumière ?

Une expression gênée se peignit sur les traits de Yuchun.

— Euh…

— Quoi ?

— Il y a eu un acci… Enfin, quoi qu'il en soit, la période de deuil est passée. Elle a duré un mois. Le… Enfin, nous ne l'appelons plus le Prince de Lumière. Le commandant Zhu lui a donné un vrai nom de temple. Je l'ai oublié ; vous allez devoir le lui demander. (Remarquant le visage de Ma, le jeune homme parut alarmé.) Qu'est-ce qui ne va pas ?

La profondeur de son chagrin et de sa colère surprit Ma. Si le Prince de Lumière apparaissait dans bon nombre de ses pires souvenirs, ce n'était que le plus récent qui lui venait à l'esprit : l'instinct protecteur qui avait monté en elle, lorsqu'elle avait tenu son petit corps chaud contre le sien. L'idée qu'il ait été mort depuis si longtemps, sans qu'on l'en ait informée, augmentait sa peine sans qu'elle sache vraiment dire pourquoi.

Hébétée, elle suivit Yuchun dans une grande salle où Zhu se trouvait en compagnie d'un groupe d'hommes. Puis tout le monde partit, et Zhu se tint devant elle, une expression sérieuse sur le visage. Apparemment, elle savait qu'elle ferait mieux de ne pas essayer de toucher Ma, car elle resta immobile, les bras ballants et la main gauche ouverte. Qu'était donc ce geste ? L'implorait-elle de lui pardonner, ou montrait-elle seulement qu'elle comprenait son chagrin ?

Les témoins partis, les larmes de Ma roulèrent sur ses joues.

— Tu l'as tué.

Zhu ne répondit rien. Ma, scrutant son visage, s'exclama :

— Tu ne nies même pas !

Après quelques instants, Zhu soupira.

— Il avait rempli sa fonction.

— Sa fonction !

Sans avoir cherché délibérément à assembler toutes les pièces, Ma s'aperçut tout à coup que l'image venait d'apparaître dans son ensemble devant elle.

— Tu n'avais besoin de lui que pour une chose : te transmettre le pouvoir. Tu devais faire en sorte que les gens te considèrent comme leur chef légitime. Après cela… n'importe qui d'autre aurait eu besoin de son Mandat, pour pouvoir régner. Mais ce n'est pas ton cas, n'est-ce pas ? lança-t-elle avec amertume. Parce que tu as le Mandat, toi aussi.

Elle ressentit un pincement sec de satisfaction face à la surprise de Zhu.

— Comment sais-tu…

— Il me l'a dit ! Il a dit que les gens qui avaient le Mandat pouvaient voir le monde des esprits. Et je sais déjà que tu vois des fantômes. (Elle se mit à cracher ses paroles au visage de Zhu.) Alors, qu'est-ce que tu as fait ? Tu l'as jeté dans le fleuve, comme un chaton dont personne ne veut ?

Zhu répondit, d'un ton posé :

— Cela a été rapide, si cela peut te rassurer.

— Non !

Elle repensa au sentiment de bonheur domestique qui l'avait envahie ce matin-là, lorsque Zhu, l'enfant et elle se trouvaient dans son lit. Mais rien de tout cela n'avait été vrai ; car Zhu savait depuis le début ce qu'elle s'apprêtait à faire. D'une voix emplie de douleur, elle dit :

— En quoi est-ce différent de ce qu'aurait fait Chen Youliang ? Tu avais dit que tu serais différente. Tu m'as menti.

Zhu dit :

— Il fallait que…

— Je sais ! cria Ma. Je sais, je sais ! Je sais pourquoi. (Elle ressentit une intense souffrance intérieure ; son cœur se tordait en un millier de boucles.) Tu dis que tu me veux pour mes sentiments, mon empathie. Mais quand tu as fait cela, as-tu pensé une seule seconde à ce que j'allais ressentir, en découvrant soudain qu'un tel acte te paraît justifiable ? Ou bien est-ce que tu le savais, et que faire preuve de cruauté ne te posait aucun problème ?

Zhu dit doucement :

— Je ne voulais pas faire preuve de cruauté. Sur ce point, je suis différente de Chen Youliang, au moins. Mais je veux ce que je veux, et parfois, j'aurai besoin de faire certaines choses pour l'obtenir.

La clarté irrégulière du bâtiment conférait aux creux et aux saillies de son visage l'apparence exagérée d'un masque de théâtre. On lisait le regret sur son visage, mais il n'était pas dirigé vers l'enfant… seulement vers Ma elle-même.

— Je t'ai promis d'être honnête, Ma Xiuying, aussi vais-je être honnête avec toi. Je ne m'arrêterai pas avant de monter sur le trône, et je ne permettrai à personne de m'arrêter. Alors, deux choix s'offrent à toi. Tu peux t'élever avec moi, solution qui aurait ma préférence. Ou alors, si tu ne désires pas la même chose que moi… tu peux partir.

Ma l'observa, emplie de désarroi. Dans ce petit corps ordinaire et disgracieux flambait un désir si féroce qu'il brûlait et consumait ceux qui l'approchaient. Et Ma savait qu'elle devrait endurer cette souffrance encore et encore, en punition de la transgression qu'elle commettait en aimant et en choisissant Zhu. C'était le prix de son propre désir.

Pour Zhu, la douleur de Ma n'était pas un sacrifice trop grand.

Mais pour moi ?

Les bannières dorées parcoururent les avenues élégantes de Jiankang, convergeant toutes vers cet éblouissant cœur lumineux qui palpitait au centre de la cité. Le terrain de parade du palais étincelait sous le soleil, dont les rayons ardents balayaient implacablement la foule rugissante.

Dans son armure dorée, Zhu apparut en haut des marches du palais. La vue de ses sujets l'emplit d'une tendresse infinie, pareille à celle d'un homme contemplant le monde depuis une montagne, et sentant flotter en lui-même toute la fragilité et le potentiel de ce qu'il a sous les yeux. Elle ressentait aussi, intensément, toutes les souffrances et tous les sacrifices qu'elle avait endurés pour arriver jusque-là. Elle n'avait été rien ; elle avait tout perdu ; et elle était devenue quelqu'un d'autre. Mais à présent, elle n'avait plus rien à craindre. La seule chose qui l'attendait était son brillant avenir, et sa joie.

Elle pensa : *Je me suis réincarnée en moi-même.*

Cette fois, lorsqu'elle chercha en elle pour en sortir la lumière, ce geste lui parut aussi naturel que de respirer. La clarté jaillit de son être : c'était une flamme incandescente surgie de son corps et de son armure, comme si elle s'était transformée en un être de feu vivant. Lorsqu'elle baissa les yeux sur elle-même, elle découvrit l'étrange spectacle de sa main droite manquante, gantée de feu blanc. Manifestement, la flamme suivait les contours de ce qu'elle *pensait* être son corps. Sa main fantôme, devenue visible, brûlait de flammes et de douleur blanches. Cela lui parut opportun.

Au-dessus de la foule, les drapeaux dorés portaient le nouveau nom de la cité. « Yingtian » : un nom qui affirmait son lien avec le Ciel. Et Zhu elle-même faisait la même déclaration, à l'aide de son nouveau nom. Le nom de quelqu'un qui refusait tout avenir où elle n'entrait pas dans l'histoire ; le nom de quelqu'un qui allait tout changer. *Le plus merveilleux des présages pour l'avenir d'une nation.*

Lorsque Zhu s'adressa aux visages impatients qui l'admiraient, la voix qu'elle entendit résonner lui donnait presque l'impression de ne pas être la sienne.

— Contemplez-moi, Zhu Yuanzhang, le Roi de Lumière. Contemplez-moi, car je suis celui qui détruira l'empire du Grand Yuan, qui chassera les Mongols de la terre de nos ancêtres, et qui régnera dans une clarté infinie !

Souvenez-vous de moi ; et répétez mon nom durant dix millénaires.

— Contemplez le Roi de Lumière ! exulta la foule en réponse.

Et lorsque la clameur s'éteignit, la foule tomba à genoux, avec le long soupir des corps qui se repliaient sur eux-mêmes.

Au milieu de cette vaste immobilité, une seule personne se leva. Un frisson parcourut la foule. Zhu, surprise, sentit son souffle se bloquer dans sa gorge. *Ma Xiuying.* Elle n'avait pas vu Ma depuis cette terrible conversation, quelques jours plus tôt, durant laquelle Zhu lui avait présenté un ultimatum. Zhu n'avait pas voulu demander à la voir, ensuite, de peur que ce soit vrai : que cet entretien ait été leur dernier adieu, et que Ma soit déjà partie.

Ma portait du rouge, la couleur de ce qui avait été anéanti, pour que Zhu puisse bâtir la nouvelle ère. Cela ressemblait à une réprimande : *N'oublie surtout pas.* Ses manches brodées d'or pendaient presque jusqu'à terre. Sa coiffure relevée, aussi haute que la tête qu'elle surmontait, était couronnée de rubans de soie et de fils d'or qui se balançaient lorsqu'elle marchait. En silence, elle fendit l'assemblée des corps prosternés sur la pierre. Ses jupes flottaient derrière elle comme une rivière de sang.

Au pied de l'escalier, Ma s'agenouilla. Elle n'était que douceur, que beauté au cœur de cette flaque de soie, teinte d'alizarine. Mais sous la surface couvait sa propre force : une compassion aussi inflexible qu'une statue de fer représentant la déesse de la clémence. Zhu baissa les yeux sur la tête inclinée de Ma, la ligne nue de son cou ; et dans sa poitrine pétillèrent un soulagement et une gratitude intenses, étrangement douloureux. Ils lui faisaient mal comme on peut souffrir face à la beauté à l'état pur. Elle avait dit à Ma quelle solution avait sa préférence ; mais elle n'avait pas compris à quel point elle le *désirait.*

— Cette femme s'adresse au Roi de Lumière, annonça Ma.

Elle s'exprimait d'une voix assez sonore pour être entendue de toute la foule, et même du Ciel.

— Je jure de demeurer auprès de mon époux tout au long de son voyage, même s'il devait lui prendre dix ans et dix mille li. Et au bout de ce voyage, lorsqu'il commencera son règne d'empereur fondateur de notre nouvelle dynastie… je serai son impératrice.

Zhu entendit l'exigence sans appel qui perçait dans sa voix. Elle demandait à Zhu sa loyauté ; son honnêteté ; sa différence. Et Zhu, en la contemplant, vit tout à coup comment se déroulerait leur voyage : le désir de Zhu les hisserait toujours plus haut, jusqu'à ce qu'il ne reste plus rien, au-dessus d'eux, que la voûte éblouissante du Ciel. Et pour Ma, chaque instant de l'ascension s'accompagnerait de compromis, de peines et de l'érosion progressive de sa conviction… celle qu'il y avait toujours une autre solution, plus douce, plus charitable. C'était le prix que Ma allait payer ; pas seulement pour acheter le désir de Zhu, mais pour le sien. Parce qu'elle aimait Zhu, et qu'elle voulait la voir régner sur le monde.

Le cœur de Zhu se gonfla. *Je ferai en sorte que cela en vaille la peine, pour nous deux.*

Elle observa la foule, et lutta de toutes ses forces pour en imprimer l'image dans sa mémoire, afin de ne jamais la perdre. Ma, Xu Da, ses capitaines ; et derrière eux, les dizaines de milliers d'autres qui la suivraient, qui mourraient pour elle, jusqu'à ce qu'elle accomplisse son désir.

— Ma future impératrice, appela-t-elle.

Lorsque ces mots quittèrent ses lèvres, elle sentit palpiter en elle l'avenir délicieux qui l'attendait.

— Mon frère commandant, mes capitaines, tous mes loyaux sujets. Le monde nous attend.

Elle leva les bras et laissa jaillir la blancheur éclatante de sa lumière, qui se déversa d'elle jusqu'à ce que tous leurs corps repliés soient baignés d'une clarté aussi aveuglante que le soleil. À travers l'aura de sa propre splendeur, le spectacle qu'ils lui offraient était une promesse d'avenir. C'était la plus belle chose que Zhu ait jamais vue.

Joyeusement, elle dit :

— Levez-vous.

Remerciements

Ce livre a commencé sa vie au cours d'une série de réunions entre amis, durant lesquelles nous avons tous décidé d'écrire les livres dont nous rêvions, mais que nous n'avions jamais trouvés. Je crois qu'aucun de nous n'avait imaginé que le voyage serait si long, mais les gars : on a réussi ! À ceux qui étaient là depuis le début : merci, du fond du cœur.

Vanessa Len, pour t'être traînée avec moi jusqu'à la ligne d'arrivée, et parce que tu comprends toutes les joies et les frustrations que ressentent les métis de la diaspora asiatique. Tu n'imagines pas à quel point je suis heureuse que nous publiions toutes les deux notre premier roman en 2021. C.S. Pacat, pour nous avoir incités à plonger au fond de nous pour trouver nos histoires ; pour le soutien et les conseils que tu prodigues sans relâche ; et pour ton incapacité à mentir lorsqu'il s'agit d'art. Beatrix Bae, pour avoir accueilli chez toi la toute première réunion, amorçant ainsi la surenchère gastronomique qui nous a tous brisés moralement… et pour nous avoir accueillis de nouveau, en nous servant une soupe à tomber à la renverse.

Anna Cowan, quelle amie j'ai trouvée en toi ! Merci de t'être pâmée avec moi devant des séries coréennes, durant l'année infernale du premier jet ; et pour tes remarques profondes sur les personnages. Je ne verrai plus jamais le sabre d'Ouyang de la même manière.

Ma pom-pom girl infatigable, avec son cerveau gros comme une planète… mon agent, Laura Rennert : je ne sais pas comment te remercier. Comme un maître d'arts martiaux pendant un entraînement, tu as dit « Recommence, mais en mieux ! », même quand je me croyais trop épuisée pour continuer (bien qu'à la différence d'un vrai sifu, tu l'aies toujours dit aussi gentiment que possible !). Ce livre est infiniment meilleur, grâce à toi. Merci également à ta merveilleuse équipe – Paige Terlip, Laura Schoeffel et Victoria Piontek – ainsi qu'au reste de l'agence littéraire Andrea Brown.

Ma toute première éditrice chez Tor, Diana Gill : merci pour ton enthousiasme, et merci d'avoir tant soutenu ce roman au sein de la maison. Je n'arrive pas à croire que ce logo « Tor », que je voyais sur mes livres de poche de Fantasy adorés, va apparaître sur le dos d'un roman que j'ai écrit. Will Hinton, Devi Pillai et toute l'équipe de Tor, y compris les free-lance : merci pour tous les efforts que vous avez déployés – dont beaucoup n'étaient pas visibles de mon côté – pour mettre ce livre au monde.

Bella Pagan et toute l'équipe de Pan Macmillan : mille mercis pour votre accueil chaleureux dans le monde de l'édition, et pour l'enthousiasme et le dévouement avec lesquels vous avez apporté mon livre au Commonwealth, et tout particulièrement en Australie.

Merci à l'Otherwise Award : la bourse de 2017 a constitué pour moi un encouragement vital, alors que j'avais encore bien du chemin à parcourir.

Merci à l'adorable Ying Fan Wang pour son aide concernant les noms et les prononciations. (Toutes les erreurs qui subsisteraient sont, bien entendu, de mon fait.)

À Cindy Pon, Jeannie Lin, Courtney Milan et Zen Cho, dont les livres traitant du genre avec des protagonistes asiatiques m'ont donné à penser qu'il était possible de faire publier le mien.

Aux auteurs patients et accueillants de la discussion de groupe, qui ont répondu à mes questions et ont accompagné mes hauts et mes bas, au fil de la longue route vers la publication.

À ma mère, qui m'a toujours encouragée à écrire.

Et merci à mes deux plus précieux trésors : John, pour tes années de soutien indéfectible en dépit de mon refus de te laisser lire mon manuscrit, et pour m'avoir convaincue qu'au moins *un* des personnages masculins devait être quelqu'un de bien ; et Erica, pour avoir su partager mon temps et mon attention avec un grand frère qui est, en fait, un livre.

Enfin, j'aimerais saluer la tribu wurundjeri, les gardiens ancestraux de la terre sur laquelle j'ai mis la dernière main à ce livre.

Achevé d'imprimer en juillet 2022
par Aubin Imprimeur à Ligugé
N° d'impression 2206.0033
Dépôt légal, août 2022
Imprimé en France
2811238-1